PETRA K. GUNGL

Diabolische List

REINKARNATION Mit teuflischer List werden am Wiener Institut für künstliche Befruchtung Mitarbeiter ermordet, um den systematischen Missbrauch von in-vitro-Embryonen zu vertuschen. Die Firmenjuristin Agnes Feder gerät bei ihren Nachforschungen in höchste Gefahr, nicht zuletzt durch den ermittelnden Kriminalinspektor, der ihr Ex-Freund ist und die Trennung nicht akzeptieren will. Ihm ist jedes Mittel recht, Agnes zurückzugewinnen.

In dieser Bedrängnis beginnen mystische Träume von einem vergangenen Leben als spirituelle Meisterin Agnes vor der drohenden Lebensgefahr zu warnen und sie erkennt zunehmend die karmische Verstrickung dieser beiden Existenzen: Die Feinde von einst bedrohen sie erneut. Just zu diesem Zeitpunkt begegnet Agnes auch noch ihrem Seelenpartner aus jenem vergangenen Leben. Siebert und ihr war noch in keinem früheren Leben ein erfülltes Zusammensein gegönnt und auch jetzt drohen ihre karmischen Feinde eine weitere Chance darauf zu vereiteln …

Petra K. Gungl lebt mit ihrem Mann und den gemeinsamen Kindern in Wien und an freien Tagen im Wienerwald. Nach dem Jus-Studium arbeitete sie bei Gericht, später im medizinischen Bereich, und setzte sich intensiv mit rechtsethischen Problemen in der Stammzellenforschung und Präimplantationsdiagnostik auseinander. Für die Berufswahl entscheidend war ihr Wunsch, mit Sprache Gerechtigkeit zu erwirken, denn Schreiben und mit Texten arbeiten war von Jugend an für die Autorin ein zentrales Bedürfnis. Aktuell arbeitet Gungl als Autorin, trainiert im Shaolin-Tempel Austria Kung Fu und Taijiquan und ist Qi Gong-Ausbildungsleiterin nach Ch'an-Meister Genro Laoshi, ihrem langjährigen Zen-Meditationslehrer.

Mehr über Agnes Feder: www.zen-krimis.blogspot.com

PETRA K. GUNGL

Diabolische List

Roman

Original

GMEINER

Ausgewählt von
Claudia Senghaas

Personen, *Handlung und Unternehmen sind frei erfunden.*
Ähnlichkeiten mit lebenden oder toten Personen,
tatsächlichen Begebenheiten und Firmen sind rein zufällig
und von der Autorin nicht beabsichtigt.

Besuchen Sie uns im Internet:
www.gmeiner-verlag.de

Im Ehnried 5, 88605 Meßkirch
Telefon 07575/2095-0
info@gmeiner-verlag.de

1. Auflage 2014

Lektorat: Claudia Senghaas, Kirchardt
Herstellung: Mirjam Hecht
Umschlaggestaltung: U.O.R.G. Lutz Eberle, Stuttgart
unter Verwendung eines Fotos von: © stevart – Fotolia.com
Druck: GGP Media GmbH, Pößneck
Printed in Germany
ISBN 978-3-8392-1567-8

Für Johannes

PROLOG

Zu einer Zeit, als alles noch *EINS* war und es *Zeit* nicht gab, wollte *EINS* sich selbst erfahren. So entstand *ZWEI* – das Helle und das Dunkle, das Weibliche und das Männliche, Gut und Böse, Vergangenheit und Zukunft; so entstanden das Leben, der Tod, die *DREI* und die zehntausend Dinge, alle aus *EINS*.

Die Trennung ließ sie die *EINSHEIT* vergessen. Fühlende Wesen wurden individuell und einsam, sie urteilten und richteten einander, trennten, was zusammengehörte. Die Zeit floss dahin, weg von der Quelle des Seins. Doch ein Sehnen erwachte in manch einer Seele. Erinnerungen tauchten auf. Gaben dem Sehnen einen Namen. *Tao. Nirwana. Gott.*

Nur wenige fanden den Weg zurück, und manche der fühlenden Wesen konnten anderen den Weg andeuten, wenngleich er nur aus eigenem Erleben zu finden war. Allzu oft wurden die Andeutungen missbräuchlich verwendet und viele Suchende gingen in die Irre. Doch das Bedürfnis nach dem Ursprung konnte ihnen nicht genommen werden und im Laufe von Äonen wurde die Welle erkennender Seelen breiter.

Ein neues Zeitalter beginnt.
Die Seelen erwachen aus dem Traum der Trennung und kehren heim, selbst wenn sie bis zum Ende aller Tage auf der Suche sind, getrieben von der großen Sehnsucht nach sich selbst.

Sie werden erkennen, dass es nichts zu suchen und nichts zu finden gibt, dass kein Weg zur *EINSHEIT* führt.

Die *EINSHEIT* war immer schon da.

Bereit für dich.

I

Ulrich Wach saß an seinem Schreibtisch, den Kopf auf die eine Hand gestützt, die andere kritzelte Stichworte auf ein Blatt Papier. Es waren lediglich Anhaltspunkte für seinen großen Auftritt vor der Geschäftsführung … morgen schon.

Gründlich aufräumen, Köpfe rollen lassen, dann herrscht wieder Ordnung.

Ein letztes Mal ging er die Punkte durch, schließlich schob er die Notizen in einen Ordner und stellte diesen zurück ins Regal. Sein Blick blieb starr auf den Rücken des Ordners gerichtet. Das würde einen mächtigen Aufruhr verursachen. Die Geschäftsführung musste darauf reagieren. Und wenn nicht, gab es Freunde bei der Presse. Die Journaille würde den Brocken dankbar fressen, die Firma zerfleischen.

Ist es das wert?

Ein Seufzer löste sich aus seiner Brust. *BabyStar* war sein Zuhause. Das einzige, das er kannte. Sein Zuhause musste man sauber halten. Und er hatte es im Guten versucht, unter vier Augen sozusagen. Das Resultat war erbärmlich gewesen. Ignoranz und Arroganz waren ihm entgegengeschlagen.

Den Forschern von heute fehlt jede Demut vor dem Leben.

Solang er der Leiter des Bereichs *Künstliche Befruchtung* war, musste er diesen Respekt einfordern. Es stand ihm nicht nur zu, es war seine moralische Pflicht. Sein Ruf in der Fachwelt war ausgezeichnet, er genoss mit seinen 55 Jahren höchstes Ansehen. Wach griff sich ans Herz. Die ganze Affäre in seinem Bereich regte ihn über Gebühr auf und er mahnte sich zur Besonnenheit. Ein schwaches Herz musste gepflegt werden. Höchste Zeit, Ordnung zu schaffen, frei für die eigentlichen Aufgaben zu werden.

Seine Finger strichen über die Stirnglatze. *Tief durchatmen.*

Zufrieden klopfte er sich auf den Bauch, der seit seinem Herzanfall gut zehn Kilo flacher geworden war. Heute war sein Körper wieder in Form. Wohl hatte das jahrelange Rauchen Spuren hinterlassen, jedoch besaß Ulrich Wach trotz allem eine starke Konstitution.

Sein Leben war der Medizin geweiht; keine Frau, schon gar nicht Kinder hätten ihm das geben können, was er in der Welt der Zellen und der Biochemie gefunden hatte. Zumindest hatte er sich das niemals vorstellen können. Seine überambitionierten Kolleginnen reichten ihm vollauf. Wach schmunzelte über sich selbst. *Kolleginnen* nannte er diese Karriereweiber schon. Für Wäsche und Wohnung sorgte eine gut bezahlte Haushaltshilfe, die gegebenenfalls Besorgungen erledigte und sich jeglicher Kommentare zu seiner Person enthielt. Hin und wieder gönnte er sich ein erotisches Abenteuer mit klaren finanziellen Abmachungen. Das nannte er ein gelungenes, gut strukturiertes Leben. Und auch diese verbrecherischen Umtriebe in seiner Firma würden bald Vergangenheit sein.

Ein Blick auf die Uhr zeigte, dass es wieder spät geworden war, ein Zwölf-Stunden-Arbeitstag neigte sich dem Ende zu. Am Gang waren keine Mitarbeiter mehr zu hören. Wieder mal der Letzte, der die Forschungslabors verließ. Ein weiterer Tag an Mikroskop und Computerbildschirm vorüber. Jetzt noch Herz-Kreislauf-Training – ein flotter Marsch nach Hause. Der Belastung durch Kälte vorbeugend, ein Sprühstoß Nitro unter die Zunge.

Eben hatte Wach das Fläschchen zurück in den Medizinschrank gestellt und seine Daunenjacke übergezogen, als ihn ein eigenartiges Gefühl beschlich. Eine kalte Leere im Kopf und schwirrende, graue Schleier vor den Augen ließen ihn nach der Sessellehne greifen. Der Arzt in ihm beobachtete erstaunt die Symptome, zu denen nun auch ein stark erhöhter Puls kam. Massive Erweiterung der Blutgefäße. Herzflimmern?

Sein Zustand verschlechterte sich mit jeder Sekunde und der Arzt in ihm wurde von einem hilflosen Menschen abgelöst, der Todesangst litt. Kalter Schweiß stand auf Wachs Stirn. Schon überkam ihn die Schwärze einer drohenden Ohnmacht. Stöhnend ließ er sich in den Sessel fallen, zwang sich dazu, durchzuatmen. Was war bloß mit ihm los? Er vertrug das Nitro immer tadellos …, wieso sackte der Kreislauf derart in den Keller? Unerklärlich. Enge in der Brust, keine Luft …

Mein Herz … das Fenster … kalte Luft …

Er konnte nicht aufstehen … Was geschah mit ihm?

In seinem Kopf überschlugen sich Theorien – da gab es eine Kontraindikation mit Nitro, die genau diese Wirkung haben würde. Unmöglich – er war Arzt und vermied jedes Risiko. Die blaue Tablette hatte er vorgestern Abend geschluckt. Ein ausreichender Abstand. Wach verstand die Welt nicht mehr, begriff bloß, dass keine Zeit mehr blieb. Im schalen Tunnel der drohenden Besinnungslosigkeit gefangen, tasteten seine Finger nach dem Kugelschreiber, der ordnungsgemäß am Rand der Tischplatte lag. Der Stift war gewichtslos, die Finger gefühllos. War er tatsächlich zwischen den Fingerkuppen eingeklemmt? Sein Blick verschwamm. Eine blassblaue Spur zeichnete sich auf dem Papier der Schreibtischunterlage ab. Der letzte Buchstabe des einzigen Wortes, das hingehaucht dastand, war eine Linie in den Abgrund.

Am nächsten Morgen lief eine Putzfrau schreiend den Gang im ersten Stockwerk des *BabyStar*-Gebäudes entlang. Der Schwall türkischsprachiger Schreckensbezeugungen wurde sogleich von ihren Kolleginnen mit ebenso aufgeregten Worten übernommen. Gemeinsam stürzten die Frauen in das Zimmer des ärztlichen Bereichsleiters und drängten mit ängstlicher Neugierde an den Schreibtisch.

Dr. Ulrich Wach lag ausgestreckt am Boden, der Chefsessel an die Wand gedrängt. Die Augen stierten zur Decke, der Körper war längst erkaltet. Ein Kugelschreiber lag neben seiner Hand.

2

»Du kannst nicht so einfach gehen … Nach all den Jahren bist du mir eine Chance schuldig! Komm sofort zurück – AGNES! AGNES!« Die Männerstimme überschlug sich. Seine Schreie bohrten sich in den Rücken der Frau vor ihm, peitschten sie voran. Sie fürchtete diesen Mann, den sie vier Jahre zu lieben versucht hatte und nun endlich verließ. Er war einige Meter hinter ihr, doch sie fühlte seine physische Präsenz, als hätte er sie bereits gepackt. Sein Gesicht war unrasiert und die grauen Augen zu schmalen Schlitzen verengt. Der Bürstenhaarschnitt gab ihm das Aussehen eines amerikanischen Soldaten, groß, hart und unerbittlich. Trotz des Windes, der Schneekristalle wie Glassplitter vor sich hertrieb, hatte Norman keine Jacke übergezogen, war nur in die schweren Doc Martens gestiegen und stapfte wütend den Gartenweg hinter Agnes her. Der Eiswind zerrte an seinem Flanellhemd und ließ seinen Unmut über diese Situation noch mehr anschwellen.

Agnes hatte Norman als hilfsbereiten Menschen kennengelernt, trotz seiner kalten Augen. Die andere Seite seines Wesens. Ein Jahr des Zusammenlebens war genug der Ahnung darüber.

Ein erfolgreicher Kriminalinspektor, das war Norman. Kamen Kollegen zu Besuch, scherzten sie gern, dass dies wohl an seinen Verhörmethoden liegen müsse. Norman lächelte stets über solche Aussagen, als wären sie Komplimente. Agnes kannte die Tricks, wie man, ohne blaue Flecke oder Wunden zu hinterlassen, Täter geständig machen konnte. Ob Norman das tat? Zu nassen Handtüchern oder Plastiksäcken griff? Hatte er niemals zugegeben.

Immer auf der Hut sein, Kleines.

Norman liebte es, Verdächtige auf frischer Tat zu betreten, wie er es nannte. Agnes wusste das. Blutspritzer aus Diensthemden zu entfernen, war nicht einfach. Fragen stellen, war nicht gesund. Eine besondere Behandlung ließ er Kinderschändern zukommen, denn eine Gefängnisstrafe war nach seinem Gerechtigkeitssinn für die zu wenig. In seinen Augen glänzte Befriedigung, wenn er davon sprach.

Spezialbehandlung für Schweine.

Und sie hasste sich für die Genugtuung, die sie bei dem Gedanken empfand, dass solche Ungeheuer wenigstens einmal die Gewalt zu spüren bekamen, die sie wehrlosen Kindern antaten, selbst wenn die Männer daraus nichts lernen würden und die Prügel nichts an deren Neigung änderten. Sie, eine Juristin, dem Gesetz verpflichtet, war um nichts besser.

Normans Gewalttätigkeit war stets latent spürbar gewesen. »Wenn dich ein anderer Kerl angreift, hack ich ihm die Hände ab!«, war eine Standardfloskel. Aggressionshaushalt: explosiv. Geriet Norman in Wut, flogen schon mal Gläser gegen die Wand oder er packte Agnes so fest an den Armen, dass seine Fingerabdrücke noch Stunden zu sehen waren. Dann verschwand er in den Dienst und brachte am nächsten Morgen Blumen.

Ausgebrannt durch unzählige Nachtdienste, Überstunden und eine fanatische Hingabe zum Beruf, wurde das Zusammenleben immer mehr zur Qual. In Normans Vorstellung gab es bloß noch Verbrecher oder potenzielle Verbrecher. Aus Angst vor Racheakten lagerte eine beachtliche Waffensammlung im Wohnzimmerschrank und Agnes war unter Normans Anleitung eine geübte Pistolenschützin geworden. Im Ernstfall sollte sie sich mit ihm gemeinsam verteidigen können.

Vor zwei Wochen hatte sie entdeckt, dass Norman Antidepressiva einnahm, die letzte Möglichkeit, sein Burn-out-Syndrom zu unterdrücken. Tatsächlich war er verträglicher als sonst gewesen – ihre Chance, den Absprung zu wagen. Wer konnte wissen, wie lang dieser Frieden anhielt? Bislang hatte Agnes das Risiko gescheut. Norman war vom Brüllen bis zum Zuschlagen alles zuzutrauen. Schusswaffen und Munition waren in ausreichender Menge im Haus gelagert, um ein Dorf auszuradieren. Gewiss, eine Kugel genügte, er würde treffen. Todsicher. Trotzdem wollte sie diesem Irrsinn entfliehen. Der Plan war, so zu tun, als wollte sie eine Beziehungspause einlegen, um dann nach einer angemessenen Abkühlphase endgültig Schluss zu machen. Zeit gewinnen.

Er hatte sie nun beinahe eingeholt. Angst kroch an ihr Herz. Eine Windböe wehte ihr das Haar vors Gesicht, doch sie strich die dunklen Strähnen nicht zurück, als wäre jede Geste, die der Flucht nicht dienlich war, Zeitverschwendung. Eilig öffnete sie das schmiedeeiserne Gartentor und trat hinaus auf die Straße. Glitt fast am Eis aus. Keine Fußgänger zu sehen, nicht einmal die Hunde der Gartensiedlung stimmten ihr übliches Kläffkonzert an. Dreckige Schneehaufen lagen am Fahrbahnrand, dazwischen eingekeilt standen Autos, von einer Schneedecke verhüllt. Es waren nur noch wenige Schritte bis zu ihrem Wagen.

»Wohin fährst du jetzt? Zu deinem Vater?«, rief er ihr zu. Viel zu nahe. »Bleib stehen, wir müssen reden!« Seine Stimme vibrierte aggressiv. Sie wagte nicht, sich umzuwenden. Zum Auto. Schnell. Nicht reden. Reden? Trotz der Angst hätte Agnes am liebsten lauthals über Normans Worte gelacht – reden wollte er mit ihr. Noch eine Chance wollte er haben. Seit Monaten, ach was, seit Jahren versuchte sie, mit ihm zu reden, ihm klarzumachen, dass es so nicht weitergehen konnte. Er hatte sein Junggesellenleben weiterlaufen lassen. Seine Zeit gehörte dem Beruf und die spärliche Freizeit der Couch vor dem Fernseher. Da gab es keine Kompromisse. Die wenigen Freunde waren allesamt Kollegen. Agnes' Freunde mochte Norman nicht, an jedem fand er einen Makel, ein kriminelles Geheimnis, und sei es nur Ehebruch. Allein war sie zu Geburtstagsfeiern, Silvesterpartys und Einladungen gegangen, hatte die Nachfragen zu seinem Verbleib mit Ausreden quittiert und die mitleidigen Blicke ignoriert. Warum war sie bei ihm geblieben?

Ich hatte viel zu tun. Eine Ausrede? Das Studium war hart gewesen, auf das Tanzen und Malen musste sie dank Normans Arbeitswut nicht verzichten. Und zugegeben – sein Leben klang aufregend gefährlich, ein Held im Kampf gegen das Böse – war da ihr Verzicht auf gemeinsame Zeit nicht ein verdienstvoller Beitrag?

Kindskopf.

Die große Veränderung kam mit dem Zusammenleben. Die Hausarbeit blieb gänzlich an ihr hängen. Ihre Arbeit war zweitrangig – nein, weniger als das. Juristen waren das Letzte für Norman: Polizeijuristen nach seiner Ansicht völlig überfordert, Anwälte allesamt Huren und Richter ließen mühsam eingefangene Verbrecher wieder laufen. Mit ihrem akademischen Titel kam er definitiv nicht klar.

Eine tiefe Sprachlosigkeit hatte sich zwischen ihnen entwickelt, die Agnes einsam und bitter werden ließ. »In anderen Beziehungen läuft es genauso«, reagierte Norman auf die immer seltener werdenden Rettungsversuche von Agnes. Ein ständiger Konkurrenz- und Machtkampf, der alle Energie aus dem Leib saugte und die Partner hohl und leer zurückließ.

Warum war sie bei ihm geblieben?

Der Wind fauchte Agnes an, holte sie aus der Erinnerung. Ihn einmal richtig anbrüllen. Ohne Angst vor den Konsequenzen. Aber das ging nicht, nicht jetzt. Kühlen Kopf bewahren … freundlich sein … weitergehen … ein paar Meter noch. Um eine feste Stimme bemüht, suchte sie nach den richtigen Worten.

»Ruf mich bei Paps an, okay? Die nächsten Wochen muss ich allein sein. Abstand und Ruhe, ich hab's dir erklärt.« Sie sah sich nicht um, ging immer weiter. Hob die Hand zum Abschied, öffnete die Wagentür, warf die Reisetasche und ihren Rucksack auf den Beifahrersitz. Im Einsteigen klopfte sie Schnee von den Stiefeln, schlug die Tür zu und stieß den Riegel hinein. Schlüssel ins Zündschloss; die Lenkradsperre klemmte, gab nicht nach, wie sehr sie auch am Lenkrad riss. Dann, endlich, freie Räder. Den Zündschlüssel im Schloss drehend, betete sie um das Wunder, dass der Motor dieses eine Mal sofort anspringen würde. Natürlich nicht – keine Wunder auf Bestellung. Der Starter heulte wie immer gequält vor sich hin.

»Spring an, komm schon … ich schwöre, eine neue Batterie zu kaufen … bitte … bevor er mich aus dem Auto zerrt … wo ist er?«, gehetzt blickte sie in den Rückspiegel, pumpte das Gaspedal. »Knarre holen?«

»AGNES!«

Sie zuckte zusammen. Er stand direkt neben ihr, zog am Türgriff. Gedämpft drang sein Schreien ins Wageninnere. Schon schlug er mit der Faust gegen die Scheibe.

»Mach sofort auf! Was soll das? Aufmachen!« Fäuste hagelten gegen die Seitenscheibe und sein Brüllen betäubte ihre Sinne. Das Glas ächzte unter dem Tritt des Stiefels.

Weg hier.

Der Motor jaulte. Der bringt mich um, schoss es ihr durch den Kopf, als das Seitenfenster unter einem weiteren Fußtritt knackte. Im nächsten Moment kam das erlösende Geräusch aus der Motorhaube und sie rammte den Retourgang hinein. Gleich den Ersten. Über eine Schneewechte mit durchdrehenden Reifen. Sie fetzten Schnee gegen Norman, sodass er zur Seite wich. Im Rückspiegel wurde Norman kleiner, stand unbewegt auf der Straße, ungläubig, dass sie tatsächlich gegangen war.

Agnes Feder stand zwischen Koffern, Reisetaschen und Papiertüten, die den gesamten Boden des kleinen Vorzimmers bedeckten. Drei Türen führten von hier zu den Zimmern des Hauses und am Ende des Ganges befand sich eine schmale, steile Treppe. Wie eine Fremde sah sich Agnes um. Alle Kraft hatte sie verlassen, Mut und Kampfgeist waren erloschen, die Arme hingen müde herunter und wollten die Last nicht mehr tragen. Achtlos glitt der Rucksack aus ihrer Hand zu Boden. Im Spiegel der Garderobe betrachtete sie die erschöpfte Frau, die ihr entgegenblickte.

Und jetzt?, fragte sie sich. Da war noch ein anderes Frauenbild.

Großmutter.

Das Porträt hing an der Wand hinter ihr. Eng geschnürt, gekleidet in der Mode der Jahrhundertwende, ruhte Großmutters strenger Blick auf Agnes. Die Haltung ihrer Ahnin brachte Agnes unwillkürlich dazu, die Schultern zurückzuziehen und sich aufzurichten. Großmutters Blick wirkte zufrieden.

»Agnes, da bist du ja endlich!« Eine Frauenstimme ließ Agnes herumwirbeln. »Ich war schon ganz unruhig, weil du so lang weggeblieben bist.«

»Theres.« Hinter Theres eröffnete sich der Blick in die Küche.

»Liebes, komm erst mal herein, hier im Vorzimmer ist es eiskalt. Das ganze Haus ist ausgefroren. Ich habe Tee gemacht. Danach geht es dir gleich wieder besser. Ganz blass bist du.« Theres nahm Agnes in die Arme, drückte sie und zog sie sogleich in die Wohnküche. »Ich hätte dich nicht noch einmal zurückfahren lassen dürfen, war doch klar, dass er um diese Zeit heimkommen würde. Wenn er dir etwas angetan hätte«, plapperte sie aufgeregt vor sich hin, »mein Gott, ich darf gar nicht daran denken.«

Der Tisch war gedeckt, die Teekanne stand auf einem Stövchen und daneben ein Teller mit den letzten Weihnachtskeksen. Zimt-, Nelken- und Holzgeruch lagen in der Luft. Im Bauernherd knisterte ein Feuer, dessen Wärme den Raum erfüllte. Das Knacksen der Holzscheite flüsterte: Du bist daheim. Agnes sank auf den nächsten Sessel und atmete tief durch. Theres ihr gegenüber machte immer noch ein besorgtes Gesicht. Dankbar musterte Agnes das vertraute Antlitz der Freundin, den ordentlich geschnittenen Pagenkopf, die freundlichen Augen.

»Hauptsache, vorbei«, beruhigte sich Theres.

»Ich bin weg von ihm und lebe noch«, bestätigte Agnes und ihre Hand legte sich unwillkürlich über die Kehle. »Irgendwann wäre ich sowieso mit Norman zusammengekracht.«

»Die Geschichte mit der Beziehungspause hat gewirkt?«

»Funktioniert … noch. Er wird mich zurückwollen.«

»Hast Angst?«, fragte Theres leise und Agnes nickte, die Augen starr auf den Boden gerichtet.

»Steckt in jedem Knochen. Wenn er erst mal mitbekommt, dass Schluss ist …« Ein Frösteln durchzitterte sie.

»Denk jetzt nicht daran. Einen Schritt nach dem anderen.«

»Okay.«

»Du hast immer Rücksicht genommen – einmal war er krank, dann wieder gestresst oder sonst durchgedreht. Ich konnte gar nicht verstehen, wie du das aushältst.« Theres schüttelte den Kopf, goss Tee ein, gab einen Löffel Rohrzucker in jede Tasse, fügte Milch hinzu und rührte um.

»Danke.« Agnes nahm die Teetasse aus Theres' Händen entgegen und sah zu, wie diese es sich mit der anderen Tasse bequem machte. »Du bist ein Schatz, Theres.« Die Freundin winkte ab und nippte am Tee. »Was hätte ich ohne deine Hilfe gemacht?«, versuchte Agnes, ihre Dankbarkeit in Worte zu fassen. »In deinen Lieferwagen haben meine ganzen Sachen gepasst. Wenn ich bloß nicht die Tasche mit den Schuhen vergessen hätte.« Der Gedanke an ihre Flucht ließ die Angst anschwellen.

»Bei dem Stress – da mach dir mal keine Vorwürfe.«

»Er wird nicht aufgeben.« Agnes' Kehle verengte sich, der Magen ballte sich zu einer Faust. Rasch was anderes denken. »Ist die Heizung im Schlafzimmer an? Sonst erfriere ich heute Nacht.« Atmen. Die Lungen gaben die gestaute Luft frei. Agnes lehnte sich zurück.

»Ja, alles erledigt.« Theres blickte sich in der alten Küche um. »Wirst du zurechtkommen? Ist nicht sehr komfortabel, das Gartenhäuschen. Warum gehst du nicht zu deinem Vater? Du wärst nicht so allein.«

»Kommt nicht infrage.«

Die Lehne im Rücken gab Halt. So wie der Tee, der die Kehle hinabrann.

Tee wärmt nicht nur Hals und Bauch.

Allmählich beruhigte sich ihr Nervensystem. Der Raum war still, nur das Feuer knisterte und von draußen drang das Rufen der Saatkrähen herein. Agnes schloss die Augen für einen Augenblick. Haltung bewahren. Als sie wieder aufblickte, konnte sie fast lächeln.

»Du weißt, wie Paps ist. Er würde innerhalb weniger Tage mein Leben kontrollieren wollen. Werde immer sein kleines Mädchen bleiben. Mit meinen fast 30 Jahren keine erquickliche Aussicht.« Theres lachte auf und Agnes stimmte kurz mit ein. »Am Riederberg habe ich es friedlich. In die Stadt ist es nicht weit, mit einer neuen Batterie wird es meine Karre noch eine Weile schaffen. Und Norman wird mich hier nicht vermuten.«

»Aber das Haus ist …«, Theres rang nach Worten, »… eine Bruchbude«, schloss sie vorsichtig an.

»Okay. Seit Mutters Tod habe ich nichts renoviert. Aber Paps hat dafür gesorgt, dass es von der Substanz her in gutem Zustand bleibt«, verteidigte Agnes ihr neues Zuhause. »Ich habe jetzt genügend Zeit und ein Einkommen. Du wirst sehen, bald ist es hier super gemütlich.«

Theres lächelte ungläubig. »Wie auch immer – du wirst nicht lang allein bleiben. Bald findest du einen netten Mann.« Was gut gemeint war, brachte Agnes in Rage. In ihren Augen glomm aufgestaute Wut.

»Hör mir damit auf! Ich habe diese Spielchen satt. Habe die Typen satt – zuerst einfühlsam, und nach einiger Zeit schleichen sich Bequemlichkeit und Selbstverständlichkeit ein. Das Leben zu zweit soll für einen Mann einfach und reibungslos funktionieren, ohne dass *Mann* etwas dafür zu tun braucht.«

»Aber so sind …«, versuchte Theres einzuwerfen, wurde aber von Agnes erst gar nicht wahrgenommen.

»Nur nichts investieren – weder Gefühl noch Zeit. Die Wärme, die sie zum Leben benötigen, holen sie sich beim Sex. Jede Frage in Richtung Beziehung ist schon eine Zumutung.«

»… doch nicht alle«, ergänzte Theres leise, blieb aber ungehört.

»Was ist so schlimm daran, sich ab und an in die Arme zu nehmen, einander ein paar liebe Worte zu sagen, nur um dem anderen Freude zu machen? Weißt du, was Norman einmal zu mir gesagt hat? *Wenn man seine Frau zu gut behandelt, dann wächst der Baum leicht in den Himmel*, und das muss *Mann* offenbar tunlichst vermeiden. Ist das nicht ein Wahnsinn? Wozu habe ich einen Partner sonst, als mit ihm *in den Himmel* zu wachsen? Stattdessen kappen sie dir die Wurzeln, bis du letztendlich umfällst. Nein, Theres, da mache ich nicht mehr mit – ich will kein Kräftemessen mehr und ich will nicht aufpassen müssen, wer mehr Macht über den anderen gewinnt. Im Job habe ich genug Stress, den brauche ich nicht noch in meiner Freizeit.« Endlich holte Agnes Luft. Trotzdem sagte Theres nichts. Sie goss Tee nach und rührte den Zucker in der Tasse um. Agnes beobachtete sie dabei. Der Dampf war raus. Hatte sie Theres niedergequatscht? Theres. Freundin seit Kindertagen. Schwester im Herzen. Theres war der Schwarm aller Burschen gewesen – kein Wunder: groß, schlank, blond und von freundlichem Wesen. Theres hatte sich nie viel aus ihren Verehrern gemacht. Sehr früh entschied sie sich für einen der Burschen und war ihm bis zum heutigen Tag eine treue Gefährtin geblieben. Nach der Schule hatten sich Theres' und Agnes' Wege getrennt und manchmal sah es so aus, als hätten sie sich auseinandergelebt. Aber das Band zwischen ihnen zerriss nie ganz.

»Hältst du mich jetzt für eine militante Emanze?«

»Quatsch. Du bist frustriert.«

»Na, das ist ja viel besser …«, grinste Agnes.

»Und siehst verdammt müde aus«, lächelte Theres milde. »Soll ich dir noch beim Auspacken helfen, bevor ich heimfahre? Zu zweit geht es schneller und macht mehr Spaß.«

»Okay«, nickte Agnes zustimmend. »Danke … für alles.« Sie stand auf und umarmte Theres, verbarg ihr Gesicht in deren Haar.

»Gern. Wozu sind Freundinnen sonst da?«, tätschelte Theres den Rücken ihrer Freundin. »Lass uns die Taschen gleich in die richtigen Zimmer bringen und ein paar Sachen einräumen.« Sie klang beinahe enthusiastisch.

»Gut«, riss sich Agnes aus der einsetzenden Rührseligkeit. »Ich hole mal die Sachen aus dem Auto.« Damit ging sie ins Vorzimmer, zog Winterjacke und Stiefel über und trat vor die Haustür.

Vor ihr lag der weitläufige, verwilderte Garten mit den alten Buchen, die so dick waren, dass zwei Männer sie nicht umfassen konnten, eine Birkengruppe und der hundertjährige Nussbaum. Heckenrosen wucherten ungezähmt, Flieder, Holler und viele andere Sträucher hatten die Zeit ohne Gärtner zur Entfaltung genutzt. Selbst das Haus war durch üppig rankende Mauerkatze, Schlingknöterich und Goldgeißblatt von der Natur vereinnahmt worden. Die biegsamen Zweige, welche die verwitterten, einstmals weißen Bretter der Veranda bedeckten, wiegten sich bedächtig im Ostwind. Der Weg unter ihren Füßen bestand aus Schieferplatten, führte hinaus, durch das Gartentor in die Außenwelt. Mit wenigen Handgriffen lud Agnes die letzten Taschen aus dem Wagen. Das Rauschen des Waldes ließ sie aufblicken. Der Horizont hob sich leuchtend vom Dunkel der bewaldeten Hügel ab. Es war so einsam hier. Klare Luft drang eisig in Agnes' Lunge. Reinigend.

Du darfst dieses Land niemals verkaufen. Dies ist unsere Zuflucht. Versprich es mir.

»Ach, Mama!« Agnes seufzte und versuchte vergeblich, gegen die aufsteigenden Tränen anzukämpfen.

Spätabends saß Agnes mit Füllfeder und Kalenderbuch am Sekretär ihrer Großmutter, der im Schlafzimmer nahe der Fensterbank stand. Eines der wenigen Erbstücke, die nicht verkauft worden waren.

Das war eine Persönlichkeit gewesen, ihre Großmutter. Vor den 30er-Jahren noch eine gute Partie mit ansehnlicher Mitgift, vernichtete die Wirtschaftskrise das gesamte Vermögen der Frau. Aktien waren die falsche Anlageform gewesen, musste ihr nun herzkranker Ehemann eingestehen. Nach und nach wurden Möbel und Schmuckstücke zu Geld gemacht. In den Kriegsjahren baute Großmutter Gemüse an, kochte für den Winter ein, schaffte es, alle Kinder einen Beruf lernen zu lassen. Beinahe wäre sie von den Nazis verhaftet worden, weil sie die Idioten davonjagte, die ihr das Mutterkreuz verleihen wollten. Ein Orden dafür, dass ihre beiden ältesten Söhne in Stalingrad gefallen waren? Nicht für Großmutter. Selbst mit den russischen Soldaten wurde sie fertig, verteidigte ihre Töchter wie eine Löwin.

Das Kerzenlicht des Leuchters, der auf einem Beistelltisch stand, tauchte den Raum in warmes Licht. Ein altmodisches Messingbett wartete frisch bezogen gegenüber. Es würde klamm sein – wenig verlockend. Agnes blickte in den Spiegel, der an der Wand neben ihr hing, und fuhr sich durch das Haar. Ihre dunklen Augen waren ungeschminkt, die Wangen blass und ein wenig schmäler als gewöhnlich. Musik kam aus dem CD-Player, tröstete sie. *Holding back the years*, raunte Mick Hucknall – die vergangenen Ereignisse vor Augen, erinnerte sie sich mit dem Song an zurückgehaltene Tränen, verlorene Chancen, verschwendete Jahre. Eine Geschichte wie die ihre, nicht besonders, fast unausweichlich.

In ihr Kalenderbuch schrieb sie: *Seltsam, trotz aller Aufregung fühle ich mich wie nach einem langen Schlaf, so als hätte ich die letzten Jahre dahingedämmert. Die Trennung fühlt sich gut an, ich bin ein Schiff, das endlich auf richtigem Kurs fährt. Dabei kann ich Norman nicht einmal böse sein für die verschwendeten Jahre. Es war meine Entscheidung, sie zu verschwenden. Alles, was war, wollte einfach sein.*

Sie blies die Kerzen aus und legte sich ins Bett. Die Laken waren noch kälter als erwartet. In der Dunkelheit lauschte sie den letzten Akkorden des Liedes, dem leisen Verklingen der Trompete.

Die erste Nacht in einem neuen Leben.

3

Um Viertel nach sieben betrat Agnes das Foyer von *BabyStar*. Der Eingangsbereich glitzerte von Spiegeln und Kristalllüstern. Selbst der Boden glänzte, war mit schwarzem und weißem Marmor ausgelegt. Alles in der Halle schrie: Geld!

Eine attraktive Empfangsdame lächelte von morgens bis abends den Eintretenden entgegen, versorgte Suchende mit Informationen und verwaltete die Termine der Ambulanz. Zur Linken des Empfangspults erstreckte sich ein Wartebereich voller Perserteppiche, Lederpolstermöbel und Ölgemälde. Luxus und Exklusivität als Marketingschiene, eine zahlungskräftige Klientel gesucht für prominente Ärzte.

Irgendwie fühlte sich Agnes immer deplatziert, wenn sie in diese Welt eintrat. Es war, als beträte sie eine Bühne. Das Publikum waren die Patientinnen, aber auch zu einem Gutteil die Angestellten des Hauses selbst – man wechselte hier ständig vom Darsteller zum Applausgeber. Das Stück hieß: Wir machen die Welt besser. Und alle mussten begeistert an der Verwirklichung der Utopie *Jedem Paar sein Wunschkind* mitwirken, koste es, was es wolle. Nebenher standen weitere Stücke am Spielplan. Das wichtigste darunter hieß: *Wir forschen für eine gesunde Menschheit.* Das wurde allerdings hauptsächlich hinter den Kulissen aufgeführt. Die Labors im ersten und zweiten Stock suchten nach neuen Arzneien im Kampf gegen Unfruchtbarkeit, Alzheimer, Multipler Sklerose, Krebs und was die Menschen sonst noch plagte. Eifersüchtig hüteten die Forscher die Geheimnisse ihrer Arbeit, bis ein angemeldetes Patent die Nutzungsrechte sicherte – und die konnten Milliarden wert sein. Auch Sterilisationen, Vasektomien und vereinzelt Abtreibungen hatte *BabyStar* im

Angebot. Niemanden schienen die Widersprüche in ihrem Tun zu stören oder auch nur der kleinste Zweifel zu quälen, dass irgendetwas falsch laufen könnte. Das Machbare wurde getan, das Unmögliche versucht. Die Labors waren eine eigene Welt voller enthusiastischer Spezialisten, fokussierter Forscher, fanatischer Workaholics.

Agnes durchquerte das Foyer zu den Fahrstühlen, führte ihre Legitimationskarte in die dafür vorgesehene Öffnung und wartete auf das Eintreffen einer Kabine. Ihr Büro lag im dritten Stock: die Rechts- und Personalabteilung.

Sobald sie in ihrem Zimmer war und sich aus den Wintersachen geschält hatte, nahm die tägliche Routine ihren Lauf: Post und Akteneinlauf aus dem Sekretariat holen, kurz mit der Chefsekretärin plaudern.

Larissa Muth war eine kleine, mollige Frau, diesen Winter mit auberginefarbenen Haaren, die gute Laune verbreitete. Eine nie versiegende Klatschquelle.

»Guten Morgen«, grüßte Agnes in den Raum.

»Guten Morgen, Frau Magister«, grüßte das Lehrmädchen Isabelle – blutjung, dünn, blondiert und stark geschminkt. Frau Muth schien Agnes bereits zu erwarten. Ihre Augen glänzten und verrieten Aufregung.

»Frau Magister, haben Sie gehört, der Bereich *Künstliche Befruchtung* soll eventuell von Dr. Tolf zusätzlich zum Bereich *Forschung* übernommen werden …«, ihre Stimme ging in ein Raunen über, »… die Dr. Schoff hat es scheinbar doch nicht geschafft, die Leitung zu bekommen. Aber Sie wissen das nicht von mir – ist nur ein Gerücht.« Ihre Stimmlage wechselte von eifrig zu sarkastisch. »Die arme Dr. Schoff, die wird sich ärgern.« Muth unterdrückte ein Kichern. »All die Mühe umsonst …, da könnte ich Ihnen Sachen erzählen, was die aufgeführt hat, um den Job zu kriegen. Man sagt, sie hätte sogar mit der Geschäftsführung, dem Dr. Rodler, …

na, Sie wissen schon, was …, aber das ist natürlich nur ein Gerücht. Jetzt ist sie wieder die Nummer zwei. Wird sich mit der Tolf gutstellen müssen.«

»Die haben sich aber ziemlich gefetzt in letzter Zeit, oder?«, warf Isabelle ein. Frau Muth machte ein vielsagendes Gesicht und nickte. Von Agnes wurden ermunternde Worte erwartet. Doch sie wollte von Michelle Schoff so wenig wie möglich wissen. Dr. Wach, der frühere Bereichsleiter für künstliche Befruchtung, tauchte in ihrer Erinnerung auf.

»Haben Sie eigentlich etwas über die Autopsie an Dr. Wach gehört? Ist da was dran?«

»Dass bei Wachs Herzinfarkt nachgeholfen wurde?« Frau Muths Gesicht verdüsterte sich, als Agnes nickte. Die Augen zur Tür gerichtet, ob auch niemand Unerwünschter mithören konnte, setzte sie mit leiser Stimme fort: »Der Gerichtsmediziner soll die Leiche auf *Viagra* untersucht haben, das habe ich bei einem Telefonat vom Chef aufgeschnappt. Das stelle man sich mal vor – wozu soll der Wach *Viagra* während der Arbeit eingenommen haben? Und dann wird er es wohl selbst genommen haben, denn wer würde den Dr. Wach umbringen wollen? Mit *Viagra*? Als ob man an einer Erektion sterben könnte.« Das Telefon klingelte. Frau Muth streckte die Hand zum Hörer, ohne Agnes aus den Augen zu lassen und ohne mit dem Reden aufzuhören. »Der Dr. Brum erzählt leider gar nichts darüber, wie oft ich auch nachfrage. Ich sage Ihnen eines …«, Muth ließ den Zeigefinger hochschnellen, »ohne Rauch kein Feuer.« Der Gedanke schien unerträglich und das auberginefarbene Haar wurde durch heftiges Kopfschütteln aufgewirbelt. »Wahnsinn.« Bewegt von dem Gedankenspiel, nahm sie endlich den Telefonhörer ab und widmete sich dem Anrufer. Agnes packte sogleich die Tagesration Aktenordner mit beiden Armen und verschwand in ihr Zimmer.

Das Gespräch ging ihr nicht mehr aus dem Kopf. Die angeordnete Autopsie hatte die Gerüchteküche von *BabyStar* zum Brodeln gebracht. Unbehagen hatte sich breitgemacht, schwelte in Blicken, in ungesagten Sätzen. Agnes wischte die Gedanken weg. Termine des Tages. Unterlagen vorbereiten – genug Arbeit, um nicht nachdenken zu müssen. Ihre Hand griff zur Tasse neben dem Bildschirm. Leer.

Ohne Tee geht nichts.

Zweite Station der morgendlichen Routine: Teeküche.

Das Telefon läutete schrill. Agnes erstarrte, die Türklinke in der Hand. Was, wenn Norman dran war? Die Vernunft zwang sie, zum Schreibtisch zurückzukehren, den Hörer abzuheben und die übliche Begrüßungsfloskel abzuspulen.

»Agnes? Hallo, Kleines.« Ein Schlag in den Magen. »Hast du schon über alles nachgedacht?« Er wartete ihre Antwort nicht ab. »Ich möchte dich sehen. Wir können über einige Änderungen reden. Wenn du willst, helfe ich dir samstags beim Einkaufen, sofern ich dienstfrei habe, und wir könnten einen Urlaub machen. Was sagst du?« Sätze quollen aus dem Hörer. Vorbereitet. Ein Überfall. Ihr Kopf fühlte sich blutleer an. Die Faust in der Magengrube bohrte tiefer.

»Norman …, es ist noch zu früh.« Ihre Stimme war viel zu schwach. Sie räusperte sich und versuchte, mit kräftigerem Tonfall weiterzusprechen. »Ich brauche eine Auszeit.« Tief durchatmen, mahnte die Vernunft. Schwachstellen orten. Schon fühlte sie Normans labile Laune durch die Leitung, in seinem Atem, in seiner Stimme.

»Wovon möchtest du ausruhen? Von deinem Bürojob? Du bist null belastbar. Was würdest du tun, wenn du meinen Job hättest und dich dann noch mit diesem Beziehungsscheiß beschäftigen müsstest?« Er unterbrach den immer aggressiver gewordenen Wortschwall und setzte neu an. »Ich will nicht mit dir streiten, Kleines. Also sag mir jetzt, wann wir uns sehen.« Agnes' Gehirn suchte eine Ausrede. Ein Wühlen in Luft. Nichts. Nichts. Nichts. Angst kroch den Rücken hoch, die Hände wurden klamm. Zeit schinden. So ehrlich wie möglich.

»Frühestens in zwei Wochen. Es geht jetzt einfach nicht. Ich bin mit den Nerven am Ende. Du hast recht, ich bin nicht belastbar. Ich schaffe gerade noch meine Arbeit.« Gut so, dachte sie. Soll er glauben, ich bin schwach. Deutlich weniger barsch hakte Norman nach.

»Bist du krank oder was? Warst du schon beim Arzt?« Seine Verunsicherung nützte Agnes, ohne zu zögern, aus. Das Leben mit Norman hatte sie gelehrt, in jedes Schlupfloch zu schlüpfen, das sich bot.

»Nein, aber ich habe es vor – du, ich kann jetzt nicht weiterreden, habe einen Termin. Wir hören uns, okay? Tschüss.« Sie ließ den Hörer auf die Gabel fallen und sank auf ihren Sessel. Sollte das nun wochenlang so gehen – jedes Mal, wenn sie ihn hörte, würde ihr vor Angst übel werden? Und sie müsste lügen?

Wie erbärmlich war das denn, einen anderen mit Halbwahrheiten hinzuhalten. Die Vernunft meldete sich, sagte ihr, dass sich Norman an den Zustand gewöhnen musste. Erst dann durfte der endgültige Bruch erfolgen – kein Amoklauf, keine Gewalt, alles wird gut. Viel weniger enthusiastisch als noch fünf Minuten zuvor, ging Agnes zur Küche. Ihre Kollegin Megan Kalth würde schon auf sie warten.

Der Tee war bereits aufgegossen. Erwartungsvoll blickte Megan ihr entgegen. In ihrer natürlichen Eleganz stellte sie zwei Tassen neben sich ab. Agnes fand ihre Bewegungen immer erstaunlich anmutig. In Gegenwart der Britin wollte man sich instinktiv sittsam benehmen. Agnes' Lächeln verstand Megan als Antwort auf ihre ungestellte Frage.

»Du hast es geschafft – man sieht es dir an. Das ist großartig!« Agnes' Blässe dämpfte ihre Euphorie etwas. »Wie hast du ihn dir vom Leib gehalten? Es ist doch alles glattgegangen?« Agnes erzählte in aller Kürze die Ereignisse des Vortages und ließ auch das eben erst geführte Telefonat nicht aus. Megan blieb besorgt.

»Mein Gefühl sagt mir, dass du wirklich aufpassen musst. Er ist eine tickende Bombe.«

»Ich weiß.« Wieder zog sich ihr Magen zusammen. Das war nicht gut.

»Du warst eine Selbstverständlichkeit für ihn und jetzt wird er merken, dass seine Annehmlichkeiten mit dir verschwunden sind.« Agnes brachte keinen Ton heraus. Mit zitternden Händen goss sie Tee aus der Kanne. »Lass dich mit keinem anderen Mann sehen.«

»Mann?«, platzte Agnes heraus. »Keine Sorge, Megan, von Männern habe ich genug, außer der Märchenprinz schaut bei mir vorbei.« Ihr Lachen klang zynisch. »Also vergiss es.« Sie rührte in der Teetasse, bis sie bemerkte, dass Zucker fehlte. Megan reichte ihr die Dose mit dem Rohrzucker und blickte sie herausfordernd an.

»Du meinst, den Märchenprinzen gibt es nicht? Ha?« Agnes verdrehte die Augen, was Megan nur noch mehr anstachelte. »Es sind nicht alle Männer gleich. Aber ich gebe zu, die guten sind schwer zu finden. Umgekehrt haben es die Männer übrigens genauso schwer, die richtige Frau zu finden. Es gibt genug bösartige Ausgaben unseres Geschlechts, die einen Mann nach dem anderen verpatzen, nachhaltig. Die bleiben so gestört zurück, dass sie nie wieder einer Frau vertrauen werden.«

»Ein wenig überzeichnet, oder? Ich meine …«, erwiderte Agnes, wurde jedoch brüsk unterbrochen.

»Hallo – große Versammlung in der Teeküche? Habt ihr nichts zu tun?« Eine üppige Blondine stand in der Tür und lächelte herausfordernd. Ein blendend weißes Gebiss blitzte die Freundinnen an. Michelle Schoff war erschienen. Ihre Haut war selbst jetzt, Ende Februar, stark gebräunt, was durch einen weißen, anliegenden Kaschmirpulli mit großzügigem Halsausschnitt, der vielmehr ein Brustausschnitt war, betont wurde.

»Wenn man von der Sonne spricht …«, schmunzelte Megan. »Guten Morgen, übrigens. Du holst dir jetzt aber keinen Kaffee, sondern bist dienstlich in der Teeküche?« Megan blickte Michelle erwartungsvoll an.

»Uh – sind wir heute empfindlich«, grinste diese belustigt. »Natürlich hole ich mir einen Kaffee, unsere Espressomaschine im ersten Stock ist schon wieder kaputt und Automatenkaffee trinke ich sicher nicht. Allerdings kann ich nicht hier herumstehen und quatschen wie ihr Süßen – ich muss weiter. Arbeiten, falls ihr das Wort kennt. Weiß gar nicht, was ich zuerst machen soll. Ich muss ein ernstes Wort mit der Tolf sprechen, ich brauche einen Assistenten. Jemanden, dem ich den ganzen Papierkram aufhalsen kann. Einen Mann, jung, gefügig – mit Frauen hat man nur Probleme.« Begierig wartete Michelle auf eine Entgegnung, da jedoch niemand auf ihre Provokation einging, wandte sie sich verstimmt an Agnes.

»Übrigens ist heute um 10.30 Uhr unser Meeting im Ministerium. Vergiss es bitte nicht wieder, Agnes. Wir müssen pünktlich sein. Brauchen wir Megan überhaupt dabei?« Und ohne Luft zu holen, fuhr sie mit hochgezogenen Augenbrauen fort: »Wie viel Zucker schaufelst du noch in deinen Tee? Das waren bestimmt drei Löffel – weißt du nicht, wie ungesund das ist? Eine Frechheit, dass du trotzdem so schlank bist.« Agnes rührte demonstrativ langsam in ihrem Tee, bemüht, den aufsteigenden Ärger zu verbergen.

»Erstens habe ich diese Meetings noch nie verpasst und zweitens ist Megan als Pharmazeutin dabei unentbehrlich.

Ärzte können nicht alle Gebiete abdecken – so göttlich ihr auch seid. Und zu guter Letzt sei versichert, dass mir mein Tee besser bekommt als dir deine zehn Espressi täglich.« Michelle freute sich sichtlich über das doch noch entbrannte Gefecht und machte sich daran, eine Tasse vom Espressoautomaten befüllen zu lassen.

»Wir sind göttlich genug, glaube mir. Das sieht man doch schon an unseren Gehaltsschecks!« Sie lachte über ihren Witz und sah Megan herablassend an. »Was verdient ihr Pharmazeuten denn so in England? Kann man davon überhaupt leben?«

Megan hielt den Augenkontakt. »Nun, wir kommen durch«, entgegnete sie mit sanfter Stimme. »Allerdings kann man keinen Speck ansetzen, da geht es dir als Ärztin besser.« Michelle legte unwillkürlich ihre Hand auf die Hüfte und presste die Lippen zusammen. Schuss ins Schwarze oder vielmehr in die Problemzonen Michelles. Sie erwiderte nichts, sondern sprach einfach mit Agnes weiter.

»Wir treffen einander um 10.00 Uhr im Foyer, sei bitte pünktlich. Heute könnte sogar der Minister dabei sein, da möchte ich einen guten Eindruck machen. Alles klar?« Vorsichtig hob sie ihre Kaffeetasse aus der Maschine. »Ach ja, Megan, sei so nett und nimm den Akt mit. Bis später.« Ohne sich nach Megan umzuwenden, verschwand sie und ließ eine betäubende Parfümwolke zurück.

Megan grinste übers ganze Gesicht. »Das nenne ich eine Revanche; für meine Retourkutsche muss ich nun den 20-Kilo-Akt tragen.«

»Aber das war's wert«, lachte Agnes.

»Die ist genau so eine, von der ich vorhin gesprochen habe. Ein Mann muss für sie in erster Linie reich sein, Einfluss haben und last but not least ihr hörig werden, sonst hat sie keinen Spaß.« Agnes grinste. Im Falle von Michelle hatte

Megan tatsächlich recht. Die war eine Femme fatale, wie sie im Buche stand, und entsprach dem Klischee einer stutenbissigen Kollegin in jeder Hinsicht. Seit Megan Kalth vom Mutterunternehmen in London nach Wien geschickt worden war, gab es einen täglichen Schlagabtausch zwischen ihr und Michelle. Ihr Ansehen auf dem Gebiet der In-vitro-Fertilisation und Embryonenforschung hatte die Ärztin nicht von ihrer Bösartigkeit geheilt.

»Du hast sie durchschaut und dafür hasst sie dich. Bitter für sie, dass sie sich zurückhalten muss, falls sie dich doch noch für ihre Karriere braucht. Immerhin kommst du von unserer Eigentümerin und gehst wieder zurück. Wenn sie könnte, wie sie wollte, hätte sie dich verbal zusammengebissen und bis nach London gespuckt.«

»Wenn sie könnte, wie sie wollte, wäre ich tot«, erwiderte Megan, ohne nachzudenken. Agnes blickte erschrocken auf. Gänsehaut kribbelte auf ihren Armen.

»Sag so was nicht.«

Zu viel Gerede vom Tod lockt ihn an.

Megan schüttelte nachdenklich den Kopf und blickte zum leeren Türrahmen, durch den Michelle verschwunden war.

»Da ist mehr unter der Oberfläche, als du ahnst.« Sie riss sich aus ihren Gedanken und lächelte Agnes zu. »Schau doch nicht so erschrocken! Es war nur ein Gefühl von mir, entschuldige.« Sie gingen zurück an ihre Arbeit, aber der Schatten des Unbehagens blieb.

Michelle, Agnes und Megan waren die letzten Sitzungsteilnehmer, die den Saal betraten. Wie es die Etikette erforderte, gingen sie um den runden Sitzungstisch und reichten jedem der Anwesenden die Hand. Da dies bereits die gefühlt millionste Sitzung in der Causa war, kannten sich alle Teilnehmer, die üblichen Juristen, Ärzte und Pharmazeuten.

Oder doch nicht? Da war ein neues Gesicht. Männlich, groß und – ja, schlichtweg beeindruckend, fand Agnes. Der Mann stand bei den Leuten des Konkurrenzunternehmens *New Life*. Ihr Blick wanderte auf der Runde durch den Saal immer wieder zu ihm. Jetzt waren sie endlich zur *New Life*-Delegation gestoßen, stellten sich einander vor. Ein Rechtsanwalt also. Siebert Thal. Er lächelte freundlich auf die Damen von *BabyStar* herab und streckte ihr seine Hand entgegen. Als seine Haut die ihre berührte, hob sie überrascht den Blick. Wärme und mehr als das flossen über die Handflächen zu ihr. Berührten ihr Herz. Für einige Augenblicke hielt sie den Atem an. Wie er. Über sein Gesicht huschte Erstaunen. Ihre Augen weiteten sich, schauten zu tief, zu intim. Verlegen entzog ihm Agnes ihre Hand und ließ sich willig von Michelle weiterkommandieren. Zeit, die Plätze einzunehmen, zu arbeiten. Die Delegationen trennten sich und jeder war damit beschäftigt, die nötigen Unterlagen auf den Tisch zu legen. Schon setzte der Vorsitzende mit seiner Begrüßung ein.

Agnes vernahm ein störendes Flüstern an ihrer linken Seite. Michelle langweilte sich. »Der Minister hat wieder nur den Sekretär geschickt. Verdammt. Wir sollten doch endlich fertig werden. Immer diese Juristen.« Michelle lehnte sich noch näher und zischte weiter in ihr Ohr. »Und dabei hat er mir letzten Sonntag nach dem Konzert im Musikverein versprochen, heute zu kommen. Habe ich dir übrigens erzählt, wie unverschämt er mit mir geflirtet hat? Seine Frau ist rot angelaufen vor Zorn. Das hättest du sehen sollen! Fantastisch. Ist mir ein Rätsel, warum er diese vertrocknete Hutblume geheiratet hat. Geld soll sie auch keins mitgebracht haben.«

Angewidert rückte Agnes etwas ab.

»Hast du schon mal gehört, dass manche aus Liebe heiraten?«, zischte sie dabei, doch Michelle gab ein gekünsteltes Lachen von sich.

»Red' keinen Unsinn, du machst dich ja lächerlich«, raunte Michelle zurück. »Der Ottman kommt aus einer der besten und reichsten Familien, da wird nur aus Berechnung geheiratet.« Agnes seufzte resignierend und stellte die Ohren auf Durchzug. »Ihr Vater ist ja ein hohes Tier in der Gewerkschaft, das wird dem Ottman bei der Karriere geholfen haben.« Da keine weitere Reaktion seitens Agnes' folgte, wechselte Michelle das Thema.

»Schau doch mal zur Delegation der Firma *New Life*, uns gegenüber«, stieß Michelles Ellenbogen an den ihren. »Der neue Jurist sieht klasse aus. Markantes Kinn – mag ich an Männern, sportlicher Körper, leider in einem billigen Anzug von der Stange versteckt. Und die Schuhe sehen auch nicht gerade handgemacht aus. Schade drum. Wird wohl so ein armer Schlucker aus irgendeiner Wald- und Wiesenkanzlei sein. Siebert Thal – kennt kein Mensch –, kein familiärer Background. Nichts für mich. Aber du bist ja bei Männern nicht so wählerisch, was, Agnes?« Ein herausforderndes Grinsen drängte sich in Agnes' Blickfeld. »Hast ja was mit einem Polizisten.« Das Wort *Polizist* klang aus ihrem Mund wie ein Fäkalwort. Diese Frau ist die Pest, war sich Agnes sicher und tat sich verdammt leid dabei, neben dieser präpotenten Person sitzen zu müssen. Gott, wofür hielt die sich? Glaubte, jeden Mann haben zu können. Pech, dass sie noch immer kein reicher Idiot geheiratet hatte, wo sie doch schon 35 war und dabei ziemlich abgegriffen aussah. Jetzt musste Agnes grinsen. Genüsslich lehnte sie sich zurück und ließ ihren Blick über die Reihe der Sitzungsteilnehmer schweifen. Siebert Thal war sehenswert. Der Rechtsanwalt fuhr sich mit einer bedächtigen Handbewegung über das Kinn. Was für eine vertraute Geste. An wen erinnerte er sie bloß? Plötzlich sah er auf, als hätte sie ihm zugerufen.

Ihre Blicke trafen sich. Ein Stich fuhr durch ihren Solarplexus, ließ ihre Wangen aufglühen. Schnell wandte sie sich ab, versuchte, den Redner zu fokussieren. Totale Verwirrung machte sich breit. Was war das eben gewesen – sie war doch kein Teenager. Nervös schlug sie die Beine einmal links über rechts und dann wieder rechts über links. Fühlte sie seinen Blick auf sich oder war das Einbildung? Sie wagte nicht, den Kopf zu wenden, und ging in Gedanken ihr Erscheinungsbild durch. Juristinnen-Uniform wie üblich: dunkelblaues Nadelstreifkostüm, Rollkragenpulli, ein Tuch über der Schulter, Stiefel. Öde. Gott sei Dank ordentlich geschminkt. Was tat sie da? Keine Männer! Außerdem war so ein Super-Typ bestimmt schon vergeben. Stopp! Sie versuchte, die Gedanken abzuschütteln. Das musste eine Art weiblicher Reflex auf attraktive Männer sein. Die Verhandlung – aufpassen. Gleich würde ihr Beitrag dran sein.

Agnes schaffte es, ihre Rede zu halten, ohne auch nur einmal Siebert Thals Blick zu begegnen. Unmittelbar danach wurde die Sitzung für eine kurze Kaffeepause unterbrochen und sie flüchtete aus dem Saal. Mit Michelle und Megan an einem der Stehtische, nippte sie wortlos an ihrem Tee. Michelle wollte immer noch nicht mit Megan reden, also blieb es still. Bis eine sonore Männerstimme die Frauen aus ihren Gedanken riss.

»Hallo, meine liebe Kollegin!«, rief der Mann Michelle zu. »Sie sehen umwerfend aus. Ich kann nicht glauben, dass Sie immer noch nicht mit mir in dem neuen Lokal in der Bognergasse zum Essen waren.« Michelles Augen leuchteten auf und Agnes machte sich auf eine heftige Flirtszene gefasst. Als ärztlicher Leiter der Firma *New Life* gehörte der Mann zu

Michelles Pool potenzieller Sexualpartner. Hinter ihm stand Siebert Thal, einen guten Kopf größer und 20 Jahre jünger.

»Gestatten, Siebert Thal. Wir wurden einander zwar schon vorgestellt, aber in der Flüchtigkeit der Begrüßung merkt man sich selten die Namen. Wobei, Ihrer ist Agnes Feder, nicht wahr?« Sein Lächeln war hinreißend. Kleine Lachfältchen schoben sich um seine Augen.

»Richtig«, lächelte sie zurück.

»Darf ich?« Sein Blick ruhte forschend auf ihrem Gesicht, während seine Hände eine Kaffeetasse neben der ihren abstellten. Wie ihr Herz klopfte. Konnte man das von außen sehen?

»Ja«, Agnes rückte ein Stück zur Seite, »es ist genug Platz.« Er stand nahe bei ihr, ein Duft von Sandelholz und Leder drang in ihre Nase, zog sie näher. Mit Mühe hielt sie Abstand, versuchte krampfhaft, ein Gesprächsthema zu finden.

»Ihre erste Sitzung in der Causa?«

»Ja«, antwortete er und fixierte ihr Gesicht. War etwa die Wimperntusche verlaufen?

»Sie Glücklicher. Die Verhandlungen ziehen sich endlos hin.« Bemüht beiläufig wischte sie mit dem Zeigefinger über das Unterlid. Nicht schwarz. Warum sah er sie denn so an? Bloß nicht in seine Augen sehen, sonst würde sie gar kein vernünftiges Wort mehr herausbekommen. Das war recht einfach, denn Agnes reichte Siebert gerade bis zum Kinn.

»In unserer Kanzlei grassiert die Grippe und mein erkrankter Kollege hat mich gebeten einzuspringen. Der zäheste Teil der Verhandlungen ist vorbei?«

»Ja. Fehlt nur die Feinabstimmung«, gab sie ihm recht. Über die Arbeit zu reden, war leicht.

»Schade eigentlich«, schmunzelte er und ließ seine Augen nicht von ihr. Ganz schön frech, fand Agnes und wechselte vom verunsicherten Mädchen zur Juristin.

»Schätze, maximal zwei weitere Sitzungen, dann wird alles unter Dach und Fach sein. Aber in einigen Punkten werden wir noch hart mit dem Ministerium feilschen müssen.« Sie blickte ihm herausfordernd ins Gesicht. Was für Augen. Braun mit grünen Sprenkeln. Funkelnd. Das Gespräch ging weiter. Siebert unterstützte ihre Bedenken, die sie zuvor in ihrer Rede angesprochen hatte, doch schon bald sprachen sie über eine Menge anderer Dinge, weitab des Berufes. Ferne Länder, Fremdsprachen, Gartenarbeit. Ungewöhnlich, dachte sie. Wo er doch ein Fremder ist.

Die Sitzung wurde fortgesetzt. Agnes und Siebert schlenderten als Letzte auf ihre Plätze, merkten nicht, dass sie beobachtet wurden. Megan erwartete Agnes mit einem breiten Grinsen.

»Was?«, tat Agnes gereizt, musste jedoch selbst ihr Lächeln unterdrücken.

»Angenehme Pause?« Keine Antwort. »Dein Gesprächspartner findet das ganz offensichtlich auch. Er schaut her. Dauernd.«

Siebert Thal würde doch hoffentlich ihre Freundlichkeit nicht missverstanden haben?

»Vielleicht ist ihm langweilig. Jetzt kommt ja der Pharmazeuten-Teil«, gab sich Agnes schnippisch.

Keine Hirngespinste, keine neuen Geschichten.

Die Sitzung zog sich endlos hin. Agnes konnte seine Blicke fühlen und wagte nicht, in seine Richtung zu schauen. Das hatte sie nicht gewollt. Das passte gerade ganz schlecht in ihr Leben. Als endlich der letzte Redner seinen Vortrag abgeschlossen hatte, verließ sie mit der Geschwindigkeit einer Sprinterin den Saal und drehte sich bis zum Erreichen des Foyers von *BabyStar* nicht mehr um.

Früh Schluss machen, Besorgungen erledigen, das neue Zuhause gemütlich einrichten, Speisekammer und Kühlschrank füllen – das waren Agnes' aktuelle Prioritäten.

Menschen mit leeren Kühlschränken bekommen Depressionen.

Ein Haus war erst bewohnt, wenn es in der Küche richtig duftete, in den Regalen Honig, Haferflocken, Schokolade und Nüsse zu finden waren, der Kühlschrank mit Butter, Käse, Eiern, Gemüse und Milch gefüllt war und frisches Brot in der Brotlade lag. Alle Schränke wurden ausgewischt, die Böden geschrubbt und die Teppiche gewaschen.

Aber wer arbeitete, musste auch jausnen. Zeit für Tee musste sein, bei aller Arbeit. Heißes Wasser löste Farbe und Aromen aus Roiboskraut, wurde leuchtend orange wie die afrikanische Sonne. Eine Brotscheibe mit Käse, eine Tasse mit dampfendem Roibos und Agnes kuschelte sich in den Ohrensessel. Der Bauernherd dicht daneben emittierte Brandgeräusche und Hitze, während der Fußschemel unter dem Gewicht der Beine ächzte. Bevor das Brot noch zu Ende gegessen war, fielen Agnes' Augen zu. Immer tiefer sank ihr Körper mit dem Schlaf in die Polsterung, wechselte die Realitäten, stand nun am Rande hoher Felsenklippen, die Hände zum tiefblauen Himmel erhoben und die Augen in die aufgehende Sonne gerichtet. Unter ihr toste die Meeresbrandung, unzählige Möwen schrien, ließen sich leicht und anmutig vom Wind tragen, so leicht, wie sie sich selbst fühlte. Die Luft war getränkt vom Salz der See und dem Duft unzähliger Macchiasträucher. Das Herz war voll Sehnsucht, drängte hinaus zum Horizont. Laut rief sie einen Namen: »NEDDAL!«

Der Schrei weckte Agnes. Verwirrt blickte sie um sich, fühlte das Herz gegen die Rippen pochen. In den Ohren dröhnte der Name.

Wer war Neddal? Es gab keine Antwort, nur das Gefühl, in einer anderen Realität gewesen zu sein; tatsächlich Sonne auf der Haut gespürt zu haben und den Duft des Meeres in den Lungen zu tragen. Halb im Traum verfangen, versuchte sie die Einzelheiten zusammenzufügen, ehe sie der Vergessenheit anheimfielen. Worte formten sich in ihren Gedanken, ließen die Landschaft erneut vor ihren Augen erstehen. Als hätte Agnes die Kopfhörer eines poetischen Audioreiseführers auf, sprach eine Stimme in ihr. Ein Diktat. Sie brauchte unbedingt einen Stift und Papier – stand auf, ging ins Schlafzimmer an den Sekretär, wo ihr Buchkalender aufbewahrt war. Noch hielt sie die Stimme zurück, entzündete die Kerzen des Messingleuchters und machte Musik an. Dann durfte die Stimme sprechen. Während die Füllfeder zu Chopins Nocturne op. 9 über die Seiten glitt, begann sich ein Gefühl von Freude und Erwartung in ihrem Herzen auszubreiten.

Eine lang gestreckte Insel mit bewaldeten Hügeln; die Küste von einer farblichen Pracht, wie ich sie noch nie gesehen habe – das Türkis und Smaragdgrün des Wassers kontrastiert das strahlende Weiß der Sanddünen, in denen uralte sattgrüne Wacholder- und Macchiasträucher wurzeln. Die Klippen ringsum ragen majestätisch in den Himmel, zeigen stolz ihre Körper von weißem und rötlichem Granit. Riesige Steinblöcke ragen wie Finger ins Meer hinein, dazwischen liegen sichelförmige Buchten von weißem, feinem Sand, der an manchen Stellen sogar rosa schimmert. Das Licht der Sonne bricht sich an der Wasseroberfläche und lässt sie funkeln wie ein unendlich großer Brillant. Der Wind hat Wellenmuster in den Sand gezeichnet, kleine Hügel aufgetürmt und Grasbüschel so tief vergraben, dass nur noch die Spitzen aus dem Sand ragen. Hinter mir liegt eine Ebene, übersät von blühenden Büschen und Gräsern, ein Teppich von Rot, Gelb und Weiß wogt im Aufwind, der vom Meer über das Land streicht. So weit kann ich sehen; so klar ist die Luft …

Lang saß Agnes am Sekretär und genoss die Bilder der Erinnerung, wollte mehr von dieser Traumwelt sehen.

Ich rufe einen Namen – Neddal – und eine unbändige Sehnsucht ist in meinem Herzen. So wie man seinen Liebsten herbeiruft in einsamen Stunden.

Die Sehnsucht war immer noch da. Was tun, wenn man völlig aufgewühlt und durcheinander war? Badewasser einlassen.

Die Wanne war eine *Antiquität* mit gebogenen Standfüßen, die Fliesen im Bad teilweise zersprungen. Alles *Antiquitäten*. Während Wasser in die Wanne lief, begann Agnes, das Badeöl zu mischen. Die Zutaten dafür standen in einem Halbkreis um ein Glas Obers und eine Kerze. Honig rann in einem zähen Faden in die weiße Flüssigkeit. Agnes gab ihm die Zeit, die er brauchte, sich vom Löffel zu lösen, und auch in ihr löste sich in der Langsamkeit der Zeremonie alle Anspannung. Einige Tropfen Geranienöl folgten, das Öl der Reinigung, Beruhigung und Harmonie. Bilder von blühenden Wiesen entstanden in ihrem Kopf, ließen sie lächeln. Dazu Lavendelöl, nervenstärkend. Weite und Freiheit, satte Lilatöne beflügelten die Fantasie. Ein, zwei Tropfen Patschuli zur Abrundung, der Duft der Erde, erotisierend und harmonisierend zugleich. Weitere Tropfen fielen in das Glas und das Bouquet von Gerüchen strömte durch Agnes' Nase ins Gehirn, legte sich von dort wie eine wärmende Decke über ihren Körper. Ätherische Öle waren faszinierend. Genau wie Räucherrituale. Harze, Wurzeln, getrocknete Kräuter, die physische Welt mit der geistigen verbinden. Was die Großmutter von ihrer Mutter gelernt hatte, war an sie weitergegeben worden. Mit Kräutern kochen und heilen, Tees und Salben zubereiten.

Das Lächeln auf ihren Lippen vertiefte sich, während sie die Zutaten vermischte.

Im Bad war die Luft nun angenehm warm. Mit einer ausladenden Bewegung ließ Agnes die Emulsion in das Badewasser fließen und weiße Wolken breiteten sich aus. Ihre Hand glitt durch das weiche Nass und der aufsteigende sinnliche Duft lockte. Sie streifte die Wäsche ab, stieg in das irisierende Wasser. Die Bilder des Traums entstanden erneut vor dem inneren Auge; die Farben der Insel – das Aroma von Macchiasträuchern mischte sich in das Lila und den herbsüßen Duft. Wärme umschmeichelte ihren Leib, Honig und Öle ließen die Haut samtweich und die Seele heiter werden. Als Agnes schließlich zu Bett ging, war alles in ihr ruhig und verwurzelt, bereit für neue Träume.

4

Die erste Woche im neuen Zuhause verging wie im Flug. Zwar musste Agnes täglich eine Stunde früher aufstehen, aber es machte ihr nichts aus. Der Preis der Freiheit war gering. Noch.

Zum gegenwärtigen Zeitpunkt war es beim Aufstehen dunkel. Der Boden, die Wände, alles eiskalt, der Weg vom Schlafzimmer in die Küche glücklicherweise kurz. Bald hatte sie das nötige Geschick, das Feuer im Bauernherd rasch anzufachen, und dann dauerte es nicht lang, bis behagliches Knacksen von Holzscheiten Wärme aussandte, der Teekessel zu pfeifen begann und richtig starker Assamtee aufgegossen war.

Wenn sie das Haus verließ, dämmerte es. Eisige Winde wandelten Gehen in Laufen, eine ruhige Hand mit Eiskratzer in eine zitternde. Die Frontscheibe war stets vereist. Schließlich ging es den Berg abwärts. Laut singend. Das hatte sie bei Norman nicht gedurft. Er hasste Singen. »… a man, just can't be trusted …« Sie schrie es hinaus. »Infidelity!« Mick Hucknall wusste, wovon er sang. Sie auch. Die stillen Vororte der Großstadt waren schnell durchfahren. Vorbei an Supermärkten, Einfamilienhäusern und bevölkerten Autobushaltestellen, bewegte sie sich in einem immer zäher werdenden Stau. Endlich teilte sich die Einfahrtsstraße und man kam wieder zügig voran. Bis zur U-Bahn-Station in unmittelbarer Nähe der Wohnung ihres Vaters jedenfalls, denn hier ereignete sich das tägliche Drama der Parkplatzsuche. Irgendwann fand sich Agnes in einem übervollen Zug mit Gratiszeitung lesenden Menschen wieder. Station *Stephansplatz.* Agnes nahm die Rolltreppe hinauf ans Tageslicht und tauchte inmitten des weitläufigen Platzes auf. Da das barocke erzbischöfliche Palais, dort das Palais Equitable im Historismus Stil, hier ein Glaspalast, in dem sich der Stephansdom spiegelte, das Herzstück der Stadt. Von seinen romanischen Wurzeln war das prächtige Riesentor mit den Heidentürmen erhalten geblieben, der überwiegende Rest war gotisch-spitz emporstrebend.

Agnes mochte den Dom nicht besonders. So großartig die Baukunst auch war, wirkte er dennoch abweisend und bedrückend auf sie. Hier soll Gott wohnen?, fragte sie sich jeden Morgen. Versöhnlich stimmte sie hingegen die geheime Symbolik des Riesentors und der Heidentürme – ein Turm hatte *weibliche*, runde Giebel und der andere eckige, *männliche* Giebel. Das gefiel ihr, ja es machte ihr eine diebische Freude zu wissen, dass den körper- und frauenfeindlichen Kirchenfürsten heidnische Symbole untergejubelt worden waren. Auch das Hauptportal war schließlich von einem Christus mit entblößtem Knie in einer Mandorla geziert – ein weiteres heidnisches Fruchtbarkeitssymbol, das die weibliche Vulva darstellt. Vom Stephansplatz war es nicht mehr weit zum *BabyStar*-Gebäude. Durch die engen Gassen der Altstadt, über unregelmäßiges Kopfsteinpflaster, in dem sich die Schuhabsätze schrecklich gern verfingen, vorbei an mittelalterlichen Häusern und Hauszeichen, die auf die alten Zünfte hinwiesen, trabte Agnes Richtung Hoher Markt und folgte der Judengasse bis zum Friedmannplatz.

An dem vierstöckigen Eckhaus mit dem Marmorportal und dem beleuchteten Vordach war ein Messingschild befestigt, das das Firmenlogo trug. Durch die Glasscheiben glitzerte das luxuriöse Ambiente des Foyers. Nüchtern und konzentriert trat Agnes täglich ihren Dienst an und folgte der Routine des Arbeitstages.

Am Ende der Arbeitswoche klopfte Megan nachmittags an Agnes' Bürotür und brachte zwei Tassen Tee mit.

»Zeit, noch eine Tasse besten Darjeeling First Flush mit mir zu trinken?«, fragte sie in dem offensichtlichen Bewusstsein, nichts anderes als Zustimmung zu erhalten. »Ich habe ihn gestern mit der Post von meiner Nichte Anna aus London bekommen.«

»Klar.« Agnes freute sich aufrichtig über Megans Gesellschaft.

»Hattest du noch einmal diesen Traum, von dem du mir neulich erzählt hast?«, fragte die Freundin und setzte die Tassen ab.

»Nein«, antwortete Agnes und verbarg ihre Enttäuschung nicht. Das Verlangen nach dieser geheimnisvollen Traumwelt hatte sie seither nicht verlassen.

»Träume haben etwas mit dem Unbewussten zu tun«, blieb Megan dem Thema treu und setzte sich Agnes gegenüber. »Sie können prophetisch sein, aber genauso gut Erinnerungen aus deiner Vergangenheit vermitteln. Du sagtest doch, dass es sich völlig real angefühlt hat.«

»Mmh.« Agnes schnupperte an der Teetasse und genoss den Duft, der in ihre Nase stieg. Grasig, ein Berghang, in Wolken gehüllt. »Ich war seit meiner Kindheit nicht mehr am Meer. Das war Lignano – also keine Klippen, keine üppig blühenden Wiesen.« Sie nippte am Tee. Heu auf einer Bergwiese. »Damit bleibt ein prophetischer Traum. So betrachtet, hoffe ich, du hast recht. Urlaubsreif bin ich schon seit längerer Zeit.«

»Na dann …«, lachte Megan ihr zu.

»Kein Geld«, zuckte sie mit den Schultern. »Das Haus muss renoviert werden. Wie sieht es bei dir aus? Hast du etwas für den Sommer geplant?« Megans Gesicht wurde traurig. Agnes konnte sehen, dass sie an ihren Ex-Freund dachte. »Wann hast du Larry das letzte Mal gesehen?«

»Ach, das ist schon ein dreiviertel Jahr her.« Megan sah zu Boden. »In Cornwall, entsetzlich kitschig. Rosamunde Pilcher pur. Dort gibt es Felsklippen, Agnes, wie in deinem Traum, das Meer braust, die Möwen schreien, es riecht frisch und salzig, die Farben sind so intensiv, man kann das Leben mit jeder Faser seines Körpers fühlen.« Sie räusperte sich und fand einen sachlichen Tonfall für ihre Geschichte. »Es hat dramaturgisch gut dazu gepasst, dass wir gerade dort miteinander Schluss gemacht haben.«

»Ach …«

»Es war unvermeidlich. Ich musste gegen zu viele Schatten kämpfen. Du kennst ja das Problem zwischen Larry und mir.«

»Das tut mir leid«, versicherte Agnes. Dass ein Nordire und eine Britin Beziehungsprobleme politischer Natur bekommen konnten, hatte ihr in Megans Geschichte eingeleuchtet. »Ist es wirklich vorbei?«, fragte sie dennoch nach. Megan seufzte und hielt ihre Augen gesenkt.

»Endgültig.« Ehe ihr Tränen in die Augen steigen konnten, wechselte Megan das Thema. »Erzähl mir lieber, was du dieses Wochenende vorhast.« Bereitwillig gab Agnes alle Vorhaben zum Besten, vom Baumarkt über die bevorstehende Putzorgie, bis hin zu den geplanten Veränderungen im Haus.

»Mein Vater wird morgen kommen. Ein paar Reparaturen stehen an. Und ich werde ihm was Feines kochen.« Das Thema Larry war sicher weggepackt. Agnes und Megan tranken ihren Tee aus und wollten sich schon auf den Weg ins Wochenende machen, als das Telefon läutete.

»Guten Tag, *BabyStar*, Rechtsabteilung, Sie sprechen mit Agnes Feder«, sprudelte die Begrüßungsfloskel über Agnes' Lippen.

»Agnes, wie schön, deine Stimme zu hören. Du fehlst mir. Können wir einander am Wochenende sehen? Ich führe dich aus.« Norman. Seine Stimme versetzte Agnes einen Schlag in die Magengrube. Abblocken. Flucht. Alle Alarmsysteme blinkten rot.

»Norman, ich habe dir gesagt, ich möchte zwei Wochen Zeit zum Nachdenken. Ich brauche Ruhe, verstehst du das nicht? Das Leben mit dir war … aufreibend … freudlos«, stammelte sie, »… jetzt habe ich für einige Zeit genug.« Am anderen Ende der Leitung war es still. Norman holte tief Luft, ehe er weitersprach.

»Agnes. Bitte. Das Haus ist so leer ohne dich.« Er räusperte sich, ehe er weitersprach. »Komm zurück. Lass uns über alles reden.«

»Norman, ich hab …«, versuchte sie ihn neuerlich von ihrem Bedürfnis nach Abstand zu überzeugen, aber sie kam nicht weiter.

»Die Mama hat mir ordentlich den Kopf gewaschen. Sie sagt, es ist kein Wunder, wenn du davonläufst, ein Wunder sei vielmehr, dass du es so lang ausgehalten hast. Alle halten zu dir! War ich wirklich so unmöglich?« Wut stieg in Agnes auf. Jetzt auf einmal kam die große Einsicht? Es war nicht Liebe, die ihn schmerzte, nein, dieser Mann liebte in erster Linie sich selbst. Genau das tat ihm weh. Die physische Trennung von ihr hatte sein Leben unbequem gemacht. Gewohnt, sich lieben zu lassen, war es in seinem Haus genauso kalt geworden wie in seinem Körper. Einen Köder auslegen, nur das tat er. Kein Mensch änderte sich wirklich. Der Held zerfiel im Staub der Realität. Übrig blieb ein ausgebrannter, egozentrischer, unreifer 30-jähriger Junge. Top im Job, ein Flop als Partner.

Genug gewartet.

»Wenn du unbedingt willst – nächsten Freitag nach der Arbeit, sagen wir Café Central um halb sechs.«

»Okay«, kam die triumphierende Antwort.

Also im Café Central würde der Schlussstrich gezogen.

Ein Touristencafé, in das sie sonst nie ging. Damit wurde kein angenehmer Ort mit bösen Erinnerungen belastet und die Öffentlichkeit konnte gefährliche Gefühlsausbrüche von Norman verhindern. Hoffentlich.

Als Agnes den Telefonhörer zurücklegte, nickte Megan ihr aufmunternd zu. War das eine gute Entscheidung gewesen? Eine Woche blieb ihr bis zum Treffen mit ihm. Alles in dem Raum engte sie mit einem Mal ein. Der eigene Brustkorb war zusammengepresst. Raus hier – raus aus der Stadt. Dorthin, wo man atmen konnte.

5

Der Samstagmorgen sandte erste Lichtstrahlen durch die Vorhänge. Es war dämmrig im Zimmer und recht kühl. Das Daunenbett verleitete zum Faulenzen. Verschlafen kuschelte sich Agnes in die Polster und zog die Decke eng um sich.

Das Alleinsein war erstaunlich angenehm. Vier Jahre waren eine lange Zeit – sie hatte erwartet, zumindest aus der Gewohnheit heraus ein Gefühl der Einsamkeit zu entwickeln. Doch stattdessen erfüllte sie Erleichterung. Paradoxerweise hatte sie deswegen ein schlechtes Gewissen. Norman ging es schlecht, nur wegen ihr. Zu ihrer Entlastung ließ sie die Erinnerungen daran zu, wie wenig Norman es ausgemacht hatte, sie zu kränken, zu enttäuschen oder anzulügen. Genugtuung und Schadenfreude würden ihr durchaus zustehen. Dummerweise war da nur Erleichterung und Mitgefühl.

Mit – fühlen.

Als Kind hatte Agnes die Emotionen anderer Menschen in sich fühlen können, spiegelgleich. Das war schmerzhaft gewesen, sie hatte sich davor schützen müssen, eine Mauer errichtet, die die fremden Gefühle verlässlich draußen hielt. Keiner wusste von dieser Fähigkeit. Sie selbst hatte sie vergessen. Megan hatte die Erinnerung freigelegt in Gesprächen über Wahrnehmung, Empathie und Telepathie. Auch Megan besaß dieses Talent. Talente seien Geschenke, hatte Megan erklärt, die zum Wohl der Mitmenschen eingesetzt werden sollten. Es hieße, dass das Gute, das man tue, zehnfach zurückkehren würde – genauso, wie die bösen Taten zehnfach vergolten würden. Agnes schüttelte die Gedanken ab. Paps. Wie liebevoll er stets um sie bemüht war seit dem Tod ihrer Mutter. Er war ihr ein Verbündeter gewesen in ihrem Plan, Norman zu verlassen.

Nein, auch das war kein angenehmer Gedanke. Hausrenovierung. Besser. Die Veranda streichen, den Küchenboden ölen, die Schlafzimmerfenster abdichten und die Dachkammer – nicht an die Dachkammer denken. Gab's dort oben Mäuse? Das Bad, ach ja, eine einzige Antiquität. Kurzum, der finanzielle Supergau drohte. Ihr Vater würde heute eine Bestandsaufnahme machen und bei der Planung und Umsetzung helfen.

Wir beide, wie früher beim Heimwerken. Voller Tatendrang schwang sie die Beine aus dem Bett. Krautfleckerln kochen. Das Essen sollte fertig sein, wenn Paps am Vormittag kam. Sie musste ihm möglichst viel zur Hand gehen. Paps war 70 Jahre alt und wurde allmählich gebrechlich. Rasch schlüpfte Agnes in Jeans und Sweatshirt, putzte sich im Bad die Zähne und begann mit dem Krautschneiden.

Als Ludwig Feder um zehn Uhr vormittags an die Haustür klopfte, roch es aus der Küche nach Speck und Kraut. Agnes umarmte den weißhaarigen Mann, der vor ihr stand wie ein knorriger Baum. Die Stiefel und den Wintermantel ließ er im Vorraum zurück, um sich am Herd die Hände zu wärmen und in die Töpfe zu gucken.

»Köstlich riecht das.«

»Nur für dich gemacht, Paps«, schmeichelte Agnes. Sie goss russischen Tee in eine Jumbotasse, fügte Zucker und Rum hinzu. Er machte es sich indessen auf der Sitzbank bequem und beobachtete sie.

»Ah ja, so vertreibt man Viren – gib nur ordentlich Rum dazu«, ermunterte er sie. »Das ist ein strenger Winter – will gar nicht aufhören.« Er nahm die Tasse entgegen und blickte seine Tochter prüfend an. »Wie geht es dir, Nessi, mein Schatz? Du siehst ein wenig blass aus. Komm zu deinem alten Papa, erzähl mir alles.« Er winkte Agnes zu sich auf die Eckbank und legte seine Hand auf die ihre.

»Es geht mir gut, Paps. Norman zu verlassen, war die beste Entscheidung meines Lebens.«

»Na dann. Wenn einem eine Trennung so leicht fällt, ist da keine Liebe mehr. Norman hat ja auch nie Zeit für dich gehabt. Warst immer allein. Nicht mal einen Urlaub habt's gemacht. Und er war geizig. Ich mag keine geizigen Menschen. Die sind meistens auch neidisch. Geiz und Neid sind allen Unglücks Anfang.« Er streckte den Zeigefinger in die Höhe. »Das merk dir. Bei solchen Menschen sei misstrauisch. Ich mochte ihn von Beginn an nicht besonders.«

Agnes seufzte, hatte keine Lust, ihre Ex-Beziehung mit ihrem Vater zu besprechen. Warum war sie so lang bei Norman geblieben? Aus Gewohnheit oder aus Mitleid? Wegen seiner amerikanischen Mutter, die Agnes wie eine Tochter aufgenommen hatte? Liebe? Wahre Liebe musste sich anders anfühlen. Gab es *wahre Liebe* überhaupt? Wohl eher ein Mythos. Wen kannte sie schon, der eine tiefe, dauerhafte Liebesbeziehung erlebte? Niemanden. Okay, eine Ausnahme: Theres. Ansonsten ein Kampf der Geschlechter, zu unterschiedlich waren Frauen und Männer, um dauerhaften Frieden schließen zu können. Die Hormone veranlassten sie dazu, es immer wieder zu probieren, um am Ende doch zu scheitern.

Agnes schenkte sich selbst ein, während Ludwig einen großen Schluck Tee nahm.

»Ah, das tut gut.« Er schnalzte genüsslich mit der Zunge. »Aber dass du nicht zu mir gezogen bist, verstehe ich nicht. Warum willst du in dieser zugigen Bruchbude leben? Allein? Bei mir hast du doch alles, ich hätte dir dein Zimmer neu ausgemalt und eingerichtet. Wärst viel schneller in der Arbeit.« Agnes sah ihrem Vater offen ins Gesicht.

»Ich fühle mich richtig wohl in diesem Haus, auch wenn noch viel zu tun ist. Weißt du, Paps, ich genieße es, allein zu sein. Und es ginge nicht gut, würde ich wieder bei dir leben. Du bist besitzergreifend und würdest im Handumdrehen mein Leben bestimmen wollen. Wir sind zwei Sturköpfe, und ich mag nicht mit dir streiten.«

»Ist schon gut, war nur ein Versuch«, wehrte Ludwig ab. »Was ist zu reparieren? Ist schon eine Weile her seit dem letzten Projekt, bestimmt zehn Jahre.« Der Vater wirkte etwas verstimmt, versuchte aber, seine Enttäuschung zu verbergen.

»Ich glaube, wir haben die Fenster gestrichen. Nach Mutters Tod.« Ludwig starrte einige Augenblicke auf den weißen Lack der Fenster.

»Irgendwie gut, dass du hier lebst. Deine Mutter würde sich freuen. Ich habe sie mit dem Haus immer im Stich gelassen. Als sie starb, war es zu spät. Da war nichts mehr zu ändern.« Seine Stimme wurde immer leiser. »Mein Stolz hat alles kaputtgemacht.« Ludwig musste tief Luft holen, ehe er weitersprechen konnte. »Sie hat dieses Haus geliebt, aber …«, er winkte ab, »… du kennst die Geschichte.« Er hatte es nicht ertragen, dass Grund und Haus seiner Frau gehörten.

Agnes musterte ihren Vater. Er war ein Mann vom alten Schlag, hatte seine Frau geliebt, wenn er es ihr auch nicht allzu oft gesagt hatte. Das Haus war ein steter Zankapfel gewesen. Ludwig war aus der Generation, wo dem Mann das Vermögen und die Vermögensverwaltung zustanden. Petra Feder wollte ihr Haus nicht auf ihn überschreiben, wollte den Besitz an ihre Tochter weitergeben, so wie sie ihn von ihrer Mutter bekommen hatte. Ludwig war bereits einmal geschieden gewesen, vielleicht hatte sie ihm deshalb nicht restlos vertraut? Petra Feder starb viel zu früh – Agnes war ein Teenager, als der Krebs in ihrer Mutter zu wuchern begann. Nach drei Monaten war alles vorbei, für immer, und das Haus am Riederberg ging an Agnes.

Obwohl Ludwig niemals darüber sprach, wie sehr er unter dem Tod seiner Frau litt, war dies aus vielen Kleinigkeiten zu erahnen. Ludwig sorgte für die Erhaltung des Hauses, bis Agnes selbst dazu finanziell in der Lage war; er ging keine neue Beziehung ein, trotz reichlicher Angebote; in der großen Altbauwohnung fanden sich immer noch die Spuren seiner Frau. Alles war so geblieben, wie Petra Feder das Heim eingerichtet hatte. Selbst die einst verhassten Häkeldeckchen legte Ludwig nach dem Waschen und Bügeln fein säuberlich wieder auf. Porzellanfiguren waren am Kamin verblieben, auf dem Frisiertisch lagen Petras Bürste und Kamm neben Parfumzerstäuber und Familienfoto.

Agnes lehnte den Kopf an seine Schulter. »Ach, Paps, ich bin mir sicher, sie hat dir verziehen. Sie sieht auf uns herab und freut sich, dass wir ihr Haus wieder auf Vordermann bringen.«

»Ja, Nessi, ich kann sie hier herinnen fühlen. Sie wäre so stolz auf dich.« Er seufzte. »Ich werde ein alter, sentimentaler Sack!« Unbehagen war ihm ins Gesicht geschrieben. »Übrigens lässt dich Tante Mette *ganz besonders herzlich* grüßen!« Ludwig lachte auf. »Habe ich sie richtig nachgemacht? Sie lässt mir immer noch keine Ruhe – was will sie von mir altem Mann?«, schüttelte er den Kopf. Agnes musste schmunzeln. Die Schwester ihrer Mutter hatte seit jeher alles haben wollen, was Petra Feder zugedacht war.

»Danke. Lass dich bloß nicht von der alten Giftspritze einwickeln«, warnte sie ihn sicherheitshalber.

»Unsinn«, brummte Ludwig ungehalten. »Lass uns lieber einen Plan machen, wie wir dein neues Zuhause auf Vordermann bringen.«

»Okay«, lenkte Agnes lachend ein.

»Was hast du dir denn schon überlegt?« Ludwig zog mit der Behäbigkeit eines alten Herrn seinen Kugelschreiber aus der Brusttasche und begann ein paar Worte auf seinen Notizblock zu schreiben.

»Das Dach sollte sich mal wieder jemand ansehen. Mit dem Ausmalen der Zimmer möchte ich bis zum Frühling warten, dann kann man besser lüften. Schau mal, muss man die Böden abschleifen oder reicht Ölen? Und ganz wichtig – das Badezimmer.« Ludwig Feder schrieb alles ordentlich untereinander.

»Wir werden das Bad neu machen, Fliesen, Armaturen und Klo«, eröffnete ihr Vater gewichtig, »keine halben Sachen, auch wenn es etwas mehr kostet. Das bekommst du von mir als Geschenk. Wenn ich das mal so grob überschlage ...« Er legte die Stirn in Falten und murmelte leise Zahlen vor sich hin: »... ja, mit 2.500 Euro sollten wir auskommen. Einverstanden?«

Agnes war begeistert, sah sich schon in der neuen Wanne liegen und ringsum funkelnagelneue Fliesen glänzen. Das Bad wurde besichtigt, vermessen und Zahlen samt benötigten Materialien notiert. Auch die anderen Räume bedurften einiger Reparaturen. Als die Mittagssirenen losgingen, legte Ludwig Stift und Papier weg.

»Zeit zum Essen, Nessi«, verkündete Ludwig augenblicklich. Ein pünktliches Mittagessen stand auf seiner Prioritätenliste ganz oben. In der Wohnküche setzte er sich auf seinen Platz und wartete, bis ihm serviert wurde.

Am späten Nachmittag trat der alte Herr die Heimfahrt an und Agnes sank erschöpft in den Ohrensessel. Die Hitze des Ofens bestrahlte ihre angespannten Muskeln, ließ sie dabei noch müder werden. Das Geschirr war noch abzuspülen, die Reste des Mittagessens in Behälter zu füllen. In einer Ecke der Küche stand der Werkzeugkoffer halb geöffnet.

»Kein Bock«, murmelte sie und sah sich um. Die Möbel waren aus massivem Kiefernholz. Der Bretterboden war stellenweise abgetreten und unter bunten Flickenteppichen versteckt. In der Vitrine neben der Sitzecke glänzte das Porzellan ihrer Großmutter, zwar nicht mehr vollzählig, aber immer noch wunderschön. Die Emailtöpfe, die auf dem Herd standen, waren von ihrer Mutter, genauso wie die übrigen Küchengeräte, die Petra Feder Stück für Stück von ihrem Haushalt abgezweigt und hierhergebracht hatte.

Ihre Mutter und die Küche. Es hatte immer viele Gäste in ihrem Heim zu bewirten gegeben und alle waren von ihren Kochkünsten überaus angetan gewesen. Petra pflegte zu sagen, dass sich Gäste in der Küche am wohlsten fühlten, hier fänden die besten Partys statt. Tatsächlich hatte sich immer ein Gutteil der Besucher in der Küche um sie geschart. Eine Wohnküche war bis zu ihrem Tod ein unerfüllter Wunsch geblieben. Vielleicht konnte Agnes gerade deshalb die Gegenwart ihrer Mutter in diesem Raum besonders stark fühlen. Hier hätte Petra Feder das ideale Umfeld für ihre Feste gefunden. Umfangen von der Erinnerung an ihre Mutter, legte sie die Beine auf den Fußschemel, rückte die Pölster im Rücken zurecht und schloss die Augen. Die Melodie ihres Handys störte die eben erst gefundene Ruhe. Eingehende Anrufe lösten jedes Mal einen Stich im Solarplexus aus. Norman könnte dran sein, trotz der neuen Nummer. Kurz überlegte Agnes, ob sie überhaupt aufstehen sollte, eilte aber doch zu ihrer Tasche.

»Hallo, Agnes?«, erklang Megans Stimme. »Störe ich dich?«

»Geht schon. Alles in Ordnung bei dir? – Du klingst traurig«, erwiderte sie. Eine kurze Pause entstand, ehe Megan antwortete.

»Ich musste mit einem Freund reden. In dieser Stadt habe ich nur dich. Alle anderen sind keine Freunde, nur Bekannte.«

»Ist was passiert?«, fragte Agnes nun besorgter.

»Ich habe gestern Abend ein Paket erhalten. Meine Nachbarin hat es für mich übernommen. Rate mal, wer der Absender ist.«

»Sag bloß, von Larry?«

»Genau. Ich habe es eine Stunde lang angestarrt, bevor ich es geöffnet habe. Sah meinen Namen in seiner Handschrift geschrieben. Habe eine Zigarette nach der anderen geraucht.«

»Megan, warum hast du mich denn nicht schon früher angerufen?« Agnes ließ sich in den Ohrensessel fallen. »Du hättest herkommen können.« Das Geräusch eines Feuerzeugs kam durch die Leitung und das unverkennbare Saugen an einem Zigarettenfilter.

»Ich hätte nicht gekonnt, Agnes, selbst wenn ich daran gedacht hätte.« Megan blies deutlich hörbar den inhalierten Rauch aus. »Mit einem Schlag waren meine ganze Kraft und Energie weg.«

»Was war im Paket?«, konnte Agnes ihre Neugierde nicht bezähmen.

»Meine Lieblingsplatten und CDs, die ich in seiner Wohnung zurückgelassen habe, dazu seine Barbour-Regenjacke, die ich so gern bei unseren Spaziergängen im Regen trug.«

»Ach herrje!«

»Es war ein Brief dabei. Larry hat mich um die CD von Diana Krall gebeten. *When I look in your eyes,* heißt sie. Davon könne er sich nicht trennen.« Sie schluckte. »Zu dieser Musik lagen wir stundenlang vor dem Kaminfeuer. Die

Musikanlage war auf *repeat* gestellt und wir kümmerten uns um nichts als um einander ...« Die Stimme brach.

»Du hast dich aufgelöst«, stellte Agnes fest.

»... in einem Meer von Tränen«, bestätigte Megan, um Fassung bemüht. Agnes konnte Megans Gesicht vor sich sehen, wie sie ihre Augen schloss und gegen die Tränen kämpfte. Die alte Wunde war wieder aufgebrochen, das notdürftig gekittete Herz erneut zerbrochen.

»Megan, soll ich zu dir kommen?«

»Nein, es geht schon wieder. Entschuldige. Ich wollte dich nicht belasten, gerade jetzt, wo du selbst eben eine Trennung durchmachst.«

»Das ist nicht vergleichbar, Megan. Ich habe mir gewissermaßen einen dürren Ast abgeschnitten, damit der Rest vom Baum genug Kraft hat, weiterzuwachsen. Larry und du – ihr liebt einander und leidet beide unter der Trennung«, Agnes rang um Worte, »... man möchte aufstehen und dem Herrn Larry seine politischen Flausen aus dem Kopf beuteln.« Aus der Leitung drang ein Kichern an Agnes' Ohr.

»Dich hätte ich gern als Schutzengel.« Megans Stimme wurde wieder ernst. »Wegen der Jacke schrieb er, sie solle mich vor Kälte und Regen schützen, mich umhüllen und wärmen, wie er es gern täte.«

»Warum tut er es nicht selbst?«, motzte Agnes. Nun hielt Megan ihre Hand über das Telefon, ein Schluchzen, Rascheln und Schnäuzen ertönte. Das war kein hilfreicher Kommentar gewesen. Herr Larry hatte offenbar was sado-masochistisches in seinem Charakter. Mistkerl. Frauenquäler. Angestrengt suchte Agnes nach einer geeigneten Ablenkung. Etwas Magischem ...

»Megan, weißt du was – treffen wir einander morgen Nachmittag. Wir könnten reden und ich zeige dir einen ganz besonderen Platz im Wald.« Die Klosterruine. Mysteriöse und grausame Geschichten rankten sich um diese Waldlichtung. Megans Aufmerksamkeit war gewonnen und das Schluchzen am anderen Ende der Leitung verstummte. Leise sagte sie zu, am folgenden Tag die Stadt für einen Spaziergang in Agnes' Vergangenheit zu verlassen.

Nach dem Gespräch war es sehr still im Haus. Der Wind rüttelte an den Fenstern und die Dämmerung nahm dem Leben alle Farbe. Das Zimmer war in einem Schatten gefangen, einsam, frei von jeder Ablenkung, schmerzhaft.

Agnes war mit Agnes allein.

Megan und Agnes gingen den Forstweg entlang, bedacht, das Thema *Larry* nicht anzurühren. Der Nachmittag war klirrend kalt, was sie gern in Kauf nahmen, war doch endlich wieder die Sonne zu sehen. Um Megan auf andere Gedanken zu bringen, erzählte Agnes vom verfallenen Franziskanerkloster, dem Ziel ihres Ausflugs.

»Das Kloster wurde 1455 erbaut. Es hieß *Sankt Laurentius im Paradies*. Aber ich glaube, dass dort schon viel früher ein Kultplatz war. In unmittelbarer Nähe des Klosters gibt es eine uralte Quelle, die *Quelle zum Paradies*. Vielleicht war sie der Grund, das Kloster an dieser Stelle zu errichten. Alte Schriften bezeichnen sie als *Heilige Quelle*, und die Bauern haben noch bis Anfang des 20. Jahrhunderts bei Dürre dort ein Regenritual vollzogen, das *Bründlrühren*, um die Wassergeister zu wecken.«

»Also ein heiliger Ort – warum haben die Mönche ihn aufgegeben?«, fragte Megan nach.

»Die Franziskaner hatten hier kein Glück. Schon bald nach der Fertigstellung brannte das Gebäude ab. Die Mönche bauten ihr Kloster zwar wieder auf, doch es ruhte kein

Segen auf diesem Bauwerk – 1529 stürmten die Türken auf Wien zu, auch durch diesen Wald.« Sie lauschte in den Wald hinein, als könnte man noch die Heerscharen vernehmen. »22 Ordensbrüder wurden hingemetzelt. Ihre verstümmelten Leichen fanden Tage später entsetzte Reisende, so heißt es jedenfalls in den Aufzeichnungen darüber.« Die Grausamkeit der Geschichte ließ Agnes verstummen. Vor 500 Jahren wird es hier genauso ausgesehen haben, die Luft genauso kalt, der Schnee genauso weiß, die Bäume hoch und schweigsam, dachte sie. Die Sonne schien zwischen den blattlosen Eichen und Buchen hindurch. Vereinzelt konnte man das Grün von Fichten und Kiefern ausmachen.

»Und trotzdem magst du diesen Platz?«, fragte Megan schließlich.

»Ja. Seltsam, was? Als Kind kannte ich diese Geschichte nicht und die Klosterruine war einfach mein Lieblingsspielplatz.«

»Blutgetränkte Erde«, murmelte Megan.

»Vielleicht waren die Mönche in einen Bereich eingedrungen, der nicht für sie bestimmt war – es gibt im Umkreis der Lichtung rätselhafte Steinkugeln mit eingemeißelten Sternenkonstellationen, Hinweise auf einen keltischen Kult. Und es gibt auch römische Funde, die auf den Mithraskult hinweisen. Die Christen haben schließlich den Platz für sich vereinnahmt, Forscher meinen, dass seit dem 8. Jahrhundert an dieser Stelle eine Kapelle stand.«

»Du hättest Reiseführerin für mystische Ausflüge werden sollen«, lachte Megan und sah sich mit noch wacheren Augen um. Sie gingen einen Hohlweg hinab, immer tiefer in den Wald. Rechts von ihnen schnitt ein tiefer Graben durch den Forst. Auf seinem Grund zeichnete sich ein Bach dunkel vom Schnee ab. Der Boden war zerfurcht, Schnee und Eis machten ihn rutschig. Die Stimmung des Waldes hatte sich unterdessen verändert, war düster geworden. Die dicht aneinandergedrängten Fichten, deren Äste ineinander verwoben waren, reckten ihre immergrünen Wipfel gegen den Himmel. Ein feines Gespinst dünner Zweige füllte den Raum zwischen den säulenhaften Stämmen, hüllte die Umgebung in einen Schleier. Alles um Agnes und Megan wirkte unscharf, unwirklich; das zarte Gewebe der dünnen Ästchen brach das Licht zu einem pudrigen Nebel.

Zauberwelt.

Der Sonne zugewandt, gingen sie auf das Ende des filigranen Tunnels zu, bis sich ihnen der Blick auf eine kleine Lichtung eröffnete. Die Sonne tauchte die weiße Fläche in ein schimmerndes Licht. Ein einziger Baum prangte auf dem Schneefeld nächst vier halbverfallenen Mauern eines einst wohl imposanten Gebäudes. Wie Milliarden Edelsteine glänzte der Schnee auf den groben Steinen der Mauerüberreste. Teilweise waren noch Fenster- und Torbögen erkennbar, durch die das Sonnenlicht ins Innere fiel. Das zum Himmel offene, umfriedete Viereck barg ein hölzernes Kreuz unmittelbar vor einem lang gestreckten Granitblock.

Agnes atmete eine Wolke winziger, funkelnder Eiskristalle ein, die der Wind über ihrem Kopf sanft von einem Zweig blies. Mit jedem Atemzug drang die Magie der Lichtung tiefer ein. Immer noch schweigend schritten sie auf die Steinmauern zu. Erfrorene Grasbüschel ragten zwischen den Steinbrocken heraus, von Raureif überzogen. Die Blicke der Freundinnen schweiften rundum, ihre Sinne geschärft von der Reinheit und Klarheit der Lichtung. Der harzige Duft der Bäume wurde deutlicher, Windstöße trieben feine Kristallnadeln an die Haut, trugen den Wald in sich, ließen dessen moosigen Geschmack auf Zunge und Gaumen zurück. Das Weiß, das sie umgab, schimmerte in unzählbaren Farbnuancen, Licht und Schatten spielten miteinander.

»Zauberhaft … trotz der Mönche …«, flüsterte Megan. Agnes blinzelte in die Sonne und genoss das prickelnde Gefühl auf der Haut.

»Die Lichtung war ein geheimes, verborgenes Reich und ich war die Fee, die über alles wachte. Auf diesem Stein stand ich mit erhobenen Armen und belegte die Umgebung mit einem Unsichtbarkeitszauber, damit niemand die zarten Gräser und Blumen, Grashüpfer und Feuerkäfer zertreten konnte. Die Zwerge und Waldgeister waren ebenfalls durch den Zauber geschützt. Nur ich konnte sie sehen. Sie haben mir den Wald gezeigt …, geheime Verstecke, Zaubersteine, Wunderblumen, die Wünsche erfüllen konnten …« Sie seufzte. »Ist das lang her …« Sie war auf den Granit gestiegen und schaute langsam rundum, das verlorene Feenreich suchend. Dann senkte sie ihren Kopf zu Megan und lächelte verlegen. »Ich war ein Einzelkind, weißt du. Die meiste Zeit spielte ich allein und hatte die Nase immer in Geistergeschichten und Sagen über Hexen und Waldgeister.« Doch Megan blickte Agnes vollkommen ernst an.

»Kannst du sie noch sehen, deine alten Freunde«, sie deutete mit der Hand rundum, »hier im Wald?«

»Natürlich nicht«, erwiderte Agnes und unterdrückte ihr Grinsen. »Mein Zauber von damals wurde niemals aufgehoben und wirkt immer noch auf alle Erwachsenen – also auch auf mich.« Nun lachten sie gemeinsam und Agnes sprang vom Stein.

»Schade, dass man diese magische Welt verliert, sobald man erwachsen wird«, bedauerte Megan. »Ich hätte gern wieder dieses Gefühl, von der Natur getragen zu sein.«

»Die Agnes vor 20 Jahren sah die Welt ganz anders.« Nachdenklich zogen sich ihre Augenbrauen zusammen. »Irgendwann habe ich mich wohl verändert, gerade so als hätte sich ein Filter vor meine Pupillen gelegt, der alles verschluckt, was mich stark macht.«

»Nur wenige erinnern sich überhaupt daran«, wandte Megan tröstend ein. Doch Agnes wollte nicht getröstet werden.

»Heute ist mein Kopf mit Paragraphen, Finanzsorgen und Liebeskummer vollgestopft«, klagte sie.

»Zeit zum Entrümpeln, würde ich sagen.« Megan lachte und klopfte sich gegen die Brust. »Das sage ausgerechnet ich.«

»Ausgerechnet.« Agnes legte ihren Arm um Megans Schultern. Nur nicht von Larry anfangen, dachte sie. »Also, wie entrümpeln wir unsere Köpfe?«

»In der Theorie bin ich perfekt«, dozierte Megan. »Ein guter Anfang ist, bei den Dingen, die man gerade tut, mit der ganzen Aufmerksamkeit dabei zu sein. Zum Beispiel nicht Zeitung lesen, während man isst. Nur essen, sonst nichts. Beim Essen soll man sich auf den Geschmack der Speise konzentrieren, auf ihren Geruch, die Temperatur, die Konsistenz. Hier sind wir jetzt auch ganz konzentriert, haben die Schönheit dieses Ortes auf uns einwirken lassen, ohne iPod in den Ohren.«

»Verstehe. Ich habe schon gefürchtet, ich muss *meinen Geist befreien* und stundenlang meditieren«, erwiderte Agnes lachend.

»Na ja, das ist auch nicht schlecht«, wagte sich Megan vor. »Meditation, meine ich.«

Beschämt verkniff sich Agnes ihr Lachen. »Ups.«

»Kein Problem – ehrlich. Ich habe früher auch gelacht«, beschwichtigte Megan sie. »Aber es ist cool. 20 Minuten Frieden im Oberstübchen – eine Wohltat.«

»Bist du Buddhistin, Megan?«

»Nein«, antwortete diese gedehnt. »Ob Christentum,

Buddhismus oder was auch immer, überall gibt es Meditation. Alles geht auf einen Ursprung zurück, egal wie man ihn nennt.«

»Weißt du, was sich bei mir aus meiner Kindheit am tiefsten eingeprägt hat?«, platzte es aus Agnes heraus. »Als ich noch mit meiner Mutter sonntags in die Kirche ging – ich war höchstens fünf Jahre alt –, war ich einmal so mitgerissen von der Musik, dem Gesang, dem Weihrauchduft, dass ich bei der Wandlung wie der Pfarrer meine Hände zum Himmel streckte, um mit ihm zu beten. Es fiel mir gar nicht auf, dass die anderen Leute knieten und den Kopf gesenkt hielten. Meiner Mutter war mein Benehmen total peinlich. Sie wies mich sofort zurecht, zog mich zu sich herunter auf die Knie. Nachher wollte ich nicht mehr in die Kirche. Bis zu Mutters Beerdigung. Der Pfarrer behauptete, meine Mama wäre eine Sünderin gewesen und Gott habe sie in seiner *unendlichen Weisheit zu sich geholt* …, so ein Quatsch.« Bittere Erinnerungen. Nicht davon anfangen. »Immer gibt es einen Vermittler zwischen Gott und den Menschen, der Sachen behauptet, uns beurteilt«, wechselte Agnes in weniger schmerzhafte Bereiche. »Jedenfalls glaube ich nicht, dass man ihm auf Knien rutschend näherkommt.« Irgendetwas lag hier in der Luft, was die Freundinnen von Gott reden ließ. Während Agnes die Höhe des Himmels über sich auslotete, als würde jemand dort oben zuhören, entsann sich Megan ihrer eigenen Kindheit.

»Bei mir zu Hause war Religion kein Thema. Wir haben zwar Weihnachten gefeiert, aber das war einfach das Fest der Liebe und des Schenkens. Mutter hatte das Haus stets mit Stechpalmenzweigen und Misteln dekoriert und erzählte abends am Kaminfeuer österreichische Sagen, während wir Kinder Kekse knabberten. Meine Mutter kam ja aus der Steiermark und war nur meines Vaters wegen nach England gezogen.«

»Komm, lass uns dort hinübergehen«, wies Agnes in südliche Richtung auf den Waldrand hinüber. Die alten Bäume und bemoosten Steine zogen sie magnetisch an. Neugierig folgte Megan, sah, wie Agnes in den Schatten des Waldes eintrat.

Waldheimat.

Eine Quelle gurgelte im Schutz der Bäume zwischen moosigen Felsblöcken leise vor sich hin. Darüber stand schützend ein morscher Baumstumpf, an den ein Marienbild, ein Kreuz und eine kleine Laterne genagelt waren. Megan hockte sich neben Agnes und hielt ihre Hand in das eiskalte Wasser. Langsam führte sie die zur Schale gewölbte Hand zum Mund und kostete vom Quellwasser. Auch Agnes schöpfte einen Schluck für sich, und sofort entstanden Bilder aus der Kindheit vor ihren Augen, Bilder von heißen Sommern, wo sie sich an der Quelle erfrischt hatte, von verregneten Frühlingstagen, an denen sie mit Gummistiefeln durch den Matsch gestapft war. Große Felsbrocken, mit tiefen Rillen gezeichnet, lagen hier und dort, vergessen, scheinbar ohne Bedeutung. Die Sonne war hinter die kahlen Baumkronen gesunken. Es war Zeit, den Heimweg anzutreten.

6

Die Arbeitswoche begann mit Tauwetter. Eine blasse Sonne weichte die Schneehaufen in der Stadt auf und verwandelte sie in schmutzige Seen. Grantig, mit durchnässten Schuhen und bespritzten Hosenbeinen, kam Agnes im Büro an. Frau Muth fand in ihrem unerschöpflichen Fundus eine Kleiderbürste, mit der die Hose vom gröbsten Schmutz befreit werden konnte. Dabei erzählte sie angeregt von den neuesten Gerüchten im Betrieb.

»… und heute soll offiziell verkündet werden, dass Frau Dr. Tolf den Bereich *Künstliche Befruchtung* für die nächsten fünf Jahre übernimmt. Finanziell ist da ein netter Bonus drin.« Frau Muth grinste. »Ein E-Mail habe ich bereits an all diejenigen versendet, welche um neun Uhr zur Versammlung im Büro unseres Geschäftsführers antreten sollen. Wir Sekretärinnen sind natürlich nicht dazu geladen. Das ist wieder typisch. Dafür muss ich jetzt im Sekretariat vom Bereich *Künstliche Befruchtung* die Unterlagen des verstorbenen Dr. Wach für die neue Leiterin aufbereiten und die gesamte Kanzlei wieder auf Vordermann bringen. Sie wissen doch, dass die Sekretärin vom Wach, die Olga Tsardahl, gleich nach seinem Tod krankgeschrieben wurde? Seitdem ist sie nicht mehr zum Dienst erschienen. Wahrscheinlich wird sie krankheitshalber ausscheiden, habe ich gehört, dabei war das Büro ihr Lebensinhalt. Die Olga soll schwere Depressionen haben. Wahrscheinlich hatten die beiden was miteinander, die haben jahrelang eng zusammengearbeitet.« Frau Muth amüsierte sich sichtlich über die Doppeldeutigkeit ihrer Worte und versuchte gleichzeitig, ein mitleidiges Gesicht zu machen. Das Ergebnis war so komisch, dass Agnes entgegen ihrer Absicht,

Frau Muth nicht zu weiteren Ausführungen über Dr. Wachs Privatleben zu ermuntern, lachen musste. Dadurch angeregt, plauderte Frau Muth munter weiter. »Na ja, verheiratet war er schließlich nicht, höchstens mit seiner Arbeit, hat Tag und Nacht geforscht, trotz der Bypass-Operation. Letztendlich war er auch nur ein Mann mit gewissen Bedürfnissen, wenn Sie verstehen, was ich meine. Die Männer sind halt mal so, da kann einer noch so sehr auf katholisch tun, er bleibt ein Viech, wenn's um das eine geht.« Eine plötzliche Erkenntnis erhellte ihr Gesicht. »Deshalb haben's Viagra in seiner Leiche gesucht! Wird wohl zu viel Aufregung gewesen sein für einen herzkranken Mann. Verstehen Sie mich nicht falsch, ich will ihm nichts Schlechtes nachsagen, jetzt, wo er tot ist. Er war immer korrekt, soll sogar ein richtiger Pedant gewesen sein, darüber hat die Olga mehr als ein Mal geklagt.« Offenbar musste sie ihre Kehle befeuchten und nahm hastig einen Schluck Kaffee. »Das Beste wird sein, ich besuche sie mal daheim. Bestimmt freut sich die arme Seele und wir haben uns ja immer gut verstanden – es wird ihr guttun, sich jemandem anzuvertrauen.« Agnes stand bereits in der Tür, auf eine Gelegenheit zur Flucht wartend. »Aber ich merke, Sie haben es schon eilig. Sie erzählen mir nachher unbedingt von der Feier, wie die Schoff dreingeschaut hat, wie der Rodler nicht sie, sondern die Tolf vor der versammelten Mannschaft befördert hat? Wäre ich nur ein Mauserl – das würde ich zu gern selbst sehen.«

Agnes konnte Frau Muth die Schadenfreude nicht verdenken, schließlich wurde sie von einigen der Akademiker hier im Haus, ganz besonders aber von Michelle Schoff, herablassend behandelt. Arrogant, wie Michelle nun einmal war, fehlte ihr neben einem gewissen Maß an Höflichkeit zudem die Vorstellung davon, dass auch kleine Leute Macht hatten, und behandelte diese mit der dementsprechenden Geringschätzung. So kam es, dass Michelle so manche Information als Letzte erhielt, weil man sie *irrtümlich* am Mail-Verteiler vergessen hatte. Die Leiterin des Forschungsbereiches, Karin Tolf, war da geschickter im Umgang mit dem Sekretariat, wenngleich sie durch die Reserviertheit in persönlichen Dingen eine Aura der Unnahbarkeit umgab.

Gutmütig versprach Agnes Frau Muth, nach dem Meeting bei ihr vorbeizuschauen, und eilte davon. Jetzt hieß es sich sputen, denn der Termin in der Geschäftsführung hatte den Zeitplan völlig umgeworfen. Ohne einen Abstecher in die Teeküche zu machen, ging sie in ihr Zimmer zurück, um rasch die dringendsten Telefonate und Schreiben zu erledigen. Bis kurz vor neun Uhr arbeitete sie, ohne aufzusehen. Dann warf sie einen Kontrollblick in den Spiegel neben der Garderobe, lief aus dem Zimmer und stieß beinahe mit Megan zusammen.

»Guten Morgen!«, strahlte Megan sie an. »Ich wollte dich eben abholen. Weißt du, was wir beim Rodler sollen? Geht es um die Leitung des Bereichs *Künstliche Befruchtung*?« Agnes flüsterte Megan die Gerüchte zu, die sie von Frau Muth erfahren hatte. Megan konnte nichts mehr dazu sagen, denn schon ging die Lifttür auf und Karin Tolf und Michelle Schoff schauten ihnen entgegen. Lächelnd stiegen Agnes und Megan zu.

»So guter Laune, Megan?«, tönte Michelle in gewohnt arroganten Tonfall. »Wahrscheinlich, weil wir heute nicht zum Arbeiten kommen vor lauter Terminen. Vergiss nicht, um elf Uhr haben wir wieder eine Sitzung im Ministerium.« Ihr offener Kittel zeigte ein exquisit geschnittenes Kleid und ihr Parfum lastete schwer in der engen Liftkabine. Agnes fühlte Ekel in sich aufsteigen und hoffte, aussteigen zu können, bevor ihr Kopf mit einem Migräneanfall reagierte. Was für ein Kontrast zu Karin Tolf, die ihren überschlanken Körper stets in zu großen Arbeitsmänteln versteckte, ungeschminkt und unparfümiert ihrer Arbeit nachging. Ehe Megan etwas auf Michelles Attacke erwidern konnte, hatte sich Tolf bereits an Agnes gewandt.

»Frau Magister Feder, es trifft sich gut, Sie bei dieser Gelegenheit kurz sprechen zu können.« Ihre kühlen Augen waren durchdringend auf Agnes gerichtet. »Ich brauche von Ihnen ein Briefing zu den bevorstehenden Änderungen im Fortpflanzungsmedizingesetz. Ich werde natürlich noch mit Ihrem Chef sprechen. Bis wann ginge es Ihnen aus?«, sie strich sich die kupferfarbenen Stirnfransen zur Seite. »Für mich wäre dieser Donnerstagvormittag am günstigsten.« Agnes horchte auf. So eilig? Jede Wette, dass sie von ihrem Glück schon wusste. Diese Informationen brauchte sie in erster Linie für den Bereich *Künstliche Befruchtung*. Eilig sagte sie zu, lediglich mit der Einschränkung, vorher im Terminkalender nachsehen zu müssen, ob es einen Gerichtstermin gab. Dann öffnete sich wieder die Lifttür und Agnes floh aus der Parfümwolke.

Die Büros der Geschäftsführer und die Konferenzräume befanden sich im Dachgeschoss. Sie waren luxuriös eingerichtet und verfügten über eine gemeinsame Dachterrasse mit Blick über die Stadt. Die kurzfristig einberufene Versammlung von Ärzten, Pharmazeuten, Molekularbiologen und Juristen aus Dr. Rodlers Geschäftsbereich fand in seinen Büroräumlichkeiten statt. Punkt neun Uhr begann der kleine, untersetzte Mann seine Ansprache. Der 50-Jährige war wie üblich perfekt gekleidet, Perlmuttmanschettenknöpfe lugten aus den Sakkoärmeln hervor, passend zum hellgrauen Nadelstreifanzug. Von den graumelierten Haaren bis zu den manikürten Fingernägeln wirkte alles an ihm äußerst gepflegt.

Neben ihm hatten die Bereichsleiter Dr. Karin Tolf für Forschung, Dr. Bernd Umtier für Sterilisation und Schwangerschaftsabbruch, Dr. Torsten Puger für Finanzen und Marketing und am Rand Agnes' Chef, Dr. Wolfgang Brum, Leiter des Bereichs Personal und Recht, Aufstellung genommen. Brum nickte Agnes zu. Mit seinen 40 Jahren sah er gut aus, wenngleich der Testosterongehalt in seinem Blut etwas zu hoch war, was lästig werden konnte. Ein kleiner Wutanfall von Agnes hatte vor einiger Zeit klargestellt, dass sie an verheirateten Familienvätern kein Interesse hatte. Sein Verhalten war distanzierter geworden, obwohl seine Blicke immer noch aufdringlich wirkten.

Dr. Rodler war nun mit den einleitenden Worten am Ende und kam zum Kern seiner Rede. »… doch das Leben muss selbst nach diesem tragischen Verlust unseres lieben Kollegen weitergehen. Der Bereich *Künstliche Befruchtung* braucht eine erfahrene und qualifizierte Führungspersönlichkeit, um weiterhin so hervorragende und einträgliche Ergebnisse zu liefern. Diesem Bereich verdanken wir unseren Ruf als innovatives Unternehmen und er hat einen großen Anteil daran, dass wir zu den Besten in der Branche zählen. Nachdem Dr. Umtier seine Bewerbung für diese Position zurückgezogen hat, standen zwei verdiente Kolleginnen in engerer Wahl, Frau Dr. Tolf, die bereits den Forschungsbereich leitet und nebenher in der Arbeitsgruppe zur Verbesserung der Methoden in der künstlichen Befruchtung maßgeblich involviert ist, und Frau Dr. Schoff, die in den letzten Jahren intensiv sowohl im Bereich *Künstliche Befruchtung* an der Seite unseres verstorbenen Kollegen gearbeitet hat als auch in der Stammzellenforschung hervorragende Arbeit leistet. Die Entscheidung war denkbar schwierig, wie Sie sich bestimmt vorstellen können. Zwei so herausragende Fachkräfte und außerordentliche Persönlichkeiten, da fiel die Wahl schwer. Ich möchte Sie nicht länger auf die Folter spannen, liebe Kolleginnen und Kollegen, und als Leiterin des Bereichs *Künstliche Befruchtung* Frau Dr. Tolf willkommen heißen!«

Die Spannung entlud sich im spontanen Applaus der Umstehenden. Rodler genoss die Zustimmung, klopfte Tolf auf die Schulter und hob danach beschwichtigend die Hände. Sogleich verebbte das Klatschen, es dauerte noch einige Sekunden, bis auch die Gespräche verstummten. Erneut hob Rodler an:

»Frau Dr. Tolf verfügt über wertvolle Führungserfahrung und genau danach verlangt meiner Ansicht nach dieser Bereich. Mit ihr wird das verlassene Schiff wieder gut auf Kurs gebracht und unserem Unternehmen weiterhin Umsätze, Qualität und Ansehen sichern. Frau Dr. Schoff wird zu ihrer Stellvertreterin ernannt. Soweit die gute Nachricht, lassen Sie uns nun auf die beiden Damen mit einem Glas Sekt oder Orangensaft, ganz nach Ihrem Geschmack, anstoßen, bevor wir wieder an die Arbeit zurückkehren.« Dr. Rodler wandte sich mit zwei Gläsern an die von ihm soeben beförderten Frauen und gratulierte zuerst Dr. Tolf und danach Dr. Schoff persönlich.

Karin Tolf nahm die Beförderung mit dem Gleichmut dessen an, der bekam, was ihm von Rechts wegen zustand. Weder übermäßige Freude noch Überraschung schienen sie zu bewegen. Souverän nahm sie die Glückwünsche und das Sektglas von Dr. Rodler entgegen, lächelte ihn huldvoll an und fand Worte des Dankes. Ansonsten blieb sie zugeknöpft und reserviert. Sie wandte sich mit ihrem Glas zu Michelle, um mit ihr anzustoßen. Agnes konnte deutlich Michelles Enttäuschung und Wut merken, die hinter einer Maske der Freundlichkeit brodelten. Die Lippen waren schmale, grimmig lächelnde Striche geworden, deren Enden sich nach unten bogen. Mit einem vernichtenden Blick sah sie den Geschäftsführer an. Rodler gratulierte ihr unbeeindruckt. Schließlich musste sie noch mit Karin Tolf anstoßen und ihr, wie man es von einer fairen Mitbewerberin erwartete, Glück wünschen.

Agnes hielt nach Megan Ausschau. Sie wollte unbedingt noch vor Michelle die Versammlung verlassen. Es reichte ihr die Aussicht, heute im Ministerium drei endlose Stunden neben Michelle zu sitzen und sich ihre hasserfüllten Bemerkungen anhören zu müssen. Eigenartig, dass Michelle nicht gewusst hatte, dass sie nur Zweite werden würde. Der Geschäftsführer hätte es ihr vorher sagen müssen. Ob Rodler Angst vor einer Konfrontation mit Michelle gehabt hatte?

Nahe beim Fenster entdeckte sie Megan. Offensichtlich hatte diese denselben Fluchtgedanken wie Agnes, denn auch sie schaute suchend umher. Ihre Blicke fanden einander und sie nickten gleichzeitig zum Ausgang. In der Liftkabine konnten sie endlich ungestört sprechen.

»Hat Rodler tatsächlich der Tolf den Vorzug gegeben«, wunderte sich Agnes, »scheint doch nichts dran gewesen zu sein, dass Michelle etwas mit ihm hat. Obwohl, wenn ich an die Blicke denke, mit denen sie ihn durchbohrt hat …«

Megan sah Agnes mit einem spöttischen Lächeln an. »Habe ich auch gesehen …, die hatten was laufen, jede Wette«, schmunzelte sie.

»Dann hätte sie doch die Leitung gekriegt«, wandte Agnes ein.

»Agnes, bitte, glaube doch nicht immer nur das Beste von allen Menschen – es gibt Leute, die nutzen einander aus, halten sich an keine Abmachungen und haben nur ihren eigenen Vorteil im Kopf. Ist doch gut möglich, dass der Rodler die ihm von Michelle zugedachte Rolle nicht spielen wollte, einem Schäferstündchen aber nicht abgeneigt war. Wer weiß? Wir waren nicht dabei.«

»Gott sei Dank! Das hätte mir die Freude am Sex für die nächsten zehn Jahre genommen«, entrüstete sich Agnes und sie mussten beide lachen. Die Lifttür ging auf und die Freundinnen strebten zur Teeküche. Die eine löffelte Teeblätter in den Filter, während die andere Wasser aufstellte. Kopfschüttelnd warf Agnes zwei Löffel Rohrzucker in ihre Tasse und Megan, die sie beobachtet hatte, musste lachen.

»Megan, ich bin wirklich nicht prüde, aber der Gedanke, mit Rodler zu schlafen, ist an sich ekelhaft; wenn er dann noch dazu nicht Wort hält, finde ich das einfach zum Kotzen!«, verteidigte sich Agnes. »Diese Leute sind wohl zu allem imstand. Betrügen einander bei jeder Gelegenheit – das musst du dir mal vorstellen, der kleine, blasierte Dicke mit der bissigen Blondine. Ich würde lieber im Keller Kohlen schaufeln, als mit dem …« Sie beendete den Satz nicht und zeigte Megan ein angeekeltes Gesicht, worauf beide wie Teenager kicherten.

»Da sind wir schon zwei, die im Keller schaufeln. Aber Spaß beiseite, was du da eben gesagt hast …, du hast recht …, denen ist nichts zu dreckig. Im Mutterunternehmen in London, wo ich herkomme, gab es auch so eine Führungsgruppe. Es wurde nur kalkuliert und intrigiert. Ist doch überall das Gleiche.« Nachdenklich schweiften ihre Gedanken in die Vergangenheit. Agnes hoffte, etwas aus Megans Zeit im Mutterunternehmen zu erfahren, und wurde enttäuscht. »Dr. Wach war anders, der hätte da nicht mitgespielt. Vielleicht war er verklemmt und altmodisch, aber genauso gut kann man sagen, dass Wach strikte Wertvorstellungen hatte. Und gerade so einer stirbt plötzlich.«

»Er war herzkrank«, wandte Agnes ein, aber Megan schüttelte den Kopf.

»Trotz seiner Angina Pectoris war er recht fit – kurz vor seinem Tod erzählte er mir noch, dass er sich hatte durchchecken lassen und medikamentös gut eingestellt sei. Man hat ihm nichts angemerkt bei der Arbeit, bloß wenn er abends heimging, sprühte er sich vorsorglich eine Dosis Nitro unter die Zunge, wegen der Anstrengung des Fußmarsches und der Kälte.«

»Wenn das Herz einmal angegriffen ist, weiß man nie …«, gab Agnes zögerlich von sich, während etwas in Megans Erzählung in ihrem Kopf ein Neuronengewitter auslöste. Die Bilder passten nicht zusammen. Der Umstand, dass es Wach gesundheitlich so gut ging und er als Arzt doch sicher genau über seine Krankheit Bescheid gewusst hatte, widersprach gefühlsmäßig seinem plötzlichen Tod.

»Frau Muth hat mir erzählt, dass Wach möglicherweise unmittelbar vor seinem Tod Viagra eingenommen hatte, zumindest wurde seine Leiche darauf untersucht. Weißt du, ob man daran sterben kann?«

Megan riss die Augen auf.

»Was? *Viagra*? Der Mann war Arzt – der würde sich doch nicht einer solchen Gefahr aussetzen!« Entsetzt starrte Megan Agnes an, die über die heftige Reaktion ihrer Freundin erschrocken war.

»Gefahr?«

»Natürlich«, erwiderte Megan, »Viagra erweitert die Gefäße und wenn man dazu noch Nitro einnimmt, was dieselbe Wirkung hat, dann fällt der Blutdruck ins Bodenlose. Mit einer Angina Pectoris kommt Herzflimmern dazu und man ist praktisch innerhalb von Minuten bewusstlos und bald darauf tot. Das macht kein Arzt! Der weiß, dass er sich eine bestimmte Zeit nach Einnahme von Viagra kein Nitro sprühen darf. Warum sollte Wach während der Arbeit ein Viagra einwerfen? Er war ein Arbeitstier, der hätte nie was anderes in der Dienstzeit getan.« Gäbe es da nicht das Gerücht von Frau Muth, schoss es Agnes durch den Kopf.

»Seine Sekretärin ist seit seinem Tod nicht mehr im Büro erschienen. Sie soll angeblich Depressionen haben. Vielleicht trauert sie um ihn? Mir ist zwar nie etwas aufgefallen, aber stille Wasser sind tief.«

»Meist sind sie seicht.«

»Was weiß man schon?«, meinte Agnes und zuckte mit den Schultern. »Allerdings kann ich mich an keinerlei Intimitäten erinnern.«

»Selbst wenn die beiden eine Affäre gehabt haben«, ergänzte Megan, »Wach hätte nie einen so fatalen Fehler gemacht. Der Mann war ein Perfektionist und hing an seinem Leben. So triebgesteuert war er garantiert nicht.« Agnes warf einen Blick auf die Küchenuhr. Höchste Zeit.

»Wie auch immer, ich muss mich beeilen, in einer Stunde ist der Termin im Ministerium und ich habe noch nichts vorbereitet. Montagtermine sind einfach unpraktisch. Zu Michelle muss ich auch noch runter, weil ich ihre Stellungnahme zu einer Gesetzesänderung brauche – darauf könnte ich heute echt verzichten.«

Michelle lehnte an ihrem Schreibtisch mit dem Rücken zur Tür. Sie hatte Agnes nicht hereinkommen gehört, war vollkommen auf das Telefonat konzentriert. Agnes blieb zögernd in der Tür stehen. Das Gespräch war eindeutig privater Natur und sie wollte zurück auf den Gang, konnte aber nicht umhin, den einsetzenden Wortschwall mit anzuhören.

»Nein, zum letzten Mal. Das war kein Scherz. Ich habe die Leitung nicht bekommen.« Eine Pause entstand, dann sprach Michelle gereizt weiter. »Ja. Ja, du kannst dir deinen Atem sparen. Die Rede kenne ich zu gut. Ich bin nicht ehrgeizig genug, nicht clever genug, nicht intelligent genug. Ich versorge dich nicht einmal mit einem passablen Schwiegersohn, geschweige denn mit Enkelkindern. Nicht einmal das kann ich. Ich bin die Enttäuschung deines Lebens.« Wieder entstand eine kleine Pause und Michelle erhob sich. Beschämt, gelauscht zu haben, zog sich Agnes lautlos zurück, ehe Michelle sie entdecken konnte. Am Gang hallten Michelles Worte hinterher: »Ich habe einen Termin, Mutter. Wir sehen uns ja am Sonntag zum Essen. Dann kannst du vor der ganzen Familie mein Versagen verkünden. Jetzt hast du doch was, worauf du dich freuen kannst.«

Eine Stunde später saß Agnes neben einer wortkargen, düsteren Michelle, die nicht einmal über die Anwesenheit des Ministers ein Wort verlor. Glücklicherweise brauchte sie sich im ersten Teil der Sitzung nicht sonderlich zu konzentrieren. Der Minister hielt seine nichtssagende Rede und im Anschluss wurden für ihn die bisherigen Ergebnisse kurz zusammengefasst. Gedankenverloren streifte Agnes' Blick durch den Raum, den Kaiser Franz Josef schon durchschritten hatte. Damals, als die Bezeichnung *Beamter* seinem Träger noch hohes soziales Prestige verlieh. Dunkle Gemälde in Prunkrahmen zierten die Wände, und an der hohen Decke schmückten Stuckatur und ein ausladender Kristallleuchter den Raum. Schwere Samtvorhänge umrahmten die Fenster, aus denen man allerdings nur in das Verwaltungsgebäude gegenüber der schmalen Gasse sehen konnte. Gelangweilt sah Agnes aus dem Fenster, hörte von fern das Murmeln der Gespräche. Es kribbelte in ihrem Nacken, das untrügliche Gefühl, beobachtet zu werden. Ihre Augen lösten sich vom

Fensterausschnitt, ein kleiner Schwenk nur und … sie sah sich unversehens dem neuen Juristen von *New Life* gegenüber. Er sah sie an, traf sie mit seinem Blick so tief, dass sie zusammenzuckte. Wie ertappt senkte Agnes die Lider und fühlte ihre Wangen glühen, tat, als stünde etwas Weltbewegendes in ihren Unterlagen. Die Gedanken rasten.

Ich benehme mich wie ein Teenager, schalt sie sich und wartete ungeduldig auf ein Zeichen zur Pause. Am liebsten wäre sie gleich auf die Toilette geflohen.

Hasenfuß.

Die Pause sollte diesmal länger ausfallen, damit der Minister mit allen Sitzungsteilnehmern ein paar Worte wechseln konnte. Also pflichtbewusst den Smalltalk mit dem hohen Herrn abwarten. Was, wenn Siebert Thal – oh ja, sie hatte seinen Namen nicht vergessen – sich wieder an ihren Stehtisch stellte? Das war doch nicht etwa Vorfreude, was sich da in ihr regte? Eindeutig. Dieser Mann war der einzige Lichtblick des Tages. Das war eine Tatsache.

Ich bin erwachsen, ich kann damit umgehen, verdrängte ihr Selbstbewusstsein jede Ängstlichkeit. Entschlossen sah sie auf und begegnete erneut seinen Augen. Sie weiteten sich erfreut und hielten die ihren augenblicklich gefangen.

Versinke in mir.

Es war, als hörte sie ihn in ihrem Kopf, eine betörende Melodie. Tiefer und tiefer zog die Melodie sie in ihren Bann, erinnerte an etwas lange schon Verlorenes, von dem sie nicht gewusst hatte, dass es dieses *Etwas* überhaupt gab. Die Zeit hielt ihren Atem an in diesem Augenblick Ewigkeit. Ein Wiedererkennen.

Etwas rempelte Agnes' Arm.

»Was ist los mit dir? Es ist Pause.« Michelles Stimme schnitt jäh in die Harmonien. »Wir müssen ins Foyer, auf keinen Fall will ich den Minister verpassen. Komm schon.«

Sie ging an Agnes vorbei, nicht ohne sie nochmals anzustoßen. Agnes saß benommen, hatte den Blickkontakt abgebrochen, suchte verwirrt ihr Gefühl für Zeit und Ort. Die Hände in der Handtasche vergraben, kramte sie nach etwas, von dem sie nicht wusste, was es war. Megan beobachtete sie, beugte sie sich zu ihr, legte eine Hand auf Agnes' Schulter.

»Lass dir Zeit. Der Minister rennt uns nicht davon.« Agnes erwiderte ihr Lächeln, spürte Megans Verstehen und war wieder ausreichend in der Realität verankert. Gemeinsam folgten sie den letzten Sitzungsteilnehmern aus dem Prunksaal. An der Schwelle zum Gang blickte sie sich nochmals um. Siebert Thal stand allein an seinem Platz, sah ihr nach, machte aber keinerlei Anstalten, ihr zu folgen. Mit einem kleinen Stich im Herzen ging Agnes weiter.

»Mineralwasser?« Megan hatte intuitiv die Situation erfasst und wollte Agnes unter allen Umständen so lang wie möglich von Michelle fernhalten. »Komm«, sie zog sie zum Buffet mit, »nimm du die Gläser.« Agnes folgte willig, auch wenn ihr Gesichtsausdruck signalisierte, keine Fragen beantworten zu wollen. Sie fanden einen ungestörten Platz vor einem der großen Fenster. Schweigend suchten sie die Menge nach dem Minister ab, stattdessen fand Agnes Siebert. Megan bemerkte, wo ihr Blick hängen geblieben war.

»Da ist er«, flüsterte Agnes.

Der Minister stand vor den Mitarbeitern der Firma *New Life*. Von ferne konnte man an der Körperhaltung der Gesprächspartner erkennen, dass eine höfliche, wenngleich distanzierte Unterhaltung geführt wurde. Siebert Thal überragte die Männer um einen halben Kopf und hatte so freie Sicht über die Leute vor ihm. Seine Blicke schweiften durch das Foyer. Immer wieder wurde seine Suche vom Gesprächsverlauf unterbrochen. Schließlich verabschiedete sich der Minister und wandte sich der nächsten Gruppe von Repräsentanten zu. Megan und Agnes beobachteten, wie Siebert Thal zum Buffet ging und sich einen Kaffee holte. Er wandte sich um und entdeckte Agnes. Sein Gesicht erstrahlte augenblicklich. Ohne das geringste Zögern ging er auf sie zu. Eine Woge der Aufregung und Nervosität brach über Agnes herein. Es schien Stunden zu dauern, bis sich Siebert Thal einen Weg durch die Menge gebahnt hatte. Höflich begrüßte er die beiden Frauen und richtete sogleich seine Aufmerksamkeit auf Agnes.

»Ich freue mich, Sie wiederzusehen.« Ihre Blicke ruhten ineinander. Agnes dachte nicht einmal mehr daran, seinen Augen auszuweichen. Sie lächelte ihm offen entgegen, ließ seinen Blick eintreten, sie berühren.

»Ich freue mich auch«, antwortete sie. Es wurde still, eine wohlige Stille, frei von Verlegenheit. Zärtlicher konnte keine Berührung sein. Schließlich zog sich Megan breit grinsend unter dem Vorwand, Michelle zu suchen, zurück. Siebert räusperte sich. Seine Hand machte die vertraute Geste zum Mund hin, so als würde er an seinem Handrücken schnuppern. Um Normalität vorzutäuschen, suchte sie nach einem Gesprächsthema. Dieses seltsame Gefühl von Vertrautheit und Wärme war verwirrend, dieser Mann war eigentlich ein Fremder. Warum existierte ein unsichtbares Band zwischen ihnen?

»Wir haben den Minister noch vor uns. Wie war er? Wurde in irgendeiner Weise Konkretes angesprochen?« Siebert Thal lachte verschmitzt, weil er Agnes' Worte für eine sarkastische Bemerkung hielt.

»Sie wissen also schon, was Sie erwartet. Ein guter Politiker kann tatsächlich stundenlang reden, ohne eine konkrete Aussage zu machen. Alles nur Gesichtswäsche. Man muss sich sehen lassen, das gehört zum Geschäft. An unserer Arbeit wird sich jedenfalls nichts ändern. Apropos, wie lang müssen Sie heute arbeiten?«

Innerlich jubelte Agnes und bekam gleich darauf Fracksausen. War ja klar, worauf diese Frage abzielte. »Bis 17.00 Uhr voraussichtlich. Aber ich habe einen langen Heimweg. Vielleicht erinnern Sie sich noch, ich pendle vom Riederberg in die Stadt.« Siebert Thal hatte nichts von ihrem letzten Gespräch vergessen. Er erkundigte sich nach den Renovierungsplänen und wie sie sich in ihrem neuen Zuhause zurechtfand. Kaum hatte sich ein Gespräch entwickelt, bemerkte Agnes Megan, die vom Buffet herüberwinkte. Offenbar war die Delegation von *BabyStar* die nächste Gesprächsgruppe des Ministers.

»Tut mir leid, ich muss gehen.« Agnes wollte sich eben abwenden, da berührte seine Hand ihren Arm ganz sachte, und doch traf es Agnes wie ein Blitzschlag. Etwas in ihr wollte sich in die Berührung lehnen, näher an seinen Körper rücken. Sie atmete ein und blickte fragend zu ihm hoch.

»Könnten wir nach der Arbeit auf einen Kaffee gehen – oder Tee, ich weiß, Sie trinken keinen Kaffee.« Sein Gesicht war so nah. Sein Geruch berauschend. Leder, Sandelholz, Kaffee. »Natürlich nur, wenn Sie Zeit haben.« Kein Druck. Trotzdem erfasste Agnes Panik. Eine Verabredung? Was, wenn Norman sie zusammen sah?

Keine Männer, keine neuen Probleme.

Sein Gesicht war schön, kräftige Augenbrauen, ein Grübchen am Kinn und ein Mund, der weich sein würde, lägen ihre Lippen auf seinen. Lästige Vorsätze. Verzaubert – das war sie. Einfach verzaubert. Und doch …

»Heute kann ich nicht. Es tut mir leid.« Sie räusperte sich, versuchte, klare Gedanken zu fassen. »Hier ist meine Karte, Sie können mich unter dieser Nummer im Büro erreichen, auf der Rückseite steht meine Mobilnummer. Vielleicht schließen wir nächste Woche an die Sitzung einen Tee an? Ich werde mich dafür frei halten.« Unsicher, ob ihr der Brückenschlag zwischen Absage und Zusage gelungen war, beobachtete Agnes Sieberts Reaktion. Er ließ sich die Enttäuschung nicht anmerken und stimmte ihrem Vorschlag zu. Als er die Karte aus ihrer Hand nahm, berührten seine Finger zart die ihren. Sachte und elektrisierend zugleich. Ihr Herz schlug schneller, der Atem stockte. Schon röteten sich ihre Wangen. Mit den Augen folgte sie seinen schlanken Händen, wie sie die Karte sorgsam in ein Seitenfach der Brieftasche schoben. Noch einmal verschmolzen ihre Blicke. Ein wortloses Einverständnis ließ sie einander zulächeln, dann drehte sich Agnes um und eilte Megan entgegen.

An diesem Nachmittag arbeitete Agnes beschwingt ihren Aktenberg ab, trotz der vielen Gedanken, die ihre Konzentration torpedierten. Erst als Megan um sechs Uhr mit Mantel und Schal in ihr Zimmer trat, bemerkte Agnes, wie erschöpft sie war.

»Ich wollte dir einen schönen Abend wünschen. Bleibst du noch lang?« Agnes zeigte auf die Aktenordner, die neben ihr am Tisch standen.

»Ich bereite das Briefing für die Tolf vor und mache eine schriftliche Zusammenfassung.« Sie lehnte sich in ihrem Sessel zurück und streckte Arme und Beine von sich. »Schön, dass du noch reingeschaut hast. Ich brauche eine kleine Pause. Übrigens – danke für deine Aktion im Ministerium, ich war ziemlich durcheinander, als mich Michelle zur Pause so grob aus meinem Tagtraum gerissen hat.«

»Tagtraum?«, schmunzelte Megan und wickelte ihren langen Wollschal vom Hals. »Was ist mit diesem Siebert Thal? Sah aus, als hätte sich der Rest der Welt für euch beide in Luft aufgelöst.« Agnes wich verlegen ihrem Blick aus.

»Entschuldige, waren wir unhöflich?«

»Nicht direkt – also?«, insistierte Megan.

»Ich kann nicht beschreiben, was vorgegangen ist.«

»Hm, klingt mystisch«, amüsierte sich Megan sichtlich über ihre liebeskranke Freundin.

»So etwas ist mir nie zuvor geschehen. Wirklich ein ungünstiger Zeitpunkt ...« Agnes seufzte. »Wenn ich an Norman denke, kriege ich Panikattacken. Und ich wollte Zeit für mich, Zeit für Paps, wer weiß, wie lang ich ihn noch habe«, aber die Gedanken kehrten schon zu Siebert zurück. »Unsere Finger haben einander berührt und ich dachte, mein Herz zerspringt.«

»Das ist fantastisch«, rieb sich Megan die Hände. »Ich mag ihn. Habt ihr euch verabredet?«

»Nicht direkt. Ich muss Zeit schinden«, wehrte Agnes ab. »Das ist alles total verrückt und ich kann mich nicht einfach in ein Abenteuer stürzen. Nicht jetzt. Ich traue Norman zu, dass er mich beschattet, und er ist verdammt gut in so was, ich würde es nicht bemerken.«

»Warte, bis ihr richtig Schluss gemacht habt«, riet Megan.

»Dann wird es noch kritischer«, entgegnete Agnes. »Er wird einen anderen Mann hinter meiner Entschlossenheit vermuten. Ich möchte Siebert nicht in Gefahr bringen. Norman ist eine tickende Bombe.«

Agnes hatte den ganzen Wust an Sorgen ihrer Freundin hingeworfen und stützte erschöpft den Kopf auf die Hände. Das Gespräch mit Norman stand am Freitag bevor, bislang hatte sie es verdrängt. Es war wichtiger denn je, kühlen Kopf zu bewahren. Ihr Leben hing von ihrem taktischen Geschick ab. Wieder kroch diese eiskalte Angst in ihr hoch.

»Am Freitag also«, wiederholte Megan. »Du bist ganz blass geworden – keine Sorge, du hast einen guten Instinkt und wirst das Richtige tun.« Megan saß auf der Schreibtischkante Agnes gegenüber. Sie hielt ihre Mütze in der einen

Hand und mit der anderen zog sie eine Tafel Schokolade aus dem Rucksack, brach eine Rippe ab und hielt sie Agnes entgegen. »Hier, Liebes, wir Frauen brauchen Schokolade. Die wird dich wieder aufrichten.«

Megans Fürsorge ließ Agnes lächeln und sie steckte sich das Stück in den Mund. Bittersüß schmolzen die Splitter auf Zunge und Gaumen. Genussvoll seufzte sie. »Schokolade macht Mut? Dann werde ich am Freitag eine große Tafel einpacken. Noch vier Tage.« Sie ließ das letzte Stück der Schokoladenrippe im Mund zergehen und sah Megan an. »Weißt du was, ich habe genug für heute. Ich gehe gleich mit dir.« Rasch war der Schreibtisch aufgeräumt, der Wintermantel übergezogen und das Licht abgedreht. Auf dem Weg zur U-Bahn blickte sich Agnes immer wieder verstohlen um, als erwartete sie Norman in Hauseingängen lauern.

»Wenn du an das Gespräch mit Norman denken musst, dann stell dir vor, wie ihr ruhig miteinander redet und euch ohne Streit trennt. Visualisiere einfach, wie alles gut geht«, gab sich Megan Mühe, Agnes' anhaltende Nervosität zu lindern. »Das funktioniert, ich habe es schon oft selbst gemacht. Bloß bei Larry hat es nicht geklappt, das muss ich zugeben.«

»Warum?« Agnes kehrte mit ihrer Aufmerksamkeit zurück zu Megan.

»Meine Zweifel und Ängste waren zu groß. Halbherzige Bilder kommen im Universum halbherzig an. Vor allem hat Larry nicht an unsere Zukunft geglaubt. Am Ende konnte ich mir selbst kein Happy End mehr vorstellen.«

Sie waren bei der U-Bahn-Station angekommen, wo sich ihre Wege trennten.

»Vielleicht ist das letzte Wort zwischen euch nicht gesprochen«, versuchte Agnes, die Freundin zu trösten. »Ihr liebt euch trotz allem. Lass uns jede ein wunderschönes Bild in Gedanken malen. Du, wie Larry mit dir vor einem Kaminfeuer Rotwein trinkt und ihr, aneinandergeschmiegt, Pläne für die Zukunft schmiedet, und ich stelle mir Siebert Thal und mich schmusend in meinem verwilderten Garten vor.« Über ihren unverwüstlichen Optimismus lachend, verabschiedeten sich die beiden Freundinnen voneinander.

Als Agnes endlich daheim ankam, war es bereits 21.00 Uhr. Ihr U-Bahn-Zug war defekt gewesen und hatte den Fahrbetrieb für lange Zeit aufgehalten. Jetzt war sie müde, fühlte sich durchgefroren. Das Einzige, was in dieser Situation wirklich helfen konnte, war ein Rosenölbad, beschloss sie. Das Rosenöl, das weiblichste aller ätherischen Öle, würde sämtliche Sinne verwöhnen, den gereizten Geist besänftigen und die erschöpfte Seele wohlig umhüllen, die Haut samtweich pflegen. Heute fügte Agnes dem Badezusatz noch einige Tropfen Vanilleöl hinzu, welches eine besänftigende Wirkung besaß und Ärger und Frust verjagen würde; ein paar Kerzen und sanfte Musik sorgten für die Entspannung von Augen und Ohren. Portwein wäre eine gute Idee, befand sie und füllte ein Glas.

Bis sie ausgekleidet und die Wanne vollgelaufen war, hatte sich der Raum in ein Dampfbad verwandelt. Agnes stieg ins Wasser, genoss die durchdringende Wärme und nahm dann einen Schluck von dem schweren Rotwein. Wie gut die süße Schärfe des Weins tat! Ein genussvolles »Ah!« entschlüpfte ihr, der Kopf sank gegen den Wannenrand. Das Wasser reichte ihr bis zur Brust und langsam rutschte sie den Wannenboden entlang, sodass ihr Leib Zentimeter für Zentimeter tiefer in das duftende Nass einsank. Rose und Vanille. Gesicht und Haare tauchten in die wohlige Geborgenheit des Wassers ein. Für eine Weile gab es nur die Geräusche der Unterwasserwelt, die dumpf und fern klangen. Am Ende des Atems stemmte Agnes ihre Füße gegen die Wannenwand und schob sich zurück an die Oberfläche. In kleinen Perlen rann das Wasser von ihrer Haut, hinterließ einen duftenden Film. Mit immer noch geschlossenen Augen strich sie sich die nassen Haare aus dem Gesicht und hörte die Musik wieder deutlicher. *For The First Time* spielte im Repeat-Modus. Rod Stewards kratzige Stimme kroch unter die Haut wie die Berührung eines Liebhabers. *I can't believe how much I see, when you're looking back to me …* Sieberts Augen blickten sie an, braun mit grünen Sprenkeln, das Schwarz der Pupillen tief wie der Nachthimmel. *Can this be real, can this be true? Am I the person I was this morning, and are you the same you?* Wieso war er ihr derart vertraut? Sie misstraute dieser obskuren Reaktion auf einen Fremden. Ihr Herz signalisierte *angekommen, das ist er*, während ihr Gehirn dagegenhielt mit allerlei Argumenten, die gegen eine Affäre zum jetzigen Zeitpunkt sprachen. *I found you somehow and I never been so sure …* Ja, sie war sich sicher. »Kusch«, wies sie lächelnd den Verstand zurecht und sank aufs Neue mit dem Kopf unter Wasser.

Das Herz wird immer siegen.

In ihrem Bett war es kuschelig warm. Die Haut duftete noch leicht nach Rosen und es dauerte keine zwei Minuten, bis sie in tiefen Schlaf fiel.

Agnes stand am Rand weißer Klippen im Aufwind der Meeresbrandung und sah die orangerot leuchtende Sonne im Meer eintauchen. Neben ihr stand eine etwas kleinere, zierliche junge Frau mit großen grauen Augen und langem Haar. Der Wind spielte mit den dunklen Haarsträhnen der

Frauen, wirbelte sie wie Tücher über ihre Köpfe, ließ sie immer wieder für kurze Zeit auf die Schultern zurückfallen, um sie sogleich wieder zu ergreifen. Die in einen langen Umhang gehüllte Frau berührte Agnes' Hand, ohne ihren Blick von der untergehenden Sonne zu wenden.

»Morgen beginnt dein neues Leben, Sishla Vem, so wie das meine. Nichts wird mehr sein, wie es bisher war. Mein Herz ist voller Trauer und dunkler Ahnungen. Möge das Unheil, das ich fühle, dich niemals erreichen. Es bleibt mir zu hoffen, dass mein Kummer um den Verlust deiner Nähe die Ursache für meine Visionen ist.«

»Neddal …«, flüsterte Sishla Vem, doch die Frau sprach weiter.

»Neid und Hass ehrgeiziger Frauen und Männer werden dich umgeben. Ich werde dich, mein Herz, nicht beschützen können. Sobald dein Ehemann bemerkt, dass unsere Freundschaft in Wahrheit Liebe ist, wird er uns trennen.« Die Stimme versagte ihren Dienst. Neddal hielt den Handrücken vor Mund und Nase, um ihre Emotionen zu bändigen. Ihre Geliebte hatte den Arm um sie gelegt und sprach mit leiser Stimme.

»Neddal, auch mein Herz fühlt Trauer. Ich fühle das drohende Unheil wie du – meine Entscheidung, Shenui Tui zu ehelichen, wird unser beider Leben auf einen gefährlichen Pfad führen. Und doch ist es unser Schicksal, dies ist uns bestimmt. Die Ehe mit Shenui Tui wird unsere Völker erneut vereinen. Kossar, mein Vater, setzt seine ganze Hoffnung darauf, mit dieser Verbindung den Ausgleich zwischen den hellen und dunklen Kräften wiederherstellen zu können. Du kennst dein Volk besser als ich, Neddal, du weißt wohl um die gefährlichen Tendenzen. Das Volk von Guban gibt sich der Kriegskunst hin, will Meisterschaft darin erlangen. Viele Krieger führt dieser Wunsch der Schwarzen Magie zu. Währenddessen mein Volk Krieg verleugnet und Kampfkunst nur mehr als Meditationsübung betreibt. Das Volk von Valun und das Volk von Guban müssen ihre Weisheit vereinen. Mein Vater fürchtet die wachsende Zahl der Schwarzen Magier. Er hatte eine Vision, in der die Macht der Liebe beinahe vollständig zu Boden gerungen war – Unterdrückung, Krieg, Tod und Krankheit bemächtigten sich der grünen Inseln.« Der Druck, der von Neddals Hand ausging, nahm zu. »Die helle Kraft gerät in Vergessenheit, denn Angst und Schmerz bewegt die Herzen der Menschen. Ein dunkles Zeitalter wird anbrechen. So lautet seine Vision.« Ihr Atem stockte, Tränen hingen in den Wimpern, lösten sich, tropften die Wange hinab. Keine weiteren folgten nach. Die salzige Meeresbrise auf der Haut kühlte die Emotion ab und ließ sie ihre Worte wiederfinden.

»Wenn es eine geringe Hoffnung gibt, dieses Leid zu verhindern, will ich alles tun, damit sich diese verwirklichen kann.« Neddal blickte zu Sishla Vem auf, ein kaum merkliches Nicken zeugte von ihrer Zustimmung. Die Wahrheit in Sishla Vems Worten war Neddal bewusst.

»Ich habe bei meinen Besuchen im Haus meines Vaters davon gehört, Sishla Vem. Die Hohe Priesterschaft ist beunruhigt, selbst unter ihnen hat man Anhänger der Schwarzen Magie entdeckt. Sie fürchten, dass der König unter deren Einfluss geraten könnte. Man setzt alle Hoffnung auf die Vermählung mit dir, denn du verfügst über große Fähigkeiten, du kannst den König vor den dunklen Kräften bewahren. Es kann gelingen – und doch – ich finde keine Hoffnung, so sehr ich mich bemühe.« Während Neddal redete, hatte sich Sishla Vem müde auf einen nahen Fels gesetzt, blickte wieder auf die sinkende Sonne und lauschte den Möwen. Tief seufzte sie, ehe sie erneut sprach.

»Mein künftiger Gatte ist ein guter Mann, ein tapferer Krieger und ehrenvoller König. Wenn ich ihm auch mein

Herz nicht schenken kann, so bringe ich ihm doch Respekt und Achtung entgegen, liebe ihn, wie ich alle fühlenden Wesen liebe. Genug Frauen liegen ihm zu Füßen, er ist nicht auf meine Hingabe angewiesen. Es besteht ein Einverständnis zwischen uns, dass diese Ehe einem edlen Zweck dient. Und doch kann ich die Gefahr sehen, von der du sprichst. Im Zentrum der Macht lebt das Böse, manchmal versteckt, häufig ganz offen vor aller Menschen Augen. Es schmerzt mich mehr, als ich auszudrücken vermag, dich in Gefahr zu bringen.«

»Ich bleibe an deiner Seite«, unterbrach Neddal. »Der Tod kann uns nichts anhaben. Meine Seele wird stets die deine suchen; durch alle Leben, die uns erwarten, unermüdlich, bis uns ein gemeinsames Dasein in Liebe und Frieden die Erfüllung bringt, die uns hier versagt bleibt.« Ihre Finger verschränkten sich ineinander und Neddal kniete sich vor Sishla Vem, um die Augen zu küssen, die ihr so lieb waren.

»Dann soll es so sein, wie du es gesagt hast«, entschied Sishla Vem. Bevor die Sonne vollends im Meer verschwand, entzündeten sie ein Feuer und streuten hernach Beifuß und Weihrauch in die Glut. Auf den Fersen sitzend, verharrten Sishla Vem und Neddal in stiller Versenkung. Die leuchtenden Wolkenstreifen am Horizont verabschiedeten den Tag in prächtigen Farben, kündigten die Dunkelheit der Nacht an. Die Frauen befreiten den Geist von Sorgen und Ängsten, wurden eins mit der unendlichen Weite des Himmels und des Meeres. Messer ritzten über Handflächen und Blut besiegelte den Pakt mit der Ewigkeit, Wunde an Wunde. Der funkelnde Sternenhimmel spannte sich über den Häuptern Neddals und Sishla Vems, als sie endlich aufstanden. Die Hände dem Abendstern entgegengestreckt, wiederholten sie das Versprechen, einander durch alle Zeiten und Leben zu suchen.

Die Silhouetten der Frauen nahmen sich hell vor dem Dunkel der Felsen aus, als sie im Mondlicht dem Pfad hinab zum Sandstrand folgten. Dort schlugen sie ihr Nachtlager auf, beschützt von Dünen und duftenden Macchiasträuchern. In Decken gehüllt, eng aneinandergeschmiegt, verbrachten die Liebenden ihre letzte gemeinsame Nacht im sanften Licht eines silbernen Mondes, verbunden mit der Tiefe des Sternenhimmels, der die Liebe bewahrend aufnahm wie ein Kelch.

Agnes wachte mit einem Schlag auf und sah verwirrt auf den Wecker. Erst vier Uhr morgens. Ein eigenartiges Gefühl war in ihrem Herzen, Freude vermischt mit Wehmut, die sie zuvor nicht gekannt hatte. Benommen ließ sie den Traum nochmals wie einen Film ablaufen. Diese schöne Frau mit den grauen Augen trug den Namen Neddal – und sie selbst wurde in dieser Traumwelt Sishla Vem genannt. Sie selbst?

Was war das für ein eigenartiger Name – Sishla Vem? Trotzdem klang er vertraut. Und Neddal war ihre Geliebte gewesen? Skurril. Agnes setzte sich aufgewühlt im Bett auf. War sie insgeheim lesbisch? An Einschlafen war nicht zu denken. Irgendwie musste sie den Traum aus dem Kopf bekommen. Agnes verließ das Bett, zog einen Morgenmantel über und setzte sich an den Sekretär. Aus der Lade holte sie ihr Kalenderbuch hervor und schrieb den Traum nieder, in einem Zug, Seite für Seite. Als sie den letzten Satz vollendet hatte, lehnte sie sich zurück und blickte aus dem Fenster in die Dunkelheit. Bald würde sie dem Sonnenaufgang weichen. Ihre Gedanken waren wieder ruhig, die Erinnerung an den Traum ein schöner Film, der sie tief berührt hatte.

7

So musste sich ein Schispringer am Schanzentisch fühlen. Es war ein langer Anlauf bis zu dem gefürchteten und doch herbeigesehnten Gespräch mit Norman.

Freitag. Befreiungstag.

Immer wieder kreisten Agnes' Gedanken um imaginäre dramatische Szenen, in denen Norman schrie, sie im Kaffeehaus vor allen Anwesenden abknallte. Mit geballter Willenskraft unterbrach sie die Horrorvisionen und wies sich zurecht. Wenn schon visualisieren, dann einen guten Ausgang der Affäre. Bitte.

Siebert Thals Existenz gab ihr dazu die Kraft. Weiter wollte sie jedoch nicht denken. Besser viel arbeiten – das Haus Schritt für Schritt wohnlich gestalten. Im Schlafzimmer hingen neue Vorhänge in Grün und Winterweiß, dazu gab es sogar eine grüne Tagesdecke für das Bett und Bettvorleger in den gleichen Farben. Auf die breite Fensterbank hatte sie Kissen gelegt, die zum Verweilen und Hinausgucken einluden. Ein Lavendel-Rosen-Potpourri lag in einer Messingschale am Fensterbrett und verströmte seinen Duft. Am Dachboden hatten sich keine Mäuse, dafür aber ein kleiner Schatz gefunden. In einer Truhe, sorgfältig in blaues Seidenpapier eingeschlagen und von dutzenden Mottenkugeln umgeben, befanden sich Großmutters gehäkelte Vorhänge. Nach einigen Runden in der Waschmaschine war der Naphthalingeruch dem Waschmittelduft gewichen. Das Weiß des Garns strahlte wieder und die feinen Maschen hatten die Jahre unbeschadet überdauert. Die schäbigen Sessel der Küche hatte Agnes mit cremefarbenen Hussen bezogen und der knorrige Holztisch wurde mit der bestickten Tischdecke ihrer Mutter verschönert. Über dem Ohrensessel und dem Fußschemel lagen Baumwolldecken im Patchwork-Stil. Die Dielen waren geschrubbt und geölt, der muffige Geruch der unbewohnten Jahre gebannt.

Die Veränderungen im Haus fielen sogar Ludwig Feder auf, als er Anfang der Woche zum Anschließen der neuen Waschmaschine vorbeikam. Stolz betrachtete Agnes ihr Werk, fühlte sich unbeschreiblich wohl in dem Haus ihrer Mütter, in ihrer neuen Freiheit. In den Mauern dieses alten Hauses spürte sie die Seelen von Großmutter und Mutter, deren beschützende Hände und Wohlgefallen an dem, was die Enkelin und Tochter vollbrachte.

Auch im Job war Agnes gefordert. Oberste Priorität hatte der Vertrag, der am kommenden Montagnachmittag nun endgültig im Ministerium abgeschlossen werden sollte. Zwischen allen Vertragsparteien wurde hektisch telefoniert, E-Mails ausgetauscht und Vertragsklauseln korrigiert. Die Stimmung unter den Juristen war angespannt, jeder versuchte, seine Anliegen in letzter Minute mit Druck durchzusetzen. Eine freundliche Männerstimme am anderen Ende der Telefonleitung war da schon eine Überraschung.

»Guten Morgen, Frau Feder.« Im nächsten Augenblick erkannte Agnes Siebert Thals Stimme und fühlte einen freudigen Stich im Solarplexus.

»Guten Morgen, Magister Thal.«

»Ich rufe wegen unseres Vertrages an. Zu Punkt drei gibt es ein paar Unstimmigkeiten mit dem Ministerium und den Krankenversicherungen. Sie werden bestimmt schon davon gehört haben. Aber eigentlich ist das nur der Vorwand dafür, um wieder mit Ihnen reden zu dürfen. Mich interessiert nämlich viel mehr, wie es Ihnen geht.« Augenblicklich glühten ihre Wangen und schlug ihr Herz bis zum Hals. Sie telefonierten fast eine Stunde miteinander, davon beanspruchte die notwendige Absprache zum Vertrag gerade einmal zehn Minuten. Als Agnes schließlich versonnen lächelnd auflegte, hatten sie für kommenden Montag nach Vertragsabschluss ein gemeinsames Essen bei *Martinelli* fixiert. Wer immer von den Firmenvertretern noch mitgehen mochte – sie würde jedenfalls mit Siebert Thal ihren Abend verbringen.

Beschwingt und mit unverschämt guter Laune ging Agnes zum Briefing ins Büro der neuen Bereichsleiterin Karin Tolf. Als sie eintrat, saßen Tolf, Umtier, Michelle und ein fremder, etwa 30-jähriger dicklicher Mann mit mausbraunen Haaren und einem blassen Gesicht in der Besprechungsecke im Erker des Büros. Erstaunt über die unerwarteten Teilnehmer, blieb Agnes stehen und grüßte in die Runde.

»Frau Magister Feder, es wird Ihnen sicher nichts ausmachen, wenn die Kollegen sich mit mir gemeinsam Ihre Ausführungen anhören. Dr. Schoff als meine Stellvertreterin muss natürlich auf demselben Wissensstand sein wie ich, und Dr. Umtier hat ebenfalls sein Interesse bekundet, vielleicht können Sie ihm auch ein paar Fragen aus seinem Bereich im Anschluss beantworten.«

»Ja, natürlich«, willigte Agnes ein. Das fühlte sich wie eine Prüfung auf der Uni an.

»Dann möchte ich Ihnen noch Herrn Dr. Ulrich Zumtobl vorstellen, er ist der neue Assistent von Dr. Schoff. Er hat sich voll und ganz der Forschung verschrieben, da kann es nicht schaden zu wissen, was künftig erlaubt und was verboten sein wird.« Agnes reichte Zumtobl die Hand und ekelte sich sogleich vor dem klammen, schwächlichen Händedruck. Sein Blick huschte über ihr Gesicht, ohne sie richtig anzusehen; das genuschelte »Sehr erfreut« war kaum zu verstehen.

Ein Streber, war sie sich sicher, immer bemüht, seinen Vorgesetzten alles recht zu machen, auf die eigene Chance lauernd – ja, er sah sogar aus wie ein Frettchen. Nicht gerade Michelles Männertyp. Amüsiert verteilte sie Kopien der Zusammenfassung ihres Berichtes. Für Michelle und Zumtobl war nur ein Exemplar übrig, das sich Michelle sofort schnappte, ohne ihren Assistenten auch nur anzusehen.

»Er kann sich die Unterlagen nachher von mir kopieren«, sagte Michelle zu Agnes und begann, die wenigen Blätter mit hochgezogenen Augenbrauen durchzusehen. Der Assistent blickte zuerst Agnes an und dann Michelle. Offensichtlich war er brüskiert, sagte jedoch nichts. Sein Zeigefinger begann an der Nagelhaut des Daumens zu kratzen, wo die Haut bereits rissig und wund war.

»Wenn es Ihnen recht ist, Frau Dr. Tolf, fange ich gleich mit der Regierungsvorlage zum Fortpflanzungsmedizingesetz an. Ich habe Ihnen Kopien davon gemacht.« Alle Anwesenden blickten sogleich in ihre Unterlagen, außer Michelle, die demonstrativ ihr Handout zusammengerollt vor sich hielt. Zumtobl versuchte, bei Umtier einen Blick zu erhaschen, so auffällig, dass dieser ihn freundlich zum Mitlesen einlud.

»Unser Anliegen an das Ministerium hinsichtlich der Novelle des Gesetzes beinhaltete drei Punkte: Erstens wollten wir eine Verlängerung der Aufbewahrungsfrist befruchteter Eizellen, um diese nicht bereits nach einem Jahr vernichten zu müssen. Zweitens regten wir die *Adoption* von befruchteten überzähligen Eizellen an sowie die Spende von Eizellen für Frauen, die selbst keine produzieren. Drittens versuchten wir, Verständnis für die Forschungsarbeit auf dem Gebiet des therapeutischen Klonens, Embryonenforschung und der Präimplantationsdiagnostik aufzubauen, um den Standort der Forschung nicht ins Ausland verlegen zu müssen.« Agnes atmete tief durch.

Katze aus dem Sack.

»Ich kann Ihnen gleich sagen, dass es in absehbarer Zeit keine Zugeständnisse zum therapeutischen Klonen geben wird, genauso wenig wie Untersuchungen der Embryonen auf ihr Geschlecht oder Erbkrankheiten vor der Implantation zulässig sein werden.«

Michelle überkreuzte ihre Beine für die anwesenden Männer irritierend lasziv und erhob die Stimme.

»Warum sollen wir nicht an Embryonen forschen, die sowieso auf dem Müll landen? Das ist doch so eine verlogene Moral, auf der einen Seite ist es legal, Embryonen binnen einer Dreimonatsfrist abzutreiben, auf der anderen Seite darf man keine wertvolle Forschung an diesen Zellhaufen durchführen – denn mehr ist eine befruchtete Eizelle nicht, die sich erst ein paar Mal geteilt hat. Und warum sollten wir den Eltern nicht unter den befruchteten Eizellen die genetisch gesündeste oder gar den gewünschten Stammhalter heraussuchen? Sie müssen eine Menge Geld für die künstliche Befruchtung bezahlen, ganz abgesehen von der körperlichen Strapaze, der sich die Frau deswegen unterzieht.«

Agnes verdrehte innerlich die Augen. Nicht schon wieder eine Diskussion mit Michelle!

»Vielleicht verlegen wir diese Diskussion ans Ende meiner Ausführungen«, antwortete sie betont freundlich in Michelles Richtung. »Es bleibt jedenfalls bei dem strengen Forschungsverbot an menschlichen Embryonen. Allerdings gibt es weiterhin keine gesetzliche Regelung zu befürchten, die den Import von legal hergestellten embryonalen Stammzelllinien verbietet. Diese Stammzellen fallen nicht unter das Forschungsverbot. Genauso wie die embryonalen Stammzellen, die wir aus abgetriebenen Föten gewinnen.« Umtier schien nicht besonders überrascht zu sein.

»Wenigstens etwas. Sind verdammt teuer, diese Zelllinien. Vor allem, wo wir gleichzeitig gutes Material wegwerfen müssen.«

»Tja«, unterband Tolf weitere Klagen und wies Agnes mit einer Handbewegung an, fortzufahren.

»Weiters bleiben das therapeutische Klonen, die Geschlechtswahl und Untersuchung auf Erbkrankheiten unzulässig«, reagierte Agnes sofort. »Hinsichtlich des zweiten Punkts unserer Anliegen, der Adoption von Embryonen, waren wir ebenfalls nicht erfolgreich. Lediglich die Aufbewahrungsfrist für kryokonservierte Embryonen wird verlängert. Unter bestimmten Voraussetzungen sind zehn Jahre möglich.« Michelle lehnte sich gelangweilt in ihrem Lederpolstersessel zurück und blickte süffisant zu Agnes.

»Welche schlimmen Strafen hat sich unser Gesetzgeber ausgedacht, wenn wir *bösen Forscher* uns nicht an die Vorgaben halten?«

»Die angedrohte Strafe ist eine Verwaltungsstrafe, das heißt, es ist keine gerichtliche Verurteilung zu befürchten. Die Strafhöhe ist mit 36.000 Euro begrenzt«, antwortete Agnes betont sachlich. »Eventuell müssen Ärzte mit disziplinären Folgen rechnen, die sich aus dem Standesrecht ergeben. Für die Forscher auf diesem Gebiet, die keine Ärzte sind, bleibt es jedoch bei der Geldstrafe.«

»36.000 Euro Höchststrafe?«, höhnte Michelle. »Bei den Summen, die bei dieser Forschung rausschauen können, ist das ja lächerlich. Wer will mir überhaupt nachweisen, welchen Ursprungs meine Stammzellen sind? Ein Verwaltungsbeamter vielleicht? Was soll denn überhaupt der ganze Zirkus – was ist mit der Freiheit der Forschung? Dann gehen wir eben alle ins Ausland, nach England oder Tschechien.« Michelle hatte es geschafft. Agnes war zornig, wenngleich ihre Stimme gefasst klang.

»Ich denke, es geht um mehr als um Geld und Forschungsfreiheit«, konterte Agnes. »Der Gesetzgeber ist nicht aus Jux und Tollerei vorsichtig in dieser Frage. Hier wird immerhin mit menschlichen Leben gespielt – oder geforscht. Sogar du warst einmal so ein *Zellhaufen*, wie du es nennst, genau wie wir alle. Man macht den Menschen große Hoffnungen, verspricht die Heilung von gefürchteten, unheilbaren Krankheiten, nur um einen moralischen Persilschein zu erhalten. Keiner sagt, dass man meilenweit von wirksamen Therapien entfernt ist. Keiner sagt, dass mit Stammzellen von erwachsenen Menschen genauso gute Erfolge erzielt werden konnten. Ohne ethische Probleme, weil kein Embryo dafür zerstört werden muss. Selbst berühmte Ärzte und Forscher geben zu bedenken, dass zuerst die Möglichkeiten mit erwachsenen Stammzellen ausgeschöpft werden sollten. Und dieser Meinung schließe ich mich an.« Sie schnappte nach Luft und wusste, das war eben ein Fehler gewesen.

In die Falle getappt.

Michelle räkelte sich zufrieden in dem Sessel und grinste sie an. Als hätte sie die Szene geplant, nickte sie mit dem Kopf, als Karin Tolf das Wort erhob.

»Das ist für unser Unternehmen kein Problem, da wir für unsere Forschung Stammzellen aus abgetriebenen Föten legal gewinnen beziehungsweise welche aus dem Ausland zukaufen können. Wie auch immer, in unserem Unternehmen gibt es keinen Gesetzesbruch.« Ein warnender Blick traf Michelle. »Die gesetzlichen Vorschriften werden eingehalten. Unsere persönliche Meinung zum Thema Forschung an embryonalen Stammzellen spielt hier und jetzt keine Rolle, Frau Magister Feder. Sollten Sie allerdings ein ethisches Problem mit dem Tätigkeitsfeld unserer Firma haben, wäre es besser, Sie entschließen sich für eine berufliche Veränderung.« Agnes schluckte. Offenbar hatte sie sich eben um Kopf und Kragen geredet. Auch Michelle war mit Agnes noch nicht fertig.

»Selbstverständlich halten wir uns an die Gesetze! Darum geht es doch überhaupt nicht«, hakte Michelle ein. »Es muss einmal gesagt werden, dass solche Ansichten, wie sie unsere liebe Frau Magister Feder zum Besten gibt, dem Mittelalter entstammen – und das wird dann zum Gesetz! Du bist mit deiner fundamentalistisch-katholischen Einstellung hier fehl am Platz. Da muss ich Karin recht geben.« Michelle sah herausfordernd zu Agnes. »Damit unsere Gesellschaft sich weiterentwickeln kann, müssen wir religiös motivierte Verbote überwinden. Man muss diese Angelegenheit vernünftig angehen und wirtschaftliche Lösungen finden. Es wird auf der ganzen Welt in diese Richtung geforscht, unser Land verliert wichtige Investoren und hochrangige Forscher, unsere Wirtschaft Geld und Arbeitsplätze. Ich selbst habe daran gedacht, in England beim Mutterunternehmen eine Stellung anzunehmen, und aus Tschechien habe ich bereits ein Angebot. So wie die Dinge derzeit stehen, wird diese Möglichkeit für mich immer attraktiver.« Dabei blickte sie Tolf mit dem stillen Vorwurf der ausgestochenen Konkurrentin an.

»Ja, ja, schon gut, Michelle«, erwiderte diese verstimmt. »Wir sind hier nicht in der Ethikkommission. Können wir diese Diskussion beenden?« Tolfs Ärger stand in keinem Verhältnis zu der Wut, die in Agnes brodelte. Sie als katholische Fundamentalistin hinzustellen! Aber – wenn ihr dieser Job lieb war, musste sie den Mund halten.

Das Telefon auf Tolfs Schreibtisch unterbrach Agnes' inneren Kampf. Tolf stand indigniert auf.

»Ich hatte der Sekretärin die klare Anweisung gegeben, keinerlei Anrufe durchzustellen!«, entrüstete sie sich, ehe sie den Hörer abhob und sich forsch meldete. »Was gibt's? Ich möchte nicht gestört werden. Es muss doch möglich sein, für

20 Minuten alle Anrufer abzuwimmeln!« Stumm lauschte sie der Stimme ihrer Sekretärin. »Hm. Ach so. Der kann natürlich nicht warten. Stellen Sie ihn durch.« Mit einer Hand auf der Hörermuschel, wandte sie sich an die wartenden Kollegen. »Nur fünf Minuten – es ist der Staatssekretär, den muss ich entgegennehmen.« Michelle verdrehte die Augen.

»Den kenne ich. Der hört niemals auf zu reden – hört sich gern selbst. Außerdem ist genau der schuld daran, dass unsere Forschung im Land derart eingeschränkt ist. Die graue Eminenz in der Regierung – und ein verhinderter Priester –, was soll ich mehr sagen? Lebt seinen Fundamentalismus in der Politik aus.« Tolf war bereits ins Gespräch vertieft und für Agnes war das die Gelegenheit, noch einmal Michelle anzusprechen, ohne sich den Unmut von Tolf zuzuziehen. Mit leiser Stimme wandte sie sich der Kollegin zu.

»Ich habe nicht grundsätzlich etwas gegen die Forschung mit Stammzellen. Ich meine nur, dass man nicht immer alles gleich machen soll, was möglich ist, sondern zuerst überlegen muss, was man da eigentlich tut und welche Auswirkungen das haben wird. Insbesondere wenn es um menschliches Leben geht. Du trägst als Forscherin eine große Verantwortung, der du dich nicht entziehen kannst. Es reicht nicht aus, das Leben auf Geld zu reduzieren.«

»Komm mir nicht so«, konterte Michelle. »Im Anfangsstadium hat der Embryo weder Gefühle noch kann er Schmerz empfinden noch hat er irgendeine Fähigkeit, die ihn als Person kennzeichnet. Er sieht nicht mal annähernd menschlich aus. Ein Zellhaufen und nichts weiter.« Agnes hielt Michelles spöttischem Blick stand.

»Dann sage mir doch, Frau Doktor, wann beginnt das Leben? Du warst auch ein solcher Zellhaufen, das ist Teil deines Lebens, oder nicht?«

»Bei der Abtreibung macht der Gesetzgeber kein Federlesen – und wir«, sie machte eine bedeutungsträchtige Pause, »handeln immerhin zum Wohle der Menschheit.«

»Die Frauen, die eine Abtreibung durchführen, sind sich bewusst, dass sie damit ein Leben beenden, und machen das nicht aus Spaß«, wehrte Agnes ab.

»Rührend«, ätzte Michelle.

»Euch Forscher dagegen bewegen Neugierde, etwas Altruismus und der Drang nach Ruhm und Ehre. Der Embryo wird zum Objekt degradiert.«

»Als ob ein Zellhaufen Persönlichkeit besäße«, spöttelte Michelle.

»Wenn etwas nicht nach deinem Kopf geht, musst du es lächerlich machen«, ließ Agnes nicht locker, »oder vernichten, was?«

»Bist du fertig mit deiner Predigt?« Michelle schaute gelangweilt zu Karin Tolf, die nach wie vor mit dem Staatssekretär telefonierte. Umtier fühlte sich sichtlich unwohl zwischen den angriffslustigen Frauen.

»Ich finde Ihre Meinung sehr interessant, Frau Magister.«

»Dr. Umtier strebt eine politische Karriere an«, lachte Michelle. »Oder als Diplomat?«

»Aus meiner Praxis kann ich sagen, dass die überwiegende Zahl der Frauen sich nicht leichtfertig einer Abtreibung unterzieht«, setzte er irritiert fort. »Letztlich ist es genau dieser Umstand, der mir die moralische Rechtfertigung gibt, diesen Eingriff bei den hilfesuchenden Frauen vorzunehmen. Allerdings, ein wenig mehr Idealismus müssen Sie uns Forschern schon zugestehen. Nicht jeder Mensch ist nur auf seinen finanziellen Vorteil ausgerichtet.« Umtiers eleganter Versöhnungsversuch beschwichtigte Agnes etwas.

»Natürlich, Dr. Umtier. Aber sollen Forscher alles dürfen, ohne Schranken? Irgendwann wachen wir in einem Horrorladen auf und fragen uns, wie es so weit kommen konnte.«

Michelle versuchte demonstrativ, ein Gähnen zu unterdrücken und stand auf, ohne Agnes weiter zu beachten. Mit einem beiläufigen Wink deutete sie ihrem Assistenten, ihr zu folgen. »Ich denke, wir sind ohnehin fertig hier. Ich habe in fünf Minuten ein Meeting.« Tolf zugewandt, hielt sie dieser ihre Cartierarmbanduhr hin und tippte mit einer ihrer roten Krallen auf das Glas. Die verärgerte Miene von Tolf hielt Michelle nicht auf. Für Umtier hatte sie noch ein süßes Lächeln und schon kehrte sie allen den Rücken, Zumtobl im Schlepptau. Einen Augenblick später beendete Karin Tolf das Telefonat.

»Ja, ich denke, wir sind sowieso fertig«, sagte Tolf und beobachtete das Schließen der Tür. »Gibt es noch Fragen?« Während Agnes noch mit sich haderte, ob die Diskussion ihr beruflich schaden würde, verneinte Dr. Umtier Tolfs Frage und sprang auf die Beine, als müsste er einer Schlangengrube entkommen.

Als sich Tolf kühl bei ihr zum Abschied bedankte, wusste Agnes, wer gegen eine Verlängerung ihres Dienstvertrages plädieren würde.

Die Mittagspause nutzte Agnes, dem Büro zu entfliehen. Durch die Altstadt zu spazieren, entspannte die Nerven, wenn es auch nicht besonders weit war zu ihrem Lieblingslokal an der Mölkerbastei. Die Luft war eisig und die Trottoirs mit Rollsplitt bestreut. Den Schal über Nase und Mund gewickelt, den Hut tief in die Stirn gezogen, marschierte sie zielstrebig in Richtung der ehemaligen Verteidigungsanlagen. Die kleine Teestube war stets gut besucht. Im Lokal verströmten die vielfältigen Tees einen opulenten Duft, der bis auf die Galerie drang. Ein zweites Zuhause. Feines Porzellan und allerlei Teezubehör, Kekse und Schokoladenspezialitäten, die in Regalen und auf Tischen ausgestellt waren, boten ein buntes Stillleben.

Heile Welt.

Genüsslich schlenderte Agnes zwischen Teekannen und Geschenkkörben umher und fühlte sich wie die junge Studentin von einst, die hier im *Teehaus Demmer* so manche Pause zwischen den Vorlesungen verbracht hatte. Am Ende des Geschäftsraumes führte eine steile Treppe hinauf zur Galerie. Frau Erna, die Kellnerin, begrüßte sie wie eine alte Bekannte und wies sogleich zum Stammplatz am Fenster, der glücklicherweise eben frei wurde. Die junge Frau dort grüßte im Weggehen und Agnes konnte am Tisch Platz nehmen. Frau Erna nahm das benutzte Geschirr auf, wischte über die Tischfläche und ließ Agnes kurz allein. Nach einigen Minuten stand sie wieder vor ihr, erkundigte sich nach dem werten Befinden und lächelte abwartend. Die Entscheidung fiel auf eine Kanne Ostfriesenmischung mit Obers und einen Apfelkuchen. Während sie auf die Bestellung wartete, betrachtete Agnes den Raum. Alles hier war unverändert seit ihrer Studienzeit. Die Glasvitrine in der Theke war mit Quiches und kleinen Kuchen gefüllt, im angrenzenden Regal stand eine Vielzahl bunter Teedosen. Vor der durchgehenden Holzbank standen kleine Tische und einfache Holzstühle. Die hohen Fenster, die unten im Erdgeschoss begannen, vollendeten ihre obere Rundung direkt neben Agnes' Sitzplatz. Entspannt zurückgelehnt, sah sie hinaus, beobachtete die auf der Straße vorübereilenden Menschen, die vereinzelt vorbeifahrenden Fiaker, die Krähen auf dem kahlen Baum gegenüber und die lachenden Kinder, die aus der nahe gelegenen Schule strömten.

Angesichts der Schulkinder fiel ihr Theres' Besuch ein, die überraschend am Abend vor ihrer Tür gestanden hatte. Vielleicht war sie der Auslöser für den heutigen Streit mit Michelle gewesen? Theres war nicht ohne Grund gekommen. Ihr Strahlen verriet sie sofort.

»Agnes, ich bin so glücklich – rate mal!«

»Du bekommst ein Baby! Es hat geklappt!«

»Ja!«

»Oh, ich freue mich so für euch! Wie weit ist die Schwangerschaft schon?« Sie hatten einander umarmt und glücklich gelacht.

»Unser Baby ist ungefähr vier Wochen alt. Du wirst mich für verrückt halten, aber ich spreche schon mit ihm und erzähle ihm, wie sehr wir uns auf ihn freuen.« Theres fing an zu schluchzen.

»Hey, alles wird gut …«, versuchte Agnes sie zu beruhigen.

»Die ersten 14 Wochen sind heikel.« Theres wusste, wovon sie sprach. Es war nicht ihre erste Schwangerschaft. Keine hatte länger als 13 Wochen gedauert. »Aber ich will nur positiv denken. Ich sehne mich so sehr nach diesem Kind.«

»Ab jetzt nur Kinderpunsch«, bemühte sich Agnes um eine heitere Stimmung.

»Oh ja, kein Alkohol, kein Risiko. Ich würde einfach alles tun, um dieses Baby zu behalten.« Ein gutes Stichwort, um auf ein heikles Problem aufmerksam zu machen.

»Theres, bestimmt ist für dich das Beste, wenn du einfach nur glücklich bist und die Schwangerschaft genießt. Dann geht es dem Baby auch gut. Vielleicht solltest du im Job ein wenig zurückstecken?« Der wunde Punkt. Theres verschränkte die Arme vor der Brust.

»Ja, ja, ich weiß.«

»Du arbeitest lang und hast viel Stress. Das ist nicht gut für euch beide.«

»In einem Familienbetrieb wie dem unseren kann man sich nicht einfach in den Mutterschutz flüchten. Die Wirtschaftslage ist schlecht und es gibt niemanden, der mich vertreten kann. Meine Eltern verlassen sich auf mich.«

»Das verstehe ich ja. Aber deine Eltern werden sich etwas einfallen lassen müssen, denn mit dem Baby wirst du auf jeden Fall für einige Zeit ausfallen. Oder möchtest du nach acht Wochen gleich wieder arbeiten?«

Das unlösbare Dilemma. Ohne Theres lief der Laden nicht. Bis eine Ersatzkraft gefunden und ausreichend angelernt war, würde das Baby schon geboren sein.

»Es ist schwer, eine gute Bürokraft zu finden. Die meisten werfen schon nach sechs Monaten das Handtuch, dann bekommen sie wieder Arbeitslosenunterstützung. Bei uns in der Firma gibt's keine Leerläufe, das Telefon läutet ununterbrochen, und nebenher müssen Angebote geschrieben werden, wo jeder Fehler die Firma teuer zu stehen kommt. Dazu tausend Routinearbeiten. Große Gehälter können wir uns auch nicht leisten, also wer macht da schon mit?«

»Was sagen denn deine Eltern?«, brachte Agnes das heikle Thema auf den Punkt.

»Sie bemühen sich«, kam es knapp von Theres. Ein Dilemma wäre keines, könnte man es einfach lösen. Man musste es zerschlagen. Genauer gesagt, derjenige, den es betraf, musste es tun. Keiner konnte es ihm abnehmen. Agnes würde sich nicht noch einmal in den Eltern–Kind–Konflikt einmischen. Nur ein kleiner Hinweis noch?

»Das Wichtigste ist jetzt dein Baby. Das müssen die werdenden Großeltern einsehen.«

»Du hast ja recht«, murmelte Theres und blickte sie aus himmelblauen Augen an. Wie deutlich der innere Zwiespalt in Theres' Herzen zu spüren war …

»Weißt du was, Theres, ich mache schöne Musik an und werde dir die Schultern und den Rücken mit feinem Lavendelöl massieren, das hab ich letzten Sommer angesetzt.« Theres liebte Agnes' Massagen, warme Hände, begleitet von Klaviermusik und fantastischen Düften.

Nicht mehr denken müssen.

Agnes richtete ihre Aufmerksamkeit wieder auf die Gäste in der Teestube. Die meisten unterhielten sich mit einer Freundin, einem Bekannten, einem Liebhaber. Die Kanne Ostfriesentee stand vor ihr. Wie lang hatten die Teeblätter gezogen? Lange genug jedenfalls. Der Körper verlangte nach einer ordentlichen Dosis Tein.

8

Freitag kam schneller, als es Agnes lieb war. Vom Morgen weg zog sich Nervosität durch den Tag. In ihren Gedanken erschienen Dialoge mit Norman in zahlreichen Variationen. Selbst Arbeit wollte als Ablenkung nicht funktionieren. Fehler über Fehler straften ihre berechnende Emsigkeit. Es war sicherer, einfache Tätigkeiten zu erledigen. Akten ordnen, unnötige Papiere wegwerfen, Ablagestapel entrümpeln. Frau Muth nervte viel zu oft mit neuen Anfragen und unerwünschtem Tratsch.

»Das müssen Sie sich mal vorstellen, Frau Magister – stapelweise Akten im Büro vom Dr. Wach; die sind teilweise längst abgeschlossen. Ich habe keine Ahnung, warum er die ausgegraben hat; und ein Heidendurcheinander, fehlende Einverständniserklärungen, Quittungen, Personenstammblätter. Wie soll ich da den Akt ablegen? So etwas darf nicht sein.« Frau Muth wartete erst gar nicht auf eine Reaktion. Sie war für ihre Verhältnisse in richtig schlechter Laune und brauchte ein Ventil. »In einem Ordner war sogar ein Schmierzettel vom Dr. Wach. Schreckliche Handschrift – kann man kaum lesen; irgendwas von Embryonenvernichtung, Eugenik oder so – keine Ahnung, was da gemeint ist. Ich habe das gleich alles der Dr. Schoff gesagt, schließlich hat die ja mit Dr. Wach gearbeitet. Sie konnte sich das aber auch nicht erklären, er sei halt manchmal schlampig gewesen, hat sie gesagt und mir wenigstens ein paar Akten abgenommen.«

»Dr. Wach war doch immer so penibel …«, warf Agnes ein.

»Genau! Das hab ich ihr auch gesagt. Das waren außerdem immer Schoffs Patienten, wo die Akten ein Sauhaufen waren.«

»Das haben Sie ihr gesagt?«

»Klar. Und dass ich das schon komisch finde, dass die alle beim Wach gelegen sind.«

»Was hat sie gesagt?« Agnes war nun doch neugierig geworden.

»Ich hätte eine blühende Fantasie. So eine Frechheit! Ich werde mich besser an Frau Dr. Tolf wenden, schließlich ist die jetzt die Chefin, die soll sich darum kümmern.«

Irgendwann ließ Frau Muth sie wieder aus ihren Fängen und die Stunden zogen träge dahin. Als die meisten Kollegen sich ins Wochenende verabschiedet hatten, kam Megan, mit einem Teetablett beladen, vorbei. Eine große Tafel Edelbitterschokolade lag, in kleine Stücke zerteilt, auf einem Teller. Der Anblick der Schokolade brachte Agnes zum Lachen.

»Nervennahrung! Du bist eine wahre Freundin.« Megan stellte Agnes eine Tasse neben die Tastatur und hielt ihr den Teller mit den Schokoladestücken hin.

»Nimm.«

»Mir ist übel«, zögerte Agnes.

»70% Kakaoanteil – das sollte reichen«, beharrte Megan. »Der Kakao beruhigt die Nerven. Alles wird gut, du findest die richtigen Worte.«

»Aber wenn er …«

»Hör auf, die Situation immer wieder durchzuspielen.«

»Erwischt«, grinste Agnes nervös und nahm eine Rippe Schokolade vom Teller.

»Das hat keinen Sinn, deinen Text hast du längst zurechtgelegt.«

»Hast ja recht, Megan. Theres hat das auch gesagt am Telefon.« Agnes nippte am Tee und seufzte. »Erzähl mir etwas, lenk mich ab. Wie geht es deinen Händen?«

»Die Haut geht immer noch ab.«

»Irgendwelche Chemikalien aus dem Labor?«

Kopfschüttelnd zeigte Megan ihre Handflächen.

»Ich bin vorsichtig. Eine Allergie kann es auch nicht sein. Vermutlich liegt es an meinem Seelenzustand. Seit den letzten Nachrichten von Larry ist die Haut schlechter geworden. Die ständigen Reibereien mit Michelle tun mir ebenfalls nicht gut. Jetzt hat sie mich bei Dr. Rodler angeschwärzt. Sie muss ihm erzählt haben, ich würde auffallend gute Kontakte zu den Pharmafirmen pflegen, mit einem Wink in die Richtung, ich bekäme finanzielle Zuwendungen oder Geschenke.«

»Weil du die Apotheke der Labors verwaltest?«

»Exakt. Zu Weihnachten gab's einen riesigen Geschenkkorb mit Lachs, Kaviar und solchem Zeug. Das haben wir unter allen Mitarbeitern aufgeteilt. Das hat sie Rodler allerdings nicht erzählt.«

»Und? Hat er was zu dir gesagt?«

»Natürlich.« Megan presste die Lippen zusammen. Das war offensichtlich keine angenehme Erinnerung. »Ich musste ihm mein Verhältnis zu den Pharmafirmen erklären.«

»Dann ist ja wieder alles okay«, meinte Agnes beruhigt.

»Wie sagt man so poetisch: *Die Saat des Misstrauens ist gesät.* Und somit war Michelle erfolgreich. Wer weiß, was sie sonst noch alles hinter meinem Rücken erzählt. Allmählich hetzt sie die ganze Abteilung gegen mich auf. Dass ich eigentlich zum Mutterunternehmen in London gehöre, macht die Kollegen sowieso vorsichtig. Die halten mich mittlerweile für einen Spion, der herausfinden soll, wie man personelle Einsparungen vornehmen kann. Das habe ich einmal zufällig mitgehört.«

»Was? Du? So ein Schwachsinn!«

»Gegen Gerüchte kann man sich nicht wehren.« Betrübt griff nun auch Megan zur Schokolade.

»Das werden wir ja sehen.« Kampflos aufgeben? Niemals. »Ich werde auch Gerüchte ausstreuen. Lauter Nettigkeiten.«

»Du bist ein Schatz«, lächelte Megan verzagt.

»Was Michelle da mit dir macht, ist Mobbing«, stellte Agnes klar. »Kannst du das Problem nicht bei Dr. Rodler ansprechen?«

»Das hätte wenig Sinn, er hält doch so große Stücke auf sie. Du hast es ja selbst gehört bei der Einführung der neuen Bereichsleiterin. Wenn die beiden dazu noch miteinander schlafen, habe ich sowieso keine Chance. Ich muss durchhalten. Vielleicht gehe ich auch früher als geplant zurück nach London.«

»Ich komme dich besuchen, ja?«

»Jederzeit«, versicherte ihr Megan. »Einen Freund zu gewinnen ist wie einen Schatz finden.« Gemeinsam genossen sie die Schokolade. Irgendwann war es an der Zeit den Schreibtisch aufzuräumen, die Haare zu kämmen und das Makeup aufzufrischen. Megan teilte den Rest des Tees auf die beiden Tassen auf und beobachtete, wie Agnes geschäftig im Zimmer hin und her ging, einmal die Blumen goss, die Bücher im Regal umstellte und dann wieder die Vorhänge zurecht schob. Abrupt hielt sie inne und fuhr sich durch die Haare.

»Okay. Jetzt ist es soweit.«

»Mulmiges Gefühl im Bauch?«

»Da kannst du drauf wetten.«

»Na dann, auf in die Freiheit.« Megan hielt ihr die Teetasse hin, und sie stießen an. »Soll ich in der Herrengasse auf dich warten?« Agnes überlegte kurz, entschloss sich aber, das Angebot abzulehnen. Es war nicht abzusehen, wie lang das Gespräch mit Norman dauern würde, und sie wollte Megan nicht zumuten, in der Kälte zu stehen. Würde Norman tatsächlich Amok laufen, wäre es besser, keiner ihrer Freunde war in der Nähe. So ging Agnes allein und fröstelnd durch die beleuchteten Gässchen der Innenstadt bis zum Treffpunkt im Café Central.

Norman saß Agnes gegenüber und weinte. Grundgütiger. Was sollte sie tun? Außer verlegen aus dem Fenster zu sehen. Alles war gesagt; behutsam, aber doch der Beziehung ein deutliches Ende gesetzt. Norman konnte nicht glauben, dass sie auf seine Vorschläge nicht einging. Für seine Verhältnisse waren es unbestritten großartige Angebote, die er ihr offeriert hatte. Agnes konnte nicht mehr daran glauben. An ihn, an ihre Zukunft. Die Liebe war gestorben und sie fragte sich, ob alles das, was sie mit Norman erlebt hatte, tatsächlich Liebe gewesen war. Konnte Liebe sterben, vergehen, sich verwandeln in Gleichgültigkeit oder gar Hass? Vielleicht hatte sie da Liebe mit etwas verwechselt, was sich ähnlich anfühlte. Sie betrachtete den Mann ihr gegenüber, seine kalten Augen, die harten Gesichtszüge. Überlegte, warum sie so lang bei ihm geblieben war. Die Zuneigung zu seiner amerikanischen Mutter? Wann immer es eine Krise in ihrer Beziehung gab, hatten sie seine Eltern besucht. Norman musste instinktiv gespürt haben, wie viel Agnes ein Familienleben bedeutete, eine Mutter. Und Agnes war für sie eine Tochter geworden, mit der sie hemmungslose Einkaufsbummel unternehmen, über Wohnungseinrichtung und Mode plaudern konnte. Die Sutels waren wohlhabend und Norman hielt dies für seinen Joker. Umso ungläubiger saß er nun vor ihr und konnte nicht fassen, dass das alles keinen Reiz auf sie ausübte.

»Wie kannst du nur so hart sein? So kenne ich dich gar nicht – du liebst mich doch. Unsere schönen Jahre, das wirft man doch nicht einfach weg.« Norman wischte sich eine

Träne aus dem Augenwinkel, fing sich wieder. Plötzlich war es ihm unangenehm, in der Öffentlichkeit seine Gefühle gezeigt zu haben. Gott sei Dank. Dafür verkniff sie sich eine sarkastische Bemerkung über die schönen gemeinsamen Jahre. Das war ganz und gar nicht leicht.

»Ich bin genau so, wie ich immer war. Du hast einfach nie zugehört, wenn ich dich gewarnt habe.«

»Du hast mich gewarnt?«, höhnte er.

»Dass es einen Punkt gibt, an dem ich nicht mehr um unsere Beziehung kämpfen werde. Wo ich mich umdrehe und gehe.«

»Und das ist jetzt so?«, fragte er ungläubig nach.

»Du machst mich unglücklich, also gehe ich.«

»So einfach ist das also.« Seine Lippen waren schmäler geworden, die Augen enger. »Du hast einen anderen Kerl, gib es zu! Man hat dich gesehen.« Agnes erschrak. Mit Siebert Thal war sie nur in den Räumen des Ministeriums zusammengetroffen! Aber Norman kannte viele Leute, auch in den Ministerien, ob jemand sie bei den intensiven Gesprächen mit Siebert beobachtet hatte? Sofort wies sie ihre Gedanken in die Schranken. Sie brauchte kein schlechtes Gewissen zu haben, es hatte nichts zu beobachten gegeben. Zwischen Siebert und ihr hatte es keinerlei Intimitäten gegeben.

Seine Hand auf deinem Arm.

Reine Taktik. Ihre Antwort folgte mit nur unmerklicher Verzögerung.

»Bei was hat man mich beobachtet?« Ihre Augenbraue zog sich theatralisch hoch. »Doch wohl nur bei der Arbeit, etwas anderes tue ich zurzeit nicht.« Norman schien von der Gelassenheit ihrer Worte verunsichert, war aber immer noch misstrauisch.

»Wenn ich dich mit einem anderen erwische«, er sprach so leise und eindringlich, dass Gänsehaut über Agnes' Arme zog, »ist es aus mit dir, das schwöre ich. Du kannst dem Typen ausrichten, dass er teuer bezahlen wird, wenn er dich angreift. Du. Gehörst. Mir.«

Kalt wie Eis. Erstarrt. Unabänderlich.

Der tödliche Ernst seines Besitzanspruches ließ ihre Hände zittern. Alle Befürchtungen drohten sich zu bewahrheiten. Mittlerweile kostete es alle Kraft, die Angst im Zaum zu halten. Sachlich zu bleiben. Streit zu vermeiden. Emotionen niedrig zu halten. Sie musste Norman wieder beruhigen. Mit unbewegter Miene blickte sie ihm ins Gesicht.

»Versuche nicht, mir etwas anzudichten. Ich habe dir ehrlich die Gründe für die Trennung gesagt.«

»Ach was«, unterbrach er sie.

»Es tut mir leid – ich wollte dich nicht verletzen. Wir können doch Freunde bleiben.« Was hatte sie da eben gesagt? War sie vollkommen bescheuert? Das war die platteste Ansage, die man anlässlich einer Trennung von sich geben konnte. Und doch kam der Stehsatz ganz automatisch über ihre Lippen. Wie sollten sie Freunde sein? Es gab nichts, was sie verband.

»Dein Titel ist dir zu Kopf gestiegen, du glaubst, du bist was Besseres. Die Wahrheit ist, ich bin dir nicht gut genug. Ein Bulle halt. Mein Vater hat mir schon lang prophezeit, dass es so kommen wird. Das geht nie gut, wenn die Frau eine höhere Ausbildung hat als der Mann. Und ich Idiot hab geglaubt, du wärst nicht so eine.« Das brachte jede Taktik zu Fall. Sie, eine hochnäsige Schnepfe?

»Was? Ich habe niemals auf deinen Beruf herabgesehen – im Gegenteil! Projiziere bloß nicht deine Minderwertigkeitskomplexe auf mich!«, fauchte sie ihn an.

»Hör dich doch an, wie geschraubt du redest!«, höhnte er zurück. »So spricht man wohl unter euch Akademikern! Mit ehrlich arbeitenden Menschen wollt ihr nichts zu tun haben. Deshalb unterhaltet ihr euch in eurer Schnöselsprache, damit ihr einander gleich erkennt und unter euch bleiben könnt.«

Er hatte den Spieß einfach umgedreht. Eine Diskussion war völlig sinnlos. Aus Normans Sicht war es ausgeschlossen, dass er Schuld an der Trennung trug. Daran konnte sie nichts ändern. Sollte er sie doch für eine arrogante Tussi halten, umso leichter würde ihm die Trennung fallen. Sie winkte dem Ober, der nicht zu erkennen gab, ob er sie gesehen hatte. Eine aussichtslose Sache, in einem Wiener Kaffeehaus schnell bezahlen zu wollen.

»Ich sehe, du hast dir deine Meinung gebildet. Wenn du in dieser Art über mich denkst, wirst du selbst keinen Wert darauf legen, weiterhin mit mir zusammen zu sein. Ersparen wir uns bitte die Gefühlstour, die Beteuerungen und Drohungen. Wir sind zwei erwachsene Menschen, lass uns diese Beziehung mit Anstand beenden. Ich bin sicher, du wirst bald eine andere finden und mich schnell vergessen haben. Das ist der Lauf der Dinge. Wenn es dir nichts ausmacht, ich möchte jetzt gehen. Es war ein langer Tag.« Norman lehnte sich zurück und beobachtete Agnes, wie sie aus ihrer Tasche die Geldbörse und die Handschuhe herausholte.

»Lass das, du bist eingeladen. Immerhin wollte ich dieses Treffen. Ich fahre dich heim. Wo wohnst du jetzt?« Sie fühlte ihre Lippen kalt werden; unter keinen Umständen durfte sie zu Norman ins Auto steigen. Oder mit ihm nach Hause fahren.

»Danke, Norman«, sie musste sich räuspern, ihre Stimme war vollkommen belegt, »aber ich nehme die U-Bahn, das geht rascher. Ich fahre zu Paps. Ich wünsche dir alles Gute.« Sie legte einen Fünf-Euro-Schein unter ihre Teetasse, stand auf und reichte ihm zum Abschied die Hand. »Leb wohl.«

»Das ist das Ende?«, flüsterte er mit heiserer Stimme,

quetschte ihre Finger zusammen. Das Herz schlug ihr bis zum Hals, sie rang nach Luft. Atmen! Wehmut und Traurigkeit überfielen sie. Der Abschied tat weh, trotz allem.

»So ist es am besten.« Die Augen gesenkt, zog Agnes ihre Hand aus seinem Klammergriff. Sie konnte das alles nicht mehr ertragen. Mit raschem Schritt verließ sie das Kaffeehaus. Schneller und schneller lief sie, atemlos, immer weiter. Die kalte Luft schnitt scharf in die Lungen. Der Mund fühlte sich trocken und taub an. Schon war die U-Bahn-Station erreicht, die Stiegen hinunter zum Bahnsteig genommen. Ein Zug stand in der Station, die Lautsprecherstimme forderte zum Zurücktreten auf. Sie rannte noch schneller, sprang im letzten Moment in den Waggon. Krachend fielen die Türen hinter ihr zu und sie sank auf einen freien Sitz, scherte sich nicht um die anderen Fahrgäste, die sie anstarrten. Erschöpft und ausgelaugt hielt Agnes die Augen geschlossen, bis ihre Station ausgerufen wurde.

Das Wochenende verschaffte Agnes die dringend benötigte Ruhepause. Die Angst und der Druck der letzten Wochen zeigten Wirkung. Das Haus verließ sie nur, um das Vogelhäuschen an der alten Birke zu füllen und den Müll hinauszutragen. Schlafen, essen, schlafen. Sie schlief so tief und erschöpft, als wäre sie von einer langen Bergtour zurückgekehrt. Zwei Tage lang sprach sie mit keinem Menschen, ließ das Telefon abgedreht. Paps hatte sie am Freitagabend angerufen, Megan und Theres lediglich eine SMS geschickt. Keiner brauchte sich Sorgen um sie zu machen. Aus Stille und Abgeschiedenheit erwuchs Kraft.

Sonntagabend freute sie sich beinahe wieder auf die Welt da draußen, auf ein Wiedersehen mit Megan – und Siebert

Thal. Der Gedanke an ihn machte Lust auf das Leben, fing den Fall ins Bodenlose ab. Ein neues Leben sollte beginnen. Wäre da nicht Norman gewesen.

Schattenspiel.

Er würde immer da sein.

9

»Sehr geehrte Damen und Herren, liebe Kolleginnen und Kollegen, nach einem letzten Akt der Anstrengung haben wir ein Vertragswerk vollendet, welches allen Seiten gerecht wird. Im Vordergrund unserer Bemühungen stand der verzweifelte Wunsch vieler Paare nach einem eigenen Kind. Diese Einigung, die wir hier erzielt haben, ermöglicht nun auch finanziell schlechter gestellten Paaren, sich einer Behandlung zur künstlichen Befruchtung unterziehen zu können. Damit wird für diese Menschen der Traum vom heiß ersehnten Wunschkind mit ein wenig Glück Wirklichkeit.« Der Ministersekretär machte eine bedeutungsvolle Pause, die die Anwesenden zum Applaudieren nötigte. Agnes seufzte in den Lärm hinein. Hoffentlich fand der aufgeblasene Gockel bald ein Ende. »Ich denke, darauf können wir mit Recht stolz sein. Lassen Sie uns zum Abschluss dieser langen, intensiven Verhandlungen auf das Wohl der künftigen Babys anstoßen. Ich danke Ihnen allen für die konstruktive Zusammenarbeit, und unser Dank geht jetzt an unsere Pharmaunternehmen, die dem Anlass entsprechend Champagner spendiert haben.«

Der Ministersekretär hob das Glas und erleichterter Applaus brandete auf. Zwei junge Frauen boten Champagner und Orangensaft an. Die Sitzordnung löste sich auf und die Teilnehmer standen bald in kleinen Gruppen plaudernd beisammen.

Michelle hatte seit dem gemeinsamen Aufbruch aus der Firma kaum ein Wort mit Agnes und Megan gesprochen. Bei der erstbesten Gelegenheit verließ sie ihre Kolleginnen und suchte die Gesellschaft von – männlichen – Arztkollegen. Megan wurde von einem Pharmazeuten aus ihrem

Arbeitskreis in Beschlag genommen und warf Agnes Hilfe suchende Blicke zu. Der junge Mann redete in einem fort, ohne Megans Langweile zu bemerken. Ehe Agnes Megan vor ihm retten konnte, vernahm sie Siebert Thals Stimme.

»Frau Feder!«

Die ganze Sitzung über hatte sie vermieden, in seine Richtung zu sehen. Ihr Herz begann wild zu schlagen. Sie wandte sich ihm zu und konnte nicht anders, als ihn anzulächeln. Es kam ihr vor, als würde nicht nur ihr Gesicht strahlen, sondern ihr ganzer Körper, derart angeregt fühlte sie sich durch seine Gegenwart. Siebert Thal stand nun im Gedränge der Kollegen neben ihr, Mantel und Schal über den Arm gehängt und die Aktentasche untergeklemmt. Agnes spürte die Nähe so intensiv, dass es ihr schwerfiel, sich nicht an ihn zu lehnen. Etwas zog sie zu ihm hin, als wären sie gegenpolige Magneten. Bei ihm zu sein, schien der einzig richtige Platz. Er war kein Fremder, sondern ein Freund, den man viel zu lang vermisst hatte.

»Wir beide haben noch nicht auf den Vertrag angestoßen«, lächelte auch er sie an. »Herzlichen Glückwunsch! Das war eine langwierige Geschichte.« Sie stießen die Gläser sanft aneinander und lauschten dem glockenhellen Klang nach.

»Prost, Herr Thal«, erwiderte Agnes.

»Wollen wir Du sagen?« Er zögerte kurz, schien verlegen. »Natürlich nur, wenn Sie wollen. Ich habe das Gefühl, Sie schon lang zu kennen. Irgendwie …«

War das möglich? Empfand er ihr Beisammensein genauso wie sie? Oder war das seine Masche?

Ein gebranntes Kind scheut das Feuer.

Egal. Sie stieß ihr Glas erneut gegen seines. »Agnes.« Ein breites Lächeln erhellte sein Gesicht. »Siebert.« Nochmals erklangen die Gläser, ihre Blicke verschmolzen, ihr Atem fand einen gemeinsamen Rhythmus. Keiner von ihnen sprach. Jedes Wort hätte den Augenblick zerstört, die Spannung zwischen ihnen sprach für sich selbst.

In der allgemeinen Aufbruchsstimmung blieben sie nicht lang ungestört. Kollegen von Siebert sprachen ihn an, wollten vorgestellt werden und mitreden. Die Zeit rückte voran, die Gesellschaft drängte zum gemeinsamen Abendessen. Siebert senkte seinen Kopf an Agnes' Ohr und flüsterte ihr etwas zu. Sein warmer Atem liebkoste ihre Haut, die feinen Härchen richteten sich auf und das Blut pulsierte aufgebracht durch den Leib.

»Ich fürchte, wir werden beim Essen eine große Runde sein.«

»Ja. Sieht so aus.«

»Schade.« Das Bedauern in seiner Stimme ließ ihr Herz einen kleinen Sprung machen. Das eine Glas Champagner konnte unmöglich diese übernatürliche Erregung verursacht haben – jede Empfindung verwandelte sich in Verzücken. Keinen Alkohol mehr – Abstand halten – Kontrolle behalten! Der Verstand schickte Notsignale, doch das Herz stellte sich taub. Erst Michelles Stimme schaffte Ernüchterung. Eskortiert von zwei Kollegen, kam sie auf Agnes und Siebert zu. Ihre Augen strahlten und die weißen Zähne blitzten.

»Natürlich komme ich mit, wie könnte ich einer solch charmanten Einladung widerstehen? Bei *Martinelli* ist es durchaus passabel!« Die Männer lachten und einer half ihr in den Mantel. »Der Champagner ist weg, wozu noch hier herumstehen?« Michelle stand mit einem Mal zwischen Agnes und Siebert. »Na, Herr Rechtsanwalt, Sie kommen doch auch mit?« Damit hakte sie sich bei ihm unter. »Eine gute Gelegenheit, sich kennenzulernen. Erzählen Sie: Seit wann arbeiten Sie für *New Life*?« Michelle zog Siebert zum Ausgang, ohne sich nach Agnes umzudrehen. Mit einem entschuldigenden Blick in Agnes' Richtung ließ er sich von Michelle hinausführen.

»Du siehst drein, als würdest du gleich einen Mord begehen«, grinste Megan neben ihr. »Komm mit, ich bin auf der Flucht vor *Super-Pharmazeut des Jahres*. Ich will keine weiteren chemischen Heldentaten mehr hören.« Kaum waren die Mäntel an der Garderobe gefunden, folgten sie der Gruppe um Michelle nach.

Das Ziel war das Palais Harrach, in dem das Restaurant etabliert war. Ein prächtiges barockes Stadtschloss, jüngst renoviert, mit einem romantischen Innenhof, in dem man in lauen Sommernächten die mediterrane Küche *Martinellis* stilvoll genießen konnte. Im Winter saßen Gäste in den gewölbeartigen Innenräumen, die anheimelnd beleuchtet waren. Als Megan und Agnes zu den anderen stießen, waren die besten Plätze bereits vergeben. Michelle hatte sich zu den ärztlichen Vertretern von *New Life* und Siebert gesetzt. In bester Laune plauderte und scherzte sie nach beiden Seiten und fühlte sich sichtlich wohl. Die letzten Plätze befanden sich genau ihr gegenüber. Megan übernahm heroisch den Platz gegenüber Michelle, damit Agnes näher bei Siebert sitzen konnte. Dieser war bei Agnes' Anblick sofort aufgestanden, um ihr aus dem Mantel zu helfen. Natürlich nahm er auch Megan den Mantel ab, widmete sich jedoch, nachdem sie alle Platz genommen hatten, ausschließlich Agnes, beratschlagte mit ihr das Menü und amüsierte sich heimlich über die blauschwarz gefärbten, fettglänzenden Haare des jungen Kellners.

»Ob die schwarzen Nudeln zum ersten Gang auch so fett sein werden?«, fragte Siebert mit gespielter Besorgnis, ein Grinsen unterdrückend. Agnes teilte seine Bedenken.

»Dann sollten wir zu den Tagliatelle nero sicherheitshalber einen Schnaps als Aperitif bestellen.« Lachen, Blicke, die das Herz höher schlagen ließen. Michelle hatte die beiden aus den Augenwinkeln beobachtet. Entschlossen entzog sie dem Arzt zur Rechten ihre Aufmerksamkeit und wandte sich Siebert zu.

»Mein Lieber, erzählen Sie mehr über Ihre bevorstehende Brasilienreise. Fahren Sie mit Ihrer Freundin? Gestehen Sie!« Lachend warf sie Agnes einen spöttischen Blick zu. »Das hat er mir alles unterwegs verraten.« Agnes fühlte den Stich. Natürlich würde ein Mann wie Siebert eine Freundin haben. Wenn sie ihn jetzt ansehen müsste, wäre sie entblößt. Mit gesenktem Blick nippte sie an ihrem Glas. Siebert überging Michelles Indiskretion und erzählte von den Stationen der geplanten Reise.

»In erster Linie fahre ich zur Hochzeit meines Studienfreundes. Er heiratet eine Brasilianerin. Das wird ein Fest, das ich um keinen Preis versäumen will.« Ein Freund, der in Brasilien heiratete? Den hatte sie auch …

»Wirklich?«, vergaß Agnes für einen Moment die selbst auferlegte Zurückhaltung. »Mein Kollege vom Gerichtsjahr macht das auch – Peter Thor heißt er. Kennst du ihn?«

»Natürlich, das ist er! Fährst du auch zur Hochzeit?« Seine Frage sprudelte spontan und hoffnungsvoll über die Lippen. »Das wäre ja großartig!« Aufgeregt beugte er sich weiter vor und kehrte damit Michelle den Rücken zu. Pikiert nahm diese zur Kenntnis, dass sie nicht dazwischenfunken konnte, lauschte weiter, wartete.

»Nein, leider. Es ist mir schrecklich schwergefallen abzusagen. Aber die Finanzen … Die Renovierung des Hauses wird meine ganzen Ersparnisse auffressen.«

»Ach, komm doch mit«, versuchte Siebert sie umzustimmen, »… wenn ein Freund in der Fremde heiratet, muss man ihm beistehen.« Agnes schmunzelte.

»Er wird ja nicht hingerichtet!«

Er beugte sich näher zu ihr. »Überlege es dir noch einmal«, bat er und ihre Blicke versanken ineinander.

»Das würde deinem Freund aber nicht gefallen, was, Agnes?«, durchbrach Michelle die Harmonie. »Ist er nicht recht eifersüchtig?« Gebleckte Zähne lächelten herausfordernd, als Siebert sich umwandte – gleichzeitig mit Agnes, die in Michelles Augen den Triumph wahrnahm, diesen Treffer gelandet zu haben. Keine Zeit, sich damit auseinanderzusetzen – Siebert schaute jetzt fragend herüber und brauchte eine Erklärung.

»Es geht dich zwar nichts an, Michelle …«, hob sie an, darauf bedacht, ihre Verachtung wohldosiert mitschwingen zu lassen, »… aber Norman und ich haben uns getrennt. Ich sah allerdings bisher keine Notwendigkeit, dich darüber zu informieren.« Damit wandte sie sich Siebert zu, der sich entspannt zurücklehnte. Ein erleichtertes Lächeln spielte um seine Lippen. Trotz der Wut auf Michelle reagierte ihr Gefühlshaushalt sofort auf seinen Anblick. Wie sich wohl seine Haut anfühlen würde, diese Lippen … Halt, das ging gar nicht. Konzentration. Abstand. Sie lehnte sich ebenfalls zurück. »Glaube mir, ich würde zu gern von hier wegkommen«, sie warf Michelle einen verächtlichen Blick zu, »… aber ich möchte keine Schulden machen wegen eines Urlaubs. Wann fährst du los und für wie lang?«

Bis der erste Gang serviert wurde, unterhielten sich Siebert und Agnes angeregt. Michelle widmete sich ausschließlich dem ärztlichen Leiter, der sich darüber aufs Äußerste erfreut zeigte. Megan ließ sie links liegen. Diese war unglücklicherweise neben dem penetranten Pharmazeuten zu sitzen gekommen, der eigens mit Megans vorherigem Tischnachbarn unter einem fadenscheinigen Vorwand den Platz getauscht hatte. Agnes tat alles, um ihre Freundin in ihre Unterhaltung mit Siebert einzubinden, doch Megans Verehrer war hartnäckig und schaffte es immer wieder, das Gespräch auf sein Lieblingsthema – die Pharmazie und seine persönlichen Leistungen auf diesem Gebiet – zurückzulenken. Drei köstliche Gänge lang hörten sie gequält dem *genialsten Forscher aller Zeiten* zu. Irgendwann begannen sie, Witze zu erzählen, die selbst den Pharmazeuten zum Lachen brachten. Später verließen Agnes und Megan gemeinsam den Tisch Richtung Toiletten. Auf dem Weg die Treppe hinab zog Agnes vergnügt Megan wegen ihres neuen Verehrers auf.

»Das wäre ein Mann für dich – ihr könntet nächtelang über eure Arbeit sprechen. Du findest ihn bestimmt unwiderstehlich!« Megan verdrehte die Augen.

»Im Ernst, wir sitzen noch gut eine Stunde mit dem beisammen …, fällt dir nichts ein?« Sie mussten im Waschraum warten, da alle Toiletten besetzt waren. Agnes vermutete Michelle hinter einer der beiden verschlossenen Türen, da sie kurz vor ihnen den Tisch verlassen hatte. Und wenn sie Michelle ein wenig manipulieren würde? Mit spitzbübischem Grinsen flüsterte sie Megan ihren Plan ins Ohr und deutete zu den verschlossenen Türen.

»Das entwickelt sich ja prima mit deinem Pharmakollegen. Der hat angebissen. Gefällt er dir?« Sie zwinkerte Megan zu. Die Augen gequält zur Decke gerichtet, rang sich diese eine euphorische Antwort ab.

»Ja, cooler Typ. Und er ist absolut verrückt nach mir. Hast du mitbekommen, wie er eigens den Platz getauscht hat, nur um neben mir sitzen zu können? Jede Wette, dass er mich um meine Telefonnummer bitten wird. Nebenbei ist er auch noch eine gute Partie. Reiches Elternhaus, habe ich herausgehört.« Megan deutete an, sich übergeben zu müssen. »Kannst du mir mal deinen Kamm borgen?« Agnes signalisierte mit erhobenem Daumen ihre Begeisterung über die gelungene Antwort.

»Hier.« Sie zog den Kamm aus der Tasche. »Du brauchst endlich wieder einen Freund. Ohne Verehrer in einer fremden Stadt ist es verdammt langweilig. Lippenstift?« Das Rauschen einer Klospülung unterbrach die Unterhaltung der Freundinnen. Eine der Türen öffnete sich und Michelle kam heraus. Sie lächelte ihnen zuckersüß zu.

»Na, gefällt es euch hier? Das Essen ist durchaus genießbar und die Weinbegleitung ist gar nicht mal so übel.« Megan warf ihr einen erstaunten Blick zu, der sagen sollte: *Warum redest du jetzt auf einmal mit mir?*, und zog sich in die freie Toilette zurück. Agnes stand allein neben Michelle, die ihre Hände einseifte.

»Ja, ein gutes Lokal. Fühle mich wohl.«

»Nun, das sieht man, meine Liebe. Wie du den Dr. Thal anhimmelst, ist wirklich amüsant. Du bist offensichtlich schon über deinen Polizisten hinweg? Das ging ja schnell. Aber ich habe da großes Verständnis, was soll eine Akademikerin auch schon mit einem Pflichtschulabsolventen anfangen, außer – na, du weißt schon.« Sie zwinkerte ihr zu, als wären sie beste Freundinnen. »Der Dr. Thal passt da schon besser.« Michelle konzentrierte sich auf das Nachziehen ihres Lidstrichs.

»Und was ist mit dir und dem ärztlichen Leiter von *New Life*?«, konterte Agnes. »Er wird dir bald ins Dekolleté springen.« Michelle lachte und sprühte sich verschwenderisch mit *Opium* ein, dass Agnes einen Satz zurück machte.

»Das kann er ja mal versuchen …«, grinste Michelle. »Stört mich nicht weiter, dass er verheiratet ist – wie schnell ist man heutzutage geschieden – vielleicht eine Spur zu alt. Sieht trotzdem gut aus für sein Alter und hat jede Menge Zaster. Selbst wenn die Hälfte davon bei einer Scheidung seine Frau bekommt, ist noch immer genug da.« Sie packte die Parfümflasche in die Tasche und begutachtete ihr Gesicht. »Ich habe ihn eine ganze Zeit zappeln lassen, langsam ist er reif. Du wirst sehen, beim Kaffee frisst er mir aus der Hand.«

Lachend ließ sie Agnes in der betäubend süßen Parfümwolke zurück. Das Klappern ihrer Absätze über den Fliesenboden war noch lang zu hören.

Die List ging voll auf.

Es wurden Kaffee und Cognac zum Dessert getrunken. Die Gäste waren angeheitert und hatten sich neu gruppiert. In Michelles Flirtkreis war jetzt nicht nur der ärztliche Leiter, sondern auch Megans Pharmazeut, der aufs Neue die Geschichte seines Lebens erzählte. Ein paar Augenaufschläge und süße Worte von Michelle hatten genügt, um seine Aufmerksamkeit zu erregen. Mal fütterte sie den Mediziner mit Tiramisu, mal beugte sie sich huldvoll dem jungen Pharmazeuten zu, der die offenbarten sinnlichen Eindrücke kaum bewältigen konnte. Megan war inzwischen mit Siebert und Agnes auf Distanz gegangen. Am anderen Ende des Tisches saßen sie gemeinsam mit einem der Anwälte und unterhielten sich ungestört, bis irgendwann die Rechnung bezahlt wurde und die Ersten das Lokal verließen. Auch Michelle und ihre Verehrer machten Anstalten zu gehen. Gekonnt zufällig ließ Michelle sich vor Megans Augen vom Pharmazeuten in die Kostümjacke helfen. »Paul, Sie sind der frechste Pharmazeut, den ich kenne«, gurrte sie dabei. Gelächter. Der ärztliche Leiter war sichtlich eifersüchtig. Schon griff er sich Michelles Nerz und legte ihn gleich einer Umarmung über ihre Schultern. Michelles Gesicht spiegelte Wohlgefallen, wie konnte es auch anders sein? Die Männer lagen ihr zu Füßen, die Frauen um sie herum litten in ihrer Vorstellung Höllenqualen. Die Welt war in Ordnung. Angeekelt wandte Agnes sich ab und trank von ihrem Wein. Selbst als Michelle zum Abschied winkte, blickte sie nicht auf.

»An jeder Seite einen Mann«, kommentierte Megan, »und mir eins ausgewischt – wir haben sie glücklich gemacht.«

Agnes und ihre Tischrunde blickten einige Sekunden auf den leeren Torbogen, durch den die drei verschwunden waren. Schlagartig war es ruhiger geworden im Lokal. Die Gäste unterhielten sich in gedämpftem Ton, hin und wieder erklang ein Lachen.

»Hat der die Seiten schnell gewechselt«, bemerkte Agnes. »Das muss man ihr lassen, sie weiß, wie man Männer verrückt macht.«

»Das schafft sie nicht bei jedem«, räusperte sich Siebert, »da muss ich protestieren.«

»Du warst standhaft. Zugegeben«, lächelte Agnes.

»Ich schulde dir jedenfalls was«, gestand Megan ein. »Darf ich dich auf einen Monte Rosso einladen?« Ein kurzer Blick auf die Handy-Uhr sagte Agnes, dass es Zeit war aufzubrechen, und lehnte ab. Als die vier bald darauf vor das Portal des Palais Harrach traten, glänzten die Pflastersteine eisglatt und der Himmel war sternenklar. Megans Taxi wartete bereits mit qualmendem Auspuff. Rasch verabschiedete sie sich von den anderen und stieg in den Wagen. Der Anwalt machte sich zu Fuß auf den Heimweg.

Zurück blieben Agnes und Siebert. Obwohl es klirrend kalt war, fühlte Agnes pure Lebenslust in den Adern. Da war aber auch Unsicherheit. Stürzte sie sich nicht in eine Fantasterei? Außerdem – allein hier mit Siebert zu stehen, das war gefährlich – was, wenn Norman sie jetzt gerade beobachtete? Da war er wieder, Norman. Vergiftete ihr Leben. Streng mahnte sich Agnes zur Vernunft. Sie musste auf Abstand gehen, bevor ihr die Situation entglitt. Das war alles viel zu früh.

»Mein Auto steht ausnahmsweise in der Tiefgarage«, wies Agnes Richtung Hoher Markt.

»Ich begleite dich«, ließ sich Siebert nicht abschütteln, »ich möchte nicht, dass dir etwas passiert.« Er bemerkte ihren tiefen Atemzug, wusste, dass sie sich widersetzen wollte, und kam ihr zuvor. »Komm, ich brauche frische Luft.« Ohne eine Widerrede abzuwarten, zog er ihren Arm durch den seinen. Sie ließ es geschehen, gab der Versuchung nach.

Leichtsinnige!

So schlenderten sie durch mittelalterliche Gassen, bewegten sich im Frost des ausklingenden Winters im Licht von Straßenlaternen. Zusammen mit ihm fühlte sie sich vollkommen entspannt und exaltiert zugleich. Als wäre eine Imprägnierung abgegangen und das Leben konnte ungefiltert in sie eindringen. Leider war es nicht weit bis zur Tiefgarage. Vor ihrem Wagen stehend, sah sie zu Siebert hoch. Abschied nehmen.

»Am Sonntag fliege ich ab.«

»Zwei Wochen. Ich weiß«, bestätigte Agnes und schluckte die plötzlich aufsteigende Traurigkeit hinunter.

»Können wir uns vorher sehen?«, fragte er vorsichtig und Agnes fühlte seine Anspannung. Verlangen und Sehnsucht waren in seinem Blick. Ihr Herz schlug bis zum Hals, pochte: Ja! Ich will! Trieb den Verstand an, eine Lösung für das Norman-Problem zu finden.

»Du hast ja gehört, dass ich mich kürzlich von meinem Freund getrennt habe.« Ihr Zögern signalisierte Siebert offenbar Ablehnung, denn schon blickten seine Augen enttäuscht an ihr vorbei.

»Ich verstehe. Vielleicht telefonieren wir einfach nach meiner Rückkehr.« Sein betont beiläufiger Tonfall schnitt ihr ins Herz.

»Ach, Siebert, ich möchte dich ja vor der Abreise sehen. Aber mein Exfreund hat mich noch nicht ganz abgeschrieben. Er ist unberechenbar.« Siebert zog ungläubig eine Augenbraue hoch. »Das ist todernst«, gab sie ihm mit Nachdruck zu verstehen. »Er ist Polizist. Durchaus möglich, dass er mich beobachtet, weil er sich einredet, ich hätte ihn wegen eines anderen Mannes verlassen. Wenn er uns zusammen sieht …«

»Was kann er schon machen? Mich verhaften?«, grinste Siebert.

»Ich dachte mehr an sein Waffenarsenal, wobei blanke Fäuste auch wehtun«, begegnete sie seiner Ironie trocken. Er nickte.

»Alles klar.«

»Vielleicht möchtest du dich unter diesen Umständen gar nicht mehr mit mir treffen – könnte wirklich gefährlich werden.« Agnes wartete nervös auf seine Antwort. Kein normaler Mann würde sich auf so ein gefährliches Spiel einlassen. Wegen einer Frau, die man gerade erst kennengelernt hatte.

»Ich kann warten, Agnes.« Er sah sie ruhig an, zeigte weder Angst noch Unsicherheit. »Ich lasse mich nicht so leicht einschüchtern. Aber du sollst keine Probleme bekommen. Ruf mich einfach an, wenn du eine Möglichkeit für ein Treffen siehst.« Er stand nun sehr nahe. Sein Geruch, ach Gott – Leder und Sandelholz, gab es einen besseren Duft? –, benebelte ihre Vernunft. Sie wollte sich an seinen Hals schmiegen, die warme Haut liebkosen und mehr von ihm einatmen. In seinen Augen fand sie ungebrochenes Begehren und ihr Körper wollte nicht länger von Vernunft beherrscht werden. Vergessen war alle Vorsicht, sie lehnte sich mit jedem Atemzug näher zu ihm. Kurz schloss Siebert die Augen und mit einem leisen Seufzen trat er einen Schritt zurück. Um seinen Mund spielte das kleine spöttische Lächeln, das sie verrückt machte.

»Ich rufe an«, waren seine ernüchternden Worte und sie kam wieder zu sich. Was hätte sie beinahe angestellt? Hastig ergriff sie seine entgegengestreckte Hand.

»Ja – ja, natürlich. Mach das. Danke für deine Begleitung.« Kaum dass sich ihre Handflächen berührt hatten, strömte seine Energie in sie ein, raubte ihr erneut den Verstand. Er zog sie an sich und legte seine Lippen auf ihre Wange. Der Hauch seines Atems liebkoste sie, sie hörte ihn durch die Nase einatmen, ihren Duft inhalieren. Im nächsten Augenblick stand er schon wieder einen Schritt von ihr entfernt, bedacht, diesen Abschiedskuss für jeden möglichen Beobachter als harmlose Verabschiedung unter Bekannten erscheinen zu lassen. Sie sahen sich an, wollten mehr, wussten, dass es heute keine Erfüllung geben konnte.

Agnes hasste die Vernunft, die sie dazu brachte, einzusteigen und Siebert zurückzulassen.

Die Sonne brannte auf die Anhöhe. Der Weg, der hinauf zu dem weißen Haus führte, war von Pinien beschattet. Unter den Arkaden stand eine Frau, die konzentriert hinunter zum Hafen blickte. Mit einer Hand hielt sie ein flatterndes Tuch von ihrem Gesicht fern, welches zwischen den Säulen zum Schutz vor der sengenden Sonne hing, mit der anderen schützte sie ihre Augen vor dem grellen Licht. Endlich schien sie entdeckt zu haben, wonach sie suchte. Ein kleiner Punkt in der Ferne, der sich auf dem gewundenen Weg auf sie zu bewegte. Voller Freude lief sie ins Haus, ihr langes Haar wirbelte hinter ihr wie die Tücher vor dem Haus.

»Neddal, Neddal!« Aus dem Haus drangen die Geräusche laufender Füße. »Er ist zurück – was für eine Freude!« Es dauerte keine Sekunde, bis Neddal angelaufen kam und Sishla Vem um den Hals fiel.

»Eshulim ist am Leben! Ich laufe zu deinem Vater, um ihm die frohe Botschaft zu überbringen! Wie wird sein Herz frohlocken!« Inbrünstig küsste Neddal die etwas größere

Sishla Vem und eilte davon. Allein zurückgeblieben, machte sich die Frau daran, aus frischen Früchten und vergorener Milch ein goldgelbes Getränk zuzubereiten, das sie sodann in eine irdene Karaffe goss. Auf einem niedrigen Tisch standen bereits Trinkschalen, Früchte und nach Honig duftende, goldfarbene kleine Kugeln, die auf einem bunt bemalten Teller lagen. Ein Teppich und Sitzkissen luden zum Verweilen ein. Mit tanzenden Schritten eilte Sishla Vem hinaus in die Sonne, um erneut den Weg zu beobachten.

Die Männergestalt eilte auf das Haus zu, welches sich wie eine Perle vom azurblauen Himmel abhob. Sishla Vem konnte bereits seine muskulösen Arme und Beine erkennen, das schwarz gelockte Haar und bald darauf die tiefblauen Augen aufblitzen sehen. Mit ausgebreiteten Armen lief die Frau dem jungen Mann entgegen.

»Eshulim, mein Liebling! Endlich bist du zurück!« Lachend und weinend zugleich fiel sie dem Jüngling um den Hals. »Die Ungewissheit nach dem großen Sturm war unerträglich – niemand hatte Nachricht von deinem Schiff. Obwohl ich dich immer noch fühlen konnte, hatte ich dennoch Angst um dein Leben.« Eshulim lachte und ließ sich geduldig herzen. »Genug, Schwester, genug! Ich war nur sechs Wochen auf See. Du bist doch sonst nicht ängstlich. Macht dich deine bevorstehende Hochzeit so unruhig?« Er hielt sie an den Händen und blickte ernsthaft. »Ich darf dir eine Botschaft von deinem künftigen Gatten überbringen. Er ist voll Ungeduld und Freude, dich bei dem großen Fest zu empfangen. Dies sind seine Worte: *Das Volk von Guban hat niemals zuvor eine schönere Königin gesehen, deren Weisheit und Zauber von keiner Frau übertroffen wird. Die Ehre, die du uns zuteilwerden lässt, wird dir tausendfach vergolten.*« Eshulim zog einen Gegenstand aus seinem Seesack. »Hier ein Geschenk für die Königin.« Eine kunstvoll gearbeitete

Holzschatulle mit zarter Einlegearbeit glänzte in der Sonne. Sishla Vem blickte nur kurz auf die Schatulle und wandte sogleich ihre Aufmerksamkeit Eshulim zu.

»Lass uns doch erst ins Haus gehen. Drinnen ist es angenehm kühl und du kannst dich an den Früchten unserer Insel laben. Danach erst wollen wir die Dinge besprechen, die unausweichlich sind.« Eshulim hielt seine Schwester weiterhin im Arm, mit der anderen Hand trug er seinen Seesack. So gingen sie schweigend ins Haus.

Eshulim erzählte von seiner abenteuerlichen Fahrt, dem Sturm, der alle Segel zerrissen hatte, und der langwierigen Heimreise. Sishla Vem stellte viele Fragen, bis Eshulim sie ungeduldig unterbrach.

»Liebste Schwester, warum gehst du dem Gespräch über Shenui Tui aus dem Weg? Du hast sein Geschenk mit keinem Blick gewürdigt. Sprich mit mir, ich fühle doch dein Unbehagen.« Sishla Vem lächelte ihrem Bruder zu und senkte den Blick.

»Wie konnte ich nur vergessen, wie aufmerksam du bist. Bist du doch mein bester Schüler. So muss ich dir meine Zurückhaltung erklären: Mein Herz ist betrübt, Eshulim, keine Freude kommt bei dem Gedanken an die Vermählung auf. Hier auf Valun meine Schüler, meine Familie und meine Freunde zurückzulassen, ist eine schwere Prüfung. Wie wird mich die Gesellschaft von Guban aufnehmen? Ich habe dort bereits Feinde, ohne jemals da gewesen zu sein. Männer, die meinen Einfluss fürchten, Frauen, denen ich den ersehnten Gemahl und damit Macht und Ansehen entrissen habe. Des Königs Gesellschaft ist stark von dunklen Schatten durchdrungen. Schwarze Magie ist heimtückisch und verstohlen, es wird schwer sein, die Angriffe abzuwehren. Neddal, meine liebe und treue Gefährtin, begleitet mich wohl, doch wünschte ich beinahe, sie in Sicherheit hier bei euch zurückzulassen.« Eshulim grinste spitzbübisch. Für die Jugend war das Leben ein großes Abenteuer.

»Ich habe nicht die Absicht, dich allein ziehen zu lassen. Du bist meine Lehrerin und meine Schwester, dir verdanke ich Weisheit und Wissen, du bist mir lieb wie kein anderer Mensch auf dieser Welt. Schon lang habe ich einen Plan ersonnen, der mir ermöglicht, weiterhin meiner Meisterin nahe zu sein. Ich habe nun die Erlaubnis von Shenui Tui eingeholt, in den Tempeln von Guban studieren zu dürfen, solang es mich danach verlangt. Sein bester Krieger, Vihjgor genannt, wird mir Lektionen in der gubanischen Kriegskunst erteilen und ich werde im Gegenzug unsere Verteidigungskunst vorstellen. Shenui Tui begrüßt meine Absicht, weiterhin dein Schüler sein zu wollen, da er dir die Eingewöhnung in der Fremde erleichtern will. Er ist dir sehr zugetan, Schwester, was mich nicht wundert, bist du doch die schönste Frau unter der Sonne. Deinem Charme und Witz erliegt jeder Mann.«

»Genug, genug – was redest du da«, wehrte Sishla Vem erheitert ab, »lauter Unsinn.«

»Mitnichten«, widersprach Eshulim. »Die magischen Gaben, die dir von der Einsheit geschenkt wurden, machen dich zur höchsten Meisterin. Ich habe erfahren, dass dir in Guban die Priesterwürde angetragen werden soll, obgleich sie dir als Gemahlin von Shenui Tui nicht selbstverständlich zusteht. Wohl verlangt die Priesterschaft in Guban nicht zwingend die Ehelosigkeit, doch stehen die Hohen Priesterinnen der Machtkonzentration *Priesterin und Königin* skeptisch gegenüber.« Sishla Vem fiel ihm ins Wort.

»Du weißt, dass mir nichts an dieser Ehre liegt – müsste ich doch mein Leben Mu weihen und ihn anbeten! Und das, obwohl wir von Valun an keinen personifizierten Gott glauben und allein die Vereinigung mit der Einsheit anstreben.«

»Ob du nun annimmst oder ablehnst, du wirst immer jemanden vor den Kopf stoßen«, erkannte Eshulim und verzog das Gesicht. »Du hast recht, in Guban sind nicht alle über dein Kommen erfreut. Doch ich werde dich beschützen und dein Gatte ist dir ergeben. Sorge dich nicht unnötig, freue dich auf die aufregenden Ereignisse, die da kommen werden. Wir werden Feste feiern und Abenteuer bestehen!«

Sishla Vem sah die Abenteuerlust in den Augen des Bruders, der ihr wie ein eigener Sohn war. Sie wollte ihn nicht betrüben und gab vor, seinen Enthusiasmus zu teilen. Doch noch mehr Sorge verdüsterte nun ihre Gedanken. Die liebsten Menschen, denen sie zutiefst verbunden war, gingen mit ihr in die gefahrvolle Fremde. Sie wurde immer verletzbarer, mit jedem geliebten Menschen mehr in ihrer Gesellschaft würde sie ein noch leichteres Angriffsziel sein. Es war an der Zeit, sich auf die Aufgaben vorzubereiten.

»Eshulim, die Tage bis zur Abreise möchte ich in Zurückgezogenheit verbringen. Die Übungen von Himmel und Meer können die Sinne schärfen und durch die Kraft der Einsheit wird meine Aufgabe gelingen. Bereite du alles vor, was an materiellen Dingen noch zu regeln ist.« Liebevoll strich Sishla Vem über die Wange des Jünglings. »Lieber Bruder, ich verlasse mich auf dein Geschick. Du wirst alles recht machen.« Ihre Hand sank auf seinen Arm. »Und nun zeige mir das Geschenk von Shenui Tui. Es ist bereits die Schatulle ein Kunstwerk. Was verbirgt sie?« Als Sishla Vem die Schatulle öffnete, entfuhr ein leiser Schrei des Entzückens ihren Lippen. Nie zuvor hatte sie ein solch edles Geschmeide gesehen, schimmerndes Weißgold von feinster Arbeit und mit edlen Aquamarinen besetzt. Sie hielt den tropfenförmigen Stein, der im Mittelpunkt des Schmucks lag, an die Stirn. Mondlicht schien sich an ihr schwarzes Haar zu schmiegen; silberglänzende Fäden und blau schimmernde Tropfen breiteten sich in Wellen über den dunklen Grund. Bewundernd blickte Eshulim sie an.

»Es ist, wie Shenui Tui gesagt hat: *Dies ist das Geschmeide für eine Königin. Die Würdigste unter den Frauen soll es tragen, denn sie leuchtet wie das Meer, birgt die Kraft der Wellen in sich, besitzt seine Tiefe wie Reinheit und lässt sich niemals bezwingen.* Du bist wahrlich wie die See, Schwester!« Sishla Vem umarmte Eshulim, nur mit Mühe konnte sie die aufsteigenden Tränen niederringen. Nicht Weisheit und Meisterschaft hatten sie in die Position einer Königin gebracht. Die Schönheit war ihr zum Verhängnis geworden, ein Geschenk der Natur, unverlangt erhalten, das ihr Schicksal und das ihrer Liebsten bestimmen sollte.

10

Agnes erwachte. Ein Blick auf den Wecker verriet, dass es erst fünf Uhr war. Eine Zeit lang lag sie regungslos in der Dunkelheit und sammelte die Fragmente des Traums, der sie geweckt hatte. Schließlich schaltete sie die Nachttischlampe an und griff nach dem Kalenderbuch. Allmählich nahm die Geschichte Form an.

Deine Geschichte.

Was für ein verrückter Gedanke. Als sie den letzten Satz beendet hatte, war es Zeit aufzustehen. Durch die Niederschrift von den Gedanken der Nacht befreit, kam ihr der Abend mit Siebert in den Sinn. Die Emotionen belebten sie, ließen sie ein Lied summen und heiter die Morgentoilette erledigen. Nach einem Ostfriesentee mit viel Milch und Zucker konnte selbst die Kälte des jungen Morgens ihrer guten Laune keinen Abbruch tun. Eiskalt blies der Wind von Westen. Agnes lief den Weg zum Auto und drehte drinnen sofort die Heizung an, sobald der Motor sich jaulend in Gang gesetzt hatte.

Wie jeden Morgen war sie eine der Ersten, die bei *Baby-Star* erschien. Der Gang lag verlassen und düster vor ihr, leere Zimmer zu beiden Seiten. In ihrem Büro hängte sie Mantel, Hut und Schal auf den Thonetständer. Das alte Stück war wieder mal in Mode gekommen und durfte daher bei *Baby-Star* glänzen. Vom Schreibtisch nahm Agnes den Stapel Post und zwei Aktenordner und machte sich auf zum Sekretariat. Oder doch zuerst Tee? Sie entschied sich dagegen. Routine gewann.

Die Beleuchtung des Sekretariats warf einen Lichtkegel auf den Gang. Agnes betrat das Zimmer und hörte leise Musik aus dem Radio. Das Telefon läutete. Kein Mensch zu sehen oder zu hören – vielleicht war Frau Muth im Hinterzimmer, Post kuvertieren. Agnes legte die Briefe in das Postfach.

»Frau Muth? Sind Sie hier?«, rief Agnes. Keine Antwort. Auf dem Schreibtisch stand eine leere Kaffeetasse, der Rand mit Lippenstift beschmiert und im Inneren ein Rest der braunen Flüssigkeit. Ihren Kaffee hat die Muth schon getrunken, also ist sie am Klo, schloss Agnes. Die Mappen gehörten auf den Ablagetisch hinter dem Schreibtisch. Sie ging auf den Schreibtisch zu, die Mappen vor sich tragend. Ihre Füße verfingen sich, stolperten; nur mit Mühe konnte sie einen Sturz vermeiden.

»Was um Himmels willen, verd…«, wollte ihr ein Fluch entschlüpfen, als sie entdeckte, was ihren Weg versperrt hatte. Beine. Stämmige, weibliche Beine.

»Frau Muth!« Die Ordner fielen zu Boden. »Was … Ist Ihnen übel?« Die Sekretärin lag ausgestreckt auf ihrer rechten Seite hinter dem Schreibtisch, das Gesicht gänzlich vom Haar verdeckt. Agnes hastete zu ihr, zog an ihrem Arm, suchte eine Reaktion – doch da war nichts. Die Sekretärin rollte auf den Rücken und ihr Gesicht wandte sich Agnes zu – die Augen starr in die Ferne gerichtet. Sofort ließ Agnes die Hand los.

Tot.

Panik und Ratlosigkeit ergriffen sie. Hilfe – sie musste Hilfe holen. Sie lief auf den Gang hinaus, blieb im Türrahmen stehen. Wohin? Das ganze Haus war voller Ärzte, doch wenn man einen brauchte, war keiner da. »Ich brauche einen Arzt!« Die Stimme versagte. Das musste lauter gehen. »Wo ist ein verdammter Arzt! HILFE!« Die darauffolgende Stille legte sich beklemmend auf ihre Brust. Dann näherten sich Schritte.

»Was ist los? Wer braucht Hilfe?« Karin Tolf kam um die Ecke, eine Tasse Kaffee in der Hand haltend. Sie sah in das bleiche Gesicht und wartete auf eine Erklärung. »Was ist los?«

Agnes riss sich zusammen, versuchte, die Hysterie zu verdrängen, die sie zunehmend in ihren Würgegriff nehmen wollte.

»Frau Muth, sie liegt am Boden, und – und …« Tolf lief eilig in die Kanzlei, um den Schreibtisch herum und beugte sich über den Körper von Larissa Muth. Von der Tür aus beobachtete Agnes die Bewegungen der Ärztin, ohne sie bewusst wahrzunehmen, unwillig, das Zimmer der Toten zu betreten.

»Was ist mit ihr? Können Sie ihr helfen?« Zitternd presste Agnes die Hände vor den Mund. Was erwartete sie sich? Sie hatte den Tod gesehen, es gab nichts zu retten. Keine Wunder.

»Nichts zu machen.« Tolf drückte Muth die Augen zu. »Die Hornhaut ist bereits getrübt. Reanimation hat keinen Zweck mehr. Ich verständige die Rettung. Ein Amtsarzt muss den Tod bestätigen und alles Weitere veranlassen.« Kälte und Grauen krochen in Agnes hoch, langsam rutschte sie am Türstock hinunter zu Boden. Fester Untergrund, etwas Sicherheit.

Tolf telefonierte noch, als Wolfgang Brum in Begleitung von Bernd Umtier vom anderen Ende des Ganges auf das Sekretariat zusteuerte. Ein ungewöhnliches Bild bot sich ihm: Seine Juristin saß am Fußboden, an den Türstock gelehnt.

»Ist Ihnen nicht gut, Frau Magister?« Agnes blickte zu dem Mann auf und konnte kein Wort sagen. Brum wollte sich eben neben sie knien, als er Karin Tolf über eine tote Sekretärin sprechen hörte. Bernd Umtier stand bereits im Sekretariat.

»Was ist …?« Fragend richtete sich Brums Aufmerksamkeit auf das Sekretariat.

»Frau Muth«, flüsterte Agnes. Der Mund war zu trocken, um laut sprechen zu können. »Ich habe sie gefunden.« Ihr

Chef sprang auf und lief ins Zimmer. Agnes hörte die Stimmen um sie herum wie durch Watte. »Na? Gestern Abend zu viel getrunken, was?« Michelle stand vor ihr und schaute auf sie herunter. Ein Lächeln spielte um ihre Mundwinkel. Wortfetzen aus dem Sekretariat erregten Michelles Aufmerksamkeit.

»… zu spät für eine Reanimation.«

»… tot.«

Neugierig geworden, rief Michelle von der Tür in das Zimmer: »Was, zum Teufel, ist hier los?« Sie bekam keine Antwort. Energisch betrat sie die Kanzlei und blickte hinter den Schreibtisch. »Was ist passiert?« Tolf trat zu ihr, eventuelle Emotionen vollkommen unter Kontrolle.

»Nach dem ersten Eindruck würde ich von Herzversagen ausgehen. Natürlich kann man erst nach der Obduktion mit Sicherheit die Todesursache feststellen.« Michelle warf einen professionellen Blick auf die Tote.

»Wahrscheinlich hast du recht. Die Muth gehörte zur Risikogruppe. Übergewicht, Bewegungsmangel, ungesunde Ernährung, Kaffee und Alkohol.« Sie zuckte die Achseln. »Schlimm, dass niemand sie früher gefunden hat.«

»Frau Feder hat sie eben erst entdeckt«, erklärte Tolf und warf einen flüchtigen Blick zu Agnes herüber. »Man muss sich um sie kümmern.« Michelle reagierte nicht auf den Hinweis, sondern beobachtete Brum und Umtier, die leise miteinander sprachen.

»Okay. Wartet ihr jetzt alle auf den Amtsarzt?« Sie nestelte an ihrem weißen Arbeitsmantel. »Ich muss weiter – in der Ambulanz warten bereits die ersten Patientinnen.« Michelle verließ das Sekretariat, ohne Agnes eines weiteren Blickes zu würdigen.

Brum, der reflexartig Michelles Beinen nachgestarrt hatte, fand Agnes in seinem Blickfeld.

»Vielleicht sollte ich …«, murmelte er.

»Ihre Juristin braucht einen Cognac«, forderte Tolf ihn mit einer Kopfbewegung Richtung Agnes auf. Sofort startete Brum los.

»Meine Liebe, gehen wir in mein Büro, Sie brauchen eine Stärkung, was für die Nerven. Ehrlich gesagt kann ich auch einen Schluck vertragen.« Er begann, an ihrem Arm zu ziehen. »Kommen Sie, stützen Sie sich auf mich.« Sie stand auf, dankbar, der Nähe der Toten zu entkommen. Als Brum seinen Arm um ihre Taille legte, fiel die Starre vollends ab. Widerspenstig wand sie sich aus seinem Griff.

»Ich kann allein gehen.« Der Boden fühlte sich an, als wäre er aus Gummi. Ganz auf ihre Schritte konzentriert, folgte Agnes ihrem Chef, der nun voranging. In seinem Büro angelangt, platzierte er Agnes auf der Ledercouch im Erker. Ohne weiter Zeit zu verlieren, griff er zum Telefon.

»Frau Magister Kalth, könnten Sie so schnell wie möglich in mein Büro kommen? Es gab einen Unglücksfall, Frau Magister Feder hat die ganze Sache entdeckt.« Er lauschte kurz, ehe er fortfuhr. »Danke. Ja, gleich. Ich muss die Polizei und den Amtsarzt empfangen.« Er warf den Hörer auf die Telefonanlage und wandte sich dem Schrank hinter seinem Schreibtisch zu. Eilig öffnete Brum eine Flasche Cognac und füllte zwei Schwenker. So früh am Tag hochprozentigen Alkohol – Agnes schüttelte sich. Brum hatte diesbezüglich keine Probleme und leerte den Inhalt seines Schwenkers in einem Zug.

»Kommen Sie, nehmen Sie einen Schluck – das vertreibt die innere Kälte.« Er hielt ihr aufmunternd den Cognac vor die Nase. Brechreiz überkam sie.

»Scheußliche Sache. Die Muth war noch keine 40 und schon einen Herzinfarkt …, das macht nachdenklich.« Nervös sah er zur Tür. »Wo bleibt denn die Kalth? Ich muss vor Ort sein, wenn die Polizei eintrifft.«

»Gehen Sie ruhig. Ich komme klar.« Sie war erleichtert, als die Tür hinter ihm ins Schloss fiel. Zögernd probierte sie einen Schluck Cognac, doch ihr Magen zog sich zusammen und drohte neuerlich sich umzudrehen. Wieder ging die Tür auf und zu. Megan stand im Zimmer.

»Was ist los?«, keuchte sie und stemmte die Hand in die Seite. »Ich bin die Treppe raufgelaufen, weil der Lift …« Der Wortstrom versiegte. Megan starrte Agnes an. »Du bist schneeweiß!« Sie eilte zu ihrer Freundin und legte ihr die Hand auf die Stirn. Die Berührung von Megans Händen tat gut, ließ Agnes die Augen schließen und durchatmen.

»Frau Muth. Sie ist tot.«

»Nein!« Megan setzte sich geschockt zu Agnes auf die Couch. »Sie war doch völlig gesund.« Knapp berichtete Agnes, was sich zugetragen hatte. Dann saßen sie stumm nebeneinander, starrten die rahmenlosen Radierungen an den Wänden an, umgeben von Chrom und Glas.

»Gehen wir zu mir runter«, artikulierte Megan ihr Unbehagen und erhob sich.

»Die Polizei wird eine Aussage von mir wollen«, gab Agnes zu bedenken. »Brum wird sie hierher schicken.«

»Okay«, seufzte Megan. »Dann mache ich uns einen ordentlichen Tee mit viel Milch und Zucker.« Keine zehn Minuten später kehrte sie mit einem Tablett zurück. Der Assam Typhoo löste die innere Kälte mithilfe von Gerbstoffen, Tein, Zucker und Milch auf.

»Eigenartig«, meinte Megan nach einem weiteren Schluck, »wieder ein Herzinfarkt. Zuerst Wach und jetzt die Muth.«

»Praktisch in derselben Abteilung«, schloss Agnes an und wärmte sich die klammen Finger an der Tasse. »Die Muth hat Dr. Wachs Akten geordnet.« Sie blickte von ihrer Teetasse auf, direkt in Megans fragenden Blick. »Es wird eine Untersuchung geben.«

»Haben wir einen Mörder im Haus?«

»Ich weiß nicht.« In dem Augenblick, in dem Agnes die leisen Worte ausgesprochen hatte, überfiel sie ein Frösteln. Megan nickte. »Hier stimmt jedenfalls was nicht.«

Es war später am Vormittag, als es an die Bürotür klopfte und eine uniformierte Polizistin eintrat. Die Frau war für heikle Situationen ausgebildet, stellte präzise Fragen und verschwand bald wieder. Gönnerhaft gab Brum Agnes und Megan den Rest des Tages frei. Die beiden Frauen waren schneller aus der Firma, als Brum für seinen vierten Cognac brauchte. Agnes' Wagen war wie üblich am Stadtrand geparkt. Bis sie ihn erreicht hatten, war Agnes ruhig genug, um selbst das Steuer zu übernehmen. Auf einer Anhöhe, bevor die Straße wieder in den Wald hineinführte, scherte sie in einen Feldweg ein und stoppte das Auto unter dem einzigen Baum, der auf diesem Hügel inmitten von Feldern und Koppeln stand.

»Was ist?«, fragte Megan und blickte erstaunt um sich. Weit und breit war kein Haus zu sehen. »Sind wir da?«

»Nein. Ich wollte dir den schönsten Platz in dieser Gegend zeigen.« Sie stiegen aus und gingen ein paar Schritte auf die Hügelkuppe zu. Ein kräftiger Wind blies, spielte mit den Haaren der Frauen. Megan atmete tief durch und blickte um sich.

»Ich verstehe.« Die bewaldeten Hügel ringsum lagen im goldenen Licht, der Himmel war zum Greifen nahe. »Stark.«

»Zu jeder Jahreszeit und bei jedem Wetter«, nickte Agnes und breitete die Arme aus. Die Kraft strömte durch sie hindurch. Himmel und Erde gleichermaßen.

Eine dünne Schneekruste lag auf den Feldern und bedeckte die Steine des Pfades. Kein menschlicher Laut war zu hören, nur der Wind fegte in Böen über das Land, heulte und fauchte, ließ Baumwipfel ächzen. Wolken, die am eisblauen Himmel dahinzogen, schienen zum Greifen nahe. Als würde die Welt lächelnd einatmen und reinigend über alle Geschöpfe streichen, verflüchtigten sich düstere Gedanken. Das Lächeln auf Agnes' und Megans Lippen konnte keine der rauen Böen wegwischen.

»Fantastisch. Und der Himmel unglaublich nah.« Megan hatte ihren Blick zu den Wolken gehoben. Agnes tat es ihr gleich, die ganze unendliche Weite aufnehmend. Die Grenzenlosigkeit des Himmels floss in jede ihrer Zellen, schwemmte den Schlamm der letzten Erlebnisse weg, schuf Raum für die Ruhe und Kälte des Winters.

Als die Freundinnen ins Auto stiegen, schien eine Last abgefallen und die Grenze zur Fröhlichkeit nicht allzu weit.

Es war zwei Uhr, als Agnes und Megan bemerkten, wie hungrig sie waren. Gemeinsam machten sie aus Eiern, Oliven, eingelegten Pilzen, Salami, Kräutern und Parmesan ein Omelette und buken im Bauernofen Ciabatta auf. Während des Essens vermieden sie, über den Tod von Frau Muth zu sprechen. Erst als Agnes Glühwein ausschenkte und sich der Duft von Anis, Zimt und Nelken in der Küche ausbreitete, waren sie dazu bereit.

»Zuerst der Wach und dann die Muth …«, sagte Agnes, während sie Megan eine Tasse dampfenden Weins entgegenhielt, und setzte sich neben sie an den Bauernherd.

»Wach hätte niemals Viagra gemeinsam mit Nitro eingenommen und die Muth …«, Megan zögerte.

»… hatte niedrigen Blutdruck«, ergänzte Agnes den Satz. »Von wegen Risikogruppe. Michelle spinnt.« Ihre innere Unruhe zwang Agnes, aufzustehen und Maronischalen aufzuschlitzen. Eine gelochte Bratpfanne kam in die Herdöffnung über dem Feuer und die Maronen wurden geröstet. Die aufsteigende Luft wärmte angenehm Agnes' Gesicht.

»Hatte die Muth was mit Wach?«, fragte Megan.

»Glaub ich nicht«, antwortete Agnes und rüttelte an der Pfanne, während sie weitersprach. »Die Muth hat doch schließlich erzählt, dass der Wach möglicherweise ein Verhältnis mit seiner Sekretärin gehabt hat, der Olga Tsardahl. Sie musste für die Tsardahl einspringen und sich mit Michelles Akten rumärgern.«

»Worum ging's?«, wollte Megan wissen und beobachtete unterdessen, wie sich die Schalen der Maronen aufwölbten.

»Weiß ich nicht genau. Manche Akten waren nicht ordentlich geführt und Michelle meinte, dass der Wach wohl schlampig gewesen sei. Die Muth hat ihr das nicht abgekauft.« Allmählich kam Agnes das Gespräch mit Larissa Muth deutlicher in Erinnerung.

»Und?«

»Sie bekam eine patzige Antwort à la Michelle«, zuckte Agnes mit den Schultern.

»Klar«, erwiderte Megan reflexartig. »Was, wenn Michelle etwas damit zu tun hat?«

»Mit welchem Motiv?«, fragte Agnes ungläubig. Das Ganze war zu absurd. Kein Mensch, nicht mal Michelle, würde einem Wach oder einer Muth ans Leben wollen. Nachdenklich rieb sich Megan das Kinn.

»Was interessiert Michelle am meisten? Geld. Vielleicht auch noch ihre Karriere und Männer.«

»An Wach als Mann hatte sie sicher kein Interesse«, lachte Agnes verächtlich auf, »zu alt, keine einflussreiche Familie. Da glaube ich noch eher, dass sie ein Verhältnis mit dem Rodler hat.«

»Bleiben Karriere und Geld. Wie hätte Wach ihrer Karriere schaden können?« Megan wärmte sich die Hände an ihrem Glühwein und hielt die Nase in den aufsteigenden Gewürzdampf. »Hm. Vielleicht wusste er etwas über sie?«

»Und wo ist der Zusammenhang mit der Muth?«, gab Agnes zu bedenken.

»Was waren das für Akten?«, ließ sich Megan nicht abbringen.

»Aus Wachs Abteilung«, antwortete Agnes. »*Künstliche Befruchtung*. Muth meinte, sie seien nicht ordentlich geführt oder es fehlte etwas, was weiß ich.«

»Wir führen doch elektronische Akten«, wandte Megan ein.

»Parallel gibt es Papierakten«, erklärte Agnes, »will die Geschäftsführung so. Zu Beweiszwecken, schätze ich.«

»Kennst du Namen?«

»Nein. Aber die Muth erwähnte, es seien Michelles Patientinnen.«

Megan wurde ungeduldig und hielt mit einer Hand ihre Haare im Nacken zusammen.

»So kommen wir nicht weiter.«

»Das sind sowieso alles nur Spekulationen«, polterte Agnes und leerte die Maronen in eine Schüssel. »Und überhaupt …, wir wissen nicht mal, ob in Wachs Leiche tatsächlich Viagra gefunden wurde, und die Muth ist bestimmt eines natürlichen Todes gestorben.«

»Wir müssten die Namen der betroffenen Akten kennen«, sinnierte Megan hartnäckig. »Das wäre ein roter Faden …«

»Und wohin soll uns der führen?«, fragte Agnes. Ihr Herz zog sich zusammen. »Zu einem Kollegen?«

»Wahnsinn«, gab Megan zu. Agnes nickte. Die Farben des Todes verdüsterten die Welt, beunruhigten sie. Aus dem Wandschrank holte Agnes eine Phiole mit gelben Körnern und zog dann mit dem Schürhaken die Herdplatte zur Seite. Die Scheibe kratzte über die Oberfläche des Herdes und gab den Blick auf das heruntergebrannte Feuer frei. Kaum landeten ein paar von den Körnern in der Glut, stieg weißer Rauch auf. Mit einem Büschel Rabenfedern verteilte Agnes die Schwaden im Raum.

»Weihrauch.« Megan schloss die Augen und kuschelte sich in den Ohrensessel. »Der passt jetzt.«

»Vertreibt die dunklen Gedanken.« Sie öffnete das Fenster, ließ das Alte gehen, die Frische herein. Das Ritual tat seine Wirkung. Beide fühlten sich leichter und das Zimmer wirkte heller. Einträchtig schälten sie die Maronen, aßen und tranken, bis Megan auf die Uhr ihres Handys blickte.

»So spät! Wann geht ein Bus?« Sofort kramte Agnes einen Fahrplan aus der Tischschublade hervor. Ihr Finger glitt über die Tabelle.

»Du müsstest sofort loslaufen für den letzten«, sie blickte auf. »Magst du bei mir übernachten? Das wäre ein Spaß.« In ihrer Stimme schwang Angst vor dem Alleinsein mit. Megan überlegte nicht lang.

»Okay, wenn du eine Reservezahnbürste für mich hast«, lächelte sie.

Sie redeten und lachten, Megan las im Traumbuch, während Agnes den Abwasch erledigte. Später zogen sie sich um und kuschelten sich in die Daunendecken. Agnes schwärmte im Dunkeln leise von Siebert, erzählte nochmals die Geschichte von seinem Abschiedskuss. Irgendwann schliefen sie ein.

Sishla Vem fühlte die Wand im Rücken. Dicht vor ihr waren Luvas schwarze Augen. Spott verbog die Mundwinkel zu einem gemeinen Grinsen. Luvas Haar war genauso üppig wie ihr Busen, die Hüften und die blutrote Robe. Im Geist beschwor Sishla Vem die Worte des silbernen Spiegels, dessen Energie ihren Körper in einen schützenden Mantel hüllte. Sishla Vems Antlitz strahlte Frieden aus, ihre Stimme war ruhig.

»Was ist dein Begehren, Luva? Warum suchst du mich zu so später Stunde auf?«

»Vielleicht wollte ich der Königin von Guban huldigen?« Ein schrilles Lachen klirrte gegen den Spiegel und Luva rückte etwas von Sishla Vem ab. »Nein. Du weißt, dass ich das nicht tue. Mithilfe deiner Magie hast du meinen Platz gestohlen. Shenui Tui ist dein willenloses Werkzeug.« Wütend deutete sie auf Sishla Vem. »Er sollte mein sein«, zischte sie. Sishla Vem ging einen Schritt zur Seite, bedacht, Luva keinesfalls den Rücken zuzukehren. Der Türgriff lag in ihrer Hand und ohne hinzusehen, öffnete sie die Tür hinaus auf die Marmorterrasse. Das Rauschen der Meeresbrandung tief unter dem Palast drang in den Raum. Nachtluft strömte herein und reinigte die schwüle Atmosphäre, die Luva umgab. Neuerlich versuchte Sishla Vem, die Situation zu beruhigen.

»Ich habe dir nichts gestohlen. Die Verbindung zwischen Shenui Tui und mir soll unsere Völker und unsere Kulturen einander näherbringen. Das war des Königs Entscheidung, du solltest sie als weise akzeptieren.« Weiße Zähne blitzten auf. Eine Raubkatze, durchzuckte es Sishla Vem.

»Seine Entscheidung? Verdammte Hexe! Als wüsste ich nicht, wer hier Einfluss nimmt auf den König!« Verächtlich zog Luva ihre Mundwinkel herab. »Die Meister von Valun werden niemals auf Guban herrschen«, zischte sie und machte einen Schritt hinaus in die Nacht, drehte sich blitzschnell um und fuhr mit völlig veränderter, nunmehr kühler Stimme fort. »Es war dein Wunsch, den Grund meines Kommens zu erfahren – ich werde ihn dir nennen. Wohl wähnst du dich sicher, umhüllt von deinem silbernen Spiegelzauber und den Lichtgeistern. Ich kann dir nicht ans Leben. So soll es sein. Doch du hast keinen Zauber gegen den Schmerz, den ich erzeugen kann. Das ist meine Prophezeiung für dich: SCHMERZ! Blicke morgen aus dem Fenster, Sishla Vem – und denke an mich.« Ohne ein weiteres Wort verschwand sie in der Nacht. Sishla Vem zog die Türen weit auf und Mondlicht ergoss sich in den Raum. In der Räucherschale gloste Kohle, davor standen vielfältige Glas- und Steingefäße. Eines davon griff Sishla Vem heraus. Reinigung, dachte sie, während sie den Deckel abhob und einige Körner in einen Mörser leerte. Immer wieder tat sie so, zerrieb die Harze und Pflanzenteile, erzeugte ein Pulver, mit Namen der alten Sprache besprochen. Reinigung, dachte sie erneut, während ihre Finger das Pulver liebkosten. Rot wie die Erde im Garten des Königs, würzig wie die Harze der heiligen Bäume. »Reinigung«, sprach sie und streute davon über die Glut. Grauer Rauch stieg empor, verbreitete den Geruch von Zedernholz, Wacholder, Salbeiblüten, Copal, Asant und Drachenblut. Mit der Feder eines Adlers fächelte Sishla Vem die Düfte in alle Himmelsrichtungen.

»Alles ist in der Einsheit verbunden; kein Rein, kein Unrein, kein Gut, kein Böse; alles ist in der Einsheit verbunden.«

Eine Gabe Weihrauchkristalle an das Feuer, an den Ursprung, an die Einsheit – und Sishla Vem spürte Erleichterung, fühlte sich verbunden. Die Gewissheit einer herannahenden Gefahr konnte das Ritual ihr jedoch nicht nehmen. Ein Plan wurde umgesetzt – Luvas Worte waren keine leere Drohung gewesen.

»Lasst mich sehen«, bat sie, streute Beifuß in die Glut. Bittersüßer Rauch stieg auf, Konturen des Fluches traten in die Welt. Eine wütende Flamme, die alles vernichtete. Sishla Vem erkannte das Bild und konnte es doch nicht deuten. Lang saß sie vor dem Räuchergefäß, leerte alle Sorgen, Zweifel und Ängste in die Glut. In Meditation versunken, saß sie, bis der Wunsch nach Schlaf sie ihr Gemach aufsuchen ließ.

Der kurzen Nacht folgte ein klarer Morgen. Er wurde wie jeder andere von Sishla Vem unter freiem Himmel begrüßt. Die Sonne war bereits aus dem Meer aufgestiegen und verbreitete ihre Strahlen, tauchte die Welt in Gold. Ein dunkler Fleck am Horizont – Luva erschien in ihren Gedanken. Eine Rauchsäule stieg empor. Mit angehaltenem Atem lief sie an den äußersten Rand der Terrasse. Flammen loderten zum Himmel, Qualm stieg in wallenden Schwaden empor. *Die wütende Flamme* – die Worte wurden von ihren Lippen geformt, doch kein Ton entwich ihnen. Dies war ein Schiff –, nun eine Fackel – das eine, welches im Morgengrauen mit der Flut aus dem Hafen ausgelaufen war, um nach Valun zu segeln. Auf ihm war Neddal gefahren, verbannt vom König, der durch die geheime Liebe der beiden Frauen in seinem Stolz gekränkt war. Sishla Vems Geist trennte sich vom Körper, raste hinaus auf die See, hin zu dem Schiff, suchte … Ihre Augen weiteten sich vor Entsetzen, als ihr Verstand Stufe um Stufe das Ausmaß der Katastrophe erfasste.

Neddal.

Der Geist kehrte in den Körper zurück. Ein unerträglicher Schmerz zerschnitt das Herz, langsam und qualvoll.

»NEDDAL!«

»Agnes, wach auf!« Megan rüttelte Agnes' Schulter. »Du hast geträumt.« Agnes öffnete die Augen. Ihr Herz raste und Verzweiflung schnürte ihr die Kehle zu.

»Überall Feuer – die Menschen springen vom Schiff, Haie umkreisen die Verletzten – ich höre sie schreien …« Sie hielt sich die Ohren zu, rollte sich wie ein Embryo zusammen.

»Hier, trink was.« Megan drückte sie hoch und hielt ihr ein Glas Wasser an die Lippen. Zögernd nahm sie einen Schluck, dann noch einen – das Wasser war kalt, es spülte den salzigen Geschmack aus ihrem Mund, sickerte kühl in den Magen – machte ihr bewusst, wo sie sich befand. Kaum hatte Agnes das Glas am Nachttisch abgestellt, griff sie nach dem Kalenderbuch. Die Erinnerungen mussten unmittelbar niedergeschrieben werden. Megan wartete, ohne zu fragen. Erst als ihr Agnes das Buch hinschob, las sie begierig Seite um Seite.

»Du solltest eine Rückführung machen«, sagte Megan, am Ende angelangt, »deine Träume sind eine ganze, zusammenhängende Geschichte. Das ist ungewöhnlich.«

»Eine Rückführung?« Der Gedanke gefiel Agnes. »Werde ich da in Hypnose versetzt?«

»So ähnlich. Du bist in einer Art Tiefenentspannung. Dann werden dir Fragen über frühere Leben gestellt und du antwortest. Manche Leute können dabei sogar in einer für sie fremden Sprache sprechen.«

»Ich überleg's mir«, erwiderte Agnes und knipste das Licht aus. »Danke, dass du da bist.«

»Gern«, flüsterte Megan. »Wir sind schließlich Freundinnen.«

»Ja.«

Still lagen sie in der Dunkelheit. Der Schlaf war nicht weit.

Auf halber Höhe des Berges machte Sishla Vem halt. Sie ruhte auf einem Stein im Schatten einer wettergebeugten Zeder aus, blickte hinab auf das Meer und das Grün der Insel. Farben, intensiv und lebendig, erfüllten ihre Welt. Die Anstrengungen der Wanderung hatten die Fülle der Gedanken in ihrem Kopf zum Schweigen gebracht. Befreit und voll Vorfreude hielt sie Ausschau nach Nathane, ihrem älteren Bruder. Allzu viele Tage hatte er zuletzt in der Einsamkeit des Berges verbracht. Die vertraute Stimme ertönte alsbald hinter ihr.

»Geliebte Schwester, ich habe dich erwartet. Du suchst nach Kraft, du wirst sie hier finden.« Mit einem Lächeln wandte sich Sishla Vem um. Vor ihr stand Nathane im Schatten der Zeder, das Gesicht von dem dunklen Haar ihrer Familie umrahmt und mit denselben hellen Augen. Die Geschwister umarmten einander und stiegen gemeinsam bergan, hinauf zu den Höhlen der Einsicht. Sie sprachen wenig, denn Nathane kannte Sishla Vems Herz. Unterwegs sammelten sie trockenes Holz, welches auf dem Platz vor den Höhleneingängen zu einem kunstvollen Hügel aufgeschichtet werden sollte. Nathane hütete die heilige Stätte, die, geschützt von den Felsen, seit ewigen Zeiten dem Volke von Valun ein Tor zur Einsheit war. Der Boden war geebnet, ein Kreis aus Felsbrocken markierte das Zentrum des Platzes. Der Mond würde in dieser Nacht der Erde nahe sein wie in keiner anderen Nacht des Jahres.

Zwischen die Lagen aus Holz streuten die Geschwister Heu, getrocknete Kräuter und Harze, sie flüsterten dabei alte Worte, überliefert von den Ahnen ihres Volkes. Immer mehr Holz schichteten sie übereinander, bis ein mannshoher Scheiterhaufen errichtet war. Nach Stunden der Arbeit und Kontemplation rasteten die beiden im Schein der untergehenden Sonne. Frisches Quellwasser erquickte ihre Körper, auf Speisen verzichteten sie. Sishla Vem betrachtete ihren Bruder, sein ebenmäßiges Gesicht, seine vornehme Gestalt.

»Nathane, du weißt alles über mein bevorstehendes Schicksal. Ich möchte Valun nicht verlassen, ehe ich Gewissheit darüber habe, wie du dein Leben von nun an führen wirst. Ich spüre Veränderung, wohin ich sehe, so auch bei dir. Du wählst zunehmend die Einsamkeit, allzu oft treffe ich Ellasir, deine Geliebte, mit traurigen Augen auf das Meer blickend. Hast du dich von dem Weg der Mitte abgewandt?« Nathane schwieg abweisend. »Du besitzt bereits höchste Meisterschaft, wohin soll dich dieser Weg der Einsamkeit noch führen?« Nathane starrte weiter in die rote Sonne. Sein Gesicht war von Emotionen bewegt.

»Schwester, der Weg der Mitte reicht in diesen Zeiten nicht mehr aus. Um dem Ansturm der Schwarzen Macht entgegentreten zu können, muss einer von uns sich dem Licht verschreiben und allem anderen entsagen. Du bringst dein Opfer, ich das meine. Die Liebe bleibt in diesem Leben unerfüllt und das Leben wird im Ungleichgewicht beendet werden. Tausende von Jahren werden vergehen, ehe dieses Handeln gegen die Einsheit getilgt sein wird. Und doch sehe ich keine andere Möglichkeit.«

Sishla Vem legte ihren Arm um Nathane und lehnte den Kopf an seinen. Dem gleichen Schicksal verbunden, beobachteten sie in Eintracht die letzten purpurnen Färbungen des Abendhimmels. Als die Dunkelheit hereinbrach, erhoben sie sich.

Das Feuer brannte hoch, aromatischer Rauch erfüllte den Platz und durchdrang Körper, Geist und Seele. Sishla Vem sang eine alte Weise, wiegte die Hüften mit der Melodie. Neben ihr kniete Nathane, trommelte versunken den Rhythmus der Erde und summte mit vibrierender Stimme dazu. Hitze legte sich über ihre Körper. Es gab nur mehr den glühenden Lichtkreis um das Feuer, das Außen war schwarz und im Nichts verschwunden. Nathanes tiefe Stimme schallte wie ein Chor inmitten der Felsen, Schatten sprangen über die Flammen, Sishla Vem tanzte und drehte sich mit ihnen. Das Funkeln der Sterne verwandelte sich in ein Feuerwerk von Licht und das Leuchten des Himmels vereinigte sich mit der glühenden Erde auf des Feuers Grund. Als es niedergebrannt war und blaue Zungen an der schwarzroten Glut leckten, lief Sishla Vem mit bloßen Füßen über den Glutteppich, unverletzbar, verzückt. Sishla Vem war das Feuer. Copalkörner fielen in die Glut, zitronig-frische Rauchschwaden stiegen zu den Sternen auf. Mit erhobenen Armen verband Sishla Vem den Himmel mit der Erde, bis sie erschöpft auf die Knie sank. Die Hitze der Erde und die Kühle des Himmels durchströmten sie, pulsierten wollüstig in ihrem Körper.

Tausend Leben, tausend Tode. Ewig. Eins.

11

Die Arbeitswoche glich einem hochwasserführenden Fluss. Sie riss alle Mitarbeiter mit sich. Die Aufregung über den Tod von Larissa Muth bewegte jede Abteilung, dominierte jede Kaffeerunde. Man spekulierte, woran Muth gestorben sein könnte und ob es polizeiliche Ermittlungen geben würde. Auch über Wachs Tod wurde wieder geredet. Alle im Haus beobachteten einander mit Argusaugen. Die Atmosphäre verschlechterte sich rapid, als bekannt wurde, dass die Obduktion von Larissa Muths Leiche eine Vergiftung nachgewiesen hatte. Misstrauen keimte, wo immer man auf Kollegen traf.

Die Liftkabine blieb federnd im ersten Stock stehen und die Tür öffnete sich. Flankiert von den Leitern des Marketings und der EDV, stieg Agnes aus und steuerte das Besprechungszimmer neben den Forschungslabors an. Durch den Türspalt drangen Stimmen auf den Gang. Tolf, Michelle, ihr Assistent Zumtobl, Umtier, Brum und Megan waren so sehr ins Gespräch vertieft, dass sie die Neuankömmlinge vorerst nicht bemerkten.

Tolf führte das Wort, ihr Gesicht zeigte keine Gefühlsregung, sondern wirkte maskenhaft.

»… war meine Diagnose insofern korrekt, als dieses bestimmte hochtoxische Acrylamid einen Kreislaufzusammenbruch infolge des multiplen Organversagens hervorruft. Scheußlicher Tod.« Mit dem Nachsatz überraschte sie ihre Zuhörer, da keiner aus ihrem Mund die geringste Form der Anteilnahme erwartet hätte. Sofort meldete sich Umtier zu Wort.

»Liebe Kollegin, keiner zweifelt hier Ihre Kompetenz an«, versicherte er nachdrücklich. »Niemand von uns hätte auch nur vermutet, dass die liebe Frau Muth lebensmüde ist.« Umtier wollte Tolf an der Schulter berühren, eine Geste des Verständnisses setzen, doch machte sie sofort eine abwehrende Bewegung und Umtier senkte verlegen die Hand. Bevor Tolf antworten konnte, meldete sich Michelle zu Wort.

»Sie glauben, Frau Muth hat Selbstmord begangen, Dr. Umtier?«, fragte sie und neigte nachdenklich den Kopf zur Seite. »Wenn ich es recht überlege, sie war eine alleinerziehende Mutter, hatte keinen Freund, wenig Geld, dafür viele Sorgen. Sie kam mir in den letzten Wochen schwermütig und gereizt vor.« Ihre Hand legte sie auf die Brust, als hätte sie darunter ein mitfühlendes Herz und beugte sich zu ihm hinunter. »Wahrscheinlich total überfordert und abgearbeitet.« Ein Seufzer drang zwischen ihren blutroten Lippen hervor. Irritiert von den üppigen Formen, die sich in Umtiers Gesichtsfeld schoben, antwortete er nicht sofort. Dafür entrüstete sich Brum über das Gehörte.

»So ein Unsinn! Warum sollte sie sich umbringen? Hier in der Firma? Mit einer Substanz, zu der sie gar keinen Zugang hat? Eine Scheidung ist kein Grund, sich umzubringen. Für manche eher ein Glückstreffer«, fügte er hinzu, mehr für sich selbst als für die Anwesenden. Mit einem Hüsteln fand er in die eigentliche Rede zurück. »Schließlich hatte sie ein Kind zu versorgen. Oh!« Brums Hand klatschte gegen seine Stirn. »Das Kind – genau! Die Geschäftsführung wird einen Geldbetrag für seine Ausbildung bereitstellen.« Er blickte sich um und winkte Agnes heran. »Frau Magister Feder, bitte erinnern Sie mich daran.« Dann sah er die Anwesenden wieder an. »Ich bin von der Geschäftsführung mit der Koordination dieser Angelegenheit betraut, daher meine Bitte an Sie alle: Fertigen Sie unverzüglich ein ausführliches Gedächtnisprotokoll von jenem Morgen an, falls es polizeiliche Ermittlungen gibt. Man vergisst allzu schnell, was man ein paar Tage zuvor gemacht hat.« Brum tippte sich an die Stirn, seine imaginäre Checkliste durchgehend. »Wenden Sie sich an mich, wenn irgendwelche Probleme oder Fragen auftauchen. Die Firma wird auch eine externe Psychologin engagieren, die bei Bedarf kostenfrei in Anspruch genommen werden kann.«

»Das ist was für Agnes«, höhnte Michelle.

»Ja, an Sie habe ich gedacht, Frau Magister«, lächelte Brum Agnes an. »Zögern Sie nicht. Das war eine schlimme Erfahrung.«

»Ich – ähm – überlege es mir.« Verlegen suchte Agnes Megans Blick, die hinter Zumtobl saß, doch die starrte nur auf ihre Hände.

»Wer weiß – vielleicht hat Agnes der Muth das Acrylamid verabreicht?«, schnurrte Michelles Stimme durch den Raum. »Agnes war früh da.« Ein herausfordernder Blick traf Agnes. »Und sie hat die Muth gefunden.« Agnes meinte, den Boden unter den Füßen zu verlieren, und starrte die Ärztin an, wie es auch alle anderen im Raum taten. Megan war die Erste, die reagierte.

»Was soll der Schwachsinn – warum sollte Agnes Frau Muth ermorden? Woher das Acrylamid nehmen und wissen, wie es zu dosieren ist?« Als hätte Michelle darauf gewartet, wandte sie sich genüsslich Megan zu. Bühne frei.

»Megan. Natürlich – du hast recht. Agnes ist nicht clever genug, unbemerkt Acrylamid aus einem unserer Labors zu besorgen.« Ihr Zeigefinger wies in Megans Richtung. »Unsere Apothekenleiterin hat allerdings uneingeschränkte Möglichkeit, an jede Laborsubstanz zu kommen, ohne das geringste Aufsehen zu erregen. Du kennst Wirkung und Dosierung.« Ihre Augen funkelten. »Schließlich hat das große Sterben bei *BabyStar* erst *nach* deinem Einstieg ins Unternehmen begonnen.«

Allen war schlagartig klar, wie grundlegend sich ihr Leben

von nun an ändern würde. Mutmaßungen und Verdächtigungen, bis Muths Tod aufgeklärt war.

»Liebe Frau Dr. Schoff …«, setzte Brum an und fixierte Michelle herausfordernd, »wie kommen Sie dazu, derartige Verdächtigungen zu äußern?«

»Ach, das war bloß ein Gedankenexperiment – wer von den Anwesenden Gelegenheit gehabt hätte«, zuckte diese die Schultern.

»Wenn Sie etwas Konkretes zu den Todesumständen von Frau Muth wissen, dann sagen Sie es. Am besten der Polizei. Ansonsten«, er stand jetzt knapp vor der Blondine, »keine *Gedankenexperimente* bitte.« Damit wandte er sich wieder den übrigen Anwesenden zu. »Es wird schwierig genug sein, die Aufmerksamkeit der Presse von unserem Unternehmen fernzuhalten. Eine solche Geschichte in den Medien, und die Reputation von *BabyStar* ist zerstört. Wir leben vom Vertrauen der Leute.«

»Schon gut, war nicht bös gemeint«, wehrte Michelle ab, zog den Mantel vor der Brust zusammen und verschränkte die Arme davor. Brum ignorierte sie. Das war eine Premiere, musste Agnes erstaunt feststellen. Bravo, Brum, was so ein bisschen Rückgrat doch bewirken konnte.

»Wir müssen zudem das Betriebsklima so weit als möglich entlasten. Jetzt ist Fingerspitzengefühl gefragt, Herrschaften.« Wow, Brum war nicht wiederzuerkennen. Tolf sprang sofort auf den Zug auf.

»Sie haben meine volle Unterstützung, Dr. Brum. Meine Mitarbeiter habe ich bereits auf das absolute Sprechverbot gegenüber der Presse eingeschworen.«

»Ich danke Ihnen, Frau Dr. Tolf«, antwortete Brum erleichtert. »Wenn die übrigen Leiter dem Beispiel bitte folgen. Frau Feder, Sie bereiten eine Stellungnahme an die Presse vor, falls doch etwas durchsickert.«

»Eine Info für die Mitarbeiter wäre auch nicht schlecht«, merkte Agnes an. Brum nickte zustimmend.

»Das machen auch Sie. Also, wir haben die Zuwendung für das Kind, eine Psychologin, Sprechverbot nach außen, Stellungnahme, Info. Sonstige Vorschläge?«

»Das jährliche Frühlingsfest sollten wir unbedingt durchziehen«, meldete sich Umtier. »Könnte die Stimmung heben und Normalität suggerieren.«

»Normalität?«, murmelte Agnes. Keiner beachtete sie.

»Guter Gedanke«, stimmte Michelle zu und wollte offensichtlich ihren Fauxpas von vorhin ausbügeln. »Das Frühlingsfest ist ein Highlight – es abzusagen, würde Panik auslösen.«

»Die Geschäftsführung sieht das genauso«, warf Brum ein. »Das Fest wird stattfinden.«

»Man könnte es Wach und Muth widmen«, überlegte Tolf laut, sah aber selbst bei dem Gedanken nicht besonders glücklich aus. Agnes wunderte sich über so viel Pietätlosigkeit.

»Was sollen wir den Mitarbeitern sagen?«, fragte Umtier.

»Da noch nichts feststeht, bleiben wir am besten bei der Unfallvariante«, bestimmte Brum und alle nickten. Agnes protokollierte sämtliche Vorschläge, ohne ein Wort zu sagen. Nach einer Stunde löste sich die Besprechung auf. Die Führungscrew verließ den Raum, nur Brum und Agnes blieben zurück. Sie räumte ihre Unterlagen in die Mappe, als sich seine Hände auf ihre Schultern legten. Bitte nicht, dachte sie schockiert.

»Meine liebe Frau Magister, ist es für Sie nicht zu aufreibend, in diese Sache involviert zu sein? »Seine Finger begannen, Richtung Nacken zu streichen. Agnes stand abrupt auf. Der Sessel schnellte zurück und stieß Brum weg. »Ich kann auch jemand anderen damit beauftragen«, ließ er sie wissen und verhehlte seine Verstimmung nicht.

»Kein Grund zur Sorge, Dr. Brum.« Sie brachte ein paar Meter Abstand zwischen sich und ihren Chef. »Ich will bei der Sache mithelfen. Ist mir ein Bedürfnis.« Nervös blickte sie auf die Uhr. »Ich muss los, eine Richterin anrufen.« Ehe noch alle Worte ausgesprochen waren, stand Agnes in der Tür und hastete davon. Die Empörung in ihrer Brust drohte zu explodieren. Gegen irgendetwas treten wäre gut gewesen. Am Gang wartete Megan und zog sie in ihr mit Grünpflanzen vollgestelltes Zimmer.

»Hast du nicht die Mail bekommen, dass die Besprechung vorverlegt wurde?«, fragte Megan.

»Nein«, antwortete Agnes, in Gedanken noch bei Brums Übergriff.

»Die EDV und Marketing anscheinend auch nicht. Ohne die Muth …«, Zorn flammte in Megans Augen auf. »Ich kann nicht glauben, was Michelle für einen Auftritt geliefert hat. Zuerst verdächtigt sie dich und dann mich – was soll das?« Angespannt stand Agnes mitten im Zimmer, ihre Fußspitze tippte am Boden einen hektischen Rhythmus.

»Wir sind offensichtlich die beiden Menschen in dieser Firma, die sie am allerwenigsten mag.«

»Okay. Aber das war …«

»Fies? Niederträchtig? Beschissen?«, fauchte Agnes.

»Mindestens«, stimmte Megan zu.

»Außerdem eine gute Gelegenheit, Zwietracht zu säen«, gab Agnes zu bedenken. »Und alles Gesagte hinterlässt Spuren, auch wenn es blanker Unsinn ist.« Megan hatte sich eine Zigarette angezündet und ließ sich auf ihren Drehsessel fallen. Nachdenklich nahm sie einen Schluck aus der Teetasse und stellte sie wieder zurück auf den Schreibtisch.

»Wie sie die Muth als lebensmüde hingestellt hat.« Sie schüttelte den Kopf. »Absurd.«

»Was weiß man schon, was in einem Menschen vorgeht?«,

murmelte Agnes und starrte die weißen Blüten einer Topfpflanze an. Jasmin? »Was ist los?«, fragte Megan irritiert.

»Ach. Der Brum baggert mich an. Ich hasse das. Und folglich kann ich mir bald einen neuen Job suchen, der Brum wird mir den Vertrag ohne Gegenleistung nicht verlängern.«

»Wart's ab«, ärgerte sich Megan mit und suchte nach einer Möglichkeit, Agnes abzulenken. »Vergiss ihn. Was ist mit Siebert? Er hat dich angerufen und …?« Deshalb hatten sie einander schließlich vor der Besprechung sehen wollen.

»Er war so … ach, seine Stimme …« Ein versonnenes Lächeln spielte um Agnes' Mund und veränderte ihre Stimmung augenblicklich. »Ich habe ihm erzählt, was hier bei uns passiert ist.«

»Und?«, unterbrach Megan ungeduldig.

»Er möchte mich vor seinem Abflug nach Brasilien sehen. Mir ist bloß noch kein geeigneter Treffpunkt eingefallen. Wegen Norman. Ich fürchte seine Gegenwart überall.«

»Auf deinem Berg vermutet er dich sicher nicht«, schlug Megan vor. Agnes zögerte.

»Wie sieht das aus, wenn ich Siebert zu unserer ersten Verabredung zu mir nach Hause einlade?« Sie schüttelte den Kopf.

»Als ob du ihn flachlegen wolltest?«, grinste Megan.

»Genau«, erwiderte Agnes und konnte sich das Schmunzeln nicht verkneifen. Was für ein verlockender Gedanke. Sie sah auf die Uhr und erschrak. »Ich muss eine Richterin anrufen!«, rief sie und riss schon die Tür auf. »Wir sehen uns zum Tee um vier.« Megans »Ja!« hörte sie kaum.

Agnes lief, so schnell sie konnte, die Treppe hoch. Atemlos stürzte sie in ihr Zimmer und erschrak. Ein Mann stand vor dem Fenster, seinen Mantel hatte er anbehalten. Vom Geräusch der Tür aufgeschreckt, drehte er sich um. Siebert. Das Herz blieb ihr fast stehen, und für Sekunden rasten tausend Gedanken durch ihren Kopf – wieso er da war, wie sie aussah, wie gut er aussah, was sie sagen sollte; glücklicherweise übernahm Siebert das Reden.

»Entschuldige den Überfall, ich habe dich erschreckt.« Er ging auf sie zu und streckte ihr die Arme entgegen. Verlockend. Nein, sie würde sich nicht in eine Umarmung werfen. Stattdessen legte sie ihre Hände in seine.

»Siebert.« Ihre Blicke verschmolzen ineinander und die Berührung der Hände war nicht länger ein konventioneller Gruß, sondern von intimster Zärtlichkeit. Die Innenflächen glühten und Energie strömte von einem zum anderen, durchflutete den Körper. Agnes atmete tief durch, versuchte, einen klaren Kopf zu bekommen. Solang er sie berührte, würde es nicht funktionieren. Langsam zog sie ihre Hände zurück.

»Ich habe mir Gedanken um dich gemacht, wegen dieser schrecklichen Geschichte, die du mir heute Morgen erzählt hast. Ich war gerade in der Gegend bei einem Klienten und dachte, ich schau einfach vorbei.«

»Das ist wirklich nett«, versuchte Agnes die Konversation in Gang zu halten. Ihre Eingeweide spielten verrückt und ihre Gedanken überschlugen sich.

»Magst du mit mir essen gehen?« fragte Siebert und wirkte charmant unsicher dabei. Unwiderstehlich.

»Gern«, strahlte sie ihn an, legte die Mappe auf den Tisch und wandte sich der Garderobe zu. Im Spiegel kontrollierte sie mit einem flüchtigen Blick Haare und Make-up und entdeckte dabei Sieberts Spiegelbild. Ihr Herz unternahm einen verrückten Sprung gegen die Rippen, ihre Wangen färbten sich rosa. Grundgütiger – sich selbst beim Erröten zusehen zu müssen, war so was von erniedrigend!

Siebert hielt ihren Mantel auf, wartete, bis ihre Arme in die Ärmel schlüpften, und legte ihn auf die Schultern. Eine Haarsträhne verfing sich in einem der Knöpfe. Vorsichtig befreite er sie, strich das Haar zurück. Wie zufällig berührte er ihr Ohr und die Haut des Halses. Die Berührung war pure Elektrizität. Mit geschlossenen Augen sog sie Luft ein und wagte nicht sich zu bewegen. Sie wollte ihn. Nein. Das war zu gefährlich. Zeit. Sie brauchte Zeit. Ihre Hand ertastete die seine, zustimmend verflochten sich die Finger ineinander. Leise flüsterte er ihren Namen und der warme Hauch seines Atems liebkoste ihr Ohr. Ihr Körper wandte sich vollends ihm zu, Gesicht an Gesicht, Lippen an Lippen. Zuerst zart, vorsichtig forschend, schließlich zunehmend intensiver.

Der erste Kuss. Unwiederholbar, einzigartig.

Ein Klopfen an der Tür ließ die beiden auseinanderfahren. Die Klinke senkte sich und durch den Türspalt blickte Brums Gesicht.

»Störe ich, Frau Magister Feder?«, fragte er scheinheilig.

»Nein«, log Agnes. »Was kann ich für Sie tun?« Verlegen biss sie sich auf die Unterlippe. Brum grinste spöttisch. Oder war er wütend?

»Ich wollte nachfragen, was die Richterin gesagt hat.« Eine fadenscheinige Ausrede. Agnes überwand sich dazu, ihm in die Augen zu sehen, und fühlte Ärger. Zwar war es peinlich, vom Chef ertappt zu werden, zudem auch noch völlig die Richterin vergessen zu haben, aber er hatte kein Recht, sauer zu sein. Keines.

»Ich habe sie nicht erwischt.« Keine Lüge im engeren Sinn, aber auch nicht die volle Wahrheit. Um weiteren Nachfragen vorzubeugen, stellte Agnes die beiden Männer einander vor. Brum musterte Siebert mit kaum verhohlener Abneigung. Zuviel Testosteron im Raum. Nichts wie raus hier.

»Falls Sie Unterschriften von mir brauchen«, ließ Brum den Chef raushängen, »das geht heute nur mehr bis zwei.«

»Selbstverständlich, Dr. Brum. Ich gehe nur mit dem Kollegen Thal eine Kleinigkeit essen.« Sie deutete auf Siebert, der gespannt zwischen ihr und Brum hin- und herschaute. »Ich bin vor zwei Uhr bei Ihnen.«

»Na dann …« Brum verabschiedete sich knapp und verschwand mit polternden Schritten.

»Habt ihr Probleme miteinander?«, fragte Siebert, verwundert über Brums Benehmen. Die Situation war rasch erklärt. Bestimmt hatte Brum vorgehabt, Agnes zum Essen einzuladen, als Wiedergutmachung oder als weitere Anmache – wahrscheinlich beides.

»Vermutlich hat er von Michelle gehört, dass ich Single bin«, verdrehte Agnes die Augen zur Decke. »Gott – er ist verheiratet, hat Kinder und ist gut 10 Jahre älter als ich.« Angeekelt schüttelte sie den Kopf. »Vergessen wir Brum. Lass uns gehen – raus aus diesem Irrenhaus.«

Als Agnes in ihr Büro zurückkehrte, hatte sie jeden Bodenkontakt verloren. Essen hatte sie ohnehin kaum können, viel zu sehr waren alle Sinne auf Siebert gerichtet gewesen. Nein, nicht alle. Jeden neuen Gast hatte sie erschrocken gemustert. Die Angst, Norman in Sieberts Begleitung zu begegnen, war übermächtig. Der Magen hatte sich zu einer Faust zusammengeballt und war in dieser Position verharrt. Egal. Von Siebert wusste sie nun, dass seine Familie in der Steiermark lebte und er vor drei Jahren mit einem Studienkollegen nach Wien gezogen war. Seit dem Umzug von seiner Heimatstadt nach Wien gab es keine feste Freundin. Die Röte auf ihren Wangen hatte sich um eine weitere Nuance intensiviert, als er meinte, dass er die Richtige bislang nicht gefunden habe. Wie er sie dabei angesehen hatte … Wenn sie daran dachte, explodierte ein Feuerwerk der Freude in ihrem Bauch. Sie war nicht das erste Mal verliebt, und doch – mit Siebert war alles neu und gleichzeitig vertraut. Verwirrend und unerklärlich. Eine Verwirrung, die sie die Einladung für Samstag zum Brunch aussprechen ließ. In ihrem Haus am Berg. Die offizielle Rechtfertigung war die Angst vor Norman. Inoffiziell, das heißt, sie wollte es sich nicht mal selbst eingestehen, verlangte es sie schlichtweg nach seiner Nähe, ungestört und ungeteilt. Kein Museum, kein Kino. Fort war die Sorge, irgendwelche Fehler zu machen oder einen falschen Eindruck zu hinterlassen. Da war eine Gewissheit in ihrer Brust, dass das Leben auf den richtigen Geleisen dahinfuhr, ein Verirren war gar nicht möglich. Während Agnes am Schreibtisch verklärt lächelnd die Post durchsah, erregte eines der Kuverts ihre Aufmerksamkeit. Das Lächeln verschwand. Bundeskriminalamt. Das aufgerissene Kuvert segelte zu Boden, der Bogen Papier zitterte in ihrer Hand. Eine Ladung zur Einvernahme im Fall Muth für kommenden Montag. Normans Dienststelle war dort. Verdammt! Nervös starrte sie auf die Ladung und versuchte sich zu beruhigen. Okay. Alles würde gut gehen.

Sie trug den Termin im Outlook Terminplaner ein und machte sich daran, das Schreiben an Herrn Luger fertigzustellen. Viertel vor zwei war sie fertig, hetzte zu Brums Zimmer und stand vor einer versperrten Tür. Verärgert ging Agnes ins Sekretariat, um Näheres über Brums Verbleib in Erfahrung zu bringen. Im Sekretariat saß das Lehrmädchen Isabelle vor Muths Bildschirm und spielte Solitär. Verlegen blickte sie auf, schloss aber nicht das Spiel.

»Ist Brum weg?«, fragte Agnes.

»Auswärtstermin.« Umsonst beeilt.

»Danke, Isabelle, ich lasse Ihnen die Unterschriftsmappe für Dr. Brum da, wenn Sie bitte die Beilagen einmal kopieren würden?« Agnes legte den Akt samt Unterlagen in das Postfach ihres Chefs. »Wie geht es Ihnen … allein? Sie haben sich gut mit Frau Muth verstanden, nicht wahr?« Dankbar und traurig zugleich sah Isabelle zu Agnes auf. Keiner im Haus hatte sie bislang gefragt, wie sie mit dem Tod ihrer Chefin und Zimmerkollegin zurechtkam.

»Oh Gott, das ist alles so schrecklich – ich kann gar nicht glauben, dass sie wirklich tot ist«, platzte es aus ihr heraus. »Wenn ich am PC Solitär spiele und draußen Schritte höre, denke ich jedes Mal, gleich kommt die Muth herein und schimpft mit mir. Aber sie war nie wirklich sauer auf mich. Für ihr Alter war sie echt cool. Hat mir ein paar super lässige Tipps gegeben, wie ich meinen Freund zum Tanzkurs überreden kann und solche Sachen. Das hat immer total eingeschlagen. Die Muth war schwer in Ordnung.« Bei den letzten Worten waren Isabelle Tränen in die Augen gestiegen. Vorsichtig tupfte sie mit einem Kleenex um die blau getuschten Wimpern herum.

»Ja. Das war sie«, murmelte Agnes.

»Meine Wimperntusche ist nicht wasserfest, ich darf nicht heulen«, gab Isabelle freimütig das Geheimnis ihrer Selbstbeherrschung preis. Während sie mit Hilfe eines Kosmetikspiegels ihr Make-up überprüfte, huschte ein Leuchten über ihr Gesicht. »Das hätte ich fast vergessen! Da ist ein Schreiben, das hatte Frau Muth nicht weitergeleitet. Eine Beschwerde über ein Honorar. Ich weiß nicht, wer solche Beschwerden behandelt. Machen Sie das oder die Fachabteilung?« Sie hielt Agnes einen Brief hin und plauderte weiter. »Den hat die Muth in ihr Sacherkochbuch gelegt. Das hat sie mir nämlich diese Woche mitgebracht. Ich möchte meinem Freund zum Geburtstag eine Sachertorte machen. Allerdings habe ich keine Ahnung vom Backen.« Isabelle kicherte. »Wollte mir das Rezept kopieren, da fiel der Brief heraus. Vielleicht hat die Muth ihn als Lesezeichen verwendet, damit ich gleich das Rezept finde.« Agnes überflog die Zeilen. Der Brief war von einer Patientin namens Gruber und an Michelle Schoff gerichtet. Die Frau wollte ihr Geld zurück, aber wofür sie das Geld bezahlt hatte, blieb offen. Offenbar hatte Frau Gruber einen Abortus gehabt. Die *vereinbarte Leistung* wäre nun nicht mehr *nachvollziehbar* und die Honorarzahlung für die *Spezialleistung* umgehend rückzuerstatten. Nachdenklich zupfte sich Agnes am Ohrläppchen.

»Unsere Patientinnen sind umfassend darüber informiert, dass es keine Erfolgsgarantie bei der künstlichen Befruchtung gibt. Was meint sie bloß mit *nachvollziehbar*?« Doch weiter kam Agnes nicht mit ihren Überlegungen. Hinter ihrem Rücken erklang ein Räuspern.

»Das ist eine Angelegenheit meiner Abteilung.« Karin Tolf war unbemerkt ins Sekretariat gekommen und hatte das Gespräch zwischen Agnes und Isabelle mitgehört. Mit einer flinken Handbewegung nahm sie Agnes den Brief aus der Hand.

»Keine Sorge, das wird kein Rechtsstreit, nichts für die Rechtsabteilung. Manches Mal glauben die Patientinnen, sie bekämen ihr Geld zurück, wenn der Embryo abgeht.« Mit demselben autoritären Tonfall wandte sie sich dem Lehrmädchen zu und legte ihm eine Mappe vor die Tastatur. »Isabelle, kopieren und sortieren Sie die Seminarunterlage zehn Mal und legen Sie für jede Kopie eine Mappe an. Das muss heute noch fertig werden. Alles klar?« Isabelle nickte und blätterte durch die Seiten. »Gut, ich muss jetzt los. Schönen Nachmittag.« Bevor noch jemand im Raum ein Wort hatte sagen können, war Karin Tolf entschwunden. Verdutzt sah Agnes ihr nach. Seltsam. Sofort verbarg sie ihre Verwunderung hinter einem Lächeln. Das Lehrmädchen brauchte nichts davon zu bemerken.

»Ich bin Arbeit losgeworden, doch Sie haben eine ganze Menge dazubekommen«, meinte sie scherzend zu dem Mädchen. »Vergessen Sie bitte nicht meine Kopien für den Chef.« Dann hielt sie kurz inne, weil die Traurigkeit in Isabelles Augen an ihr Herz griff. »Und wenn Sie mit jemandem wegen Frau Muth reden wollen, dann kommen Sie einfach auf einen Kaffee zu mir hinüber. Das ist aufrichtig gemeint, Isabelle, kommen Sie, wenn Sie es hier nicht aushalten, gut?« Isabelle dankte Agnes sichtlich geschmeichelt. Eine Frau Magister hatte sie, das Lehrmädchen, zum Kaffee eingeladen. Wenn das nicht *cool* war.

Agnes bemerkte im Gehen, dass sich das Mädchen bereits die Mappe für den Chef geholt hatte. Lächelnd ging sie weiter mit dem bestimmten Eindruck, dass sie in Kürze Besuch erwarten konnte. Das war vielleicht die verdienstvollste Tat des Tages gewesen.

Als sie an der Küche vorbeikam, machte Agnes halt. Einen Tee hatte sie sich redlich verdient. Schnell war das Wasser im Kocher erhitzt und die grünen Teeblätter übergossen. Bereits zwei Minuten später schimmerte jadefarbiger Tee in zwei Tassen. Ein zart krautiger Duft stieg mit dem Wasserdampf empor. Eigentlich hätte dieses edle Getränk in hauchdünnen Porzellanschalen serviert gehört, doch hier standen nur die einheitlichen Kaffeetassen mit dem Firmenlogo zur Verfügung. In jeder Hand eine Tasse, machte sich Agnes auf zu Megan. Vielleicht konnte sie Licht in die Bedeutung dieses mysteriösen Schreibens an Michelle bringen. Als sie den Gang im ersten Stock langsam entlangging, die Teewellen in den Tassen beobachtend, hörte sie Tolfs Stimme aus Michelles Zimmer dringen. Die Tür war nicht ins Schloss gefallen.

»Ich wünsche in meinem Bereich keine Störungen und ich will nichts von den Dingen wissen, die du hinter meinem Rücken treibst, besonders, wenn sie illegal sind – das ist deine Sache, jedenfalls solang meine Reputation nicht angegriffen wird. Diesen Brief hier habe ich der Juristin vom Brum aus der Hand gerissen, aber die hat ihn sicher schon gelesen. Und die Sekretärin und das Lehrmädchen auch. Ich kann in meinem Bereich keinen Skandal brauchen – ist das klar? Wenn ich einen weiteren Hinweis erhalte, dass du mit Patientinnen private Honorare aushandelst, werde ich das der Geschäftsführung melden. Ich habe dich das letzte Mal gedeckt. Habe ich mich verständlich ausgedrückt?« Agnes hörte Michelles spöttisches Lachen.

»Karin, an deiner Stelle wäre ich nicht so großspurig. Du gibst hier täglich eine vorzügliche Vorstellung der gesetzestreuen Wissenschaftlerin, doch ich habe *zufällig* Einblick, was sich hinter deiner Fassade verbirgt. Ich bin im selben Forschungsteam wie du und beobachte dich. Vergessen?« Eine kleine Pause entstand, als würde Michelle näher an die Tolf herantreten. Die nächsten Worte waren kaum zu verstehen und Agnes schloss reflexartig die Augen, um besser zu hören. »Du steckst mit dem Rodler unter einer Decke.«

»Wie kannst du es wagen? Das habe ich nicht nötig! Du hingegen …«, zischte Karin Tolf, doch Michelle schnitt ihr das Wort ab. »Keine Angst, ich verrate dich nicht an deinen Gatten. Ist mir völlig egal, keine Bange. Obwohl ich es degoutant finde, dass du deswegen die Leitung bekommen hast. Was mich beschäftigt, ist, warum du sofort nach deiner Einsetzung als Bereichsleiterin für *Künstliche Befruchtung* die alleinige Zugangsberechtigung zu der Datenbank über die kryokonservierten Embryonen an dich gezogen hast. Mir fällt dazu ein, dass du es immer übernommen hast, die überzähligen Embryonen nach der Jahresfrist zu entsorgen. Wenn ich eins und eins zusammenzähle, komme ich zu einem interessanten Ergebnis. Soll ich das weiter ausführen?«

»Halt den Mund!«, fauchte Karin Tolf. »Du redest sowieso nur Unsinn.« Michelle lachte hell auf und fuhr großspurig fort.

»Wir sollten einander in unserer Arbeit unterstützen und nicht darüber nachdenken, ob die andere vielleicht im Interesse des medizinischen Fortschritts etwas – derzeit – Unerlaubtes tut. Wir sitzen im selben Boot, meine Liebe. Bringe es nicht zum Kentern.« Eine Pause entstand. Agnes bekam augenblicklich Angst, entdeckt zu werden, und lief auf Zehenspitzen bis zu Megans Zimmer. Mit klirrenden Teetassen drückte sie die Türklinke mit dem Ellenbogen herunter, schlüpfte hinein, stieß die Tür mit dem Fuß wieder zu und lehnte sich dagegen. An der Vorderseite ihrer Oberschenkel wurde es heiß. Tee, seufzte sie innerlich und lauschte den nervösen Schritten nach, die an der Tür vorbeiklapperten. Megan, die vor dem Bildschirm saß, starrte ihre Freundin an.

»Bist du auf der Flucht?« Sie war aufgestanden und übernahm die Tassen.

»Verdammt, hoffentlich hat sie mich nicht gesehen«, fluchte Agnes, während sie mit einem Kleenex ihre Hose abtupfte. »Was glaubst du, wer neuerdings wieder auf dicke Freunde macht?« Sie machte eine kurze Pause, wartete aber Megans Antwort nicht ab. »Die Tolf und Michelle haben eben ihre Freundschaft vertieft.« Agnes erzählte Megan von der Unterhaltung zwischen den beiden Rivalinnen und von dem Beschwerdebrief, den Karin Tolf an sich gebracht hatte.

»Hast du eine Idee, wofür Michelle verbotenerweise Privathonorare verlangen könnte? Oder warum die Tolf ein so großes Interesse an den Daten über die kryokonservierten

Embryonen hat? Du arbeitest mit den beiden zusammen – kannst du dir einen Reim darauf machen?« Megan blickte nachdenklich auf den Ficus Benjamin, der neben dem Fenster prächtig gedieh.

»Keine Ahnung. Über die Embryonen wird das Übliche gespeichert, Registriernummer, Herkunft, Datum der Befruchtung, Fristablauf für die Vernichtung und solche Dinge eben.« Sie zuckte mit den Schultern. »Und Michelle? Es müssten irgendwelche Sonderleistungen sein, eine bevorzugte Behandlung oder Leistungen, die wir hier nicht anbieten.«

»Oder anbieten dürfen? Die Tolf vermutete etwas Illegales dahinter. Könnte Michelle Abtreibungen über die Dreimonatsfrist hinaus durchführen, oder – was weiß ich – wäre es möglich, dass sie den Frauen einen Embryo mit dem gewünschten Geschlecht einsetzt?« Megan zog ihre Augenbrauen hoch.

»Mit Abtreibungen hat sie nichts zu tun, das ist Umtiers Bereich, aber wer weiß? Die Idee mit der Geschlechtswahl ist da besser. Es wäre kein großes Problem für Michelle festzustellen, welches Geschlecht ein Embryo hat, und diesen bei der In-vitro-Fertilisation einzusetzen.«

»In diese Richtung hat sie auch schon öfter eine Freigabe vom Gesetzgeber gefordert«, erinnerte sich Agnes. »Und Erbkrankheiten festzustellen, wäre auch kein Problem?«

»Zeitaufwand, das ist alles«, bestätigte Megan. »Dann wäre da noch die Spende von Eizellen. Wenn Frauen selbst keine Eizellen produzieren, ist der Traum vom eigenen Kind unwiderruflich zu Ende.«

»Und die Eizelle einer anderen Frau darf zur Befruchtung nicht verwendet werden«, ergänzte Agnes. »Ich bin keine Medizinerin, aber es kann doch nicht schwer sein, woanders eine Eizelle abzuzweigen?«

»Natürlich, das könnte man mit ein wenig Aufwand durchaus arrangieren, ohne dass jemand im Labor oder gar die Eizellenspenderin selbst davon etwas mitbekommt. Michelle ist sowohl in der Forschung als auch in der künstlichen Befruchtung tätig – und sie betreut vorzugsweise reiche Frauen. Wenn sich ein Promipärchen anmeldet, krallt sie sich die gleich.« Megan fuhr sich durch die Haare, bündelte sie zu einem Zopf und zwirbelte diesen gedankenverloren.

»Irgendwie bekomme ich ein komisches Gefühl«, murmelte sie dabei und starrte Agnes an.

»Als wäre da etwas dran«, bestätigte Agnes und teilte die aufsteigende Nervosität. »So betrachtet gibt es eine Menge Möglichkeiten für eine Ärztin, die einen Zusatzverdienst sucht«, schloss Megan und warf einen Blick auf die Uhr.

»Halb drei durch«, murmelte sie und Agnes sprang auf.

»Herrje! Ich muss an die Arbeit, sonst komme ich nicht zeitgerecht weg. Am Samstag kommt Siebert zu mir. Ich muss das Haus in Ordnung bringen.«

»Siebert – bei dir zu Hause?«, grinste Megan und Agnes gab sich kokett.

»Ich habe ihn eingeladen. Jawohl.« Der Gedanke an ihn verdrängte alles andere.

Spät abends, am Ende aller Vorbereitungen, stand Agnes im Pyjama eine Ewigkeit vor ihrem Kasten und überlegte, was sie am folgenden Tag anziehen sollte. Wann immer ihre Gedanken abzudriften drohten, holte sie ein anderes Kleidungsstück hervor. An den Mord wollte sie um keinen Preis denken. Die Bilder verfolgten sie. Immer. Besonders in der Dunkelheit.

Als Agnes schließlich zu Bett ging, war die Müdigkeit überwältigend. Ihre Augen schlossen sich für düstere Träume.

In der Abenddämmerung sah sie durch einen Torbogen hindurch. Zwei Menschen standen weit ab im Schutz eines Pinienhains. Der Mann war eine auffallende Erscheinung. Stattlich, von kriegerischer Statur und mit kantigen Gesichtszügen, überragte er die Frau vor sich um mehr als einen Kopf. Doch sie wirkte keineswegs eingeschüchtert. Ihr prächtiger, spärlich bedeckter Busen und die vollen Hüften reckten sich ihm entgegen, während ihre Arme herrisch gestikulierten. Sishla Vem wollte sich abwenden und weitergehen, da fesselte ein Wort ihre Aufmerksamkeit.

FEUER.

Das war es, was der Wind an ihr Ohr getragen hatte und ihre Füße an Ort und Stelle verharren ließ. Mit dem Blick eines Adlers richtete Sishla Vem ihre Aufmerksamkeit auf die Lippen des Mannes und las seine Worte.

»Das Feuer war von Guban bis Valun zu sehen.« Er drängte die Hände der Frau zur Seite und umfasste sie mit mächtigen Armen. »Es wird Zeit, mir das zu geben, was mir für meine Mithilfe zusteht, Luva. Du allein hättest das Feuer vom Land aus nicht entzünden können. Mein Schwarzer Zauber hat dies bewirkt.« Er zog sie eng an sich. »Komm, erweise dich dankbar.« Luva lachte schrill auf, als würde sie seinen groben Griff genießen.

»Nicht so ungestüm – du wirst bekommen, wonach dir verlangt, Vihjgor! Sei versichert, ich kann es kaum erwarten, dir höchste Freuden zu bereiten, nachdem du dich als so nützlich erwiesen hast. Welch ein Vergnügen mir diese Flammen bereitet haben – sie nährten meine hungrige Seele.

Ich habe getrennt, was sich selbstherrlich für unsterblich hielt; ich habe erniedrigt, was dachte, unbesiegbar zu sein. Sie wird nicht mehr wagen, auf mich herabzusehen. Doch zu spät …« Erneut lachte sie auf. »Nun habe ich Gefallen gefunden an diesem Spiel. Mit dir werde ich sie niederringen und darüber hinaus deine Männlichkeit genießen.« Der Mann warf sich über die Frau, die Worte verebbten, ihnen folgten Laute der Lust und Begierde.

Entsetzliches Grauen ergriff Sishla Vem und Schmerz wollte ihren Leib verzehren. Es war ihr, als stünde sie in Flammen. Blind vor Tränen lief sie zu den nahen Klippen und schrie ins Tosen der Brandung, bis die Stimme versagte, zerbrach im Dröhnen der See. Das Meer war schwarz und ein Sturm peitschte Gischt die Felsen herauf. Zu Boden gesunken, die kalten, scharfen Steine auf dem Gesicht, wurde sie allmählich ruhiger. Wo war ihre Mitte – hatte sie sie verloren? Die Gedanken wollten nicht ruhen. Nie wieder würde sie Neddal in den Armen halten, ihr liebes Gesicht betrachten können, ihr Lachen und Singen hören, die Schönheit ihrer Bewegung bewundern. Verbrannt war der angebetete Körper, von Haien verzehrt. Keiner hatte das Schiffsunglück überlebt. Wie vom Blitz getroffen, war das Schiff von einer Sekunde auf die andere in Flammen gestanden und auf die verzweifelten Passagiere warteten im Meer Schwärme von Haien. Von dunklen Mächten gerufen.

Tränen liefen über Sishla Vems Gesicht.

Im Schmerz zu verharren ist der Untergang.

War dies Neddals Stimme? Es brauchte Sishla Vems ganze Kraft, sich aufzurichten und tiefe, regelmäßige Atemzüge zu vollbringen. Als sie es schaffte, den Blick zu den Sternen am Firmament zu erheben, sich in der unbegreiflichen Weite und Schönheit zu versenken, der keine Worte gerecht werden konnten, hörte sie erneut Neddals Stimme flüstern.

Tief ist der Frieden der Einsheit.

Das Rauschen des Meeres verband sich mit dem Fluss des Blutes in ihren Adern. Das Gefühl der Verbundenheit tauchte aus den Tiefen ihres Herzens wieder auf, umfing sie wie ein Mantel aus Liebe und Sanftmut, schmiegte sich an sie, liebkoste und tröstete sie.

Meine Liebe, mein Herz und meine Seele sind mit dir, für alle Zeiten.

Neddal existierte jenseits des Körperlichen. Diese innere Gewissheit verankerte sich in Sishla Vem und neue Kraft durchströmte sie. Die dunklen Mächte würden nicht obsiegen. Nicht, solange sie aufrecht stand.

Gesammelt und bei klaren Sinnen, kehrte Sishla Vem in ihre Gemächer zurück. Aus einer Holzschatulle holte sie ein silbernes Medaillon hervor, verziert mit geometrischen Formen, von dem ein eigentümliches Strahlen ausging, gleich Mondlicht auf weißer Haut. Sishla Vem legte das Lederband um den Hals. Der Anhänger ruhte kühl auf dem Solarplexus. Mit ruhiger Hand entzündete sie sieben mit Bienenwachs gefüllte Schalen und stimmte ein melancholisch anmutendes Lied in der Sprache ihrer Ahnen an. Im Rhythmus der Sprachmelodie stellte sie die Kerzen in einem Kreis um sich herum auf. Die siebente Schale behielt sie in der Hand. Auf ihren Fersen sitzend, richtete Sishla Vem den Blick auf den vollen Mond, der durch weit offene Türen ihre Haut in seinem Licht badete. Die siebente Kerze loderte auf. Stille, im Außen wie im Innen. Ein Wort spiegelte sich im Geist gleich einem Bergsee.

NATHANE.

Der Kontakt entstand, sie hatte den Bruder beim Namen gerufen, mit ihrer Seele, mit ihrem Herzen.

Finde den lichten Weg, Bruder, der die Schwarze Macht zu brechen vermag. Eile mir zu Hilfe.

12

Agnes vernahm die Kennmelodie der Zehn-Uhr-Nachrichten. Siebert würde bald da sein. Aufgeregt ging sie ins Badezimmer, um die Haare nochmals zu bürsten und ihre Wimpern zu tuschen. Zufrieden betrachtete sie sich im Spiegel. Nach langem Überlegen hatte sie sich für ihre Lieblingsjeans und ein eng anliegendes Shirt entschieden.

Eine Hupe zerriss die Stille. Versperrte Gartentür – wie hatte sie die nur vergessen können! Agnes rannte los ins Vorzimmer. Einen Türsummer oder gar eine Gegensprechanlage gab es natürlich nicht. Rasch schlüpfte sie in die Stiefel, warf eine Jacke über die Schultern und lief mit dem Gartenschlüssel hinaus. An den Holzzaun gelehnt, von Efeuranken halb verdeckt stand Siebert da im Sonnenschein. Salopp in Jeans, Motorradstiefeln und Lederjacke. Eine schokobraune Harley stand in ihrer Einfahrt. Das war kein knochentrockener Jurist. Oh nein. Sein Lächeln traf sie mit voller Wucht. Das Gehirn produzierte auf Teufel komm raus Glückshormone, als hätte ihre persönliche Droge eben angedockt.

»Hi! Ich dachte schon, ich bin beim falschen Haus.« Agnes sperrte die Tür auf. Mehr als »Hi« schaffte sie auch nicht. Jemand in ihr, den sie bislang nicht kennengelernt hatte, musste ihn einatmen, wollte ihn schmecken. Und er verstand den Ausdruck auf ihrem Gesicht, zog sie an sich und begrüßte sie mit einem langen, zärtlichen Kuss. Der zu entgleisen drohte. Dabei waren sie noch nicht mal über die Türschwelle gekommen. Agnes riss sich zusammen und löste sich widerstrebend von seinen Lippen. Ein paar Zentimeter Abstand. Hand in Hand gingen sie durch den Garten und Agnes schilderte in bunten Bildern den bevorstehenden Frühling. Der Himmel war strahlend blau, die Stämme der Birken leuchteten wie Marmor vor seinem Hintergrund. Später am Herdfeuer wärmten sie ihre Hände, saßen nebeneinander, bald schon umschlungen und einander küssend. Sieberts Fingerspitzen glitten über ihren Hals, die Schulterblätter entlang hinab zu ihren Hüften. Er hielt sie gefangen, erforschte ihren Körper, ihre Festigkeit und Weichheit. Während er ihre Wangen, den Nacken, die Kehle küsste, fühlte Agnes seine Hand an ihrer Seite langsam hochstreichen, knapp an der Brust vorbei, über die Achsel zum Hals zurück, um in ihrem Haar zu spielen. Sie atmete tief und dachte an nichts anderes als an seine Hände und Lippen auf ihrem Körper. Auch ihre Hände begannen seinen Körper zu erforschen, kennenzulernen, die Haut, die Muskeln, seine weichen und harten Stellen. Lust trug sie davon, die Sinne im Rausch der Berührung gefangen. Ein Schatten huschte am Fenster vorüber, verdunkelte für einen Lidschlag die Küche.

Und wenn Norman doch ... Angst schoss in ihr Nervensystem, pures Gift. Jede Zelle wusste davon. Er würde sich rächen.

»Alles in Ordnung? Entschuldige.« Siebert zog seine Hände zurück und ließ Agnes etwas Raum.

»Nein, es ist nichts«, stammelte sie. »Ich bin nervös. Wegen ... du weißt schon.« Auch wenn nicht ganz klar war, ob seinetwegen, wegen der auflodernden Lust oder dem Ex, bemühte sich Siebert, der Erregung Herr zu werden und Agnes Zeit zu geben.

»Hier riecht es verdammt gut«, überbrückte er die Verlegenheit zwischen ihnen. »Erstens du ...«, in seinen Augen funkelte es und verriet seinen wahren Hunger, »... aber das hat Zeit. Zweitens habe ich heute nichts gefrühstückt.« Er machte es ihr so leicht – Agnes hasste sich dafür, die Stimmung zerstört zu haben. Betont unbeschwert erwiderte sie sein Lächeln.

»Dann lass uns was essen. Komm.« Sie wechselten vom Ohrensessel zum Küchentisch und ließen sich nebeneinander in der Sitzecke nieder. Für Sieberts Hunger war gut gesorgt – Schinken, Käse, verschiedene Marmeladen und Haselnusscreme, Räucherlachs und Avocados standen bereit. Eine Teekanne wartete auf dem Stövchen, ein feiner Dampfkringel stieg aus ihrem Schnabel. Einige Teelichter flackerten hier und dort.

»Ich bin so froh, dass ich dich eingeladen habe«, gestand sie ihm. »Zuerst hatte ich Bedenken, dass alles zu schnell gehen könnte.« Siebert kaute an seiner Semmel und nickte.

»Keine Sorgen wegen mir«, versuchte er, ihre Bedenken zu zerstreuen. »Ich habe mich im Griff.«

»Nicht das«, schmunzelte sie amüsiert und wurde dann jedoch schlagartig ernst. Die Angst meldete sich zurück. »Am Freitag hatte ich die Aussprache mit Norman.«

»Du bist jetzt frei«, stellte Siebert fest.

»Ich will mich nicht Hals über Kopf in die nächste Beziehung stürzen.«

»Ich will auch nicht dein Überbrückungsmann sein«, nickte er zustimmend.

»Mein – was?«

»Überbrückungsmann. Nach einer Trennung entsteht ein Loch. Das wird mit dem nächstbesten, halbwegs passablen Typen gefüllt. Überbrückungsmann. Kennt jeder.« Siebert erklärte ihr seine Theorie in heiterem Plauderton, machte aber kein Hehl daraus, dass er wusste, wovon er sprach. Agnes legte den Kopf zur Seite, musterte sein Gesicht, die Kurve seines Nackens, den Hals, die kräftigen Schultern und kehrte zurück zu seinen Augen. Dunkel waren sie jetzt, ein Hauch von Laubgrün darin.

Wie der Wald.

»Du bist viel mehr als das«, flüsterte sie und dachte: Ich kenne dich schon seit tausend Leben.

Siebert strich ihr eine Haarsträhne aus dem Gesicht und legte seine Hand an ihre Wange. Ein ernstes Gesicht blickte ihr entgegen.

»Du brauchst dir keine Sorgen zu machen. Wir werden nichts überstürzen, wir haben Zeit. Ich habe zwar das Gefühl, dich schon lang zu kennen, und finde dich überwältigend sexy, aber faktisch sind es nur ein paar Stunden, die wir miteinander verbracht haben.« Er seufzte und Bilder von ihrer beider Leiber entstanden vor Agnes' innerem Auge. Nackt, atemlos und glücklich. Seine Hand löste sich von ihrer Wange und das Bild verschwand. »Das, was da zwischen uns entstanden ist, ist etwas Besonderes. Für mich jedenfalls. Das werde ich nicht aufs Spiel setzen. Du bestimmst, was geschieht und wann – und es wird für mich immer in Ordnung sein.« Tränen stiegen in Agnes' Augen.

»Ich habe nicht gewusst, wie verletzt ich bin.« Als hätte ein Anästhetikum seine Wirkung verloren, flammte Schmerz auf. Sie war von Norman benutzt worden, belogen, betrogen, ihre Seele misshandelt und mit Angst gefüllt. Sie hatte es geschehen lassen. Und da saß dieser wunderbare Mann vor ihr und behandelte sie wie eine Königin, voller Respekt und Liebe. Zwei Tränen lösten sich aus den Wimpern. Noch ehe sie die Wangen hinabrollen konnten, küsste Siebert sie weg.

»Das heilt. Gib dir Zeit.« Seine Arme hielten sie fest umfangen. »Okay«, war alles, was aus ihrer Kehle außer Schluchzen kam.

»Jetzt bin ich mal zwei Wochen weg und dann werden wir sehen, ob du noch Interesse hast.« Siebert biss sich auf die Unterlippe. Sie löste sich aus der Umarmung, wischte verschmierte Wimperntusche an den Unterlidern weg und richtete sich auf, sah ihm ins Gesicht. Die selbst auferlegte Zurückhaltung fiel ihm sichtlich schwer. Agnes lächelte. Das wäre ja auch eine Beleidigung gewesen, wenn es ihm mühelos gelänge, die Finger von ihr zu lassen.

»Ich würde Jahre auf dich warten.« Ihre Lippen strichen über die hohe Stirn, die Wangen, das Grübchen am Kinn und die Augenlider. Sie wollte seinen Verzicht annehmen und die süße Pein auskosten. Zärtliche Stunden folgten. Ihre Berührungen gingen nicht über den einen gewissen Punkt hinaus, der unwiderruflich zum Beischlaf geführt hätte. Als der Abend kam, verließ er sie, um fertig zu packen. Um vier Uhr morgens würde sein Wecker klingeln und die Reise Richtung Brasilien beginnen. Wehmütig sah Agnes den Lichtern seines Gefährts nach, fassungslos über das, was sie heute erlebt hatte. Einen Tag voller Zärtlichkeit, mehr, als ihr jemals zuvor geschenkt worden war. Niemals hatte Siebert sie bedrängt, ihre Wünsche stets erahnt. Konnte es sein, dass er tatsächlich wusste, wie es in ihr aussah?

Er ist es; er ist gefunden.

Später in ihrem Bett lag sie lang wach und durchlebte wieder und wieder die tausend Augenblicke der Lust, Freude, Verwunderung. Ihre Hand tastete nach dem kleinen Passfoto von ihm. Agnes musste lächeln. Sie hatte ihm das Foto abgeluchst. Es war aus seiner Brieftasche gefallen und sie hatte es blitzschnell an sich genommen und betrachtet. »Fesch!«, hatte sie ihm geschmeichelt. »Kann ich es behalten?« Siebert gab es ihr – im Austausch gegen eines von ihr. Gutes Zeichen.

Es gab ihn wirklich. Türen gingen auf in verborgene Räume ihrer Seele.

Sishla Vem stand mit ihrer Familie und Reisegefährten vor der weißen Pyramide Gubans. Dies war der Tempel von Mu, der erhabenen Gottheit, die das Inselvolk beschützte. Das Bauwerk war von unvergleichlicher Schönheit. Inmitten eines paradiesischen Gartens, der sich bis zu den Klippen am Meer erstreckte, führten unzählige Stufen den Blick bis zur goldenen Spitze, die prächtig, als wäre sie selbst die Sonne, glänzte. Das Weiß der Steine hob sich vornehm vom tiefblauen Himmel ab. Die Tempelanlagen waren nur nach einem beschwerlichen Aufstieg zu erreichen. Weitere 21 Stufen führten von dort zur Sakralhalle, die allein von auserwählten Priesterinnen und dem König Gubans betreten werden durfte. Die Priesterinnen bewahrten und studierten das Allerheiligste, die geheimen Künste Gubans, dereinst übermittelt von Mu selbst. Mit ihm lebten und dachten sie, vervollkommneten ihre magischen Fähigkeiten zu heilen und das Schicksal ihres Volkes zum Guten zu wenden. Einst, vor langer Zeit, war das Wissen von Guban und Valun vereint gewesen, ehe sich die Wege der beiden Völker trennten und jedes für sich die göttlichen Weisheiten interpretierte. Während die Menschen Valuns die Göttlichkeit der Einsheit in sich selbst zu entdecken suchten, vertieften die Gläubigen Gubans den Kult um Gott Mu, der mit Hilfe der ihm geweihten Priesterinnen seinen Willen kundtat. Die Reisegesellschaft aus Valun wandte sich mit einer respektvollen Verbeugung von dem Heiligtum ab, hin zu dem gegenüberliegenden Palast, der in Form eines U angelegt war und bis an die Meeresklippen heranreichte. Der Palast war wie die Tempelanlage aus weißem Stein und leuchtete gleich einer Perle gegen das Azurblau des Himmels. Eine Allee von blühenden Sträuchern, Pinien und Palmen lag vor ihnen, welche die beiden Meisterwerke gubanischer Baukunst miteinander verband.

Über roten Sand schreitend, näherten sie sich langsam der Stirnseite des Palasts. Ein großer, mächtiger Krieger, der sich als Vertrauter des Königs vorgestellt hatte, führte ihren Zug an. Der Mann wurde Vihjgor genannt und gab sich höflich und würdevoll. Mit ihm war ein ebenso stattlicher wie galanter Krieger zum Hafen zum Empfang gekommen. Wuhvor hieß dieser und war der jüngere Bruder Vihjgors. Die Bekleidung der Krieger war aus Leder – in Braun und Schwarz gehalten, nur eine weiße Tunika darunter erhellte den Anblick – und sie trugen Schwerter und Dolche an den Seiten. Die Brüder wirkten unbezwingbar, als würden sie keinerlei Schwächen kennen. Der Schein trog – hatte Sishla Vem doch bereits bei den ersten Worten der Begrüßung die Begierde in den Augen der Brüder wahrgenommen. Die Vertrauten des Königs waren allzu sehr mit ihren eigenen Interessen befasst. War es bei Wuhvor allein die Lust nach Frauen, die er nicht verbergen konnte, entdeckte sie in Vihjgors Blick den gut getarnten Drang nach Macht und Reichtum. Ein Blick zu Nathane bestätigte Sishla Vem, dass auch er die Ambitionen der Männer erkannt hatte. Wuhvor war der beredtere der Brüder und erging sich in prahlerischer Darstellung der Einzigartigkeit und Kostbarkeit der gegenwärtigen Bauwerke, bis sie am Fuße der Prunktreppe anhielten. Steil führte sie hinauf zur Halle des Königs und war ihnen zu Ehren mit Teppichen ausgelegt worden. Für die Begegnung mit dem Herrscher ordneten die Meister Valuns nochmals ihre Kleidung, ehe die feierliche Formation den Anstieg begann.

Nathane und Kossar gingen zur linken und zur rechten Seite vor Sishla Vem, gekleidet in den Feiergewändern und angetan mit den traditionellen Waffen Valuns. Dies waren zum einen ein leichtes Schwert und zum anderen der formvollendete Jagdbogen. Sishla Vem trug wie ihre Begleiter die weißen silberverbrämten Kleider Valuns, ging jedoch unbewaffnet dem König entgegen. Ihr Haupt war mit dem Geschenk Shenui Tuis geschmückt. Die zarten Ketten des Geschmeides durchzogen das Haar und der Aquamarintropfen funkelte auf ihrer Stirn. Ihre Schwester Mesush Phes und ihre Geliebte Neddal begleiteten sie, den Platz von Melffja Zha, Sishla Vems verstorbener Mutter einnehmend. Ihnen folgte Eshulim mit Havan an der Seite, der desgleichen ein großer Meister und Vertrauter der Familie war.

Mit den letzten Stufen eröffnete sich die Sicht in die königliche Halle. Welch überwältigender Anblick dies war – zwei mächtige Säulenreihen säumten den tiefen Raum, der in seinem Zentrum ein loderndes Feuer hütete. Am Ende der Halle prangten stirnseitig sieben weitere Säulen, vor denen der sagenhafte Thron Shenui Tuis erstrahlte. Respektvoll verharrten sie, ließen die Pracht auf sich wirken, bevor es angemessen erschien, vollends einzutreten. Die edelsten Gerüche erfüllten die Luft, der Boden vor Sishla Vem war mit weißen und rosa Blütenblättern bestreut und lieblicher Gesang drang an ihr Ohr.

Shenui Tui ging mit gemessenem Schritt seiner Braut entgegen. Er war ein großer, ansehnlicher Mann, schlank, mit braunem Haar und grauen Augen, trug golddurchwirkte Kleidung und einen silbern glänzenden Kopfschmuck. Der große Aquamarin über der Stirn erwies sich als das maskuline Pendant zu Sishla Vems Geschmeide. Dem König haftete der Ruf an, ein unbeugsamer Krieger und meisterlicher Schwertkämpfer zu sein. Sein Mut und ehrenvolles Handeln hatten ihn zu einem angesehenen Anführer gemacht. Sishla Vem und ihre Familie erwiesen ihm die Ehre einer respektvollen Verbeugung, und auch er war edel genug, sich vor der vornehmen Gesellschaft zu verbeugen.

»Kossar, mein Freund und Lehrer aus Jugendtagen, welch ein freudiger Tag heute für unsere beiden Völker ist«, richtete Shenui Tui das Wort an den Ältesten. »Sei willkommen mit deiner Familie und hab Dank dafür, dass du die schönste Meisterin deines Volkes hierher geleitet hast.« Nun wandte er seine ganze Aufmerksamkeit seiner Verlobten zu. »Sishla Vem, Tochter Kossars, du bist der strahlende Stern in dieser Halle, als Königin bringst du Freude und Frieden. Deine Schönheit und Weisheit bereichern unsere Völker und nun auch mein Leben. Lasse mich dir ein guter Ehemann und Gefährte sein.« Eingehend betrachtete er seine Braut ohne Zurückhaltung, genoss die Vorfreude, sie alsbald besitzen zu dürfen.

Sishla Vem sah die Linien, die die Zeit auf seinem Gesicht hinterlassen hatte, und erkannte geübten Blickes die Schwäche des Herrschers. Er war ein starker und mächtiger Mann, doch er wusste um den Preis, den ihm die Jahre des Kampfes und der Lebenslust abverlangt hatten. Eitelkeit ließ ihn mit dem heranrückenden Alter hadern; Sishla Vem wollte er als Werkzeug benutzen, um das Rad der Zeit anzuhalten, das erbarmungslos seinen Lauf nahm. An ihrer Jugend und Schönheit wollte er sich nähren, von ihren Künsten, das Altern zu verlangsamen, profitieren.

Wohl beherrschte Shenui Tui die Kunst, einer Geliebten ohne ihr Wissen durch sexuelle Vereinigung die jugendliche Kraft und Energie zu entziehen. Eine geheime und zugleich verpönte Technik. Die Meister von Valun dagegen nutzten die freiwerdende sexuelle Liebesenergie zu einem gegenseitigen Ausgleich des weiblichen und männlichen Poles, in dessen gemeinsamem Fließen keiner der Partner zu Schaden kam, sondern vielmehr beide gestärkt hervorgingen. Körperliche Übungen und Meditationen unterstützten diese Kunst und stärkten die Lebenskraft. Die Meisterinnen von Valun konnten zudem mit ihrer sexuellen Energie heilend auf ihren Partner einwirken, ohne an Kraft zu verlieren, solange sie mit der Einsheit verbunden blieben. Einem versuchten Energieraub von Seiten Shenui Tuis konnte Sishla Vem daher gelassen entgegensehen. Es war ihr ein Leichtes, derartige Angriffe abzuleiten. Vereint mit der Kraft und Energie der Einsheit, die sie immerzu durchfloss, gab es nichts, das er ihr hätte rauben können.

»Shenui Tui, ich freue mich, dir und deinem Volk dienen zu dürfen«, senkte sie voller Anmut den Kopf und als sie wieder zu ihm aufsah, lächelte sie ihrem Verlobten offen entgegen. »Gern will ich die Weisheit meines Volkes mit der deinen vereinen. Unsere beiden Kulturen haben sich zu lang schon getrennt entwickelt. Es ist nun eine gute Zeit dafür, einen gemeinsamen Weg zu gehen.« Damit reichte sie ihm die Hand und ließ sich in den oberen Teil der Halle führen. Vor dem Thron warteten die engsten Getreuen. Ehrerbietig neigten sie ihre Häupter vor der künftigen Königin. Shenui Tui stellte Sishla Vem jeden einzelnen seiner Gefolgsleute vor. Eine der Frauen, die ihr als Zuda Sada, Gattin des Vihjgor, vorgestellt wurde, berührte ihr Herz ganz besonders. In ihren Augen lagen Einsamkeit und Schmerz. Das Leben war ihr eine Last geworden, die sie nicht mehr lang würde tragen können. Eine andere, sehr junge Frau hieß Kuoma, eine Priesterin von niedrigem Rang, ohne magische Kräfte, von zarter Gestalt und anziehendem Äußeren. Als sie Sishla Vem mit arroganten Augen ansah, las diese in ihrem Herzen Bitterkeit und Hass. Es war allzu leicht erkennbar, dass diese bedeutungslose Priesterin eine Geliebte des Königs war, die nun ihren Einfluss schwinden sah.

Shenui Tui hatte eine Gesellschafterin für Sishla Vem ausgewählt, Mephur genannt und ebenfalls eine junge Priesterin, die Sishla Vem in die Riten und Bräuche von Guban einweihen sollte. Die beiden Frauen empfanden bereits im Kennenlernen große Sympathie füreinander.

Die letzte Person, welche Sishla Vem vorgestellt wurde, war ihr sogleich beim Betreten der oberen Halle aufgefallen. Wo sie stand, wirkte der Raum wie ein dunkles Loch, dem sich zu nähern gefahrvoll schien. Sie trug um den Hals eine Kette aus schwarzen Steinen und Sishla Vem erkannte deren Schwingung. Wie ein kalter Sog fühlte sich die Anwesenheit der dunkelhaarigen Frau an. Shenui Tui stellte sie als Luva, eine der Hohepriesterinnen von Guban, vor. Ihr brennender Blick verriet Sishla Vem, dass auch sie Ambitionen auf den Thron gehabt hatte, ehe des Königs Wahl auf Sishla Vem gefallen war. Deutlich manifestierten sich Luvas magische Fähigkeiten in ihrer Aura, deutlich sah Sishla Vem deren Abkehr von der Weißen Kunst. Die Gesellschaft um den König war verderbter, als Sishla Vem befürchtet hatte. Hinter der höflichen Fassade manch eines Vertrauten lauerten dunkle Gedanken auf die Gelegenheit zu Macht und Rache. Doch ihr Antlitz blieb unberührt von diesen Erkenntnissen. Die Zeit würde kommen, wo sich dieses Wissen als wertvoll erweisen konnte.

Es wurde zum Festmahl gerufen.

Shenui Tui schenkte seine ganze Aufmerksamkeit Sishla Vem, währenddessen Wuhvor die Gelegenheit nutzte, Neddal mit aufdringlichen Komplimenten den Hof zu machen. Selbst vor flüchtigen Berührungen schreckte er nicht zurück. Vihjgor zu Sishla Vems Linken blieb hingegen wortkarg und strahlte Verärgerung aus.

Eshulim fühlte sich sichtlich wohl in der Gesellschaft seiner Tischdame. Die ganze Zeit über war er ganz und gar der bezaubernden Mephur zugetan, die ihn mit ihrem fröhlichen Lachen in ihren Bann gezogen hatte. War dies etwa der Grund für Vihjgors düstere Laune? Vihjgors Gattin, Zuda Sada, gab ihm mit Bestimmtheit keinen Anlass zu Ärger. Sie saß schweigend mit gesenktem Blick zwischen Kossar und

Nathane. Wurde sie von ihren Tischherren angesprochen, lächelte sie höflich und antwortete wohlerzogen. Luva hingegen war von ihren Tischherren Havan und Nathane augenfällig stimuliert. Ihre Augen glühten und das Gespräch, in welches sie die beiden Männer zu verwickeln suchte, führte in die Tiefen der magischen Kunst. Doch auch hier hatte Sishla Vem nicht den Eindruck, dass Vihjgor besonders beunruhigt wäre. Lachte hingegen Mephur über einen Scherz Eshulims erfreut auf, vertiefte sich die Zornesfalte auf Vihjgors Stirn. Das Festmahl schien sich endlos hinzuziehen, ehe Shenui Tui die Frauen von der Tafel entließ.

»Sishla Vem, Mephur wird dir deine Gemächer zeigen. Deine Vertraute wird in deiner unmittelbaren Nähe wohnen. Ich hoffe, du findest alles zu deiner Zufriedenheit. Habe eine geruhsame Nacht in deinem neuen Heim, ich wünsche dir angenehme Träume. Wir sehen einander morgen, zum Fest unserer Vermählung.« Shenui Tui verbeugte sich galant und ließ die Frauen ihres Weges gehen.

Sishla Vem betrat ihre Räume und fand dort ihre persönlichen Gegenstände und Kleidung wohlgeordnet vor. Mephur führte sie gemeinsam mit Neddal durch einen Meditationsraum, der vom Blick auf eine große Marmorterrasse dominiert wurde. Das rote Licht der untergehenden Sonne tauchte den Raum in kräftiges Orange. Eine kunstvoll gearbeitete Räucherschale aus buntem Marmor, so groß, dass ein Lamm darin bequem Platz gefunden hätte, verströmte das vanillesüße Aroma von Benzoe und die männliche Würze des Sandelholzes. Bis auf zwei niedrige Tische, auf denen Schalen mit Kerzen standen und einigen Sitzkissen auf Seidenteppichen, beherrschte meditative Leere den Raum. Das Schlafgemach war ein luftiger Raum mit wehenden Tüchern vor steinernen Fensterbögen. Weiße Vorhänge verhüllten die Insel, die das Bett sein musste. Auch hier bedeckten Teppiche Boden und Wände. Sishla Vem ging zu den Fenstern, berührte den zarten Stoff und blickte hinaus auf einen blühenden Garten. Bewegt sog sie das Duftbukett von Gräsern, Blüten, Sonne und Erde ein. Für einige Zeit verweilte sie mit geschlossenen Augen in diesem wohligen Gefühl, bis sich schließlich Mephur verlegen an sie wandte.

»Shenui Tui wird dich jeden Monat aufsuchen. Ansonsten wirst du, wie mit dem König vereinbart, allein schlafen. Er bittet dich ihm mitzuteilen, wann deine fruchtbaren Tage sind, denn es ist sein Wunsch, so bald wie möglich einen Thronfolger zu zeugen.« Sishla Vem dankte Mephur für die überbrachte Nachricht und lachte heiter. Deren fragender Blick war ihr nicht entgangen. Mit wenigen Worten erklärte sie der jungen Priesterin, dass es jeder Frau in Valun selbstverständlich überlassen bliebe, in welchen Maßen sie der körperlichen Liebe nachkommen wolle. Von diesem Thema peinlich berührt, fuhr Mephur eilig fort, Sishla Vem den Tagesablauf des Königs zu schildern sowie ihr die Zeiten mitzuteilen, zu denen er von ihr Unterweisung in den Künsten ihrer Kultur erhalten wollte. Sishla Vem erklärte ihrerseits, wann ihr der Sinn nach der Begegnung mit dem König stand, und amüsierte sich insgeheim über die wachsende Verlegenheit Mephurs. Neddal hatte in der Zwischenzeit den Raum verlassen. Sishla Vem fühlte ihre Trauer und folgte ihr, sobald es die Höflichkeit erlaubte, nach.

Sie fand Neddal in dem wohl eindrucksvollsten Raum ihrer Gemächer. Den Mittelpunkt bildete ein großes Bassin. Bis zur obersten Stufe mit Thermalwasser gefüllt, befand sich in seiner Mitte ein Springbrunnen und der Boden war von einem Mosaik geziert, welches badende Mädchen darstellte. Rundum standen irdene Töpfe mit Palmen und Blumen, ein leise gurgelnder Bach floss durch den Raum, gefasst in einem Bett von schimmernden Steinen. Das warme Thermalwasser mündete in Kaskaden in das Bassin. Eine kleine Brücke führte über den Bach zu einem von Monolithen umfassten Bereich, der Liegebänke beherbergte. Teppiche waren am Boden ausgebreitet und ein filigran geschnitzter Tisch aus Ebenholz trug duftende Öle in kleinen Flaschen auf seiner glänzenden Oberfläche. Im ganzen Raum zwitscherten bunte Vögel, die ihren Weg durch die kunstvollen Fenstergitter, geformt wie Tausende Blumen, gefunden hatten und dem Raum vollends die Erscheinung einer Oase gaben.

»Möchtest du ausruhen, Sishla Vem? Wenn du es wünschst, ziehe ich mich sogleich zurück.« Mephur hielt respektvoll den Kopf gesenkt.

»Lasst uns gemeinsam ein Bad genießen«, erwiderte Sishla Vem, angetan von der friedvollen Atmosphäre. »Es wäre mir eine große Freude, dabei mehr über dich und das Leben hier zu erfahren.«

Auf den Stufen des Bassins ließen sich die Frauen im warmen Thermalwasser treiben, lachten und unterhielten sich angeregt. Hernach begaben sie sich zu den Ruhebetten, hüllten sich in warme Tücher und massierten duftende Öle auf ihre Körper. Neddal begann, das lange Haar Sishla Vems zu kämmen, als sie wohlüberlegt eine Frage an Mephur richtete.

»Mephur, wie kommt es, dass Priesterinnen Schwarze Jade tragen?« Mephur zog ein Tuch über ihre Schultern und lehnte sich gegen einen Basaltstein. Er war überraschend warm.

»Ach, hast du die Kette an Luvas Hals bemerkt? Sie ist die einzige Priesterin, die es wagt, diesen Stein zu tragen. Es ist nicht weiter von Bedeutung, sie hat lediglich Freude daran, mit magischen Objekten zu experimentieren und vor allem ihre Umwelt in Erstaunen zu versetzen.« Neddal kämmte weiterhin Sishla Vems Haar und äußerte, ohne aufzublicken, ihre eigentliche Sorge.

»Nun, es wundert mich, dass jemand den Wunsch verspürt, einen Stein dieser Schwingung zu tragen. Die Legende warnt uns vor ihm. Ihr kennt doch die Geschichte auch in Guban.« Mephur zuckte mit den Achseln.

»Dass Schwarze Jade eine negative Schwingung besitzt und den Geist in dunkle Gefilde entführen kann? Nun, starke Menschen können ihrer destruktiven Kraft widerstehen.« Ihre Entrüstung verbergend, wandte sich Sishla Vem Mephur zu und Neddal ließ den Kamm sinken.

»Die Legende erzählt noch mehr. Als die Einsheit auseinanderfiel, um sich selbst zu erfahren, entstanden auch Gut und Böse. Das Böse fühlte Scham und Einsamkeit und versteckte sich heimtückisch in dem Stein, der die zarteste und liebevollste Schwingung unter den edlen Steinen besaß, in Grüner Jade. Hier wollte es warten, bis es eines fühlenden Wesens habhaft werden konnte. Doch der Stein ließ sich nicht benutzen, er wollte die fühlenden Wesen warnen und verfärbte sich schwarz. Deshalb mahnen uns die Ahnen, dass nur der diesen Stein berühre, der eine Verbindung mit den dunklen Mächten aufzunehmen trachtet. Sie sagen auch, dass er böse Wünsche zu erfüllen vermag. Doch alles hat seinen Preis, den sein Träger einmal zu bezahlen haben wird.« Mephur blickte verunsichert Sishla Vem und Neddal an.

»Ihr wollt doch damit nicht sagen, dass unsere hohe Priesterin der dunklen Macht verfallen ist?«

»Ich habe dir nur eine Legende erzählt, Mephur. Keinesfalls war es meine Absicht, ein Urteil über eine Hohepriesterin abzugeben. Es erstaunt mich, dass man diese Überlieferung in Guban nicht kennt.« Mephurs Antlitz trübte sich und Sishla Vem lächelte ihr zuversichtlich entgegen. »Sorge dich nicht, die Hohepriesterin wird wissen, was sie tut.« Mephur nickte und begann, über andere edle Steine zu erzählen, die in ihren magischen Künsten Verwendung fanden. Als Mephur die beiden Frauen verließ, war Neddal erleichtert. Endlich fand sich Gelegenheit, vertraulich zu sprechen.

»Ich habe gesehen, was du gesehen hast, Geliebte. Die schwarze Kette und die gierigen Augen der engsten Vertrauten des Königs.« Neddal sprach leise, als fürchtete sie, dass die Wände sie belauschen konnten. »Wir werden zu unserem Schutz Obsidianamulette tragen. Du solltest auch den König dazu bewegen. Die dunklen Mächte haben bald ihren Kreis um ihn geschlossen und damit auch um dich. Ich sehe einen verzweifelten Kampf nahen. Ich wünschte, Nathane und Havan blieben hier.«

Beschwichtigend strich Sishla Vem über das Haar der Geliebten.

»Sei leichten Herzens und sorge dich nicht um mich. Alles ist so, wie es sein soll, und was kommt, wird nicht nur Schlechtes, sondern auch Gutes in sich tragen. Ich bin stark genug, um ihren Angriffen standzuhalten, gemeinsam werden wir unsere Vorkehrungen treffen. Licht und Liebe haben letztendlich immer obsiegt, so wie das weichste der Elemente, das Wasser, den härtesten Stein aushöhlen kann. Mit dieser Kraft sind wir unantastbar für die Schwarzen Magier. Wie immer unser Schicksal aussehen mag, das Leben endet nicht hier.«

»Meine Liebe macht dich auf Guban verwundbar«, seufzte Neddal und lehnte ihre Stirn gegen die Sishla Vems. »Wisse, dass ich den Tod nicht fürchte, mein Glaube an unsere Wiedervereinigung spült jede Angst hinweg, wie der mächtige Fluss Idur im Frühling die toten Baumstämme des Winters auf seinem Weg mit ins Meer reißt.« Sie hielten einander im Arm, fühlten der Energie nach, erquickend wie junger Wein. War es ihnen auch nicht länger erlaubt, ihre Liebe durch mehr als eine Umarmung zu leben, vermochten die Meisterinnen Valuns immer noch, einander ihre Herzen zu öffnen und in Licht und Liebe ihre Leiber, ihre Seelen und ihren Geist zu vereinen.

Sonntagmorgen, die Reste vom Brunch auf dem Frühstückstisch – niederschmetternd. Allein die Teekanne am Stövchen und frisch aufgebackene Kornsemmeln im Brotkorb vermochten Agnes Laune aufzubessern. Auf dem Teller vor ihr lag eine mit Butter bestrichene und mit Salz bestreute Gebäckhälfte, doch ihre ganze Aufmerksamkeit galt dem Traumbuch. Sie hatte alle Traumepisoden nochmals gelesen. Es waren Kapitel einer einzigen Geschichte, so viel stand fest. Die Geschichte von Sishla Vem und Neddal. Es war ihr gelungen, die chronologische Reihenfolge herzustellen, und sie begann zu verstehen. Agnes starrte auf die dicht beschriebenen Seiten, bis die Schrift vor ihren Augen verschwamm. Wieso träumte sie gerade jetzt diese Dinge – lag es an dem Haus? Dem Gefühl, Mutter und Großmutter nahe zu sein? Sie rieb sich die Augen und legte das Buch zur Seite.

Tee, sie brauchte Tee. Konzentriert goss sie die Tasse voll. Gab Milch und Zucker dazu. Der Löffel klirrte gegen das Porzellan. Assam Typhoo – stark, reich an Gerbsäure – ein Augenöffner. Gleich würde sich die mollige Wärme im Bauch ausbreiten, würde ihr Geist einen kräftigen Kick bekommen. Ein Ritual, das Sicherheit gab. Sicherheit. Das brachte die Gedanken auf Siebert. Ein heißer Schauer rieselte durch ihren Leib, Sehnsucht machte sich im Bauch breit, bis sie über sich selbst lachen musste. Die Welt stand Kopf, ein eifersüchtiger Exfreund war hinter ihr her, im Büro wurde gemordet und Frau Feder saß bei einer Tasse Tee und war verliebt. Wie noch nie zuvor.

Verrücktes Huhn.

Mit einem Mal blitzte ein Gedanke gemeinsam mit einem Bild vor ihrem inneren Auge auf. Wann hatte sie den ersten Traum gehabt? – Nachdem sie Siebert zum ersten Mal gesehen hatte. Sie war damals am Abend nach der Arbeit im Ohrensessel eingeschlafen und rief im Traum den Namen *Neddal.*

Rasch lief Agnes ins Vorzimmer, um ihren Terminkalender zu holen. Sie verglich die Daten. Ja, genauso war es beim zweiten Traum auch gewesen. Sie hatte Siebert im Ministerium getroffen und in dieser Nacht von Neddal geträumt, von ihrer und Sishla Vems letzten gemeinsamen Nacht am Strand. Aufgeregt blätterte Agnes im Traumbuch weiter. Der darauffolgende Traum war ebenfalls mit einem Zusammentreffen zwischen ihr und Siebert verbunden. Damals waren sie gemeinsam im *Martinelli* essen gewesen. Allerdings ging es diesmal nicht in erster Linie um Neddal, sondern um Eshulim, den Bruder Sishla Vems. War Siebert der Auslöser für das alles gewesen?

Sie suchte weiter. Der Tag, an dem Larissa Muth gestorben war. Zwei Träume hatte sie in dieser Nacht gehabt. Zuerst der schreckliche Traum von Luva, die ihr drohte, und der mit dem Tod Neddals endete, danach folgte der zweite Traum derselben Nacht, der vom Feuerritual mit Nathane handelte. War es möglich, dass das schockierende Erlebnis die Erinnerung an ein anderes, ebenfalls schmerzhaftes Erlebnis in Agnes' Seele geweckt hatte?

Erinnerung? Waren das alles tatsächlich Erinnerungen? Widerstrebend schüttelte sie den Kopf. Das war vollkommen irreal – Esoterikkram. Das hätte sie zumindest noch vor ein paar Wochen im Brustton der Überzeugung gesagt.

»Ich bin eine nüchterne Juristin«, sprach sie laut, um sich zu überzeugen. »Ich arbeite mit Tatsachen, Fakten, Gesetzen.« Der Zweifel nagte weiter.

»Das ist verrückt! Ich kenne doch die Leute, die in den Träumen vorkommen, gar nicht. Und was da alles passiert: Zauberei, Rituale, Verschwörung und Mord – das ist eine Geschichte aus einem Fantasyroman, mehr nicht. So etwas gibt es nicht wirklich!« Jetzt ging sie in der Küche auf und ab. Die Dielen knarrten. »Ich führe Selbstgespräche. Großartig.« Ihr Verstand bäumte sich gegen die Vorstellung von Reinkarnation auf. Magie. Rituale.

Dabei hatte sie selbst *Rituale*, die ihr Leben verbesserten. Das Weihrauchritual zur Reinigung der Raumatmosphäre, die Baderituale mit Duftölen, die Bergkristalle, die sie am Fenster stehen hatte, die Perlenkette ihrer Mutter, die sie immer anlegte, wenn düstere Gedanken sie plagten oder eine Prüfung zu bestehen war. Die Jadekette, die sie dann anlegte, wenn sie sich etwas unsicher fühlte oder verliebt war. Der Glaube kann Berge versetzen, hieß es ja schon in der Bibel, und alle Mentaltrainer und sonstigen modernen Gurus verkauften in ihren Seminaren nichts anderes. Mit den eigenen Gedanken sein Leben und seine Umwelt beeinflussen, das war die ganze Zauberei. Starke Gedanken pflegen. Das war nichts Unheimliches. Manche lernten autogenes Training, andere Menschen übten lieber Zen-Meditation. Jeder konnte seine persönliche Technik finden, das Angebot war riesig und das konnten eben auch Rituale und Beschwörungen sein. Oder Heilsteine, ätherische Öle und Räucherwerk. Wenn das die ganze *Magie* war, brauchte sie sich nicht vor Träumen zu fürchten. Endlich hatte der Verstand eine rationale Erklärung gefunden und war zufrieden.

Agnes biss in die Kornsemmel und las eine weitere Seite im Traumbuch. Das Feuerritual von Nathane und Sishla Vem.

Die Kraft des Rituals war übermächtig gewesen und vollkommen real.

Glückseligkeit ohne Anfang und Ende.

Die Traumbilder entstanden von Neuem. Nathane, Luva … Megan hatte sie aus dem Albtraum geweckt. War Megan der Auslöser für diesen Traum gewesen? Agnes schüttelte den Kopf und trank ihre Teetasse leer. Nathane, Neddal, Eshulim und wie sie alle hießen – wer waren diese Leute? Warum träumte sie von ihnen? Der Knoten in ihrem Denken war nicht aufzulösen. Ärgerlich fuhr sie mit den Fingern durch die Haare. Megans Idee einer Rückführung fiel ihr wieder ein. Das wäre eine Möglichkeit. Sie war zwar von der Reinkarnationstheorie nicht überzeugt, aber vielleicht war etwas dran. Also eine Rückführung.

Rückführung, schoss es ihr durch den Kopf. Morgen früh war der Termin zur Zeugeneinvernahme und sie hatte kein Gedankenprotokoll angefertigt …, das bedeutete, nochmals den Morgen von Larissa Muths Tod zu durchdenken. Verdammt.

13

Die Gänge des Bundeskriminalamtes waren neonbeleuchtet, nüchtern und kahl. Eine Beamtin kreuzte Agnes' Weg, ohne weiter Notiz von ihr zu nehmen.

Reiß dich zusammen.

Die Aussicht, in einem Mordfall Zeugin zu sein und jetzt vor der Polizei erneut alle Details auszubreiten, war schlichtweg zum Davonlaufen. Das Gefühl von Unbehagen verstärkte sich durch die feindliche Atmosphäre, mit der dieses Gebäude imprägniert war. Hier war jeder verdächtig.

Da – die richtige Zimmernummer. Nochmals verglich sie die Nummer auf ihrer Ladung mit der Zahl neben dem Türstock. Tief durchatmen, Mut sammeln. Die Fingerknöchel schlugen gegen das Holz der Tür. Eine Zeit lang blieb es still, nichts rührte sich. Schnell warf Agnes einen Blick auf das Schild vor ihr. Gruppenleiter Geier. Das richtige Zimmer. Ein »Ja« drang dumpf aus dem Raum. Augen zu und durch. Tür auf, Tür zu. Agnes blickte um sich. Das Zimmer war mit zwei großen Schreibtischen, Computerbildschirmen und Aktenschränken vollgeräumt. Überall lagen Papierstöße. Auf einem der beiden Schreibtische stand eine Jumbotasse Kaffee, aus der Dampf aufstieg. Links und rechts von Agnes befand sich jeweils eine Tür, die in die angrenzenden Büros führte. Kein Mensch war zu sehen. Von nebenan war das Surren eines Druckers zu vernehmen. Agnes sah vor sich einen Plastiksessel der schäbigsten Sorte stehen.

Die Strümpfe sind hin, wenn ich da drauf sitzen muss, war ihr erster Gedanke und der nächste fragte, ob sie denn keine anderen Sorgen hätte. Ehe ein inneres Zwiegespräch aufkommen konnte, traf eine Stimme ihren Solarplexus wie ein Keulenschlag.

»Guten Morgen, Frau Magister Feder.« Entsetzt drehte Agnes sich zur linken Tür.

Norman.

»Was machst *du* hier?«

»Arbeiten.«

»Ich bin bei einem Gruppenleiter Geier vorgeladen!« Norman blickte sie mit undurchdringlichem Gesicht an. »Das ist mein Chef. Der Geier steht kurz vor der Pensionierung und ist erkrankt. Ich vertrete ihn. Die Untersuchung im Fall Muth wird bis auf Weiteres von mir geleitet.« Ohne sie weiter anzusehen, wies seine Hand auf den Sessel. »Wenn Sie bitte Platz nehmen, Frau Magister Feder, dann können wir mit der Befragung beginnen.« Fassungslos starrte Agnes ihn an, schnappte nach Luft, ließ sich auf den Sessel fallen und fand endlich wieder Worte.

»Was soll das, warum siezt du mich?«

»Ich verstehe nicht?«, murmelte er, während er sich am PC einrichtete.

»Wir sind doch keine kleinen Kinder.« Das musste ein Albtraum sein. Jeden Augenblick würde sie erwachen und der Spuk hätte ein Ende.

»Wenn du es wünschst, dann eben Agnes. Ich mache dich jedoch darauf aufmerksam, dass unsere frühere Beziehung mich in keiner Weise beeinflussen kann. In meinem Job mache ich keine Unterschiede und keine Ausnahmen. Dienstlich habe ich keine Freunde, ist das so weit klar?« Agnes wusste nicht mehr, was hier gespielt wurde. Norman war auf diese Konfrontation bestens vorbereitet und hatte sie entsprechend inszeniert. Sie dagegen stand völlig neben der Situation. Empörung bemächtigte sich ihrer. Die alte Wut war noch da. Na, bestens.

»Hast du *privat* neuerdings Freunde? Ich wusste nicht, dass du jetzt ein *Privatleben* führst«, warf sie ihm schnippisch hin. »Und wieso sollte ich von dir irgendwelche Vergünstigungen erwarten? Ich bin hier, weil ich die Leiche von Frau Muth gefunden habe, ich bin eine Zeugin und keine Beschuldigte. Also behandle mich nicht wie einen deiner Verbrecher.« Norman sah sie unbewegt mit diesen eisblauen Augen an, die jegliches Gefühl verbargen. Waren sie immer so kalt gewesen? Sie hatte das nie so sehr gespürt wie heute.

»Tatsache ist, dass wir in diesem Fall noch keinen konkreten Hinweis auf einen Täter haben. Solang sind für mich alle Personen verdächtig, die Gelegenheit zu diesem Mord hatten. Davon nehme ich dich nicht aus.« Er blätterte in einem Akt, der vor ihm am Schreibtisch lag.

»Also war es Mord?«, fragte Agnes bang, doch Norman reagierte nicht darauf.

»Wie ich dem Protokoll entnehme, warst du die Erste am Tatort. Wir werden bei dieser Einvernahme heute feststellen, ob du ein Alibi hast oder nicht.« Der Albtraum nahm kein Ende, Norman verdächtigte sie tatsächlich. In ihrem Kopf braute sich ein Gewitter zusammen, ein dumpfer Schmerz über dem rechten Auge. Die Nackenmuskulatur verklumpte zu Geröllsteinen. Was konnte sie Norman entgegensetzen? Natürlich hatte sie kein Alibi, sie war eine der Ersten im Haus gewesen, war allein im Lift gefahren, allein den Gang entlanggelaufen und hatte mit niemandem telefoniert.

»Norman, bitte, was soll das, du traust mir doch wohl keinen Mord zu? Du kennst mich seit Jahren! Können wir normal miteinander reden? Ich habe großes Interesse daran, dass Frau Muths Tod aufgeklärt wird. Ich werde dir alle Informationen geben, die du brauchst.« Norman hatte begonnen, das Formular am Computer auszufüllen, und gab ihr keine Antwort. Nach einigen Minuten lehnte er sich in seinem Bürosessel zurück und verschränkte die Hände hinter dem Kopf. Ein Titan. Sie hatte keine Chance, gegen ihn anzukommen.

»Erzähle deinen Tagesablauf am Todesmorgen von Frau Muth. Wann hast du das Haus betreten, wen hast du unterwegs getroffen, was hast du gemacht, bis du ins Sekretariat gegangen bist. Ich möchte die genaue Uhrzeit und die Namen.« Agnes holte tief Luft und war froh, dass er nicht danach gefragt hatte, von wo sie gekommen war. Im Polizeiprotokoll hatte sie die Adresse ihres Vaters als Wohnadresse angegeben. Das hinterfragte er also nicht. Gut. So lang wie möglich sollte er diese Geschichte glauben. Akribisch zählte sie ihm jeden ihrer Schritte auf. Er tippte ihre Worte mit den Zeigefingern in den Computer, war aber dennoch überraschend schnell. Hin und wieder hob er die Hand, um ihr Einhalt zu gebieten. Sofort verstummte sie und setzte ihre Rede erst nach einem Nicken seinerseits fort. Bei der Benutzung des Lifts stoppte er sie wieder. Die Berechtigungskarte fiel ihr ein – war das ihr Alibi? Ja, sie hatte sich ins Sicherheitssystem eingeloggt, als sie hochgefahren war. Das war doch ein Beweis für den Zeitpunkt ihrer Ankunft im Haus. Aber wann war Frau Muth das Gift verabreicht worden? Kam sie trotzdem als Täterin infrage?

»Das heißt also, dass du bis zu dem Zeitpunkt, an dem du Frau Muth aufgefunden hast, niemandem begegnet bist und mit niemandem gesprochen hast. Gut.« Er ergänzte die Niederschrift um einen weiteren Satz.

»Gut?«, äffte sie ihn aufgebracht nach, aber er ignorierte das einfach.

»Du sagst, du hast dich ordnungsgemäß ins Sicherheitssystem eingeloggt. Wie funktioniert euer Sicherheitssystem?« Und schon war alle Hoffnung wieder wie weggeblasen.

»Das Sicherheitssystem sorgt dafür, dass keiner in die oberen Stockwerke gelangen kann, der dafür nicht autorisiert ist. Im Erdgeschoss sind die Behandlungsräume und die Patientenzimmer untergebracht. Dieser Teil des Hauses ist allgemein zugänglich. Im ersten Stock befindet sich das Labor für den Bereich *Künstliche Befruchtung*, im zweiten Stock das Labor für die Forschung. Ach ja, die Apotheke ist auch im ersten Stock. Im dritten und vierten Stock sind die Büros der übrigen Abteilungen, also EDV, Finanz, Marketing, Personal und Recht. Das Dachgeschoss gehört der Geschäftsführung«, sprudelte sie hervor und scharrte nervös mit den Füßen.

»Das habe ich nicht gefragt«, murrte er. »Können Frauen auch mal eine simple Frage simpel beantworten?« Die erste Laufmasche platzte das Bein hinab Richtung Ferse.

»Den Lift kann man in jedem Stockwerk nur mit einer Sicherheitskarte benützen. Soviel ich weiß, registriert das Sicherheitssystem den Inhaber und die Uhrzeit. Wahrscheinlich wird das irgendwo gespeichert.« Norman hatte konzentriert zugehört, tippte in die Tastatur und dachte kurz nach.

»Gibt es bei diesem Portal eine Schleuse, die die Personen nur einzeln durchlässt?« Agnes schüttelte den Kopf und seufzte.

»Nein, es genügt, wenn einer seine Sicherheitskarte in den Schlitz steckt, damit alle Leute, die bei ihm sind, in den Lift einsteigen können. Es passen etwa sechs Personen hinein.« Norman sah sie belustigt an.

»Und das nennt ihr Sicherheitssystem? Was ist mit dem Treppenhaus? Sind die Zugangstüren versperrt?«

»Ich fahre immer mit dem Lift, aber soweit ich weiß, ist die Tür zum Stiegenhaus im Erdgeschoss geschlossen. Dort braucht man wahrscheinlich auch die Sicherheitskarte. In den oberen Etagen sind die Türen manchmal offen. Das liegt daran, dass bei uns Rauchverbot herrscht und die Raucher ins Stiegenhaus zum Rauchen gehen. Nur wer ein eigenes

Zimmer hat, kann drinnen rauchen.« Wieder machte Norman eine Notiz. Dann sah er sie mit undurchdringlicher Miene an.

»Sieht nicht gut aus für dich, Agnes. Euer Sicherheitssystem«, der Spott in seiner Stimme war ätzend, »kann kinderleicht umgangen werden. Die Tür zum Stiegenhaus steht in der Früh wegen der Putzfrauen sperrangelweit offen – das habe ich schon überprüfen lassen –, nichts leichter, als über das Stiegenhaus in den dritten Stock zu laufen, den Mord zu begehen, alle Spuren zu beseitigen und danach hinunterzuschleichen, um offiziell ins Sicherheitssystem einzuloggen. Pech für dich.« Normans Auftreten raubte ihr sukzessive jede Kampfkraft. Nicht mit mir, riss sie sich zusammen.

»Norman, du weißt genau, dass ich Frau Muth nicht umgebracht habe. Ich habe keine Ahnung, welche Türen verschlossen sind und welche nicht, was das Sicherheitssystem genau registriert und was nicht.« Seine einzige Reaktion war das Heben einer Augenbraue, genug, um ihren Blutdruck auf 200 zu treiben. »Behandle mich nicht so! Ich habe dich weder betrogen noch hintergangen.« Arroganter Mistkerl. Aber das führte zu nichts. Sie musste sich beruhigen. »Ich bin auf deiner Seite. Von mir kannst du alle Infos haben, an die ich rankomme; ich will, dass Frau Muths Tod aufgeklärt wird. Überleg dir das. *Bitte.*« Ein kläglicher Versuch. Armselig geradezu. Die mitschwingende Verzweiflung in ihrer Bitte befriedigte Normans Drang nach Rache augenscheinlich, beinahe glitt ein Hauch von Lächeln über seinen Mund und Agnes konnte den Triumph fühlen, der seine Brust anschwellen ließ.

Der Drucker sprang surrend an und Norman holte die Ausdrucke aus dem Nebenzimmer. Wortlos legte er ihr das Protokoll zur Unterschrift vor. Agnes' Augen sprangen über die Zeilen, ohne dass der Kopf sich dazuschalten wollte. Sie unterfertigte auf der vorgesehenen Linie und schob die

Papiere samt Kugelschreiber von sich. Norman hatte sie durchgehend beobachtet. Ihre Blicke trafen sich. Eine Bruchstelle im Eispanzer tat sich auf. Sein Blick zeigte Gefühl. Schmerz? Im nächsten Augenblick drehte er sich weg.

»Wir sind fertig. Ich habe noch drei weitere Einvernahmen heute. Wenn ich ergänzende Fragen habe, melde ich mich.« Die Heftmaschine durchbohrte die Blätter. »Auf Wiedersehen.« Sofort sprang Agnes auf. Sollte sie ihm die Hand reichen? Die Frage erübrigte sich. Norman stand weiter abgewandt und suchte einen Aktenordner im Chaos.

»Tut mir leid, dass es mit uns so geendet hat.« Ihre Worte prallten an seinem Rücken ab. »Hab einen schönen Tag.«

Agnes stand in der Teeküche und goss mit zitternder Hand die Teeblätter auf. Überdosis Ostfriesenmischung. Wie hypnotisiert verfolgte sie die im heißen Wasser wirbelnden Blattstücke. Über der rotbraunen Oberfläche waberten Aromanebel. Vertraute Gerüche beruhigen. Nichtdenken beruhigt.

Megan hastete zur Tür herein und fand Agnes über die offene Teekanne gebeugt.

»Ich musste noch eine Testreihe abschließen, deswegen hat es etwas gedauert«, keuchte sie. »Du hast so fertig geklungen – was ist los?« Agnes erzählte, ohne Megan dabei anzusehen. Am Ende ihrer Schilderungen sank sie auf einen der Hocker nächst dem Tisch.

»Shit«, war Megans Kommentar.

»Norman kann hier jeden Tag auftauchen, herumschleichen und mich kontrollieren. Er hat es genossen …« Agnes rieb sich über Stirn und Wangen, als könnte sie damit aus dem Albtraum erwachen. »Macht – das ist seine größte Lust, da spürt er, dass er lebt.«

»Shit«, war wieder das Einzige, was Megan einfiel. »Kann man ihn nicht wegen Befangenheit oder so was ablehnen?«

»Er ist kein Richter. Wenn wir verwandt wären oder verheiratet, würde das vielleicht etwas ändern, aber so … Ich werde ihn nicht los, Megan …, wann ist dieser Wahnsinn zu Ende?« Das Gesicht in die Hände gebettet, wollte Agnes sich wenigstens für kurze Zeit vor der Realität verstecken. Megan suchte nach tröstenden Worten, aber es wollte ihr nichts einfallen. Zaghaft tätschelte sie Agnes' Schulter und begann, Tee einzuschenken. Agnes' Rohrzuckerdose fand sich im Eckschrank, daneben auch Kekse. Als die Tassen klirrend auf dem Küchentisch abgestellt wurden, sah Agnes auf, bemerkte erstmals Megans Nervosität.

»Ich habe morgen den Termin zur Einvernahme«, platzte Megan heraus. »Das kann ja heiter werden. Weiß er, dass wir beide befreundet sind?«

Agnes nickte. »Aber keine Sorge, ich habe kaum was erzählt. Hat ihn sowieso nicht interessiert.« Sie drückte ihren Rücken durch und versuchte, die Muskeln zu straffen. »Ich muss mich zusammennehmen, kühlen Kopf bewahren. Ich kann mich wehren, schließlich kenne ich seine Schwächen. Norman ist ehrgeizig, er will bestimmt so rasch wie möglich den Täter finden, nämlich bevor der Gruppenleiter wieder gesund ist. Der geht bald in Pension und Norman wartet schon lang auf einen Chefposten. Mit einem gelösten Mordfall könnte er punkten. Vielleicht kann ich ihn mit Insiderwissen versöhnlich stimmen. Wir werden ja sehen, ob seine gekränkte Eitelkeit stärker ist als sein beruflicher Ehrgeiz.« Nachdenklich rührte sie im Tee. »Und wenn Norman darauf beharrt, mich als Verdächtige zu führen, muss ich auf eigene Faust Nachforschungen anstellen.«

»Was?«, schreckte Megan hoch.

»Was bleibt mir anderes übrig? Er muss so schnell wie möglich wieder aus meinem Leben verschwinden.« Agnes' Blick war steinerweichend und Megan verstand.

»Okay. Kämpfen ist gut«, sagte sie und fasste ihren eigenen Entschluss. »Und ich werde dir helfen.« Sie stoppte Agnes' Protest mit einer Handbewegung. »Du brauchst mich, weil ich im Gegensatz zu dir freien Zugang zu den Labors habe. Außerdem ist dein Vorhaben keineswegs ungefährlich. Wenn wir richtig liegen mit unserer Vermutung, dass Dr. Wach ebenfalls ermordet wurde, dann hat der Täter keine Hemmungen, weiterzumorden. Vielleicht kann ich heute Abend schon …« Agnes hatte ihre Hand auf Megans Mund gelegt und zeigte mit der anderen auf die Tür. Mit lauter Stimme schloss sie an Megans unvollendeten Satz an.

»Oh ja, heute Abend würde mir gut passen. Welchen Film wollen wir uns ansehen? Es soll ein neuer Film mit Keanu Reeves angelaufen sein.« Die Tür öffnete sich und Michelles Assistent trat ein. Sein Gruß bestand lediglich in einem Nicken.

»Bei uns unten ist schon wieder der Kaffeeautomat kaputt. Ich darf doch bei Ihnen einen Kaffee holen?« Unsicher vermied er wie meistens den direkten Augenkontakt. Agnes war erleichtert, dass es Zumtobl und nicht Michelle war, der möglicherweise etwas von ihrem Gespräch mitgehört hatte.

»Natürlich, Dr. Zumtobl. Viele kommen hierher, um Kaffee zu holen. Wir haben die beste Espressomaschine.«

»Danke«, erwiderte er knapp.

»Wie geht es Ihnen bei *BabyStar*?«, fragte Agnes und tat freundlich. Irgendwie musste das mit dem Herumschnüffeln ja anfangen. »Haben Sie sich gut eingewöhnt?« Dr. Zumtobl murmelte ein paar Worte und machte sich an der Espressomaschine zu schaffen. Während er auf den braunen Kaffeestrahl starrte, wandelte sich sein Ausdruck. Zumtobl richtete sich auf und blickte lächelnd zu den beiden Frauen.

»Es gefällt mir sehr gut. Ich habe einen interessanten Aufgabenbereich von Frau Dr. Schoff zugewiesen bekommen.« Megans Kinnlade rutschte ein paar Millimeter tiefer und auch Agnes blieb vor Staunen die Luft weg. »Eine sehr dynamische Frau, ich bewundere sie«, fuhr er fort. War das eben eine Lobeshymne auf Michelle gewesen, die ihn wie einen Paria behandelte und ihm alles aufhalste, was sie selbst nicht machen wollte? Megan reagierte zuerst auf diese Offenbarung.

»Fein, wirklich … fein. Michelle hatte schon dringend Unterstützung benötigt, sie ist sicher sehr glücklich, Sie als Mitarbeiter gewonnen zu haben.« Zumtobl wirkte verlegen. Frauen an sich schienen ihn nervös zu machen und in einem persönlicheren Gespräch überhaupt.

»Ja, ist viel zu tun. Ähm.« Sein Zeigefinger knubbelte am Nagelwulst des Daumens. Rund um den Nagel schwelten Entzündungen und die Haut war zerfetzt. »Dr. Schoff arbeitet bestimmt schon lang für das Unternehmen – sicher verdient sie sehr gut.«

Von da her wehte der Wind – er wollte sie ausfragen. Agnes beobachtete seine Hände, die kurzen Finger, die aussahen wie Partywürstchen und ständig in Bewegung waren. Megan hatte die Unterhaltung übernommen, betonte Michelles Renommee im Unternehmen und in Fachkreisen, ließ sich aber zu keiner Aussage über ihr Einkommen herab. Warum interessierte ihn Michelles Einkommen überhaupt, fragte sich Agnes, nahm den letzten Schluck Tee und ging geradewegs auf Zumtobl zu, der vor dem Geschirrspüler stand.

»Darf ich mal?«, forderte sie ihn auf, worauf dieser gleich einem aufgescheuchten Huhn zur Seite sprang.

»Selbstverständlich habe ich sowohl Dr. Schoffs Publikationen als auch die von Frau Dr. Tolf studiert«, beeilte er sich zu sagen. Meine Güte, dachte Agnes, war der Mann bereits als Schleimer zur Welt gekommen? »Eine hervorragende Wissenschaftlerin, die Dr. Tolf, es ist eine große Ehre, in ihrer Nähe arbeiten zu dürfen.« Ja, es musste wohl so sein, entschied Agnes und verdrehte innerlich die Augen. »Ich hätte nicht gedacht, dass diese Kapazität auf dem Gebiet der künstlichen Fortpflanzung zudem eine so attraktive Frau ist.« Das war jetzt wirklich zu viel. Agnes blickte aus den Tiefen des Geschirrspülers auf.

»Gehören Sie zu den Männern, die meinen, eine kluge Frau kann unmöglich gut aussehen oder eine attraktive Frau nicht klug sein?« Irritiert blinzelte Zumtobl und schien völlig aus dem Konzept.

»Nein, nein, natürlich nicht! Eine unbedachte Bemerkung von mir – vollkommen unangebracht, dass ich mich in dieser Weise über meine Vorgesetzte geäußert habe. Bitte vergessen Sie, was ich gesagt habe.« Sein Gesicht und Hals hatten hektische rote Flecken bekommen. Augenblicklich bereute Agnes ihre Worte; Zumtobl war wieder in sein Schneckenhaus zurückgekehrt. Mist! Das war ein ganz schlechter Zeitpunkt, die eigenen wunden Punkte zu verteidigen. Schon hatte Zumtobl Zucker in seinen Espresso geworfen und stand im Türrahmen. Er war nicht mehr aufzuhalten.

»Keine Sorge, ich erzähle Dr. Tolf nichts über Ihre Begeisterung für sie«, versuchte sie es trotzdem. Aber er hob nur die Hand zum Gruß, wobei die Geste abwehrend wirkte, und verschwand. Agnes hob die Fäuste zur Zimmerdecke.

»Ach Gott, warum kann ich nicht meinen Mund halten! Vielleicht hätten wir etwas Interessantes von ihm erfahren, der redet jetzt nie mehr mit mir …, ich bin der lausigste Detektiv auf Erden.« Megan lachte über den theatralischen Ausbruch.

»Du brauchst mehr Übung.«

»Hattest du nicht auch das Gefühl, Zumtobl wollte uns ausfragen? Seine Bewunderung für Michelle nimmt ihm doch keiner ab, so wie er von ihr behandelt wird.«

»Vielleicht ist er Masochist«, mutmaßte Megan. »Bei der Tolf könnte die Verehrung echt sein.«

»Ich weiß nicht«, zweifelte Agnes. Zumtobl war nicht der Typ, der erfolgreiche Frauen gut fand.

»Wie ich bislang beobachten konnte, gibt es nur wenige Berührungspunkte zwischen Zumtobl und Tolf«, überlegte Megan. »In erster Linie muss er für Michelle arbeiten. Einmal habe ich gehört, wie Tolf Michelle darauf hingewiesen hat, sie solle Zumtobl mehr in die Forschung einbeziehen. Michelle meinte nur, sie habe ihn optimal eingesetzt und er sei *ihr* Assistent und nicht Tolfs.«

»Na klar«, nickte Agnes verständnisvoll. »Nach der Niederlage wird sie umso empfindlicher sein, was Anweisungen angeht.«

»Von der Tolf lässt sie sich überhaupt nichts mehr sagen.« Megan stellte ihre Teetasse in den Geschirrspüler und ging mit Agnes zur Tür. »Aber was kann er schon über die Morde wissen, so kurz, wie er in der Firma arbeitet?«

»Keine Ahnung, ich hatte nur so ein eigenartiges Gefühl vorhin. Er ist eine falsche Schlange – die Schlangen mögen mir verzeihen. Selbst wenn er nichts über die Morde weiß, irgendetwas führt er im Schilde. Kein braver Junge, wie er uns weismachen will.« Agnes' Stirn kräuselte sich nachdenklich, was Megan erheiterte.

»Mach dir keine Sorgen wegen dem Zumtobl. Vielleicht bekomme ich etwas aus ihm heraus. Du bist nicht allein, vergiss das nicht.«

»Tschüss, Agnes, bis morgen! Mach nicht mehr so lang, es ist schon nach sieben!« Agnes winkte durch die offene Tür der letzten Kollegin nach. Im Stockwerk war es still geworden. Nichts als das Surren der Computer war zu hören. Genau nach Plan. Nur noch aufräumen und dann los. Agnes packte den Stapel Erledigungen und trat auf den Gang. Ziel war das Sekretariat. Die Beleuchtung war bereits reduziert, die meisten Zimmertüren auf ihrem Weg standen offen und erlaubten den Blick in die verlassenen Büros. Auf manchen Schreibtischen flimmerte ein Bildschirmschoner und warf ein fahles Licht in den Raum. Agnes achtete auf jedes Geräusch. Die Erinnerung an den Morgen von Muths Tod entstand, machte den Weg zum Sekretariat qualvoll. Niemand liegt dort – niemand liegt dort … Die Deckenbeleuchtung im Sekretariat war gänzlich abgeschaltet; eine Grabkerze stand auf dem Schreibtisch der Verstorbenen und warf einen schwachen Lichtkreis auf die Tischplatte. Der schräg stehende Docht drohte jeden Augenblick im flüssigen Wachs zu ertrinken.

Es kostete Überwindung, dieses Zimmer zu betreten. Das Herz klopfte bis zum Hals, ihr Blick heftete sich auf den Teppichboden. Wie jedes Mal. Muths Beine waren dort gelegen. Die unsichtbare Schranke musste überwunden werden. Stoßseufzer. Weitermachen. Agnes ging auf den Schreibtisch zu. Entschlossen legte sie die Ordner auf den Tisch und wandte sich dem Computer zu. Weiter im Plan. Der Computer war hochgefahren, der Bildschirmschoner ließ Sterne durch das Universum jagen. Agnes drückte Steuerung – Alt – Entfernen, und sofort öffnete sich ein Fenster. Es fehlte lediglich Frau Muths Passwort, um in deren User einzusteigen. Nochmals lauschte Agnes gespannt hinaus auf den Gang, ob sich nicht doch irgendetwas regte. Los, weiter. Die Finger flogen über die Tastatur: *Nougat* – Enter.

Ein Fenster öffnete sich am Bildschirm: *Sie konnten nicht angemeldet werden. Überprüfen Sie Benutzernamen und Domäne und geben Sie das Kennwort erneut ein. Bei Kennwörtern wird die Groß-/Kleinschreibung beachtet.*

Agnes rieb sich verzweifelt über die Stirn. Muth hatte immer Schokoladennamen, was war es bloß zuletzt gewesen? Sie versuchte, sich an ein Gespräch mit der Sekretärin zu erinnern, wo sie über Passwörter gesprochen hatten. *Noisette*? Schnell tippte sie das neue Wort ein. Enter. Wieder ging das Fenster mit der Verweigerung auf. Draußen fiel eine Tür mit lautem Knall ins Schloss.

Erschrocken rutschte sie an die Kante des Drehsessels, bereit zur Flucht. Waren da Schritte oder Stimmen? Alles blieb ruhig. Vielleicht ein Luftzug. Das Passwort. Nur noch ein Versuch. Schokolade. Schokoladesorten? Bitterschokolade, Nussschokolade, Kochschokolade, Pralinen, Trüffel – TRÜFFEL! Das musste es sein. Agnes konnte Muths Gesicht sehen, wie sie sagte: »Die Buttertrüffel von Fabienne sind mein Untergang, aber ich bin einfach verrückt danach.« Dabei hatte sie ihr das Säckchen mit den schwarzen Kugeln hingehalten. Aber war das Passwort *Trüffel* oder *Buttertrüffel*? Verzweifelt starrte Agnes auf das Eingabefeld.

Das längere Wort.

Punkte erschienen unter Tastengeklapper. Agnes hielt den Atem an. Enter.

Das Hintergrundbild änderte sich, ein Foto von Frau Muth mit ihrem kleinen Sohn tauchte auf. Beim Anblick der beiden lachenden Gesichter schnürte es ihr die Kehle zu. Der kleine Florian. Er war erst sieben Jahre alt. Der eigene Schmerz über den Verlust der Mutter tauchte von irgendwo auf und schnitt ins Herz. Weitermachen, wies sie sich zurecht. Das war der denkbar schlechteste Zeitpunkt für Sentimentalitäten. Sie schüttelte den Kopf und konzentrierte sich auf das Menü *Zuletzt verwendet.* Die letzten Zugriffe. Da – eine Auflistung von 20 Namen. Rasch begann sie diese zu notieren. Beim Namen *Gruber Hermine* stockte ihr Schreibfluss. Das war dieselbe Patientin, die den Beschwerdebrief verfasst hatte; der Brief, den Frau Muth aus irgendeinem Grund beiseitegelegt hatte. Bingo! Das war eine Spur. Draußen schlug wieder eine Tür, Schritte hallten am Gang. Panik und Angst waren augenblicklich zur Stelle. Verstecken. Aber wo? Wie sollte sie das jemandem erklären, was sie hier um diese Zeit an Frau Muths Computer zu tun hatte. Im Bruchteil einer Sekunde schossen Michelles Verdächtigung und Normans süffisantes Machtgehabe durch ihren Kopf. Er würde sie in der Luft zerfetzen. Trotz der Aufregung versuchte sie sich die letzten Namen der Liste einzuprägen, zum Aufschreiben blieb keine Zeit. Das Blut pulsierte in den Ohren, mit fahrigen Fingern stieg sie aus dem Programm aus. Ein Schlag auf die Entertaste noch – die Schritte waren in unmittelbarer Nähe. Agnes ließ sich zu Boden gleiten. Die Schritte kamen ins Zimmer. Auf allen Vieren krabbelte sie in die hinterste Ecke des Schreibtisches. Zwischen den Tischbeinen an die Rückwand gepresst, wartete sie. Keine Ausrede der Welt konnte sie jetzt aus diesem Schlamassel herausholen. Die Schritte waren durch den Teppichboden gedämpft, dennoch hörte sie sie näher kommen. Unter dem Schreibtisch war es vollkommen finster, nur der schwache Schein des Computerbildschirms ließ die Konturen des Schreibtischsessels erkennen. Vor ihr tauchten zwei Männerbeine auf. Schwarze Schuhspitzen zeigten auf sie, die Hosenbeine waren etwas zu kurz, weiße Sportsocken blitzten hervor, als sich der Mann auf den Drehsessel setzte und näher zum Tisch rollte. Die Schuhe stiegen unruhig vor und zurück, beinahe berührten sie Agnes. Verzweifelt drängte sie sich näher an die Rückwand und wagte kaum zu atmen. Das Klappern der Tastatur wurde durch die Tischplatte verstärkt. Der Mann versuchte ebenfalls, in den Computer einzusteigen. Was in aller Welt … Wer war das?

Ein Aufprall am Boden ließ sie aufschrecken. Nur ein Kugelschreiber. Sie atmete vorsichtig aus. Dann erschien in ihrem Ausschnitt der Außenwelt ein Männerarm auf der Suche nach dem Stift. Reflexartig schob sie das Ding von sich weg. Bitte nicht unter den Schreibtisch schauen! Eine breite Krawatte baumelte von der Tischkante herab. Die suchende Hand griff nach dem Schreibgerät. Ein schmaler Ring reflektierte das fahle Licht des Bildschirms. Dann waren Krawatte, Arm und Kugelschreiber verschwunden. Agnes schluckte. Noch mal gut gegangen. Sie fragte sich, was der Typ da oben tat – Informationen notieren, okay. Welche? Die Füße standen nun ruhig vor ihr, hin und wieder bewegten sich die Knie mit der Drehbewegung des Sessels.

Es dauerte eine gefühlte Ewigkeit, bis der Mann das Sekretariat wieder verließ. Agnes verharrte in ihrem Versteck. Es machte ihr nichts aus zu warten, sie hätte jetzt ohnehin nicht gehen können. Die Beine waren aus Pudding. Gegen die Rückwand gelehnt, versuchte sie sich zu beruhigen, wenngleich das kein guter Ort dafür war. Einen Meter weiter war Frau Muth gestorben. Agnes starrte auf den Spannteppich. Saß regungslos da und fühlte Muths Todeskampf nach.

Gift.

Es war spät, als Agnes endlich daheim ankam. Sie war bis in die kleinste Zelle ihres Körpers erschöpft. Ausgelaugter Körper, der Geist paralysiert, die Seele einsam. Das Haus eiskalt. Sie machte ein Feuer in der Küche, drehte in Schlafzimmer und Bad die Heizkörper an. Ein heißes Bad. Mit letzter Willenskraft öffnete sie die Wasserhähne und begann, einen Badezusatz zu mischen. Sandelholz- und Rosenöl in Meeressalz – ihre persönliche Geheimwaffe gegen Frust und Stress. Das Meerwasser führte den Menschen zurück zu seinem Ursprung, der Wiege der Menschheit, und die Düfte liebkosten die Seele, wenn sie es am nötigsten brauchte. Die Rose war zutiefst weiblich, voller Liebe und samtiger Wärme, das Sandelholz erdig warm, verführerisch männlich. Beide Düfte gemeinsam bildeten eine harmonische Einheit. Sie sog den Duft ein. Erotisch. Perfekt für Liebende. Ein gemeinsames Bad mit Siebert – würde er es mögen? Sie seufzte wehmütig. Norman hatte für solche Albernheiten nichts übrig gehabt. Während das Badewasser einlief, bereitete Agnes eine Wärmeflasche und schob sie in das eisigkalte Bett. Im Bad war es endlich warm genug, um sich zu entkleiden. Agnes zündete einige Kerzen an und streute das Badesalz über die Wasseroberfläche. Die Kristalle fielen knisternd auf den Wannenboden. Mit der Hand verrührte sie die letzten Salzreste. Sinnlichkeit lag in der Luft, lud zum Untertauchen ein. Wenn Siebert jetzt hier wäre … Das Wasser nahm sie wie eine Umarmung auf. Ganz egal, was draußen in der Welt geschah, ob alles Kopf stand oder verrückt spielte, das Baderitual war ein Anker im Ozean. Hingabe, wie sie einfacher nicht sein konnte – an die Wärme, den Duft. Der Raum war von der Stille der Nacht erfüllt, nur das Licht von sieben Kerzen ließ die Wände golden glänzen. Den Anspannungen des Tages entfliehen, abtauchen in eine reine Welt.

Für heute ist es genug, was morgen kommt, steht in den Sternen.

Die angespannten Gesichtsmuskeln lösten sich allmählich, die Stirn glättete sich, der Druck auf den Augen wurde schwächer, Wangen und Mund erschlafften. Die Entspannung breitete sich im Körper aus, die Schultern sanken tiefer, der Rücken schmiegte sich an den Untergrund, der Atem wurde ruhig und gleichmäßig, bis unbemerkt die Müdigkeit zu Schlaf wurde.

Einige Minuten später wachte sie hustend auf. Etwas Badewasser war in die Nase gedrungen. Ich sollte echt nicht baden, wenn ich derart müde bin, schalt sie sich, wer will schon in der Badewanne ertrinken. Der Schlaf war übermächtig und sie zwang sich aus der Wanne. Im Bett erwartete Agnes die Wärmeflasche. Beste Voraussetzungen zum Träumen. In Daunen gehüllt, lauschte Agnes in die Nacht hinaus. Der Wind brandete gegen die Wipfel der Bäume wie das Meer gegen Klippen. Er rüttelte an den alten Fensterläden, die knarrend seiner Kraft widerstanden. Eingelullt in die Geräusche des Berges, glitt Agnes in die Welt der Träume, in ein Land jenseits der Zeit.

Sishla Vem übte wie jeden Abend vor Sonnenuntergang gemeinsam mit Neddal am Strand die Bewegungen für ein langes, erfülltes Leben. Der weiße Sand leuchtete im späten Sonnenschein und strahlte die Hitze des Tages ab. Er quoll durch ihre Zehen und massierte die Fußflächen. Oft leistete Eshulim den Frauen Gesellschaft und genoss die beglückende Energie des gemeinsamen Übens. Mephur hatte es sich zur Gewohnheit gemacht, wann immer es ihre priesterlichen Aufgaben im Tempel zuließen, zum Strand zu kommen, um die Vielzahl von Übungen zu erlernen. Nicht zuletzt suchte sie insgeheim die Gegenwart Eshulims, dessen Nähe Freude und Glück verhieß.

Shenui Tui hatte in den ersten Wochen nach der Vermählung noch gemeinsam mit Sishla Vem geübt, doch schon bald das Interesse an dieser Kunst verloren. Unter dem Vorwand, die langsamen Bewegungen seien eines Kriegers unwürdig, unterließ er in weiterer Folge seine abendlichen Besuche am Strand. Andererseits ermutigte das Fehlen des Königs immer mehr Priesterinnen, dem Beispiel Mephurs zu folgen, und so kam es, dass sich an manchen Abenden 20 Übende am Strand einfanden.

Die fließenden Bewegungen der Meisterinnen Neddal und Sishla Vem verlangten den Lernenden in ihrem Bemühen, sie zu kopieren, sehr viel Aufmerksamkeit ab. Zudem waren die Übungen durch ihre Intensität und Dauer unerwarteterweise schweißtreibend. Shenui Tui befand sich in einem großen Irrtum zu glauben, dass diese Kunst einem Mann und Krieger nichts zu bieten hätte. Der tiefe Stand stärkte die Beine und das Becken gleichermaßen, und die Langsamkeit der Bewegungen steigerte die Achtsamkeit und den Gleichgewichtssinn, konzentrierte die Lebenskraft. Die Übungen waren ein Teil der Kampfkunst von Valun, von ungezählten Generationen erprobt und verfeinert. Mephur hatte schon bald das Prinzip der Bewegungsabläufe verinnerlicht und empfand große Freude beim Üben, das vom Rhythmus der Wellen und des Windes bestimmt war.

Wenn die Sonne tief am Himmel rot und orange glühte, setzten sich die Frauen in den Sand und beobachteten schweigend den Sonnenuntergang. Hernach verbeugten sie sich voreinander zum Dank für die gemeinsam verbrachte Zeit. Immer öfter stellten die Priesterinnen Fragen an Sishla Vem. Deren fremde Denkweise faszinierte die zumeist jungen Frauen. So entstand eine Gruppe von Anhängerinnen unter den Priesterinnen Gubans, die an den Lehren Valuns großen Gefallen fanden. Wohl durften sie sich nicht Schülerinnen Sishla Vems nennen, das erlaubte ihre Stellung als Priesterinnen nicht, jedoch kamen sie regelmäßig zum Üben und lauschten gespannt den Worten Sishla Vems. Zumeist wagte sich Mephur als Erste mit Fragen hervor.

»Sishla Vem, wie findet man das, was ihr Einsheit nennt?«

»Übe, Mephur«, erwiderte Sishla Vem freundlich.

»Aber wie wird man Meister in Valun?«, fragte nun eine andere der jungen Priesterinnen.

»Übe weiter«, wiederholte Sishla Vem. Diese Antworten konnten Mephur nicht befriedigen und sie versuchte auf einem anderen Weg, ihre Neugierde zu stillen.

»Sishla Vem, wie kommt es, dass es in Valun keine Stände gibt, keine Über- und Unterordnung der Priester oder Meister, wie ihr euch nennt, der Schüler und des einfachen Volkes? Ich kann mir nicht vorstellen, wie sich eine solche Gesellschaft organisiert.«

»Ich weiß, wie schwer dies für einen Außenstehenden nachzuvollziehen ist«, gab Sishla Vem zu. »Du darfst nicht vergessen, dass wir zahlenmäßig ein sehr kleines Volk sind, das macht es leichter. Zudem bleiben auf der Insel von Valun nur die Menschen, die Interesse am Weg der Einsheit haben. Viele auf Valun Geborene zieht es hinaus in die Welt, die meisten kommen hierher nach Guban. Doch finden auch immer wieder Freunde aus Guban den Weg zu uns – so wie Neddal, die bereits als Kind in das Haus meiner Eltern kam.« Sishla Vem blickte zu Neddal hinüber, die ihr Lächeln erwiderte. »Für die Menschen von Valun ist es ohne Bedeutung, was jemand an Besitztümern angehäuft hat, sie helfen uns nicht, in die Einsheit zu finden. Reichtum macht das Glück nicht aus, und der Tod trennt uns schließlich wieder von allen materiellen Werten. Andererseits verachten wir das Materielle nicht, denn eine gesicherte Lebensgrundlage für sich und die Familie hilft dem Geist, frei zu sein für die spirituelle Entfaltung.« Sishla Vem blickte in die wissensdurstigen Gesichter der Mädchen und Frauen. »Die Meister und Meisterinnen unter uns haben Hochmut und Standesdünkel verloren. Das sind alles Erscheinungen, die einhergehen mit der Sucht nach dem ICH, dem Anders-sein-Wollen, der Trennung von der Einsheit. Sich davon zu lösen, ist die wahre Befreiung.« Sie musste lachen, besonders weil die Priesterinnen sie mit einem Male zweifelnd anstarrten.

»Ihr seht, es macht fröhlich – wir machen keinen Unterschied im Geschlecht, denn jeder Mensch ist ein spirituelles Wesen, Frauen wie Männer können Meisterschaft erlangen. Auch machen wir keinen Unterschied zwischen Meister und Schüler. Der Meister arbeitet genauso wie sein Schüler und sucht jeden Tag aufs Neue die Mitte. Es mag scheinen, als müsste dies dem Meister leichter fallen, kennt er doch bereits den Weg und die Freude des Lichts. Dennoch versuchen ihn hin und wieder Trugbilder, Stolz zum Beispiel. Seid versichert, nur selten unterliegt er ihnen. Verfiele ein Meister diesen Täuschungen des Verstandes, angestiftet von der Ich-Sucht, er würde es sogleich merken – denn die Ruhe des Herzens ist verloren, wenn das ICH die Herrschaft übernimmt.« Sishla Vem blickte offen in die staunenden Gesichter, die sie anstarrten. »Versteht mich richtig, Dienerinnen von Mu – es gibt nichts gegen das ICH einzuwenden, es gehört zu uns und das ist gut so, doch ist es ein schlechter Herr. Es knechtet und versklavt, führt euch aus der Mitte, bis ihr euch fernab der *Einsheit* verliert.« Sishla Vem machte eine bedeutungsvolle Pause. Ein Gedanke war ihr durch den Sinn gegangen und mehr zu sich selbst als zu den jungen Frauen um sich herum sprach sie ernst weiter.

»Manches Mal entscheidet sich ein Meister bewusst für einen anderen Weg als den Weg der Mitte.« Sishla Vem hielt wieder inne, denn ihre Gedanken flogen zu Nathane, berührten zärtlich seine Seele und kehrten wieder zurück an den Strand. Schließlich erhob sie sich und die Schar der Priesterinnen begleitete sie die Wasserlinie entlang.

»Ein Meister lernt jeden Tag von der Natur, von seinen Schülern und von seinen Feinden. Dafür dankt er ihnen mit Achtung und Mitgefühl. Die Arbeit des Alltags ist Teil unseres Lebensweges, jeder verrichtet sie nach seinen Talenten und Fähigkeiten, selbst die ältesten Meister arbeiten mit. So machen wir schließlich auch keinen Unterschied in der Bewertung der verschiedenen Berufe und Tätigkeiten, denn alle tragen zum Ganzen bei. Das ist es, was den Meister schließlich ausmacht, er bewertet nicht, er beobachtet, ist Zeuge und nicht Richter.« Die Frauen näherten sich dem Weg zurück zum königlichen Garten. Mephur blieb stehen und sah Sishla Vem herausfordernd an.

»Woran merkt ihr, dass jemand ein Meister ist? Wer darf dies beurteilen, wenn ihr nicht bewertet?« Geduldig holte Sishla Vem erneut aus, um Mephur die Lebensweisheiten Valuns näherzubringen.

»Es liegt kein Widerspruch darin, von seinem Meister bestätigt zu werden. Er beobachtet seine Schüler und ist Zeuge ihrer Entwicklung. Hat der Schüler das Wunder der Einsheit erfahren, wird dies offenbar – in seinem Gang, der Körperhaltung, seinem Dasein. Welch ein freudiger Moment, in dem du deinem Schüler diese Veränderung bestätigen kannst! Du hast ihm wohl alles an Verhaltensweisen, Übungen und Worten vorgelebt, und doch hat er den Weg selbst finden müssen. Wir maßen uns nicht an, den Schüler geformt zu haben, wir sind lediglich Teil der Einsheit, ein Wegweiser. Der Schüler findet seinen Weg selbst oder nie. Durch die Einsheit können wir von der Natur lernen, heilen und die Dinge zum Guten wenden, anderen Menschen auf dem Weg helfen.«

»Wenn man von seinem Meister bestätigt wird, dann darf man sich *Meister von Valun* nennen?«, fragte eine der Priesterinnen nach. Sishla Vem seufzte. Das Kreuzverhör konnte noch lang dauern.

»Meister ist der, der Schüler hat. Es ergibt sich einfach, denn wer den Weg der Einsheit gefunden hat, ist umgeben von einer besonderen Aura.«

»Was für einer Aura?«, fragte die Jüngste.

»Der Liebe, des Lichts und auch der Macht.«

»Macht?«, stieß Mephur spitz hervor. »Mächtig sind die Kriegsherren.« Sishla Vem schüttelte den Kopf.

»Getriebene ihrer ICH-Sucht. Mächtig ist der, der unabhängig ist von allen Urteilen, vor allem seinen eigenen«, erklärte Sishla Vem. »Ein befreiter Geist.« Da ihre Worte dem Gesichtsausdruck Mephurs zufolge bloß noch mehr Verwirrung geschaffen hatten, fuhr sie erläuternd fort: »Du nimmst das Leben an, so wie es ist, du hörst auf, es mit deiner eingeschränkten Wahrnehmung zu beurteilen. Du verlierst die Angst und beginnst, wahrhaft zu sein.« Eine kleine Falte zwischen Mephurs Augenbrauen zeugte von entgegengesetzten Ansichten.

»Das klingt beinahe so, als würdet ihr euer Schicksal vollkommen teilnahmslos hinnehmen. Ich hingegen will mein Leben gestalten und, wenn es sein muss, kämpfen!« Die Hände hatten sich zu Fäusten geballt und Mephurs Verzweiflung war unübersehbar. Welcher Kummer plagte diese junge Frau?

»Das Leben ist voller Ereignisse, viele stellen sich uns als Aufgaben in den Weg, um uns eine Lektion zu erteilen«, erklärte Sishla Vem sanft. »Es zeugt von Weisheit, die Dinge, die unabänderlich sind, als solche zu erkennen und sich ihnen zu beugen wie die Gräser dem Wind. Die Kunst ist, diese von jenen Dingen unterscheiden zu können, für die wir stark wie Felsen sein müssen. Du musst das, was *ist*, annehmen. Erst dann kannst du alle Kraft und Energie mobilisieren, die es braucht, angemessen auf eine schwierige Situation zu reagieren. Dein Schicksal anzunehmen, bedeutet nicht, sich tatenlos treiben zu lassen, nein, Mephur, ganz und gar nicht. Doch das, was *ist*, zu erkennen und zu akzeptieren, erfordert Mut.« Damit wandte sich Sishla Vems Aufmerksamkeit dem Meer zu. Eine Unruhe befiel sie, denn das scheidende Licht verschwand um einen Lidschlag zu schnell, als wäre ein Schatten vorübergezogen. Eine harte Männerstimme ließ sie erschauern.

»Geliebte Königin! Ich bin überglücklich, Euch anzutreffen.« Wuhvor stand mit einem Mal vor den Frauen und verneigte sich, die Faust auf der Brust und breit grinsend. Mit weitaus weniger süßer Stimme sprach er Neddal, Mephur und die anderen Frauen in Sishla Vems Gefolge an.

»Ihr Mädchen geht voraus. Ich habe mit eurer Herrin allein zu sprechen.« Neddal sah Sishla Vem fragend an, unwillig, die Geliebte mit dem Krieger allein zu lassen. Mephur war bereits willfährig mit den anderen Priesterinnen vorausgegangen, um dem Befehl Wuhvors zu entsprechen. Sishla Vem nickte Neddal beruhigend zu.

»Neddal, folge Mephur nach. Aber bleibe in Sichtweite, ich rufe nach dir, wenn Wuhvor seine geheimnisvolle Nachricht überbracht hat.« Danach wandte sie sich dem Hünen wieder zu. »Was wünscht Ihr?«

»Welch treffliche Frage!«, lachte er spöttisch auf. »Wenn ich Euch so ansehe, schöne Sishla Vem, mir würde mein schönster Wunsch sogleich einfallen. Der käme Euch vielleicht gar nicht ungelegen? Wie ich hörte, besucht Shenui Tui Euch nur einmal jeden Mondzyklus. Das ist für eine so junge Frau viel zu wenig Aufmerksamkeit – ihr aus Valun seid der körperlichen Liebe doch zugetan, wurde mir erzählt. Gern würde ich Euch in den einsamen Stunden der Nacht beistehen. Ihr wisst doch sicher, wie sehr mein ganzes Denken seit Eurer Ankunft von Eurem Liebreiz betört ist.«

»Wuhvor, Eure Dreistigkeit ist grenzenlos«, erwiderte Sishla Vem und ihre Augen suchten in seinem Blick nach den wahren Beweggründen dieses Affronts. »Ihr beleidigt damit nicht nur mich, sondern auch Euren König, dem Ihr Treue geschworen habt. Was macht Euch so sicher, dass Shenui Tui nichts davon erfährt?« Wuhvors Gesicht war zu einem hämischen Grinsen verzerrt. Als hätte er mit dieser Reaktion gerechnet, setzte er seine provokante Rede fort.

»Euch zu besitzen, ist jedes Opfer wert. Doch Ihr habt recht, ich bin ein Krieger und überlege mir vor jeder Schlacht meine Taktik. Wie ich in Erfahrung bringen konnte, ist Neddal nicht nur Eure Dienerin, sondern genießt zudem das Privileg, Eure Gespielin im Bett zu sein. Das wird dem König nicht gefallen – nein, meine schöne Königin, ich kenne ihn gut –, das würde er niemals dulden.« Dabei berührte er zögernd die Seide an ihrem Arm. Sofort machte Sishla Vem einen Schritt zurück. »Welch ein großes Glück für Euch, dass ich von Eurer Schönheit verblendet bin, ja geradezu verhext wurde. Für den Preis einer leidenschaftlichen Nacht werde ich Euch helfen, das Geheimnis vor der Welt zu verbergen und dem König diese Enttäuschung zu ersparen. Es wird Euer Schaden nicht sein, wenn ich dies unbescheiden anmerken darf.« Sein Lachen unterbrach den Redefluss und mit heiserer Stimme flüsterte er ihr in anmaßender Intimität ins Ohr: »Zögert nicht zu lang.« Sishla Vem starrte Wuhvor an. Dieser Mann missachtete die hohen Werte der Krieger; Treue und Freundschaft, Mut und Aufrichtigkeit schienen für ihn keine Bedeutung zu haben, zudem fühlte er sich in seinem dreisten Ansinnen überraschend sicher. Dies konnte kein Zufall sein. Wie sollte sie diesem Menschen, einem Vertrauten des Königs, begegnen?

»Wuhvor, Ihr täuscht Euch in vielerlei Hinsicht. Neddal ist nicht meine Dienerin. Sie ist eine Meisterin von Valun. Wohl bin ich ihr liebevoll zugetan, doch teilen wir keinesfalls das Bett. Und Euer größter Irrtum besteht darin anzunehmen, ich ließe mich von Euch erpressen. Unter gar keinen Umständen werde ich jemals mein Lager mit Euch teilen, merkt Euch das für alle Zeiten. Geht jetzt fort und erlöst mich von Eurer Gegenwart. Der König soll von mir nichts über Eure Untreue erfahren, doch haltet in Zukunft Abstand von mir und meinen Getreuen.« Wuhvor blickte sie an, als hätte sie ihm ins Gesicht geschlagen. Er zögerte kurz und sprach schließlich doch.

»Ich glaube Euch kein Wort. Meine Informanten sind verlässlich, ich weiß, was ich weiß.« Eine plötzliche Eingebung erhellte sein Gesicht. »Vielleicht wäre es Euch lieber, wir nähmen Neddal zu uns ins Bett? Ich bin diesem Gedanken nicht abgeneigt, im Gegenteil, nun, da ich diese Möglichkeit erwäge, erscheint sie mir überaus verlockend! Ich kann euch beide spielend befriedigen.« Grinsend genoss er die Wirkung seiner Worte. Sishla Vem stand blass und sprachlos vor ihm. »Überlegt gut, bevor Ihr mein Angebot ausschlagt. In der Nacht zum Neumond seid Ihr mein oder werdet es ewig bereuen, mich zurückgewiesen zu haben. Und noch eins – solltet Ihr Euch dazu entschließen, dem König von unserem Gespräch zu erzählen – Shenui Tui wird Euch diese Geschichte niemals glauben, denn er hält große Stücke auf mich. Einst habe ich ihm in einer Schlacht das Leben gerettet. Ihr hingegen seid nur eine Fremde, eine Ungläubige, eine Frau …, vergesst das nicht.« Abrupt rief Sishla Vem nach Neddal und wandte sich zum Gehen. Wuhvor packte sie energisch am Arm. Die körperliche Verbindung ließ Sishla Vem erneut erstarren. Ein Schwindel erfasste sie, um sie herum wurde es düster und kalt, bis eine wilde Abfolge von Bildern durch ihren Kopf raste. Es war immerzu Wuhvors Schwerthand, die vor ihren Augen erschien und einmal einen halbwüchsigen Jungen köpfte, danach eine kreischende Schwangere aufschlitzte und schließlich ein junges geschändetes Mädchen mit dem Knauf des Schwerts erschlug. Hass und Wut griffen an ihr Herz und drückten ihr die Kehle zu. Hastig riss sich Sishla Vem aus der Umklammerung Wuhvors. Der Strom dunkler Energie verebbte. Nach einigen tiefen Atemzügen richtete sie mit ruhiger Stimme ihre Worte an ihn: »Ihr habt Euch von Ehre und Treue losgesagt, Wuhvor. Einst waren sie Teil von Euch, das kann ich sehen, jedoch nicht, warum Ihr dem lichten Weg des Kriegers entsagt habt. Seid meines Mitgefühls versichert, denn das Böse, das Ihr anderen antut, wird zu Euch zurückkehren, so verlangen es die Gesetze der Einsheit, und auch Ihr seid Teil des Ganzen, des ewigen Kreislaufs. Dennoch ist es niemals zu spät, sich seiner selbst zu besinnen und auf den Weg der Mitte zurückzufinden. Wenn Ihr Unterstützung auf dem Weg zurück sucht, wendet Euch an Eshulim, er wird Euch nicht abweisen.«

»Dieser Jüngling soll mich etwas lehren?«, rief er in der Absicht, Sishla Vem erneut zu verletzen, und ging allein voran Richtung Palast. Neddal und Mephur liefen Sishla Vem entgegen. Als sich ihre Wege mit Wuhvor kreuzten, machte er lautstarke Bemerkungen über Neddals wohlgeformte Brüste und Hüften. Aufgeschreckt bestürmten sie ihre Königin um eine Erklärung für das befremdliche Verhalten des Kriegers. Doch Sishla Vem wählte bewusst zurückhaltende Worte. Mephur durfte keinesfalls eingeweiht werden, alleine zu ihrem eigenen Schutze. Erst in der Abgeschiedenheit ihrer Privatgemächer berichtete sie Neddal von dem erpresserischen Ansinnen. Zutiefst bestürzt, erwog Neddal die Heimreise nach Valun. Jedoch, war es der Glaube an das Gute oder das Verlangen, der Liebsten treu zur Seite zu stehen, Sishla Vem und Neddal einigten sich vorerst, abzuwarten und den Dingen ihren Lauf zu lassen.

Die Melodie des Mobiltelefons spielte in einem fort. War die Musik zuvor Teil ihres Traums gewesen, schreckte Agnes nun hoch. Es war taghell im Zimmer! Sie warf einen Blick auf den Wecker. Verschlafen. Erschrocken sprang sie aus dem Bett und rannte zum Handy. Auf dem Display stand *Paps*. Einen Druck auf *Rückruf* später ertönte das Freizeichen. Eine Männerstimme meldete sich und sobald Agnes sich zu erkennen gab, begann Ludwig aufgeregt zu reden.

»Nessi, endlich – Norman ist heute Morgen vor der Türe gestanden! Er wollte wissen, wo du bist. Ich sagte, im Büro. Und er meinte, nein, da wärst du heute nicht eingetroffen. Was hab ich mir für Sorgen gemacht, Kind.«

»Paps, ich habe nur verschlafen«, wandte sie ein, aber ihr Vater war noch lang nicht fertig damit, seine Bürde abzuladen.

»Du lebst da draußen in der Einöde, völlig allein und schutzlos; ausgerechnet jetzt, wo bei dir in der Firma ein Mörder sein Unwesen treibt. Komm zumindest für diese Zeit heim. Das ist alles viel zu gefährlich.« Zum ersten Mal klang er wie ein alter Mann.

»Paps, beruhige dich. Ich bin okay. Was hast du Norman gesagt, wo ich bin? Er soll weiterhin glauben, dass ich bei dir wohne.« Ludwig räusperte sich. Was hatte er angestellt?

»Das war wirklich eine schwierige Situation für mich. Mir ist so schnell einfach nichts Vernünftiges eingefallen.«

»Was hast du gesagt, Paps?«, unterbrach sie ihn und spürte Panik aufsteigen.

»Zuerst habe ich einen auf alten Mann gemacht, meinen Bart gekratzt und laut vor mich hin gegrübelt, ob da nicht ein Zahnarzttermin oder irgendein anderer Arzttermin gewesen ist.«

»Das ist gut!«, rief Agnes und spürte, wie Erleichterung ihre erstarrten Glieder lockerte.

»Norman wurde ungeduldig und meinte, er werde dich schon erwischen«, fuhr Ludwig Feder fort. Norman wollte also etwas von ihr. Wenn das nicht interessant war.

»Das hast du gut gemacht, Paps. Danke. Ich habe verschlafen, es ist gestern recht spät geworden. Wenn ich mich beeile, schaffe ich es, zur Kernarbeitszeit in der Firma zu sein. Dann brauche ich nichts zu erklären.«

»Norman hat mich wirklich nervös gemacht«, konnte Ludwig nicht an sich halten.

»Entschuldige, dass ich dir so viel Kummer und Aufregung beschere. Mach dir keine Sorgen um mich, ja?« Sie verabschiedeten sich und Agnes schlüpfte in die nächstbesten Klamotten, die sie finden konnte. Zwei Minuten Morgentoilette, dann ohne Frühstück aus dem Haus.

Auf dem Weg ins Büro überlegte sie, wie sie an die Akten der Personen herankommen könnte, die sie gestern auf Frau Muths Computer ausgekundschaftet hatte. Es gab zu jeder Patientin einen elektronischen Akt und einen in Papierform. Die Papierakten waren wahrscheinlich im gemeinsamen Sekretariat der Bereiche *Künstliche Befruchtung und Forschung* aufbewahrt. Zugriff auf elektronische Akten und persönliche Daten hatten nur autorisierte Personen wie der behandelnde Arzt – Agnes jedenfalls nicht. Doch selbst wenn sie an die Akten herankam – worin bestanden die Unregelmäßigkeiten, die Frau Muth entdeckt hatte? Wonach sollte sie suchen? War das Gespräch zwischen Michelle und Tolf vielleicht ein Puzzlestein, der ihr weiterhelfen konnte? Sie rief sich die Worte, die zwischen den beiden Rivalinnen gefallen waren, nochmals in Erinnerung: Honorare, Extrazahlungen an Michelle – und Muth hatte erwähnt, dass die meisten Akten von Michelle waren. Solche Zahlungen erfolgten mit Sicherheit ohne Quittung, darüber würde man in einem Akt nichts finden. Aber der Muth war etwas aufgefallen. Megan …, die arbeitete mit Michelle und Tolf zusammen. Wer, wenn nicht sie, konnte einen Weg finden.

14

»Ich habe dich gestern gesucht, wo warst du?« Norman hatte die Türe zu Agnes' Zimmer ohne anzuklopfen geöffnet und war grußlos eingetreten.

»Wenn man in ein fremdes Zimmer kommt, grüßt der höfliche Mensch.« Agnes wollte Normans Frage ausweichen und riskierte dafür einen Angriff.

»Im Dienst bin ich nicht höflich. Wo warst du?« Ihm konnte man nicht ausweichen. Er starrte sie mit kalten Augen nieder, das Gesicht eine Maske.

»Das geht dich nichts an. Ich bin dir keine Rechenschaft schuldig.« Trotzig versuchte Agnes, Norman zu ignorieren und schlug den Deckel eines Aktenordners auf. Schon stand Norman vor ihrem Tisch und schlug den Deckel wieder zu.

»Da irrst du dich gewaltig. Ich ermittle in einem Mordfall und darf alles fragen.« Sein Auftreten und der durchdringende Blick wirkten bedrohlich, aber Agnes hielt ihm stand.

»Dann darf ich dich informieren, dass das ein Irrtum deinerseits ist. Wenn du konkrete Fragen im Zusammenhang mit deinem Fall hast, kannst du sie mir stellen und ordnungsgemäß protokollieren. Allerdings wirst du mich vorher über meine Rechte aufklären und mir zudem mitteilen müssen, in welcher Funktion du mich vernehmen willst. Zeugin? Beschuldigte?« Norman blähte wütend die Nasenflügel und die Augen verengten sich zu schmalen Schlitzen. Trotzdem sprach er mit gefasster Stimme.

»Du willst dich mit mir anlegen? Das kannst du haben.«

»Möchtest du mir sonst noch etwas sagen oder war das schon alles?« Agnes trug den Aktenordner zum Kasten und stellte ihn auf seinen Platz zurück. Ganz bewusst drehte sie Norman den Rücken zu. Ein lauter Knall folgte. Agnes wirbelte herum. Das Zimmer war verlassen, die Tür nach dem Aufprall wieder aufgesprungen. Verdrossen drückte sie sie zu.

»Das habe ich prima hinbekommen«, ließ sie ihrem Frust freien Lauf, »jetzt wird er mir das Leben erst recht schwer machen und wenn es eine Möglichkeit gibt, hängt er mir den Mord an.« Um die Nervosität zu bezwingen, wählte sie Megans Durchwahl und wartete ungeduldig, bis endlich abgehoben wurde. »Megan? Hast du Zeit für eine Mittagspause in unserem Teehaus?«

»Ist es dringend?«

»Ja. Ich muss dir was erzählen.« Am anderen Ende der Leitung war es einen Augenblick lang still. Dann antwortete Megan resolut.

»Okay. 12.30 Uhr im Foyer. Ich habe auch Neuigkeiten.« Erleichtert legte Agnes auf. Vielleicht hatte Megan schon etwas über die Akten herausbekommen, was ihnen weiterhelfen würde. Die Zeit drängte. Vor allem jetzt, wo Norman ihr richtig ans Zeug wollte. Mit einem Seufzer trug sie einen Stapel juristischer Zeitschriften und Gesetzesblätter zum Schrank, wo sie im obersten Fach ihren Platz hatten. Kaum hievte Agnes ihre Last über den Kopf, rutschten aus der Mitte einige Hochglanzformate hervor und der ganze Stapel löste sich in einem Papierregen auf.

»Verdammter Mist!« Was war das für ein Tag? Hatte sie jemand verflucht oder was? Runter auf die Knie und tausend Blätter einsammeln, großartig. Es klopfte.

»Ja, bitte!«, rief sie und streckte sich nach einem Blatt, das unter den Blumentisch geflattert war.

»Kann ich helfen?«

Agnes' Blick fiel auf ein Paar schwarze Männerschuhe, der typische Winterschuh des mitteleuropäischen Mannes, und eine etwas zu kurze Anzughose. Der Mann ging in die Hocke und weiße Socken blitzten hervor. Sie starrte gebannt auf das Bild, das sich ihr bot. Und dann wusste sie es. Brum war an Muths Computer gesessen. An seiner rechten Hand steckte ein schmaler Ehering.

»Hallo! Was haben Sie denn, Frau Magister? Alles in Ordnung?«, musterte Brum seine Juristin. Sofort riss sich Agnes zusammen. »Oh ja, natürlich, kleiner Filmriss ...« Ihre Stimme versandete in den Gedanken, die sie bestürmten. Brum griff nach ein paar Zeitschriften.

»Ich helfe Ihnen, dann geht es schneller.« Er räusperte sich. »Bei der Gelegenheit, haben Sie heute Mittag schon etwas vor? Wir könnten schnell zum *Kuchldragoner* auf eine Gulaschsuppe gehen und über die Zuwendung für den Sohn von Frau Muth sprechen.« Agnes war froh, keine Ausrede aus dem Hut zaubern zu müssen. Im Augenblick war sie für Lügen nicht kreativ genug.

»Oh schade, ich habe eben etwas für Mittag ausgemacht. Können wir die Sache nicht gleich besprechen?« Sie musste sich das Schmunzeln verkneifen, als sie Brums heimliches Grollen zu hören vermeinte. Rein äußerlich trug er seine Enttäuschung jedoch mit Fassung. Schnell hatten sie die weitere Vorgehensweise festgelegt und Brum verließ Agnes ohne jede weitere Anmache. Heute verscherze ich es mir mit allen Männern, stellte sie nüchtern fest. Gut, dass Siebert nicht da war – nein, das war es gar nicht, er fehlte ihr. Ein Sehnen zog durch ihren Körper, sehr physisch, sehr konkret in seinem Epizentrum. Das ging nicht, sie musste sich auf ihr Problem konzentrieren – also Brum. Was hatte er auf Muths PC gesucht? Ratlos schüttelte Agnes den Kopf. Es war ganz und gar nicht einfach, hinter die Geheimnisse anderer Leute zu kommen. Widerwillig stieg ihre Achtung für Norman, der sich tagtäglich mit den Abgründen der menschlichen Seele herumschlagen musste.

»Hör zu, Agnes: Ich habe in den elektronischen Akten gestöbert, ob irgendwelche Gemeinsamkeiten zu finden sind. Allerdings habe ich keinen Zugang zu medizinischen Daten oder Untersuchungsergebnissen, daher nur so viel: Es handelte sich durchwegs um In-vitro-Fertilisationen, alle Frauen wurden persönlich von Michelle betreut. Die Klientel besteht aus einer Rechtsanwältin, der Gattin eines Bauunternehmers, einer Adeligen und so weiter. Alles, was Geld und Namen hat.«

Die Serviererin schob zwei Teekannen auf die Tischplatte und stellte zwei Teller mit Apfelkuchen vor Agnes und Megan. Sie dankten ihr und widmeten sich hungrig dem Essen.

»Das beweist leider noch gar nichts«, griff Agnes den Gesprächsfaden wieder auf, »auch wenn es gut zu einem lukrativen Nebenerwerb passt.«

»Ich spüre das: Michelle hat ihre Finger im Spiel«, sagte Megan mit vollem Mund, »wenn ich bloß an die medizinischen Daten rankäme.« Agnes biss sich nachdenklich auf die Lippe. Eine Chance blieb noch.

»Vielleicht liegt irgendetwas im Papierakt.«

»Ein Kuvert mit 10.000 Euro?«, spöttelte Megan.

»Natürlich nicht«, erwiderte Agnes etwas frostiger als beabsichtigt. »Aber möglicherweise ein Hinweis im Anamnesebogen zu Erbkrankheiten, Untersuchungen zur Eizellenproduktion, eine Notiz von Michelle – solche Sachen.«

»Möglich«, nickte Megan zustimmend, »aber die betreffenden Papierakten sind in Michelles Zimmer.«

»Nicht im Sekretariat? Mist!«, widerwillig führte sie ihren Gedanken zu Ende. »Ich muss sie durchsehen, um jeden Preis«, und wie sich die ganze Angelegenheit entwickelte, rechnete sie mit einem hohen. »Und dann wäre da noch Dr. Brum«, überlegte Agnes weiter. »Warum war er an Muths PC?«

»Angenommen, Brum hat nicht nur bei dir versucht zu landen – er wirkt auf mich wie einer, der vielerorts nach Abwechslung vom Eheleben sucht. Frau Muth war eine attraktive Frau und geschieden. Passt ins Beuteschema. Was, wenn sie eine Affäre hatten und Frau Muth wollte mehr? Oder eine andere Variante: Frau Muth könnte ihn erpresst haben.«

»Dass sie die Affäre publik macht?«, fragte Agnes ungläubig.

»Soll schon vorgekommen sein«, ließ Megan nicht locker.

»Aber nicht die Muth«, war sich Agnes aus irgendeinem unerfindlichen Grund sicher. Intuition, das musste es sein. Vor ihrem inneren Auge erstand Muths Gesicht, die neugierigen, aber aufrichtigen Augen, das fröhliche Lachen. Das waren nicht die Augen einer Erpresserin. Megan zuckte mit den Schultern und nahm einen Schluck Tee, während Agnes versuchte, Ordnung in ihre Gedanken zu bekommen. »Okay. Wir haben zwei mysteriöse Todesfälle: Dr. Wach starb an einer Viagra-Nitro-Kombination, Frau Muth an einer Laborsubstanz.«

»Sieht aus, als betätigte sich jemand als Giftmischer«, beteiligte sich Megan an der Bestandsaufnahme.

»Fragt sich bloß, warum.« Eine Weile starrten sie beide aus dem Fenster hinaus. Die kahlen Bäume und der graue Himmel wirkten nicht gerade inspirierend.

»Und was, wenn die beiden Morde gar nicht zusammenhängen?«, beendete Agnes das Schweigen.

»Zwei Mörder? Unwahrscheinlich«, schüttelte Megan den Kopf.

»Warum nicht – die Sache mit dem Viagra ist genial, das Laborgift wirkt dagegen plump«, beharrte Agnes auf ihrer Eingebung.

»Ich kann mir einfach schon mal nicht vorstellen, dass einer der Kollegen ein Mörder ist, und dann gleich zwei? Das ist«, Megan rang um Worte, »absurd!«

»Na gut, lassen wir das«, gab Agnes angesichts Megans Unbehagen klein bei. »Wir brauchen etwas Handfestes. Fangen wir bei Brum an. Er war an Muths Computer. Wenn er etwas gefunden hat, dann wird er es höchstwahrscheinlich gelöscht haben.« Agnes blickte auf. Die Serviererin stand vor ihnen und machte sich daran, die Teller abzuräumen. Ein Blick auf die Uhr ließ sie die Rechnung verlangen. Kaum war die Serviererin weg, knüpfte Agnes an ihrem letzten Gedankengang an. »Es gibt eine Chance, die gelöschten Dateien zu finden. Am PC werden die gelöschten Objekte in den Papierkorb verschoben, den kann man natürlich auch wieder löschen, ist klar. Aber ich erinnere mich an ein Missgeschick von einem Kollegen, der irrtümlich einen Bericht von 20 Seiten gelöscht hatte, sogar aus dem Papierkorb waren sie verschwunden. Damals hat ihn ein Mann aus der EDV gerettet, der die Datei irgendwie wiederfand, weil regelmäßig ein Backup vom ganzen Netzwerk der Firma gemacht wird. Das wird erst nach einer Woche gelöscht. Mit Glück könnten Frau Muths Dateien darin zu finden sein.«

»Fantastisch!«, erhellte sich Megans Miene, doch nur, um gleich darauf umso mehr zu verdüstern. »Und wie kommen wir an das Backup heran? Das können nur die Profis aus der EDV.« Die Serviererin brachte die Rechnung und Megan bestand darauf zu bezahlen. »Du bist heute mein Gast.« Proteste von Agnes' Seite schmetterte sie ab. »Lass uns lieber eine Lösung für das EDV-Problem finden.«

»Wenn wir Norman einweihen …«, entrang sich Agnes mit gequältem Seufzen, denn sein Name wollte nur widerstrebend über ihre Lippen kommen, »… kann er das Backup beschlagnahmen und auf gelöschte Dateien untersuchen lassen.« Megan sah Agnes an, als spürte sie ihren Widerwillen körperlich.

»Nach eurem Streit heute werden die Chancen, mit ihm vernünftig zu reden, eher schlecht stehen, oder?«

»Da bin ich mir sicher. Unsere einzige Chance ist, dass er mit dem Fall nicht vorankommt. Wenn er im Dunkeln tappt, könnte er auf mein Angebot einsteigen. Viel Hoffnung habe ich allerdings nicht.« Agnes schlüpfte in ihren Mantel und bemerkte Megans Schmunzeln. »Was?«

»Du hattest doch mal einen Verehrer in der EDV – wie hieß der noch? Fred? Eddi? – Jedenfalls war er hinter dir her wie der Teufel hinter der armen Seele.«

»Oh Gott, Fredi …«

»Jeden Tag hat er eine neue Geschichte erfunden, um bei dir vorbeizuschauen. Kannst du den Kontakt nicht wieder aktivieren?« Agnes schaute so verzweifelt, dass Megan loslachen musste.

»In was für eine Situation habe ich mich da hineinmanövriert?«, verdrehte Agnes die Augen und rang die Hände. »Ich komme ständig vom Regen in die Traufe – jetzt muss ich zwischen einem eifersüchtigen Exfreund und einem verrückten Exverehrer wählen. Beide werden sich Hoffnungen auf mehr machen, sobald ich sie ins Vertrauen ziehe, und das ganze Theater geht von vorn los.«

»*Shit happens,* sagen wir in England«, erwiderte Megan, und Agnes wusste darauf nichts zu entgegnen. Genauso war es. Den ganzen Weg zurück ins Büro überlegten die Freundinnen, wer von den beiden Männern das kleinere Übel wäre. Schließlich einigten sie sich darauf, es dem Schicksal zu überlassen. Wer Agnes zuerst über den Weg lief, war der Auserwählte, wenngleich die Zeit drängte – auch das Backup würde gelöscht werden. Notfalls musste dem Schicksal eben nachgeholfen werden.

Die Vorsehung arbeitete diesmal rasch und zuverlässig. Agnes war gedankenversunken in ihr Büro gelaufen und gegen einen Mann geprallt.

»Norman!«, sie stand immer noch stocksteif da. »Mensch, hast du mich erschreckt!« Norman grinste betreten und schien die körperliche Nähe zu Agnes zu genießen.

»Hey, das wollte ich nicht. Alles in Ordnung mit dir?« Fürsorglich nahm er ihr den Mantel ab und hängte ihn auf den Haken des Kleiderständers. Völlig entgeistert starrte Agnes ihm nach. Wer war dieser Mann, der sie ritterlich und zuvorkommend behandelte? Befremdet verfolgte sie seine Bewegungen, setzte sich auf ihren Sessel an den Schreibtisch und versuchte, der Verwunderung Herr zu werden.

»Setz dich, Norman. Was kann ich für dich tun?« Norman nahm ihr gegenüber Platz. Keine eiskalten Blicke, kein böser Zug um den Mund. Da war definitiv etwas faul.

»Zuerst möchte ich mich für mein schlechtes Benehmen entschuldigen.« Agnes spürte, wie ihre Gesichtszüge entgleisten. Norman? Wollte sich – entschuldigen? Bei ihr? »Es geht mir nicht gut, seit du fort bist. Ach was, du fehlst mir entsetzlich.« Ihr Mund klappte auf. Sofort unterbrach er sich und hob beschwichtigend die Hände. »Aber davon möchte ich jetzt nicht sprechen. Keine Angst.« Aus seinen Augen schlug Agnes eine Welle von Schmerz und Selbstmitleid entgegen; zu überraschend, um sich gegen das mächtige Schuldgefühl wehren zu können, das sie sofort überkam. Noch ehe sie sich von diesem perfekten Anschlag, wie ihn nur ein guter Kenner ihrer Schwachstellen planen konnte, erholt hatte, sprach Norman bereits weiter. »Eigentlich wollte ich dir das gar nicht sagen, aber es muss einfach raus: Du bist so distanziert und stehst fest mit beiden Beinen im Leben – ich habe dich unterschätzt.« Jetzt machte Agnes erst recht große Augen. Was war hier los? Diesen Mann kannte sie nicht – Norman hatte noch nie etwas derart Nettes zu ihr gesagt. Forschend ruhte Agnes' Blick auf seinem Gesicht. Er wirkte schmäler, hatte Schatten unter den Augen.

Dackelblick wirkt immer.

»Ich weiß, Agnes, du willst nichts mehr mit mir zu tun haben und beinahe verstehe ich es. Hättest du nicht von dir aus das Angebot gemacht, ich würde nicht wagen, dich zu fragen.« Verdutzt schüttelte sie den Kopf, als gelte es aufzuwachen. Da lief gerade ein ausgetüfteltes Spiel ab und sie hatte keine Ahnung, worum es ging.

»Wovon sprichst du? Welches Angebot?« Norman stand auf und ging zum Fenster.

»Das ist meine Chance, jetzt wo der Geier bald in Pension geht. Ich will den Gruppenleiterposten. Mir fehlt bloß ein großer Erfolg. Aber dieser Fall …«, er drehte sich zu ihr, »… ich komme keinen Millimeter weiter. Für den Mord an Larissa Muth finde ich kein Motiv, ihr Privatleben ist völlig unspektakulär. Keine dunklen Flecken. Eine brave Mutter, schuldlos geschieden, keine Männergeschichten, soweit ich das in Erfahrung bringen konnte. Unter den Kollegen war sie beliebt, es gab keine Feindschaften. Keine Depression, nach Arztberichten war sie völlig gesund, Selbstmord unwahrscheinlich. Nichts zu finden. In der Firma bekomme ich keine brauchbaren Informationen – alle halten sich bedeckt. Ich sage dir, jeder ausgekochte Zuhälter ist mir lieber als diese Akademiker-Pinkel. Da weiß ich wenigstens, wo ich ansetzen muss, um an Informationen zu kommen. Der Mörder muss hier im Haus sein. Was ich brauche, ist ein Informant, ein Insider. Du hast mir deine Hilfe angeboten – gilt dieses Angebot noch?«

Nun sah er Agnes offen an. Beeindruckend, kompetent und dennoch Manns genug, um Hilfe zu bitten. Agnes fühlte sich zur gleichen Zeit geschmeichelt und verärgert über die Show, die er abzog. Aber auch sie hatte eine Rolle zu spielen, hielt sie sich rasch vor Augen.

»Also hältst du mich nicht mehr für eine Mordverdächtige?«, fragte sie kokett.

»Habe ich nie«, kam es ernst zurück.

»Und wir benehmen uns ab jetzt wie vernünftige Menschen?«

»Ja«, antwortete er sofort und Agnes atmete durch.

»Okay. Es ist ein verdammt mieses Gefühl, mit einem Mörder unter einem Dach zu arbeiten. Du bekommst alle Informationen, die ich auftreiben kann.« Norman stand jetzt, an die Tischkante gelehnt, knapp vor ihr.

»Danke, Agnes.« Er sagte ihren Namen mit viel Gefühl. Es erinnerte sie an die gute Zeit. Es war einmal schön gewesen. Unwillkürlich hob sie das Gesicht, um ihn anzusehen, und roch ihn wieder: Rasierwasser, Tabak. Gefühle regten sich. Ein Widerhall von Liebe. Ihr Blick suchte ihn in der Tiefe seiner Augen und fand – Triumph. Agnes schrak zurück. Heimtückischer Verführer – sie war wieder in seinen Sumpf getapst, drohte zu versinken. Rückzug, Flucht! Alle bisherigen Mühen der Trennung vergebens, sie musste jetzt mit ihm zusammenarbeiten und gleichzeitig einen Weg finden, ihn sich vom Leib zu halten. Bloß wie?

15

Die Sonne stand tief. Sanfte Hügel und Wälder lagen vor Agnes wie unter einer Schicht Firnis. Endlich dem Büro entflohen!

Mit dem Einatmen hob Agnes ihre Arme in einer langsamen Bewegung zum Himmel, verharrte, fühlte die kalte Luft in den Lungen, das Licht des Himmels in den Händen und die Kraft der Erde durch ihre Beine fließen. Aus dem Fließen entstand Bewegung. Die Augen geschlossen, die Sinne auf die Geräusche und Gerüche der Natur gerichtet, bewegte sich ihr Körper, genauso wie es Sishla Vem in ihrem Traum getan hatte. Der Westwind streichelte über das Gesicht, strich sanft über Hals und Brust, hauchte ihren Namen, leise.

Die Bewegungen wandelten sich zu einem Tanz, angefacht von Sonne, Erde, Wind und Wolken, zur Musik der rauschenden Baumkronen. Agnes vergaß alle Probleme, Männer und Mörder. Vergaß sich selbst in dem Tanz zwischen Himmel und Erde. Als die Sonne längst hinter den Bäumen verschwunden war und das scheidende Licht der Kälte mehr und mehr Raum ließ, tauchte Agnes aus der Trance auf. Tief atmend, hielt sie inne, legte die Hände auf ihren Bauch und fühlte sich vollkommen daheim. Ein Gefühl von Stärke und Freude breitete sich aus. Sie war Sishla Vem im Tanz näher gewesen als je zuvor, hatte die ganze Faszination dieser Frau in sich gespürt. Sishla Vem war in ihr, ihre Magie erfüllte ihr Denken und Handeln, leitete sie an. Sie ging zurück ins Haus und räucherte jeden Winkel ihres Heims mit Beifuß und Weihrauch aus.

Reinigung und Heilung.

Im Schlafzimmer schließlich ließ Agnes Benzoe in den letzten Rest der Glut fallen. Sofort stieg eine nach Vanille duftende Qualmwolke empor. Mit den Rabenfedern verteilte sie den Rauch im Raum und stellte die Schale auf der Fensterbank ab.

»Das ist für dich, Siebert«, flüsterte sie der Glut zu. »Ich sehne mich nach dir.«

Allein lag sie auf dem Bett. Ihre Hände drückten sein Passfoto an die Brust. Die Augen geschlossen, fühlte sie seine Hände und seinen Atem auf ihrer Haut.

Sishla Vem fühlte Neddals sanfte Hände auf ihrer Brust. Der Duft wilder Rosen und Geranien umhüllte sie und ließ alle trüben Gedanken verschwinden. Mit geschlossenen Augen spürte sie die Tiefe des Herzens und Fülle der Liebe darin.

Als Sishla Vem die Augen aufschlug, war Neddal verschwunden. Nur ein Glasflacon lag in ihrer Hand. Vor den Fenstern ihres Gemachs senkte sich der Abend über den Palastgarten und das Singen eines Vogels zerriss die Stille. Dem Parfümflacon entströmte die Erinnerung an jenen vergangenen Augenblick mit Neddal wie ein süßer Schmerz. Wie einen kostbaren Schatz bewahrte Sishla Vem die in Farben des Regenbogens irisierende Flasche auf. Die Ebenholzschatulle, in der auch Neddals Tuch und eine Perlenschnur lagen, wog schwer auf ihrem Schoß. Sishla Vem strich über den weißen Seidenstoff und hob die Perlen heraus. Diese war das Wertvollste, was dem Meer jemals entlockt worden war, unvergleichlich in Glanz und Schönheit. Wehmütig drückte Sishla Vem den Schmuck an ihr Herz. Neddals Abschiedsgeschenk.

Diese Perlen sollen dir Licht und Reinheit schenken, wann immer das Dunkel dich bedroht. Mein Tuch wird dich schützen, wenn die schwarze Macht nach dir greift.

Sishla Vem legte die Perlenschnur um den Hals. Licht war das, was nottat. Seit Neddals Tod war sie mehr und mehr in Bedrängnis geraten, denn die Zeichen standen auf Krieg gegen ein seit Generationen verfeindetes Königreich. Die höherrangigen Krieger Gubans gaben sich den dunklen Mächten hin, um stärker und mächtiger als der Gegner zu sein. Merklich veränderten sich die Beziehungen untereinander und zu ihren Familien, Freundschaften wurden von Konkurrenzkampf zerstört, Liebe wich Eifersucht und Misstrauen. Das Erstarken der Schwarzen Magie geschah schleichend und selbst Priesterinnen verschlossen die Augen vor der Wahrheit. Das Unglück, das zu verhindern Sishla Vem angetreten war, schien sich jetzt zu verwirklichen. Shenui Tui wandte sich zunehmend von ihr ab. Seine Erwartungen in diese Ehe hatten sich nicht erfüllt, kein Thronfolger wollte ihrem Beisammensein entspringen, selbst jugendliche Kraft konnte er seiner Gemahlin nicht entziehen. Kuoma dagegen bot bereitwillig ihre Dienste an, schenkte sich dem König mit ihrer Jugend und Naivität. Maß Sishla Vem dem zuerst keinerlei Bedeutung bei, erkannte sie zu spät den dunklen Einfluss, unter dem die junge Priesterin stand. Luva hatte sich ihrer angenommen und unterrichtete sie persönlich. Immer öfter fand Sishla Vem versteckte Zeugnisse schwarzer Magie in des Königs Gemächern. Die Erkenntnis, dass sich der Kreis um den König geschlossen hatte und allmählich auf ihn übergriff, erschreckte Sishla Vem.

Wuhvor säte Misstrauen und Argwohn in des Königs Herzen. Verderbte Geschichten hatten den König zuerst Neddal verbannen und schließlich Sishla Vem vollends in Ungnade fallen lassen.

Je enger sich die Schlinge um ihren Hals zog, desto gefährlicher lebte Eshulim, dessen Leidenschaft für Mephur Vihjgors Eifersucht erregte.

Eine Stimmung war in dieser Nacht zu spüren, die Gefahr verhieß. Sishla Vem sah des Bruders Gesicht vor sich und eilte, von düsterer Ahnung getrieben, zur Königshalle. Atemlos hielt sie an der großen Feuerschale inne, die Halle war verlassen und still. Ihre Perlen schimmerten auf der Haut, das Tuch hielt Sishla Vem über das Haar gebunden. Um sie herum herrschte flüsternde Stille, die schwer auf ihrem Gemüt lastete. Etwas Böses lauerte im Feuer. Blaue Zungen schnellten in immer kürzeren Intervallen aus der Glut empor. Ein heißer Atem wollte ihr Gesicht versengen. Sie sprang zurück und zog schützend das Tuch vor. Schwarze Magie, dessen war sie gewiss. Hitze waberte um ihren Leib und sie ließ den Blick über die Säulen streifen. Im Dunkel blitzten rot geäderte Augen auf. Hass und Irrsinn lag in ihnen. Sishla Vem lief um das Feuer, wollte den Augen entgegentreten. Ein hohles Lachen gellte durch Halle und Gänge. Flammen schnellten aus der Feuerschale, griffen mit leckenden Zungen nach ihrem Gewand, wollten alles verbrennen. Geistesgegenwärtig machte sie einen Satz zurück, reflektierte die widernatürliche Hitze mit Hilfe der glänzenden Oberfläche ihres Amuletts hin zu den stierenden Augen, die nun im Blau der Flammen erschienen waren. Sie weiteten sich voller Schmerz und Wut, bis ein unmenschlicher Schrei ertönte und mit ihm ein Feuerball emporschlug. Die Druckwelle ließ Sishla Vem straucheln, doch bereits in der nächsten Sekunde fing sie sich. Die Flammen waren indessen in einer stinkenden Rauchschwade versunken, die sich rasant ausbreitete. Überzeugt, den Angreifer hinter der giftigen Wand zu finden, hielt Sishla Vem dem beißenden Rauch stand, murmelte alte Worte der Reinigung. Ein Knall ließ sie zusammenzucken, dann fiel der Rauch zu Boden wie ein Vorhang. Die Erscheinung war verschwunden. Kein Angreifer, keine unnatürlichen Flammen. Das Feuer in der Schale brannte still und unberührt vor sich hin, als wäre dies niemals anders gewesen. Sishla Vems Lunge reagierte gegen die eingeatmeten Dämpfe mit heftigem Husten. Dem Brennen in Brust und Kehle zu begegnen, riss Sishla Vem mit den Zähnen eine Perle am Ende der Schnur ab. Kühle Frische breitete sich in ihr aus. Augenblicklich endete der Reiz und das Atmen fiel leichter.

Die wahre Gefahr lauert woanders.

Eshulim! Die Erkenntnis erfüllte sie mit Panik. Wo war er? Sie rannte durch die Gänge und Hallen des Palastes, ließ sich von ihrem Herzen führen. Auf dem großen Hof, umgeben von Arkaden, fand sie ihr Ziel. Zwei Krieger im Übungskampf. Eshulim erkannte sie zuerst. Seine Bewegungen waren geschmeidig, trotz der Verletzung. Blut tränkte sein Hemd. In die Defensive gedrängt und nur ungenügend für den Kampf gekleidet, konnte er sich kaum der Angriffe seines Gegners erwehren. Dieser war sich seines Sieges sicher und stieß mit jedem Schlag seines Schwertes triumphierende Schreie aus. Sishla Vems Blick bohrte sich in seinen Rücken und die von ihr angestimmte Beschwörung erzeugte eine Welle der Macht. In dem Augenblick, als der Krieger sich obsiegen sah und den letzten Schlag führen wollte, zuckte er zusammen und zögerte einen Moment mit dem Schwert über dem Haupt. Sofort übernahm Eshulim mit einer geschickten Drehung die ganze Kraft und Energie des Gegners, brachte ihn zu Fall und stand nun über ihm, sein ungleich leichteres Schwert an dessen Kehle. Seine Brust hob und senkte sich rhythmisch, während er auf den Besiegten einredete. Sishla Vem lief auf die Männer zu, entschlossen, eine Fortsetzung des Kampfes zu vereiteln.

»Ich sagte dir doch zuvor, dass unsere Kampftechnik in der Defensive überlegen ist. Gibst du dich für heute geschlagen?« Der Mann stieß ein paar verärgerte Laute aus und Eshulim reichte ihm lachend die Hand, damit er leichter aufstehen konnte. Sishla Vem erkannte jetzt das Gesicht des Mannes. Wuhvor. Eben wollte er zu einem Schwerthieb ausholen, da bemerkte der Krieger die Frauengestalt. Mit einem Fluch wandte er Eshulim den Rücken zu und stapfte davon. Nun endlich merkte auch Eshulim das Nahen seiner Schwester und ließ sein Schwert sinken.

»Liebste Schwester, du kommst zur rechten Zeit.« Er wies auf seine Wunden an Arm und Brust. »Nur ein paar Kratzer. Schlimmer steht es um mein Herz.« Sishla Vem wusste, worauf Eshulim anspielte. Mephur war auf Geheiß Luvas der striktesten Tempeldisziplin unterworfen worden. Eshulim sah die Liebste nur mehr von fern.

Langsam folgte er nun Sishla Vem in ihre Gemächer, wo sie Stoffbinden in Kräuterelixieren tränkte, auf seine Wunde legte und Harze gegen den Schmerz räucherte. Die Dämpfe taten auch ihrem Seelenschmerz wohl. In Ruhe und tiefer Konzentration legte Sishla Vem ihre Hände über Eshulims Wunden und lud die Naturkräfte ein, das Fleisch zu heilen. Als sich seine Gesichtsfarbe wieder rosig ausnahm und die Gesichtszüge entspannt waren, erzählte sie von dem Angriff vor der Feuerschale in der Königshalle und ihren düsteren Ahnungen. Es waren weitere Angriffe zu erwarten und Eshulim war als ihr engster Vertrauter und Bruder in besonderer Gefahr. Doch was waren der Jugend Gefahr und Warnung?

»Mach dir keine Sorgen um mich, Schwester, du hast gesehen, wie wehrhaft ich bin – dabei ist Wuhvor einer der stärksten Männer des Königs! Nur Vihjgor übertrifft ihn an Härte und Kampfgeist«, entgegnete er enthusiastisch.

»Ich habe seinen Schwerthieb gehemmt. Dies gab dir erst die Möglichkeit, ihn zu überwältigen«, wies sie ihn mit strengem Gesicht zurecht.

»Den Ernst deiner Worte weiß ich wohl zu ermessen«, wandte Eshulim ernüchtert ein. »In Wuhvors Augen konnte ich Mordlust lesen, gut möglich, dass er seine Klinge an meiner Kehle nicht anhalten ließe.« Sishla Vem legte Verbände an die Wunden und reichte ihm ein neues Hemd. Gleich einer Mutter strich sie über sein schwarzes Haar.

»Wir haben mächtige Feinde, allesamt Anhänger der Schwarzen Magie, die in uns ein Hindernis bei der Ergreifung der Macht in Guban sehen. Der König ist angesichts des drohenden Krieges nun der Schwarzen Magie zugeneigt. Licht kämpft gegen Dunkel und ich stehe alleine. Ohne Neddal ist der Widerstand kaum zu bewältigen.« Sie schloss wehmütig die Augen und Erschöpfung machte sich breit. »Jeden Tag suche ich die wichtigsten Räume des Palasts auf, um sie mit der Beschwörung des Lichts zu reinigen, doch wie Nadeln prickelt die dunkle Energie auf meinen Handflächen, die Tag für Tag eingeschleppt wird.«

»Ich stehe dir doch bei!«, rief der Jüngling entrüstet. »Sag an, gegen wen müssen wir zuallererst vorgehen? Wer ist der Anführer?«

»Lass uns heute Abend aufmerksam die Tafel des Königs beobachten. Einer von ihnen wird mit dem Feuermal gezeichnet sein«, war sich Sishla Vem sicher. »Dieser muss der Angreifer aus dem Feuer sein, ein mächtiges Mitglied der Schwarzen Gemeinschaft. Vielleicht der Anführer.«

»Das ist ein Plan. Der Kerl hat keine Chance gegen uns«, gab sich Eshulim zuversichtlich. Weit weniger hoffnungsvoll erhob sich Sishla Vem und ging voran.

»Komm, Bruder, es ist Zeit.«

Alle waren um die Tafel versammelt, nur Shenui Tui und Vihjgor fehlten. Als dieser in Gesellschaft des Königs eintrat, erhoben sich die Anwesenden zu Ehren des Herrschers und senkten ehrerbietig den Blick. Der König bedeutete den Versammelten, Platz zu nehmen, kaum dass er sich selbst am Kopf der Tafel in seinen Stuhl hatte fallen lassen. Ein Lakai klatschte in die Hände und die Speisen wurden aufgetragen. Die an Jahren reiche Hohepriesterin Sarih segnete die eintreffenden Speisefolgen mit Gesang und imposanten Handgesten. Sishla Vems Blick wurde von Vihjgor angezogen wie ein Magnet von seinem Gegenpol. Der Krieger saß ihr halb abgewandt gegenüber. Kaum spürte er ihre Aufmerksamkeit, drehte er sich ihr zu und seine Augen nahmen sie in derselben Sekunde gefangen. Mordlust schlug ihr entgegen. Über seiner Stirn glänzte eine frische Brandwunde. Seine Stimme dröhnte in ihrem Kopf.

»Das ist dein Ende, weiße Hexe! Du hast mich gebrandmarkt, und ich werde nicht ruhen, bis du im Staube liegst.« Wie ein glühendes Eisen durchbohrten sie die Worte. Mit einem tiefen Atemzug sammelte Sishla Vem ihre Kräfte, visualisierte das Meer und spülte den Eindringling aus ihrem Kopf. Stumm murmelte sie die Beschwörungen des Schutzes. Eine Hülle aus Licht erschien gerade noch rechtzeitig, ehe der nächste Angriff auf Verstand und Seele folgte. Schlimmer denn je. Vereinte Blicke, gebündelte Schwarze Magie warfen sich ihr entgegen. Vihjgor, Wuhvor und Luva demonstrierten, welch mächtiger Allianz es zu trotzen galt.

Schweißnass wachte Agnes auf. Immer noch fühlte sie die bohrenden Blicke der drei Magier auf sich. Dies war einer der intensivsten Träume bislang. Sie war Sishla Vem gewesen, hatte durch ihre Augen gesehen, ihren Schmerz gefühlt und ihre Gedanken gedacht. Verwirrt setzte sie sich auf und rieb sich die Stirn. Panik ergriff sie. Feindschaften und magische Fähigkeiten, Mordanschläge, was hatte das alles mit ihr zu tun? Sie brauchte ihre stabile Welt, verlässliche Grundfesten des Raum-Zeit-Kontinuums, eherne Naturgesetze. Mit aller

Willenskraft bemühte sich Agnes, in der Realität zu stehen und die mystische Traumwelt hinter sich zu lassen.

Alles nur ein Traum.

Die Nerven beruhigten sich. Was hatte diese Abfolge von Episoden zu bedeuten? Es musste eine Erklärung dafür geben – eine Botschaft. Gleich einem Film entstand beinahe jede Nacht eine fremde und dennoch vertraute Welt in ihr. Und diese Welt begann allmählich Besitz von ihr zu ergreifen. Manchmal entstanden Bilder in ihrem Kopf während des Tages, Visionen gewissermaßen. Visionen? Wurde sie allmählich verrückt?

An Schlaf war nicht mehr zu denken. Agnes folgte dem mittlerweile vertrauten nächtlichen Ritual, im Schein der Nachttischlampe Traumepisoden niederzuschreiben. Es half ihr stets, zur Ruhe zu kommen. Nicht in dieser Nacht – sie klappte das Notizbuch zu, legte es am Nachttisch ab, knipste das Licht aus und wechselte hinüber zur Fensterbank. Den Bademantel fest um sich gezogen, ein Kissen im Rücken und die Beine unter eine Wolldecke gesteckt, blickte sie in die Nacht hinaus.

Der Mond leuchtete hinter zartem Wolkenschleier und die Äste der Bäume stachen blattlos in das Nachtblau des Himmels. Schatten huschten über ihr Gesicht, hypnotisch, einlullend.

Heute Nacht bist du sicher.

Zusammengerollt gleich einer Katze, schlief Agnes traumlos bis zum Morgen.

16

Die Abteilungsleiter und einige Stellvertreter saßen um den Besprechungstisch. Noch herrschte rege Betriebsamkeit im Raum, Kaffeetassen wurden gefüllt, Mineralwasserflaschen weitergereicht, ein Korb mit Frühstückskipferln von einer Seite zur anderen reklamiert. Lautstark unterhielt man sich über aktuelle Probleme, interne Streitigkeiten, mit gedämpfter Stimme besprach man die letzten Gerüchte im Zusammenhang mit Frau Muths Tod.

Agnes war die Schriftführerin der heutigen Besprechung und legte Papier und Füllfeder vor sich zurecht. Ihre Nerven waren angespannt, wie die ganze Atmosphäre unter den Anwesenden explosiv wirkte. Irgendetwas Unbestimmbares trieb ihr Gänsehaut auf die Arme und verursachte ein Kribbeln im Nacken. Hysterie?

Neben ihr setzte sich Brum auf seinen Platz, ohne sie anzusehen. Seine Unterhaltung mit Michelle nahm ihn ganz in Anspruch. Ihre Stimme klang aufgebracht und fordernd.

»Wie lang wird die Polizei noch herumschnüffeln? Es ist dermaßen irritierend, wenn plötzlich ein Inspektor vor einem steht und Fragen stellt – ganz zu schweigen von dem Verhör, dem ich unterzogen wurde. Dieser primitive Ignorant von einem Inspektor stellte derart impertinente Fragen, dass ich beinahe meine gute Erziehung vergessen hätte. Und gestern fragte mich eine Patientin, ob wir im Haus ein Problem hätten, weil sie schon zweimal Polizei hier gesehen hat.« Jetzt wandte sich auch Karin Tolf, die neben Michelle saß, ihnen zu und folgte interessiert dem Gespräch.

»Wirklich?«, warf Brum ein. »Die Klienten sollten von den Ermittlungen nichts mitbekommen. So war es vereinbart.«

»Von wegen!«, schnauzte Michelle ihn an. »Ich erwäge, meine Beziehungen zum Minister spielen zu lassen. Doch wenn Sie meinen, dass die Untersuchungen bald abgeschlossen sind, warte ich noch eine Weile zu.« Michelle blickte Brum mit hochgezogenen Augenbrauen an. Ein gekonnter Blick, der sowohl Provokation als auch Koketterie in sich vereinte. Brum war trotz des Vorwurfs geschmeichelt.

»Meine liebe Frau Dr. Schoff, haben Sie noch ein wenig Geduld. Ich bin überzeugt, dass die Untersuchungen in Kürze eingestellt werden. Auch ich habe gute Beziehungen zur Polizei. Wie ich in Erfahrung bringen konnte, gibt es keinerlei Motive für einen Mord an Frau Muth und erst recht keine konkrete Spur zu einem Mörder. Somit liegt der Schluss nahe, dass es sich um ein Versehen, einen tragischen Unfall handelt. Wir dürfen auch nicht ausschließen, dass es sich – entgegen unserer Überzeugung – um Selbstmord handelt. Was weiß man schon, wie es im Inneren eines Menschen aussieht?« Michelle nickte zustimmend und Brum fuhr bestärkt fort: »In diesem Sinne sollte der Fall jedenfalls bald ad acta gelegt werden. Ich habe an geeigneter Stelle deponiert, dass das gesamte Unternehmen unter diesen Ermittlungen leidet. Unser guter Ruf ist gefährdet – diesbezüglich müssen Vorkehrungen getroffen werden.«

»Die wären?«, hakte Michelle nach. Doch Brum hielt sich bedeckt.

»Das ist Thema der heutigen Sitzung. Die Polizei werden wir in Kürze los sein.« Er genoss seine Position sichtlich. »Sie sehen heute übrigens bezaubernd aus, wenn ich das bemerken darf. Darf ich Sie zum Mittagessen ausführen? Ich könnte Ihnen ungestört erzählen, was ich sonst noch alles herausgefunden habe.« Zu Agnes' Erstaunen war Michelle begeistert von Brums Vorschlag und sagte zu. Michelle registrierte Agnes' neugierige Blicke und auch Brum wandte sich ihr zu.

»Ah, Frau Magister Feder – ich habe beinahe vergessen, Ihnen eine Nachricht von Inspektor Sutel auszurichten. Sie sollen heute Abend irgendwelche Daten mit ihm im Kriminalamt durchgehen …, er meinte, Sie wüssten, was Frau Muth zuletzt abgespeichert hätte. Mehr hat er mir nicht gesagt. Aber nachdem ich aus der EDV gehört habe, dass das Backup von der Polizei sichergestellt wurde, nehme ich an, es geht um gelöschte Daten aus Frau Muths Computer.« Brum sah sie forschend an und Agnes fröstelte unter seinem Blick. »Waren Sie mit Frau Muth befreundet?«

»Gewissermaßen«, antwortete Agnes vorsichtig.

»Aha. Worum geht es bei diesen Daten, steht das im direkten Zusammenhang mit ihrem Tod?« Plötzlich fühlte Agnes nicht nur Brums Augen auf sich gerichtet. Unwillkürlich rieb sie ihre Stirn. Michelle und Karin Tolf starrten sie an, sogar Umtier zu ihrer Linken hatte sich ihr zugewendet. Ihre Gedanken überschlugen sich. Unfassbar, dass Norman einen derartigen Fehler begangen hatte. Sie war völlig bloßgestellt und wusste keine passende Erwiderung.

Besser weniger sagen als zu viel.

»Ich habe keine Ahnung, worum es geht. Ich werde den Inspektor anrufen und nachfragen.« Bevor einer der Zuhörer auf ihre Antwort eingehen konnte, wurde es im Raum still. Dr. Rodler hatte seine Begrüßungsrunde beendet und übernahm jetzt den Vorsitz des Meetings. Agnes griff erleichtert nach ihrer Füllfeder und notierte Datum, Uhrzeit und alle Teilnehmer.

»Wir haben für den heutigen Jour fixe nur eine halbe Stunde zur Verfügung. Das bedeutet, dass wir uns entsprechend kurz und präzise an die vorgesehenen Themen halten. Dr. Brum, fangen Sie gleich an?« Brum stand auf und räusperte sich.

Sobald der Jour fixe beendet war, eilte Agnes in ihr Zimmer und wählte Normans Nummer. Es meldete sich niemand, also versuchte sie es unter seiner Mobilnummer.

»Sutel.«

»Agnes hier. Was ist dir eingefallen, mir einen Termin bei dir im Amt über Brum ausrichten zu lassen?«

»Was?«

»Er hat mir vor versammelter Mannschaft auf den Kopf zugesagt, dass ich in Frau Muths Computerbackup stöbern werde. Jetzt wissen alle, dass ich der Polizei bei den Ermittlungen helfe und möglicherweise Informationen zum Mord an Frau Muth habe.«

»Da hat mein Kollege Scheiße gebaut. Ich habe ihn beauftragt, den Termin mit dir klarzumachen. Na, der kann was erleben – wer hat alles zugehört?« Agnes setzte sich. Wenn Norman besorgt klang, war das kein gutes Zeichen.

»Alle. Umtier, Michelle Schoff, Karin Tolf, Brum natürlich, wahrscheinlich der Rodler …, die ganze zweite Führungsebene.« Am anderen Ende der Leitung war es einen Moment lang still.

»Okay, geschehen ist geschehen. Es bleibt bei 17.30 Uhr im BKA.«

»Ist gut«, bestätigte Agnes, doch die Angst, die sie befallen hatte, wollte nicht verschwinden.

»Sieh zu, dass du tagsüber möglichst nicht allein bist. Gesellschaft wirkt abschreckend auf Mörder. Aber mach dir nicht zu viel Gedanken, konkret gibt es nichts, was du zum Mord weißt. Warum sollte dir der Täter also etwas anhaben wollen? Wir besprechen die Sache, wenn du bei mir im Büro bist. Pass auf dich auf.« Norman hatte aufgelegt und Agnes blieb ratlos zurück, starrte geistesabwesend auf die Mondrian-Kopie an der gegenüberliegenden Wand. Wie sollte sie sich unter diesen Umständen keine Sorgen machen? Ein

Mörder war kein normaler Mensch. Heute bei der Sitzung ist er dabei gewesen und hat dich jetzt im Visier, raunte eine innere Stimme. Wenn du es willst, kannst du ihn fühlen.

Ihn fühlen? Wie *fühlte* sich ein Mörder an?

Kalt. Hochmütig.

Ihre Gabe war die Empathie, gut. Alles, was sie lernen musste, war, die Sinne so weit zu öffnen, dass die Gefühle der anderen durch sie hindurchströmten. Von Herz zu Herz. Was sie suchte, war ein hochmütiges Herz, das Mitmenschen keinen Wert zumaß. Entmutigt seufzte sie. Als ob es bei *BabyStar* nur einen einzigen Soziopathen gäbe.

»*BabyStar*, Rechtsabteilung, guten Tag. Sie sprechen mit Agnes Feder. Was kann ich für Sie tun?« Eine leise Stimme, unterbrochen von Rauschen und Knacksen, antwortete.

»Agnes – hallo? Kannst du mich verstehen?« Agnes' Herz schlug heftig gegen die Rippen. »Siebert!« Die Freude schnürte ihr die Kehle zu und Sehnsucht schnitt ins Herz.

»Wie geht es dir?«

»Reden wir nicht davon.«

Ich wünschte, du wärst hier, dachte sie und wusste im gleichen Augenblick, wie gut seine Abwesenheit im Grunde war, denn Norman war ständig in ihrer Nähe. Dennoch, verrückte Sehnsucht … Das Kratzen und Rauschen in der Leitung verhinderte, dass Siebert ihr Zögern bemerkte.

»Agnes, bist du noch da? Ich höre dich nur sehr leise. Ich denke seit dem Aufstehen ständig an dich und musste unbedingt deine Stimme hören. Ist euer Todesfall schon geklärt?« Agnes erzählte, dass Norman sie um Hilfe gebeten hatte.

»Pass auf dich auf«, klang es besorgt aus dem Hörer. »Das ist keine Agatha-Christie-Verfilmung, sondern das wirkliche Leben. Da sterben die Helden an ihrem Mut. Überlasse die Sache der Polizei, die sind dafür ausgebildet. Wirst du mit Norman klarkommen?« Wieder zögerte Agnes. Sie sah Normans Gesicht vor sich, wie er sie ins Vertrauen zog und seine Chance auf eine Versöhnung mit ihr zu nutzen suchte. Und sie erinnerte sich daran, heute nach Dienstschluss zu ihm ins Bundeskriminalamt zu müssen. Der Gedanke, die ganze Zeit über mit Norman allein in einem Raum zu sein, machte sie nervös. Nichts, was sie Siebert am Telefon hätte erzählen können. Die Entfernung war zu groß, sie würde ihn unnötig beunruhigen.

»Ich hatte bisher keine ernsthaften Probleme. Sorge dich nicht um mich, ich bin nicht besonders mutig, im Gegenteil. Erzähle mir lieber von dir. Wie ist Rio de Janeiro? Wie war die Hochzeit?«

Als sie schließlich den Hörer zurücklegte, fühlte sie sich mit einem Schlag unendlich verlassen, wünschte, sie wäre der Einladung nach Brasilien gefolgt. Um sie herum herrschte Chaos. Nicht genug, sich mit einem Mörder im Büro herumschlagen zu müssen, da war auch noch Norman und sein Drang, sie um jeden Preis zurückzugewinnen, der nicht kleiner war als der, Karriere zu machen. Unterstützung gab es kaum – Siebert war weit weg, ihr Vater ängstlich besorgt, Theres musste mit Rücksicht auf ihre Schwangerschaft geschont werden, allein Megan machte ihr Mut zum Weitermachen. Agnes stand auf und ging zur Garderobe. Lang sah sie in den Spiegel – sah die Augen ihrer Mutter. Wie ähnlich sie sich waren! Wenn sie den Focus losließ, das Bild zerfließen ließ und durch den Spiegel hindurchsah, schien sie der jungen Petra Feder gegenüberzustehen.

Schultern zurück, steh gerade. Du bist stärker, als du denkst.

Erstaunt sah Agnes wieder ihr eigenes Gesicht im Spiegel an. Die Stimme der Mutter war verstummt. Tränen ließen das Bild verschwimmen.

Du bist nicht allein.

»Bloß ein wenig bescheuert«, lachte sie die Tränen weg. Hunger meldete sich. Im Bauch knurrte es und sie beschloss, das versäumte Mittagessen durch Tee und Kekse zu ersetzen. In der Küche angelangt, wartete Megan bereits mit zwei Teetassen vor sich. Eine Pizzaschachtel lag aufgeklappt am Tisch.

»Na endlich. Ich warte schon eine Ewigkeit auf dich. Die gute Neuigkeit zuerst: Michelle ist heute Nachmittag bei einem Vortrag und die Tolf hat am Nachmittag einen Zahnarzttermin. Das heißt, beide Chefinnen sind außer Haus – das ist *die* Gelegenheit, die Akten durchzusehen. Was sagst du?«

»Darf ich was von der Pizza haben?«

»Klar. Also?«, ließ Megan nicht locker.

»Was ist mit dem Assistenten?«, fragte Agnes kauend. »Er könnte uns in die Quere kommen.« Megan kräuselte ihre Lippen.

»Den Zumtobl kannst du mir überlassen, den beschäftige ich solange. Michelle und Karin Tolf sind beide weg – heute oder nie.« Agnes seufzte. Sie erinnerte sich mit Schrecken an ihr Abenteuer unter dem Schreibtisch von Frau Muth. Widerwillig musste sie Megan recht geben, zuckte mit den Schultern und schluckte den Bissen Pizza herunter.

»Okay. Um drei Uhr ist auch mein Chef weg. Ich komme zu dir hinunter. Weißt du, wo genau die Akten liegen?«

»Im Schrank hinter der Tür. Ich verwickle Zumtobl in ein Fachgespräch, damit hast du genug Zeit. Sollte er mir entwischen, gebe ich dir ein Signal über das Handy. Lass dir für alle Fälle eine Ausrede einfallen.« Agnes seufzte wieder. Was war das bloß für ein Tag – am Vormittag die Enttarnung durch Brum, abends stand ihr Norman bevor und jetzt auch noch spionieren in Michelles Büro. Es kribbelte und gluckste in ihrem Bauch. Zur Beruhigung nahm sie noch einen großen Schluck Tee. Sogar der schmeckte heute irgendwie anders als sonst.

»Wie lang hast du den Tee ziehen lassen? Ist der bitter.« Megan nippte an ihrem eigenen.

»Schmeckt wie immer«, stellte sie fest. »Vielleicht habe ich dir zu wenig Zucker hineingegeben. Ich trinke Darjeeling immer ohne. Ein Löffel von deinem Rohrzucker ist drinnen. Hier, nimm noch von der Pizza.«

»Danke. Wenig Zucker ist okay, ich nasche derzeit viel zu viel. Für all das …«, sie deutete in Richtung Sekretariat, »… brauche ich eine Menge Schokolade, sonst schnapp ich über. Apropos, ich wollte dich fragen, ob du am Samstag mit mir gemeinsam die Esoterikmesse besuchen willst. Mir sind die Plakate heute am Weg ins Büro aufgefallen. Vielleicht finde ich jemanden, der Rückführungen macht.«

»Gute Idee«, nickte Megan zustimmend.

»Die Sache mit den Träumen gerät langsam außer Kontrolle.«

»Verstehe.«

»Ich muss los.« Agnes stemmte sich am Tisch hoch. Wenn sie um drei Uhr ihrem Detektivhobby frönen wollte, hatte sie noch einiges an Arbeit zu erledigen. Sie goss den Rest des Tees in den Ausguss und stellte die Tasse in den Geschirrspüler. Wenn ihr auch bei dem Gedanken an die heutigen Vorhaben bange war, sie hatte zumindest einen vergnüglichen Samstag mit Megan in Aussicht.

Agnes' Herz raste wie verrückt, sie keuchte in kurzen Atemzügen und ein Schweißfilm überzog ihre Stirn. In ihrem Kopf hämmerte jeder Herzschlag mit der Kraft eines Vorschlaghammers und vor den Augen tanzten Lichtreflexe.

»Bin ich ein Angsthase? Ich fürchte mich ja zu Tode!« Verärgert über die hinderlichen Stresssymptome, versuchte sich Agnes zum Durchhalten anzuspornen. Die letzten Akten durchsehen. Das Personenstammdatenblatt war nicht obenauf, wo es eigentlich hingehörte. Anamneseblatt unauffällig, halt, nein, *Erbkrankheiten* war angekreuzt. Jetzt weg hier, die Akten zurück auf den Stapel im Schrank. Das Handy in ihrer Hosentasche begann zu vibrieren. »Shit!«, erschrak sie und mit einer fahrigen Bewegung purzelte der Aktenstapel zu Boden.

»Shit, shit, shit!« Schweißtropfen sickerten am Rücken in den Stoff der Bluse. Hektisch griffen ihre Hände nach den Ordnern und ein Fingernagel blieb in einer Büroklammer hängen. »Was zum Kuckuck …, wer steckt da Klammern rein«, motzte sie atemlos. Der Nagel war richtig tief eingerissen. Dann sah sie es: die anderen Klammern am unteren Rand der Pappumschläge. Markierungen. Agnes biss sich auf die Lippen und raffte hektisch alle am Boden liegenden Akten zusammen. Zumtobl konnte bereits auf dem Weg in das Büro von Michelle sein.

»Der Akt Gruber …« Sie hatte die Beschwerdeführerin gefunden – und eine gelbe Büroklammer steckte am unteren Rand des Umschlags. Der Triumph gab Kraft. Anamneseblatt … Endometriose … Das Schlagen einer Tür ließ sie zusammenzucken und den Akt zusammenklappen. Hastig hievte sie alle Ordner in den Kasten zurück. Nichts wie weg hier. Durch den Türspalt spähte sie nach draußen. Alles still. Die Konturen verschwammen ihr vor Augen und schwarze Punkte tanzten wild im Neonlicht. In den Ohren dröhnte es. Durchatmen. Der Kreislauf war im Keller. Kaltes Wasser wäre gut. Agnes zog die Jacke zurecht, strich über die feuchte Stirn, trat hinaus auf den Gang und ging Richtung Toiletten.

»Frau Magister Feder?« Eine Männerstimme. Sie drehte sich um. Zumtobl.

»Frau Magister Feder? Warten Sie auf mich.« Er ging ihr mit Trippelschritten nach. »Ist Frau Dr. Schoff wieder zurück?« Er wies auf Michelles Bürotür. »Sie sind doch eben aus ihrem Zimmer gekommen.« Agnes blieb wie angewurzelt stehen und starrte den Assistenten an. Einer Eingebung folgend, sprudelten unbefangene Worte aus ihrem Mund.

»Nein, das heißt, ich habe nur reingeguckt. Ist niemand da. Können Sie mir sagen, wann Michelle wieder zu sprechen ist? Damit ich nicht wieder umsonst herunterkomme.« Als wäre das Telefon noch nicht erfunden. Agnes schüttelte innerlich den Kopf über ihre Worte. Aber Zumtobl schluckte die Dummheit. Vielleicht traute er sie ihr einfach zu. Mit dem für ihn typischen faden Tonfall stieg er darauf ein. Agnes unterdrückte die Übelkeit und den Schwindel, der stärker wurde, versuchte, interessiert in Zumtobls Gesicht zu schauen. Seine Augen hatten etwas Verschlagenes, Hinterhältiges, es war beim besten Willen nichts Sympathisches an ihm zu entdecken. Etwas in ihr warnte sie dringend davor, diesen Mann zu unterschätzen. Schließlich hielt sie es nicht länger aus und entschuldigte sich mit einem Wink Richtung Toilette. Der Türgriff zur Damentoilette gab Halt. Die Beine drohten einzuknicken. Instinktiv stützte sie sich auf den Waschtisch und öffnete den Wasserhahn. Erbrach sich. Während die Kälte des Wassers Gesicht und Unterarme benetzte, begann ein neuer Krampf ihren Leib zu durchschneiden. Sie rang nach Luft, stöhnte unter dem Schmerz, der sich wie ein Messer durch den Körper zog. Ein Hocker vor der Spiegelwand rettete vor dem Fall. Die Arme um den Leib geschlungen, wartete sie darauf, dass die Krämpfe nachließen. Ein Bett, Schmerztabletten und schlafen. Aber wie sollte sie es bis nach Hause schaffen? Die Krämpfe ließen nach. Mit Papierhandtüchern trocknete sie sich das Gesicht, spülte den Mund aus, trank einen Schluck Wasser, lauschte in den Körper nach einer Reaktion, doch die blieb aus. Jetzt wagte sie es aufzustehen. Ihr Spiegelbild war bleich und Schatten lagen unter den Augen. Die Lippen hatten in dem Neonlicht einen Blauschimmer, die Haare hingen kraftlos herunter.

Wie der Tod.

Die aufsteigende Panik unterdrückend, griff sie nach der Türschnalle. Vielleicht ein Grippevirus? Die Verabredung mit Norman würde sie nicht einhalten können. Keinesfalls fahrtüchtig. Ein Taxi zu Paps. Während sie wieder auf den Gang hinaustrat, wurde ihr erneut schwarz vor Augen, die Hände suchten an der Wand Halt. Wie durch ein Megaphon dröhnte Megans Stimme an ihr Ohr.

»Mein Gott, Agnes, wie siehst du aus! Komm, ich stütze dich.« Sie gingen auf den Lift zu. »Was ist mit dir?«

»Mir ist schlecht. Grippe oder so«, bemühte sich Agnes, eine halbwegs verständliche Antwort zu geben. Ihre Lippen waren gefühllos geworden, das Sprechen eigenartig fremd.

»Hast du was gefunden?«

»Markierte Akten, eine davon ist die Gruber-Akte. Eine andere heißt Tina Wasser. Erbkrankheit …«, sagte sie mit dem eigenartigen Gefühl, ihrer Zunge nicht mächtig zu sein.

»Ich werde in den elektronischen Akten genauer nach Gemeinsamkeiten suchen«, versprach Megan und schlang ihren Arm unter Agnes' Achsel. »Aber zuerst bringe ich dich auf den Heimweg.« Agnes gab keine Antwort. Der Weg in ihr Zimmer zog sich endlos dahin. Megan rief ein Taxi, half beim Anziehen des Mantels und bat noch ein letztes Mal eindringlich, sie möge zum Arzt gehen. Dann schleppte sie

Agnes auf die Straße, wo das Taxi bereits wartete. Der Taxifahrer sah seinen Fahrgast mit hochgezogenen Augenbrauen an, während Agnes ihm die Adresse sagte.

»Und Se woin sicher net ins Spitoi?« Beinahe fürsorglich klang er; wahrscheinlich hatte er Angst, sie könnte sich in seinem Auto übergeben.

»Nein, es geht schon besser. Danke.« Der Fahrer reihte den Mercedes in den fließenden Verkehr ein und reichte ihr eine McDonald's-Papiertüte für alle Fälle. Sie roch ekelhaft nach Fritten und Fett. Im Nachmittagsstau kamen sie kaum voran. Die Gedanken flogen in alle Richtungen wirr hin und her. Norman musste noch verständigt werden. Paps vorwarnen, dass sie auf dem Weg zu ihm war. Agnes sah draußen die vielen Menschen auf der Straße, die Autos, das Blinken der Lichter. Das Fenster war einen Spalt offen und ließ einen scharfen Luftzug in den Innenraum, direkt auf ihr Gesicht. Den Kopf an die Nackenstütze gelehnt, das Handy in der Hand, verharrte sie regungslos, zu schwach, um die Finger zu bewegen.

Unruhig wälzte sich Agnes in ihrem Mädchenbett von einer Seite zur anderen. Das Kopfkissen war schweißnass wie auch Nachthemd und Leintuch. Kurz wachte sie benommen auf und trank Wasser in gierigen Zügen. Danach fiel sie sofort wieder in einen dunklen Schlaf zurück, als wäre sie nie wirklich aufgewacht. Die Brust hob und senkte sich viel zu heftig, die Lippen sprachen stumme Worte, das Gesicht war bleich, die Haut klebrig vom Schweiß. Ein Traum hielt sie gefangen, zwang sie in die Abgründe ihrer Seele.

Sishla Vem lief durch finstere Gänge. Atemlos, von einer entsetzlichen Vorahnung getrieben, suchte sie den Weg zu den Gemächern der Krieger. Endlich stand sie vor einer hohen, mit Messing beschlagenen Tür. Still war die Nacht um sie herum. Eine Fackel am Ende des Ganges warf flackernde Schatten an die Wände. Dunkle Geister tanzten. Ihre Schulter drückte gegen die Tür, bis diese ächzend nachgab. Nichts als Dunkelheit lag jenseits der Schwelle. Ein leises Stöhnen drang an ihr Ohr. Sogleich erschien die Vision erneut vor ihrem geistigen Auge. »Eshulim?« Sishla Vem öffnete die Tür vollends. Inmitten des Raumes glühte Holz in einer Feuerschale, die einzige Lichtquelle. Ein intensiver Geruch lag in der Luft, modrig und abstoßend süßlich, an verwesendes Fleisch erinnernd. Sishla Vem hielt den Atem an und handelte instinktiv. Der Rauch musste unverzüglich aus dem Raum vertrieben werden. Eine tödliche Mischung – die einzelnen Inhaltsstoffe waren schwer herauszufinden –, vermutlich Schlafmohn, Alraune, Bilsenkraut. Vernebelten die Sinne, lähmten die Atmung. Eibe, die Todbringerin. So schnell sie konnte, öffnete sie Türen und Fenster, hieß die frische Meeresbrise willkommen, die durch den Raum zog. Mit ihr drang Mondlicht in das Schwarz des Raumes. Kalt fiel der Schein auf das Gesicht Eshulims. Sishla Vem erschrak vor dem, was sie sah. Regungslos lag der Bruder auf seinem Lager. Sie warf sich vor ihm auf die Knie, fühlte seinen kaum spürbaren Pulsschlag, die Kälte von Stirn und Wangen. Hastig riss sie ihr Amulett vom Hals und legte es Eshulim auf die Brust. Ein Zugang entstand, führte dem Jungen Wärme und Energie zu.

»Eshulim, mein liebster Bruder, mein Herz, bleibe hier bei mir, verlasse deinen Körper nicht. Dein Leben ist noch zu leben, Abenteuer, Liebe und Freude warten auf dich.« Er rührte sich nicht, nur die Augäpfel unter den Lidern zuckten. Sishla Vem gab nicht auf. Sie legte ihre Hände an seine Schläfen. »Mein Liebling, mein Alles, bleibe bei mir, du bist zu jung, um zu gehen!« Tränen quollen aus ihren Augen, benetzten das Gesicht des Bruders. Sie roch seinen Atem. Ein scharfer, bitterer Geruch entströmte seinem Mund. Es gab nichts, was sie noch für Eshulim hätte tun können, zu tief war das Gift in seinen Körper vorgedrungen. Die Wärme von Sishla Vems Händen, die Magie des Amuletts und die Meeresluft, die den Raum reinigte, ließen Eshulim einen tiefen Atemzug nehmen. Ein Hauch Leben kehrte zurück und ein kaum wahrnehmbares Flüstern entrang sich dem Sterbenden.

»Schwester, ich kann nicht länger meinen Körper bewohnen. Meine Seele bleibt bei dir und der Tag wird kommen, an dem wir einander wiedersehen. Erwarte mich.«

»Eshulim … mein Herz … immer …«

»Ich liebe dich …« Der Atem verebbte, die Muskeln entspannten sich. Der Tod hatte endgültig den Körper von der Seele getrennt, Eshulims Wesen dem sehenden Auge entzogen.

Ein Schmerz, so tief wie kein Messer das Herz durchstoßen kann, zog durch Sishla Vems Brust. Unaufhörlich schnitt er in ihr Innerstes, ließ alles Denken erstarren. Den Leichnam im Schoß wiegend wie einst den Säugling, der ihr von der Mutter anvertraut worden war, saß Sishla Vem bis zum Sonnenaufgang, der Trauer hingegeben, da. Als die ersten Strahlen der Sonne den neuen Tag verkündeten, legte sie den Körper liebevoll auf das Lager zurück, hüllte ihn in weiße Tücher. Sie reinigte die Feuerschale und entfachte eine neue Glut. Die reinsten Harze und Pflanzen verbrannte sie nun in einer langwährenden Zeremonie: Beifuß, Weihrauch und Myrrhe, Copal, Asant und Eichenmoos. Die schönsten Gesänge ihrer Ahnen stimmte sie mit heller Stimme an, versöhnte die Seele des Bruders mit der Welt.

Gesang und Rauch drangen aus dem Raum bis in die Halle des Königs, durch den Garten bis zum Tempel, zog Krieger herbei genauso wie Priesterinnen, Vornehme und Diener. Niemand wagte, das Gemach des Verstorbenen zu betreten. Die Priesterinnen brachten Blumen aus den Gärten und Wiesen der Umgebung und legten sie vor die offenen Türen seiner Gemächer.

Als Mephur kam, wichen alle zur Seite und mieden ihren Blick. Die unerfüllte Liebe der beiden jungen Menschen war allen bekannt gewesen, Mitgefühl für die zurückgelassene Geliebte ließ die Versammelten schweigen. Kreidebleich war Mephurs Gesicht, versteinert die sonst so belebten Züge darin. Langsam, wie in Trance, nahm sie so viele der frisch duftenden Wiesenblumen auf, wie ihre Arme umfassen konnten, und trat als Einzige hinein in den von Rauch erfüllten Totenraum. Sishla Vems Gesang erstarb. Wortlos wandte sie sich Mephur zu. In der Tiefe ihrer Augen waren alle Fragen und Antworten zu finden. Mit einer kleinen Bewegung der Hand wies Sishla Vem Mephur den Weg zu Eshulim. Noch trugen die Beine die junge Priesterin, die sich mit zögernden Schritten dem in Laken gehüllten Körper näherte. Blumen fielen wie bunter Regen auf die verhüllte Gestalt und schließlich ein Meer von Tränen.

Nach einer heißen Dusche und einem Frühstück, welches ihr Vater liebevoll angerichtet auf einem Tablett an ihr Bett gestellt hatte, fühlte sich Agnes in der Lage, ihren Chef anzurufen. An Arbeit war heute nicht zu denken, außerdem stand der Arztbesuch an. Auf Brums Durchwahl meldete sich niemand. Also versuchte sie, im Sekretariat das Lehrmädchen zu erreichen, doch auch hier wurde ihr Anruf nicht entgegengenommen. Irritiert wählte Agnes noch einmal, diesmal Megans Durchwahl.

»Megan, ähm, guten Morgen – was ist in der Firma los? Ich kann weder das Sekretariat noch den Chef erreichen.«

»Agnes! Wie geht es dir?«

»Ich wollte mich krankmelden. Keine Sorge, das Fieber ist schon runter. Bin bloß ein wenig schlapp.« Die Stille am anderen Ende der Leitung ließ in Agnes' Magengrube ein banges Gefühl entstehen. Irgendetwas war nicht in Ordnung. »Megan?« Ein schwerer Atemzug und wieder Stille.

»Agnes, jetzt reg dich nicht auf …«, fing Megan schließlich an. Nicht aufregen? Agnes schluckte. »Das Lehrmädchen wurde heute Morgen von einer Putzfrau tot in der Toilette aufgefunden. Die von der Spurensicherung sind noch am Werk, deswegen wird das Telefon im Sekretariat nicht abgenommen. Brum spricht gerade mit dem Inspektor, sogar der Rodler ist völlig entnervt heruntergekommen und verlangte nach dem Polizeipräsidenten. Es ist wirklich besser, du kommst heute nicht.« Agnes lauschte fassungslos. Noch eine Tote? Isabelle war gerade erst 17 Jahre alt gewesen, wer konnte so grausam sein? Warum hatte sie sterben müssen?

»Agnes? Bist du noch dran?«

»Was ist das für ein Wahnsinniger? Drei Tote innerhalb von knapp zwei Monaten, kein Mensch kann jetzt noch glauben, dass das Zufall ist.«

»Nein. Es wird Zeit, dass was unternommen wird.«

»Was macht Norman? Woran ist das Mädchen gestorben?« Megan seufzte so tief, dass Agnes ihre Verzweiflung über die Entfernung hinweg spürte.

»Keine Ahnung. Ich wollte in die Teeküche und war plötzlich mit einem Großaufgebot von Polizisten konfrontiert. Norman habe ich nur von Weitem gesehen, aber ich hatte den Eindruck, dass er jeden im Haus verhören möchte. Brum hat sich furchtbar aufgespielt und nach einem kompetenteren Kriminalbeamten verlangt. Eine peinliche Vorstellung. Daraufhin hat Norman sich ihn gleich als Ersten vorgeknöpft. Das war wirklich cool, ich kann schon verstehen, dass du ihn mal faszinierend fandest.«

»Faszinierend?«, murmelte Agnes geistesabwesend und blickte Ludwig an, der ins Zimmer gekommen war. »Megan, ich ruf dich am Nachmittag wieder an, vielleicht hast du bis dahin herausbekommen, was mit Isabelle passiert ist. Und bitte melde mich bei Brum krank.« Sie verabschiedeten sich. Agnes warf das Handy ans Bettende.

»Was ist passiert? Etwas nicht in Ordnung in der Firma?«, fragte ihr Vater.

»Es ist schon wieder jemand gestorben. Unser Lehrmädchen«, erwiderte Agnes, ohne aufzusehen. Angst kroch langsam ihren Rücken hoch, sie wollte sich am liebsten für alle Zeit unter der Decke verstecken, aber dieser Angst konnte man nicht entkommen, das wusste sie.

Eine Ahnung machte sich mit der Angst breit, etwas, dem sie nicht begegnen wollte. Ludwig stand mit einer Kanne Kamillentee vor ihrem Bett, sie spürte seinen besorgten Blick, hörte Tee in die Tasse rinnen. Dann knirschte der Korbsessel neben dem Bett und es wurde still.

»Paps?«

»Ich bin da, Kind.«

Agnes erzählte ihm alles, was die letzten Wochen passiert war. Die Angstwolke verflüchtigte sich, nur ihr Schatten blieb zurück. Ludwig lehnte sich nachdenklich zurück.

»Was du mir erzählst, erinnert mich an einen Mann aus meiner Jugendzeit, einen Arzt«, hob er schließlich an. »Er lebte mit seiner Frau und seinem Sohn im selben Haus wie meine Familie. Ich durfte mit dem Jungen manchmal spielen, Rudi hieß er.« Seine Augen blickten nach innen, sahen durch die Jahrzehnte hindurch den Spielkameraden von einst. »Der Frau Mama war alles zu minder, die Wohnung, die Hausparteien, einfach alles. Das ließ sie ihren Mann bei jeder Gelegenheit spüren. Aber er war ohnehin nicht viel daheim. Der Mann machte große Karriere, nachdem alle jüdischen Ärzte aus dem Spitalsbetrieb entfernt worden waren. Doch das war ihm immer noch nicht genug. Da gab es noch einen Mann, der ihm im Weg stand, und den denunzierte er bei seinen Parteifreunden. Zum Lohn bekam er dessen Job. Es dauerte nicht lang und die Familie zog in eine Villa nach Döbling – oder war es Hietzing? Lang nach dem Krieg stellte sich heraus, dass dieser Arzt mit behinderten Kindern wissenschaftliche Experimente *zum Wohle des deutschen Volkes* unternommen hatte. Mit seiner Forschung hatte er sich einen guten Namen in Fachkreisen gemacht, war eine Kapazität, wie man so schön sagt. Bestraft wurde er nie für seine Taten. Seine guten Freunde, die auch nach dem Krieg in wichtigen Positionen saßen, sorgten dafür.« Ludwig sah zum Fenster hinaus, ganz in Gedanken versunken. Aufmerksam hatte Agnes ihn beobachtet, ohne ihn zu unterbrechen oder eine Frage zu stellen. Nur sehr selten sprach Ludwig von dieser Zeit.

»Was ich eigentlich sagen wollte …«, jetzt waren seine Gedanken wieder in der Gegenwart angelangt, »… es gibt Menschen, die haben keinen Respekt vor dem Leben. Oft merkt man es ihnen nicht gleich an, sie können sich perfekt anpassen. Doch wer ihnen im Weg steht, wird ohne Gewissensbisse beseitigt, wenn nur die Gelegenheit günstig ist. Sie fühlen sich dazu berechtigt, weil sie sich für etwas Besseres halten. Damals sagte man *Herrenmenschen* und *Untermenschen*.« Ludwig schüttelte traurig den Kopf. »Weißt du, ich glaube, das liegt alles in uns und wir müssen uns stets aufs Neue zum Guten oder zum Bösen entscheiden. Das war vor tausend Jahren genauso wie heute, da gibt es keinen Fortschritt, es ist unsere Natur.«

»Du meinst, wir haben es mit jemandem zu tun, der Karriere machen will und alle beseitigt, die ihm dabei hinderlich sind?« Ein sehr ernstes Gesicht blickte Agnes entgegen.

»Du musst sehr vorsichtig sein, Nessi, dieser Mörder in eurer Firma kennt keine Gnade. Wer das Leben gering schätzt, hat ein kaltes Herz. Keiner ist ihm bisher auf die Spur gekommen, das macht ihn selbstherrlich. Sein Überlegenheitsgefühl wächst mit jedem Tag. Ich mache mir große Sorgen um dich, Liebes.« Leise ächzend stand er auf und setzte sich auf die Bettkante zu Agnes, die aufrecht in der Mitte des Bettes saß. Er nahm ihre Hand in seine großen, von blauen Adern überzogenen Hände. Sanft hielt er sie, verlieh seiner Sorge damit mehr Nachdruck, als jedes Wort dies hätte tun können. Jetzt würde er sie mit Sicherheit gleich bitten zu kündigen und das Weite zu suchen. So waren Eltern eben. »Ich verstehe, dass du tun musst, was du für richtig hältst. Man darf nicht wegsehen«, mehr zu sich selbst als zu Agnes sprach er leise weiter, immer noch ihre Hand haltend, »nein, man darf nicht wegsehen, man muss zeigen, dass es ein Gegengewicht gibt zu dem Bösen, sonst gerät alles wieder aus dem Gleichgewicht. Alles eine Frage der Ausgewogenheit.« Sie hatte Paps unterschätzt. Eine Welle der Zuneigung ließ Agnes ihren Vater umarmen.

17

Am Samstagvormittag waren die mysteriösen Grippesymptome vollends verschwunden und Agnes verwarf den Gedanken, einen Arzt aufzusuchen. Wahrscheinlich hätte der das Ganze auf den Stress der letzten Tage geschoben und ihr Antidepressiva verschrieben.

Lieber schlenderte sie mit Megan am Nachmittag durch die Messehalle. Viele Menschen waren hierhergekommen, an jedem Stand waren Interessierte in Gespräche vertieft oder schauten sich neugierig die dargebotenen Objekte an. Alles Mögliche gab es zu entdecken, es war ein bunter Basar, der sich vor ihnen ausbreitete. Tibetische Klangschalen, Räucherwerk und okkulte Gegenstände konnten bestaunt und erworben werden. Kleine Kammern, durch bunte Tücher abgeschirmt, beherbergten Kartenlegerinnen, Handleserinnen und Wahrsagerinnen. Es gab Stände für Weiße Hexen, Schwarze Magie, Duftschalen und Zimmerbrunnen. Glitzernde Kristalle und große Halbedelsteine konnten gekauft werden genauso wie Tarotkarten oder südpazifische Holzschnitzereien. Des herrschenden Trubels müde, beschlossen die beiden Freundinnen, sich an einem Essenstand mit ayurvedischen Spezialitäten zu laben. Von den vielen fremd aussehenden Gerichten wählte Agnes kleine, goldfarbene Sesamkugeln und Megan eine Kokos-Karottensuppe. Eben wurde ein Tisch frei und Agnes beeilte sich, ihn zu besetzen. Megan kam mit dem Tablett langsamer hinterher. Das Geschirr ihrer Vorgänger musste zur Seite geräumt werden, bevor ihre eigenen Sachen abgestellt werden konnten. Vergnügt kosteten die Freundinnen ihre Speisen und Kräutertees. Es tat ihnen gut, einen Nachmittag lang alle Probleme zu vergessen. In der gelösten Atmosphäre der Messe fiel es leicht, auf andere Gedanken zu kommen. Megan kaute an einer halben Sesamkugel und versuchte, alle Inhaltsstoffe zu erraten.

»Schmeckt nach Honig und natürlich Sesam, Nüssen, Zimt, vielleicht Kardamom. Koriander. Wirklich gut. Genau das Richtige für dich, das baut deine Energie wieder auf. Du siehst heute wieder recht gesund aus. Komischer Virus war das.«

»Nicht komisch«, korrigierte Agnes und erschauderte bei dem Gedanken an die überstandene Erkrankung. »Ich dachte, ich sterbe. Und in der Nacht hatte ich einen Albtraum …, wieder eine Episode aus Sishla Vems Leben.«

»Was diesmal?«

»Mein«, Agnes korrigierte sich eilig, »… nein, *ihr* Bruder ist vergiftet worden. Es war total real, der Schmerz, die Trauer.«

»Zeit für eine Rückführung«, stellte Megan fest, die Suppe löffelnd. Agnes lehnte sich zurück und ließ den Blick über das Treiben der Messe schweifen.

»Vielleicht finde ich hier jemanden. Ein bisschen komisch komme ich mir schon vor, okay, eher verrückt.« Kopfschüttelnd hob sie ihre Teetasse zum Mund und nahm einen Schluck.

»Wenn du allein auf den Verstand hörst, hast du recht«, gab Megan zu bedenken. »Normalerweise gibt es solche Träume nicht, also wie solltest du derart außergewöhnliche Träume mit deiner alltäglichen Erfahrung einordnen? Ich habe da kürzlich etwas Interessantes gelesen und dabei an dich denken müssen. Hast du dir schon mal die Relativitätstheorie genauer angeschaut? Ich will ja nicht behaupten, dass ich sie wirklich verstanden habe, aber ein Physiker und Nobelpreisträger, Louis de Broglies, sagte dazu, dass … das, was für einen jeden von uns Vergangenheit, Gegenwart und Zukunft ist, in der Raum-Zeit immer en bloc gegeben ist. In Wirklichkeit existiert die Gesamtheit der Ereignisse bereits, bevor wir davon wissen.«

»Wie war das?«, fragte Agnes nach. Physik war nicht eben ihre starke Seite.

»Die Raum-Zeit birgt Zukunft, Gegenwart und Vergangenheit gleichermaßen in sich – stelle dir einfach einen Kessel voll Zeit vor – und wir sind Teil davon. Es gibt sicher eine Möglichkeit der Wahrnehmung, diese Raum-Zeit zu erfahren. Zeit ist etwas ganz anderes, als wir uns vorstellen können. Naturwissenschaftlich erwiesen, kein Esoterikkram.«

»Du meinst, ich bin nicht verrückt«, schmunzelte Agnes. Wenigstens so weit konnte sie folgen.

»Das ist die Erklärung für deine Träume und für die Hellsichtigkeit mancher Menschen.« Bevor Agnes etwas erwidern konnte, unterbrach eine Frau ihr Gespräch.

»Entschuldigen Sie die Störung. Alle Tische sind besetzt, ist bei Ihnen vielleicht noch ein Platz frei?« Die Frau war über 60, hatte erstaunlich junge Augen und die grauen Haare frech geschnitten. Megan und Agnes luden sie zu sich an den Tisch ein und rückten zusammen. Die Frau lächelte erfreut. Ihr Gesicht war reich an Lachfalten, die sie umso freundlicher erscheinen ließen.

»Ich danke Ihnen, bitte machen Sie sich keine Umstände. Ist das ein Rummel! Macht mir Spaß, all die Menschen zu beobachten. Diese Leute haben trotz ihrer Verschiedenheit etwas Gemeinsames: Interesse an der spirituellen Seite des Lebens. Aber ich habe Sie beide in Ihrer Unterhaltung gestört, Verzeihung.« Sowohl Agnes als auch Megan fanden die Dame sofort sympathisch. Sie war eine flotte Oma, die das Leben genoss. Ein ungezwungenes Gespräch entwickelte sich und ein Außenstehender hätte die drei Frauen für

Freundinnen gehalten. Die Fremde, die sich als Frau Linde vorstellte, wusste einiges zu ihrem Gespräch beizutragen.

»Oh, das ist ein spannendes Unterfangen, Wahrsagerei naturwissenschaftlich belegen zu wollen. Es gibt so viele revolutionäre Erkenntnisse in der modernen Physik in Form von mathematischen Formeln, leider fehlt es an Philosophen, die dieses neue Wissen in Worte und Zusammenhänge fassen können – das hat jedenfalls ein sehr berühmter österreichischer Physiker im Radio gesagt. Das fand ich beeindruckend! Mittlerweile ist von Seiten der Physik völlig klar, dass alles Energie und alles miteinander verbunden ist. Superstrings oder so ähnlich nennen sie das. Dasselbe kann man seit Tausenden von Jahren in den alten indischen Schriften, den Veden, lesen – unglaublich, nicht wahr? Für mich ist die Fähigkeit, in die Vergangenheit oder die Zukunft zu sehen, schon lang kein Furcht einflößender Zauber mehr, sondern bloß ein weiterer Sinn, den manche Menschen entwickelt haben. So einfach ist das.«

»Machen Sie das – in die Zukunft sehen?«, fragte Agnes neugierig. Frau Linde schenkte ihr ein strahlendes Lächeln.

»Ich sehe Bilder, wenn ich die Hände von Menschen betrachte.« Vorsehung, dachte Agnes und all die ungestellten Fragen begannen in ihrem Kopf zu surren.

»Was würden Sie dazu sagen, wenn jemand häufig träumt, und zwar verschiedene, aber zusammenhängende Episoden aus einer anderen Zeit, die gemeinsam eine ganze Geschichte ergeben – beinahe wie ein Fortsetzungsroman«, begann es aus ihr herauszusprudeln. »Und die Träumende nimmt meist das Geschehen aus der Perspektive einer bestimmten Person wahr. Würden Sie das für verrückt halten?« Frau Linde hatte aufmerksam zugehört und Agnes' Gesicht genau beobachtet.

»Träume sind etwas ganz Besonderes«, begann sie vorsichtig. »Darin verarbeiten wir unsere Eindrücke und Probleme, sie können aber auch viel mehr sein. Unsere Seele spricht im Traum zu uns, will uns etwas mitteilen, unsere Aufmerksamkeit auf bestimmte Umstände richten oder uns warnen, auch das gibt es. Träume können Erinnerungen an vergangene Ereignisse sein, manche Menschen träumen von einem früheren Leben. Ich selbst habe sehr oft seherische Träume, in denen ich Ereignisse sehe, bevor sie noch in der Realität stattfinden. Das war zu Beginn sehr verwirrend, ja beängstigend. Aber man lernt, damit zu leben.« Gebannt hing Agnes an Frau Lindes Lippen. Als Frau Linde nach ihrer Hand griff, zuckte sie nicht zurück. Die Berührung war angenehm, die Hand warm und trocken, von großmütterlicher Stärke.

»Was macht Ihnen Angst?« Ihre Blicke waren ineinander verschränkt und besiegelten ein Einverständnis. Ganz leise war Agnes' Stimme, als sie, ohne weiter nachzudenken, der älteren Frau ihr Herz ausschüttete.

»Diese Träume – manches Mal glaube ich, ich werde verrückt. Das ist alles so real, verstehen Sie? Und immer öfter fühle ich mich im wachen Zustand wie diese Hauptfigur in meinem Traum.« Frau Linde nickte.

»Stellen Sie sich diesen Träumen, meine Liebe. Sie sind nicht verrückt – ganz und gar nicht, ich könnte es fühlen, wenn dem so wäre. Ihre Seele will Ihnen etwas mitteilen, sie spricht zu Ihnen, also hören Sie zu – es ist ganz einfach.«

»Einfach?«, empörte sich Agnes. Jeder dieser Träume war total verwirrend, und wie zum Henker sollte sie *die Stimme ihrer Seele* verstehen? Das waren Geschichten aus einer Welt, die es gar nicht gab, von Leuten, die kein Mensch kannte, die Sachen machten, von denen sie noch nie gehört hatte! »Ich träume von bösen Zauberern, von Meistern einer magischen Kunst, von Intrigen und Mord! Was hat das mit mir zu tun? Ich bin Juristin! Selbst wenn ich meine, irgendeine Parallele zu meinem Leben zu finden, quälen mich tausend Zweifel, ob das stimmen kann.« Verständnisvoll tätschelte Frau Linde ihre Hand und drehte die Handfläche nach oben.

»Mein liebes Kind, Sie haben keine Zweifel! Sie *wissen*, was das alles zu bedeuten hat, und brauchen niemanden, der Ihnen sagt, was los ist. Wehren Sie sich nicht dagegen. Das Schicksal – ich bevorzuge, dabei von Gott zu sprechen – hat uns heute zusammengeführt, denn alles, was Sie brauchen, ist Bestätigung; Selbstvertrauen tanken, sozusagen.« Damit senkte Frau Linde ihren Blick auf Agnes' Handfläche. Der Zeigefinger wischte über die Linien und Frau Linde nickte anerkennend.

»Kein Wunder, dass wir einander so gut verstehen, Hexenschwester«, lachte Linde auf. »Jede Wette, dass Ihre Freundin auch eine ist. Mein Gott, schauen Sie nicht so erschrocken. Sie wissen das schon längst.« Ehe Agnes aus ihrer Schockstarre erwachte, blickte Linde schon wieder auf die Linien der Handfläche. »Und was für eine Hexe – Kind, Sie können alles machen, was Sie wollen – es gibt keine Grenzen für Sie. Fangen Sie endlich an, Ihr wahres Leben zu leben, bei diesen Fähigkeiten!« Agnes hörte nichts mehr. Das Blut war in ihre Wangen geschossen und Gefühlsstürme tobten durch ihren Körper. Wovon sprach diese Frau da? Das war eine Verrückte, was sonst. Die Angst war wieder da.

»Was soll das heißen? Kriegen wir Buckel und Warzen?«, versuchte sich Agnes mit Spott abzugrenzen.

»*Hexe* ist nur ein Wort, Kindchen, wenn auch historisch belastet. Daran sollten Sie sich nicht stoßen.« Sie unterbrach kurz, als wäre ihr eben etwas Wichtiges eingefallen. »Wir werden uns duzen, das ist unter Schwestern üblich. Also, *Hexe* – was das bedeutet? Es gibt Menschen, die sind feinfühliger, sensibler, aufnahmefähiger als andere Menschen. Wie ich vorhin gesagt habe, manche Menschen haben eine erweiterte Wahrnehmung der Welt. Sie können Dinge sehen, bevor sie geschehen, sehen, was war oder was vielleicht sein wird. Fühlen nicht nur unbewusst die Energie, die von anderen ausgeht, sondern wissen, was das zu bedeuten hat.« Frau Lindes Blick ruhte liebevoll auf Agnes. »Schule deine Beobachtungsgabe, Schwester, lerne von der Natur, das ist das Um und Auf für eine Weiße Hexe. Manche Hexen können mit Hilfe der Schöpfung heilen und Menschen helfen. Das war schon immer so, die weisen Frauen und Hebammen des Mittelalters hielten sich lang an den alten neolithischen, germanischen, keltischen Glauben und dessen Magie. Sie kannten sich mit Kräutern und der weiblichen Anatomie bestens aus. Diese selbstbewussten, starken Frauen waren für die machthungrige Kirche gefährlich. Denn durch ihr heiltätiges Wirken erschienen die alten Götter den Leuten mächtiger, als es der neue Gott war, der ausschließlich von Männern repräsentiert wurde. Es sollte nicht sein, dass Frauen mit den Naturmächten in Kontakt waren, zwischen den Welten vermittelten. Das sollte ausschließlich das Recht der Priesterschaft sein. Die weisen Frauen wurden bald dämonisiert, verfolgt, gequält und ermordet. Die Bevölkerung hat dabei fleißig mitgeholfen und die Hände abgehackt, die sie geheilt haben. So viel Wissen ging verloren, ach, wie viel Leid, wie viel Schmerz …« Frau Lindes Augen waren glasig geworden, wandten sich kurz zur Decke der Messehalle, ehe sie fortfahren konnte. »Bestimmt hattest du immer schon das Bedürfnis, anderen zu helfen. Das ist die Lebensaufgabe der Weißen Hexen. Die Kraft dafür kommt aus der Natur. Doch wo Licht ist, ist auch Dunkelheit. Deine positive Energie zieht leider auch die negativen Kräfte an. Du wirst Feinde haben, ohne etwas dafür zu können. Du musst lernen, dich zu schützen, sonst wirst du aufgerieben werden. Genügt dir das fürs Erste?« Agnes musste lachen, einfach aus Verlegenheit, aber auch aus Freude und Erleichterung, dass es neben Megan noch jemanden gab, der ihre Träume nicht für eine Geisteskrankheit hielt. Unvermittelt intensivierte sich der Blickkontakt mit Frau Linde. Ein Prickeln im Hinterkopf gab ihr das Gefühl, von Linde durchleuchtet zu werden. Etwas löste sich in ihr und gleichzeitig trat die lärmende Außenwelt zurück, als Frau Lindes samtene Stimme erklang.

»Schwester, du wirst tiefer in unsere Welt eintauchen, als du dir vorstellen kannst. Es ist dir bestimmt, unbekannte Welten zu sehen und Zeitreisende für die Heilung der Menschen zu sein. Du wirst die Liebe finden und den Schmerz durchwandern und wenn du deine Bestimmung annehmen kannst, ist dir Glückseligkeit gewiss.« Die Worte verhallten. Hatte Linde sie überhaupt ausgesprochen? Allmählich drängte sich der Lärm der Messehalle wieder in Agnes' Bewusstsein und Frau Linde blickte heiter und gelassen. Alles war wie zuvor, nur Agnes war nicht mehr dieselbe. Ihre Hand lag noch, warm gebettet, in der der Älteren, ein pulsierender Energiestrom durchfloss sie.

»Was soll ich tun?«, flüsterte Agnes.

»Besorge dein Handwerkszeug und beginne mit der Arbeit. Du bist fast 30 Jahre alt. Es wird Zeit!« Frau Linde lächelte verschmitzt wegen der Anspielung auf Agnes' Alter. So ein junges Mädchen war Agnes für sie, am Anfang ihrer Bestimmung. Agnes fühlte, was sie dachte, ihre Verbindung ging tief. Als Frau Linde ihre Hand losließ und sich Megan zuwandte, atmete Agnes durch. Sie brauchte eine Pause. Diese Frau hatte ein dickes Brett von ihren Augen gerissen und die Fülle an Erkenntnissen blendete sie. Es fügten sich Mosaiksteine zu einem Bild zusammen. Ihre Liebe zu Bäumen, Kräutern und Steinen, der Hang zu Ritualen, Räucherwerk, ekstatischen Tänzen und magischen Orten. Frau Linde hatte recht und jahrelanger Selbstbetrug war schlagartig aufgeflogen. Esoteriker waren für Agnes abgehobene Spinner gewesen, die irgendwelchen schrägen Ideen anhingen. Selbst hatte sie nur fortgeführt, was ihre Mutter und Großmutter ihr beigebracht hatten, ohne dem einen Namen zu geben. Hexen. Sie hatte immer dazugehört. Frau Linde sah total normal aus. Vielleicht lächelte sie mehr als andere ältere Frauen, war lebendiger, lebenslustiger, eigentlich gar nicht alt. Kein Hokuspokus.

»Ihr wisst, dass es keinen Zufall gibt, außer ihr nehmt das Wort ernst: ZU – FALLEN. Im Leben fallen einem ständig Dinge und Begegnungen zu, die von Bedeutung sind, wenn ihr dies zulasst«, erklärte Frau Linde, während sie Megans Hand wieder losließ. »Ihr beide habt viel gemeinsam, euer Zusammentreffen ist ein solcher Zu-fall. Da gibt es etwas zu tun. Agnes' Träume sind Teil ihrer Fähigkeiten, das ist klar. Sie sind von Bedeutung. Mein Gefühl sagt mir, dass sie einen starken Bezug zu ihrer Lebenssituation haben. Karmische Feinde trifft man immer wieder, durch viele Leben, bis das Karma aufgelöst wird.« Agnes stutzte – karmische Feinde?

»Aber wieso jetzt?«, fragte sie nach.

»Möglicherweise will dich deine Seele warnen. Bist du in Gefahr oder jemand, den du liebst? Vielleicht ist diese Inkarnation aus irgendeinem Grund besonders. Sieh dir dein Geburtshoroskop an oder ein Numeroskop, da könntest du Antworten finden. Wenn du in deine Fähigkeiten Vertrauen hast, Agnes, wirst du das Rätsel selbst lösen, da habe ich keine Zweifel. Megan kann dir helfen. Ihr beide seid von euren Fähigkeiten her wie Schwestern.«

Agnes und Megan schauten einander an. Eine Freundschaft, die tief in der Zeit wurzelte. Es überraschte sie beide nicht.

Am Abend saß Agnes in ihrem alten Kinderzimmer. Vergessene Tagebücher und Zeichenblöcke lagen auf dem Bett. Langsam blätterte sie Graphitzeichnungen durch; Szenen, aus der Fantasie gezeichnet, die ihr Jahre später in der Realität wiederbegegnet waren, Ahnungen, die sich bewahrheitet hatten. Dann Mutters Krankheit, ihr schrittweises Sterben, das etwas in Agnes mit sich begrub.

Sie zog die Schublade ihres Nachtkästchens auf, griff zielsicher unter einen Stapel Zeitschriften nach einem blassblauen Heft. *Traumheft*, stand am Umschlag geschrieben. Die grüne Tinte war gelbstichig geworden, die eigene kindliche Handschrift erschien Agnes fremd. Sie hatte das schon früher gemacht. Der letzte Traum darin entfaltete sich mit jedem Wort, das sie las, als wäre er erst gestern geträumt worden. Surreal wie ein Bild von Dali, war sie an den Rand einer wundervollen, blühenden Landschaft geführt worden, überirdisch, erfüllt von Musik und Farbe. Ihr Führer war ein steinerner Turm, der ihr dieses Land versprach. Glück und Erfüllung. Es war niemals eingetreten.

Bis ich Siebert traf, dachte sie. Es war dasselbe Gefühl, in seiner Nähe zu sein.

Träume. *Die Seele wandert in der Nacht heim zu Gott und ist während dieser Zeit mit allen fühlenden Wesen verbunden* – so waren Frau Lindes Worte gewesen. Von ihrer Reise brächte die Seele Informationen mit. Wer lernt, seine Seele zu hören, hat Zugang zu allen Seelen, sieht durch die Dinge hindurch, durch Zeit und Raum. Alles, was Frau Linde gesagt hatte, bestätigte ihre eigenen Ahnungen. Als hätte diese unterdrückte Seite in ihr nur auf Frau Lindes Worte gewartet, einen Startschuss herbeigesehnt, brach sie nun unaufhaltsam hervor.

Lebe deine Bestimmung.

Tangomusik drang aus der Handtasche. Das musste Megan sein, vermutete Agnes und kramte in den Tiefen ihrer Tasche nach dem Handy. Kurz vor dem letzten Ton schaffte sie es, auf den Knopf zu drücken, um das Gespräch anzunehmen.

»Hi, Norman spricht. Alles okay bei dir? Ich möchte heute die Dateien vom Backup mit dir durchgehen. Geht das für dich klar?«

Agnes war vollkommen überrumpelt – wieso kannte er ihre Handynummer? »Ähm, ja?«

»Gut. Ich bin in einer Viertelstunde bei dir. Komm gleich runter.« Agnes japste. Norman legte sein übliches Tempo vor, wenn er sie kalt erwischen wollte.

»Wer hat dir meine Handynummer gegeben?« Von der anderen Seite klang ein spöttisches Lachen zu ihr durch.

»Kleines, ich bekomme alles, was ich will, weißt du das immer noch nicht? Servus.« Die Leitung war unterbrochen. Verärgert machte sich Agnes zurecht. Warum durfte sie nicht wie Tausende anderer Frauen einfach eine Beziehung beenden und in Ruhe weiterleben? Nein, *sie* war in einen Mordfall verwickelt, der Kriminalinspektor war ihr Exfreund und konnte an alle Informationen, die er brauchte, herankommen. Schon fühlte sie, wie ihre Kräfte schwanden und sie sich am liebsten irgendwo verkrochen hätte. Nein, nicht jetzt. Niemals würde sie klein beigeben, nicht Norman gegenüber. Hier gab es etwas zu lernen. Kämpfen. Mit erhobenem Kopf suchte Agnes ihren Vater auf und teilte ihm ihre Pläne für diesen Abend mit.

Das Zimmer war vom Zigarettenrauch verqualmt, die 20-Watt-Schreibtischlampe und die Computerbildschirme waren die einzige Beleuchtung. Norman ging mit einer Zigarette im Mundwinkel und dem Handy am Ohr auf und ab. Sein Gesicht war düster, wütend antwortete er dem Kollegen:

»Du hirnlose Pfeife! Sollte wegen deinem Fehler meiner Informantin etwas zustoßen …«, er ließ den anderen nicht zu Wort kommen, »… wie kommt so ein Idiot wie du durch die Aufnahmetests? Wenn du glaubst, nach dem Schnitzer kannst du bei uns noch etwas werden: träum weiter.« Eine kurze Pause entstand und Norman fiel dem bemitleidenswerten Typen am anderen Ende ins Wort: »Schreib schon mal dein Versetzungsgesuch. Du löst den Ferry ab und machst die Nachtschicht. Penn nicht ein.« Ohne Gruß beendete Norman das Gespräch. Er warf das Handy auf den Schreibtisch und wandte sich Agnes zu.

»Das war der Kerl, der deinem Chef brühwarm erzählt hat, dass du uns hilfst. Der kriegt von mir eine Dienstbeschreibung, dass er die nächsten Jahre bestenfalls Klo putzen darf.« Er stützte sich mit einer Hand auf den Schreibtisch und blickte über Agnes' Schulter. »Schon was entdeckt?« Zum dritten Mal an diesem Abend schob sie Normans Hand von ihrer Schulter.

»Lass das! Wenn du's nicht kapierst, gehe ich augenblicklich heim und du kannst dir deine Daten selbst suchen.« Grinsend rückte er ein wenig von ihr ab und griff nach der nächsten Zigarette. Der Mechanismus seines Dupont-Feuerzeugs war altmodisch und klickte beim Öffnen. Bei dem Geräusch blickte Agnes unwillkürlich auf. Ein Rädchen musste gedreht werden, das mit einem *Ratsch* Funken aus dem Feuerstein rieb. Eine kleine Flamme schoss empor und fraß sich in das Ende der Zigarette. Mit leisem *Klack* ließ er den Deckel herabschnellen. Ein vollkommen automatisierter Ablauf, Tausende Male praktiziert, tausendmal gehört. *Klick – Ratsch – Klack*; das Geräusch des silbernen Feuerzeuges gehörte zu Norman wie seine Stimme.

»Ist ja gut. Soll ich dir eine Cola bringen? Oder sonst etwas? Ich bestelle uns Pizza und Getränke dazu. Es ist spät geworden, Zeit für eine Stärkung.« Eine halbe Stunde später erfüllte der Duft von Oregano, Käse, Tomaten und Thunfisch den Raum und Agnes fühlte Brechreiz aufsteigen. Ihre »Grippe« hatte sie ja letzthin Megans Pizza hochwürgen lassen, das hatte der Körper noch nicht vergessen. Der Schreibtisch war vom geöffneten Pizzakarton bedeckt und zwei Coladosen standen daneben. Cola gegen Brechreiz, könnte funktionieren. Seit zwei Stunden hatte sie nichts als Dateien durchgesehen, ohne Ergebnis. Noch eine letzte Seite öffnen. Ihre Hand tastete nach der Coladose, die Norman für sie geöffnet hatte. Die kalte Flüssigkeit schäumte in ihrem ausgetrockneten Mund.

»Frau Gruber …«, gurgelte sie und Cola tropfte auf die Tastatur.

»Mensch, jetzt versau mir nicht meinen Arbeitsplatz«, motzte Norman, doch Agnes schenkte ihm keine Beachtung. Das Dokument auf dem Bildschirm vereinnahmte ihre ganze Aufmerksamkeit. Frau Muth hatte also den Beschwerdebrief für den elektronischen Akt eingescannt, bevor sie gestorben war – wieso war er im Papierkorb gelandet?

»Norman – da ist was …« Sofort stand Norman hinter ihr und beugte sich zum Bildschirm herunter. »Das ist das Schreiben, das die Tolf an sich genommen und danach Michelle deswegen zur Rede gestellt hat.«

»Wann genau war das?« Sie sagte ihm das Datum. Norman sah sich die Datei genauer an. Sie war noch am Freitag, an dem Agnes den Brief gelesen hatte, gelöscht worden. Konzentriert verglich Norman die Liste der Usernummern.

»Wenn das nicht dein Freund Zumtobl ist – was sagt man dazu?« Er warf die Liste in den Aktenordner zurück und notierte mit seiner spitzen, unleserlichen Handschrift die Erkenntnisse in sein Notizbuch. »Jetzt hast du dir eine Pause verdient. Greif dir ein Stück, ehe das Zeug kalt ist.« Er schob ihr den Karton hin. »Erzähl was vom Zumtobl. Der ist doch erst vor Kurzem in der Firma eingestiegen. Wie ist er? Kommt er gut an? Wirkt er integer, raffiniert, verschlagen, gutmütig?« Agnes ignorierte die Pizza und versuchte, den Assistenten so gut wie möglich zu beschreiben.

»Komplexbeladen und jederzeit bereit, sich für seine Schwächen an anderen Menschen zu rächen«, lautete ihre Zusammenfassung von Zumtobls Charakter. Während sie sprach, hatte Norman wieder zu essen begonnen. Aus Erfahrung wusste Agnes, dass er beim Essen die beste Laune hatte, und wagte einen Vorstoß.

»Weißt du Genaueres, woran Frau Muth gestorben ist … und unser Lehrmädchen?« Gespannt fixierte sie sein Gesicht. Ob er sie ins Vertrauen ziehen würde? Norman aß genüsslich weiter. Natürlich würde er seine Überlegenheit so lang wie möglich ausspielen wollen, doch überraschenderweise fing er gleich an, über den Fall zu reden.

»Der Befund von der Gerichtsmedizin bestätigt in beiden Fällen dasselbe Gift. Eine Laborchemikalie, ein hochtoxisches Acrylamid. Verabreicht höchstwahrscheinlich mit dem Kaffee. In beiden Fällen so hoch konzentriert, dass eine Rettung nach der Einnahme ausgeschlossen gewesen wäre. Verursacht Thrombosen in den inneren Organen und das wiederum multiples Organversagen.« Gebannt schaute Agnes auf Norman. Das war ihre Chance, an Informationen zu kommen. Also los.

»Was ist mit Dr. Wach? Ist der eines natürlichen Todes gestorben?«

Normans Backen waren von der Pizza aufgebläht, was ihn keinesfalls vom Reden abhielt. »Beim Wach war zuerst nichts Ungewöhnliches festzustellen. Der hatte eine stabile Angina pectoris – herzkrank halt. War medikamentös gut eingestellt und führte ein diszipliniertes Leben. Trotzdem, mit der Vorerkrankung ist ein plötzlicher Tod nichts Ungewöhnliches. Da hebt kein Beamter einen Bleistift. Wenn Wach nicht im Todeskampf *Viagra* auf seiner Unterlage geschrieben hätte, wäre keine Untersuchung angeordnet worden. Viagra und die Medikamente eines Herzkranken vertragen sich nicht besonders, vor allem nicht Nitro. Das hätte der Verstorbene als Arzt wissen müssen. Jedenfalls ist die Leiche auf Viagra untersucht worden und man hat tatsächlich was gefunden. Cialis – das ist dasselbe Medikament wie Viagra, hat aber eine längere Wirkung, wird langsamer abgebaut. Es gibt zwei Möglichkeiten: Wach hat Cialis zur Potenzsteigerung genommen und sich in der Berechnung der Zeit, die das Medikament zum Abbau braucht, geirrt. Vielleicht mit Viagra verwechselt. Er hat gewohnheitsmäßig Nitro gespritzt, und schon ist der Blutdruck abgesackt – Herzflimmern – tot. Die andere Möglichkeit ist die, dass jemand anderer ihm das Cialis untergejubelt hat, zum Beispiel im Kaffee. Das schmeckt man nicht, ich hab's selbst ausprobiert – nicht, dass ich's nötig hätte«, wehrte er reflexartig ab. »Die Wirkung des Medikaments merkt man auch nicht, kriegt höchstens einen dumpfen Kopf und einen Ständer. Nichts Besonderes.« Agnes sah ihn spöttisch an und er hob abwehrend die Hände. »Für einen Mann halt«, grinste er. »Jedenfalls hat sich der Wach das Nitro gespritzt und die ungewöhnliche Reaktion darauf richtig gedeutet. Bestimmt hat er Viagra oder Cialis schon mal eingenommen. Ohne diesen Hinweis von ihm hätten wir niemals Verdacht geschöpft. Selbst bei der Autopsie wäre nichts aufgefallen, ein simpler Herzinfarkt, fertig. Viagra oder Cialis findet man nur, wenn man gezielt danach sucht. Perfekter Mord, kommt keiner drauf – richtig gute Arbeit. Wie auch immer, der Akt ist ewig bei der Staatsanwaltschaft gelegen, weil keiner eine Entscheidung treffen wollte.«

»Aber jetzt schon?«, fragte Agnes ungeduldig. Norman ließ sich nicht drängen. Genüsslich lehnte er sich in seinen Sessel und trank aus der Dose. Geduld, ermahnte sich Agnes, sonst bockt er.

»Wenn ich mal misstrauisch bin, wird alles untersucht. Mit zwei Mordfällen am selben Schauplatz geht das gar nicht anders.«

»*Ein* Täter?«

»Hm.« Norman wollte nicht darauf eingehen, merkte Agnes. Er schweifte in eine andere Richtung. »Isabelle ist am Abend gestorben. Wahrscheinlich war ihr schlecht, sie ging aufs Klo und kollabierte. Die Putzfrau hat sie am nächsten Morgen gefunden.« Dem letzten Gedanken nachhängend, biss Norman ein großes Stück von seiner zu einem Schiffchen zusammengefalteten Pizza ab. In den Mundwinkeln glänzte das tomatenfarbige Fett und an den Bartstoppeln seines Dreitagebartes hing ein Käsefaden. Verwundert sah Agnes dem Mann ihr gegenüber beim Verschlingen seines Nachtmahls zu. Diesen Typen hatte sie geliebt. Unwillkürlich schüttelte sie den Kopf, aber Norman bezog das auf seine letzte Bemerkung.

»Was ist? Kannst du nicht sehen, wie gut das alles zusammenpasst? Der Mörder ist medizinisch versiert und kennt sich mit der Wirkung von Medikamenten und chemischen Substanzen gut aus. Schlussfolgerung: In eurer Firma kommt die halbe Belegschaft als Täter infrage, lauter Ärzte, Pharmazeuten und Molekularbiologen, die Zugang zur Apotheke und den Labors haben. Klasse, was?«, höhnte er. »Aber sollte Wach ermordet worden sein, dann unterscheidet sich dieser Mord gewaltig von den anderen beiden. Was bei Wach genial und gefinkelt war, ist bei Muth und Isabelle fast plump. Ich frage mich, warum das so ist.«

»Ist der Mörder vielleicht bei Muth und Isabelle in Bedrängnis geraten und musste schnell handeln?«, versuchte sich Agnes an einer Lösung.

»Zwei Mörder, Agnes«, warf er ihr hin und lehnte sich selbstzufrieden zurück.

»Zwei ...«, wiederholte sie mechanisch, »... ja, wieso nicht.«

»Der Mord an Wach kann als Gelegenheit genutzt worden sein, einen Feind loszuwerden und die Sache wem anderen in die Schuhe zu schieben. Wer kommt infrage? Dass man an Acrylamid sterben kann, sieht jeder Trottel am Totenkopf auf dem Etikett. Also jeder, der an die Substanz herankommt. Auch Juristen.« Er zwinkerte mit den Augen und sah sie herausfordernd an, wollte unterstreichen, dass er ihr immer noch etwas anhängen konnte, wenn er wollte.

»Juristen haben im Labor nichts zu suchen«, fauchte sie ihn an, besann sich aber eines Besseren. Schließlich wollte sie mehr Informationen. »Das Gift wurde mit Kaffee verabreicht?«, hakte sie nach.

»Wahrscheinlich. Mageninhalt bei Muth war nur Kaffee, bei Isabelle Reiswaffeln und Kaffee. War anscheinend auf Diät, das dumme Ding. Hätte lieber was Ordentliches essen sollen. Wer will schon mit einer Reiswaffel im Magen sterben?« Sein Lachen tat Agnes weh. Allen abartigen Essgewohnheiten zum Trotz, griff sich Norman das letzte Pizzastück, bog es zusammen und schob sich das Riesending in den Mund. Thunfischstücke, Oliven und Zwiebelringe fielen herunter. Von Normans Essunkultur hypnotisiert, als sähe sie ihn zum allerersten Mal, tauchte plötzlich ein Bild vor ihrem inneren Auge auf.

»Als ich die Muth fand, war ihre Kaffeetasse fast leer ..., es war ihr Lippenstiftabdruck auf dem Häferl.« Normans Kauen erstarrte. Die vollen Backen ließen ihn wie einen

Hamster aussehen. Unvermittelt sprang er auf, stürmte zum Aktenschrank, holte einen Ordner hervor und fetzte Seite um Seite heraus.

»Wo ist der Bericht? Die Bilder, verdammte Scheißunordnung!« Eine halbzerkaute Olive fiel aus seinem Mund zu Boden. Er beachtete sie nicht. »Hier! Zuerst die Fotos.« Eine Seite nach der anderen sah er durch, jedes Mal sagte er: »Nein«, und suchte weiter. »Nichts, haben die Affen kein Foto vom Schreibtisch gemacht ... Das darf doch nicht wahr sein – bin ich der Einzige in diesem Idiotenverein, der eine Ahnung vom Job hat? Ah!« Er nahm einen weiteren Bogen heraus. »Da ist das Foto – aber ich sehe kein Kaffeehäferl.« Sofort vertiefte er sich in den darunterstehenden Text. »Die Kollegin von der Spurensicherung hat das Umfeld beschrieben, auch den Schreibtisch. Nur Akten. Keine Wasserflasche, kein Frühstückskipferl, kein Kaffeehäferl – wusste ich's doch ... Wo ist die Kaffeetasse hin, die du gesehen hast? Erzähl mal, Agnes, wer war alles da, wer ist wieder gegangen, was hatten sie in der Hand? Denk nach, *denk nach* – das ist wichtig!« Ganz dicht war Norman an sie herangetreten und machte den Eindruck, als würde er sie gleich schütteln, um schneller an die Informationen zu kommen. Ein schwerer Seufzer entfuhr Agnes' Brust. Wie sollte sie sich an all diese Details erinnern? Sie war doch damals unter Schock gestanden. Norman hatte recht – wenn das Kaffeehäferl beim Eintreffen der Polizei verschwunden war, dann musste es jemand beiseitegeschafft haben. Wer sonst als der Mörder? Sie schloss die Augen und versuchte, die Bilder aus der Erinnerung heraufzubeschwören.

»Dr. Tolf kam auf mich zu – aus der Küche, denn sie hatte eine Kaffeetasse in der Hand. Nach ihr erschien Dr. Brum, er hörte sie telefonieren und ging in das Sekretariat. Ich weiß nicht mehr, ob er etwas in der Hand hielt, könnte sein. Halt,

Dr. Umtier war auch dabei. Die letzte Person, die ich gesehen habe, bevor ich mit Brum in sein Büro ging, war Michelle Schoff. Die hatte eine Kaffeetasse in der Hand.«

»Beim Reingehen oder beim Rausgehen?«, fuhr er sie an. Warum stiegen ihr bloß Tränen in die Augen?

»Keine Ahnung«, kam es wie ein Schluchzen aus ihrer Kehle.

»Okay. Entspann dich.« Er tätschelte ihre Schulter und diesmal fühlte es sich freundschaftlich an. »Habt ihr nur einen Kaffeeautomaten im Haus?«, wechselte er das Thema.

»Nein, aber unsere Espressomaschine ist die beste, deshalb machen sich viele die Mühe, den Kaffee im dritten Stock zu holen.« Mit beiden Händen drückte sie gegen die Schläfen, wollte die Erinnerung herausquetschen. »Michelle ist mindestens dreimal am Tag heroben. Sie war nur kurz im Sekretariat, hatte es eilig wie immer.«

»Irgendwas musst du doch bemerkt haben …«, bohrte Norman nach.

»Wir haben einheitliche Kaffeetassen, alle aus weißem Porzellan mit dem Logo der Firma.« Er schaute sie ob der Banalität dieses Details fragend an. Sie rechtfertigte sich umgehend. »Die fallen einfach nicht mehr auf, die sind überall.« Jetzt verstand er und hakte nach.

»Mach die Augen zu und konzentriere dich: Wer ist mit einem Häferl raus?« Genervt stand Agnes auf, um Normans Nähe zu entkommen, und ging zum Fenster, öffnete es. Sie brauchte Luft. Der Blick in die Ferne tat den Augen gut. Norman stand wieder hinter ihr, viel zu nahe, drängend.

»Ich weiß es nicht.« Ihre Stimme kippte beinahe. »Meine Kollegin lag tot hinter ihrem Schreibtisch, da achtet man nicht auf Kaffeehäferln!« Wenn sie es nur gesehen hätte – was für eine heiße Spur wäre das gewesen. Frustriert ging sie um Norman herum und setzte sich zurück vor den Bildschirm.

»Hey, entspanne dich wieder.« Seine Augen folgten ihrer Bewegung. »Vielleicht fällt es dir ein, wenn du ausgeruht bist. Denk an was anderes, dann kommt die Erinnerung wieder. Themenwechsel. Du warst krank?« Überrascht von Normans nahezu mitfühlendem Interesse, erzählte Agnes von ihrem Grippeanfall.

»Aber wieso interessiert dich das auf einmal?«, giftete sie ihn an. »Früher hast du dich bestenfalls geärgert, weil du selber einkaufen gehen musstest.« Die Kränkung kroch aus ihrem Versteck, drückte wie ein Stein auf die Brust. Nicht genug, dass sie sich hatte jahrelang ausnutzen lassen, jetzt musste sie ihn wieder unterstützen, fühlte sich erpresst. Ihre Zähne gruben sich in die Unterlippe. Der Raum wurde immer enger. Dateien durchsehen, weiterarbeiten, das Beisammensein mit Norman möglichst rasch beenden.

»Und am nächsten Tag war alles vorbei? Komisch«, ignorierte Norman ihren Sarkasmus. »Sag mir noch mal die Symptome.« Wie gewünscht, zählte Agnes alle Symptome auf: das Herzklopfen, die Schweißausbrüche, ihre Schwäche und die Kreislaufprobleme, das Fieber. Ihre Stimme verebbte. Der Absender der gelöschten E-Mail auf dem Bildschirm fesselte ihre ganze Aufmerksamkeit. Es handelte sich um eine knappe Nachricht von Brum an Muth. *Heute 18.00 zum Diktat*, mehr stand nicht darin. Der Zeitpunkt, zu dem es gelöscht worden war, stimmte mit dem Zeitpunkt ihrer eigenen Nachforschungen an Muths PC überein.

»Sieh dir das an, Norman, da stimmt was nicht. Bei uns gibt es keine Diktate. Jeder schreibt sich seine Sachen selbst, sogar Brum. Wobei er sowieso alle schriftlichen Erledigungen an mich weitergibt.« Agnes rückte mit dem Sessel weg, um dem Körperkontakt mit Norman zu entgehen, der sich sofort zum Bildschirm beugte.

»Aha, interessant; kein Wunder, dass wir das Mail übersehen haben. Klingt total alltäglich. Mit *Diktat* ist dann bestimmt was anderes gemeint. Da ist Sex im Spiel. Er verheiratet, steigt jedem Rock nach; sie Alleinerzieherin, hat kaum Gelegenheit, einen neuen Mann kennenzulernen – passt genau. Ich werde die Anrufe ihrer Handys überprüfen, mal sehen, ob sie einander angerufen haben. Da brauche ich aber vorher eine richterliche Anordnung, verdammt.« Er schnappte sich sein Handy vom Tisch und tippte eine Nummer ein. »Vorher aber was anderes.« Es dauerte eine Weile, ehe er jemanden mit »Herr Doktor« begrüßte.

»Ich brauche Ihre Hilfe. Können Sie mir sagen, welche Symptome eine geringfügige Vergiftung mit einem hochtoxischen Acrylamid hervorrufen würde?« Agnes' Rücken wurde steif. Was um alles in der Welt … Stille erfüllte den Raum, von Zeit zu Zeit durchbrach Norman das Schweigen durch ein »Hm, hm, verstehe«. Schließlich bedankte er sich und legte auf. Seine grauen Augen waren nun auf sie gerichtet, blickten besorgt unter den schweren Lidern. Wie lang hatte er sich wohl schon nicht mehr ausgeschlafen?

»Was ist? Sag schon, du machst mir richtig Angst!« Agnes ging zu ihm hinüber und stemmte die Arme in die Hüften. Das machte nicht viel Eindruck. Dafür legte Norman seinen Arm um sie und diesmal wehrte sie sich nicht.

»Agnes, reg dich jetzt nicht auf. Noch wissen wir es nicht genau. Du gehst auf der Stelle mit mir zur Blutabnahme in die Universitätsklinik. Könnte sein, dass du keinen Grippeanfall hattest, sondern einen Mordanschlag überlebt hast. Wenn wir Glück haben, kann man Rückstände entdecken oder irgendwelche Schädigungen der Organe.«

»Glück?«, keuchte sie geschockt auf.

»Der Gerichtsmediziner meinte, auf der Leber müsste man was sehen. Unterwegs erzählst du mir, was du an dem Tag gegessen und getrunken hast, bevor dir übel wurde. Also, hopp auf, anziehen, wir gehen!« Agnes fühlte den aufmunternden Druck um ihre Schultern und gleich darauf einen Klaps am Po.

»Verdammt noch mal!«, fauchte sie ihn an. »Was redest du da? Wieso Mordanschlag? Man hat versucht, mich zu vergiften? Wie denn? Ich habe an dem Tag lediglich mit Megan gemeinsam Tee getrunken und Pizza gegessen, sonst war ich mit niemandem essen. Das ist ein Hirngespinst, Norman! Mach mich nicht total verrückt!« Sie stieß ihn von sich, doch seine Hände umklammerten ihre Schultern wie Schraubstöcke. Da gab es kein Entkommen, nur Kapitulation. Norman sah ihr fest in die Augen.

»Werd nicht hysterisch. Wir suchen einen Mörder und ich finde ihn. So einfach ist das.« Seine Finger gruben sich schmerzhaft in ihre Muskeln. Sie nickte und der Druck ließ etwas nach. »Das war vorhin *der* Fachmann auf dem Gebiet der Toxikologie – er meinte, die Symptome entsprechen exakt deinem *Grippeanfall*. Bereits eine geringe Menge verursacht Vergiftungserscheinungen, nur wenig mehr von dem Zeug, und die Organe sind hin. Schau dir die Tatsachen genau an: Isabelle wurde am selben Tag vergiftet wie du, bloß hatte sie eine höhere Dosis abbekommen. Das Gift muss in etwas gelöst gewesen sein, was man in unterschiedlichen Mengen zu sich nimmt. Kaffee scheidet aus, du trinkst keinen. Isabelle hatte nur Kaffee und Reiswaffeln im Magen. Was könnte euch verbinden? Du trinkst Tee, sie Kaffee. Milch? Zucker? Denk nach, was war in deinem Tee?«

»Zucker. Ich habe meinen eigenen Zucker, Rohrzucker, es steht sogar mein Name auf der Dose …« Ihre Augen blinzelten, als sie zu ihm aufblickte. »Das Gift könnte im Zucker gewesen sein. Und Isabelle hatte just an diesem Nachmittag Lust, Rohrzucker auszuprobieren?«

»Vielleicht war der weiße Zucker aus und sie hat deine Zuckerdose im Schrank entdeckt«, spann er den Faden weiter. Ganz kalt wurde es in ihr. Die Beine zitterten. Normans Hände schoben sie an die Tischkante. Sitzen. Sie wollte sich die Haare aus dem Gesicht streichen und merkte, wie die Hände bebten.

»Das ist meine Schuld …«, murmelte Norman heiser. »… ich habe dich in diese Gefahr gebracht.« Ohne Vorwarnung küsste er ihre Stirn. »Was in meiner Macht steht, werde ich tun, um dich zu beschützen«, flüsterte er in ihr Haar und drückte sie an sich. Unfähig, sich zu bewegen, etwas zu sagen oder gar sich zu wehren, ließ es Agnes zu und konnte es in diesem Augenblick nicht leugnen – es tat gut, beschützt zu werden.

Nachdem Agnes untersucht worden war, eine Harnprobe abgegeben hatte und ihr reichlich Blut abgenommen worden war, blieb sie für einige Zeit auf der Spitalspritsche liegen. Vor dem Vorhang ihrer Koje hörte sie Norman mit einem Kollegen von der Spurensicherung telefonieren. Auf dem Weg in die Universitätsklinik hatte er bereits vergeblich versucht, deren Leiter zu sprechen. Aber Norman hatte nicht eher geruht, bis er dessen Privatnummer herausgefunden und den armen Mann ins Büro beordert hatte. Nun erfolgte sein erster Bericht, doch wie es schien, war Norman mit der Information nicht zufrieden.

»Okay, ihr nehmt euch diese Zuckerdose morgen früh auf jeden Fall als Erstes vor, vielleicht findet ihr doch noch irgendwelche minimalen Spuren von diesem Laborgift, wir können ja auch mal Glück haben. Danke nochmals, Joschi, ist dein freier Tag, ich weiß. Dir vertraue ich, du bist der Beste.

Wenn du nichts findest, findet niemand etwas. Tschüss.« Nach einem ärgerlichen Seufzer teilte sich der Vorhang und Norman kam zu Agnes zurück. »Sieht schlecht aus. Die Zuckerdose war leer. Ist andererseits auch aufschlussreich. Der Täter wollte alle Spuren vernichten. Weißt du, wie viel Zucker zuletzt drin war?« Während sich Agnes ihren Mantel zuknöpfte, überlegte sie.

»Etwa halb voll.«

»Wie viel hast du in deinen Tee getan?«

»Megan hat ihn zubereitet. Ich beschwerte mich noch bei ihr, weil er bitter schmeckte. War wohl zu wenig Zucker … oder das Gift?« Sie blickte auf und sah Misstrauen in seinem Gesicht. Megan. Er verdächtigte Megan. Die Hand vor den Mund gepresst, rang sie um Haltung. Keinesfalls wollte sie in Tränen ausbrechen und von Norman neuerlich getröstet werden.

»Was hast du für ein Verhältnis zu dieser Megan Kalth? Sie ist noch nicht lang in eurem Unternehmen. Ich habe nicht nur Gutes über sie gehört. Was weißt du von ihr?« Ungläubig schaute Agnes Norman an.

»Du glaubst doch nicht, dass Megan …? Das ist ausgeschlossen – sie ist meine Freundin. Vergiss es!« Vehement riss sie den Vorhang ihrer Koje zur Seite und wollte gehen, doch Norman packte sie beim Arm. »Der Kriminalist bin ich, verstanden? Alles, was zählt, sind Fakten.« Er hielt ihr den Zeigefinger vor die Nase. »Fakt ist, dass das Sterben bei *BabyStar* nach Megans Eintritt in das Unternehmen begonnen hat. Fakt ist weiters«, ein zweiter Finger schnellte hoch, »dass sie Zugang zum Gift hat und als Pharmazeutin über die notwendigen Kenntnisse verfügt, um das Gift zu dosieren, und Fakt ist«, jetzt wedelte er mit drei Fingern vor ihrem Gesicht, »dass sie bei allen drei Todesfällen in der Nähe war.« Agnes starrte ihn fassungslos an. Megan sollte eine Mörderin sein? Absurd! Sie sah ihm fest in die Augen.

»Du irrst dich trotzdem. Erstens«, nun hielt sie ihren Zeigefinger vor sein Gesicht, »hätte sie mich dann tatsächlich mit dem Tee vergiftet und nicht eine zu geringe Menge hineingetan, und zweitens«, sie fuchtelte wütend mit Zeige- und Mittelfinger vor seinen Augen, »war sie am Morgen, an dem ich Frau Muth gefunden habe, nicht im Sekretariat.« Immer noch hielt Norman sie am Arm fest und fixierte sie.

»Falsch. Sie war im Sekretariat. Während sie dich in Brums Büro zurückließ, um Tee zu holen. Ich habe die Aussagen von Dr. Tolf und Dr. Brum. Und bei der Dosierung des Gifts im Tee könnte eine Rolle gespielt haben, dass sie nicht dabei sein wollte, wenn du abkratzt. Damit ist sie eine Verdächtige. Was weißt du denn schon von ihr? Doch nur Dinge, die sie dir erzählt hat. Du hast immer noch nicht kapiert, dass man niemandem trauen darf. Wie naiv du bist – werde erwachsen!« Er ließ ihren Arm los. »Wenn es nicht so gefährlich wäre, fände ich deine Naivität ja entzückend, hier ist sie aber bloß dämlich.« Agnes schnappte nach Luft und wollte sich rechtfertigen, doch er schnitt ihr das Wort ab: »Ende der Diskussion, erzähle lieber, was für Nachforschungen ihr beide sonst noch angestellt habt.« Sein Tonfall erlaubte keinen Widerspruch. Mit einer Hand schob er Agnes aus der Koje. »Du kommst mit ins Amt, eine Niederschrift machen. Am Weg kannst du gleich anfangen auszupacken, was du bisher verschwiegen hast. Ich sehe dir an, dass da noch was ist.«

18

Das Schloss knackte beim Öffnen und die Haustür quietschte in den Angeln. Kälte schlug ihr entgegen und es roch nach feuchtem Holz. Agnes ließ ihre Taschen auf der Schuhbank stehen, um zu allererst die Fenster zu öffnen. Frühlingshafte Wärme strömte herein und vertrieb den Modergeruch. Der Himmel strahlte im klarsten Blau, geschmückt mit Schäfchenwolken, und Amselgesang verbannte das Gefühl von Einsamkeit. Tief sog Agnes ihren Berg ein, entledigte sich der Stadt. Niemals hätte sie gedacht, einmal hier am Fenster zu stehen, wie dies ihre Mutter zu tun pflegte. In diesen Momenten spürte Agnes den Stolz von Petra Feder, das Erbe ihrer Mutter allen Hindernissen zum Trotz bewahrt zu haben. Es war ihre Erde, hier steckten ihre Wurzeln. Ein Zuhause, das die Gegenwart der Mutter und Großmutter atmete, Schutz und Geborgenheit war. Beinahe huschte ein Lächeln über ihr Gesicht.

Agnes machte sich daran, die Bettdecke zurückzuschlagen und die Heizung einzuschalten, in der Küche den Bauernofen einzuheizen und Brot abzuschneiden. Kaum knisterte das Holz, schloss sie die Fenster und ließ sich in den Ohrensessel fallen. Die Erschöpfung zeigte Wirkung. Jeden Tag eine neue Katastrophe, keine Verschnaufpause. Sie wollte einfach ihr Leben zurück. Ruhe. Beschaulichkeit. Sicherheit. Gab es keine Möglichkeit zur Flucht? Vergangenen Abend war sie stundenlang im Bundeskriminalamt gesessen, hatte Norman alles erzählt, was sie wusste. Anschließend hatte er sie zu ihrem Vater gebracht. Sie erschauerte bei der Erinnerung. Seine Umarmung, der Versuch, sie zu küssen. Tat, als hätte sie nie Schluss gemacht. Oh, verdammt, sie brauchte seine Hilfe und den Schutz, den er ihr angeboten hatte. Das Leben spielte mit ihr Ball, bloß dass sie selbst der Ball war und Norman in die Arme geworfen wurde.

Das nächste Mal dem Mörder?

War Isabelles Tod lediglich ein Versehen und eigentlich sie selbst das Ziel des Anschlages gewesen? Und wer unter ihnen schätzte das Leben so gering? Keinem ihrer Kollegen würde sie eine solche Tat zutrauen.

Am allerwenigsten Megan.

Die Möglichkeit, dass harmlos wirkende Kollegen oder gar Freunde zum Morden fähig waren, ja sogar sie selbst töten wollten, war purer Wahnsinn.

Benütze deine Fähigkeiten.

Wenn sie sich auf ihren Instinkt nicht länger verlassen konnte, war alles zu Ende. Agnes' innere Stimme drängte sie immer vehementer, eine Verbindung zwischen ihren Träumen und den sich überstürzenden Ereignissen in ihrem Leben herzustellen. Irgendwo gab es einen Schlüssel, der den Zusammenhang zwischen den beiden Welten sichtbar machen konnte. Die Geschichte Sishla Vems erinnerte sie an etwas, das direkt vor ihr wie im Nebel verborgen lag. Unangenehm drückte seitlich an der Polsterung des Ohrensessels ein harter Gegenstand gegen ihren Schenkel. Sie rückte zur Seite und hob das Sitzkissen an. Eine Phiole mit Weihrauchkristallen lag eingekeilt dazwischen. Nachdenklich hielt sie das Glasröhrchen in den Händen. Als hätten ihr die Harzstücke eine Botschaft übermittelt, steckte sie die Phiole in die Tasche ihrer Jacke, stand auf und füllte die Räucherschale mit Glut. Mit einigen Kerzenstumpen aus dem Bad bildete sie mitten auf dem Küchenboden einen Kreis und stellte die Räucherschale in dessen Zentrum. Schließlich kniete sie sich dazu und legte Weihrauch auf die Holzkohle. Das Harz brutzelte wie Karamell, weißer Rauch stieg stetig empor, legte

Schleier vor ihre Augen, und der erhellende Duft betörte die Sinne. Mit einem Span entzündete sie alle sieben Kerzen und wandte sich wieder der Räucherschale zu. Still war es, hin und wieder knackste ein Holzscheit im Ofen oder dehnten sich die alten Dielen in der Wärme. Agnes saß auf ihren Fersen und konzentrierte sich auf die Rauchkringel, die behäbig zur Decke schlängelten. Leise sprach sie ein Gebet, die Handflächen nach oben geöffnet, vor sich gebreitet, unbewegt. Die Gedanken wurden ruhig. Friede breitete sich aus, in ihr, im Haus. Die Hitze der Kerzen ringsum drang in ihr Bewusstsein. Licht und Rauch entfalteten eine hypnotische Wirkung.

Feuerkreis.

Sie konnte das Feuer durch die geschlossenen Augenlider sehen, an sich fühlen. Es umschloss sie, rückte näher – entrückte sie. Die Hände sanken auf die Schenkel.

Die Wellen kamen im steten Rhythmus des Meeres an das Land gespült, kleine Schaumkronen tanzten auf den Höhen der glitzernden Berge. Sie glitten weit über den goldenen Sand hinauf. Sishla Vem bewegte sich mit dem Kommen und Gehen der Wellen, dem Atem der See. In leichter Trance erlebte sie die Wohltat, ohne Schmerz und ohne Gedanken zu sein, war wieder Teil der Einsheit. Ihr Trauergewand ließ sie wie ein Teil des Meeres erscheinen, denn es war dunkel wie die stürmische See, die Oberfläche von unzähligen Perlmuttplättchen bedeckt. Jede ihrer Bewegungen schimmerte wie Wasser, tauchte ihre Gestalt in eine flüssig scheinende Hülle.

Seit dem Tod Eshulims übte Sishla Vem allein am Strand. Die Priesterinnen, die ihr wie Schülerinnen lieb geworden waren, blieben den abendlichen Ritualen fern. Hatten sie schon früher unter Repressalien der obersten Priesterinnen, insbesondere Luvas, zu leiden gehabt, sahen nun auch sie im Tod Eshulims ein Zeichen für den Unmut des Gottes Mu über die ungläubigen Fremden in ihrem Land. Bestärkt durch Luvas Predigten, hatten die jungen Frauen Angst, selbst dem Zorn Mus anheimzufallen. Mephur war nach dem Totenritual für Eshulim verschwunden. Niemand wusste, wo sie sich aufhielt, es waren sogar Vermutungen laut geworden, sie wäre Eshulim in den Tod gefolgt. Manche flüsterten hinter vorgehaltener Hand, Mu hätte sie bestraft für die Liebe, die sie für den Ungläubigen gehegt hatte. Doch Sishla Vem gab nichts auf diese Gerüchte. Das Band, das die beiden Frauen miteinander verband, war nicht zerrissen, immer noch konnte Sishla Vem Mephurs Herz und den Schmerz, der darin wohnte, fühlen.

Jeden Morgen und jeden Abend übte Sishla Vem im Einklang mit dem Meer, dem Himmel, dem Wind und der Erde, verband die Elemente und stellte die Einsheit in sich her. Die Kraft und Liebe, die sie aus dem Meer schöpfte, hob sie über ihr Haupt und sandte sie Mephur, auf dass ihr Schmerz schwächer werden und ihre Lebensfreude zurückkehren möge. Wenn die Sonne den Horizont küsste, beendete sie den Ritus mit einer tiefen Verbeugung. Stets schloss sie eine Zeit der Versenkung an, setzte sich in den warmen Sand, schloss die Augen und verharrte in stiller Betrachtung. An diesem Tag aber war das Lächeln in Sishla Vems Gesicht sonniger als sonst. Eine Ahnung ergriff sie, verwandelte sich in Gewissheit, als ein leichter Schritt sich ihrem Rücken näherte. »Mephur, meine Liebe, du bist wieder zurück«, sprach sie froh, »welch große Freude erfüllt mein Herz.« Mephur näherte sich zögernd. Ehrfurcht und Schmerz hatten sie scheu gemacht.

»Sishla Vem, meine Königin, hab Dank für all die Liebe, die du mir gesandt hast, mir unwürdigen Dienerin Mus. Wie kommt es, dass du, die größte Verluste erlitten hat, Neddal und Eshulim …« Es fiel ihr schwer fortzufahren, doch Sishla Vem drängte nicht, sondern blickte einfach weiter hinaus auf das Meer. »Woher hast du die Kraft, mir dein Herz zu öffnen?« Mephurs Stimme versagte. Wann immer sie Eshulims Namen aussprach, öffnete sich ein schwarzer Abgrund vor ihr, der sie zu verschlingen drohte. Sishla Vem löste sich aus ihrer Meditationshaltung und wandte sich der Priesterin zu.

»Meine liebe Mephur …«, sprach sie mit sanfter Stimme und berührte die Schulter der Priesterin, die unwillkürlich zurückzuckte.

»Was habe ich getan, dass Mu mir so zürnt? Wieso bestraft er mich mit solcher Härte und Unerbittlichkeit, entreißt mir den Geliebten? Ich kann es nicht verstehen.« Unaufhaltsam liefen Tränen über die Wangen der Frau, und Sishla Vem drückte sie tröstend an sich.

»Ich kann dir nichts über Mu sagen, dafür musst du dich an die Hohen Priesterinnen wenden. In Valun sehen wir diese Dinge anders. Die Einsheit zürnt uns nicht, sie straft und belohnt nicht. Das ist nicht möglich, denn wir alle sind Teil der Einsheit. Willst du die Einsheit erklären, so wirst du scheitern, denn keine Beschreibung wird ihr gerecht, jedes Wort schafft bloß ein Trugbild von dem, was immer unbeschreibbar bleiben wird. Wir fühlenden Wesen sind Teil dieser Energie und entscheiden, wie wir sie nutzen. Verströmen wir Hass und Intrige, wird genau das auf uns zurückfallen, entscheiden wir uns für Mitgefühl und Liebe, wird das unser Leben bestimmen. So ist es. Dies bewahrt dich nicht davor, die Wege andersdenkender Menschen zu kreuzen. Auch sie tun, was sie im Augenblick für nötig halten. Das ist nicht gut und nicht böse, es *ist* so, das ist das Leben – Bewegung und Veränderung, ein Beginnen und ein Enden. Nur die Einsheit ist ohne Anfang und Ende, denn sie ist ungeboren.« Schöne

Worte konnten Mephur nicht erreichen und Weisheit fand keinen Hafen. Bitterkeit vergiftete ihr Denken.

»Ich kann nicht ertragen, dass es so einen verderbten Menschen gibt, der Eshulim vergiftet hat!«, zischte sie und schüttelte Sishla Vems Umarmung ab. »Mit diesen Händen möchte ich ihn erdolchen!« Sie starrte auf ihre Hände. Sishla Vem erkannte den Wahnsinn und suchte das Wesen Mephurs tief in der Seele der Priesterin, und das Lächeln, das sie ihr schenkte, war voller Mitgefühl. Sie faltete die Hände vor der Stirn und verneigte sich vor der Priesterin. Als sich Sishla Vem aufrichtete, starrte Mephur sie fassungslos an. Die Arme waren erschlafft und auf dem Antlitz stand Verwunderung gezeichnet.

»Du verbeugst dich – vor *mir*?«, stammelte sie ungläubig. »Nachdem Worte des Hasses meinen Mund verlassen haben?«

»Ich verbeuge mich vor der Einsheit, die in dir leuchtet, unabhängig von deinen Taten.« Lange verharrten die Frauen schweigend, die Blicke ineinander verwoben. Eine Verwandlung ging vor sich, als hätte das Licht in Mephur durch Sishla Vems Anerkennung an Kraft gewonnen.

»Siehst du die weißen Wolken über dem Meer schweben?«, sprach Sishla Vem schließlich. »Sind sie gut oder böse? Es kann sein, dass aus diesen Wolken sanfter Regen auf die junge Saat fällt, auf dass sie gut gedeiht und den Menschen reiche Ernte beschert. Sind die Wolken gut? Es kann sein, dass die Wolken sich zusammenbrauen zu einer schwarzen Wolkenbank, die mit ihrem Niederschlag die Felder verheert und die Ernte vernichtet. Sind sie böse? Sieh, was ist: Sie sind alle aus denselben kleinen Wassertröpfchen, die heim zur großen Mutter kehren wollen; sie suchen ihren Weg, und jeder führt zurück zum Ursprung.« Doch Mephur wollte keinen Erklärungen über Wolken folgen.

»Wie kannst du über Wolken reden, wenn dein Bruder ermordet wurde – das ist unmenschlich. Rache ist das Einzige, was mich am Leben hält. Eshulims Tod muss gesühnt werden.« Erneut flackerte Wut auf ihrem Gesicht. Es betrübte Sishla Vem, der Priesterin nicht besser helfen zu können.

»Rache kann dir den Schmerz nicht nehmen, denn Eshulim wird dadurch nicht zurückkehren. Rachegelüste sind unstillbar, vergiften die Seele, bis sie so schwarz ist wie die des Mörders. Was ist also damit gewonnen? Wohl sollte die Gemeinschaft vor einem Mörder geschützt werden, doch es ist etwas ganz anderes, welche Gefühle du in deinem Herzen entstehen lässt. Trauer, Wut und Angst rauben deine ganze Lebenskraft, Mephur. *Du* bist am Leben, also lebe!«

»Aber der Schmerz lässt mich nicht los, Sishla Vem«, flüsterte Mephur heiser, »er hält mich in einem unbarmherzigen Würgegriff und zwingt mich zu den abscheulichsten Gedanken. Es gibt kein Entkommen.«

»Denke nach«, drang Sishla Vem tiefer, »wer hält wen fest? Schmerz ist nur ein Gefühl, erzeugt von dir selbst.« Mephur brauchte etwas, das sie nachvollziehen konnte, dies wollte sie ihr geben. »Auch mein Schmerz ist unerträglich gewesen. Doch die Trennung ist eine Illusion.« Mephur blickte skeptisch, aber neugierig. »Der Tod ist ein Magier, Mephur. Er verwandelt lediglich unseren Seinszustand. So wie die See ihre Wellen wieder an sich zieht, zieht die Einsheit ihre Kinder heim. Das ist der Atem der Welt.«

»Schöne Worte …«, distanzierte sich Mephur.

»Eshulim hat in unserem Leben eine gähnende Leere hinterlassen. Diese Leere kann nicht von einem Tag auf den anderen gefüllt werden. Sie muss zuwachsen, so wie das Gras langsam von einer kahlen Feuerstelle auf der Erde wieder Besitz ergreift. Das ist die Zeit der Trauer. Eine wichtige Zeit, nütze sie gut. Es liegt an dir, ob Blumen oder Disteln an dieser Stelle wachsen werden.« Mephurs Lippen bebten, waren wie die Augenlider fest aufeinandergepresst. Sishla Vem wies auf das farbenprächtige Schauspiel des Sonnenuntergangs.

»Verschließe deine Augen nicht vor der Schönheit, die uns umgibt – Eshulim spricht auf diese Weise zu uns. Öffne dich für seinen Trost.« Als Mephur in die lila Wolken und die orange strahlende Sonnenscheibe blickte, öffnete sich zum ersten Mal seit Eshulims Tod ihr Herz. Die aufgewühlten Gefühle glätteten sich und der Wind der See kühlte ihr heißes Gesicht. Sie atmete die Meeresbrise und die Enge in ihrem Inneren löste sich.

»Werde ich Eshulim in einem anderen Leben wiederfinden?«, fragte Mephur leise, »gibt es ein Ritual dafür?« Der Horizont leuchtete berauschend in Orange, Rot und Purpur, verwischte die feine Linie, an der sich Himmel und Meer berührten. Sishla Vem fühlte die liebende Seele Neddals und das fröhliche Lachen Eshulims um und in sich.

»Kein Ritual«, erwiderte Sishla Vem, »wenn du einem Menschen begegnest, was siehst du zuerst?«

»Sein Gesicht«, antwortete Mephur eifrig, »die Augen!«

»Das ist richtig«, lächelte Sishla Vem. »Was siehst du in den Augen der Menschen?« Nun kam die Antwort nicht mehr so schnell. Mephur nahm sich Zeit nachzudenken.

»Man kann alles darin sehen, wenn man versteht, ihre Sprache zu lesen. In Eshulims Augen bin ich versunken.«

»So ist es, Mephur. Die Fenster zur Seele – nicht ohne Grund wendet manch einer den Blick ab, um unerkannt zu bleiben. In der Tiefe des Auges findet sich der Funke des Lebens, die Liebe, die Seele. Lässt du dich auf diesen Blick ein, können die Seelen einander finden. Halte den Gedanken aufrecht, dass du Eshulim in einem anderen Leben wiederfinden möchtest, dann wird der Gedanke Materie werden und dein Wunsch geht in Erfüllung.« Schweigend gingen Sishla

Vem und Mephur den Weg zurück zum Palast und Mephur erwartete das vertraute Tempelleben.

»Bitte beantworte mir nur noch eine letzte Frage«, wandte sich Mephur erneut an Sishla Vem. »Wie kannst du wissen, *wer* diese Seele ist, die du erkennst? Woher soll ich wissen, dass mir Eshulims Seele und nicht die meiner Mutter gegenübersteht? Beiden bin ich liebevoll zugetan.«

»Ach, Mephur, du besitzt wahrlich einen analytischen Geist.« Lachend legte Sishla Vem die Hand auf Mephurs Schulter und fuhr mit eindringlichem Ton fort. »Im Grunde ist es einerlei, wer dir gegenübersteht. Erkennst du eine geliebte Seele, wirst du danach trachten, in ihrer Nähe zu bleiben. Auf dieselbe Art gelingt es dir, Feinde aus früheren Leben wiederzuerkennen.«

»Feinde aus früheren Leben?«, wiederholte die Priesterin neugierig.

»Dies gehört zu unserer Aufgabe im Leben – die Aussöhnung aller fühlenden Wesen. Wir erkennen die Seelen aus vergangenen Leben und verzeihen einander die zugefügten Verletzungen. So können wir den ewigen Kreislauf des Leids durchbrechen.«

»Dem Mörder Eshulims verzeihen?«, fragte Mephur ungläubig.

»Nichts ist schwieriger, als Wut, Hass und Gier zu entlarven und loszulassen. Ich weiß davon ein Lied zu singen«, bestätigte Sishla Vem ihrer Begleiterin. »Entwickle dein Bewusstsein wie dein Mitgefühl und du wirst in die Tiefe der Zeit schauen. Erkennen, wer du bist.«

»Was könnte ich alles von dir lernen …«, flüsterte Mephur und ließ sich unversehens auf die Knie fallen. »Ich erbitte, als deine Schülerin angenommen zu werden.« Hoffnungsvoll blickte sie auf, doch Sishla Vems Gesichtsausdruck verhieß nicht die gewünschte Antwort.

»Sei versichert, es wäre mir eine große Freude, dich auszubilden.« Dem Gesicht und der Stimme der Meisterin entwich alle Emotion. »Jedoch die Zeit widerspricht meinem und deinem Wunsch. Du wirst eine andere Meisterin Valuns finden, ich werde dein Anliegen an meinen Bruder Nathane herantragen. Er wird dir helfen, wenn du diesen Wunsch weiterhin hegen solltest. Ich ...«, sie zögerte, »der Wind wird mich heim zur Mutter treiben. Was zu tun war, habe ich getan. Nur eine letzte Tat wartet noch auf mich.«

»Was sagst du da? Du wirst doch nicht sterben!« Entrüstet hatte sich Mephur erhoben und starrte Sishla Vem an. »Du bist jung, du darfst uns nicht verlassen. Du willst mir Mut machen und selbst flüchtest du in den Tod?« Sishla Vem erkannte beschämt, dass sie die junge Frau überfordert hatte. Wie hätte Mephur verstehen können, was ihr in einer Vision offenbart worden war? Nur die Meister konnten wahrnehmen, wie sich der Sand im Glas des Lebens zu Ende neigte.

»Dies ist weder Flucht noch Verrat – in meiner Brust ruht genug Lebensfreude für tausend Leben. Lass mich dir erklären, was ein Meister Valuns vermag. Die Zeit verläuft nicht so, wie sie uns erscheint, der Geist vermag in ihr zu reisen, in alle Richtungen. Daher fühlt ein Meister, wann er in den Schoß der Einsheit zurückkehren wird. Genauer kann ich es dir nicht erklären, du kannst es nur erfahren, wenn du selbst Meister bist.«

»Nein ...«, stammelte Mephur und wich einige Schritte zurück.

»Du bist mir sehr lieb geworden, Mephur, ich werde dich in den anderen Leben wiederfinden. Lerne, so viel du kannst, dann wirst du dich selbst und auch mich wiedererkennen, wenn die Zeit gekommen ist.«

Die Kerzen waren fast heruntergebrannt, die Glut in der Räucherschale erkaltet. Ächzend setzte sich Agnes auf. Der Rücken schmerzte von der zusammengekauerten Schlafposition. Inmitten des Feuerkreises überdachte Agnes die Botschaft des Traumes. Ja, dies war eindeutig eine Botschaft gewesen. Ihr Herz wusste es. Sie versuchte, sich Sishla Vems Worte in Erinnerung zu rufen. Was wollte sie ihr sagen?

Erkenne, wer du bist.

Wer anders als Sishla Vem konnte sie in dieser Geschichte sein – sie fühlte, was Sishla Vem fühlte, was sie dachte, und handelte immer öfter in dieser Existenz wie die valunische Meisterin. »Ich *bin* Sishla Vem.« Überwältigt von der Tragweite dieser Erkenntnis, hielt sie den Atem an. Wie naheliegend die Lösung war und doch vollkommen verrückt.

Ver-rückt bietet neue Perspektiven.

Während ihrer Kindheit und Jugend hatte sie das Gefühl ertragen müssen, anders zu sein als ihre Spielkameraden. Jetzt, wo sie endlich ein angepasstes, ganz normales Leben führte, einen Beruf hatte, der ihr zu sozialer Anerkennung verhalf, sollte dieses Anderssein wieder beginnen? Eine Menge Leute würden sie für verrückt halten, Freunde sich von ihr abwenden. Vielleicht musste sie sogar ihren Beruf aufgeben und etwas Neues beginnen. Und das alles nur, weil eine alte Frau sie *Hexe* genannt hatte? So viel Veränderung wegen ein paar Träumen? War es das wert? Wollte sie wirklich als Verrückte gelten, die an Reinkarnation, Magie und karmische Feinde glaubte?

Dies ist ein Scheideweg.

Konnte sie die Gaben, die ihr allem Anschein nach gegeben waren, für wahr nehmen, oder wollte sie, sobald Ungewöhnliches geschah, an ihrem Verstand zweifeln? In einem solchen Zwiespalt hin- und hergerissen, konnte sie nichts erreichen, nichts bewirken. Da wäre es besser, gleich die ganze Sache zu vergessen und als Hirngespinst abzutun. Alles in ihr sträubte sich gegen Verleugnung. Viel zu tief war sie bereits in Sishla Vems Welt eingedrungen, viel zu viele Erinnerungen waren bereits erwacht. Dieses nagende Gefühl, etwas Bestimmtes zu tun zu haben, aber nicht zu wissen, was es war, war verschwunden und hatte einer Aufbruchsstimmung Platz gemacht. Es gab kein Zurück. Sie hatte ihr Leben gefunden, den Weg. Kaum war der Gedanke gedacht, die Entscheidung gefallen, wichen Unsicherheit und Zweifel einer ungekannten Leichtigkeit.

Die Schleier sind von den Augen gezogen.

Sishla Vems Stimme entstand aus dem Nichts.

Wir erkennen die Seelen aus vergangenen Leben und verzeihen einander die zugefügten Verletzungen.

Hatte sie tatsächlich die Fähigkeiten von einst durch die Zeit hindurch mitnehmen können? Sie wusste praktisch nichts über die valunischen Künste. Aber genau jetzt mussten karmische Feinde gefunden werden – ein Mörder trieb sein Unwesen, hatte sie womöglich im Visier! Agnes seufzte, den Kopf voller Fragen, die Antworten schuldig blieben. Ihr Garten – das war es, was nottat. Erde unter den Füßen und freier Himmel über dem Kopf. Rasch waren alle Kerzen gelöscht und die letzten Holzscheite in den Ofen geschoben. Als es im Bauernherd zu knistern begann, zog sie die Jacke über und eilte mit dem Holzkorb hinaus. Der Wind blies ihr in erfrischenden Böen ins Gesicht und die tiefstehende Sonne blendete.

Ist erst das Singen der Vögel wieder zu hören, ist der Winter besiegt.

Nicht mehr lang, lächelte Agnes und ließ den Blick über die Wiese streifen, bald wird sie von Primeln und Krokussen übersät sein, das Grün frisch und saftig, die Luft erfüllt vom Geruch der Erde und der Blumen. Agnes atmete tief ein und sah zum Himmel. So hoch, so unendlich weit und wunderschön war er, was sollte das ganze Grübeln, eingesperrt in vier Wänden. Hier waren das Leben, Kraft und Inspiration zu finden.

Alles, was du brauchst, Himmel und Erde.

Zufrieden spazierte sie durch den Garten, spürte das Prickeln der letzten Sonnenstrahlen auf der Haut. Vorbei an den schlafenden Rosensträuchern ihrer Großmutter, den kahlen Hibiskus- und Forsythienhecken, den Rotbuchen und Birken, ging Agnes bergab zum alten Nussbaum, wo der Holzschuppen stand. Der Schaukelast ihrer Kindheit war längst vermorscht, der Baum so groß und mächtig wie ein Haus. Agnes umarmte den grauen, von Flechten bedeckten Freund. Seine Rinde lag rau an ihrer Wange, roch nach feuchtem Moos und Nussblättern. Könnte man Kraft riechen, das wäre der Geruch. Agnes schloss die Augen und sog das Aroma tief in die Lungen. Die Rippen drängten gegen den Stamm, stießen auf etwas Hartes in der Brusttasche der Jacke. Sie zog ein Papiersäckchen heraus, in dem sich ein schwerer Gegenstand befand. Wie hatte sie das nur vergessen können? Die Esoterikmesse! Megan und sie waren bereits auf dem Weg aus der Halle gewesen, als ein Stand ihre Aufmerksamkeit erregt hatte. Auf den ersten Blick waren dieselben Dinge angeboten worden wie auf hundert anderen Ständen, die sie zuvor gesehen hatten. Dennoch war irgendetwas anders gewesen, etwas, das sie beide magnetisch anzog. Megan hatte die Holzschnitzereien, Räucherschalen und Steine betrachtet und mit dem Standbesitzer geplaudert. Ein freundlicher grauhaariger Mann war das gewesen, mit blitzblauen Augen. Er genoss die Gesellschaft der potenziellen Kundinnen, erzählte zu jeder Holzstatuette eine Legende und schwärmte von der Qualität seiner Räucherschalen. Lange sprachen sie über Zeremonien und

Kultgegenstände, da zog er mit feierlicher Miene ein mit schwarzem Samt ausgelegtes Tablett unter dem Tisch hervor und legte es vor Agnes und Megan. Drei silberne Amulette lagen darauf. Die Silberscheiben waren rundum mit geometrischen Formen verziert. Agnes starrte die Medaillons sprachlos an, als wäre ein Geist erschienen.

»Ich dachte mir, dass Sie daran Gefallen finden werden«, schmunzelte der Händler. »Das ist ein sehr, sehr altes Muster, das Sie hier sehen. Vermutlich waren es die Priester der Ägypter, die sie zu Heilzwecken und zur telepathischen Kommunikation verwendet haben. Es ist schon einige Jahre her, dass ich dieses Muster bei meinen Forschungen entdeckt habe. Ein Silberschmied fertigte mir die ersten Amulette nach meinen Zeichnungen an.« Er nahm ein Amulett hoch und drehte es im Licht. »Meine Frau und ich begannen, die Wirkung zu erforschen. Wir konnten in Untersuchungen feststellen, dass die Träger dieser Amulette höhere Alpha- und Theta-Gehirnströme hatten als die Versuchsgruppe mit einem Placebo. Das verstärkt die Bereitschaft für innere Bilder. Interessant, nicht wahr?« Während der ganzen Zcit, in der der grauhaarige Mann gesprochen hatte, hatte Agnes ihren Blick nicht von dem Medaillon wenden können.

Sishla Vems Medaillon.

Agnes hatte das Traumbild deutlich vor Augen, den silbernen Schein des Anhängers, die geometrischen Formen auf der runden Scheibe. Wer war dieser Mann, dass er ein Amulett, von dem sie geträumt hatte, angefertigt hatte? Eine unheimliche Kette an Zufällen tat sich vor ihr auf. Und eines war ihr völlig klar geworden, sie musste eines dieser Medaillons kaufen. Und dann blieb ihr Blick noch an etwas anderem hängen – einem Pendel aus Messing, befestigt an einer Kette mit einer weißen Perle als Abschluss.

Besorge dir dein Handwerkszeug.

Sie hatte es gefunden. Der Händler lachte vergnügt, gewährte einen ordentlichen Preisnachlass, ließ sie das Medaillon an der Seidenschnur gleich über den Kopf streifen, verpackte das Pendel in einem Papiersäckchen samt einer dazugehörigen Anleitungsbroschüre und wünschte ihr viel Glück. Das Pendel landete in der Brusttasche und die Ereignisse hatten es aus ihren Gedanken gerissen. Nun lag es wieder in ihrer Hand und fühlte sich wunderbar schwer an. Mein Instrument, die Antworten auf meine Fragen – sie dachte an Frau Linde, an die Fähigkeiten, die diese in ihrer Hand gelesen hatte. Na, dann los – schloss sich die Hand entschlossen um das *Werkzeug*. Es konnte nichts Schlimmeres passieren, als dass das Pendel nicht reagierte. Den Rücken an den Nussbaum gelehnt, suchte Agnes in dem Heft, auf dem *Das Pendel-ABC* stand, nach Tipps. Bald kroch die Kälte ihre Beine hoch und sie steckte alles zurück in die Brusttasche. Bei einer Tasse Tee lernte es sich besser. Zuvor mussten noch ein paar Holzscheite aus dem Schuppen in den Korb wandern, aber dann rannte sie fast zurück ins Haus. Nachdem das Feuer versorgt und Teewasser aufgestellt war, machte sie sich daran, mit Papier, Lineal und Bleistift Pendeltabellen zu zeichnen. Der Wasserkessel pfiff und unterbrach ihr Tun. Rasch waren die Teeblätter überbrüht und die Kanne zum Ziehen am Stövchen abgestellt. Teetasse, Milch und Kandiszucker – fertig. Agnes zog ihren BH-Träger vor. Wie im *Pendel-ABC* empfohlen, band sie das Pendel daran fest. Das Metall lag zuerst kalt auf ihrer Haut, nahm jedoch rasch die Körpertemperatur an. Hoffentlich auch ihre Schwingung. Beim Zupfen und Ziehen an ihrem BH-Träger musste sie über sich selbst lachen. Wenn das nicht verrückt war! Okay, zuerst Tee, dann konnte es losgehen.

Kaum war ihr der Ostfriesentee heiß und mollig durch die Kehle gelaufen, befreite sie das Pendel vom BH. Die

Anspannung war nicht zu leugnen. Was, wenn es nicht funktionierte? Der Messingtropfen glänzte auffordernd im Licht der Tischlampe. Das Pendel wollte benützt werden, drängte Agnes, es aufzunehmen, anzurufen. Das feine Kettchen um den Zeigefinger gewickelt und das Pendel vor sich über die Tischplatte haltend, saß Agnes da. Schwer zog es zum Erdmittelpunkt. Was würde geschehen? Gespannt, ganz auf die Sache konzentriert, wagte Agnes eine erste Frage.

»Wie schwingst du für die Antwort *Ja*?«, murmelte sie, alle Gedanken auf das Pendel gerichtet. Nichts geschah. Agnes atmete aus. Keine Fähigkeiten, alles Lüge und Einbildung. Die Schwere des Metalls zog an der Kette, die Spitze begann in kleinen Bögen zu kreisen. Immer stärker wurde die Bewegung und mündete in einer vehementen, horizontalen Links – rechts-Schwingung. Sie lachte auf – das war eine Antwort! Es hatte tatsächlich funktioniert. Noch einmal hielt sie das Pendel ruhig über den Tisch. »Wie schwingst du für die Antwort *Nein*?« Wieder wartete das Pendel einen kurzen Augenblick, als müsste es sich erst entscheiden. Doch schon bald bewegte es sich voller Kraft senkrecht auf und ab. Sie entsann sich einer anderen Formulierung aus dem *Pendel-ABC*.

Um Erlaubnis fragen.

»Darf ich Fragen zu meinen Träumen stellen?« Das Pendel schlug sofort horizontal für *Ja* aus. »Ist die Geschichte, die ich in meinen Träumen erzählt bekomme, wirklich zu irgendeiner Zeit geschehen?« Das Pendel begann ohne Zögern, horizontal zu schwingen. Der kleine Stich im Solarplexus überraschte sie nicht. Eine klare Bestätigung.

»Gibt es einen Zusammenhang zwischen einer Person in diesem Traum und mir?« Sofort schwang das Pendel heftig horizontal vor ihr. Das Herz schlug kräftig in Agnes' Brust, ihre Neugier war jetzt unerträglich.

»Ist das die Geschichte eines meiner früheren Leben?«

Und wieder antwortete das Pendel mit einem deutlichen *Ja*. Agnes legte das Pendel vor sich hin, fixierte es mit ihrem Blick, bis die Konturen verschwammen. Sollte das alles Wirklichkeit gewesen sein? War sie tatsächlich eine spirituelle Meisterin gewesen? Nicht Übermut oder Spaß erfüllten sie, im Gegenteil. Ein Gefühl breitete sich aus, das jenseits ihrer Erfahrung lag. Nicht Schmerz, nicht Sehnsucht. Das Gefühl war schwer, es war alt wie die Wahrheit. Sie breitete sich im Körper wie im Geist aus, als flösse ein anderes Blut durch ihre Adern. Mechanisch setzte Agnes den nächsten Schritt, die ganze Wahrheit erkennen zu können. Die Spitze des Pendels ruhte im Zentrum der ersten Pendeltabelle, die sie gezeichnet hatte. Gleich Sonnenstrahlen führten Linien von diesem Punkt weg, an deren Enden Namen standen: Sishla Vem, Eshulim, Neddal, Nathane, Havan, Kossar, Mesush Phes, Mephur, Shenui Tui, Melffja Zah, Ellasir, Vihjgor, Luva, Wuhvor, Kuoma.

»Wer war ich in der Lebensgeschichte, die mir träumt?« Beinahe hätte Agnes im letzten Moment noch die Augen geschlossen, doch das Pendel antwortete sofort. Immer wieder führte seine Bewegung auf den Namen Sishla Vem. Agnes schluckte. Der Schmerz dieser Frau war ihrer gewesen, es war wahr.

»Kenne ich Siebert aus dem Leben als Sishla Vem?« Und wieder antwortete das Pendel mit *Ja*. Ihre Finger stoppten die Bewegung und führten die Spitze zurück ins Zentrum der Pendeltabelle. »Wer war Siebert?«, fragte sie und vergaß zu atmen. Die Bewegung des Pendels begann am äußersten Namen Kuoma und wanderte Linie für Linie weiter. Es schien eine Ewigkeit zu brauchen, dieses Hin und Her, Auf und Ab, von einem Namen zum nächsten. Das Pendel erlaubte sich einen Spaß mit ihr. Das verstanden die Autoren des *Pendel-ABC* wohl unter dem *Spiel mit dem inneren Kind*.

Die Pendelspitze zog vorbei an Kossar, vorbei an Havan, zögerlich langsam an Nathane vorüber, bis es auf seiner schwingenden Bahn letztendlich fest am Namen Neddal hängen blieb. Immer wieder zeigte es auf Neddal. Agnes hielt das Pendel nicht an. Der Name Neddal bewegte ihr Herz und festigte die Überzeugung, die Wahrheit zu kennen. Sishla Vem und Neddal. Agnes und Siebert. *Eins*.

Ihre Hände sanken auf den Tisch. Sie hatten sich gefunden. Gerade jetzt, in einer Zeit voller Wirrnisse, Angst und Erschöpfung war Siebert aufgetaucht, machte alles leichter, gab ihr Hoffnung auf eine Zeit danach. Ihre Hände gossen Tee nach, rührten Kandiszucker so lang unter, bis das Klirren der Zuckerkristalle im Porzellan verstummte. Langsam löste sich das Gewirr von Fragen und Traumfetzen in ihrem Kopf auf, eine Struktur trat hervor. Nochmals griff Agnes zum Pendel.

»Wer war Nathane?«, ihre Augen folgten der Pendelspitze. Aufgeregt ging ihr schon die nächste Frage durch den Kopf. »War Norman eine Person aus dem Traum?« Und das Pendel antwortete *Ja*. Die Pendelspitze über der Tabelle, fragte sie nach. Und staunte. Rannte zu ihrer Tasche, riss das Handy heraus und wählte Megans Nummer. Kaum ertönte die Stimme der Freundin, sprudelte Agnes los.

»Megan – ich weiß es! Ich war Sishla Vem, Siebert war Neddal! Ich habe nach Norman gefragt, und die Antwort ist unglaublich – was glaubst du, wer er war?« Ehe Megan etwas sagen konnte, redete Agnes schon weiter. »Es besteht tatsächlich ein Zusammenhang zwischen den Traumepisoden und den Ereignissen in meinem Leben – so, als wollte meine Seele mich auf meine wahren Freunde aufmerksam machen und mich warnen, dass die alten Feinde wieder aktiv sind. Das ist total surreal …« Sie holte tief Luft und Megan nutzte die Gelegenheit, um selbst zu Wort zu kommen.

»Stopp!«, rief sie lachend. »Wovon sprichst du – bitte noch mal von vorne. Wie kommst du darauf, dass du Sishla Vem warst und Siebert Neddal? Und alles andere?« Jetzt erst fiel Agnes auf, wie verwirrend ihr Anruf auf Megan wirken musste. Also begann sie ihre Geschichte von Beginn an, was sie nur zu gern tat.

»Das ist fantastisch!«, staunte Megan, »hast du alle Personen durchgefragt? Was haben die Träume mit den jetzigen Ereignissen zu tun? Wer war dein Exfreund? Und wer war Nathane? Den finde ich so sympathisch.« Megans Begeisterung heizte Agnes noch mehr an.

»Kein Wunder, dass du Nathane sympathisch findest – das warst du, Megan, du warst mein großer Bruder! Ich habe von Nathane geträumt, als du bei mir übernachtet hast, erinnerst du dich? Zuerst träumte ich von der Drohung Luvas, aber später, nachdem wir miteinander gesprochen hatten, träumte ich von Nathane, also von dir. Frau Linde hat in deiner Hand dieselben Fähigkeiten gesehen wie bei mir – und auch du warst ein Meister Valuns! Das ist so aufregend – aber du sagst ja gar nichts, Megan. Glaubst du mir nicht? Hallo, bist du noch dran?« Megan räusperte sich.

»Entschuldige. Das ist … heftig. Es klingt wie ein Märchen und trotzdem glaube ich jedes Wort.«

»Wirklich?«, fragte Agnes fast ängstlich.

»Ja«, kam es ohne Zögern zurück. »Aber ich muss das erst mal verdauen.«

»Ist okay«, versicherte Agnes. Sie hatte keinen Gedanken daran verschwendet, wie Megan mit ihren Neuigkeiten zurechtkommen würde.

»Eines möchte ich doch noch wissen«, meldete sich Megan erneut. »Was ist mit Norman?«

»Norman war Wuhvor«, verkündete Agnes und hörte mit Befriedigung Megan tief durchatmen.

»Aber Wuhvor war doch Sishla Vems Feind?«, stellte Megan das Pendelergebnis infrage. »Er hat gegen Sishla Vem intrigiert und Neddal musste das Land verlassen. Immerhin warst du vier Jahre mit Norman zusammen«, wandte Megan ein.

»Ich bin mir nicht sicher«, antwortete Agnes und versuchte, die Puzzleteile zusammenzufügen. »Aber Sishla Vem sagte, die Seelen müssen sich versöhnen. Wäre ja fast gelungen in diesem Leben. Dass Norman Wuhvor war, passt gut ins Bild. Sein Wunsch, mich zu besitzen, ist nicht gestillt. Und nach der Trennung ist er für mich gefährlich geworden – genauso wie für Sishla Vem, die ihm gleichfalls eine Abfuhr erteilt hat. Von Wuhvors Erpressungsversuch träumte ich nach der Einvernahme – nachdem Norman mich als Verdächtige behandelt hat. Siehst du den Zusammenhang?«

»Ja, das könnte der Auslöser für deinen Traum gewesen sein«, stimmte Megan zu. »An Frau Muths Todestag hast du von Luvas Drohung geträumt?«

»Genau. Neddal ist am Schiff verbrannt«, sie blätterte im Kalender zurück, »dann gab's noch den Traum, in dem Luva Vihjgor für den Mord an Neddal zu Willen war.« Agnes' Finger glitten über die dicht beschriebenen Seiten des Traumtagebuches. »Das war, nachdem ich Michelle und Tolf belauscht habe.«

»Konspiration also«, stellte Megan fest. »Es geht nicht um das Opfer, sondern um den Täter.«

»Die Täter ...«, wiederholte Agnes mechanisch. In ihrem Kopf drehten sich Gedanken wie ein Karussell. Das Handy legte sie neben sich auf den Tisch und stellte es auf Lautsprecher um. Dann suchte sie im *Pendel-ABC* nach der Tabelle mit dem Alphabet. Ihr Zeigefinger hatte sich bereits in die Kette des Pendels geschlungen und hielt die Spitze über das

Zentrum der Tabelle. »Wer ist Luva heute?« Schwer zog das Gewicht an der Kette und begann zu vibrieren. Die falsche Formulierung. »Wie lautet der erste Buchstabe vom Namen, den Luva in diesem Leben trägt?« Nun kam das Pendel in Bewegung, glitt von einem Buchstaben zum nächsten. Bei SCH endete die Kreisreise und die Pendelbewegung blieb stetig auf diese drei Buchstaben gerichtet. »Wie lautet der vierte Buchstabe?« Das Pendel richtete sich sofort auf den Buchstaben O aus. Agnes fühlte, wie sich ihr Magen zusammenzog und stellte ungeduldig die offensichtliche Frage. »Heißt Luva in diesem Leben Michelle Schoff?« Heftiger als je zuvor antwortete das Pendel *Ja*.

»Hast du mitgehört, Megan? Ich habe laut gesprochen, damit du alles mitbekommst.«

»Michelle war Luva. Unheimlich.« Genau dasselbe empfand Agnes. Die Farbe war aus ihren Wangen gewichen, der Enthusiasmus verflogen.

»Ich habe fürs Erste genug davon«, antwortete sie und spürte das dringende Bedürfnis, die Toilette aufzusuchen.

»Und Vihjgor?«, fragte Megan nach.

»Ich kann nicht mehr weiterpendeln. Zuerst muss ich das alles verdauen. Fühl mich gerade nicht so toll …«, sie rubbelte über Stirn und Augen, konnte aber die Schatten, die sich über sie gelegt hatten, nicht mehr loswerden. »Danke, dass ich mit dir darüber reden konnte.«

»Ich bin doch dein Ex-Bruder«, versuchte Megan, sie aufzuheitern. Es gelang nur so weit, als dass Agnes das Gesicht zu einem müden Lächeln verzog.

»So fühlt es sich an«, bestätigte Agnes. »Besser eine Nacht darüber schlafen.« Das Pendel griff Agnes an diesem Abend nicht mehr an. Es dauerte lang, bis sich ihre Eingeweide wieder beruhigt hatten und sie die Toilette verlassen konnte. Als Agnes schließlich erschöpft zu Bett ging, beschlich sie die

Gewissheit, bald noch mehr von ihrem vergangenen Leben zu erfahren. Ob sie wollte oder nicht.

»Ich flehe Euch an, Sishla Vem, helft meiner Tochter!«, ein Schluchzen entfuhr der weißhaarigen Frau, die vor Sishla Vem kniete und ihre Hände umklammert hielt. »Die Medizin der Priesterinnen wirkt nicht, von Tag zu Tag ist sie schwächer geworden, sie ist kaum noch bei Bewusstsein. Bitte heilt sie mit Eurer Weißen Magie. Ich weiß, dass Ihr bereits vielen Menschen von Guban mit Eurem Wissen geholfen habt, lasst diese Hilfe auch meinem Kind angedeihen.« Voll des Mitgefühls für die verzweifelte Mutter, kniete sich Sishla Vem zu ihr und nahm sie liebevoll in den Arm.

»Weint nicht, gute Frau! Wo Leben ist, da ist auch Hoffnung. Führt mich zu Zuda Sada, ich werde alles in meiner Macht Stehende für sie tun.« Trotz der erlösenden Botschaft blickte die Frau weiterhin beschämt zu Boden.

»Ihr werdet bemerkt haben, dass der Gemahl meiner Tochter den hohen Künsten Valuns nicht zugetan ist. Ich jedoch weiß um den Stellenwert Eures Könnens, bin ich doch selbst eine Tochter Valuns. Vihjgor würde unter keinen Umständen einer Behandlung durch Euch zustimmen, so habe ich in meiner Verzweiflung mit Hilfe einer treuen Dienerin Zuda Sada im Geheimen hierhergebracht. Sie liegt im Garten – wenn Ihr unter diesen Umständen immer noch bereit seid zu helfen.« Das faltige Gesicht der Mutter blickte Sishla Vem fragend an. Doch Sishla Vem zögerte keine Sekunde. Sofort erhob sie sich, um selbst nach der Kranken zu sehen. Zuda Sada war nicht ansprechbar, unter den Augenlidern bewegten sich die Augäpfel in düsteren Träumen. Unaufhörlich wisperte sie Worte der Angst. Sishla Vem befahl, die Kranke unverzüglich in den Meditationsraum zu tragen, und schickte hernach alle Dienerinnen hinaus. Sie schenkte Zuda Sada ihre ganze Aufmerksamkeit, besah die graue Aura, welche diese umgab, fühlte die Stirn, die Konsistenz der Haut. Sie war kalt und klamm, alle Farbe war aus ihr gewichen – die Lippen blass wie Nebel und der Leib ausgemergelt wie der eines Sklaven. Die einst blühende junge Frau war in kurzer Zeit vollkommen verwelkt. Aufmerksam suchte Sishla Vem nach der Ursache von Zuda Sadas Erkrankung, fühlte ihren Puls, bedachte die bräunlich belegte Zunge mit einem kritischen Blick und bemühte sich, die Iris der wild zuckenden Augen eingehend zu betrachten. Auf Decken und Polster gebettet, lag Zuda Sada im sanften Licht des Meditationsraums. Es duftete nach Benzoe, nach Frohsinn und Heiterkeit. Der Raum war erfüllt von Regenbogenlicht, das die Kristalle vor Sishla Vems Fenstern aus dem Sonnenlicht filterten. Umso härter fiel der Kontrast zu Zuda Sadas Erscheinung aus. Der Geruch ihres Atems und Körpers erinnerte Sishla Vem an brackiges Wasser, als würde die Frau von innen heraus vermodern. Schwarze Magie. Die Spinne hatte ihr Netz gewebt, der Schmetterling war gefangen, hing an einem immer brüchiger werdenden Faden. Jede Minute war nun kostbar und drängte Sishla Vem zur Eile. Würde der Lebensfaden in ihren Gemächern zerreißen, man würde ihr allein die Schuld dafür anlasten, dessen war sie sich bewusst. Zu Zuda Sadas Füßen kauerte ihre Mutter, der Verzweiflung mit Mühe Einhalt gebietend, von der letzten Hoffnung auf Rettung aufrecht gehalten. Wie hätte Sishla Vem ihr die Hilfe verwehren können? Im Geist ging sie alle Möglichkeiten durch und legte eine Vorgehensweise fest. Dann wandte sie sich an die Mutter. Die saß regungslos am Boden, den Umhang zerknüllt in Händen, als sei er der letzte Strohhalm in dieser bitteren Stunde.

»Ich weiß um die Ursache Zuda Sadas Krankheit und ich kenne die Quelle, der sie entspringt. Sie ist schon weit über die Grenzen unserer Welt hinaus entschwunden. Es gibt keine Gewähr, dass ich sie zurückgeleiten kann.« Die Mutter schluchzte auf. »Nur eine Bedingung muss ich Euch stellen, sonst ist alles vergebens. Zuda Sada bleibt für die nächsten Tage in meinen Gemächern, nur so kann ich sie beobachten und pflegen. Ihr werdet Euch etwas einfallen lassen müssen, um Vihjgor die Stirn bieten zu können. Hier ist sie jedenfalls für die erste Zeit sicher vor ihm. Doch hört: Ist die Heilung von Erfolg getragen und Zuda Sada überlebt, darf sie nicht eher zu Vihjgor zurückkehren, bis sie gelernt hat, sich vor seiner Schwarzen Magie zu schützen. Er entzieht ihr im Liebesakt alle Lebenskraft. Könnt Ihr dafür sorgen?« Diese offenen Worte ließen Zuda Sadas Mutter vom Lager ihrer Tochter aufstehen. Sie richtete sich zu voller Größe auf, in ihren Augen funkelte der Stolz einer mutigen Seele. Zum ersten Mal, seitdem sie Sishla Vems Gemächer betreten hatte, zeigte sie das ganze Spektrum ihrer Persönlichkeit, die mehr Kraft und Kampfeslust in sich barg, als man zuvor hätte vermuten mögen.

»Ich werde Vihjgor die Stirn bieten – er wollte Zuda Sada loswerden, nun ist sie weg.« Ihre Stimme klang angriffslustig, als freute sie sich darauf, den Krieger zu bekämpfen. »Auch ich habe Möglichkeiten, meinen Willen durchzusetzen. Beginnt sogleich mit der Behandlung, verehrte Sishla Vem, Zuda Sada wird nie wieder zu Vihjgor zurückkehren. Dies war ihr Wunsch, bevor sie in diesen Dämmerzustand fiel.« Sie betrachtete das Gesicht ihres Kindes und griff sich ans Herz. »Dieser Dämon! Oh, könnte ich ihm vergelten, was er meinem liebsten Mädchen angetan hat – eine blühende Schönheit war sie einst, begehrt von den tapfersten und edelsten Männern im Reich. Ihre reiche Mitgift hat er verbraucht, ihr ihre Jugend und Frische ausgesaugt ..., jetzt möchte er eine neue Frau, an der er sich laben kann. Keinen Tag werde ich ruhen, bis dieses Unrecht gesühnt ist.«

»Sinnt nicht auf Rache, edle Frau«, beschwichtigte Sishla Vem die Verzweifelte, »sie vergiftet Euer Herz und gibt dem Bösen den Raum, den es verlangt. Das Böse, welches Vihjgor tut, wird auf ihn zurückfallen mit all der Gewalt und Macht, mit der er es einst verbreitet hat. Kein Weg führt daran vorbei, so will es das Gesetz der Einsheit, der Kreis wird immer geschlossen. Durch viele Leben werden ihn das Leid und das Böse begleiten, das er einstmals gesät hat, bis er es aufzulösen vermag. Seine Seele wird ruhelos und unbefriedigt durch die Zeit reisen, ohne wahre Freude, ohne Glück zu finden. Übt euch in Mitgefühl, wünscht ihm Einsicht und die Kraft, sein Schicksal anzunehmen. Aber gebt ihm nicht nach – es liegt nicht an uns, das Böse zu unterstützen.« Sishla Vem bemerkte ihr Unvermögen, dem Hass der Mutter Einhalt zu gebieten. Zu tief war die Wunde, die Vihjgor geschlagen hatte. Dennoch sah Sishla Vem in ihren Augen, dass ihre Worte auf fruchtbaren Boden gefallen waren, die Zeit würde die Wogen der Empörung und des Schmerzes glätten und auch diese Wunden heilen. »Geht schnell, damit ich meine Arbeit beginnen kann. Etwas Wichtiges bleibt Euch noch zu tun: Bringt mir das Liebste, das Eure Tochter besitzt, was auch immer das sein mag. Bringt es rasch.« Erfreut, von Nutzen zu sein, lief die Frau davon, um den kleinen bunten Vogel aus Zuda Sadas Gemächern zu holen, dessen Gesang ihre düsteren Stunden erhellt hatte. Sishla Vem indessen stellte eine irdene Schüssel bereit, goss Quellwasser über Bergkristall, Amethyst, Regenbogenobsidian, Seeopal und Aquamarin. Eine Schale ähnlich heilsamen Wassers hielt sie Zuda Sada an die bleichen Lippen, während sie deren Oberkörper auf ihrem Schoß gebettet hielt. Trotz der Schwäche erkannte etwas in Zuda Sada die Reinheit des Wassers und gierig sog sie das Nass in sich ein. Ein Keuchen und Husten ließ ihren Leib erbeben, welches bald wieder einem friedlichen Atmen wich. Vorsichtig entkleidete Sishla Vem den mageren Körper. Die weißen Tücher vor den Fenstern und Türen ließ sie allesamt abnehmen, sodass das Licht der Sonne die graue Haut der Kranken ungehindert erreichen konnte. Bis in die Knochen sollte die Sonne dringen, das Dunkel vertreiben. Sishla Vem hatte nach Mephur schicken lassen. Rasch war die herbeigeeilte Priesterin in die Problematik der Erkrankung eingeweiht, und die nötigen Behandlungsschritte waren in Kürze erklärt. Mephur bereitete Räucherfeuer und sang mit ihrer lieblichen Stimme eine sanfte Weise ihrer Heimat. Die vertrauten Lieder sollten die Kranke an ihr irdisches Leben erinnern und sie in der Welt der Lebenden halten. Rosenweihrauch erfrischte den Raum, hob Stimmung und Zuversicht. Unterdessen wusch Sishla Vem Zuda Sadas Körper mit Heilwasser, murmelte alte Worte, deren Übersetzung keiner mehr kannte, doch ihre Bedeutung hatte die vielen Generationen überdauert. In ihrer Wirkung waren sie wie Besen, die das Böse aus Körper, Geist und Seele fegen konnten. Nach dem Reinigungsritual wurde Zuda Sada in sonnengewärmte Tücher gehüllt. In einem Mörser zerstampfte Sishla Vem die frischen Heilkräuter, die Mephur nach ihrer Anweisung gebracht hatte, und vermischte diese mit Ölen, bis eine grüne Paste entstand. Mephur und Sishla Vem arbeiteten sich in Trance, rezitierten alte Formeln und Lieder. Der Raum war erfüllt von aromatischem Rauch, dem Duft der Kräuter, hellen Gesängen und archaischen Worten. Die Frauen waren wie Perlen in einer Muschel, beschützt und abgeschirmt von der Welt. Licht und Liebe durchfluteten sie und alles was sie berührten, erreichte die böse Saat in Zuda Sadas Körper, die mit Schweiß, Fieber und Schreien entfliehen wollte. Wieder entblößte Sishla Vem Zuda Sada, salbte Scheitel, Stirn, Hals, Brust, Magengrube, Bauch und Venushügel mit der Kräuterpaste. Zuletzt strich sie mit sanftem Druck über Fußsohlen und Handflächen. Auf jede der balsamierten Stellen legte Sishla Vem einen blassblauen Edelstein, einen Coelestin. Endlich wurde Zuda Sada ruhiger. Mit dem Heilwasser wiederholt gelabt, umfangen von Sonnenlicht, wärmenden Tüchern, heilsamen Gerüchen und Gesängen, glitt sie in einen seligen Schlaf. Sishla Vem und Mephur knieten neben ihrer Patientin und beobachteten ihren Atem. Nach einiger Zeit, der Zustand erschien stabil, bereitete Sishla Vem eine stärkende Suppe zu, um Zuda Sadas Energien nach ihrem Erwachen aufzubauen. Die Frauen unterhielten sich flüsternd, während sie die Zutaten in das kochende Wasser gaben.

»Mephur, wir werden uns in der Wache über Zuda Sadas Schlaf abwechseln. Noch ist die Brücke zum Leben nicht beständig geschlagen. Wir müssen wachsam und jederzeit bereit sein, die Zeremonie zu wiederholen. Einstweilen mag der Fluch, der ihre Gesundheit zerfressen hat, aufgehoben sein. Dennoch kann sich ihr Inneres wieder in Erinnerung an das Dunkel und Grauen aufbäumen. Beginne du mit der Wache, denke die schönsten Gedanken, lasse sie wie Blumen wachsen«, bestimmte Sishla Vem. Mephur nickte.

»Wenn Zuda Sada diese Nacht überlebt, feiert das Leben einen Triumph«, erwiderte sie leise und tat, wie ihr geheißen. Den Vogelkäfig stellte sie in Sichtweite der Kranken auf.

So wachten die Frauen die ganze Nacht über das ihnen anvertraute Leben. Noch zweimal wiederholten sie das Reinigungsritual, denn Zuda Sadas Körper litt tief unter der schleichenden Vergiftung und bäumte sich gegen die Weiße Magie auf, die nun jede Zelle durchspülte und das Dunkel zu vertreiben suchte. Manchmal schien der Kampf verloren, so heftig brach schwarzer Schleim aus Zuda Sadas Mund, und es wand sich der Körper in Krämpfen. Mephurs Mut war im Sinken begriffen, denn die Augen der Kranken lagen tief in dunklen Höhlen. Doch Sishla Vem verströmte Zuversicht und ließ kein Zaudern zu. Löffel für Löffel flößte sie Zuda Sada Kräuterelixiere ein. Die Muskeln entspannten sich, die Schmerzen vergingen. Im Morgengrauen, als die ersten Vögel ihren Gesang anstimmten und die Schatten der Nacht verschwunden waren, fand Zuda Sada endlich Ruhe in einem tiefen, erholsamen Schlaf. Sie öffnete ihre Augen erst, als die Sonne bereits tief im Westen stand. Zu schwach, sich zu bewegen oder gar zu sprechen, blickte sie Sishla Vem lang an. Trauer und Dankbarkeit sprachen aus ihren Augen, und was ihr Mund nicht sagen konnte, verstand Sishla Vem über die Stimme ihres Herzens. Löffelweise stärkte sie Zuda Sada mit Energiesuppe. Die Wirkung erstaunte Mephur, denn bald spielte ein Lächeln auf den Lippen der Kranken. Zuda Sada ruhte in den Kissen und Decken und blickte in den Schein der untergehenden Sonne. Sie schloss die Augen, als Sishla Vem ihr die Hände auflegte, zuerst am Kopf, später über dem Herzen, dem Bauch und zuletzt auf den Füßen. Lächelnd spürte Sishla Vem der Lebensenergie nach, die durch Zuda Sadas Körper strömte. Zuda Sada würde leben.

19

Die Welt hatte sich verändert. Beinahe über Nacht waren Agnes' Sinne zu einer Schärfe erwacht, deren Dimension zuweilen beängstigend war. Es schien ihr, als hätte sie niemals zuvor Menschen wahrhaft angesehen. In jedem Gesicht starrten ihr Ängste und Hoffnungen, Hass und Begierden entgegen. Selten war Liebe in die Gesichter gezeichnet. Umso beglückender waren die Augenblicke, in denen sich Gutes in den fremden Augen fand. Auch wenn sie wusste, dass Zeit und Erfahrung dafür sorgen würden, die Flut an Eindrücken erträglicher zu machen, wie lange konnte ein Mensch das ertragen? In diesen Tagen war dies eine zusätzliche Bürde zu all den Dramen um Mord, Intrige und Männer. Wie Windböen schlugen die versteckten Emotionen der Umwelt Agnes entgegen und zerrten an ihr wie wilde Hunde. Sie waren überall, auf der Straße, in der U-Bahn, im Lift. Mithilfe des IPods ließ sich ein Teil des Treibens ausblenden. Gesenkten Blickes und versponnen in das filigrane Larghetto des Violinkonzerts von Beethoven, bewegte sie sich durch den Trubel der Stadt bis in die Abgeschiedenheit ihres Büros. Nerven schonen – es galt, einen Plan zu verfolgen. Zu allererst musste herausgefunden werden, ob Brum tatsächlich eine Affäre mit Larissa Muth gehabt hatte. Norman hatte ihr zwar jede eigenmächtige Nachforschung verboten, aber der Wortlaut des Versprechens, das er ihr abgerungen hatte, ließ sich problemlos zu ihren Gunsten auslegen. Wozu hatte sie schließlich Jus studiert?

14 Uhr Aktenbesprechung bei Brum – das Fenster auf ihrem Bildschirm kündigte den bevorstehenden Termin an. Das war die Gelegenheit herauszufinden, wie Brum auf eine Konfrontation mit Frau Muths Liebesleben reagieren würde. Vorher noch die Post ins Sekretariat bringen und einen schnellen Tee mit Megan, plante Agnes in Gedanken und verließ ihr Zimmer.

Das Sekretariat war seit dem Tod Isabelles unbesetzt. Keine der im Hause beschäftigten Sekretärinnen wollte einspringen. Auch sonst kam niemand mehr aus den anderen Stockwerken in die Personal- &- Recht-Etage auf einen Espresso vorbei. Besprechungen fanden stets woanders statt, nur die Personen, die hier ihre Büros hatten, waren zeitweilig am Gang zu sehen. Jeder blieb in seinem Zimmer, hinter geschlossener Tür. Allein Megan hielt an ihrer Gewohnheit fest. »Was machst du dieses Wochenende, Agnes?«, fragte sie und goss Milch in ihren Tee. »Hast du Zeit?«

»Siebert kommt aus Brasilien zurück.« Ein Grinsen stahl sich auf Agnes' Gesicht. Endlich waren die zwei Wochen um.

»Das heißt?«, bohrte Megan nach.

»Dass wir einander treffen«, schmunzelte Agnes und schämte sich nicht für die Röte, die sich über ihre Wangen zog. »Am liebsten würde ich ihn vom Flughafen abholen, aber …«, sie zögerte. Wie würde das aussehen? Aufdringlich vor allem. Tausend widerstreitende Gefühle jagten durch ihren Körper. Vorfreude, Herzflattern, Übermut, aber auch Angst, abgewiesen zu werden, Angst vor Enttäuschung, Schmerz. »Brasilien ist voll heißer Bräute. Ich könnte Geschichte sein.«

»Natürlich will er dich«, beruhigte Megan amüsiert, »wie oft hat er angerufen?« Agnes begann ernsthaft an den Fingern abzuzählen und Megan lachte. »Na, siehst du. Was habt ihr vor?«

»Im Prater spazieren gehen und danach ins Lusthaus zum Essen«, gab Agnes zu und wunderte sich nicht über Megans besorgtes Gesicht. »Ich weiß – Norman.«

»Hast du keine Sorge, dass er dir folgen könnte?«

»Norman hat den totalen Stress und unmöglich Zeit, mich zu beschatten.«

»Er könnte jemand anders beauftragen …«

»Ich werde noch paranoid, wenn ich nicht aufhöre, mich vor ihm zu verstecken«, wehrte Agnes den Gedanken vehement ab.

»Mach dir nichts vor, er wird dich frühestens dann aufgeben, wenn er selbst eine neue Freundin hat. So sind die Regeln bei dieser Sorte von Mann – immer einen Menschen zur Verfügung haben, den man besitzen und manipulieren kann. Genauso hält es Michelle in ihrem Liebesleben.« Obwohl Megan deutlich Agnes' Unmut erkennen musste, fuhr sie mit ihrer Predigt fort. »Wenn Norman früher Wuhvor gewesen sein soll, wird er in dieser Existenz genauso wenig mit einer Zurückweisung klarkommen.«

»Du verdirbst alles«, schmollte Agnes und wusste gleichzeitig, dass Megan recht hatte. Die Vorfreude auf Siebert ließ nicht zu, an Gefahren zu denken. Sie wollte unbeschwert sein, genießen. »Sinn und Zweck der Wiedergeburt ist doch, alte Muster zu überwinden und sie aufzulösen. Vielleicht schafft Norman es in diesem Leben.« Nein, sie glaubte selbst nicht an ihre Worte. Megan zuckte mit den Schultern.

»Ist das wahrscheinlich? Willst du bei dem Experiment dein Leben aufs Spiel setzen?« Megans Gesicht verfinsterte sich. »Pass auf, Agnes, bitte.« Aufrichtige Sorge schlug Agnes entgegen, erinnerte sie an Normans Umarmungen, die Mühe, ihn auf Distanz zu halten, und das eigentümliche Gefühl, das aus seinen Augen sprach, zu verrückt, um es verstehen zu können. Er wollte sie zurück, das war klar. Die Angst gewann.

»Hast du Michelle schon gesehen?«, wechselte Agnes das Thema, um der aufsteigenden Panik zu entgehen. »Seit letzter Woche ist sie nicht mehr im dritten Stock aufgetaucht. Wenn ich Normans Theorie von dem Mordanschlag auf mich ernst nehme und das Pendelergebnis dazuzähle, wonach Michelle mich seit Ewigkeiten hasst, krieg ich Gänsehaut. Sonst hat sie sich mindestens drei Mal am Tag einen Espresso bei uns geholt.«

»Keiner will mehr in den dritten Stock, dem Tod nahe kommen«, bemerkte Megan und goss sich Tee nach. »Ich sehe Michelle selbst kaum. Dafür umso öfter den Zumtobl. Der ist kaum wiederzuerkennen. Strotzt vor Selbstbewusstsein und darf jetzt sogar zwei wichtige Projekte betreuen.«

»Interessant.«

»Finde ich auch. Bis vor Kurzem war er noch der Fußabtreter von Michelle.«

»Vielleicht hat Zumtobl Mittel und Wege gefunden, sich durchzusetzen?«, fragte Agnes mehr sich selbst als Megan. Diese gelöschte Datei war ihr eingefallen – von Zumtobls Computer aus. »Hm. Er hat Michelle gegenüber etwas Rückgrat gewonnen.« Megan schlürfte den heißen Tee und sog gleich darauf heftig Luft ein, um die verbrühte Zunge abzukühlen. »Ah, heiß! Agnes, erzähl schon, hast du endlich weitergependelt? Wer ist Vihjgor?« Agnes blies lächelnd über die Oberfläche ihres Tees. Kleine Nebelwolken kräuselten sich im Atemwind. Den ganzen Morgen hatte sie darauf gewartet, Megan die letzten Neuigkeiten aus der Traumwelt zu erzählen.

»Ich hatte einen Traum, der Vihjgor betraf. Seine Frau wäre beinahe an seinem Schwarzen Zauber gestorben und Sishla Vem konnte sie gemeinsam mit Mephur retten.«

»Und? Weiter!«, drängte Megan ungeduldig. Genussvoll spann Agnes den Faden der Geschichte weiter.

»Vihjgor war der mächtigste unter den dunklen Magiern. Deshalb brauchte Luva seine Hilfe, um das Feuer auf Neddals Schiff zu entfachen. Dies über eine so große Entfernung zu bewerkstelligen, war für sie allein nicht möglich. Bei dem versuchten Mord an seiner Frau musste Vihjgor ganz anders vorgehen. Zuda Sada sollte langsam und unauffällig dahinsiechen, damit jeder in ihrer Umgebung meinte, sie wäre einer schleichenden Krankheit zum Opfer gefallen. Also hat Vihjgor sie sexuell ausgebeutet und mit einem Bann belegt. Sishla Vem konnte die Frau retten. Jedenfalls habe ich das Pendel befragt …«

»Jetzt sag schon, Agnes!«, brach es aus Megan ungestüm hervor. »Wer ist es?«

»Vihjgor ist heute Karin Tolf.«

»Frau Magister Feder«, setzte Brum an mit gewichtiger Miene im Gesicht und einer steilen Falte zwischen den Augenbrauen, »bevor wir beginnen, ein ernstes Wort. Es gab einige Beschwerden vonseiten der Mediziner.«

»Über mich?«, fragte Agnes entgeistert.

»Über Sie.« Sein Kopf neigte sich zur Seite und seine Arme verschränkten sich vor der Brust. »Zeigen Sie sich in Zukunft eine Spur kooperativer und halten Sie sich in Ihren persönlichen Animositäten zurück. Das …«

»Was?«, unterbrach sie Brum ungläubig. Die Aktenmappen unter ihrem Arm rutschten zu Boden und ergossen ihren Inhalt über den Teppich. Sie beachtete das Chaos zu ihren Füßen nicht, so wie Brum ihren Einwurf nicht beachtete.

»Außerdem erwarten wir von unseren Mitarbeitern ein gewisses Maß an Identifikation mit den Firmenzielen, wenn Sie verstehen …« Agnes ließ sich auf das Ledersofa sacken. Der Streit mit Michelle. Hatte diese Schlange sich beschwert? Wieso erst jetzt? Brum setzte seine Standpauke fort. »Sie wissen, Ihr Arbeitsvertrag ist befristet. Unter diesen Umständen wird es schwierig, eine Verlängerung durchzusetzen, so zufrieden ich persönlich auch mit Ihrer Arbeit sein mag.« Seine Falschheit schrie Agnes entgegen. Das machte ihm doch gerade richtig Spaß. Ohne zu blinzeln, hielt sie seinem Blick stand, sah durch die Barrieren hindurch den wahren Beweggrund seiner Ablehnung. Verletzter Stolz und die Genugtuung, über die Macht zu verfügen, es ihr heimzuzahlen.

»Ist es Ihnen nicht recht, dass ich der Polizei geholfen habe?« Die Frage kam für Brum unerwartet. Er hatte eher mit einer Diskussion über ihre juristische Qualifikation und die bisher geleistete Arbeit gerechnet, mit bohrenden Fragen, wer sich über sie beschwert hatte.

»Wie kommen Sie denn darauf?«, wehrte er ab und ließ seinen Blick über ihre Brust wandern. »Es ist für das Unternehmen wichtig, dass die Todesfälle aufgeklärt werden. Allerdings kann ich nicht verhehlen, dass ich für Vernaderer[1] nichts übrig habe. Aus den impertinenten Fragen von Inspektor Sutel zu schließen, denen ich mich heute ausgesetzt sah, haben Sie der Polizei über firmeninternen Tratsch berichtet, der nicht das Geringste – ich betone – nicht das Geringste mit den Todesfällen zu tun hat.« Brum war lauter geworden, besann sich jedoch in der nächsten Sekunde und sprach mit kontrollierter Stimme, aber rotem Kopf weiter. »Das muss Ihnen bewusst werden, dass Ihr Drang, sich in Szene zu setzen, bei uns nicht gut ankommt. Aber gut, Sie sind eine junge Frau, da ist man noch voller Illusionen, ich war schließlich auch mal in den Zwanzigern. Und Sie hatten das Pech, die Leiche von Frau Muth zu entdecken, das kann eine Frau schon verstören. Deswegen bekommen Sie von mir eine zweite Chance. In dem nächsten halben Jahr bis Vertragsende erwarte ich allerdings ein der Würde des

1 Denunziant

Hauses angepasstes Verhalten, keine Geschichten Richtung Polizei und keine ethischen Ausritte zum Schutz befruchteter Eizellen. Das ist, denke ich, ein faires Angebot.« Agnes fixierte sein Gesicht, um keinen Hinweis auf seine Beweggründe zu übersehen.

»Nur damit ich nichts falsch mache, Herr Doktor Brum«, sagte Agnes mit besonderer Betonung auf *Herr*. Denn ein *Herr* war dieser Typ ganz und gar nicht. Ein Prahler, ein Wendehals, ein Möchtegern-Gigolo, das ja. »Mit *Geschichten* meinen Sie den Umstand, dass Sie Ihr E-Mail an Frau Muth, in dem Sie sich mit ihr verabredet hatten, heimlich aus ihrem Computer gelöscht haben. Und beim *ethischen Ausritt* geht es wohl um die Diskussion mit Frau Doktor Schoff über Embryonenforschung. Dies …« Ehe sie weitersprechen konnte, unterbrach Brum sie aufgebracht. Er hatte sich zu voller Größe aufgerichtet und herrschte Agnes an:

»Sie wagen es, vor mir diese Behauptungen zu wiederholen? Das ist ja der Gipfel! Weder habe ich eine Beziehung mit Frau Muth unterhalten, noch lösche ich heimlich E-Mails – ich bin ein verheirateter Mann und Familienvater! Das sind haltlose Unterstellungen, die Sie teuer zu stehen kommen werden – unterlassen Sie das!« Für einen Augenblick war Agnes von seiner Empörung geschockt, von diesem Kampf um ein nicht vorhandenes Image. Das Bild von Frau Muth erschien, wie sie mit Hingabe in die Buttertrüffel hineinbiss. »Die Buttertrüffel von Fabienne sind mein Untergang! Aber ich bin einfach verrückt nach diesem sündigen Vergnügen!«, hatte sie geschwärmt. Was für eine ungewöhnliche Wortwahl für Larissa Muth – und wenn sie gar nicht die Schokolade gemeint hatte? Wenn das *sündige Vergnügen* nicht im Schokoladegenuss bestand, sondern erotischer Art war? »*Sie* haben ihr die Buttertrüffel geschenkt …«, flüsterte Agnes mit belegter Stimme, wandte den Blick aber nicht von

Brum ab. Der starrte zurück, ungläubig, erschrocken. »... und *Sie* wussten, dass das ihr Passwort ist.« Sekunden vergingen. Brum hielt die Luft an, starrte sie bloß an und räusperte sich schließlich. Er ging zu seiner Bürobar und goss Cognac in ein Glas. Im Raum war nur das Glucksen des Alkohols zu hören, der langsam in den großen Cognacschwenker floss. Erst nachdem Brum einen kräftigen Schluck genommen hatte, sprach er wieder.

»Ja, die Pralinen habe ich ihr geschenkt. Muth war eine gute Sekretärin, eine kleine Anerkennung von Zeit zu Zeit ist da angebracht. Das motiviert die Mitarbeiterinnen. Deshalb muss man noch keine Beziehung miteinander haben.« Beziehung. Agnes grinste. Juristen waren so leicht zu durchschauen, wenn man dazugehörte. Alle miteinander Wortklauber.

»Ich habe nicht behauptet, dass Sie eine Beziehung miteinander hatten.« Seine Augen wichen ihr aus. »Es war nur Sex, natürlich keine Beziehung. Mann, damit ist schon Bill Clinton nicht durchgekommen. Wollte Frau Muth eine Beziehung – oder eine Gehaltserhöhung?« Brums Selbstbeherrschung drohte zu kippen.

»Verlassen Sie augenblicklich mein Büro«, seine Stimme vibrierte, »und verbreiten Sie keine Verleumdungen, wenn Sie nächstes Jahr noch hier arbeiten wollen.«

20

Die Woche neigte sich mit zäher Langsamkeit dem Ende zu. Agnes sehnte sich nach dem Wochenende. Neben der düsteren Atmosphäre an ihrem Arbeitsplatz, den Morden und ihren Problemen mit Norman musste sie nun auch noch um ihren Job bangen. Brum war nachtragend. Die interessanten Fälle wurden allesamt ihrer Kollegin zugewiesen, während sie den öden Rest zu bearbeiten hatte. Genau deshalb saß sie gelangweilt vor dicken Wälzern juristischer Fachliteratur und abgelegten Akten, die sie zur Aktualisierung der firmeninternen Datenbank benötigte, und drohte einzudösen. BAM!

Die Tür sprang auf und Norman stand in der nächsten Sekunde mitten im Zimmer. Agnes zuckte zusammen, als hätte sie ein Blitz getroffen.

»Ich hatte recht! Das Laborgift war in der Zuckerdose – in *deiner* Zuckerdose, Agnes, kapiert? Deine Leberwerte sind erhöht, du hattest Eiweiß im Harn, und die im Labor konnten minimalste Rückstände von Acrylamid finden. Der Mordanschlag galt definitiv dir. Das Lehrmädchen war möglicherweise nur ein Zufallsopfer. Du hältst dich ab jetzt zurück – du bist nicht ganz so beliebt, wie du das gern glauben möchtest. Keine Ermittlungen auf eigene Faust mehr. Verstanden?« Er sah sie durchdringend an. Wie konnten Augen so kalt sein? »Keine Ausreden. Glaube mir, ich bin besser als du.«

»Okay«, erwiderte sie automatisch, ohne zu denken, ohne zu fühlen. Für eine Ewigkeit starrte sie Norman an. Sah, wie er seine Zigarettenpackung aus der Brusttasche zog. Das Geräusch des Feuerzeugs holte sie aus der Versteinerung.

Klick – Ratsch – Klack. Es war also wahr, der Giftanschlag hatte ihr gegolten.

Norman saugte den Rauch tief in die Lungen und versuchte sich an einem sanfteren Tonfall.

»Das ist ein ziemlicher Hammer, was? Aber ich werde dich beschützen, Kleines, hab keine Angst. Wenn du willst, beantrage ich Personenschutz für dich. Ist aber schwer zu kriegen. Höchstens Promis haben da Chancen. Ich würde das selber übernehmen, muss aber arbeiten. Wäre wirklich einfacher, du wohnst wieder bei mir.«

»Bei dir?«, keuchte Agnes entsetzt auf. »Niemals!« Norman zeigte seine Enttäuschung nicht. Er steckte sich die Zigarette in den Mundwinkel und zuckte mit den Schultern.

»Na, dann nicht. Reiß dich zusammen, du bist schließlich …«, er hob die Hände besänftigend hoch, »… entschuldige – warst die Freundin von einem Kieberer.« Norman sog scharf am Filter seiner Zigarette, sodass sich seine Wangen einstülpten und die Glut gefräßig den weißen Stängel um einen Zentimeter verkürzte. »Ich bin mittlerweile dem Brum auf die Pelle gerückt – schaut nicht gut für ihn aus. Macht für mich einen guten Mörder. Und die Frau Gruber habe ich auch schon befragt, komme eben von ihrer Villa. Ging nicht eher, weil sie bis gestern mit dem Gatten, verdammter Rechtsanwalt, auf Mauritius weilte. War nicht viel aus ihr herauszubekommen, nur dass sie in Kürze einen neuerlichen Versuch zur künstlichen Befruchtung unternehmen wird. Künftig ist sie für mich nicht mehr ohne Gatten zu sprechen. Das ist ein Problem. Die werden die Schoff nicht verpfeifen, weil sie sich Hoffnung auf ihr Wunschkind machen. Außerdem wird sich der Herr Rechtsanwalt nicht gern eine Anstiftung zur Verwaltungsübertretung anhängen lassen wollen. Vielleicht klappt es bei der anderen Frau von dem markierten Akt. Auch so eine Großkotz-Superreichenschlampe.« Die Atempause nutzte er, um die Zigarette im Blumentopf abzustauben. »Jetzt schaue ich mal bei der scharfen Doktor Schoff rein. Hat die einen Mann? So wie die sich aufführt, hat sie's ziemlich nötig.« Norman lachte dreckig. Er wusste genau, wie man Agnes auf die Palme brachte.

»Du bist so ein Chauvi!«, fuhr sie ihn an und schlug auf den Schreibtisch, »wie konnte ich dich nur so lang aushalten! Ein Mädchen wird statt meiner umgebracht und du machst dir Gedanken über das Sexleben von der Schoff!«

»Treffer! Da bist du wieder, Ende der Versteinerung. Mensch, auf dir kann man spielen wie auf einer Flöte.« Er rieb sich gutgelaunt über den Dreitagebart. »Was hat mir das immer Spaß gemacht …, aber okay. Ich muss an die Arbeit«, vielleicht, um länger noch im Genuss von Agnes' entrüstetem Gesicht zu bleiben, setzte er seine Plauderei fort. »Übrigens – der Zumtobl hat mir was Interessantes erzählt über die Dr. Tolf. Deren Forschungsprojekt scheint nicht ohne irgendwelche Versuche an Embryonen abgegangen zu sein. Wir prüfen das noch. Heidenarbeit. Wenn das stimmt, vergesse ich den Brum und die Schoff augenblicklich und hänge der Tolf alle drei Morde und einen Mordversuch an – und bin der nächste Gruppenleiter.« Agnes sah Normans Augen funkeln. Es ging immer nur um ihn. Er wollte alles haben, um jeden Preis. Er war der Mittelpunkt des Universums. Dann sah sie es deutlich vor sich. Es war kein Zufall gewesen, dass ihre Mithilfe bei der Datendurchforstung in der Firma publik geworden war. Er spielte mit ihrer Angst und mit ihrem Leben, spielte sich als großer Beschützer auf und wollte damit ihre Zuneigung gewinnen. Ihr Magen zog sich zusammen, die Säure kroch die Speiseröhre hoch.

Zum Kotzen.

Telefonläuten riss Agnes aus ihren quälenden Gedanken. Norman beugte sich blitzschnell zu ihr hinunter und drückte ihr einen Kuss auf die Stirn.

»Gut, dann gehe ich mal wieder. Und – nicht vergessen, was ich dir gesagt habe – keine Einzelaktionen. Überlege dir die Sache mit dem Angebot zum Wiedereinzug bei mir. Tschüss.« Agnes sah ihm nicht nach. Alles an ihm widerte sie an. Das Telefon schrillte in ihren Ohren.

»*BabyStar*, Rechtsabteilung, guten Tag. Sie sprechen mit Agnes Feder.« Eine leise Stimme meldete sich, Agnes erkannte nicht sofort, wer in der Leitung war.

»Agnes, hallo. Du, ich rufe dich aus dem Krankenhaus an. Ich kann nur kurz reden.« Theres. Trauer klang in ihrer Stimme. Warum war sie im Krankenhaus? Besorgt fragte Agnes nach.

»Das Baby … Ich habe es verloren. Blutungen. Ich wollte es dir sagen, heute geht es mir etwas besser.« Und dann nichts weiter, Stille dröhnte in der Leitung. Was sollte Agnes sagen, welche Worte konnten Theres trösten?

»Wo liegst du? Ich komme dich am Abend besuchen. Soll ich dir etwas bringen?« Es dauerte ein paar Sekunden, ehe Theres antwortete.

»Nein, komm nicht. Bitte. Ich will allein sein. Tom ist da, das genügt mir. Sei nicht böse. Es tut so weh, ich habe es so geliebt …« Die mühsam errungene Fassung brach in sich zusammen, Schluchzen drang durch die Leitung.

»Aber ich möchte dir beistehen, Theres …, wir müssen nichts reden, ich werde nichts sagen, nichts fragen.«

»Nein, Agnes, danke, aber …« Weinen. Irgendwann warf Theres ein paar Worte nach. »… das kann keiner verstehen, wie ich mich fühle. Niemand. Ich will allein sein. Hier sind überall Frauen mit Babys, es ist schrecklich. Ich gehe morgen heim, sonst werde ich verrückt …«, die Stimme brach.

Theres versank im Abgrund der Verzweiflung, riss Agnes, ohne es zu wollen, mit sich. Im Herzen verbunden, überkam sie dieselbe Panik, sie konnte sich nicht länger abgrenzen, wusste nicht, wo das Gefühl der anderen endete und ihr eigenes begann. Verstand war gefragt. Agnes versuchte, mit seiner Hilfe aus dem Fühlen herauszukommen. Werden die Ärzte Theres helfen? Was wird sein, wenn Theres allein daheim ist, allein mit ihrem verlassenen Bauch?

»Ist gut, Theres. Wenn du Ruhe brauchst, dann komme ich nicht. Solltest du es dir anders überlegen, ruf mich an, wann immer dir danach ist, versprochen?« Agnes wartete geduldig, bis Theres wieder sprechen konnte.

»Bitte bete für mein Baby, dass es ihm gut geht, dort, wo seine Seele jetzt ist. Sie haben ihn einfach weggeworfen, meinen kleinen Liebling – wollten mir einreden, das sei noch nichts gewesen, nur eine Keimblase, ein paar Zellen – aber ich habe es gefühlt, Agnes, ganz deutlich …, die kleine Seele wollte zu mir und ich war nicht fähig, sie in mir wachsen zu lassen. Es ist meine Schuld, dass mein Baby als Blutklumpen in einem Abfalleimer liegt, ich habe es getötet mit meiner Betriebsamkeit, meinem Egoismus, … als wäre ich unentbehrlich …« Ein Klicken in der Leitung beendete das Gespräch. Noch eine Katastrophe. Agnes legte den Telefonhörer zurück. Wie nutzlos sie sich fühlte, zur Untätigkeit verdammt. Wie unerträglich, hier zu sitzen, während Theres Höllenqualen litt. Das Zimmer erdrückte sie. Sie musste raus, an die Luft, unter einen freien Himmel. Im Gehen riss sie den Mantel von der Garderobe und eilte aus dem Haus, lief die Theodor-Herzl-Stiege hinunter, weiter zur Salvatorgasse, bis sie keuchend vor den Toren von Maria am Gestade stand. Die schmale Kirche sollte dereinst von Donaufischern im 9. Jahrhundert zur Marienverehrung gegründet worden sein und lag mitten in der Innenstadt, verborgen wie eine

Perle. Agnes stieg die Stufen hoch und tauchte in die kühle Schlichtheit des Kirchenschiffs. Die Wände waren weiß getüncht, teilweise von bunten Kirchenfenstern durchbrochen, teilweise waren die kunstvollen Scheiben durch einfaches Glas ersetzt. Die Spuren eines vergangenen Krieges. Die Stille tat gut. Ihr Atem beruhigte sich, der Druck in der Brust ließ nach. Feuchte Kälte lag über dem Steinboden, ein Hauch von Weihrauch hing in der Luft. Zeit verging hier nicht, sie stand still, als wäre man in ein exterritoriales Gebiet eingetreten, das anderen Naturgesetzen unterlag. Im Mittelschiff bis zum Altar, an dem ein Christus am Kreuz inmitten eines goldenen Strahlenkranzes hing, standen Sitzbänke. Agnes befeuchtete ihre Stirn mit Weihwasser und wandte sich dem linken Gang zu. Langsam ging sie einem Seitenaltar entgegen, die Stille durch vorsichtige Schritte würdigend. Eine Madonna mit Kind lächelte auf sie herab. Ein Metallständer mit Kerzen stand davor. Über den Flammen flirrte die Luft, in der untersten Etage lagen Kerzen zur entgeltlichen Entnahme. Agnes warf eine Münze in die Kollekte und entzündete ein Licht. Ein paar Schritte rückwärtsgehend, nahm sie auf der Holzbank Platz und ließ den Blick hinauf zu der Madonna schweifen.

Kleines Wesen, das uns wieder verlassen hat, ich hoffe, du bist glücklich dort, wo du jetzt bist. Deine Seele möge Frieden finden. Vielleicht gibst du später Theres noch eine Chance? Sie ist bestimmt eine sehr liebe Mama und sie hat sich so sehr auf dich gefreut.

Die Gedanken verloren sich. Die dunklen Augen der Madonna zogen alles Denken an sich.

Muttergottes. Mutter. Gottes.

Auf dem Arm trug Maria das Jesuskind, das kein Säugling war, sondern wie die Miniaturausgabe eines jungen Mannes aussah. Dennoch hielt er sich in Kindermanier mit beiden

Händen an ihren Daumen fest und sah am Betrachter vorbei in die Ferne. Und mit einem Mal erkannte Agnes eine neue Dimension der Muttergottes – hier saß eine große Frau, die einen kleinen Mann hervorgebracht hatte.

Nur eine Göttin gebiert einen Gott.

»Die große Mutter«, murmelte sie voller Staunen. »Unser aller Mutter, befruchtet von Gott Vater. Gemeinsam die Einsheit.« Die Einsheit war von den Menschen nicht nachvollziehbar gewesen, sie mussten in den Kirchen das Weibliche vom Männlichen trennen, das Göttliche vom Profanen, wie das Gute vom Bösen, um alle Facetten der Einsheit verstehen zu können. Und hier aus diesem Bildnis blickten sie ein männlicher und ein weiblicher Gott an. Zusammen waren sie eins, Maria und Jesus, Frau und Mann.

Alles ist Eins, alles ist Teil der Einsheit.

Glücksgefühle wärmten Agnes' Innerstes, als wäre sie nach langer Wanderschaft heimgekehrt. Mit geschlossenen Augen saß Agnes auf der Holzbank vor dem kerzenbeleuchteten Altar. Das Weihwasser netzte immer noch kühl ihre Stirn, die Aufmerksamkeit wanderte zu dieser Stelle, und Schweigen breitete sich wie eine leichte Daunendecke über sie. In ihr wurde es hell und klar, jenseits von Freude, jenseits von Leid. Wie lang sie so dagesessen hatte, wusste Agnes nicht. Es war nicht wichtig. Erst als eine Touristengruppe durch die Kirche drängte, mit klappernden Absätzen, in einem fort redend und fotografierend, bewegten sich wieder Gedanken in ihrem Kopf. Die Helligkeit verschwand. Ihr Blick wanderte ringsum. Es ging ihr gut. Das Herz war leicht. Nichts drängte sie, ins Büro zurückzukehren. Gut, Brum sollte keinen echten Grund bekommen, ihre Vertragsverlängerung abzulehnen, aber wollte sie überhaupt noch länger für diese Firma arbeiten? Agnes seufzte. Ein Blick auf die Uhr ihres Handys zeigte ihr, dass eine halbe Stunde vergangen war.

Rasch tippte sie ein SMS für Theres. *Liebes, habe in Kirche Kerze für Baby angezündet und gebetet. Alles wird wieder gut werden. Hab Vertrauen, Deine Agnes.* Dann steckte sie das Handy in ihren Rucksack und eilte zurück. Am Abend würde sie daheim in einem Kerzenkreis Theres Liebe und Kraft schicken. Wenn sie sonst nicht helfen durfte, wollte sie zumindest mit liebevollen Gedanken ihre Freundin unterstützen. Vielleicht konnte Theres sie ja fühlen.

Das Krankenlager der schönen Frau war mit blühenden Kräutern geschmückt und Wohlgerüche erfüllten den hellen Raum. Melffja Zha hatte ihr siebentes Kind geboren, einen kräftigen Knaben von weißer Haut, schwarzem Haar und meerblauen Augen, die sie weit aufgerissen staunend aus ihrem Arm hoch betrachteten.

Mesush Phes und Sishla Vem hatten die rituelle Reinigung der Mutter mit dem dafür bestimmten Kräuterelixier beendet, wenngleich die Blutungen nicht schwächer werden wollten. In der vergangenen Nacht, als der halbe Mond hoch über dem Hause Kossars stand, war Eshulim zur Welt gekommen. Die Freude in der Familie war groß, hatte doch niemand mehr erwartet, dass Melffja Zha in ihren späten Jahren ein weiteres Kind gebären würde. Weiße Strähnen in ihrem schwarzen Haar zeugten von ihrem fortgeschrittenen Alter, das sie noch schöner und verehrungswürdiger gemacht hatte.

Die Schwestern schickten sich an, das Zimmer zu verlassen, um der Mutter Entspannung zu ermöglichen. Doch Melffja Zha rief Sishla Vem zurück. Lächelnd kniete sich das junge Mädchen neben das Lager. Mesush Phes schloss die Tür leise hinter sich und sogleich veränderte sich der Gesichtsausdruck der Mutter. Eine gespannte Atmosphäre entstand durch ihr Schweigen. Die Frauen blickten einander an. Als Melffja Zha endlich zu sprechen begann, hatte Sishla Vems Herz die Schwere der bevorstehenden Botschaft bereits erfasst.

»Meine geliebte Tochter – wie stolz ich auf dich bin. All mein Wissen habe ich an dich weitergegeben und die Grenzen deines Könnens sind noch lang nicht erreicht. Es ist an der Zeit, Kossars Schülerin zu werden, wie Nathane wirst du eine große Meisterin Valuns werden. Nathane und du, ihr habt überaus hohe magische Fähigkeiten, lernt von eurem Vater und bildet euch weiter.« Für eine Sekunde schloss Melffja Zha die Augen und legte ihre Hand auf Sishla Vems Schulter. »Höre mich an und vergiss niemals, was ich heute von dir erbitte. Mein Leben geht dem Ende zu – nein, widersprich mir nicht, dies ist die Wahrheit. Ich gehe in die Verwandlung mit leichtem Herzen, auch wenn es mich schmerzt, Eshulim nicht aufwachsen zu sehen. Er braucht die Liebe eines mütterlichen Herzens.« Vorsichtig richtete sich Melffja Zha auf, den Schmerz verbergend, der von jeder Bewegung verursacht wurde. Behutsam legte sie den Neugeborenen in Sishla Vems Arme.

»Geliebte Tochter, dies ist von nun an dein Sohn. Liebe ihn mit deinem ganzen Herzen, deiner ganzen Seele und all deinem Denken. Dann wirst du eine wahrhafte Mutter für ihn sein.« Sie hatte ihre Hand auf Sishla Vems Herz gelegt und küsste ihre Stirn, danach umarmte sie ihre Kinder. Tränen standen in den Augen der beiden Frauen und der Säugling wurde unruhig. Trauer um die Mutter erfüllte Sishla Vems Herz, überdeckte die Freude über das hohe Maß an Vertrauen, das ihr zuteilwurde, und die überquellende Liebe zu dem kleinen Geschöpf in ihren Armen, welches sie mit seinen großen Augen forschend anblickte und leise wimmerte.

»Sorge dafür, dass Eshulim die Liebe erfährt, die ich ihm schenken wollte«, fuhr Melffja Zha fort, »auch er wird ein Meister Valuns werden, doch ist ihm nur ein halbes Leben versprochen, so erschien es mir in einer Vision. Lasse sein Leben reich und voll Liebe sein, lehre ihn die Weisheiten Valuns.« Die Fingerspitzen der Mutter berührten Sishla Vems Stirn. »Auf dass wir einander in den kommenden Leben wiederfinden werden.« Erschöpft ließ sie sich auf ihre Matte zurückfallen.

»Mutter …«, wisperte Sishla Vem, voll Angst, der Tod begänne sein Werk, ohne ihnen genug Zeit für den Abschied zu lassen.

»Sorge für Eshulim.« Noch einmal öffnete Melffja Zha die Augen, sah ihrer Tochter tief ins Herz, bevor sie friedlich lächelnd einschlief.

Ein Stöhnen entfuhr Agnes' Mund. Sie saß inmitten des leuchtenden Kreises, aus dem sie Theres Kraft und Liebe geschickt hatte. Die intensive Konzentration darauf hatte sie in eine Trance gleiten lassen, die in der Vision von Melffja Zha gipfelte. Das Gesehene hatte sie tief berührt. Eine Erinnerung, die Schmerz und Liebe in sich trug, die das Leben verändert hatte. Und sie wusste instinktiv um den Zusammenhang von Theres und Melffja Zha.

Nachdenklich löschte Agnes die Kerzen mit Daumen und Zeigefinger. Nachdem die Stumpen wieder auf ihrem angestammten Platz im Bad waren und das Samtsäckchen mit dem Pendel auf dem Tisch lag, machte sich Agnes daran, die Teekanne mit heißem Leitungswasser anzuwärmen. Als das Teewasser im Kessel simmerte, füllte sie zu Perlen gerollte Teeblätter in den gläsernen Filtereinsatz und goss das Wasser darüber. Das Schauspiel der sich auflösenden Blätterkugeln begann. Schon lockerte sich die feste Umarmung der schmalen Blättchen, ließ die Perlen aufquellen und ihre Form verlieren. Langsam schwebten grüne Blattspitzen und Blüten an die Wasseroberfläche und verströmten intensiven Jasminduft. Agnes hielt ihre Nase über den aufsteigenden Wasserdampf. Ein Genuss für sich. Nur kurz durfte der Tee ziehen, dann war er bereit, in die zarte Porzellanschale gegossen zu werden, durch die der Lichtschein der Tischlampe schimmerte. Der erste Schluck war zugleich der höchste Genuss. Alle Sinne waren angesprochen. Die Hand fühlte die Schwere und Hitze der Schale, das Auge sah die irisierende Oberfläche, über die sich zarte Dunstschwaden kräuselten, die Nase sog die feinen Aromen auf und bereitete die Geschmacksknospen im Mund auf das bevorstehende Geschmackserlebnis vor. In der Stille und Langsamkeit der Zeremonie führte Agnes mit geschlossenen Augen die Schale an die Lippen. Der Augenblick der ersten Tropfen Tee auf Gaumen und Zunge war gekommen – wie gut die Wärme tat, wie entspannend der Jasminduft auf die aufgewühlte Seele wirkte. Sie nahm noch einen weiteren, größeren Schluck zu sich, bevor sie die Teetasse vor sich auf dem Unterteller abstellte. Sie war bereit.

Die dünne Kette des Pendels schnürte das erste Glied ihres Zeigefingers ein, während sie Frage um Frage formulierte – und das Pendel antwortete. Manchmal hielt es gespannt inne, vibrierte und gab auf diese Weise zu erkennen, was noch im Dunkel bleiben sollte. Am Ende lehnte sich Agnes zurück und trank eine weitere Tasse Tee. Sie war erstaunt über die Antworten und wollte mit Megan darüber sprechen. Im Vorzimmer fand sich das Handy. Damit zog sich Agnes auf den Ohrensessel zurück, wickelte die Decke um ihre Beine, während das Piepsen der automatischen Rufnummernwahl zu hören war. Einige Male tönte das Freizeichen, ehe Megan sich meldete.

»Megan, ich habe neue Pendelergebnisse – meine Theres ist Sishla Vems Mutter gewesen und hieß Melffja Zha. Paps war Sishla Vems Schwester, Mesush Phes. Wer Kossar und Eshulim heute sind, konnte ich nicht herausfinden.«

»Halt, langsam, Agnes. Bitte noch mal von vorn, ich kenne mich überhaupt nicht aus, wer wann was war.« Gut gelaunt setzte Agnes erneut mit ihrer Erzählung an, diesmal holte sie weiter aus und erzählte auch von ihrer Vision im Kerzenkreis.

»Agnes, das ist dein erster *Traum*, ohne dass du dabei geschlafen hast! Weißt du, was das bedeutet? Du kannst diese Visionen bis zu einem gewissen Grad selbst herbeiführen. Das ist ungeheuerlich.« Jetzt, wo Megan diesen Umstand hervorhob, erkannte Agnes, was geschehen war. Eine Vision. Es wurde intensiver. Als würde Sishla Vem sie unterrichten und schrittweise in die Künste Valuns einweihen.

»Wer ist Mephur heute, hast du das nachgefragt?«, bohrte Megan nach.

»Habe ich. Die Person heißt Kurt, aber ich kenne ihn noch nicht. Da ist noch etwas: Ich habe gefragt, ob der Mörder männlich oder weiblich ist – und die Antwort war weiblich.«

»Wirklich?« Megan schnappte nach Luft. »Dann scheidet Brum als Täter aus.«

»Wart's ab – es wird noch viel interessanter – ich habe gefragt, wie viele Mörder an dieser Serie von Todesfällen beteiligt waren. Also – keine Garantie, dass es richtig ist – aber was glaubst du, war die Antwort?« Kurze Funkstille, dann meldete sich Megan in bestimmtem Tonfall.

»Zwei, es sind zwei Mörder.«

»Woher weißt du das?«, fragte Agnes so verblüfft, dass Megan lachen musste.

»Das war einfach aus dem Bauch heraus geantwortet. Sind es zwei Frauen oder ein Mann und eine Frau?«

»Kann ich nicht sagen, das Pendel vibriert bei dieser Frage wie unter Strom, ohne zu schwingen. Vielleicht soll ich es nicht wissen oder die Frage ist nicht korrekt gestellt – keine Ahnung. Noch etwas Neues: Norman ist hinter Tolf her.«

»Weswegen? Mensch, du hast ja was auf Lager!«

Amüsiert lachte Agnes auf. Wäre die ganze Angelegenheit nicht so verdammt gefährlich und todernst, könnte sie fast Spaß an dieser Rätselrallye haben.

»Zumtobl hat ihm die Info gesteckt. Angeblich wurde mit Embryonen geforscht, etwas in diese Richtung.«

»Tolfs Forschungsprojekt? Das steht kurz vor dem Abschluss«, erwiderte Megan nachdenklich. »Es werden laufend Stammzelllinien angekauft und dann gibt es noch die Stammzellen der abgetriebenen Embryonen.«

»Klingt, als wäre reichlich Material vorhanden«, sagte Agnes und versuchte, sich nochmals Normans Worte in Erinnerung zu holen. »Kennst du ihre Arbeit? Sind Versuche an Embryonen dabei von Bedeutung?«

»Hat Norman es so gesagt? Man braucht de facto nur die Stammzellen.«

»Ich glaube schon«, erwiderte Agnes zögerlich. »Er hat nicht mehr dazu sagen wollen, weil sie dem Verdacht erst nachgehen.«

»Klingt unangenehm für die Tolf.«

»Jede Wette«, schloss sich Agnes an. Wenn Norman sich in einer Idee verbiss, war das stets verdammt unangenehm für den Betroffenen.

»Luva und Vihjgor haben einst gemeinsame Sache gemacht. Vielleicht wiederholt sich die Geschichte mit Michelle und Tolf?«, fragte Megan.

»Und Wuhvor war der Dritte im Bunde, aber heute ist Norman auf der anderen Seite. Also keine simple Wiederholung«, schloss Agnes. Michelle und Tolf? Deutlich war Agnes der gehässige Tonfall in der von ihr belauschten Auseinandersetzung zwischen den beiden in Erinnerung. Das waren keine Verbündeten. Die hielten einander bloß in Schach, damit keine das dunkle Geheimnis der anderen aufdecken konnte. Eine Zweckgemeinschaft bestenfalls. »Michelle hat bei dem Gespräch mit der Tolf von kryokonservierten Embryonen gesprochen«, rief sich Agnes ins Gedächtnis.

»Die Tolf kümmert sich immer um die Vernichtung nach Ablauf der gesetzlichen Aufbewahrungsfrist – vielleicht benützt sie die Embryonen wirklich«, überlegte Megan. »Stammzelllinien sind extrem teuer.« In Agnes' Kopf ging es rund, denn wie um Himmels Willen passte das alles mit ihren Träumen zusammen?

»Wie ist es möglich, dass Vijgor alias Tolf immer noch nichts dazugelernt hat? Du wirst doch wiedergeboren, um es besser zu machen, ein besserer Mensch zu werden, irgendwann ein Meister zu sein, der nicht mehr im Kreislauf der Wiedergeburt gefangen ist.«

»Sagt ja keiner, dass die Buddhisten unbedingt recht haben müssen«, warf Megan ein. »Außerdem gibt es wahrscheinlich ein ständiges Auf und Ab in der Karma-Bilanz im Laufe vieler Leben. Wenn die Menschen stetig ihr Karma verbessert hätten, müsste unsere Welt mittlerweile das vollkommene Paradies sein.«

»Na, das spricht deutlich gegen meine Theorie«, gab Agnes bereitwillig zu. »Vom Paradies sind wir weit entfernt. Sishla Vem und Neddal haben es offensichtlich auch noch nicht geschafft, aus dem Rad der Wiedergeburt auszusteigen.«

»Vielleicht hatten sie – also ihr beide – noch nicht dieses eine, erfüllende Leben miteinander«, gab Megan zu bedenken.

Agnes sah Siebert in Gedanken vor sich. Mein Seelengefährte. Ob er auch so empfand wie sie? Sollte sie ihn in ihr Geheimnis einweihen? Nein. Er würde sie für verrückt halten und Reißaus nehmen. Hunderte von Jahren waren vergangen und nicht ein gemeinsames Leben in Frieden war ihnen vergönnt gewesen? Waren sie verflucht oder was?

»Was hält uns davon ab, frage ich mich«, sagte Agnes, in Gedanken versunken. Oder sollte es vielmehr heißen *Wer*?

»Da hat's wohl was mit eurem Karma.«

»Du meinst, es ist richtig beschissen – von wegen Meisterin von Valun«, brachte Agnes ihren Eindruck von der Angelegenheit auf den Punkt.

»Ich stelle mir das so vor«, sagte Megan mit sanfter Stimme, offenbar wollte sie Agnes trösten, »die Seele ist pure Energie, geladen je nachdem, was du in deinem Leben getrieben hast – damit hat sie eine bestimmte *Farbe* erhalten, und mit dieser *Farbe* machst du in der nächsten Runde weiter. Gut und Böse sind Urteile, die im Universum keine Rolle spielen.«

»Und wenn die Seele so hell leuchtet wie Gott, die Einsheit, wie das Tao, darf sie bleiben?«, fragte Agnes mehr sich selbst als Megan und fand zunehmend Gefallen an diesem Bild, »welche Farbe hat wohl Michelle? Zwischen der Luva damals und der Michelle heute können unzählige Leben gewesen sein; ihre Seele könnte sich von tiefschwarz in anthrazit verwandelt haben.« Ein spöttisches Lachen drang durch die Leitung an Agnes' Ohr. Der Vergleich schien Megan zu amüsieren.

»Na klar ist Michelle heller geworden – damals war sie noch eine Schwarze Hexe, heute ist sie nur mehr eine bösartige, gefärbte Blondine!« Sie lachten los, bis Agnes Reue plagte. »Nein, stopp, ich will nicht über sie herziehen. Michelle ist, was sie ist, und ich hoffe inständig, keine Mörderin. Wenn ich erfahren durfte, was früher einmal zwischen uns geschehen ist, dann hat dies vielleicht den Sinn, mich zu warnen, aber doch auch, um etwas dazuzulernen«, einen Moment lang zögerte sie auszusprechen, was glasklar in ihrem Kopf als Antwort aufgeblitzt war. »Mitgefühl. Ich soll Mitgefühl entwickeln. Keine Ahnung, wie das für Michelle gehen soll, aber ich weiß, das sollte ich lernen.« Am anderen Ende der Leitung rang Megan hörbar mit der Verzweiflung über Agnes' Idealismus.

»Hör auf zu träumen – wir haben es mit Mord zu tun.«

»Du klingst wie Norman«, wehrte Agnes mit einem Tiefschlag ab.

»Also bitte!«, entrüstete sich Megan. »Im Ernst – Mitgefühl? Erzähl das den Angehörigen der Opfer. Wenn Michelle eine Mörderin ist, haben wir andere Sorgen.«

»Ich verliere schon nicht die Bodenhaftung«, verteidigte sich Agnes, »trotz Träumen und Kerzenkreissitzungen. Beides muss möglich sein – Mitgefühl üben und dem Morden ein Ende setzen. Das ist kein Widerspruch.« Das Feuer im Herd war heruntergebrannt, es wurde kühler. Agnes hielt mit einer Hand das Handy zum Ohr und schob mit der anderen Hand Holzscheite durch die Ofentür. »Ich werde versuchen, mehr aus Norman über seinen Verdacht gegen die Tolf herauszukriegen, auch auf die Gefahr hin, dass er wieder versucht, mich zu küssen.«

»Du bist so was von abgebrüht …«, zog Megan sie auf, aber Agnes ließ sich nicht aus dem Konzept bringen.

»Wir müssen Beweise finden.«

»Dir ist schon klar, dass es den Tätern auf eine weitere Leiche nicht ankommen wird«, fragte Megan. »Hoffentlich sorgt Norman für entsprechenden Schutz, ich will nicht noch einen Todesfall miterleben müssen«, oder selber einer werden – klang mit dem letzten Satz mit. Beide schwiegen. Beklommenheit machte sich breit, verlangte nach Aktivität.

»Die Täter müssen gefasst werden, sonst endet diese Ungewissheit nie«, durchbrach Agnes die Stille.

»Müssen?«, wiederholte Megan. »Wir müssen vor allem vorsichtig sein. Hast du den Mordanschlag auf dich vergessen? Das könnte noch mal passieren.« Davon wollte Agnes nicht reden, nicht einmal daran denken. Am besten ganz weit wegschieben. »Im Ernst, Agnes, sieh dich vor.« Megans besorgte Stimme kroch Agnes unter die Haut.

»Dabei ging es nur darum, mich an der Mitarbeit bei den polizeilichen Ermittlungen zu hindern«, wehrte sie ab, »das ist aber nicht gelungen, daher macht ein weiterer Mordversuch keinen Sinn.«

»Was ist mit Rache?«

»Nein, hör damit auf, oder willst du mir Angst machen? Norman verhört einen Verdächtigen nach dem anderen, und glaube mir, das ist nicht angenehm. Mein Attentäter hat jetzt andere Sorgen, als mich zu vergiften.«

»Mörder sind nicht normal – und einmal in der Falle, sind sie umso gefährlicher«, versuchte Megan neuerlich, Agnes zur Vernunft zu bringen. »Aber ich merke schon, du willst nicht hören. Wenn Michelle unsere Mörderin ist, versichere ich dir, dass sie total anormal und unberechenbar ist. Heute erst hat sie mich angeherrscht und angefunkelt wegen nichts – ich dachte, sie zerkratzt mir das Gesicht. Warum sie mich um Himmels willen nur so hasst? Meine bloße Anwesenheit ist ihr ein Graus. Kannst du dich nicht mal darauf konzentrieren, einen Traum oder eine Vision zu haben, die die Ursache dieser Abneigung erklärt?« Bereitwillig sagte Agnes zu, es zu versuchen, obgleich sie nicht die geringste Ahnung hatte, wie das funktionieren sollte, und beendete das Telefonat. Das Gespräch klebte an ihr wie öliger Ruß. Übermorgen würde sie Siebert wiedersehen und bis dahin wollte sie alle Machenschaften vergessen. Im Bad drehte Agnes die Wasserhähne der Wanne auf. Während sie sich entkleidete und Kerzen entzündete, prasselte das Wasser lautstark in die Emailwanne. Ach, Badeöl fehlte. Im Kühlschrank fand sich noch ein Glas Obers. Im Kerzenschein betrachtete sie nachdenklich das Regal über der Arbeitsfläche. Dutzende kleine Aromaölfläschchen standen übersichtlich aufgereiht bereit. Es galt, Angst zu überwinden, die alte Beziehung hinter sich zu lassen und Mut für den Neuanfang zu finden. Intuitiv griff sie nach Muskatellersalbei und Geranie. Diese Öle stellte sie gemeinsam mit einem Honigglas im Halbkreis um das Obers auf. Eines nach dem anderen wurde zum Obers geträufelt, der krautige Duft des Muskatellersalbeis stieg ihr in die Nase, die blumige Geranie rundete das Aroma ab. Nun kam Honig in die Mischung für eine samtige Haut. Agnes verschloss das Glas und schüttelte das Obers, bis eine schaumige Emulsion entstanden war.

Damit kehrte sie zurück ins Badezimmer, schloss die Wasserhähne und ließ den Badezusatz in die Wanne fließen. Weiße Wolken breiteten sich im klaren Wasser aus, verwandelten es in Milch, die ein herb-blumiges Aroma verströmte. Sie atmete die Dämpfe ein und ließ sich von ihnen betören. Mit geschlossenen Augen im Wasser liegend, sah sie sich auf einer frisch gemähten Wiese im Sonnenschein, fühlte den azurblauen Himmel über sich. Wärme durchdrang ihre Haut und entspannte die Muskulatur. Seele und Körper atmeten durch, machten Pause von dem Wahnsinn der Welt. Und als Agnes nach einer halben Stunde dem Wasser entstieg, sich in ihren Bademantel hüllte und den Wannenstoppel herauszog, floss der ganze Müll, der sie belastet hatte, mit hinunter in die Kanalisation. Vor dem Einschlafen las Agnes ein paar Seiten, bis die Augenlider schwer wurden. Als sie das Licht abschaltete, war sie sicher, diese Nacht keine Albträume zu haben.

Nebel lag über den Klippen und der Küste. Unter dem dichten Schleier von feuchter Luft waren die höchsten Priesterinnen und Krieger am Meer versammelt. Nahe dem Ufer stand Shenui Tui neben Kossar. Alle sahen hinaus auf das unbewegte Wasser, blickten auf ein prächtiges Floß, geschmückt mit einem Blumenmeer rings um einen leblosen Frauenkörper. Doch die Farben der Blumen wollten nicht leuchten. Der Nebel schluckte ihre Brillanz und Kraft.

Nathane saß in einem kleinen Boot und ruderte hinaus zu dem einsamen Floß. Im Rhythmus des Paddels sang er eine seltsam berührende Weise in der Sprache der Ahnen. Sein Lied verstummte, als er das Ziel seiner Anstrengung erreichte und sich zu voller Größe aufrichtete. Gekleidet in die Trauergewänder Valuns, war er kaum von dem schimmernden Dunkel des Meeres zu unterscheiden. Die Arme zum Himmel erhoben und in sich gekehrt, verharrte er. Keine Möwe kreischte, kein Laut drang durch den Nebel. Totenstille.

Die Versammlung am Ufer wurde unruhig, sah sie doch nur Nathanes Rücken, wie er regungslos vor dem Floß stand. Plötzlich fuhr eine Stichflamme aus dem Mittelpunkt des Floßes und die Menge keuchte erschrocken auf. Das Feuer fraß sich durch das Holz des Floßes, der orangefarbene Schein färbte den Nebel und ein unvermittelt auflebender Wind blies Rauchschwaden an den Strand. Wellen türmten sich auf und zogen das Floß weiter hinaus auf das offene Meer. Nathane war nicht mehr zu sehen. Die Menschen wollten dem unheimlichen Geschehen entfliehen und nicht länger auf seine Rückkehr warten, zu bedrohlich erschienen ihnen die Naturgewalten. Dicht gedrängt gingen die Priesterinnen und Krieger den Weg zurück zum Tempel, um Mu zu huldigen und Opfer darzubringen. Nur Kossar verweilte mit unbewegter Miene am Strand. Als Krieger und Priesterinnen außer Sichtweite waren, enthüllte der Nebel Nathanes Gestalt. Er saß regungslos in dem kleinen Boot, welches ohne sein Zutun langsam zurück ans Ufer gespült wurde, unbeeindruckt von den hohen Wellen. Kossar empfing den Sohn mit ausgebreiteten Armen. Sie hielten einander innig umschlungen und später, als sich der Nebel vollends gelichtet hatte, vertrieben von Wind und Sonne, blickten sie Arm in Arm noch lange Zeit hinaus aufs Meer. Beide lächelten, versunken in die Schönheit, die vor ihnen lag.

»Sie ist uns vorausgegangen«, flüsterte Kossar.

»... und konnte das Ritual nicht mehr vollziehen«, ergänzte Nathane.

»Wirst du es an ihrer statt übernehmen, mein Sohn?« Kossar hatte gesprochen, ohne seinen Blick von der Schönheit des Himmels und der endlosen See zu wenden. So hielt es auch Nathane, der seinem Vater unverzüglich antwortete.

»Ja, Vater. Die Wurzel der Schwarzen Magie in Guban soll ausgerissen werden und Sishla Vem nicht umsonst gestorben sein. Erwarte mich am ersten Tag, an dem der Mond wieder zunimmt, dann wollen wir heimsegeln.«

Nathane machte sich am selben Tag auf. Nichts belastete sein Wandern, nur ein Wasserschlauch hing an seinem Gürtel. Der Weg führte tief in den gebirgigen Teil der Insel. Am dritten Tag gelangte Nathane an den Fuß des Berges Tuquaz. Stunde um Stunde stieg er im prallen Sonnenschein bergan, bis schließlich die Tiefebene zu seinen Füßen lag, sein Blick bis zur goldenen Spitze der Pyramide des Mu reichte. Hier, auf dem höchsten Punkt der Insel, ließ sich Nathane nieder. Einen ganzen Tag und eine ganze Nacht saß er unbewegt auf dem felsigen Hochplateau des Tuquaz. Die Sonne verbrannte die Haut seiner Wangen und Nase, abendlicher Nebel hüllte seinen Körper in kühles Nass. Die Augen geschlossen und die Lippen zu einem kleinen Lächeln angehoben, verharrte er in seinem Sitz. Sein Geist war auf Wanderschaft und suchte die schwärzesten Seelen Gubans. Rachlust verbannte er aus seinem Herzen und Schadenfreude war ihm fremd. Er konzentrierte sich auf die Quelle des Mitgefühls, tief drinnen in seinem Herzen, bis es aus ihm strömte, hinaus in die Welt, übergriff auf die aufgespürten Geister. Wie Säure ätzte sich das Licht in das Finstere, neutralisierte und reinigte. Ein Prozess, der Höllenqualen verursachte.

Am ersten Tag des zunehmenden Mondes kehrte Nathane zum Hafen Gubans zurück. Kossar erwartete ihn, das Schiff bereit, auszulaufen. Erfreut, seinen Sohn unversehrt in die Arme schließen zu können, begrüßte er Nathane liebevoll. Sie wandten sich eben dem Bootssteg zu, der das Schiff mit dem Hafen verband, als eine schrille Stimme ihre Aufmerksamkeit auf sich zog.

»Bleib stehen, Verfluchter! Was hast du getan!« Eine Frauengestalt rannte auf Nathane und Kossar zu, wild entschlossen, die beiden Männer am Betreten des Schiffes zu hindern. Nathane erkannte ihre wirre Lockenpracht und ihre üppigen Formen und hielt inne. Luva schrie weiter: »Ich weiß, dass du es warst, der in meinen Geist gedrungen ist. Das darfst du nicht – ich kenne deine Religion! Es ist dir verboten!« Ihre Stimme überschlug sich vor Wut und Hass. Nathane blickte sie lächelnd an. Ein wenig schämte er sich der Genugtuung, die die dunklen Ringe unter ihren Augen auslösten. Über solch niedrige Emotionen wollte er erhaben sein.

»Luva, was ist mit Euch? Fühlt Ihr Euch nicht besser als jemals zuvor? Mein Geist hat den Euren besucht, das ist richtig, ich will es nicht leugnen. Ich habe von Euch genommen, was Euch und Euren Mitmenschen Leid und Kummer gebracht hat. Dies mag den Grundfesten meiner Lebensanschauung widersprechen, doch hielt ich diesen Schritt für notwendig, um das Gleichgewicht der Mächte zu erhalten.«

»Ich verfluche dich!« Luva zitterte, das Gesicht war rot angelaufen und die Halsschlagader trat bedrohlich hervor. »Meine Macht hast du gebrochen, meine magischen Fähigkeiten fast gänzlich geraubt, von wegen Meister – ein Dieb bist du! Hörst du? Ich spucke auf dich!« Was sie auch geräuschvoll tat und hätte Nathane ins Gesicht getroffen, wäre dieser nicht schnell zur Seite gesprungen. »Die abscheulichsten Krankheiten sollen dich und deine Brut heimsuchen, sie werden dich entstellen, auf dass dich keine Frau mehr ansehen will, und ich werde dir Schmerzen bereiten, die du noch nie gekannt hast – und das durch alle deine Leben, bis an das Ende aller Zeiten.«

»Du kannst mir nichts anhaben, Luva.« Seine Stimme klang sanft, beinahe bedauernd. »Es hat auch keinen Sinn mehr, Vihjgor oder Wuhvor um Hilfe zu bitten. Sie können dir nicht mehr helfen, denn auch ihre magischen Fähigkeiten sind gebrochen.« Luvas gellender, ja tierischer Schrei durchfuhr die Ruhe des Hafens. Möwen stoben auseinander und flogen kreischend davon.

»Das werden wir ja sehen! Gib zurück, was mir gehört!«, eine Klinge blitzte in Luvas Hand auf und mit der nächsten Bewegung stürzte sie mit dem Dolch auf ihn zu. Nathane wich geschickt ihren Hieben aus, packte ihr Handgelenk, drehte den Arm so weit herum, bis der Dolch aus ihrer Hand fiel. Luva schrie vor Schmerz auf. Wimmernd kniete sie vor Nathane im Staub. Ihre Augen waren blutunterlaufen und blitzten hasserfüllt.

»Ich werde meine magischen Fähigkeiten wiedererlangen«, fauchte sie wie eine in die Enge getriebene Wildkatze, »denn kein Mensch vermag diese gänzlich auszulöschen. Hat Magie einmal Wurzeln in einem Wesen geschlagen, dann ist dies für immer. Du magst die Brücke zu meiner Quelle vielleicht gesprengt haben, doch ich kenne den Ort und werde zurückfinden. Durch alle Leben werde ich dich verfolgen und dir jede Freude vergällen. Dies soll mein Sinn sein zu leben.« Nathane betrachtete Luvas Gesicht. Mitgefühl erfüllte sein Herz angesichts ihrer Verzweiflung. Er wollte Hilfe in Aussicht stellen.

»Luva, es ist dir kein Unrecht geschehen, vergifte dein Herz nicht noch mehr mit Hass und Rache. Mit deinen verderbten Taten hast du dich selbst verletzt, denn alles ist verbunden in der Einsheit und was du tust, kommt hundertfach auf dich zurück. Ich war lediglich das Werkzeug. Willst du wiederfinden, was du verloren hast, musst du einen weiten Weg gehen, der dich doch nicht von der Stelle führt. Willst du vorankommen, dann gehe in dich. Dies ist mein Rat, folge ihm und du wirst dein Glück finden.« Mit diesen Worten ließ er sie los und setzte seinen Weg zum Schiff fort. Kossar wartete bereits auf dem Steg und ging voraus darüber. Luva blieb ohnmächtig vor Hass zurück. Sie konnte nichts mehr ausrichten gegen Nathanes Kräfte. Gewohnt, ihre schwarzen Beschwörungen zu murmeln, begann sie, vor sich hin zu brabbeln. Da fiel ihr Blick auf den Dolch, der nahe dem Steg lag. Unbeobachtet, die Rücken der Männer im Blickfeld behaltend, kroch sie voran, bis ihre Hand den kalten Griff des Mordinstruments umklammerte. Schon bäumte sie sich auf, holte weit aus und warf den Dolch mit ganzer Kraft und Wut nach Nathane. Ein irres Lachen brach aus ihr heraus, war sie sich doch sicher, dass ihr Wurf sein Ziel nicht verfehlen könnte.

Da hob Kossar seinen Arm. In diesem Moment schien die Zeit in einer anderen Geschwindigkeit zu fließen, der Raum war gefüllt mit der schimmernden Flüssigkeit einer Qualle. Das Lachen Luvas war als ein tiefes Grollen wahrzunehmen, die Bewegung aller Dinge verlangsamte sich auf die Geschwindigkeit einer kriechenden Schnecke. Die Spitze des Dolchs war eine Haaresbreite von Nathanes Rücken entfernt, der sich zu Boden gleiten ließ, wie Wasser fällt. In demselben Augenblick verflog der Zauber so plötzlich, wie er begonnen hatte. Der Dolch schoss über Nathane hinaus und blieb an der Reling des Segelschiffs zitternd stecken. Fassungslos stand Luva am Kai. Was war geschehen? Welcher Zauber hatte Nathane das Leben gerettet? Die Meister Valuns konnten unmöglich so mächtig sein, so einfältig und gutmütig, wie sie sich immerzu präsentierten. Allein die Schwarze Kunst vermochte so große Leistungen zu ermöglichen, dessen war sich Luva sicher. Ihr Schluss war einfach: Die beiden Meister aus Valun hatten sich ihre und Vihjgors magische Fähigkeiten angeeignet. Was sie zuvor nur vermutet hatte, fand sie jetzt bestätigt. Erneut schwoll ihr Hass ins Unermessliche. Kossars Blick bohrte sich in ihren Kopf, das Indigo seiner Iris schien zu leuchten und ihre Glieder zu paralysieren. Er wusste, dass keine Worte zu ihr vordringen konnten, doch war sein Mitgefühl mit dieser hasserfüllten Kreatur, die auch Teil der Einsheit war, groß. Leise sprach er zu ihr und doch so deutlich, dass Luva ihn trotz der Entfernung gut verstand.

»Das ist nicht der Weg, den du suchst, Luva. Besinne dich auf das, was das Wertvollste ist, dann wirst du deine magischen Fähigkeiten wiederfinden.« Doch Luvas Hass machte sie taub und blind, war sie doch ohne jede Macht, nackt, entblößt, dem Hohn und Spott der Priesterschaft ausgeliefert, wehrlos dem Willen der Schwarzen Krieger überlassen. Verloren.

»Du irrst dich, wenn du glaubst, Nathane hätte sich deine magischen Kräfte angeeignet«, versuchte Kossar, zu ihr vorzudringen, »er bedarf ihrer nicht, sei dessen versichert. Geh deines Weges und lasse den Zorn hinter dir. Uns ...«, er warf einen kurzen Blick auf die Weite der See, »... kannst du nicht töten. Deine Tage als Schlange sind vorbei – für immer.« Damit wandte er sich von ihr ab und folgte Nathane auf das Schiff, ohne Luva eines weiteren Blickes zu würdigen. Ein heftiger Wind frischte auf, wirbelte Staub empor.

»Ihr Narren glaubt mich besiegt zu sehen? So wähle ich meine letzte Waffe: Blutmagie!« Mit einer fließenden Bewegung zog sie eine lange, messerscharfe Nadel aus dem Haarschopf und hielt die Spitze an ihr Handgelenk. »Ihr Meister aus Valun – seid für alle Zeiten verflucht! Mit meinem Blut bezahle ich die dunklen Geister der Erde, auf dass der Hass in meinen Adern unsterblich die Seelen meiner Feinde verfolgen mag.« Als die Nadel Luvas Schlagader der Länge nach aufschlitzte, erschütterte ein wahnsinniger Schrei Kossars und Nathanes Innerstes. Luva fiel auf die Knie, schnitt desgleichen den anderen Arm auf, ließ die Nadel fallen und hielt die beiden blutnassen Hände den Männern entgegengereckt. »Es ist nicht vorbei!«

21

Agnes saß hinter dem Steuer und flitzte mit Vollgas den Berg hinunter. Ihre Stimme dröhnte im Wageninneren im Duett mit Mick Hucknall: » … you make me feel brand new …« Keiner konnte mit solchem Ausdruck singen wie ihr Lieblingssänger, der für jeden ihrer Seelenzustände ein passendes Lied hatte. Das Saxofon, gespielt von Ian Kirkham, war die pure Verführung. Oft zog Theres sie auf und behauptete, ihre Kinder würden alle rote Haare wie Mick Hucknall bekommen, weil sie die ganze Schwangerschaft hindurch Simply Red hören müssten. Agnes warf einen Blick in den Rückspiegel und fing ihr eigenes Lächeln ein.

Ein Hauch von Glück.

Die Vororte von Wien flogen schemenhaft am Rand ihres Blickfelds vorbei. Der Tag war sonnig, aber kalt, und nur wenige Leute waren unterwegs. In ein paar Minuten würde sie Siebert wiedersehen und nur mit Mühe schaffte sie es, die Geschwindigkeitsbeschränkung nicht allzu dramatisch zu überschreiten. Eigentlich hatte sie die Verabredung mit Siebert absagen wollen. Norman, immer Norman, immer Angst. Wenn er sie mit einem anderen sah … Sie hatte Siebert angerufen und abgesagt. Seine Stimme hatte enttäuscht geklungen, wenn auch verständnisvoll. Diesmal hatte er allerdings nicht nachgegeben. Warum sie nicht einfach zu ihm nach Hause kam? Was sprach dagegen, außer der Tatsache, dass sie sich in einem Zimmer alleine mit Siebert mittlerweile wohl nicht mehr zurückhalten könnte, fragte sich Agnes ernsthaft. Norman hatte bislang ihre wahre Wohnadresse nicht herausgefunden, also war nicht zu erwarten, dass er sie vom Berg in die Stadt verfolgen würde.

Agnes bremste. Das musste die Nebengasse sein, in der Siebert wohnte. Der Blinkerhebel knackste wie ein morscher Ast. Um die Kurve nach rechts und die Hauseingänge nach der richtigen Hausnummer abgesucht …, nach einigen Metern entdeckte sie das gesuchte Haustor, einen Neubau mit dem perfekten Schrägparkplatz davor. Mit einem automatischen Blick in den Rückspiegel und zu den Seiten vergewisserte sich Agnes, dass niemand sie beobachtete, stieg aus dem Auto und nahm dabei die Papiertragetasche vom Beifahrersitz. Ein süßer Duft stieg daraus auf und ließ das Wasser im Mund zusammen laufen. Trotzdem. Tat sie das Richtige? Ging das alles nicht viel zu schnell mit Siebert und ihr?

Das Bord der Gegensprechanlage war riesengroß. Mit dem Zeigefinger fuhr sie die Kolonnen von Schaltern mit Namensschildern entlang. Erst in der dritten Kolonne stand Sieberts Nachname gemeinsam mit dem seines Mitbewohners: *THAL/THESCH*. Sie drückte den Knopf und wartete.

»Thal?«

»Agnes. Ich bin ein wenig zu früh.« Durch den Lautsprecher krachte Sieberts Lachen.

»Großartig. Fünfter Stock, dann links herum.« Gleichzeitig tönte der Summer und die Eingangstür ließ sich aufstoßen. Im Inneren des Hauses war es kühl und dämmerig. Das rote Lämpchen des Lichtschalters machte auf sich aufmerksam, doch Agnes zog Dämmerlicht vor.

Unsichtbar bleiben.

Die Liftkabine erwartete Agnes mit offenen Türen und beförderte sie mit Blitzgeschwindigkeit das Gebäude hoch. Es blieb gerade genug Zeit, das eigene Spiegelbild anzustarren. Gut sah sie aus in ihrem sandfarbenen Wintermantel. Sie öffnete die Knöpfe, war zufrieden mit der Wahl des bordeauxroten Kaschmirkleides, das sich eng an den Körper schmiegte. Das Haar fiel über die Schultern und umrahmte ihr Gesicht. Gerötete Wangen der Aufregung. Ein Pashmina-Schal lag um Schultern und Hals, dessen Aufgabe es war, die nackte Haut ihres Dekolletés zu wärmen.

Die Kabine stoppte mit einem weichen Wippen; sogleich öffneten sich die Schiebetüren. Einmal durchatmen – dann trat sie entschlossen aus der Kabine heraus und blickte den Gang entlang. Da, in der offenen Tür am Ende des schlecht beleuchteten Flurs stand Siebert. Eigentlich hatte sie souverän auf ihn zugehen wollen – schreiten, wie jede selbstbewusste Frau es machen würde. Doch schon nach wenigen eleganten Schritten entrang sich ihrer Kehle ein freudiges Glucksen und sie lief die restlichen Meter bis zur Tür. Siebert fing sie in seinen Armen auf. Eine Zeitlang hielten sie sich umschlungen, ohne zu sprechen, bis Siebert sie sanft in die Wohnung zog und die Tür schloss.

»Du hast mir so gefehlt …«, murmelte er, »… endlich …« Seine Hände umfingen ihren Nacken, erforschten ihren Hals. Warme Lippen folgten der Spur, kosteten ihre Haut. Hitze pulsierte durch ihren Körper und machte sie schwindlig.

»Pause«, stöhnte sie atemlos. »Das ist heiß … ich meine, mir ist heiß …« Sie lächelte verlegen. »… der Mantel.« Sofort zog Siebert sich zurück und blickte unsicher auf sie herab.

»Dein Mantel, natürlich …«, ging er auf ihre Andeutung ein und half ihr beim Ablegen.

»Ich dachte, die Stunden wollen nicht vergehen«, gestand sie und drehte sich zu ihm um. Schon zog er sie wieder in seine Arme und sie schmiegte sich an seinen Körper. Was für ein Körper. Groß, breit, hart. Wie sehr sie das vermisst hatte: diesen besonderen Geruch, die Wärme der Haut, die festen Lippen auf ihren … Küsse, die süchtig machten, wie Schokolade, die man auf die Zunge legte, mit Körperwärme zum Schmelzen brachte, die Aromen auf der Zunge zergehen ließ, aufnahm, ohne an weitere Folgen zu denken. Seine

Erregung drückte sich deutlich durch die Kleidung gegen ihren Bauch. Eine weitere Wahrnehmung, die ihr fast den Verstand raubte. Sie wollte nicht über ihn herfallen wie ein ausgehungerter Tiger. Unter Aufbringung des letzten Funkens Willenskraft schob sie Sieberts Leib einen Zentimeter von sich.

»Heben wir uns noch was für später auf?«, lächelte sie mit glühenden Wangen. Siebert konnte nicht gleich antworten. Vermutlich lag es am Blutmangel im Kopf. Es dauerte nur eine Sekunde, dann hatte er sich wieder gefangen und lächelte.

»Ich zeig dir mal die Wohnung.« Er zog sie unter seinen Arm. »Ich will dich spüren«, flüsterte er in ihr Ohr und hauchte einen Kuss auf das Ohrläppchen. Die Führung dauerte nicht lang – das Bad, die Küche und den Vorraum benutzten die Wohnungskollegen gemeinsam, darüber hinaus hatte jeder sein eigenes Zimmer. Sieberts Raum war sonnendurchflutet und mit modernen Holzmöbeln eingerichtet. Nahe dem Fenster stand ein Futon, der zu einer Couch zusammengeklappt war, daneben ein alter Lederfauteuil, mit Kleidungsstücken beladen, und gegenüber waren Fernseher und Kasten. Der Schlafbereich war durch ein großes Bücherregal ohne Rückwand vom Esstisch getrennt. Blätterranken hingen vom obersten Regal beinahe bis zum Parkettboden. Auf dem Tisch stand Kaffeegeschirr samt einer Keksdose. Sieberts Hände umfassten Agnes' Taille.

»Danke für den Gugelhupf.« Er küsste ihre Nasenspitze. »Ich hätte dir nur dänische Kekse anbieten können. Mehr gab's am Flughafen nicht.«

»Ich komme nicht wegen des Essens«, grinste sie und er nickte zufrieden.

»Bis vor einer Stunde habe ich noch geschlafen. Mein Rhythmus ist total durcheinander. Setz dich schon mal, ich bringe den Tee. Hoffentlich krieg ich den hin, ich mach sonst nur Kaffee.« Er ging zur Küche und Agnes setzte sich auf einen der Stühle, während sie das Zimmer eingehend betrachtete. Es wirkte hell, freundlich und funktionell. Im Raum roch es leicht nach Leder und Rasierwasser. Sie schloss die Augen und sog den Duft ein. Sofort wallte die Hitze in ihrem Schoß wieder auf und sie seufzte leise. Jede Zelle ihres Körpers schrie nach ihm. Ihr Busen hob sich mit dem tiefen Atemzug, rieb sich am Kaschmirstoff, die Haut übersensibel, in drängender Erwartung, berührt zu werden. Okay, besser an etwas anderes denken. Ihr Blick wanderte zum Fenster. Die Scheiben waren vom Winter grau und fleckig. Vorhänge fehlten, nur die zusammengerafften Jalousien konnten vor neugierigen Blicken der Nachbarn schützen. Reisekoffer standen keine herum. An einer Wand hingen Urlaubsfotos. Wasserfälle, Sonnenuntergänge, Felsklippen hinter einer glitzernden Meeresoberfläche. Agnes stand auf, um die Aufnahme genauer betrachten zu können. Die weißen Felsen der Steilküste hoben sich strahlend vom tiefblauen Himmel ab und waren durchzogen von abwärtsstrebenden Linien. Am Fuß der Klippen lag eine weiße Bucht im Sonnenschein. Das Meer leuchtete in Türkis und Smaragdgrün, glitzerte wie tausend Sterne. Ein Segelboot ankerte in der Bucht. Keine Menschenseele weit und breit.

»Gefällt es dir?« Siebert war mit der Teekanne zurückgekehrt und stand direkt hinter ihr.

»Traumhaft – ich bekomme Fernweh, wenn ich dieses Bild ansehe. Wo hast du das aufgenommen?« Während Siebert die Kanne abstellte, antwortete er.

»Das war auf Sardinien. In meiner Studentenzeit war ich mit ein paar Freunden und meiner kleinen Schwester …«

»Du hast eine Schwester?«, fragte Agnes und Siebert nickte.

»Sie ist fünf Jahre jünger als ich. Wir waren klettern, mit Campingbus und Zelt. Wahnsinnslandschaft, und das Meer ist so klar, da kann man sich den weiten Weg in die Karibik wirklich sparen.« Verträumt schaute Agnes auf das Foto. Wie gern wäre sie dem Wahnsinn, der ihr Leben derzeit bestimmte, dorthin entflohen.

»Du hältst kaum noch aus, was hier abgeht, habe ich recht?« Siebert hatte ihre Gedanken gelesen. Es war zu leicht.

»Morgens vor dem Wegfahren habe ich schon ein mulmiges Gefühl im Magen, habe Angst vor dem, was alles passieren könnte. Eine neue Leiche? Eine neue Verdächtigung? Gift in meinem Tee? Norman, der mir nachspioniert oder einen Mord anhängen möchte, weil ich nicht zu ihm zurückkehre?« Sie rieb sich mit zittrigen Fingern über die Stirn. »Meinen Chef habe ich vergrault, der wird meinen Vertrag nicht verlängern und spricht nur das Notwendigste mit mir. Die Kollegen sind verstört und misstrauen einander. In unser Stockwerk mag keiner zu Besprechungen kommen, als wäre es verflucht. Das Sekretariat ist unbesetzt und ich muss alles entweder selber machen oder die Sachen einen Stock höher zur Sekretärin von der Finanz bringen.« Sie hielt inne. »Entschuldige das Gejammer.«

»Ich habe gefragt, vergessen?«, erwiderte Siebert mit Nachdruck. Seine Miene machte unmissverständlich klar, dass er alles von ihr wissen wollte. Berührt und verlegen wandte sie ihren Blick ab, nahm das Messer zur Hand und begann, den Gugelhupf aufzuschneiden. Sein Blick folgte ihren Bewegungen.

»Wie gefällt dir diese Idee, Agnes: Sobald die ganze Sache ausgestanden ist, leihe ich mir den Campingbus von meiner Schwester. Nach Kroatien ist es nicht weit, in fünf, sechs Stunden sind wir am Meer, finden eine einsame Bucht, campieren oder nehmen uns ein Zimmer mit Meerblick. Was sagst du?« Sie strahlte ihn an. Das war die beste Medizin, die Aussicht auf ein paar Tage am Meer, fernab von ihrem gewohnten Leben und allen Sorgen. Einfach nur da sein, genießen und – das war das Allerbeste daran – das alles gemeinsam mit ihrem Traummann. Zumindest für diesen Nachmittag, vielleicht für diese Nacht wollte sie daran glauben. »Das wäre traumhaft«, erwiderte sie und sah zu, wie Siebert eine Pappschachtel hervorholte.

»Ich habe dir eine Kleinigkeit aus Brasilien mitgebracht«, sagte er dabei und wirkte mit einem Mal unsicher. »Es hat mich an dich erinnert.« Gott – er war zum Anbeißen! Mit Gewalt zwang sich Agnes, das Päckchen anzusehen. Er hatte tatsächlich etwas für sie gekauft. Was für andere Frauen vielleicht selbstverständlich war, war für Agnes nach der Beziehung mit Norman wie ein Wunder. Und wenn lediglich eine Schaufel Sand vom Strand in der Schachtel wäre, sie würde die größte Freude haben. »Ich bin mir nicht ganz sicher, ob es das Richtige ist, aber in deinem Schlafzimmer liegen eine ganze Menge schöner Steine …, ich dachte …, na ja, schau es dir an.« Damit drückte er ihr das Päckchen in die Hand. Sofort löste sie die Schleife und zog den Deckel ab. Eine handtellergroße Seeopalmuschel lag darin, ihr Inneres schimmerte in den Farben des Meeres. Grün, Blau, Türkis – welche Farbe konnte man nicht darin entdecken? Das Licht spielte auf der irisierenden Oberfläche, schuf ständig neue Glanzeffekte.

»Das ist wunderbar, Siebert! Oh, danke!« Sie lehnte sich an ihn und küsste ihn innig, vollkommen gerührt von dieser liebevollen Geste.

»Sie gefällt dir?«

»So eine Muschel habe ich mir schon ewig gewünscht …«, rief sie aus und hielt die Muschel ins Licht. »Darin kann ich die Perlenkette meiner Mutter aufbewahren. Um den Glanz zu erhalten, wird empfohlen, sie in eine Seeopalmuschel zu legen«, erklärte sie. »Wie konntest du das ahnen?« Immer noch bewunderte Agnes das Schillern des Perlmutts. Siebert entspannte sich sichtlich ob der gelungenen Überraschung. Zufrieden lehnte er sich zurück und beobachtete die Freude in ihrem Gesicht.

»Hat mich einfach an dich erinnert«, erwiderte er.

»Ich habe auch etwas gesehen …, konnte nicht widerstehen …«, sagte Agnes und kramte in ihrer Tasche. »Aber dein Geschenk ist so perfekt, da ist mir meine Überraschung für dich fast peinlich.« Sie zog ein rotes Papiersäckchen hervor und hielt es ihm hin. »Das habe ich auf der Esoterikmesse entdeckt. Hoffentlich gefällt es dir.« Auch Siebert schien an Geschenke nicht gewöhnt zu sein. Rasch rollte er den Rand auf und griff in den Beutel hinein. An einem kurzen Kettchen mit silbernem Schlüsselring hing ein grüner Jadeelefant. Er hielt ihn hoch und betrachtete das Tierchen.

»Wirklich schön.« Siebert besah ihn von allen Seiten. »Das ist ein Glücksbringer, nicht wahr?«

»Ja. Im alten Ägypten wurde Jade als Stein der Liebe und Harmonie verehrt. Und die Elefantenform ist an sich ein Glückssymbol. Gefällt er dir?« Statt einer Antwort wurde Agnes in die Arme genommen und geküsst, was jeden weiteren Kommentar entbehrlich machte. Als Nächstes holte Siebert einen Zündschlüssel von der Kommode und befestigte ihn am Metallring des Anhängers.

»Ab jetzt trage ich den kleinen Elefanten immer bei mir, beim Autofahren kann ein wenig Glück nicht schaden.« Kaum dass sich Sieberts Arme wieder um ihre Taille geschlungen hatten und seine Lippen forschend über ihr Schlüsselbein streiften, drang vom Vorzimmer das Knacken des Türschlosses zu ihnen herein. Sieberts Gesicht wirkte einen Hauch angespannt, als er aufsah.

»Ähm, das ist mein Wohnungsgenosse«, begann er unruhig. »Er ist ein total netter Kerl, mit schrägem Humor gesegnet und mein bester Freund.« Schon hörte Agnes eine Männerstimme im Vorzimmer laut reden, eine Kastentür schlagen und Schuhe fallen.

»Bertl, bist du da? Ich muss gleich wieder weg, mein Mauserl wartet im *Apropos* auf mich, wir wollen ins Kino. Gehst mit? Oder wart – fährst heut nicht zu deiner neuen Puppe?« Siebert erstarrte und schaute betreten zu Agnes.

»Entschuldige, das ist seine Art. Er provoziert gern. Ich habe von dir niemals als *Puppe* gesprochen. Ehrlich!« Ins Vorzimmer hinaus rief er: »Komm rein, Agnes ist bei mir.« Gleich darauf riss ein Mann mit blondem Haarschopf die Tür auf. Seine Statur war kräftig und aus seinem Gesicht blitzten spöttische Augen.

»Das ist also die Agnes – schau an, freut mich sehr!« Er drückte ihr die Hand und lachte. Bevor Siebert sie einander vorstellen konnte, redete er schon wieder weiter. »Ich bin der Kurt. Mir sind gleich per Du, gell, haben schließlich alle denselben Beruf.« Ohne Luft zu holen, quasselte er weiter. »Die Agnes, das ist sie also. Was hat der Bertl nicht alles von dir geschwärmt. Na, jetzt seid's endlich zusammen. Schade auch, dass ich mich nicht zu euch setzen kann, aber ich muss schnell duschen, fürs Mauserl frisch machen. Bin nämlich ebenfalls seit Kurzem liiert. Macht's nur schön weiter, ihr braucht's mich ja hoffentlich nicht.« Er lachte amüsiert. »Bertl, kannst mir deinen Rucksack borgen? Muss ein paar Sachen für morgen früh mitnehmen.« Er zwinkerte ihnen zu. »Wird eine lange Nacht werden, da bleibe ich gleich bei ihr. Alsdann, ihr beiden, macht's es gut! Und Bertl – danke!« Er griff sich im Umdrehen ein Stück vom Kuchen und schon war er aus dem Zimmer verschwunden. Agnes sah Siebert groß an.

»Was war das eben? Ein Tsunami?« Sie lachten über die eben miterlebte Demonstration eines sprühenden Temperaments.

»Ich hör' euch!«, dröhnte Kurts Stimme aus dem Vorraum.

»Auch wenn ich sonst nichts auf Sternzeichen gebe, aber der Kurt ist ein Zwilling, wie er im Buche steht«, raunte Siebert. »Der Typ ist immer mit Volldampf unterwegs. Ein totales Energiebündel und adeliger Seitenspross irgendeines böhmischen Grafengeschlechts. Er muss es heute wirklich eilig haben, sonst hätte er sich zu uns gesetzt und uns mit Anekdoten aus seiner Kanzlei unterhalten.« Da fiel es Agnes endlich auf. KURT – das könnte doch die Person sein, die Mephur war und ihr bisher noch nicht begegnet war?

»Alles in Ordnung? Du schaust entgeistert«, musterte sie Siebert besorgt, »den saloppen Spruch darfst du ihm nicht übel nehmen, das meint er nicht bös. Er unterhält die Leute um sich herum einfach gewohnheitsmäßig, manchmal schießt er dabei übers Ziel hinaus.«

»Aber nein, das macht mir nichts aus, mach dir deswegen keine Gedanken. Ich dachte nur eben, dass er mir bekannt vorkommt. Egal.« Sie griff nach der Kanne und goss Tee ein. Blass füllte sich die Tasse. Agnes hob eine Augenbraue.

»Ist das grüner Tee?«, fragte sie vorsichtig.

»Oh. Ähm, nein. Ich fürchte, es ist ein ganz normaler Russischer Tee, allerdings scheint ein Teebeutel zu wenig zu sein.«

»Für einen Liter Wasser? Definitiv«, bestätigte Agnes seinen Verdacht.

»Dann geh ich mal und mache einen neuen.« Eilig stand er auf und ließ Agnes mit ihren Gedanken über Kurt allein. Wäre es möglich, dass er Mephur gewesen war? Agnes schloss die Augen und versuchte, sich nochmals genau an die Begegnung zu erinnern, den allerersten Eindruck und die Gefühle, die sie dabei empfunden hatte. Obwohl Kurt so fröhlich tat, war eine gewisse Traurigkeit in seinen Augen. Seine ganze extrovertierte Art schien ein Geheimnis verbergen zu wollen. Ein tragisches Erlebnis, einen traurigen Verlust? Auf jeden Fall wollte sie mehr über ihn erfahren. Über den Freund aus einem vergessenen Leben. Siebert stand vor ihr und öffnete zwei Papierbriefchen. Ungläubig beobachtete sie, wie er die Teebeutel in die Kanne hängte und diese sich langsam, beinahe unwillig, mit Wasser vollsogen. Dieser Tee war eine Katastrophe und unrettbar.

»Werden zwei genügen? Ich habe noch ein drittes mitgebracht, für alle Fälle.« Sie einigten sich auf alle drei, selbst wenn es keine Hoffnung mehr auf einen anständigen Tee gab.

»Du hast mit Kurt gemeinsam studiert?«, verlagerte sie ihre Aufmerksamkeit wieder auf den Wohnungskollegen.

»Ja. Und wir haben nach dem Abschluss beschlossen, gemeinsam in Wien auf Jobsuche zu gehen. Er arbeitet in einer kleinen, aber renommierten Rechtsanwaltskanzlei, die sich mit allem quer durch den juristischen Gemüsegarten beschäftigt. Daher auch seine unzähligen Anekdoten. Mich hat es in eine Wirtschaftskanzlei verschlagen. Mache die Sachen mit europarechtlichem Bezug, das ist mein Spezialgebiet, – möchte für ein paar Jahre ins Ausland gehen, vielleicht London.«

»Wow.« Sie nickte anerkennend.

»Der Kurt genießt sein Privatleben in vollen Zügen. Länger als vier Monate war er mit noch keiner beisammen, jedenfalls seit wir hier in Wien wohnen. Aber ich denke, wenn die richtige Frau kommt, wird er zu unser aller Überraschung total solide werden, im Grunde ist er nämlich ein sehr konservativer Geist.«

»Wirklich?«

»Der wird mit einer fünfköpfigen Familie samt Hund und Häuschen enden. Wie ist das mit dir? Was sind deine Pläne für die Zukunft?« Während er herzhaft in sein zweites Stück Gugelhupf biss, ließ er Agnes nicht aus den Augen. Wollte er tatsächlich etwas über ihre Lebensplanung wissen? Agnes war mehr als überrascht. Normalerweise hatten Männer eine pathologische Phobie vor weiblichen Zukunftsplänen. Wie eine gefährliche Krankheit wurde dieses Thema gemieden, solang es nur irgendwie möglich war. Herausfordernd sah sie Siebert an. Wenn er es wissen wollte, sollte er es erfahren. Mal sehen, was der Traummann aushielt.

»Nach deiner Auffassung bin ich dann auch ein konservativer Geist, denn ich möchte auch mal Familie haben. Allerdings nur unter der Bedingung, dass ich den richtigen Mann dazu finde. Mit *irgendwas* oder *irgendjemandem* gebe ich mich nicht zufrieden. Das Häuschen im Grünen habe ich bereits. Für Kinder müsste man allerdings anbauen, sonst wird es eng. Und du?« Jetzt war sie gespannt auf seine Reaktion. Würde er den Schwanz einziehen und das Weite suchen? Noch wagte sie nicht, zu ihm zu schauen. Erst nach einem Schluck Tee fasste sie Mut, was bei dem geschmacklosen heißen Wasser einem Wunder gleichkam. Doch Siebert hatte kein Problem mit dem, was Agnes von sich gegeben hatte. Völlig unbeeindruckt und ohne sichtliches Unwohlsein schluckte er die letzten Krümel Gugelhupf und antwortete – gelassen.

»Das finde ich wirklich gut, was du da sagst. Kinder um der Kinder willen zu bekommen, ist eine heikle Angelegenheit. Das kann ganz schön schiefgehen, selbst wenn man glaubt, den perfekten Partner gefunden zu haben. Ich kenne alleinerziehende Mütter, die sich abplagen, Job und Kinder unter einen Hut zu bekommen. Und als Mann muss ich dir sagen, es ist sicher keine Freude zu sehen, wie ein Fremder deine Kinder erzieht, wenn die Beziehung mal flöten gegangen ist. Selbst bekommst du sie dann jedes zweite Wochenende für ein paar Stunden überlassen. Schrecklich. Den richtigen Partner zu finden, ist eine Grundvoraussetzung zum Kinderzeugen, auch wenn es keine Garantie für immerwährendes Glück gibt. Dafür muss man schon was tun.« Das sagte dieser Mann ganz nüchtern, ohne mit der Wimper zu zucken. Agnes blieb der Mund offen stehen. Träumte sie? Das gibt's doch nicht wirklich, sagte sie sich. Hatte er tatsächlich gesagt, man *müsse was für die Beziehung tun*?

Gesagt war aber noch nicht getan, beruhigte sich Agnes, um ihre Freude nicht allzu hoch schießen zu lassen. Dass solche Sprüche bei Frauen gut ankommen, war kein Geheimnis. Aber trotz aller Sicherheitsvorkehrungen hatte Siebert einen Treffer gelandet: In Agnes' Gehirn war das *Märchenprinz*-Areal nachhaltig aktiviert.

In der Nacht wachte Agnes auf. Siebert lag halb auf ihr, die Lippen nahe ihrer Brust. Sie konnte den Reiz seines Atems an der empfindlichen Haut fühlen und wieder regte sich die Lust in ihr. Wie friedlich sein Gesicht im Schlaf aussah – der Schein der Straßenbeleuchtung fiel durch die geöffneten Jalousien und beleuchtete sein Profil. Sie lag regungslos, um diesen stillen Augenblick zu bewahren. Alles in ihr gab sich dem Fühlen hin. Die Wärme von Sieberts Hand auf ihrem Bauch durchdrang Haut und Muskeln, strömte tief in ihr Inneres. Sein Duft lag auf ihr, in ihr, überall. Zärtlich strich sie über Sieberts Stirn, die kräftigen Augenbrauen, über Wange und Kinn. Seine Haut war fest, das Barthaar drängte bereits durch die Poren. Wie gut er sich anfühlte, wie aufregend die Liebe mit ihm gewesen war; ihre Haut kribbelte bei dieser Erinnerung. Danach war er nicht aufgesprungen und ins Badezimmer gelaufen, sondern neben ihr liegen geblieben; hatte sie weiter liebkost und an sich gedrückt. Ein Seufzen entfuhr Agnes' Mund. Siebert regte sich, tastete über ihren Körper.

»Bist du wach?« Die Stimme klang belegt, während seine Lippen die zarte Haut unter ihrer Achselhöhle erforschten.

»Hm, ein bisschen«, raunte Agnes zurück. Sie hörte sein Einatmen, als wolle er ihren Geruch in tiefen Zügen einsaugen. Die Liebkosungen dehnten sich aus, ihre Gefühle gerieten in Schwingung wie Wellen um einen ins Wasser gefallenen Stein. Sanft wanderten seine Fingerspitzen über ihre Haut, lösten Sensationen in ihren Tiefen aus.

»Wie gut du riechst.« Wieder sog er ihren Duft ein, als wollte er seine Sinne damit berauschen. Noch nie hatte Agnes einen Mann erlebt, der sie so genossen hatte, sich ganz auf ihr Wohlbefinden konzentrierte, als wäre dies der einzige Grund, Liebe zu machen. Küsse bedeckten ihren Bauch, Hände strichen wie ein Windhauch über ihre Brüste, Lippen erforschten die Vertiefung zwischen Beckenknochen und Venushügel. Ihr Schoß pulsierte voll Lust und Leben, drängte sich ihm entgegen. Das Verlangen nach ihm wurde köstlich unerträglich. Rau kreiste die Zungenspitze um ihren empfindlichsten Punkt, ließ sie aufstöhnen. Ihre Finger krallten sich in seine Schultern, wollten ihn heranziehen, ihrem Sehnen ein Ende setzen. In einer Bewegung mit ihr drehte Siebert sich auf den Rücken, überließ Agnes die Führung. Ihre Körper verschmolzen und die Befriedigung, die in dieser Vereinigung lag, ließ sie aufstöhnen.

Keuchend lagen Neddal und Sishla Vem nebeneinander im Sand, umspült von den Wellen, die unaufhörlich nach dem Land griffen. Das Schwimmen und Tauchen in der bizarren Schönheit der Unterwasserwelt hatte sie belebt, aber auch angestrengt. Nun wärmte die Sonne ihre Haut, auf der Tausende Wasserperlen glitzerten. Sishla Vem beobachtete den Himmel, der sich in schönstem Blau über alles spannte. Wolkenschiffe zogen träge über das Firmament. Neddals Blick war dem Sishla Vems gefolgt und betrachtete die Form der strahlenden Gebilde. Oft waren die beiden Frauen schon so am Strand gelegen und hatten die Bilder des Himmels gedeutet.

»Das könnten wir beide sein – hier dein Kopf, dort meiner, da die Körper und die Hände, die einander festhalten.« Die Formen veränderten sich mit dem Wind, der die Wolken vor sich hertrieb. Sishla Vem spann den Faden weiter.

»Sieh nur, wie sich diese schmale Wolke zwischen uns drängt – sie sieht aus wie eine Schlange. Oh, nun hat der Wind unsere Hände getrennt …, dafür sieht das gesamte Gebilde aus wie ein Schmetterling – wunderschön.« Still lagen sie nebeneinander, ihre Hände hatten sich gleich den Wolken verbunden.

»Wir sind wie diese Wolken, Sishla Vem.« Neddal rollte sich näher zu Sishla Vem. »Die Wolken werden vom Wind getragen, bis die Zeit reif ist, dass sie als Regen zur Erde zurückkehren und heim ins Meer fließen. Die Sonne zieht sie wieder zu sich herauf und lässt die Wolken erneut nebeneinander herziehen. Gleichgültig, wo wir sind, Liebste, nichts kann uns trennen.« Sie küssten einander und bemerkten, dass ihre Leiber voller Sand klebten.

»Lass uns nochmals ins Meer zurückkehren, bevor die Sonne untergeht!« Unter lautem Lachen und Stolpern liefen die Frauen in die Wellen zurück. Sie hörten kaum das

Rufen des Burschen, der ihnen den Strand entlang entgegenlief.

»Sishla Vem, Neddal – wartet auf mich! Lasst uns gemeinsam schwimmen.« Endlich hatte er die Aufmerksamkeit der Frauen auf sich gezogen. Im Laufen streifte er seinen Umhang ab und warf sich laut platschend ins Meer. Er war ein durchtrainierter junger Mann und hatte keine Probleme, die beiden Frauen einzuholen. Die erwarteten und begrüßten ihn überschwänglich.

»Eshulim! Komm, wir wollen zu dem Felsplateau und dort den Tag verabschieden. Hast du Lust?«

»Aber ja, das ist der ideale Platz zum Üben und Meditieren.«

Zügig schwammen die drei auf die kleine Insel vor der Bucht zu, einige riesige Felsbrocken, wie achtlos ins Meer geworfen, von der Sonne aufgeheizt. Eshulim erklomm als Erster die Felsen und legte sich schwer atmend auf den Stein. Sishla Vem und Neddal folgten ihm bald darauf. Für einige Minuten lagen sie keuchend nebeneinander. Eshulim lachte.

»Ich habe ganz vergessen, wie weit die Insel vom Strand entfernt liegt. Doch dies ist alle Mühe wert.« Er hatte sich erhoben und erklomm den höchsten Felsen. Oben angelangt, reckte er die Arme dem Himmel entgegen, genoss die sanfte Brise und die Sonnenstrahlen auf der nackten Haut. Stolz blickte Sishla Vem zu ihrem Bruder empor. Wie prächtig er sich entwickelt hatte. Von dem winzigen Baby zu einem Mann und bald auch zum Meister der valunischen Künste. Melffja Zha war zufrieden mit ihrem Sohn, das fühlte Sishla Vem in diesem Augenblick ganz deutlich. Neddal nahm sie an der Schulter und flüsterte ein paar Worte in ihr Ohr. Sishla Vem lachte fröhlich auf.

»Natürlich bin ich stolz auf ihn«, raunte sie ihr zu. »Er besitzt ein liebevolles Herz und ist ein gelehriger Schüler.

Sieh ihn dir an – die Mädchen im Dorf sind verrückt nach ihm. Bislang hat er sein Herz noch nicht verschenkt. Ich bin voller Neugierde, wer das Feuer der Liebe in ihm zu entzünden vermag.« In einer geschmeidigen Bewegung erhob sie sich und hielt Neddal ihre Hand hin. »Komm, lassen wir Eshulim die Sonne genießen; wir beide wollen gemeinsam die Lebenskraft aus dem Meer heben.«

Sie stellten sich gegenüber auf, machten einen großen Schritt aufeinander zu und beugten ihre Knie zur Melodie der Wellen, bis ihre gekreuzten Hände aus der Tiefe die imaginierte Lebenskraft schöpften und sie langsam über ihre Köpfe erhoben. Ihre Wirbelsäulen blieben dabei gerade aufgerichtet zwischen Himmel und Erde und sie waren sich der durch sie hindurchfließenden Kraft der Einsheit bewusst. In harmonischer Eintracht bewegten sich die beiden Frauen langsam und kraftvoll zugleich, wie in einem intensiven Tanz verbunden. »Bei der nächsten Übung bin ich dabei«, meldete sich der Jüngling zu Wort. »Soll ich vor oder hinter euch stehen?« Eshulim war die Felsen herabgeklettert und grinste die Frauen an. Neddal hob mahnend den Zeigefinger.

»Eshulim! Ich mag für dich vielleicht so etwas wie eine Tante sein, aber du bist mittlerweile zum Mann geworden – das ist nicht mehr zu übersehen.« Sie deutete mit ihrem Finger auf seinen Unterleib. »Unterstehe dich, hinter mir zu üben! So ein Schelm – hast du das gehört, Sishla Vem?« Auch die große Schwester amüsierte sich über den Jüngling. Lang konnte man die drei Menschen inmitten des Meeres üben sehen. Mal standen oder saßen sie in stiller Versenkung, mal bewegten sie sich harmonisch im Einklang der Wellen. Und sehr oft hörte man fröhliches Lachen über die See schweben.

22

Lächelnd betrat Agnes das luxuriöse Foyer von *Baby Star*. Sie hatte den schönsten Sonntag ihres Lebens erlebt, fühlte sich geliebt, begehrt und über alle Maßen glücklich. Die ganze Fahrt über ins Büro hatte sie gestrahlt, und weder die mürrischen Menschen in der U-Bahn noch ihr schweigsamer Chef, der eben zu ihr in den Lift stieg, konnten ihr etwas anhaben.

»Guten Morgen.« Kurz und abgehackt fielen die Worte unwillig aus seinem Gesicht.

»Guten Morgen, Doktor Brum.« Agnes lächelte ihn an. Was kümmerte sie seine schlechte Laune? Das Leben war wundervoll! Wer das nicht sah, war bemitleidenswert.

»Sie sind heute bei der Besprechung der Abteilungsleiter Schriftführerin, 14.00 Uhr im Konferenzzimmer, zweiter Stock.« Brum zeigte erste Zeichen von Verunsicherung. Seine Lippen wurden noch schmäler. »Sie haben mir immer noch nicht unsere Stellungnahme zur Fortpflanzungsmedizinnovelle vorgelegt. Ich erwarte sie spätestens heute Mittag«, sprach er mit ernstem Ton und richtete sich zur vollen Größe auf, um seine Autorität zu unterstreichen. Unbewusst spürte der Mann in ihm die Veränderung in Agnes. Sex lag in der Luft. Wie sie ihre Lippen mit der Zungenspitze befeuchtete oder mit der Hand eine Haarsträhne aus dem Gesicht wischte – jede Bewegung war erotisch gefärbt.

»Natürlich, gern. Sie haben mir zwar Termin für morgen gegeben, aber ich bin so gut wie fertig – ich habe kein Problem mit Mittag.« Sie schenkte ihm ein strahlendes Lächeln. Brum räusperte sich.

»Gut – wir können dann auch gleich die übrigen Akten besprechen. In den letzten Tagen war dafür keine Zeit.« Der

Gesinnungswandel amüsierte Agnes. Ihr spöttischer Blick brachte ihn keineswegs in Verlegenheit. »Ich werde uns etwas zu essen kommen lassen, anschließend ist ja gleich die Sitzung. Ich schlage Sushi vor. Also, 12.30 Uhr bei mir.« Sein Lächeln sollte aufmunternd wirken, doch es war einfach schmierig. »Okay«, war alles, was Agnes erwiderte. Bis vor Kurzem noch war Brum stinksauer gewesen, hatte sie ignoriert und mit lästigen Aufgaben schikaniert, und jetzt auf einmal die Einladung zu Sushi. Männer. Es kostete einige Anstrengung, die Augen nicht zur Decke zu verdrehen. Kaum öffnete sich die Tür des Fahrstuhls, flüchtete Agnes vor der Enge der Kabine. Nochmals nickte Brum ihr zu und ging zu seinem Zimmer. Agnes bog nach rechts und ging kopfschüttelnd, aber belustigt weiter.

»Hallo, Agnes.« Sie schrak zusammen. Aus einer dunklen Ecke löste sich Norman.

»Mann, hast du mich erschreckt! Kannst du das nicht lassen?« Norman lachte. Bevor er ihr ins Zimmer folgte, blickte er mit zusammengekniffenen Augen den Gang hinunter. Agnes hatte drinnen schon die Tasche abgestellt und ihren Mantel ausgezogen, als Norman nachkam und sich auf die Schreibtischkante setzte. Die Jacke war offen, seine Haut roch nach Nikotin und Rasierwasser. So wie er jetzt wirkte, selbstsicher, kompetent und lässig, hatte sie sich einst in ihn verliebt. Er sah müde aus.

»Die Nacht durchgearbeitet?«, fragte Agnes.

»Du kennst mich, Schätzchen.« Die altvertraute Intimität zwischen ihnen stand anklagend im Raum. Die Augenbrauen zusammengezogen und die grauen Augen musternd auf sie gerichtet, verzog er den Mund. »Was ist heute mit dir los, Agnes? Du bist ganz verändert.« Er zog sie an sich. »Und du riechst anders. Warst du mit einem anderen Mann beisammen?« Agnes war, als fühlte sie eine Messerklinge an ihrer

Kehle. Mühsam schluckte sie, versuchte, die Angst nicht zu zeigen. Wie konnte er das wissen? Nein, er konnte sie nicht mit Siebert gesehen haben. Sie hatten das Haus getrennt verlassen. War es allein ihre Ausstrahlung, die sie verriet? Das würde wenigstens Brums Verhalten erklären. Gegenangriff war ihre letzte Chance.

»Was redest du da! Ihr Männer seid wohl heute alle im sexuellen Notstand – zuerst mein Chef und jetzt du –, haben wir Vollmond?« Mit einer abrupten Drehung wand sie sich aus Normans Armen und ging auf Distanz. Norman legte den Kopf schief und besah seine Ex-Freundin kritisch.

»Hat dich der alte Lustmolch angebaggert? Ich habe ihn mir schon mal vorgenommen, wenn er dir lästig kommt, ziehe ich mir beim nächsten Verhör die Samthandschuhe aus. Dich hat keiner anzugreifen.« Seine Augen waren eiskalt. Norman machte keinen Spaß. Es fröstelte sie.

»Lass den Quatsch, Norman. Wir sind nicht mehr zusammen. Denke an deine Karriere – willst du dir alles zerstören? Sag mir lieber, warum du hier bist. Gibt es etwas Neues?« Misstrauisch blickte Norman sie an. Würde er ihr Ablenkungsmanöver schlucken?

»Okay, bring mir einen Kaffee – einen doppelten Espresso und ein paar Kekse, wenn welche in diesem Schickimickiladen aufzutreiben sind. Dafür erzähle ich dir etwas.« Seinen rüden Befehlston überging Agnes. Den Preis musste sie zahlen, wenn sie etwas über den Fall erfahren wollte. Schnell lief sie in die Küche und brachte kurz darauf ein Tablett mit Kaffee und Tee zurück. Als sie das Zimmer betrat, hörte sie gerade noch das *Klack* seines Feuerzeugs. »Aschenbecher?«

»Das ist ein Nichtraucherbüro.«

»Das habe ich nicht gefragt – dann nehme ich eben die Vase.« Er zog den rotlackierten Ast aus der zylindrischen Vase und staubte seine Zigarette hinein. Den Zweig warf er auf den Tisch. Agnes entschied sich, den Ärger hinunterzuschlucken, und pries in Gedanken den Tag, an dem sie beschlossen hatte, diesen Barbaren zu verlassen. In ihrer Schreibtischlade fand sie die Notfallration an Schokoladenkeksen und legte die Schachtel geöffnet auf das Tablett.

»Schieß los, Norman, was gibt es Neues?«, und wusste sofort, dass sie schlecht gespielt hatte. Zu viel offenkundiges Interesse. Süffisant lächelnd lehnte sich Norman im Besucherstuhl zurück. Die Beine weit von sich gestreckt, mit einem überlegenen Grinsen im Gesicht, hielt er Kaffeetasse samt Zigarette vor sich.

»Neugierig, Kleines? Du siehst heute total sexy aus, weißt du das? Kann mich nicht erinnern, wann du das letzte Mal so heiß warst.« Innerlich verdrehte Agnes die Augen. Das würde eine Tortur.

»Zucker, Norman?«

»Bin ich lebensmüde?«, motzte er und tippte sich dabei an die Stirn. »Wieso hast du noch immer eine eigene Zuckerdose, ist keine gute Idee. Nicht sicher. Überhaupt, du solltest zu mir ziehen, hast du's dir schon überlegt? Ich kann dich beschützen, Kleines.«

»Es bleibt bei Nein. Ich will wissen, wer mich vergiften will. Das steht mir wohl zu.« Sie hielt Norman die Keksschachtel hin, sah zu, wie er drei Stücke herausnahm und gleich einen ganzen Keks in den Mund stopfte.

»Ich mache mir wirklich Sorgen um dich.« Er zog sie an der Hand, mit der sie eben noch die Keksschachtel gehalten hatte, zu sich und sprach mit kreideweicher Stimme.

Böser Wolf.

»Wir könnten es so schön haben. Bei mir bist du in Sicherheit.« Agnes starrte ihm geradewegs in die Augen.

»Du findest keine Putzfrau, habe ich recht?«, erwiderte sie leidenschaftslos. Norman lachte auf und ließ ihre Hand wieder los. »Hast du was gegen die Tolf gefunden?« Norman grinste selbstgefällig und zog an der Zigarette. Den Rauch aus seiner Lunge blies er Agnes entgegen. Ungerührt von seiner Provokation, ging sie zum Fenster und öffnete es weit. Völlig klar, dass er auf einer heißen Spur war und sie zappeln lassen wollte.

Alles nur ein Spiel.

Zurück an ihrem Schreibtisch, schenkte sie ihm ein süffisantes Lächeln. Spielen wir, dachte sie kampflustig.

»Ja, die Tolf«, erwiderte er gedehnt. »Wenn die Beweissicherung klappt, hänge ich ihr alle Morde an – angefangen beim Wach, der Muth und der Isabelle. Der Fall ist in kürzester Zeit gelöst und ich bin der designierte Gruppenleiter.« Agnes blieb der Mund offen.

»Wie? Warum?«, stammelte sie. »Was ist mit Michelle?«

Zufrieden mit dem Effekt seiner Rede, schlürfte Norman genüsslich seinen Espresso.

»Sackgasse. Die Tolf passt ins Schema.«

»Die hat niemals drei Leute umgebracht. Was ist mit Michelle?«, entrüstete sich Agnes. Das passte einfach nicht zusammen. Warum konnte er es nicht sehen? Aber sie wusste die Antwort. So war es einfacher.

»Kann es sein, dass du eifersüchtig bist auf die scharfe Frau Doktor? Die hat tatsächlich versucht, mir schöne Augen zu machen. Bei unserem ersten Gespräch hat sie noch die Akademikerin raushängen lassen, aber beim zweiten Mal wäre sie schon willig gewesen. Weiber. Aber das zieht bei mir nicht, im Dienst bin ich immun gegen Sex. Wäre mir ein Vergnügen, eine Vollanzeige gegen die dralle Edelschlampe zu verfassen. Aber die Suppe ist dünn. Sie war am Todestag vom Wach nur kurz in der Firma. Da gab es irgendein Symposium im Rathaus, bei dem sie Hauptrednerin war. Jede Menge Zeugen. Das Motiv wäre außerdem nicht überwältigend. Es mag vielleicht nicht erlaubt sein, Embryonen auf Gendefekte zu untersuchen, aber wen juckt das schon? Ist doch nur eine Verwaltungsstrafe. Außerdem habe ich bislang keine Zeugenaussagen, die bestätigen würden, dass die Schoff illegal Embryonen untersucht oder für bedürftige Frauen abzweigt.«

»Aber ihre Karriere …«

»Das Verwaltungsstrafverfahren hätte sie beruflich schon ausgehalten«, meinte er abfällig.

»So einfach kannst du es dir nicht machen – natürlich ist es nur eine Verwaltungsübertretung, aber es gibt noch die Standesvertretung, die ihr bestimmt ein Disziplinarverfahren angehängt hätte. Das alles hätte ihrem Ruf in der Branche und vor allem dem Ansehen der Firma geschadet. Aus der Traum von einer Professur in Oxford oder wo immer sie hin will. Sie wollte Bereichsleiterin werden, eventuell ins Mutterunternehmen nach London wechseln. Ich habe gehört, dass sie sich drüben beworben hat. Wenn herauskommt, dass sie illegal männliche von weiblichen Embryonen selektiert oder Embryonen auf Gendefekte untersucht hat, vielleicht sogar einen Embryo für eine zahlende Patientin gestohlen hat, wird sie umgehend gefeuert! Und glaube mir, ihre Karriere ist nach Geld das Wichtigste in ihrem Leben.« Norman zog nur die Augenbrauen hoch.

»Kann schon sein. Ich glaube aber nicht, dass man sie gefeuert hätte. Bezüglich der Tolf habe ich hingegen brisante Infos, bei denen mir mein kleiner Kriminalinspektor flüstert, dass das die richtige Spur ist. Was weißt du von der Dame?« Agnes frohlockte innerlich – Norman war redselig und bereit, seine neuesten Erkenntnisse mit ihr zu teilen. Eilfertig ging sie auf seine Frage ein.

»Von der Tolf weiß keiner viel«, begann sie und rollte mit ihrem Sessel nahe an ihn heran. »Eine Top-Wissenschaftlerin, lebt nur für ihren Beruf. Ich glaube nicht, dass sie mit irgendjemandem hier enger befreundet ist. Verheiratet ist sie mit einem um gut 25 Jahre älteren, stinkreichen Mann, keine Kinder. Neben dem Bereich *Forschung* hat sie jetzt den Bereich *Künstliche Befruchtung* als Nachfolgerin von Wach übernommen. Bewundernswert, wie sie das alles schafft, sie ist eine Kapazität auf ihrem Gebiet.« Gespannt sah Agnes Norman an. Jetzt war er an der Reihe. Wie zufällig griff seine Hand nach ihrem Oberschenkel, während er sich behäbig aufsetzte.

»Allerdings lief es nicht ganz so gut – ihr wurden die letzten Jahre die Mittel für ihr Lieblingsprojekt drastisch gekürzt. Tatsächlich haben wir ihren persönlichen Laptop durchstöbert und sind auf Forschungsunterlagen gestoßen, die auf Versuchen mit Embryonen basieren, obwohl es dafür kein Budget gab.«

»Der Zumtobl hat in Tolfs Privatsachen geschnüffelt!«, platzte Agnes heraus. Diesem Schleimer war jedes Mittel recht, um Karriere zu machen.

»Ich hab nichts gesagt.« Norman zwinkerte ihr zu. »Noch wissen wir zu wenig, aber sieht aus, als hätte die Tolf die Embryonen, die nach der Aufbewahrungsfrist zu vernichten waren, vorher für ihre Zwecke verwendet. Wundert mich, dass das niemandem aufgefallen ist. Wäre da nicht der tote Dr. Wach … Der Herr war ein braver Katholik und hat ein wenig unter eurem Abtreibungsgeschäft gelitten, was ich so rausbekommen habe. Hat immer wieder versucht, gegen diesen Geschäftszweig zu opponieren. Er war ja von Firmengründung an mit an Bord. Damals gab es nur die künstliche Befruchtung und bald kam die Forschung im großen Stil hinzu. Erst später machte man auch Abtreibungen, angeblich, um an irgendwelche Zellen aus den Föten für die Forschung heranzukommen. Mit der künstlichen Befruchtung hatte der Wach offenbar keine religiösen Probleme, der war ein Kapazunder auf dem Gebiet. Er war jedoch entschieden gegen Embryonenforschung und hatte sich auch mehrmals vehement gegen deren Selektion ausgesprochen. Nicht ganz auf der neuen Firmenlinie, unbequem. Meine Vermutung geht dahin, dass er die Tolf auffliegen lassen wollte.«

Agnes war beeindruckt, wie viele Informationen Norman in der kurzen Zeit gesammelt hatte. Man konnte ihm vieles vorwerfen, aber Norman war ein guter Kriminalist. In ihrem Kopf flogen die Gedanken in alle Richtungen. War das alles ein plausibler Grund, drei Menschen zu töten? Warum mussten Frau Muth und Isabelle sterben? Was hatte Frau Muth gewusst? Ein Erinnerungsfetzen tauchte auf – die Notiz von Dr. Wach! Frau Muth hatte etwas von Embryonen und Eugenik gelesen – hatte sie die Notiz Michelle oder Tolf gegeben? Auf Norman machte die obskure Notiz keinen Eindruck.

»Eine solche Notiz ist nie aufgetaucht. Wenn es sie gegeben hat, wäre das bloß ein weiteres Indiz gegen die Tolf«, blieb er bei seiner Theoric.

»Norman, auch wenn die Tolf mit Embryonen Forschung betrieben hat, das ist genauso wie bei Michelle *nur* eine Verwaltungsübertretung. Wieso hätte sie mehr Grund, Wach und Muth umzubringen, als Michelle?« Wenn Norman allerdings recht hatte, stünde die Arbeit vieler Jahre für Tolf auf dem Spiel, wie hätte sie nach einem solchen Skandal den Ruhm ihrer Forschungsergebnisse noch einfahren können? Mal ganz abgesehen von den verheerenden Auswirkungen auf *BabyStar*, wenn der Missbrauch von Embryonen bekannt würde. Nicht auszudenken, das hätte unter allen Umständen verhindert werden müssen. Die Interessen der Firma …
»Stammzelllinien sind schweineteuer und man braucht viel davon«, spann sie den Gedanken laut weiter, »wahrschein-

lich kann im Forschungsergebnis ein Unterschied in der Herkunft der embryonalen Zellen gar nicht festgestellt werden. Aber selbst wenn man das nachweisen könnte – bevor Tolf ihren Durchbruch hat, geht sie einfach in eine andere Niederlassung des Konzerns, in einem Land, in dem es keine gesetzlichen Beschränkungen zur Embryonenforschung gibt. Dort kann sie problemlos ihre Forschungsergebnisse veröffentlichen. Der Konzern deckt sie und erhält im Gegenzug ein lukratives Patent.« Norman zog die Augenbrauen hoch, war sichtlich interessiert.

»Warum sollte sie nicht gleich in einem anderen Land ihre Forschungsarbeit machen?«, überlegte Norman.

»Wozu der Aufwand? Nachdem die Ethikkommission dem Projekt zugestimmt hat, kann ungestört gearbeitet werden. Kontrolliert wird nicht. Erst mit der Veröffentlichung der Arbeit wird alles hinterfragt. Es hat ein regelrechter Wettlauf um die Patente begonnen. Überall wo die Stammzellenforschung nur eingeschränkt erlaubt ist, sind die Forscher zum Teil ungehalten, weil sie dadurch in ihrer Karriere behindert werden. Ins Ausland will eben nicht jeder.«

»Die Tolf hat einen alten Mann«, griff Norman den Gedankenfaden auf. »Der wird nicht umziehen wollen. Sie will aber forschen. Vielleicht ist sie ja schon längst in irgendeinem Land in einem Konzernlabor gemeldet, was weiß ich – sagen wir mal London – und sobald sie patentreif ist, fährt sie eben öfter dorthin.« Norman grinste zufrieden. »Kleines, wir beide sind ein gutes Team, ist dir das klar?« Agnes hörte ihm nicht zu. Ein weiterer Gedanke hatte sie gefangen genommen.

»Das ist eine sehr aufwendige Arbeit, man braucht ein Labor, Unterstützung.« Als erste Möglichkeit kam ihr Michelle Schoff in den Sinn. Norman kniff wieder die Augen zusammen. Die Idee gefiel ihm.

»Du denkst, die dralle Frau Doktor war eingeweiht? Das glaube ich nicht. Zu viel Rivalität zwischen den beiden Karriereweibern. Ich werde mir mal die neue Pharmazeutin vorknöpfen, deine Freundin Kalth. Kommt eigens vom Mutterunternehmen aus London hierher – keiner weiß, warum. Außerdem war sie immer nahe am Geschehen – keine Alibis. Ja, das gefällt mir, eine Komplizin.« Während Norman noch sprach, war Agnes aufgesprungen. Was hatte sie nur angerichtet! Jetzt hatte sie Norman auf die Idee einer Komplizenschaft gebracht, die geradewegs zu Megan führte. Schon wollte sie etwas erwidern, um ihn von seinem Verdacht abzubringen, da küsste er sie rasch auf den Mund und war im nächsten Augenblick an der Tür. Dort hielt er inne und drehte sich nochmals um. »Schau nicht so verärgert – das ist nun mal die Macht der Gewohnheit. Ich lasse dich in Ruhe, versprochen. Da ist noch etwas, worum ich dich bitten wollte.« Wütend über den gestohlenen Kuss, stierte sie ihn an.

»Was?«

»Ich checke die Forschungsunterlagen durch und du eruierst, in welchem Land diese Art von Forschung erlaubt ist. Und noch etwas – krieg' raus, wer außer Wach und Muth noch von der Sache Wind bekommen haben könnte.«

»Da brauche ich nicht lang nachzudenken – seine Sekretärin, Frau Tsardahl«, platzte Agnes heraus. Norman schaute verblüfft.

»Der Name sagt mir was. Da war doch heute eine Notiz auf meinem Schreibtisch, habe sie nur überflogen, weil ich in Eile war. Warte kurz, ich hab's gleich wieder.« Er kratzte sich an der Schläfe und zog die Augenbrauen zusammen. »Ja klar, die ist aus dem Fenster gesprungen, Depressionen. Das war dem Wach seine Sekretärin, interessant.« Alle Wut fiel von Agnes ab. Noch jemand tot? Selbstmord?

Klick – Ratsch – Klack. Norman hatte sich eine weitere Zigarette angezündet und zog am Filter. Seine Augen leuchteten, er wusste sich auf der richtigen Fährte – hier stand ein Jäger kurz vor dem Schuss, bereit abzudrücken. Sein Anblick beunruhigte Agnes zutiefst. Wie ein Automat begann sie mehr zu sich selbst als zu Norman zu sprechen.

»Ja, natürlich, sie war für den Bereich *künstliche Befruchtung* die zuständige Sekretärin. Sie ist im Krankenstand, seit Wach gestorben ist, und hat seitdem keinen Fuß mehr in ihr Büro gesetzt. Ich habe sogar mal mit Frau Muth über sie gesprochen. Die Muth vermutete damals, Frau Tsardahl hätte etwas mit Dr. Wach gehabt. Vielleicht war es aber bloß das Wissen über Dr. Tolfs Aktivitäten, was die beiden miteinander verband. Frau Muth war sehr neugierig, wollte Frau Tsardahl sogar besuchen.« Sie hielt inne. Der Besuch.

»Norman, hast du Muths Terminkalender sichergestellt? Ich meine nicht den im Outlook, sondern den privaten, einen, den man in die Handtasche stecken kann. Ich weiß, dass sie einen hatte. Wenn sie Frau Tsardahl besucht hat, dann steht es in ihrem Kalender.«

»Guter Hinweis. Wird sofort gecheckt. Vielleicht hat Frau Tsardahl geplaudert. Ich habe viel zu tun, muss los – tschüss, Kleines, hast mir sehr geholfen.« Schon war er verschwunden, nur Zigarettenqualm, zwei Zigarettenstummel in der Vase und das Kaffeegeschirr zeugten von seiner Stippvisite. Lang starrte Agnes auf die geschlossene Türe. Frau Tsardahl war die vierte Tote. Aus dem Fenster gesprungen, hatte Norman gesagt. Weder bei Wach noch bei Frau Tsardahl wäre unter anderen Umständen ein Mordverdacht aufgekommen. Die Handschrift eines Genies? Anders der Tod von Muth und Isabelle. Viel zu offensichtlich. Der zweite Mörder nutzte die Gelegenheit, um seine Morde Karin Tolf in die Schuhe zu schieben, überhaupt auf den Mord an Wach aufmerksam zu machen. Jemand, der sie gern los wäre und selbst etwas zu verbergen hatte. Agnes sah es förmlich vor sich: zwei Mörder, zwei vom selben Schlag.

»Es war die Hölle, Agnes! Dein Ex-Freund ist ein Scheusal, ein Ekel!« Megan saß in einer der Fensternischen des Kaffeehauses und nestelte an der Zigarettenpackung. Vor ihrem Fenster strahlte die weiße Fassade des Burgtheaters und Autokolonnen schoben sich über die Ringstraße. Das Rathaus gegenüber dem Burgtheater befand sich hinter einem weitläufigen Platz. Zu beiden Seiten erstreckten sich großzügige Parkanlagen. Die filigrane Neugotik fügte sich harmonisch in die Reihe der klassizistischen Bauten der Ringstraße ein. Leute eilten vorüber, viele wohl auf dem Weg vom Büro nach Hause. Das schale Licht der Dämmerung warf seine grauen Schatten.

Farbenfresser. Schattenzeit.

Längst war im *Café Landtmann* das Licht angegangen. Die Luster mit den gelben Schirmen vertrieben das Grau, die wohlvertraute Welt erstand neu.

Eine Zigarette zitterte in Megans Hand. Die nächste in der ununterbrochenen Kette, seit sie beisammensaßen.

»Er hat mich behandelt, als hätte ich die drei Menschen ermordet – wie in einem schlechten Film war das. Immer wieder fragte er mich nach Alibis für die jeweiligen Tatzeiten und wo das Acrylamid aus dem Labor geblieben ist. Fehlte nur, dass er mir mit einer Lampe ins Gesicht geleuchtet hätte. Stell dir vor, das Gift stammt aus meinem Bestand.«

»Echt?«, schreckte Agnes aus ihren Beobachtungen auf. Es war genau das eingetreten, was sie befürchtet hatte.

»Natürlich wusste ich, dass die Polizei sich die Bestände und Aufzeichnungen der Giftschränke genau angesehen hat, aber zuletzt waren alle Mengen in Ordnung. Ich verstehe das nicht – erst jetzt hat man mich mit dem Fehlen einer geringen Menge eines Acrylamids konfrontiert …« Megan unterbrach ihren Redefluss. Der Ober war an den Tisch getreten und räusperte sich. Mit mürrischer Miene schob er ein kleines Tablett, auf dem der bestellte Einspänner samt dem dazugehörigen Glas Wasser für Megan stand, über die marmorne Tischplatte. Für Agnes servierte er heiße Schokolade.

»Sonst noch einen Wunsch, die Damen? Die Sachertorte wäre ganz frisch …«, fragte der Ober pflichtbewusst. Eingedenk der Tatsache, dass Schokolade gegen angegriffene Nerven half, bestellte Agnes die Torte. Irgendwie würde sie Megan schon dazu bekommen, davon zu essen. »Bitte lass dich von Norman nicht einschüchtern – er blufft nur –, er hat keine Beweise in der Hand.« Agnes rubbelte mit beiden Händen über die Stirn, wusste nicht, wie sie Megan helfen konnte. »Ich fühle mich entsetzlich schuldig …, ich habe ihn auf diese Fährte gesetzt.«

»Unsinn«, widersprach Megan. »Alle Indizien weisen auf mich, und ich bin für die Polizei trotz meiner österreichischen Mutter eine Ausländerin, weil ich in England aufgewachsen bin. Die Morde ereigneten sich unmittelbar nach meinem Eintritt in die Firma. Der Inspektor hat auch nicht verabsäumt hervorzuheben, dass ich als Pharmazeutin gute Kenntnisse in der Toxikologie habe und als Verantwortliche für die Apotheke und die Bestände in den Labors jederzeit Zugang zu allen Chemikalien und Medikamenten habe. Natürlich haben wir jede Menge Cialis und Viagra in unserer Apotheke, Ärztemuster, die wir an unsere Patienten verschenken. Die Ärzte haben selbst genug davon in ihren

Medizinschränkchen. Warum sollte ausgerechnet ich Cialis heimlich an Dr. Wach verfüttert haben? Okay, am Abend von Dr. Wachs Tod waren ich und Dr. Tolf unter den Letzten, die heimgegangen sind. Am Tag von Frau Muths Tod war ich sehr früh in der Firma. Als Isabelle vergiftet wurde, war ich zuvor im dritten Stock in der Küche und habe mit dir verspätet Mittag gegessen. Der Sutel hat derart auf mich eingeredet, dass ich bald selbst überzeugt war, eine Mörderin zu sein. Er will mir sogar den Giftanschlag auf dich anhängen. Auf *dich*, Agnes! Meine einzige Freundin in dieser Stadt.« Megan starrte in ihren Kaffee. Agnes griff nach der Hand ihrer Freundin, löste das zerknüllte Zuckersäckchen aus ihren Fingern. Ein kleiner Zuckerberg hatte sich unter der Faust angehäuft.

»Megan, Norman verrennt sich völlig. Wir werden alles aufklären. Er hat mir eine ganze Menge Informationen gegeben, damit kommen wir ein gutes Stück weiter. Gegen die Tolf wird ermittelt. Scheint was dran zu sein an der Info, die Zumtobl Norman gesteckt hat.«

»Der Zumtobl. Damals in der Küche …«

»Genau. Der war auf der Suche nach Material, das er gegen seine Chefinnen verwenden kann, um selber Karriere machen zu können. Würde mich nicht wundern, wenn er sich die Forschungsunterlagen aus Tolfs Computer gleich selbst kopiert hat, bevor er mit dieser Information zur Polizei gegangen ist.«

»Wenn der Sutel eine Verdächtige hat, wozu hackt er dann auf mir herum – kannst du mir das sagen?«, warf Megan ungeduldig ein.

»Er vermutet, dass ihr jemand geholfen hat. Du passt am besten ins Bild, aber es gibt nur Indizien. Wir beide sind doch auch davon überzeugt, dass es noch einen zweiten Mörder geben muss. Wir werden denjenigen finden und dich entlasten.« Megan rollte ein weiteres Zuckersäckchen zwischen ihren Fingern. Der Rücken war gebeugt, die Haut fahl, alles wies auf Verzweiflung und Angst hin. Der Ober trat an den Tisch und schob mit einem »Bitte sehr« die Sachertorte vor Agnes. Auffordernd hielt Agnes der Freundin die Kuchengabel hin.

»Auf dem Behälter mit dem Acrylamidpulver waren nur meine Fingerabdrücke«, erwiderte Megan stattdessen.

»Wieso nur deine?«, ließ Agnes die Gabel sinken. »Klingt, als hätte jemand den Behälter geputzt.«

»Wir brauchen diese Substanz nicht oft. Aber ja, jemand hat den Behälter abgewischt. Unglücklicherweise habe ich den danach noch in der Hand gehabt.« Das waren schlechte Neuigkeiten. Megan saß in der Falle. »Warum, um Himmels willen, sollte ich der Tolf helfen?«

»Norman hat sich eine Verschwörungstheorie zurechtgezimmert. Demnach bist du vom Mutterkonzern hierhergeschickt worden, um Tolf zu unterstützen und dafür zu sorgen, dass das Patent verlässlich für das Unternehmen eingetragen wird. Die Tolf hätte ihre Arbeit abschließen und zeitgerecht ins Ausland gehen sollen, damit es keine blöden Fragen nach den Forschungsgrundlagen gäbe.« Erschöpft lehnte sich Megan zurück. Die Zigarette drückte sie im Aschenbecher aus.

»Normans Theorie ist grundsätzlich clever, bis auf deine Rolle dabei«, gab Agnes zu bedenken. »Wenn Norman nichts in Tolfs Pass gefunden hat – und er hat das sicher geprüft –, dann wird sie sich innerhalb der EU-Grenzen bewegt haben. Wenn das Land beim Schengen-Abkommen dabei ist, dann wird an der Grenze nicht kontrolliert. Keiner kann sagen, wie oft sie dort war, um Testreihen durchzuführen. Und in der heutigen Zeit kann man über die Entfernung leicht zusammenarbeiten. Sie bräuchte bloß einen Strohmann, der ihre

Anleitungen bei den Tests ausführt.« Noch während Agnes sprach, schüttelte Megan den Kopf und widersprach sofort.

»Theoretisch hast du da möglicherweise recht, aber so arbeitet kein Wissenschaftler. Das sind Besessene im positiven Sinn des Wortes, die mit Haut und Haaren in ihrer Arbeit aufgehen. Die wollen selbst Hand anlegen. Da glaube ich eher, dass die Tolf heimlich hier geforscht hat und dann die Schwindelei mit dem ausländischen Labor auf sich nimmt. Falls das überhaupt nötig ist. Durchaus möglich, dass ihre Forschungen mit fetalen Stammzellen genehmigt sind und sie sich bloß bei Engpässen Embryonen aus dem Labor für künstliche Befruchtung geholt hat.« Frustriert ließ Agnes ihren Löffel auf den Tisch fallen. Das alles war ein Tappen im Dunkeln, bestenfalls.

»Hoffentlich zeigt mir Norman die Forschungsunterlagen. Woran arbeitet die Tolf offiziell?«

»Ihr großes Projekt ist die Wirkung von bestimmten Medikamenten auf die Embryonalentwicklung. Man weiß ja überhaupt nichts über die genaue Wirkung von Medikamenten auf Föten, weil es ethisch und rechtlich ausgeschlossen ist, Testreihen mit ungeborenen Kindern zu machen. Andererseits möchte man kranke Mütter behandeln können. Denke nur mal an depressive, krebs- oder aidskranke Schwangere. Mit der Stammzellenforschung ist die Hoffnung entstanden, Medikamente zu testen, ohne die Kinder selbst zu gefährden. Vielleicht kann einmal sogar jedem kranken Baby eine maßgeschneiderte Arznei bereitet werden, entsprechend seinem Alter, Gewicht, Größe, Geschlecht und der genetischen Struktur. Tolle Sache wäre das – heute wird die Dosierung von Medikamenten für Säuglinge und Kleinkinder mehr geschätzt als berechnet.« Megan nahm einen Schluck Kaffee und zündete sich die nächste Zigarette an. »Der Mutterkonzern hat jetzt wieder großes Interesse an dieser Arbeit, wo die Tolf einen Durchbruch geschafft hat. Immerhin geht es darum, wer als Erster das Patent anmeldet und den vollen Gewinn daraus erzielt.« Angestrengt versuchte Agnes, diese Information mit den anderen zu verbinden.

»Wenn Dr. Wach dahintergekommen ist, dass sie kryokonservierte Embryonen für ihre Studien verwendet, hätte er sie mit Sicherheit angezeigt«, sinnierte sie und Megan fiel ihr ins Wort.

»Ich weiß noch, wie er einmal die versammelte Belegschaft angedonnert hat.« Megan verstellte ihre Stimme in den Bass-Bereich. »Meine Herrschaften, diese Embryonen sind kein Tiefkühlgemüse – das sind menschliche Wesen, die innerhalb kurzer Zeit Personen wie Sie und ich sein werden, wenn man ihnen nur die Chance dazu gibt. Bedenken Sie das bitte bei Ihrer Arbeit.« Sie räusperte sich und sprach in der eigenen Tonlage weiter. »Der Einzige unter den Forschern, der sich Gedanken gemacht hat, womit wir tagaus, tagein arbeiten. Und Michelle und die Tolf sahen bei seinen Worten ziemlich sauer drein, daran kann ich mich gut erinnern. Ja, ich bin mir sicher, Wach hätte die Tolf angezeigt, ohne Rücksicht auf das Ansehen der Firma. *BabyStars* Ruf wäre damit nachhaltig beschädigt gewesen.«

»… und der Erfolg der Studie jemand anderem in den Schoß gefallen«, ergänzte Agnes. Sie starrten einander an, wussten, wer dieser andere sein konnte.

»Michelle«, flüsterten sie unisono. Agnes' Gedanken wanderten weiter. Wie stand es mit Muths und Isabelles Tod? Die wesentlichen Bausteine lagen auf dem Tisch, wenn auch ein wichtiger Teil im Puzzle fehlte. Der, der erklärte, warum jemand Isabelle zwar getötet hatte, dabei aber eigentlich Agnes hatte beseitigen wollen.

Träume erschaffen Realität.

»Ich habe es doch geträumt«, murmelte Agnes. »Karin

Tolf war Vihjgor und Michelle war Luva. Meine Feinde von einst sind in der Gegenwart wieder präsent.«

»Norman war Wuhvor«, erinnerte sie Megan.

»Er ist kein Mörder«, schüttelte Agnes den Kopf.

»Die Träume sagen dir, vor wem du dich in Acht nehmen musst«, mahnte Megan.

»Wir müssen für andere Lösungen offenbleiben, sonst landen wir in einer Sackgasse«, erwiderte Agnes ungeduldig, fühlte sie sich doch längst in einer Sackgasse gefangen. »Irgendetwas in mir will nicht an eine gemeinsame Sache zwischen Michelle und Tolf glauben. Norman hat ein gutes Gespür, wenn er Rivalität zwischen den beiden vermutet.«

»Die Tolf ist eine Einzelgängerin, sie vertraut niemandem und würde nicht das Risiko eines Komplizen auf sich nehmen«, gab Megan zu.

»Michelle dito. Es müsste sie schon irgendein Umstand dazu zwingen.« Verärgert über den fehlenden Puzzlestein, stellte Agnes die Tasse klirrend auf den Unterteller. »Michelle hat der Tolf bestimmt nicht beim Embryonenmissbrauch geholfen – eher glaube ich, sie ist zufällig dahintergekommen, dass Tolf Embryonen für ihre Forschung abzweigt. Und deswegen lässt Tolf Michelle nicht auffliegen.«

»Eine Zwangsgemeinschaft. Michelle könnte einfach aufgefallen sein, dass die Tolf nebenbei eine eigene Suppe kocht.«

»Na bitte«, zeigte sich Agnes zufrieden und trank ihre heiße Schokolade aus. »Das passt genau zu dem Gespräch zwischen den beiden, das ich belauscht habe.«

»Alles nur Indizien, keine Beweise«, verfiel Megan wieder ihrer Hoffnungslosigkeit.

»So wie Normans Verdacht gegen dich.«

»Fingerabdrücke sind etwas sehr Konkretes. Wenn er es darauf anlegt, lande ich im Gefängnis«, widersprach Megan und Agnes wusste, dass sie recht hatte.

»Du kommst nicht ins Gefängnis, das werden wir verhindern.«

»Und wie?« Beinahe provokant kam diese Frage aus Megans Mund, und Agnes blieb nichts übrig, als die Lippen zusammenzupressen und aus dem Fenster zu starren. Wie, ja, wie?

Draußen spazierte ein Pärchen Arm in Arm durch die Allee, eine Mutter zog ihr Kind an der Hand weiter, ein graumelierter Mann hielt das Handy ans Ohr gepresst, eine Frau mit Aktentasche beobachtete im Vorübergehen ihr Spiegelbild in der Fensterscheibe, auf den Stufen des Burgtheaters spielten ein paar Kinder Fangen. Der Tempel der Schauspielkunst strahlte im Scheinwerferlicht. Die große Bühne, die Bretter, die die Welt bedeuten. Die Statuetten *Liebe* und *Hass* schauten auf sie herab. Die größten Darsteller des deutschsprachigen Raumes gaben sich hier die Ehre, ihre Kunst vor den Augen eines begeisterten Publikums zur Schau stellend.

Schau-Steller.

»Die Welt ist ein Theater«, murmelte Agnes, Megan vergessend. »Und Michelle spielt gern.« Ein Bild entstand vor dem inneren Auge. Michelle, in herablassender Pose, nahm die Adoration geringerer Menschen entgegen. »So klug, so genial – und niemand darf es erfahren?« Ein bitteres Lächeln huschte über ihr Gesicht. »Kein Applaus? Vielleicht von jemandem, der nichts mehr weitererzählen kann?« Das Bild verblasste. Agnes fühlte Megans forschenden Blick auf sich ruhen und die Spannung, die sie erfasst hatte. Das Lächeln, das sich über Agnes' Gesicht breitete, war nicht mehr bitter. Entschlossenheit lag darin und das Wissen, auf gefährlichem Terrain zu wandeln.

»Ich habe eine Idee, wie wir an die Wahrheit kommen könnten«, ließ sie Megan an dem entstandenen Plan teilhaben. »Fehler dürfen wir allerdings keine machen.«

23

»Der letzte Tagesordnungspunkt betrifft unser alljährliches Frühlingsfest anlässlich der Veröffentlichung des Jahresberichts, welches morgen Abend stattfinden wird. Die Geschäftsführung war bei ihrer letzten Sitzung der Meinung, dass wir in diesem Jahr etwas mehr investieren sollten, um die Stimmung im Unternehmen zu heben und das Vertrauen der Geschäftspartner in die Geschäftsführung zu stärken. Deshalb werden wir diesmal eine Live Band und die mobile Bar des *Planter's* samt deren bestem Barkeeper haben.« Zustimmendes Gemurmel machte die Runde. »Also, informieren Sie Ihre Mitarbeiter und Mitarbeiterinnen über diese Neuerungen. Es sollen möglichst alle dabei sein. Noch Fragen?« Rodler blickte in die Runde. Keiner wollte dem Schlusswort etwas hinzufügen. »Schönen Tag noch allen.« Erleichtert über das Ende der Sitzung, standen die ersten Teilnehmer auf. Im Raum breitete sich Stimmengewirr aus. Agnes beendete das Protokoll und packte ihre Schreibutensilien zusammen. Wieder einmal war sie von Brum zur Schriftführerin der Abteilungsleitersitzung eingeteilt worden. Der stand abgewandt neben ihr und unterhielt sich mit Michelle, Tolf und Umtier. Eigentlich redete nur Michelle. Karin Tolf wirkte angespannt und war während der Sitzung äußerst wortkarg geblieben. Das Gesicht blasser als sonst, sah sie übermüdet und erschöpft aus. Umtier war nach Ende der Besprechung sofort auf Brum zugegangen. Ganz offensichtlich hatte er ein Anliegen, denn er wartete ungeduldig auf eine Pause in der Unterhaltung zwischen Brum und Michelle.

»Wie lang geht das noch mit den polizeilichen Ermittlungen im Haus?«, platzte Umtier schließlich heraus. »Wieso wurde dieses Thema in der Sitzung völlig ausgespart? Ich möchte wissen, wann dieser untragbare Zustand von Polizisten in Behandlungsräumen und Labors endet. Angeblich wurden bereits Patientinnen von diesem Inspektor behelligt. Das ist doch kein Arbeiten!« Er sah Brum eindringlich an. »Was ist da los?« Umtier befleißigte sich eines ungewohnt harschen Tonfalls, umso neugieriger blickte Michelle auf die beiden Männer. Karin Tolf, die neben Brum gesessen hatte, ordnete akribisch ihre Unterlagen, dennoch schien es Agnes, als würde sie ebenfalls gespannt zuhören.

»Lieber Kollege …«, kalmierte Brum in beinahe therapeutischer Manier, »… ich verstehe Ihre Ungeduld, aber derzeit kann ich kaum Neues berichten. Inspektor Sutel ergeht sich in wilden Verdächtigungen ohne jegliche Beweise. Selbstverständlich habe ich bereits an oberster Stelle unsere Kritik an den gegenwärtigen Ermittlungen deponiert. Es ist zu erwarten, dass in Kürze entsprechende Maßnahmen gesetzt werden. Dieser Sutel ist untragbar – Sie können sicher sein, der wird nicht mehr lang unsere Geduld strapazieren. Immerhin ist der Polizeipräsident ein Schulfreund von mir.« Bedeutungsvoll reckte Brum sein Kinn vor.

»Gibt es denn wenigstens irgendwelche Hinweise, die auf ein baldiges Ende der Affäre schließen lassen? Wird gegen irgendjemanden ermittelt?« Umtier war näher aufgerückt und stand nun zwischen Brum und Michelle. Karin Tolf hatte ihre Unterlagen aufgenommen und wandte sich von der Gruppe ab. Verhalten ging sie ein paar Schritte an Agnes vorbei hin zu Rodler, der ihr entgegenkam. Agnes tat, als müsste sie die Papiere in der Mappe ordnen, doch ihre Aufmerksamkeit war ganz auf Tolf und Rodler gerichtet, die einander zunickten. Aus den Augenwinkeln riskierte Agnes hin und wieder einen Blick auf das ungleiche Paar. Rodler in Nadelstreifmaßanzug und handgenähten Schuhen ein Klischee von einem Geschäftsführer, dagegen Karin Tolf, groß und dünn, der Wissenschaft gleich einer Religion verschrieben, in ihrem übergroßen Arbeitskittel dem Profanen entrückt. Sie sprach mit gepresster Stimme, Agnes konnte sie nicht verstehen. Rodler reagierte mit einer beschwichtigenden Geste der Hand, versuchte sie offenbar zu beruhigen. Seine sonore Stimme konnte Agnes besser verstehen, obwohl auch er sehr leise sprach.

»Bleib ruhig, Karin. Er hat keine Beweise in der Hand – weil es keine gibt. Auch andere Mitarbeiter haben kein Alibi für die Tatzeit. Also mach dir nicht so viele Sorgen. Brum hat bereits beim Polizeipräsidenten interveniert und ich habe einen guten Kontakt zur Staatsanwaltschaft. Den Sutel schmettern wir ab, und deine Arbeit wird ein, zwei Monate später präsentiert, sobald sich die Wogen geglättet haben. Brum hat patentrechtlich alles vorbereitet, wir brauchen nur mehr einzureichen.« Wieder zischte Karin Tolf für Agnes unverständliche, hastige Worte. Rodlers Antwort machte Tolfs Sorge transparent.

»Kein Grund zur Nervosität. Keiner ist so weit wie du. Wir können uns diese Verzögerung leisten. Die Erfolgsprämien sind uns sicher.« Zufrieden strich er über seinen Bauch, während die Tolf mit einer abfälligen Handbewegung Rodlers Geldgier von sich wies. Agnes fragte sich, wie hoch wohl die Prämien für patentfähige Forschungsergebnisse waren. Offenbar wurde ein üppiger Geldregen erwartet, von dem selbst der Geschäftsführer zu profitieren schien. Rodlers Gehabe und Ausstrahlung hinterließ in Agnes den Eindruck, dass sowohl Karin Tolf als auch Rodler Rückendeckung hatten. Von der Konzernleitung? Womöglich war Normans Theorie richtig, nur dass Rodler derjenige war, der für die ungestörte Arbeit von Karin Tolf sorgte. Etliche Unternehmen würden jetzt einen Haufen Geld auf den Tisch legen, um die Tolf abzuwerben. Dennoch war sie geblieben. Gut vorstellbar, dass die Konzernleitung ihr die Rahmenbedingungen geschaffen hatte, trotz gesetzlicher Widrigkeiten. Der Gedanke fühlte sich richtig an, je länger sie Rodler und Tolf ansah. Rodlers Blick fiel auf Agnes. Schnell senkte sie die Lider und zog den Reißverschluss ihrer Tasche zu. Hatte er den Lauschangriff bemerkt? Panik verwirrte kurz das Denken. Bewusst unauffällig sein – als wäre das so einfach. Rodler redete weiter mit Tolf, wenngleich Agnes nun nichts mehr von der Unterhaltung verstehen konnte. Neben ihr ereiferten sich Umtier und Michelle lautstark. Während Agnes noch am Verschluss ihrer Aktentasche hantierte, gesellten sich Rodler und Karin Tolf zur Gruppe um Brum. Heftige Kritik wurde ausgesprochen gegen die Polizeiarbeit im Allgemeinen und gegen Sutel im Besonderen.

»Das müssen Sie sich vorstellen«, beklagte sich Umtier, »der Sutel hat sogar die Putzfrauen befragt, ob sie beobachtet haben, wer mit wem eine Affäre hat! Jeden Tag kommt er mit anderen sinnlosen Fragen daher.«

»Da hätten Sie dabei sein müssen, als er mich befragt hat«, konnte Michelle auftrumpfen. »Dieser Kretin ist bei meiner Einvernahme unverschämt anzüglich geworden. Natürlich habe ich ihn zurechtgewiesen und er hat mich ausgelacht! Das nenne ich Polizeiwillkür.« Erstaunt wandte sich Agnes Michelle zu. Das kaufte sie Michelle nicht ab. Norman hatte einige Schwächen, doch niemals hätte er sich im Dienst eine derartige Blöße gegeben. Das Gegenteil ihrer Darstellung musste vorgefallen sein. Norman hatte wohl Michelles Flirten unverzeihlicherweise ignoriert. Es war ihr ins Gesicht geschrieben. Agnes bemerkte gar nicht mehr, dass sie in den Augen der Menschen las. Alles war so klar sichtbar. Rodlers Lachen riss sie aus dem Gedankengespinst. Sie blickte ihn an.

»Bei einer wie dir geht's nun mal nur um Sex!«, brüllte es aus seinen Augen. Doch aus seinem Mund quoll nichts als Zuckerwatte. »Liebste Kollegin, die einfachen Männer dieses Landes sind die Gesellschaft von so intelligenten und attraktiven Frauen nicht gewohnt – haben Sie eine Spur Verständnis für den armen Mann. Dr. Brum hat im Übrigen auf mein Geheiß dafür gesorgt, dass dieser Inspektor abgezogen wird. Schließlich stehen wichtige wirtschaftliche Interessen auf dem Spiel. Meiner Meinung nach wird vonseiten der Polizei mehr als nötig in die Sache hineininterpretiert. Dieser Sutel vermutet ja mittlerweile sogar hinter Dr. Wachs Herzinfarkt einen Mordanschlag. Paranoid.« Er wedelte mit der Hand vor seiner Stirn hin und her. »Wie auch immer – wir haben drei Todesfälle im Haus, und die Polizei konnte bisher keinerlei Resultate liefern, die uns Gewissheit darüber verschaffen, ob es sich tatsächlich um Mord oder um bedauerliche Unglücksfälle handelt. Dilettanten allesamt.« Allgemeine Zustimmung folgte Rodlers Rede. Die geschmeichelte Michelle nutzte die Pause, um sich neuerlich in Szene zu setzen.

»Inspektor Sutel hat jeden im Haus danach gefragt, ob er mit einer Kaffeetasse in Frau Muths Büro war, nachdem sie tot aufgefunden worden war – ist das nicht lächerlich?« Sie lachte schrill und suchte nach Zustimmung im Kreis. Als ihr Blick Agnes streifte, stutzte sie. Und Agnes nutzte die Gelegenheit, dem Herzklopfen, dem inneren Zittern und der Furcht zum Trotz. Sie hielt Michelles Blick stand und rang ihrem trockenen Mund eine eindringliche Stimme ab.

»Das hat einen guten Grund. Frau Muth hat das Gift im Kaffee zu sich genommen. Ich habe ihre lippenstiftverschmierte Tasse am Schreibtisch stehen sehen. Doch die Polizei fand keine. Jemand hat die Tasse verschwinden lassen.« Alle starrten sie an. Nur Michelle legte den Kopf zur Seite.

»Wer behauptet so was?«, fragte sie.

»Ich war die ganze Zeit über an der Tür des Büros. Ich konnte sehen, wer die Kaffeetasse auf Frau Muths Schreibtisch mitgehen ließ. Das war mit Sicherheit ihr Mörder.« Die Stille in der Gruppe war fast greifbar. Agnes blickte immer noch in Michelles Augen. Ein Aufruhr an Emotionen schlug auf sie über. Hätte sie das Bild beschreiben müssen, das in ihr dabei entstand, hätte ein klebriges Gespinst aus totem Graubraun und Eisblau am ehesten ihrer Wahrnehmung entsprochen. Agnes hielt stand, suchte nach einer Möglichkeit, ihre Fähigkeit gewinnbringend einzusetzen. War da Schuld? Angst vor Entdeckung? Allzu rasch überwand Michelle den Schock und klimperte einige Male mit den Augenlidern. Der Bann zwischen ihnen brach. Trotz herabgezogenen Mundwinkeln setzte sich auf Michelles Gesicht ein Lächeln fest.

»Liebste Agnes, du bist ja immer wieder für eine Überraschung gut – wer hätte das von einer langweiligen Juristin erwartet.« Ihr Lachen klang gefährlich, mehr nach einer Kampfansage denn nach Belustigung. Immerhin löste es die Erstarrung der anderen auf. »Schau an, wir haben plötzlich jemanden, der das Rätsel lösen kann. Verrätst du uns deinen Verdacht, oder darf das nur der Inspektor wissen? Falls er es schon weiß – du hast ihm sicher davon erzählt.« Die beiden Frauen standen einander gegenüber. Ein Duell zwischen Tiger und Hauskätzchen, so fühlte es sich jedenfalls an. Aber ich bin keine Beute, stählte sich Agnes innerlich und richtete sich noch ein Stück gerader auf.

»Die Erinnerung kam erst heute Morgen zurück. Der Schock hat alles blockiert«, erklärte Agnes und war froh, dass ihre Stimme nicht vor Aufregung kickste. »Heute beim Löschen meiner E-Mails ist mir Muths letztes Mail an mich aufgefallen. Darin hat sie etwas erwähnt, dessen Bedeutung mir heute erst bewusst wurde. Das hat richtig was aufgebrochen in mir. Auf einmal habe ich sie wieder vor mir liegen sehen und die ganze Situation war wieder da.« Agnes machte eine bedeutungsschwangere Pause und beobachtete die Reaktionen der umstehenden Personen. Alle waren aufs Äußerste gespannt und wagten kaum zu atmen. Von Tolf und Michelle hatte sie eine solche Reaktion erwartet, aber von Brum? Umtier? Rodler? Sich die Irritation nicht anmerken lassend, sprach sie weiter. »Den Inspektor konnte ich bislang nicht erreichen, er ist einfach nicht ans Telefon zu kriegen.« Michelle atmete tief ein. Umtier schaute forschend Richtung Tolf, die unverändert bleich war. Wie aus dem Wachsfigurenkabinett standen sie da, Rodler hatte eine Augenbraue hochgezogen, Brums Mund stand leicht offen.

»Nun, der Inspektor wird zurzeit andere Sorgen haben«, räusperte sich Brum schließlich, »Sie werden mit Ihren Neuigkeiten auf Sutels Nachfolger warten müssen, Frau Magister Feder. Ich schätze, der Inspektor hält mittlerweile sein Versetzungsschreiben in Händen.«

Norman wartete bereits in einer der schummrigen Nischen des Kellerlokals. Auf dem schäbigen Holztisch vor ihm stand ein Bier. Die weiß getünchten Ziegelwände waren nikotingefärbt, dennoch war dies ein sehr beliebtes Lokal der Innenstadt. Obwohl es erst halb sieben Uhr abends war, quoll das Lokal über von lärmenden Menschen und Zigarettenqualm hing in der Luft. Latinomusik drang aus den Lautsprechern und ein paar gut gelaunte Frauen standen an der Theke, tranken Rotwein und bewegten sich rhythmisch zur Musik. Agnes versuchte, die Sinnesreize auszublenden, während sie auf Norman zuging. Sie musste ihn für ihren Plan gewinnen, brauchte ihre ganze Konzentration. Zwar hatte er auf ihr SMS mit dem Vorschlag auf das Treffen wie gewünscht reagiert, doch hatte sie die Katze noch nicht aus dem Sack gelassen. Er wird mir den Kopf abreißen, war nur eine der Vorahnungen, während sie ihm entgegenlächelte. Norman erhob sich höflich, um sie zu begrüßen.

»Hallo, Agnes.« Er umarmte sie, ließ sie aber gleich wieder los, als ihr Körper erstarrte. »Hab einen Scheißtag gehabt, also geh mir nicht mit Beziehungskram auf den Sack.« Er winkte der Kellnerin, während er weitersprach. »Für dich einen Martini?« Agnes verneinte und bestellte ein Soda Zitrone.

»Ich brauche einen klaren Kopf«, sagte sie zu ihm, als die Kellnerin wieder fort war. Er hörte sie nicht, sondern sah den wippenden Hüften nach.

»Super Tattoo. Hast du das gesehen? Kleine Schlangen, die aus dem Stringtanga kriechen. Hätte mir bei dir auch gut gefallen.«

»Ein Arschgeweih?«, entgegnete sie mit hochgezogenen Augenbrauen. Der Mann überraschte sie immer wieder. Norman grinste und ließ Bier die Kehle hinunterrinnen. Es war sicher nicht das erste.

»Ich brauche deine Hilfe.« Sonst säße ich nicht hier, dachte sie und versuchte, sich den Ärger nicht anmerken zu lassen, der ihr wegen der geplatzten Verabredung mit Siebert im Magen lag. Aber nachdem sie Norman um ein Treffen gebeten hatte, war natürlich er es gewesen, der Zeit und Ort diktiert hatte. »Die Sache ist die: Ich habe heute vor versammelten Verdächtigen einen Köder ausgelegt – ähm –, mich selbst. Könnte sein, dass mir in nächster Zeit jemand nach dem Leben trachtet. Im Idealfall unsere Mörderin. Kannst du etwas für mich tun oder muss ich da allein durch?« Mit großen Augen schaute Agnes zu ihm auf. Erfahrungsgemäß wirkte das besänftigend auf Norman. Was ihr Glück war, denn Norman war fassungslos über diesen Alleingang. Innerhalb der nächsten Sekunde lief sein Gesicht rot an und die Halsschlagader trat hervor. Wutanfall. Sie zog den Kopf ein.

»Bist du verrückt geworden, oder was?«, fuhr er sie an. »Das ist kein verdammtes Spiel, was hier abgeht! Wir haben es mit jemandem zu tun, der wiederholt gemordet hat und dazu verdammt clever ist. Einfluss hat.« Er fuhr sich über die Haarstoppeln, als wollte er seine Hände davon abhalten, Agnes zu erwürgen. »Oh, Scheiße! Was denkst du dir dabei, wenn du so was machst?« Agnes gab sich alle Mühe, nicht eingeschüchtert zu wirken. Einzige Chance war ein Gegenangriff.

»Du hast meine Freundin ins Visier genommen und willst sie zum Sündenbock machen – das lasse ich nicht zu! Buchte gefälligst die Richtigen ein. Außerdem tu nicht so, als würdest du mich niemals in Gefahr bringen wollen – ich weiß genau, dass der Anruf damals von deinem Kollegen bei Brum eine abgemachte Sache war. Du hast mich absichtlich als Polizeispitzel bloßgestellt und dann auf Retter gemacht, damit ich angstschlotternd wieder bei dir einziehe!«

Das saß.

Obwohl Agnes nur ins Blaue geschossen hatte, war ihr ein Volltreffer gelungen. In dem kurzen Moment, ehe er seine Augen senkte, blitzte Schuld auf und er brauchte einige Sekunden zu lang, um sich eine Ausflucht zu überlegen. Es war also wahr.

»Du bist verrückt, Agnes. Zu viel Fantasie. So etwas mache ich nicht, schließlich liebe ich dich.«

»Es darf mich aber kein anderer haben, nicht wahr? Besser, ich bin tot. Das nennst du Liebe? Arschloch!«, fauchte sie ihn an. Ihr Blick heftete sich herausfordernd an sein Gesicht, dass er sich fürs Erste hinter das große Glas Bier zurückzog und es langsam leer trank. Dann winkte er der Kellnerin, zeigte ihr das Glas und nickte dazu.

»Okay, ich habe die Kalth hart rangenommen, das ist mein Arbeitsstil. Was glaubst du, wie gesprächig die Leute werden, wenn sie sich selbst reinwaschen müssen? Das ist einfach eine gute Methode, um all die Kleinigkeiten zu erfahren, die sonst unter den Tisch fallen.« Norman rieb sich die Stirn. »Du hättest vorher mit mir reden müssen – jetzt hat man mir den Fall entzogen. Ich kann dir nicht mehr helfen. Ab nächster Woche ist der Kollege Geier wieder im Dienst und der wird nach den Vorgaben der Obrigkeit den Fall abschließen.«

»Vorgaben?«, wiederholte Agnes verdutzt und Norman verdrehte die Augen zur Decke. Seine Art zu zeigen, für wie naiv er sie hielt.

»Deine Freundin Kalth ist wirklich vom Mutterunternehmen nach Wien geschickt worden, das wurde von *Safur Industries* bestätigt. Zu den Tatzeiten war sie immer in der Nähe und wir haben ihre Fingerabdrücke auf dem Acrylamidbehälter. So weit passt meine Theorie. Aber das war's auch schon. Ob die Tolf tatsächlich Embryonen abgezweigt hat, wird noch untersucht, aber sie ist möglichst aus der Sache rauszuhalten. Ihr Mann ist in derselben Studentenverbindung gewesen wie der Justizminister, die Staatsanwaltschaft ist ihm weisungsgebunden, alles klar? Die werden keine Anklage erheben, wenn sie nicht müssen. Wirst sehen, am Ende wird die ganze Sache eingestellt. Ich wollte der Tolf was anhängen und habe meine Karriere in den Sand gesetzt. Verdammte Scheiße.« Die Kellnerin stellte ein Bier vor Norman.

»Dein Krügel, mein Guter, wohl bekomm's! Hast dich schon lang nicht mehr anschau'n lassen.« Er blickte nicht einmal hoch, sondern führte das Glas zum Mund und trank es halb leer. Die Kellnerin zog beleidigt ab. Agnes ärgerte sein Fatalismus.

»Hör auf mit dem Saufen, das passt überhaupt nicht zu dir. Hast du nicht gehört, was ich gesagt habe? Wir haben die Chance, den Mörder in flagranti zu erwischen! Morgen Abend ist Frühlingsfest bei uns im Haus. Das ist die perfekte Gelegenheit, mich auszuschalten. Keiner weiß von unserem Kontakt und alle glauben, du bist vom Fall abgezogen.«

»Das stimmt ja auch«, platzte Norman heraus. Die Vene an der rechten Schläfe pochte bedrohlich.

»Bis Montagmorgen bist du der ermittelnde Beamte. Wenn wir die Mörder auffliegen lassen, kannst du deine Karriere noch retten – dann müssen sie dich nach oben wegloben, wenn sie dich loswerden wollen«, ließ Agnes kein Selbstmitleid aufkommen. »Also, was sagst du?« Erwartungsvoll biss sie auf ihrer Unterlippe herum und trommelte nervös mit dem Absatz auf dem abgetretenen Holzboden. Nur mit Normans Hilfe konnte der Plan aufgehen. Ohne ihn …, daran wollte sie nicht denken. Hatte er noch genug Rückgrat? Sie sah ihn an. Seine Mimik spiegelte das Für und Wider, das durch seinen Kopf jagte. Schließlich lehnte er sich zurück, streckte die Beine von sich und erwiderte ihren Blick.

»Du bist eine erstaunliche Person. Hätte ich dir nicht zugetraut, so viel Courage. Wahrscheinlich habe ich manches an dir nicht bemerkt.« Das Bierglas in seiner Hand drehte sich unablässig.

»Und?«, konnte sie nicht an sich halten. Sie musste ihn herausfordern, durfte nicht verzweifelt wirken. Blickkontakt halten. Seine grauen Augen verengten sich. Die Entscheidung war gefallen.

»Okay. Wir starten einen letzten Versuch.«

Müde ließ Agnes ihre Stiefel zu Boden fallen und sank auf den wackligen Sessel. Das Vorzimmer war ungeheizt und eigentlich wollte sie sich sofort in die wärmere Küche zurückziehen, doch die Beine hatten keine Lust, auch nur einen weiteren Schritt zu gehen. So blieb sie noch eine Weile mit geschlossenen Augen, den Mantel immer noch angezogen, sitzen. Das Flechtwerk knisterte unter der Last und der ganze Stuhl schien seiner Aufgabe nicht mehr gewachsen zu sein. Großmutters Thonetsessel.

»Sollte das Leben jemals wieder normal verlaufen, lasse ich ihn restaurieren«, sagte sie laut und sah auf Großmutters Fotografie. Normales Leben – was war das? Sie schüttelte den Kopf und strich die Haare aus dem Gesicht. Darüber wollte sie gar nicht weiter nachdenken. Konzentration. Jeder Fehler, den sie beging, könnte – wie hatte Norman sich ausgedrückt? – verdammt ins Auge gehen. Trotz ihres Bemühens, das Treffen mit Norman so kurz wie möglich zu halten, war es jetzt doch bereits halb elf Uhr abends. Kein Siebert heute Nacht. Und wenn es keine weitere Nacht mehr für sie beide gäbe? Sie stieß einen Wutschrei aus und fühlte sich erleichtert. Das Bildnis ihrer Großmutter mahnte sie aufzustehen.

Sie wollte nur noch ins Bett. 15 Minuten später stand sie unter der Dusche und lag bald darauf unter der Bettdecke. Die Dunkelheit war erdrückend, ihre Gedanken flogen davon, kreisten um den bevorstehenden Tag, ließen sie nicht zur Ruhe kommen. Ungeduldig warf sie die Decke wieder zurück. Konnte sie Siebert so spät anrufen? Das Handy lag bereits in der Hand und ein Finger schwebte über der Tastatur. Sie brauchte seine Stimme. Am Display erschien sein Name, die Verbindung wurde aufgebaut. Lang war das Freizeichen zu hören, er meldete sich nicht. Enttäuscht warf Agnes das Handy auf das Bett. Von der inneren Unruhe getrieben, ging sie in die Küche, um einen Orangenblütentee aufzubrühen. Kaum hatte sie Wasser aufgestellt und einige Orangenblüten in die Tasse gegeben, hörte sie aus dem

Schlafzimmer Tangomusik. Voller Hoffnung rannte sie los, warf sich der Länge nach auf das Bett und schnappte sich das Telefon. Ohne auf das Display zu sehen, drückte sie auf die grüne Taste und rief zugleich: »Ja?«

»Agnes, Liebes. Du hast eben bei mir angerufen – ist alles in Ordnung?« Überglücklich, Sieberts Stimme zu hören, rollte sich Agnes auf den Rücken und schloss die Augen. Wenn er nur jetzt hier neben ihr liegen würde.

»Siebert! Ich habe dich hoffentlich nicht aufgeweckt?«

»Ich gehe selten vor zwölf schlafen. Was ist los, du klingst traurig.« Er machte sich Sorgen, kein Wunder, hatte sie ihm am Nachmittag doch von dem Treffen mit Norman erzählt. Seltsamerweise hatte er nicht nach dem Warum gefragt.

»Ich habe dir heute Nachmittag nicht gesagt, was ich mit Norman besprechen musste. Es ist so …« Agnes zögerte. Sollte sie ihn in den Plan einweihen? Norman wollte nicht, dass irgendjemand davon wusste, und hatte ihr ein Redeverbot auferlegt. Aber mit Siebert war das etwas anderes, er war ihr Seelengefährte, auch wenn er die Geschichte von Neddal und Sishla Vem noch nicht kannte. Wenn ihr morgen etwas zustoßen würde …

»Morgen ist ein wichtiger Tag. Wir haben uns eine Falle für den Mörder ausgedacht und das Frühlingsfest morgen Abend ist der ideale Zeitpunkt, dass er hineintappt.«

»Was hat das mit dir zu tun? Das ist Polizeisache«, entgegnete Siebert barsch und Agnes hörte Verwirrung in seiner Stimme.

»Nein, Norman ist ab nächster Woche vom Fall abgezogen und der Neue wird weiter gegen Megan ermitteln. Deshalb habe ich der versammelten Gesellschaft einen Köder hingeworfen, den der Mörder aufgreifen muss. Ein gefälschtes E-Mail und den Hinweis, dass ich weiß, wer Muths Kaffeetasse verschwinden ließ. Ich rechne damit, dass diejenigen, die ich im Verdacht habe, morgen aktiv werden, beim Frühlingsfest.«

»Du hast *was* gemacht? Du hast dich selbst als Köder angeboten? Bist du dir im Klaren, was du da tust? Es geht hier um jemanden, der drei Menschen auf dem Gewissen hat! Den Selbstmord von der Sekretärin nicht mitgerechnet. Wie kann dieser Typ von Kriminalbeamten, mit dem du immerhin einmal zusammen warst, dich dafür benützen? Wieso machst du dabei mit?« Siebert war bestürzt. Schon bereute sie ihre Offenheit, sah aber keine andere Möglichkeit, als aufrichtig zu sein. Das mit Siebert sollte anders laufen als mit Norman.

»Es war meine Idee«, stellte sie richtig. »*Ich* habe Norman vor vollendete Tatsachen gestellt. Er hat von dem Plan erst erfahren, nachdem ich alle mit meiner Info gefüttert hatte. Es blieb Norman eigentlich gar nichts anderes übrig, als mir zu helfen, genau wie ich es geplant habe. Norman wird für meine Sicherheit sorgen, verlass dich darauf. Er ist ein guter Polizist. Außerdem«, fügte sie hinzu, ohne weiter darüber nachzudenken, »hängt er immer noch an mir.« Kaum waren die Worte aus dem Mund, wurde ihr deren fatale Aussage bewusst. Hatte sie Siebert wirklich gerade eben mitgeteilt, dass sie sich ihren Ex am Gängelband hielt? Großartig, sie hatte sich eben als Luder geoutet. Vom anderen Ende der Leitung war kein Ton zu vernehmen. »Du weißt aber, dass das nicht auf Gegenseitigkeit beruht«, versuchte Agnes, ihre Ansage abzuschwächen.

»Was hast du nur getan«, stöhnte Siebert schließlich auf. »Was hast du dir da für einen Wahnsinn ausgedacht – warum tust du das?«

»Das alles muss ein Ende haben, Siebert. Ich kann nicht mit jemandem unter dem gleichen Dach arbeiten, der versucht hat, mich zu töten, jemand, der bereits andere Menschen getötet hat. Es sieht aus, als kommt dieser Jemand ungeschoren davon. Dafür hat man Megan ins Visier genommen, die verständlicherweise völlig von der Rolle ist.« Auf ihrem inneren Bildschirm erstand das Traumbild von Luva, Vijhgor und Wuhvor. Die drei starrten herausfordernd auf sie herab, als wäre vollkommen klar, dass Agnes nichts gegen das Trio ausrichten konnte. Dieser Kampf ist meine Aufgabe, wusste sie unwillkürlich und eine befriedigende Ruhe breitete sich in ihrem Herzen aus.

Gefunden.

Das Bild verschwand. »Ich konnte nicht anders«, war alles, was Siebert dazu noch erfahren durfte. Ihre Erkenntnis war jenseits von Erklärungen. Und dann wartete sie bang auf eine Antwort Sieberts.

»Das ist ein extrem gefährliches Spiel und ich traue deinem Exfreund nicht über den Weg«, brach dieser endlich sein Schweigen. »Du selbst hast mir erzählt, dass er dich vermutlich absichtlich bloßgestellt hat, um nachher den großen Beschützer spielen zu können.« Siebert unterbrach sich, da seine Aufregung überhandzunehmen drohte. Ein Räuspern war zu hören, danach sprach er mit ruhigerer Stimme weiter. »Vielleicht bin ich auch nur eifersüchtig. Wie auch immer, du hast dich entschieden; ich nehme an, ich kann dich nicht umstimmen.«

»Nein, Siebert, da muss ich jetzt durch.« Sie hörte ihn Luft holen, bevor er ihr antwortete.

»Okay. Nach deinen Erzählungen ist Norman ein fähiger Polizist. Dann wird er seinen Teil gut machen.« Ein Räuspern ließ vermuten, dass ihm dabei nicht wohl war. »Kann ich irgendwie helfen?« Erleichtert atmete Agnes auf.

»Nein.« Könnte sie doch nur in seinen Armen liegen, seinen Duft einatmen und sich wenigstens in dieser Nacht sicher fühlen. »Du darfst von nichts wissen. Ich rufe an, wenn alles vorbei ist.«

»Wann hast du vor, das Fest zu verlassen?«

»Länger als bis Mitternacht muss ich nicht bleiben. Ich hoffe, dass bis dahin alles erledigt ist.«

»Gut, dann melde dich, wenn du daheim bist. Ich werde kein Auge zubringen, ehe du mich nicht angerufen hast.«

»Mach dir keine Sorgen«, versuchte sich Agnes an einem unbeschwerten Tonfall. »Bis morgen dann.«

»Agnes?«

»Ja?«

»Ich liebe dich.« Die Leitung klickte.

Agnes atmete tief durch. Ihr Herz klopfte aus dem Rhythmus, stolperte durch das Wirrwarr an Gefühlen. Freude, Angst, Liebe, Zorn, Hoffnung – das alles auf einmal, was für ein verrückter Cocktail! Wenn es schiefging? Sentimentale Tränen stiegen in ihre Augen. Jetzt nicht weich werden, schalt sie sich. Lang lag Agnes mit offenen Augen in der Dunkelheit und wartete auf die Gnade eines erholsamen Schlafes.

Nathane stand im hohen Eingangsportal der Halle des Königs. Sonnenlicht begleitete seinen Weg, seine weißgewandete Gestalt hob sich von dem Dunkel der Krieger ab, die zwischen den Säulen ihre Plätze eingenommen hatten. Argwöhnische Blicke folgten ihm. Eine weite Strecke war zurückzulegen bis zum Thron des Königs. Neben diesem, etwas abseits gerückt und weniger prunkvoll, befand sich Sishla Vems Sitz. Sie erhob sich, kaum dass sie ihres Bruders ansichtig wurde. Immer noch trug sie die Trauerkleidung Valuns. Nathane sah seine Schwester als Schatten ihrer selbst. Das Haar hüllte sie in einen dunklen Schleier, die silbernen Fäden des Kopfschmucks schimmerten wie Mondlicht am Nachthimmel. Gleich einer Meeresgöttin strahlte der Aquamarin auf der Stirn, hob sie aus der Schar der versammelten Priesterinnen hervor. Doch die Wangen waren hohl, die Augen müde vom Kampf. Luva befand sich direkt hinter ihr, den kalten Blick auf Sishla Vems Nacken gerichtet. Geschützt durch den Zauber des Lichts und des Spiegels, war sie sicher vor dunklen Beschwörungen, durfte jedoch niemals in ihrer Konzentration auf die Aufrechterhaltung des Schutzes nachlassen. An diesem Tag schlug Sishla Vems Herz jedoch vor Freude. Der geliebte Bruder war gekommen, sie im Kampf gegen die Schwarzen Mächte zu unterstützen. Gemeinsam mit Kossar und Havan würden sie den erstarkenden Einfluss der dunklen Macht brechen können. Ihre Arme sehnten sich danach, Vater und Bruder zu umfangen, so wie sich ihr Geist nach der Gelegenheit einer ungestörten Unterhaltung sehnte. Nathane und Kossar mussten in die Intrigen des königlichen Palastes eingeweiht werden, mussten die Namen der Schwarzen Magier kennenlernen. Vieles hatte sie zu berichten.

Endlich war die offizielle Begrüßung beendet, nun würde Shenui Tui mit den Gästen allein speisen und sie hernach in Sishla Vems Gesellschaft entlassen. Bevor sich Sishla Vem zurückzog, umarmte sie ihren Vater und ihren Bruder erneut herzlich. Leise, nicht ohne Nathane dabei tief ins Herz zu schauen, verabredeten sie sich am königlichen Strand, um die letzten Strahlen der Sonne in gemeinsamer Übung zu genießen.

Dem Gefühl der Bedrohung, welches Nathane in der Halle des Königs umfangen hatte, Ausdruck verleihend, flüsterte er der Schwester zum Abschied ins Ohr, sie möge achtsam sein. Ein letztes Lächeln, ihre Hände lösten sich voneinander und Nathane folgte dem König zur Tafel. Sishla Vem ihrerseits wanderte beglückt zum Strand, erleichtert, nicht länger alleine den Kampf austragen zu müssen. Die Luft duftete nach Rosmarin und Macchia, die Sonne wärmte ihre Haut, blühende Sträucher erfreuten ihre Augen und die kreischenden Möwen erheiterten ihr Gemüt. Ein Schatten am Himmel nahm die Aufmerksamkeit gefangen. Es war ein Adler von enormer Spannweite, der seine majestätischen Kreise hoch über ihrem Haupt zog. Einsam und frei wie kein anderes Lebewesen, war er Teil des tiefblauen Himmels und flog mühelos über dem Land, beherrschte es mehr, als je ein König auf Erden vermochte. Sishla Vem erfuhr es als Gnade, dieses erhabene Wesen beobachten zu dürfen. Die Zeit dort im Himmel schien nach anderen Gesetzen zu verlaufen. Lang blickte sie hinauf, verzaubert, entrückt. Völlig unerwartet änderte sich die Szenerie. Unversehens legte der Adler die Flügel an und schoss wie ein Pfeil zum Boden herab. Sishla Vem erschrak ob der plötzlichen Wendung im Wesen des Vogels. Des Adlers scharfe Augen hatten Beute erblickt und blitzschnell wurde sie zur Strecke gebracht. Ein Kaninchenjunges in den Fängen haltend, gewann er wieder an Höhe. Nachdenklich beobachtete sie das Schauspiel, folgte dem Weg weiter zum Meer. Versunken in tiefe Meditation, saß Sishla Vem lange Zeit im Sand. Ihre Sinne waren wach und ganz gegenwärtig. Sie wusste um die Eidechse, die sich auf dem Felsen unweit neben ihr sonnte, und um die Schlange, die darunter im Sand ihr kaltes Blut wärmte. Spinnen warteten zwischen den Felsspalten auf allerlei Insekten, die sich in ihren Netzen verfangen sollten. Die Gegenwart eines versteckten Skorpions war ihr bewusst, genauso wie die vielen Ameisen, die eifrig Grassamen zu ihrem Bau schleppten. Das alles war da, ohne dass sie hätte darüber nachdenken müssen, war Teil der Natur, die sie umgab – war Teil der Einsheit wie sie selbst.

Das Bild des Adlers erschien wieder vor ihrem inneren Auge, in einem Augenblick Teil des Himmels, im anderen entschlossen, Beute zu reißen – ihre Lider öffneten sich weit und eine Erkenntnis traf sie wie ein Blitz.

Ich bin die Beute.

Sogleich löste sich Sishla Vem aus der Meditation. Maßnahmen waren zu treffen. Schwarzer Zauber verbarg sich in unmittelbarer Nähe. Im Augenblick des sich Erhebens durchfuhr Sishla Vems Fuß ein stechender Schmerz. Ein Biss. Am Boden krabbelte eilig etwas Schwarzes, Langbeiniges davon. Die Spinne, die sie so unvermittelt angegriffen hatte, verharrte abwartend bei den Felsen. Sishla Vem war erstaunt, dass diese Spinnenart entgegen ihrem Wissen ein solch aggressives Gift in sich trug, denn schon fühlte sie Hitze in ihrem Bein aufsteigen, die sich langsam auf den ganzen Körper ausbreitete. Das Bein war gefühllos geworden und versagte seine Dienste. Immer noch beobachtete das Insekt Sishla Vems mühevolles Streben, an die Felsengruppe zu gelangen, um sich dort an den Steinen hochzuziehen. Kaum war es Sishla Vem gelungen, zu den Steinen zu kriechen, schnellte eine Viper zwischen den Felsen hervor. Ein neuerlicher Biss, diesmal traf es ihren Arm. Den Schmerz vorerst nicht wahrnehmend, starrte Sishla Vem ungläubig der Schlange nach. Dies war widernatürlich – warum griffen diese Lebewesen an? Unmöglich konnten sie sich bedroht fühlen – geschah dies aus purer Kampfeslust? Den verletzten Arm an sich gepresst, gegen Atemnot, Schwindel und Schweiß kämpfend, versuchte die Meisterin Valuns, ihre Gedanken zu sammeln. Diese Viper war die giftigste Schlange, die sie kannte. Das Gegenmittel für ihr Gift war in ihrem Meditationsraum verwahrt, doch nirgendwo war eine Menschenseele, die ihr zu Hilfe eilen konnte. Ein rettender Gedanke stellte sich ein. Nathane – er würde in

Kürze hier zur Übung erscheinen, wo blieb er? Leise rezitierte Sishla Vem eine Beschwörung der Heilung, die alten Worte machten ihre Schmerzen erträglich und hielten die Ausbreitung des Gifts in ihrem Körper hintenan. Sie musste bis zum Erscheinen Nathanes bei Bewusstsein bleiben. Nur dann konnte sie ihm den Aufbewahrungsort des Gegenmittels mitteilen. Ihr Blick fiel auf den Sand zu ihren Füßen. Ein Skorpion hatte sich nahe ihren Zehen eingefunden und wartete – wartete geduldig wie die Spinne und die Schlange, die sich immer noch in nächster Nähe befanden. Warten. Sishla Vem riss die Augen weit auf. Das Mosaik enthüllte sein Bild. Der Schwarze Zauber. Kein Mensch hätte sie vergiften können, kein menschlicher Angriff wäre für sie gefährlich gewesen. Nur diese unschuldigen Tiere konnten zu ihr vordringen, ihren Schutzzauber durchdringen. Sie waren benutzt worden, um sie zu töten. Diese Tiere standen im Bann der Schwarzen Magier, jedes gefangen und besprochen von einem aus deren Kreis. Nun sah Sishla Vem die Bedeutung der gewählten Tiere, die Handschrift, die die dunklen Meister hinterlassen hatten. Luvas Schlange, Vihjgors Spinne und vor ihr Wuhvors Skorpion, der mit seinem Stich der tödlichen Kombination dreier Gifte das krönende Ende setzen wollte. Das war die Botschaft des Adlers gewesen, der plötzliche Wesenswandel, der unvermutete Angriff vermeintlich friedlicher Lebewesen. In dem Moment, in dem Sishla Vem den Beschwörungsgesang der Skorpione anstimmen wollte, stach er zu.

Am Rand der Dünen tauchte Nathanes Gestalt auf. Gemächlich hielt er auf den Strand zu.

»Hast du die Übungen bereits beendet?«, rief er von Weitem der an die Felsen gelehnten Frau entgegen. »Sishla Vem, was ist mit dir?« Von Vorahnungen getrieben, begann er zu laufen, gebannt von den starren dunklen Augen seiner Schwester, die erwartungsvoll auf ihn gerichtet waren. Ein Lächeln zierte das schöne Gesicht, wenngleich es nicht länger in den Augen gespiegelt war.

Sishla Vem war tot.

Schweißnass wachte Agnes in der Dunkelheit ihres Schlafzimmers auf, wusste für Augenblicke nicht, wo sie war. Verwirrt und benommen setzte sie sich auf. An Schlaf war nicht mehr zu denken. Das Herz raste und alles in ihr verlangte nach Wasser. Den Bademantel achtlos übergezogen, ging sie ins Bad. Einige Handvoll eisigen Wassers kühlten ihr Gesicht, bevor sie mit einem Stoßseufzer den Hahn zudrehte und sich aufrichtete. Bedächtig tupfte sie mit einem Handtuch die Haut trocken. Besser. Immerhin wusste sie nun, dass sie wach war. In der Küche machte sie die Stehlampe neben dem Ohrensessel an und schob einige Holzscheite in den Bauernofen. Ihre Bewegungen waren langsam, immer noch fühlte sie die Todesangst in den Adern. Sie schenkte sich den Rest des bitter gewordenen Orangenblütentees ein, setzte sich mit der Teeschale ans Fenster und starrte hinaus in die Dunkelheit.

Der Traum lag wie ein Schatten über ihr. Eine Warnung. Vielleicht waren auch ihre Ängste und Befürchtungen Auslöser für diese erschreckenden Bilder und Gefühle gewesen. Agnes wusste es nicht. Ein Blick auf die Uhr zeigte, dass sie in einer Stunde losfahren musste. Seufzend erhob sie sich und stellte Teewasser auf. Ein Blick in den Küchenschrank zeigte die Auswahl an Teesorten, die zur Verfügung stand. Der richtige Tee am Morgen entschied über den Verlauf des Tages – heute war eindeutig ein Assam-Typhoo-Tag. Der stärkste Schwarztee – mit Power-Tein und kräftigen Gerbstoffen würde sie den Vormittag schaffen. Drei gehäufte Teelöffel der senfkorngroßen Kugeln rieselten in den Einsatz der Glaskanne, das kochende Wasser darüber und Deckel drauf. In wenigen Minuten würden die Teekügelchen ihre Kraft entfaltet haben. Genug Zeit zum Ankleiden. Das Kleid musste sowohl tagsüber angemessen sein, als auch am Abend für das Frühlingsfest ein passendes Outfit darstellen. Ein klarer Fall für das Kleine Schwarze. Aus der hintersten Ecke des Schranks hervorgefischt, zog sie das sexy Teil mit dem tiefen Rückendekolleté und dem hoch geschlitzten Rock über. Tagsüber würde sie das Dekolleté unter einer Kostümjacke verstecken und pinkfarbene Stiefel tragen. Der rosarote Pashmina-Schal, den sie über dem Mantel trug, war für den Abend der gewisse Farbtupfer über ihren Schultern. Schwarze Strümpfe und hochhackige Pumps dazu und voila, die Verwandlung von Businesswoman zur Partyqueen war geschafft. Zufrieden mit dem Outfit, schenkte sich Agnes Tee ein. Die Müdigkeit machte ihr zu schaffen. Ihre Gedanken reichten maximal bis zur nächsten Handlung. Einschenken, Zucker, Milch. Der Tee war in der Zwischenzeit eine schwarze Brühe geworden, die sich selbst nach großen Mengen von Milch nur schwach aufhellte. Genau richtig. Heißer Milchtee, sehr süß, damit man die bitteren Gerbstoffe nicht schmeckte. Damit würde sie verkehrstauglich.

24

Die Nachmittagspost auf dem Schreibtisch war fast erledigt. Das Zimmer lag ruhig, kein Telefongeklingel, keine Besucher, keine kurzfristigen Aufträge. Eine Wohltat nach einem Vormittag bei Gericht. Heute noch keine Giftanschläge, dachte Agnes zynisch. War ja auch nur kurz im Büro, um die Unterlagen für die Verhandlung bei Gericht zu holen, und zu Mittag habe ich unterwegs gegessen. Die Erinnerung an die sonnige Innenstadt kam zurück, der Wunsch, dass Siebert neben ihr gehen sollte. Stattdessen hatte sie einen fremden Schatten im Nacken gespürt, jeder Schritt, jede Handlung, die sie tat, wurde beobachtet. Norman hatte veranlasst, dass sie den ganzen Tag über von einem zuverlässigen Kollegen observiert wurde. Es gab immer jemanden, der Norman etwas schuldete. Ihre Proteste hatte er ignoriert. Natürlich würde sie nicht auf offener Straße oder bei Gericht attackiert werden, was dachte er denn? Dass die Tolf mit dem Messer über sie herfiel? Obwohl Agnes immer wieder verstohlen nach ihrem Beschatter Ausschau gehalten hatte, war dieser völlig unsichtbar geblieben, wenngleich fühlbar. Ein leises *Bim* holte sie aus ihren Gedanken. Ein neues E-Mail. Agnes klickte es auf. Eine Nachricht von Michelle; ein kleiner Stich im Solarplexus versetzte ihr System in Alarmzustand. Ging es etwa los – oder war das rein dienstlich? Rasch las sie die knappe Nachricht. Demnach musste ein neues Projekt umgehend besprochen werden, gleich heute am Nachmittag in Michelles Büro. Agnes möge bitte um 16.00 Uhr kommen.

»Das ist etwas ganz Neues – *bitte* hat Michelle wahrscheinlich noch nie zu mir gesagt«, amüsierte sie sich über die unerwartete Höflichkeit ihrer Kollegin. »Fehlt noch, dass die Tolf mir von ihrem Ehemann erzählt.«

An der Tür klopfte es und gleichzeitig wurde die Türklinke heruntergedrückt. Schon erwartete sie, Karin Tolf im Türrahmen zu sehen. Irrtum.

»Frau Magister Feder, auf ein Wort.« Brum natürlich. Unsicher lächelnd kam er auf sie zu. Er hatte sie nicht telefonisch zu sich zitiert. Der Chef war verlegen?

»War alles in Ordnung beim Gerichtstermin?«, fragte er.

»Ja, alles bestens.« Sie sah ihn neugierig an, suchte nach dem wahren Grund seines Erscheinens. »Ich habe unsere Aussage gut rübergebracht. Ich denke, die Richterin konnte ich überzeugen.«

»Na, das ist ja gut.« Er räusperte sich. »Und zum Frühlingsfest kommen Sie?« Sie legte den Kopf zur Seite und betrachtete sein Gesicht. Unschuldsmiene. Das wusste er doch, dass sie kam. Was wollte er eigentlich wissen?

»Ja. Da hat sich nichts geändert.« Brum schlenderte um den Schreibtisch herum und blieb neben ihr stehen, den Blick auf ihren Bildschirm geheftet.

»Da fällt mir ein …«, er lachte erheitert auf, als wäre ihm eben ein guter Witz eingefallen, »… Sie haben doch ein letztes E-Mail von Frau Muth bekommen. Hat sie vielleicht etwas über mich …«, seine Hand deutete die Fortsetzung des Satzes an, »… Sie wissen schon. Larissa war eine nette Frau, würde mir leidtun, wenn sie mit einer schlechten Meinung über mich gegangen wäre.« Agnes starrte ihn an und fühlte, wie sich Ärger in ihrer Kehle staute. Von wegen leidtun. Ihm ging es nur darum, ob seine Affäre mit ihr aufflöge. Eine Menge unfreundlicher Worte wollte sie ihm an den Kopf werfen. War er ihr Mörder? Verunsicherung breitete sich in ihr aus. Unsicherheit macht Angst. In seinen Augen fand sie nichts als Sorge um Job und Familie. Daran hätte er früher denken sollen. Bissig antwortete sie ihm, ohne den Blick abzuwenden.

»Frau Muth hat nichts über ihr Sexleben geschrieben, wenn Sie *das* wissen wollen.« Brum kniff die Augen zusammen und räusperte sich erneut.

»Dachte ich's mir doch.« Gern hätte er sich für Agnes' Frechheit revanchiert, unterdrückte aber den Drang. Dafür grinste er dreckig, als wäre er stolz auf sein abwechslungsreiches Liebesleben. Sein Zögern ließ Agnes fürchten, er würde sie auffordern, ihm das Mail zu zeigen. Doch stattdessen wandte er sich wieder zum Gehen. An der Tür drehte er sich nochmals um und hob die Hand: »Na dann, bis zum Fest«, und verschwand. Agnes war angewidert von diesem Auftritt. Nein, sie war angewidert von seinem ganzen Wesen, vor allem von dem, was sie in seinen Augen hatte lesen können. Was für ein Mistkerl, einer, dessen ganzes Denken sich nur um die eigene Person drehte.

Bim – wieder war ein Mail eingegangen und unterbrach ihren Gedankenfluss. Sofort sah Agnes nach, von wem das Mail stammte. Megan. Norman hatte Agnes ausdrücklich verboten, Megan einzuweihen. Anscheinend hegte er entgegen seiner Behauptung immer noch einen vagen Verdacht gegen sie. Ob sie dennoch mit Megan über ihren Plan sprechen sollte? Megan war schließlich ihre Verbündete.

Tee vor dem Fest? 18.30 Uhr in der Küche. Agnes lächelte und klickte auf *Antworten*. Eine Spur Normalität tat ihr gut.

Bin vorher noch bei Michelle zur Besprechung. Freue mich auf Tee mit dir zur Erholung!!! Der Cursor suchte *Senden* und nach dem Mausklick verschwand das Fenster. Sie blickte auf die Uhr. Fast 16.00 Uhr. Die Post war erledigt, der Lehrling würde gleich die Post der Abteilung aus dem Sekretariat holen. Eilig nahm sie den Stapel mit Briefen und Mappen auf und lief zum Sekretariat. Es hatte sich immer noch keine Nachfolgerin für Frau Muth gefunden. Bis die Personalabteilung eine neue Kraft unter den Bewerberinnen ausgewählt hatte, mussten die Juristen allein zurechtkommen. Frau Muths und Isabelles Plätze waren leergeräumt, als hätte es beide nie gegeben.

Aus dem Leben gerissen.

Mochten alle guten Geister ihr beistehen und der Mörder heute Nacht enttarnt werden. Sie wandte sich ab und verließ das Sekretariat mit hastigen Schritten. An der Teeküche sprang unvermittelt Brum auf sie zu und hielt sie am Arm fest.

»Ach, Frau Magister Feder! Sie sind doch technisch begabt.« Vor Schreck wäre Agnes fast die leere Mappe aus der Hand gefallen, doch Brum bekam nichts davon mit. »Die Espressomaschine spielt verrückt – lauter rot blinkende Lämpchen! Könnten Sie sich das ansehen? Frauen können mit Küchenmaschinen besser umgehen, ich muss es zugeben.« Für den letzten Satz hätte sie ihm den Hals umdrehen können. Macho. Tröstete ihn etwa die Vorstellung, es gäbe Menschen, die noch dämlicher waren als er? Da brauchte er aber viel Fantasie ...

»Ich bin Teetrinkerin, Herr Doktor. Aber ich werde Sie natürlich im Kampf mit den Küchenmaschinen unterstützen«, versuchte Agnes, ihren Ärger in Humor zu verwandeln. Brum konnte den grimmigen Unterton in ihrer Stimme nicht überhört haben, zeigte aber keine Reaktion. In der Küche zog Brum die Tür hinter sich zu. Sofort fühlte sie sich eingeengt – die Küchentür zu schließen, war absolut unüblich.

»Supergau – was sagen Sie zu diesem Alarmzustand, in dem sich das Gerät befindet?«

Tatsächlich leuchteten alle Lämpchen und die Espressomaschine hatte den Betrieb eingestellt.

»Die Elektronik spinnt«, meinte sie. Zuerst zog sie den Stecker vom Netz und öffnete der Reihe nach die verschiedenen Türchen und Laden. Nachdem sie den Kaffeesud entleert, Wasser und Kaffeebohnen nachgefüllt und die Filter gereinigt hatte, steckte sie den Stecker wieder ein. Ein grünes Lämpchen leuchtete ihr freundlich entgegen. Brum redete unentwegt. Von seiner Gattin, von deren häuslichen Talenten – sie bekam unzählige unverlangte Informationen über sie. Dabei sah er immer wieder auf die Uhr.

»Na bitte, ist gar keine Hexerei gewesen. Das hätte ich auch machen können.«

»Selbstverständlich hätten auch Sie das geschafft, Herr Doktor Brum, dafür braucht man keine zwei X-Chromosomen«, stimmte Agnes zu. »Es genügt, wenn irgendjemand von den Kaffeetrinkern ab und zu den Kaffeesud ausleert und Wasser nachfüllt. Das könnten sogar Männer bewältigen.« Unverfroren schaute sie ihn an, doch das stachelte ihn nur noch mehr an.

»Ja, ja, das hat halt alles immer die gute Frau Muth gemacht.« Mehr scheinheilig als ehrlich betrübt blickte er nach oben, als suche er den Engel Muth am Küchenschrank – wo sonst könnten weibliche Geister Frieden finden? Agnes presste die Lippen zusammen, um zu verhindern, dass ein bitteres Lachen aus ihr herausplatzte. Keine Spur Trauer war ihm seit Frau Muths Tod anzumerken gewesen. Von seiner Seite war die Affäre Sex gewesen, so viel war mal klar. Gerade deshalb wäre vornehme Zurückhaltung seinerseits mehr als angebracht gewesen. Warum musste er jetzt die Muth posthum durch den Kakao ziehen? Es kam noch dicker.

»Ach, sind Sie doch so nett und lassen mir gleich einen Espresso herunter – Sie stehen ja gerade vor der Maschine.«

»Was? Sie stehen einen Schritt daneben!«, konterte Agnes ungehalten.

»Ich stelle Ihnen dafür Teewasser auf«, grinste er sie an und hielt bereits den Wasserkessel unter den Wasserstrahl.

Resignierend stellte sie eine Kaffeetasse in die Espressomaschine. Ein Streit war in ihrer Situation nicht dienlich und ein starker Tee würde sie für die nächsten zwei Stunden wach halten. Sie drückte die Knöpfe für einen doppelten Espresso. Herzklopfen sollte er kriegen, damit er bemerkte, wo es im Körper untergebracht war. Es klickte und klackte, zischte und brummte, bis endlich die braune Brühe in die Tasse rann. Die ganze Zeit über quatschte Brum vor sich hin, wie nett er es fand, dass sie mal miteinander ganz privat plaudern konnten und wie interessant er ihre Teeleidenschaft fand, ob sie ihn nicht einmal in die Geheimnisse der Teekünste einführen wollte – wie er es sagte und sie dabei ansah, hatte Agnes das Gefühl, er sprach von einer Art Kamasutra für Teetrinker. Demonstrativ warf Agnes einen profanen Teebeutel in die Teetasse. Dass es sich dabei um einen extrastarken Assam-Typhoo handelte, wusste er schließlich nicht.

»... und heute werden wir endlich mal miteinander tanzen, gell, Frau Magister?«, quatschte er weiter. Agnes hörte kaum hin und goss kochendes Wasser über den Teebeutel. Um rasch den Fängen Brums entfliehen zu können, schaufelte sie frevelhaft Zucker zu dem noch ziehenden Teebeutel und goss auch gleich ein paar Tropfen Kaffeemilch dazu. Was sollte das Theater? Kein Mann konnte so begriffsstutzig sein – oder doch? Jedenfalls hatte sie die Nase voll und nahm Reißaus.

»Ich muss jetzt los, Frau Dr. Schoff wartet auf mich. Ein neues Projekt der Forschungsabteilung, mal sehen, ob wir Fördermittel von der EU lukrieren können.« Behände wandte sie sich zur Tür und hatte sie auch schon halb geöffnet, da hielt Brum sie am Arm zurück.

»Welches Projekt?« Ihr Blick hing noch an seiner Hand, die sie nach wie vor festhielt, da merkte sie aus den Augenwinkeln, wie jemand an der Tür vorbeiging. Den Zipfel eines weißen Mantels konnte sie erkennen, doch nicht, zu wem er gehörte. Dem Rascheln von Stoff zufolge tippte sie auf eine Rockträgerin, eine Rockträgerin in weichen, flachen Schuhen.

»Ich weiß auch noch nichts Genaueres, sicherheitshalber nehme ich die ganze Richtlinie mit hinunter zu Dr. Schoff.«

Brum erging sich noch eine Zeit lang über die Kompliziertheit, an Fördermittel der EU zu kommen, trank schließlich seine Kaffeetasse mit einem Zug leer und sah nochmals auf die Uhr.

»So, genug geschwätzt. An die Arbeit. Wir sehen uns dann am Fest«, sagte er und ließ Agnes allein in der Küche zurück, die ihm ungläubig nachstarrte.

»Spinnt der?« Verdattert kehrte sie in ihr Zimmer zurück. Während sie langsam in der Teetasse rührte, schaute sie auf den Bildschirm. Irgendetwas stimmte nicht. Das Hintergrundbild – ein weißer Sandstrand – leuchtete sie an. Ein traumhaftes Bild, Sehnsucht überkam sie jedes Mal, wenn sie es ansah. Hintergrundbild? Der Bildschirmschoner war nicht an! Der hätte sich nach sieben Minuten automatisch einschalten müssen. Sie war mehr als zehn Minuten weg gewesen. Das bedeutete, der Arbeitsplatz müsste jetzt eigentlich gesperrt sein. Wieso lief kein Bildschirmschoner? Jetzt begannen die Sterne des Bildschirmschoners *Star fields* über die Mattscheibe zu fliegen. War es möglich, dass jemand an ihrem Computer gewesen war, während Brum sie in der Küche zugeschwatzt hatte? Agnes zog die Augenbrauen zusammen. Er hatte erst aufgehört zu reden, als die Person mit dem weißen Kittel vorbeigelaufen war. Sie rieb sich die Schläfen. Natürlich, die Espressopanne war eine abgekartete Sache gewesen! Brum wusste, dass sie täglich um dieselbe Zeit die Post ins Sekretariat brachte. Und er hatte wissen wollen, was in dem Mail von Frau Muth stand. Es war gut möglich, dass jemand nach dem Mail von Frau Muth gesucht hatte. Dafür hatte sie den Köder schließlich ausgelegt, um Neugier zu schüren und Aktionen zu provozieren. Okay, ruhig bleiben, alles läuft gut, versuchte sich Agnes zu beruhigen.

Agnes öffnete den Ordner der empfangenen Mails im Outlook. Dort war, geordnet nach Datum und Uhrzeit des Einlangens, immer noch das Mail von Frau Muth zu finden, abgeschickt am Vorabend ihres Todes. Dieses Mail war ursprünglich von völlig belanglosem Inhalt gewesen, eine kurze Nachricht über einen verschobenen Termin. Mit Hilfe von Norman war es gelungen, dem Mail noch weiteren Text anzufügen. *»… übrigens weiß ich jetzt, warum Frau Tsardahl sich nicht mehr hierhertraut! Sie hat mir von Vorgängen im Forschungslabor erzählt, die Dr. Wach unbedingt stoppen wollte. Angeblich sind daran unsere hervorragendsten Ärztinnen beteiligt. Aber das erzähle ich Ihnen morgen früh! AL Muth«*

»So, das wär's fürs Erste. Du weißt jetzt alle Details, wenn es noch Fragen gibt, kannst du dich an Zumtobl oder, wenn es nicht anders geht, an mich wenden. Alles klar?« Michelle warf ihren Kugelschreiber auf die vor ihr ausgebreiteten Unterlagen und lehnte sich in dem bequemen, breiten Lederpolstersessel zurück. »Darf ich dir noch Wasser einschenken?«

Agnes glaubte zu träumen. Michelle erwies ihr Höflichkeiten? Bevor Agnes etwas erwidern konnte, war die Ärztin aufgestanden, die leere Mineralwasserflasche in der Hand, und ging zum Sideboard. Eine Karaffe Wasser und einige Flaschen mit Spirituosen standen dort auf einem Silbertablett. Agnes sah sich um. Mittlerweile war es dämmrig geworden, eine verchromte Stehlampe mit Spot und Deckenlicht spendete der Sitzecke Helligkeit. Die Sitzpolster waren mit cognacfarbenem Leder bezogen, lagen auf Chromgestänge, so wie der Tisch vor ihr ebenfalls aus Chromstangen konstruiert war, auf denen eine mattierte Glasplatte lag. Am Boden unter ihren Füßen befand sich ein dunkelroter Perserteppich. An der Wand gegenüber dominierte ein überdimensionales Schüttbild. Rote erstarrte Farbe hatte auf ihrem Weg, der Schwerkraft folgend, dicke Spuren auf der weißen Leinwand hinterlassen.

»Ja. Ein original Nitsch«, nahm Michelle ihre Frage vorweg. »Dekorativ und wertvoll.« Sie widmete sich wieder den Flaschen vor sich. Der Rest des Raums lag im Halbdunkel. Am Schreibtisch lagen ein Ordner, Bücher und lose Blätter. Der Bildschirm war eingeschaltet und verströmte einen fahlen Lichtschein, der auch das Sideboard schwach beleuchtete. Michelle schenkte sich etwas Dunkelgrünes ein und goss Wasser dazu. »Möchtest du auch ein Eau de Menthe? Ist herrlich erfrischend nach diesem Papierkram. Oder einen Campari?«

»Nein. Nichts.« Michelle brachte die halbvolle Wasserkaraffe zum Tisch, in der anderen Hand hielt sie ihren Longdrink. Dann füllte sie Agnes' Glas auf.

»Cheers!«, prostete Michelle ihr zu, ließ sich in die Lederpolster fallen und nahm einen kräftigen Schluck. »Ah«, genüsslich schmatzte ihr blutroter Mund. »Na? Wohl Angst, dass ich dich vergifte.« Wie gut Michelle vor das Schüttbild passte, als wäre sie ein mitkalkulierter, beweglicher Teil davon. Ihr Lachen stach in Agnes' Eingeweide, ließ sie die Hände schützend auf den Bauch legen.

»Warum solltest du das tun, Michelle?«, sagte Agnes und zwang sich zu einem Lächeln. Ihr Gegenüber erwiderte den forschenden Blick, die Augen bohrten sich tief in Agnes'

Gesicht. Die Stimmung im Raum hatte sich schlagartig verändert.

»Vielleicht mag ich keine Schnüffler?« Was wie ein Scherz klingen sollte, trieb Agnes die Gänsehaut auf die Arme. Dieser Blick. Das war unverblümter Hass. Jetzt mochte sie tatsächlich nicht mehr von dem Wasser trinken, das vor ihr stand.

»Du hältst mich für eine Schnüfflerin?«

»Du warst der Polizei mit jedem Tratsch zur Hand, nicht wahr?«, grollte Michelle. »Hast Dinge ausgeplaudert, die eigentlich überhaupt nichts mit den Todesfällen hier zu tun haben. Du warst sogar einmal in meinem Büro, als ich nicht da war, hast herumgestöbert.« Dabei legte sie ihren Kopf schief wie eine Katze, die mit ihrer Beute spielt. »Da machst du Augen, dass ich das weiß.«

»Der Zumtobl«, erinnerte sich Agnes, und Michelle nickte. Ihr Gesichtsausdruck verlor das Katzenhafte. Die Lippen wurden schmal und zwei steile Falten zwischen den Augenbrauen teilten die Stirn.

»Allein was du über Muth und Brum behauptet hast – aber das ist mir egal, Brum interessiert mich nicht. Von mir aus kann er seine ganze Abteilung vögeln, solange er mich in Ruhe lässt. Wichtig ist der Ruf der Firma und den willst du offenbar zerstören mit Lügengeschichten über mich und Karin Tolf. Du passt nicht zu uns, Agnes. Du bist *nicht loyal*!« Ihre Augen funkelten bei diesen Worten.

»Hat Frau Muth deiner Meinung nach ebenfalls nicht zu *euch* gepasst?« Gespannt beobachtete Agnes Michelles Reaktion. Würde diese versteckte Verdächtigung Wirkung zeigen? Doch Agnes wurde enttäuscht. Die einzige Gefühlsregung, die sich Michelle erlaubte, war ein verächtliches Lächeln. Blendendweiße Zähne zeigten sich – die Raubkatze fixierte ihre Beute.

»Und wenn es so wäre, was könntest *du* tun, um die Frau zu rächen?« Der Zynismus in ihrer Stimme vergiftete jedes ihrer Worte. »Du siehst dich doch als Hüterin von Recht und Ordnung?« Michelles Augen blitzten, zeigten ihre Verachtung unverblümt. »Du hast keine Ahnung, bist naiv wie ein Kind! Wäre besser gewesen, du hättest dich rausgehalten, hier spielen Erwachsene.« Agnes war auf Provokation und Beleidigungen eingestellt, und das Adrenalin, das ihr Körper für Michelles Auftritt freigesetzt hatte, half ihr, die Müdigkeit zu überwinden und angemessen zu reagieren.

»Du meinst wohl, diese Einmischung wird mir nicht bekommen?«, fragte sie gelassen. Michelles Fassade bröckelte zwar nicht, wirkte aber auch nicht länger undurchdringlich.

»Tja, meine Liebe, sieht aus, als wärest du der deutschen Sprache mächtig.« Michelles sarkastischer Ton wurde von einem gespielt unschuldigen Augenaufschlag kontrastiert. »Hat die kleine Agnes Angst bekommen vor der bösen Michelle? Glaubst du, ich habe Frau Muth vergiftet, weil sie irgendeinen unwichtigen Brief gelesen hat? Und das Lehrmädchen gleich dazu?« Sie legte die Hand über ihren Schmollmund und riss die Augen auf. »Du hast ihn ja auch gelesen! Das bedeutet wohl, dass du die Nächste bist, nicht wahr? Dann sag mir doch noch vorher, was du glaubst gesehen zu haben an dem Morgen, als der Muth das Licht ausgeblasen wurde. Das wüsste ich zu gern! Oder hast du dich bloß wichtigmachen wollen vor der versammelten Führungsebene?« Trotz der Untergriffe freute sich Agnes. Michelle wurde redselig, gab zu, dass der Brief von Bedeutung war.

Selbstherrliche Leute brauchen Publikum.

»Ich habe gesehen, wer mit einer lippenstiftverschmierten Tasse herauskam.« Aufmerksam wachte Agnes über Michelles Gesichtszüge. Die Mundwinkel zuckten unmerklich und die Augenlider schlugen einen Takt zu schnell auf und zu.

»Tatsächlich, das hast du gesehen? Während du geschockt am Boden gesessen bist? Interessant. Wenn das nicht der ultimative Beweis ist!«, höhnte sie. »Und wer war das, der sich dermaßen verdächtig benommen hat? Ein Mann oder eine Frau?« Es hätte beiläufig klingen sollen, unterstrichen von einem spöttischen Lächeln, doch Michelle wirkte lang nicht mehr so selbstsicher wie noch einige Minuten zuvor. Das Glas mit dem Eau de Menthe hielt sie so fest in der Hand, dass sich die Fingerkuppen rund um die roten Fingernägel weiß abzeichneten. Agnes lächelte herausfordernd.

»Eine Frau.«

»Wow, tolle Beobachtung«, spöttelte sie. »Eine Frau – du meinst also Karin oder mich. Sowohl Karin als auch ich tragen immer Lippenstift. Ein Schluck aus der Tasse genügt, um den Rand mit Farbe zu beschmieren. Bestimmt habe ich im Sekretariat von meinem Kaffee getrunken und Karin mit Sicherheit auch. Dachte ich mir doch, dass du dich bloß wieder einmal in den Mittelpunkt drängen wolltest. Erzähle das ruhig der Polizei, die haben einen derart deprimierenden Job, die amüsieren sich sicher königlich über deine komische Einlage; die werden sich schieflachen.« Agnes' Puls wurde ruhiger. Die Beleidigungen glitten an ihr ab; das Erstaunen über die Veränderung in ihren Emotionen registrierte sie nur am Rande. Ihr Focus lag ganz in Michelles Blick, dem Hass und der Unsicherheit, die sie darin lesen konnte, und ihrer eigenen Intuition, die sie vorantrieb, aus den tiefen Schichten der Erinnerung heraus zu sprechen.

»Du trägst ausschließlich intensive Rottöne und Karin Tolf Erdtöne. Frau Muths Lippen waren passend zu ihren auberginefarbenen Haaren violett geschminkt. Violett war der Rand ihrer Kaffeetasse, die am Todesmorgen aus dem

Sekretariat geschmuggelt wurde. In dem Kaffeerest hätte die Polizei Spuren des Giftes gefunden, vielleicht sogar Fingerabdrücke der Mörderin auf der Tasse, wer weiß? Diese Tasse wurde ja vor dem Eintreffen der Polizei gewaschen.« Michelles Augen verengten sich. Selbst der Spott war aus ihrem Gesicht verschwunden.

»Das ist eine Theorie – mitnichten ein Beweis. Von deinem Platz aus konntest du nichts sehen.« Schrill klang ihre Stimme und merklich unsicher.

»Alle im Sekretariat Anwesenden waren auf die Leiche konzentriert …«, drang Agnes weiter und spürte die Fassade Michelles bröckeln, »… keiner hat darauf geachtet.« Still war es jetzt im Zimmer. Das Surren des Computers schien überlaut. Die Frauen stierten einander an, als gälte es, ein Duell mit Blicken auszufechten. Keine wollte nachgeben, Schwäche zeigen. Agnes fühlte die Emotionen, die ihr entgegenschlugen, intensiver denn je. Wenn Blicke töten könnten – ihr Magen ballte sich zusammen.

Mörderin.

Alle Zweifel an Michelles Schuld waren verflogen. Alles, was sie in den hasserfüllten Augen lesen konnte, bestätigte ihren Verdacht. Keine Reue, kein warmes Gefühl ruhte in Michelles Innerem. Die Instinkte schalteten auf Fluchtmodus. Die Beine wollten rennen, weit weg, auf und davon. Doch sie war das Publikum, musste bleiben.

»Lass uns ein Spiel spielen, Michelle. Gesetzt den Fall, du wärst es gewesen, wieso die Muth? Das verstehe ich nicht.« Der Versuch einer Verführung.

Michelle trank das Glas leer und ging zum Sideboard. In aller Ruhe goss sie sich einen Whiskey ein, bevor sie sich Agnes wieder zuwandte. Der Lichtkegel der Stehlampe erreichte nur Michelles Knie, der Rest ihres Körpers verharrte im Halbdunkel des Zimmers. Das Gesicht wirkte dadurch blass, nur die dünnen, scharf geschwungenen schwarzen Linien der Augenbrauen und das dunkle Rot ihrer Lippen zeichneten sich deutlich ab. Ohne den Blick von Agnes zu wenden, nippte sie am Whiskey.

»Du möchtest Spielchen spielen? Gut. Spielen wir. Gesetzt den Fall – wie du so trefflich formuliert hast –, gesetzt den Fall also, *ich* wäre die Mörderin – ich hätte möglicherweise mitbekommen, wer Dr. Wach erledigt hat und vor allem *wie*. Vielleicht wüsste ich auch den Grund, warum er im Weg war?« Sie leerte das Glas in einem Zug und warf dabei den Kopf in den Nacken. Im Aufrichten ließ ihre Zunge ein leises, genüssliches Schnalzen vernehmen. »Das macht richtig Spaß, dein Spiel, Agnes. Eigentlich bist du amüsanter, als ich bislang dachte. Wo waren wir? Ach ja – ich wüsste alles über Wachs Tod und machte mir dieses Wissen zunutze, um meine eigenen lästigen Läuse im Pelz loszuwerden. Wäre es nicht geradezu genial, diese Gelegenheit auszunutzen und den Verdacht auf den Mörder von Wach zu lenken? Und zur Steigerung dieser Genialität würde mit der Entlarvung dieses Mörders ein lästiger Konkurrent ausgeschaltet.« Amüsiert und, wie Agnes zu spüren vermeinte, auch stolz grinste Michelle selbstgefällig. Ein zweiter Whiskey wurde eingeschenkt. »Nur schade, dass ich diesen Geniestreich niemandem erzählen könnte …« Gut gelaunt ging sie auf Agnes zu, fixierte sie. »Doch dies ist nur eine erfundene Geschichte. Genauso wie die deine, Agnes. Ich glaube dir kein Wort. Ich weiß noch genau, wie fertig du am Boden gesessen hast, erschüttert von dem Anblick einer Leiche.« Ein abschätziges Ächzen, gefolgt von einem unterdrückten Rülpser, unterbrach ihre Tirade kurz. »Pah. Juristen. Waschlappen.« Verächtlich schnaubend warf sie sich in ihren Sessel, um sich dort selbstsicher zu räkeln.

»Lass uns weiterspielen«, ließ Agnes nicht locker. »Du hättest den Verdacht gleich auf zwei Leute lenken können, die dir ein Dorn im Auge sind. Megan Kalth steht derzeit schließlich auch unter Verdacht.«

»Wer sagt dir, dass nicht *sie* die Mörderin von Wach ist?«, raunte Michelle süffisant und zog eine Augenbraue hoch.

»Das ist ja wohl Schwachsinn!«, fauchte Agnes zurück. Wieder funkelten sie einander an, als wollten sie gleich aufeinander losspringen. Schließlich besann sich Michelle und lehnte sich spöttisch lächelnd zurück in den Sessel. »Ach, die besten Freundinnen! Herzig.« Der süßliche Tonfall schlug ins Gegenteil um. »Hast du nicht begriffen, dass der Konzern alles zudeckt? Kein Mörder, kein Skandal. Wir Forscher sind die Zukunft des Unternehmens und werden Millionen Euro einbringen. Ende der Durchsage. Ich werde mich jetzt für die Party herrichten. Das würde ich auch dir dringend empfehlen, Aschenputtel.« Michelle stand auf, sammelte die Unterlagen vom Tisch ein und würdigte Agnes keines weiteren Blickes. Etwas erstaunt über das abrupte Ende ihrer Unterhaltung, nahm Agnes ihre Mappe an sich. Bevor sie sich zum Gehen wendete, richtete sie ein letztes Mal das Wort an Michelle.

»Situationen prägen sich mir ein wie Fotografien. Ich kann sie jederzeit wieder ansehen. Mach dir keine falschen Hoffnungen, dass der Schock über Frau Muths Leiche mir diese Fähigkeit genommen hat. Was ich gesehen habe, kann ich jederzeit bezeugen.« Vor Michelles Tür atmete Agnes tief durch. Die Offenheit, mit der Michelle ihr begegnet war, machte Agnes Angst. Diese Schlange war sich sicher, dass Agnes es mit ihrer Geschichte nicht bis zum Richter schaffen würde. Dafür gab es nur einen Grund. Agnes presste die Hände vor den Mund, um nicht loszuschreien. Nur weg hier. Sie beschleunigte ihre Schritte, vorbei am Lift, die Treppe hoch. Weit, weit weg. Und doch gefangen.

»Gott, bist du blass! Hast du bei Michelle etwas getrunken? Ist dir übel?« Megan sah besorgt auf ihre Freundin. Sie war von Agnes in den Plan eingeweiht worden und enorm besorgt. »Du hättest das nicht tun sollen …«, ihr Gesicht wirkte gequält, »…nicht für mich, Agnes.«

»Wir ziehen das durch, okay?«, wehrte Agnes jede neuerliche Diskussion ab.

»Es ist zu gefährlich!«, flüsterte Megan und sah über ihre Schulter hinweg, ob jemand den Gang entlangkam. »Sie hat schon einmal versucht, dich zu beseitigen, warum sollte sie jetzt Skrupel haben? Ich kann mir nicht vorstellen, dass Norman dir genügend Schutz bieten kann. Keiner weiß, was sie planen, gemeinsam oder jeder für sich – wir haben in Wirklichkeit keine Ahnung, was vor sich geht.« Agnes konzentrierte sich auf den herben Geschmack des Darjeeling in ihrer Tasse, der nach Heu roch. Das Aroma stieg Agnes zärtlich in die Nase und beruhigte ihr aufgewühltes Gemüt. Das kalte Grauen von vorhin verschwand zögerlich. Sie hat schon einmal versucht, dich zu beseitigen …, das fühlte sich wie die Wahrheit an, besonders nach dem letzten Zusammentreffen mit diesem Biest.

»Keiner sollte mit einem Mord ungestraft davonkommen, kein Unschuldiger soll für die Tat eines anderen büßen müssen. Aber genau das wird geschehen, wenn niemand etwas unternimmt. Also wechseln wir das Thema, Megan. Reden wir von der Party. Dort brauche ich deine Hilfe.«

»Was kann ich tun?« Megan war näher zu Agnes gerückt, um ihren leisen Instruktionen folgen zu können. Sie sollte beobachten, wann Michelle oder Karin die Gesellschaft verließen, wohin sie gingen und wann sie wiederkamen. Agnes wollte sich auf Rodler und Brum konzentrieren. Nebenher musste sie sichergehen, keine vergifteten Getränke oder Speisen zu sich zu nehmen. Norman würde im Haus sein. Sie hatte ihr Handy griffbereit bei sich, damit sie ihm im Notfall das vereinbarte Signal senden konnte – ein Druck auf die Wiederwahltaste genügte.

Agnes sah auf die Küchenuhr, die über der Tür hing. Es war beinahe sieben Uhr.

»Zeit für die Party. Ich muss mich noch herrichten.« Sie erhoben sich und gingen zur Tür.

»Komm her«, wisperte Megan verlegen und zog die Freundin in die Arme. »Danke.« Kurz entspannten sich die angestrengten Nerven in der Wärme und Zuneigung der anderen, ehe sich die Körper wieder voneinander lösten. »Viel Glück, Agnes. Morgen ist es vorbei.«

»Ja, morgen ist es vorbei.« Noch einmal seufzte Agnes, Megan drückte ihren Arm, dann ging jede ihres Weges.

Die Feier im Dachgeschoss des illustren Innenstadtgebäudes war bereits voll im Gange, als Agnes an der Seite eines Kollegen den Festsaal betrat. Beeindruckt von dem Ambiente, das sich ihr bot, sah sie sich um. Der Partyservice hatte ganze Arbeit geleistet. Die Zwischenwände der Konferenzräume waren so zusammengeschoben worden, dass ein großer Saal mit kleineren Nebenabteilen und einem großzügigen Bar-Bereich entstanden war. Die Dachterrasse funkelte unter Lichterketten und eine Gruppe von Rauchern stand mit hochgezogenen Schultern und aufgestellten Sakkokrägen unter dem Dachvorsprung in der Kälte. Aus den nüchternen Räumen hatte das Kreativteam mit viel Dekoration einen Frühlingstraum gezaubert. Üppige Arrangements von Frühlingsblumen schmückten Tische, Stehpulte, Theken und Büffets. Pastellfarbene Tücher waren an filigranen Holzgittern drapiert worden, welche lauschige Lauben bildeten. Besonderer Beliebtheit erfreute sich die eigens errichtete Bar im Kolonialstil, über der das Logo des *Planter's* hing. Mobile Holztäfelungen sowie Clubfauteuils in Leder sorgten für Behaglichkeit und zwei heiße Typen, aus der Tiefe der Theke mit einem Spot in Szene gesetzt, übten das Gewerbe der Barkeeper wie Schauspieler auf der Bühne aus. Sie lachten mit den Männern, flirteten mit den Frauen und schüttelten, drehten und warfen Flaschen wie Mixbecher zum Beat. Die Menge drängte sich an der Theke, lustvoll an dem Treiben teilnehmend, und auch die Stehpulte rund um die Bar waren voll besetzt. Im angrenzenden Nebenraum standen die Hungrigen am Buffet an, eine mehrere Meter lange Schlemmerstrecke. Kunstvolle Butterschwäne, originelle Obst- und Blumenarrangements stachen hervor. Von Lachs bis Hummer, Pasteten, Schinken und Käseraritäten über erlesene Salate fanden sich alle Köstlichkeiten der Partyküche auf silbernen Platten wieder. Nichts fehlte. Selbst die Musik war ganz nach Agnes' Geschmack. Der Sänger interpretierte Hits wie *They can't take that away from me*, *Song for you* und *One for my Baby* voller Inbrunst und wurde von einer kleinen Gruppe Musiker begleitet. Klavier, Bass, Saxofon und Schlagzeug schmeichelten sich ins Gemüt und sorgten für Atmosphäre. Die kleine Tanzfläche war allerdings gähnend leer. Agnes musste grinsen. Klar, die Tanzwilligkeit würde erst analog zum Alkoholkonsum steigen. Für heute Abend war es ihr gleich. Dieser Abend hatte andere Prioritäten. Alldem zum Trotz wiegten sich ihre Hüften und Schultern im Rhythmus der Musik. Was im Blut war, konnte nicht unterdrückt werden, und die Bewegung gab Selbstvertrauen. Der Rücken straffte sich und die Gehbewegungen harmonierten mit dem Rhythmus der Musik. So sollte das Leben sein, ein Wiegen, ein Rhythmus, eine Melodie. Ihr Outfit zeigte Wirkung. Kostümjacke und Stiefel waren verschwunden, das Haar lag offen über eine Schulter gekämmt. Das Schwarz des Kleides unterstrich ihren hellen Teint. Der Stoff schmiegte sich an jede ihrer Kurven und eine Perlenkette fiel über Agnes' Brüste bis zum Bauch. Der rosa Schal hing lose um ihre Unterarme, ließ die nackte Haut des Rückendekolletés frei. Männerblicke verfolgten ihren Weg zur Bar. Immer wieder sprachen Kollegen sie an, luden sie zum Trinken an ihren Tisch ein und warfen ihr lüsterne Blicke nach, wenn sie schließlich weiterzog. Ihr Ziel lag jetzt direkt vor ihr. Karin Tolf stand mit Rodler an der Theke, in ein Gespräch vertieft. Tolf steckte in einem beigen Wildseidenkostüm mit wadenlangem Rock, das mit hoher Wahrscheinlichkeit der Haute Couture entsprang, aber dennoch altbacken wirkte – bis man ihr gegenüberstand. Der eigentliche Blickfang war ein Halsgeschmeide, wie es Agnes noch nie zuvor gesehen hatte. Ein großer blassgelber Stein, funkelnd wie Sternenlicht, war das Zentrum dieses Kunstwerkes. Er war das Auge eines goldenen Schlangenkopfes, der in Tolfs Halsgrube lauerte. Es musste ein Diamant sein, dessen war sich Agnes sicher. Was sonst konnte solch ein Feuer besitzen? Das Juwel war umgeben von einer Unmenge kleinerer Diamanten. Sogar die gespaltene Zunge, die aus dem Schlangenmaul ragte, war diamantbesetzt. Ein elastisches Goldband bildete den schuppigen Schlangenkörper, der sich schlangengleich um den Hals seiner Trägerin wand. Zwei dazu passende Ohrstecker blitzten an den Ohrläppchen, eingerahmt vom kupferfarbenen Haar. Die Lichter der Halogenspots in der Decke ließen die Facetten der Diamanten leuchten und blitzen, dass Agnes kaum den Blick von Tolfs Schmuck wenden konnte. Allein der große gelbe Diamant musste ein Vermögen wert sein. Wenn das ein Geschenk ihres Mannes war, konnte sie sich gut vorstellen, warum Tolf nicht allein ins Ausland gehen wollte. Tolfs

Gegenüber hatte sich ebenfalls rausgeputzt. Rodlers Anzug war von feinstem Tuch. In betont lässiger Haltung saß er auf einem der Barhocker, eine Fußspitze am Boden, die andere auf der Fußstütze des Hockers, ein Whiskeyglas in der Hand und völlig entspannt in seinem Bemühen, Tolf zu unterhalten. Diese lehnte an dem Barhocker neben dem seinen und machte schmale Lippen zu seinen Scherzen. Genau diese Stelle der Bar wählte Agnes, um einen Drink zu bestellen. Sie lächelte das Paar an, nickte höflich und hörte Tolf einen Satz beenden: »... und wegen dieser Jagdgesellschaft muss ich heute früher als geplant aufbrechen, Sie verstehen das sicher. Mit dem Jeep bin ich wesentlich langsamer unterwegs als mit meinem Jaguar.« Tolf bemerkte Agnes. »Ach, Frau Magister Feder, guten Abend.« Eindringlich musterte sie Agnes' Erscheinung, insbesondere ihren Schmuck. Rodler zeigte sich erfreut über ihr Kommen. Sofort begann er, sie ins Gespräch einzubinden, und winkte den Barkeeper herbei. Eindeutig ein Abend für *Caipirinha*. Mit einem charmanten »Für die schöne Lady in Schwarz!«, wobei der Barkeeper seine Augen professionell aufglühen ließ, bekam sie umgehend ihren Drink. Rodler prostete ihr mit seinem Glas aufmunternd zu.

»Cheers, meine Liebe. Na, was sagen Sie zu unserer Bar? Ist doch sensationell, nicht wahr? Meine Idee. Wie ich immer sage: An der Bar ist man wie daheim und trotzdem nicht zu Hause. Also viel angenehmer, nicht wahr?« Er lachte amüsiert und Agnes zeigte ein höfliches Lächeln. Es dauerte eine ganze Weile, ehe Rodler eine Pause in seiner Alleinunterhalterrolle einlegte. Agnes nutzte die Atempause Rodlers und ergriff selbst das Wort.

»Ganz erstaunlich, wie sich die Leute amüsieren – als wäre nichts geschehen.« Der Effekt war der gewünschte. Die fröhliche Plauderstunde war zu Ende. Rodler trank sein Glas leer und winkte damit nach dem Barkeeper, Tolfs Lippen wurden eine weitere Nuance schmäler. Als hätte sie einen Entschluss gefasst, holte sie tief Luft.

»Frau Magister Feder …«, begann sie gedehnt, »Sie sind noch nicht ganz über den Schock hinweg, wie mir scheint. Immerhin – zuletzt konnten Sie verschüttete Erinnerungen aktivieren. Das ist …«, sie suchte nach dem richtigen Wort, »… wunderbar. Die Polizei wird erfreut sein.« Agnes wagte den Blick in ihre Augen und wurde augenblicklich von einem Strudel an Gefühlen erfasst. Hinter der kalten Fassade brodelte ein Vulkan an Emotionen, die nach Ausbruch verlangten. Sie waren von solcher Massivität, dass Agnes nicht vermochte, diesen Wust von Leidenschaft, Hass, Gier, Wut und Berechnung auseinanderzuhalten, um etwaige Schuldgefühle für den Mord an Wach oder Frau Muth herauszufiltern. Zu verwirrend war der Kontrast zu dem distanzierten Gehabe, das für Tolf so typisch war.

»Ja, ich denke, dass mein Hinweis hilfreich sein könnte.« Agnes senkte den Blick, um sich auf das Gespräch konzentrieren zu können. »Den Inspektor konnte ich nicht erreichen. Montag ist der neue Verantwortliche der Untersuchungsgruppe da. Geier heißt er.«

»War denn sonst keiner zu sprechen?«, hakte Rodler nach.

»Ich wollte nur mit dem Chef reden«, befriedigte sie seine Neugier. Genau, was er hatte hören wollen – der Hauch eines Lächelns spielte für den Bruchteil einer Sekunde um seinen Mund. Mit gespielter Sorglosigkeit fuhr sie fort: »Die Angelegenheit kann bis Montag warten. Bis dahin wird mich schon keiner umbringen.« Ihr Kehlkopf verkrampfte sich im gleichen Maß wie ihre Gesichtsmuskeln. Nervös sog sie an ihrem Strohhalm den eiskalten Caipiriniha ein. Die Limettensäure und der Alkohol brannten sich einen Weg durch ihren Hals. Ihr leerer Magen übergab den Alkohol fast unmittelbar dem

Blut. Wenn sie nicht aufpasste, wäre sie im Handumdrehen beschwipst. Jedenfalls reagierten weder Rodler noch Tolf auf ihre Offensive. War das zu dick aufgetragen gewesen? Auf der Suche nach einer Reaktion wagte Agnes, den Blick in Tolfs Augen zu senken – das Gefühlsgewitter schlug ihr erneut entgegen. Agnes stockte der Atem, doch die Ärztin wandte sich auch schon wieder von ihr ab, nestelte an dem goldenen Zigarettenetui, um einen schlanken Zigarillo herauszuziehen.

»Das Mail, welches Sie von Frau Muth bekommen haben«, meinte sie dabei betont sachlich, »das haben Sie aber doch längst weitergeleitet?«

»Aber nein«, gab sich Agnes überrascht und Tolfs Augenbrauen hoben sich.

»Warum hatte man das beim Durchforsten des Backups nicht entdeckt?«, warf Rodler ein und zückte galant sein Feuerzeug, um Tolf mit Feuer zu bedienen. »Sie müssen eigentlich nach draußen zum Rauchen«, raunte er ihr zu, was sie mit einem Schulterzucken abtat. Die Spitze des Zigarillos glühte unter ihrem energischen Saugen auf. Der Nikotinstoß schien Tolf sichtlich zu bekommen.

»Bin quasi am Weg nach draußen«, murrte sie, blies den Rauch aus und begegnete Agnes' Blick unverblümt. Ein Schleier hatte sich über die Tiefe ihrer Augen gelegt und es war jetzt schwer, in ihnen zu lesen.

»Die Polizei hat sich vorwiegend auf die gelöschten Dateien von Frau Muths Computer konzentriert. Das Mail an mich klingt total harmlos. Aber die Idee, das Mail an Inspektor Sutel weiterzuleiten, ist großartig, Frau Doktor Tolf – dass ich nicht selbst daran gedacht habe!«, Agnes tippte sich beschämt an die Stirn und sowohl Tolf als auch Rodler schmunzelten. Die Naive nahm man ihr scheinbar gern ab. »Bloß habe ich keine Mailadresse vom Inspektor. Vielleicht gehe ich nach dem Essen rasch hinunter in mein Zimmer und suche seine Adresse im Internet.«

»Aber meine Liebe!«, mischte sich Rodler besorgt ein, »Sie werden sich den Abend doch nicht mit dieser Geschichte vermiesen. Es muss auch mal genug damit sein. Sie sind jung und schön – tanzen Sie, flirten Sie, genießen Sie die Musik und die Cocktails. Das war doch alles eine unerhörte Belastung für die Nerven, Sie sind schließlich eine so junge, zarte Frau ... Unter uns gesagt, ich glaube immer noch an eine Verkettung unglücklicher Umstände – oder zumindest an einen Täter außerhalb unseres Hauses. Es scheint mir so absolut irreal, dass jemand aus unseren Reihen der Täter sein soll. Lauter gebildete, gut situierte Menschen ..., also, was immer Sie gesehen haben am Morgen von Frau Muths Tod, liebe Frau Magister«, er betonte ihren akademischen Titel ganz besonders, »ich will Ihnen nicht zu nahe treten, verstehen Sie mich richtig – es muss ein Missverständnis sein. Überlegen Sie gut, bevor Sie einen verdienten Kollegen oder eine Kollegin in Schwierigkeiten bringen, nur weil Sie schwache Nerven haben.« Väterlich streng ruhte sein Blick auf ihr. Agnes fühlte den ganzen unterdrückten Frust in sich aufwallen. Wollte dieser erbärmliche Schnösel ihre Beobachtungen tatsächlich auf weibliche Hysterie reduzieren? Ihre Wangen röteten sich und es kostete alle Mühe, in der Rolle der naiven Jungjuristin zu bleiben.

»Natürlich möchte ich keinesfalls eine unschuldige Person in Misskredit bringen, das müssen Sie mir glauben«, beteuerte sie mit viel Schmalz in der Stimme. »Aber man darf doch nicht schweigen, wenn man möglicherweise den entscheidenden Hinweis zur Aufklärung eines Mordes liefern kann.«

»Ja, sind Sie sich denn so sicher?«, fragte Tolf und gab sich Mühe, wie eine Freundin zu wirken. »All die Aufregung, das Kommen und Gehen, wie wollen Sie sich da an bestimmte

Details erinnern? Ich habe Sie gesehen, meine Liebe – Sie standen unter Schock. Jeder, der dabei war, müsste dies vor Gericht bestätigen.« Wie in einem gut geprobten Bühnenstück übernahm Rodler das Stichwort.

»Haben Sie bedacht, dass Sie Ihre Erinnerung vor Gericht bezeugen müssen, unter Eid? Meineid wird bestraft …, bedenken Sie auch, dass Sie mit einer, sagen wir, nicht ganz korrekten Erinnerung vielleicht das Leben eines profilierten und unschuldigen Kollegen zerstören können?« Sogleich fiel ihm Tolf eifrig ins Wort, so absolut untypisch für sie. Agnes blickte von einem zum anderen, als wäre sie Publikum und nicht Teil des Schauspiels.

»Das ist wirklich eine sehr große Verantwortung«, schlug Rodler in dieselbe Kerbe. »Bei Gott, ich würde sie nicht tragen wollen.« Kopfschüttelnd nippte er am Whiskey.

»Eine unerhört große Verantwortung, in der Tat«, stimmte Tolf zu.

»Überlegen Sie sich die Sache übers Wochenende …«, mahnte Rodler, »… mit all den Konsequenzen. Ohne Sie in irgendeiner Weise beeinflussen zu wollen, meine Liebe, Ihr Verhalten wird sich auch auf Ihre berufliche Karriere auswirken.« Er machte nun sein Geschäftsführergesicht: ernst, sachlich und unnahbar. »Wenn Sie einen Kollegen ans Messer liefern und es erweist sich Ihre Anschuldigung als falsch, sind Sie für das Unternehmen untragbar; das werden Sie sicher verstehen. Nun gut, Sie werden bestimmt die richtige Entscheidung treffen. Hören Sie auf meinen Rat: Nehmen Sie sich Zeit zum Nachdenken.« Er wandte sich unvermittelt mit einem auffordernden Kopfnicken an Tolf. »Ich begleite Sie auf die Terrasse, Verehrteste«, legte ihre zigarrillobestückte Hand auf seinen Arm und lächelte Agnes zu. »Man sieht sich.« Die beiden verschwanden in der Menge und Agnes atmete tief durch.

»Alles in Ordnung?« Megans Altstimme drang an ihr Ohr und in der nächsten Sekunde saß sie auf Rodlers Barhocker.

»Megan – gut, dass du da bist.«

»Was hast du den beiden entlockt?«, fragte Megan, winkte nach dem Barkeeper und bestellte einen Aperol Sour.

»Sie haben mich zuerst ausgehorcht und danach bearbeitet, den Mund zu halten«, fasste Agnes zusammen.

»Das gefällt mir nicht.« Megan rutschte unruhig auf ihrem Hocker hin und her, als säße sie auf einem Ameisenhaufen. »Tolf und Rodler in einem Boot? Dazu Michelle und Brum? Gegen die haben wir keine Chance.«

»Wir dürfen jetzt nicht schlappmachen, Megan«, versuchte Agnes nicht nur Megan, sondern auch sich selbst Mut zu machen. »Alles läuft wie geplant. Das ist genau die Reaktion, die ich hervorrufen wollte.« Sie stockte. Aus den Augenwinkeln nahm etwas am anderen Ende der Bar ihre Aufmerksamkeit gefangen. Etwas Rotes. Natürlich, Michelle. Ein giftiger Blick streifte Agnes, dann wandte sich Michelle hochnäsig wieder ihren Begleitern zu. Vier Männer umringten sie. In dem blutroten Kleid, das einem erotischen Traum entsprungen wirkte, war das keine Überraschung. Um den Hals trug Michelle eine dreireihige Kette aus ovalen schwarzen Steinen, die das freizügige Dekolleté betonten. Kein Wunder also, dass die Männer ringsum kaum in ihr Gesicht blickten. Selbst der sonst so distanzierte Finanzgeschäftsführer Torsten Puger war dieser Reizflut hilflos ausgeliefert. Als ranghöchstes Männchen der Runde durfte er unmittelbar neben ihr stehen und hatte das Privileg der direkten Tuchfühlung.

»Sieh dir das an – männliches Balzverhalten in freier Wildbahn. Man könnte eine Universum-Folge davon drehen«, stieß Agnes ihre Freundin an.

»Wie sich Puger in die Brust wirft …, es ist ein Schauspiel«, spöttelte Megan. Doch sie selbst blieben gleichfalls nicht lang allein an der Bar stehen. Immer wieder gesellten sich Männer zu ihnen und versuchten, ins Gespräch zu kommen. Vergeblich – ihr Plan erforderte eine ganz bestimmte Gesellschaft.

»Die werden uns noch für ein Pärchen halten!«, lachte Megan, nachdem sie einem Kerl aus der EDV einen Korb verpasst hatte.

»Das halte ich aus«, grinste Agnes und musste an Neddal denken.

»Ich auch«, lächelte Megan etwas verlegen. »Mal was anderes als der ständige Konkurrenzkampf zwischen Frauen.« Sie trank einen Schluck von ihrem Drink, bevor sie mit leicht veränderter Stimme weitersprach. »War in London nicht anders.«

»Du hast mir nie erzählt, welcher Art deine Probleme im vorherigen Job waren«, tastete sich Agnes vorsichtig vor.

»Ach, das war sehr unerfreulich«, blockte Megan sofort ab. Dennoch hatte Agnes den Eindruck, dass jetzt vielleicht der Augenblick wäre, mehr von ihr zu erfahren. Gewohnheitsmäßig zog Megan eine Zigarette hervor.

»Rauchverbot«, meldete sich eine Männerstimme hinter ihrem Rücken.

»Dr. Brum«, murmelte sie überrascht und ließ die Zigarette sinken, »natürlich.«

»Sie beide sehen heute Abend unwiderstehlich aus, meine Damen«, gab sich Brum galant und schob sich zwischen die beiden Frauen. Er war nicht allein gekommen. Umtier stand dicht hinter ihm und nickte ihnen freundlich zu.

»Dem kann ich mich nur anschließen. Wir haben einen der letzten Tische in einer Laube ergattern können und es wäre uns ein Vergnügen, wenn Sie beide mit uns dort speisen würden. Kann ich Sie dazu überreden?« Fragend blickte er von einer zur anderen. In stillem Einverständnis nickten sowohl Agnes als auch Megan zustimmend. Alles lief wie am

Schnürchen. Es war Agnes fast unheimlich, wie berechenbar sich die Führungskräfte erwiesen. Wie weit würde das noch gehen? Bis zum bitteren Finale?

Die Cocktails waren ausgetrunken und so folgten sie Umtier zum Laubenplatz. Brum kam mit einer Flasche Champagner hinterher.

»Damit haben wir den einen Teil unter Beobachtung«, flüsterte Agnes ihrer Freundin ins Ohr.

»Oder vielmehr sie dich?«, stellte Megan ihre Position infrage. Und sie hatte recht. Brums Blick vorhin war genauso berechnend gewesen wie am Nachmittag in der Küche.

»Dann werden wir uns eben gegenseitig beobachten. Tolf, Rodler, Michelle und Puger sind gleich nebenan. Sieh zu, dass du die Tolf nicht aus den Augen verlierst, und ich bleibe an Michelle dran.«

Beim Essen unterhielt man sich höflich und unverfänglich. Hin und wieder wurden lauernde Blicke zum Nebentisch geworfen, und immer wieder spürte Agnes Tolfs Blick auf sich ruhen, genauso wie Michelle des Öfteren zu ihnen herübersah. Nachdem sie alle Köstlichkeiten probiert hatten, wollten Brum und Umtier zurück zur Bar.

»Wir könnten tanzen«, stellte Agnes zur Diskussion, doch der Vorschlag stieß auf mäßige Begeisterung. Nicht, dass Agnes von Brum oder Umtier Freude am Tanzen erwartet hätte. Dafür fehlte noch geschätzte ein Promille Blutalkohol. Der Zufall wollte es, dass die Gesellschaft um Tolf und Michelle ebenfalls zur Bar strebte und diese Beobachtung schien Brum zu großen Opfern anzuregen, denn im nächsten Moment bot er sich als Tanzpartner für einen Parkettschleicher an. Agnes erschauderte bei dem Gedanken, sich in die Arme ihres Chefs zu begeben, und versuchte, ihre Gedanken auf den Umstand zu konzentrieren, der Brum zu diesem Zugeständnis veranlasst hatte. War das alles ein abgekartetes

Spiel oder war sie im fortgeschrittenen Stadium paranoid? Allen Befürchtungen zum Trotz folgte sie den anderen zur Bar. Stimmengewirr, Lachen und laute Musik erfüllten den schummrig beleuchteten Raum. Die Tanzfläche war jetzt mit einigen Tanzpaaren und in Gruppen tanzenden Frauen belebt. Alle Stehpulte waren besetzt, unzählige Teelichter flackerten unstet. Trotz der zur Schau gestellten guten Laune wirkte die Atmosphäre angespannt. Die Stimmen waren zu schrill, die Geräusche zu aggressiv, Lichtblitze schmerzten in den Augen. Agnes' Herz zog sich zusammen. Drei Menschen fehlten – Menschen, die an diesem Abend sicher gern dabei gewesen wären. Jemand in diesem Raum hatte ihr Lebenslicht ausgelöscht.

Aus dem Leben gerissen.

»Kannst du sie fühlen?«, flüsterte Megan Agnes zu. Megan spürte dasselbe wie sie, spürte den Frevel dieses Festes. »Ihren Geist?« Agnes nickte.

»Dieses Fest ist pietätlos«, raunte sie zurück. Wahrscheinlich entsprang die Beklemmung mehr ihren eigenen moralischen Vorstellungen als der Anwesenheit von Geistern. Und dennoch …, entschlossen schüttelte sie die Beklommenheit ab. Nicht nachdenken, ein klarer Kopf war vonnöten. Brum und Umtier führten ihre Tischdamen an das Stehpult, wo bereits Michelle, Tolf, Rodler und Puger standen. Überschwängliche Begrüßungen folgten dem Zusammentreffen sowie Beteuerungen ob der Einzigartigkeit des Festes. Dann lösten sich Brum und Umtier von der Gruppe, um Getränke von der Bar zu holen. Die anderen blieben schweigend zurück und beobachteten die Tanzfläche.

»Stimmt es, dass Sie eine leidenschaftliche Tänzerin sind, Frau Magister Feder?«, brach Rodler das peinliche Schweigen der Umstehenden und erging sich in einem Vortrag über lateinamerikanische Tänze. Als wäre der steife Kerl in der

Lage, seine Hüften zu bewegen, schnaubte Agnes innerlich, hörte aber weiter geduldig zu.

»Interessante Halskette«, wechselte Megan das Thema, sobald Rodler seinen Monolog beendet hatte. »Etwas Besonderes?« Mit einer Freundlichkeit, die burgtheaterreif war, lächelte Michelle huldvoll zurück.

»Oh ja! Ein Zufallsfund auf einem Basar in Ägypten. Ein traumhafter Urlaub übrigens. Die Kette hat praktisch nichts gekostet und zurück in Wien, hat mir mein Juwelier den wahren Wert der Steine verraten. Schwarze Jade ist absolut selten. Die Steine haben mich magisch angezogen – und wie sie sich anschmiegen.« Ihre Hand strich liebevoll über das Geschmeide. Agnes, die sich eben noch mit Rodler unterhalten hatte, beobachtete die Bewegung mit stockendem Atem. Ohne ihren Satz zu Ende zu sprechen, starrte sie auf Michelles Dekolleté. War es möglich, dass sich Michelle unbewusst von denselben Steinen angezogen fühlte wie Luva? War das alles nur Zufall?

»Agnes, dir scheint mein Schmuck gut zu gefallen«, bemerkte Michelle ihren gebannten Blick. »Fast hätte ich gemeint, du bist neidisch.« Michelles Stimme riss Agnes jäh aus ihren Gedanken. Das spöttische Grinsen erinnerte an Luva, wenngleich Michelle größer, blonder und kühler war. Dafür waren die üppigen Formen und die sinnliche Ausstrahlung beiden Erscheinungen gemeinsam; und die Vorliebe für schwarze Jade.

»Ich muss zugeben, eine solche Kette habe ich nur einmal gesehen, und das nicht aus nächster Nähe. Sie ist wirklich …«, Agnes suchte eilig nach Worten, die unverfänglich genug waren, »… faszinierend. Absolut faszinierend. Und passt hervorragend zu dir.« Stolz nahm Michelle Agnes' Worte als Kompliment entgegen. War nun das Gespräch auf Schmuck gekommen, war es unumgänglich, auch Tolfs außergewöhnliches Geschmeide zu bewundern. Wenig überraschend bestätigte sich die Annahme, dass es sich bei dem gelben Stein um einen lupenreinen Diamanten handelte. Das Schmuckthema hielt sich beharrlich, bis Brum und Umtier mit einem Tablett voller Getränke zurückkehrten. Die Unterhaltung endete im Herumreichen der Gläser, bis schlussendlich jeder seinen bestellten Drink in Händen hielt. Danach glitt das Gespräch ins Geschäftliche ab. Puger erging sich in einem Lamento über Finanzen, Gewinne und Investitionen, bis Michelle ihr Thema anschnitt.

»Es ist nur eine Frage der Zeit, bis Präimplantationsdiagnostik eine Standarduntersuchung vor der künstlichen Befruchtung ist. Damit werden Sie einen lukrativen Einnahmeposten gewinnen, Herr Finanzgeschäftsführer.« Sie zwinkerte ihm zu. »Ich bin sicher, dass wir nicht mehr lang darauf warten müssen, bis wir solche Untersuchungen verrechnen können«, sie räusperte sich verlegen, »... ähm, ich meinte durchführen können. Es ist doch Wahnsinn, einen potenziell behinderten Embryo einzusetzen. Wer will denn ein behindertes Kind? Und die Folgekosten für die Gesellschaft – wie kommt die Allgemeinheit dazu, für die Behinderten lebenslang zu sorgen?« Michelle blinzelte zu Agnes hinüber. Eine Aufforderung zum Duell? Nicht heute Abend, schob Agnes ihrer Streitlust einen Riegel vor. Natürlich fand sie es besser, vor einer Implantation eine Behinderung ausschließen zu können, als der Mutter eine Entscheidung bezüglich Schwangerschaftsabbruchs aufzuzwingen. Aber was wären die Folgen für Frauen, die ein behindertes Kind austragen wollten? War schon heute die Toleranz gegenüber gesunden Kindern nicht überwältigend, wie würden sich Akzeptanz und Bereitschaft gegenüber finanziellen Ausgaben für behinderte Kinder und Erwachsene unter diesen Voraussetzungen entwickeln? Irgendwann in ferner Zukunft, wenn die

Fruchtbarkeit in den Industriestaaten weiter gesunken war, würde man vielleicht zu Fortpflanzungszwecken jedenfalls auf künstliche Befruchtung zurückgreifen, um genetischen Unfällen vorzubeugen. Da gab es genug an Krankheiten auszuschließen – von Erbkrankheiten bis zu Krebsgenen, Gene, die Menschen dick machten und schneller altern ließen, vielleicht sogar Intelligenz anzeigten. Schöne neue Welt, du bist nicht aufzuhalten. Agnes seufzte und besann sich auf ihr Vorhaben. In einem günstigen Moment – Rodler wollte sie zum nächsten langsamen Walzer auf die Tanzfläche schleifen – leitete sie ihren Abgang vom Fest ein.

»Wenn Sie mich entschuldigen? Ich mache einen Sprung in mein Büro. Vielleicht finde ich die Mailadresse von Geier oder Sutel im Internet, dann kann ich noch heute Abend das Mail von Frau Muth weiterleiten.« Agnes wandte sich an Megan, die zu ihrer Rechten stand, und sah sie fest an. »Bis bald, Megan.«

»Kommst du noch mal hoch?«, fragte Megan angespannt.

»Nein, ist ein weiter Weg nach Hause«, gab sich Agnes kurz angebunden und verließ die Runde, ohne die Reaktion der Umstehenden abzuwarten. Wenngleich eine zunehmende Erleichterung mit jedem Schritt weg von dem Stehpult spürbar wurde, konnte sie doch die drohende Energie in ihrem Rücken fühlen.

Es gibt kein Entkommen.

Wenige Meter trennten sie vom Ausgang, nur die Tanzfläche galt es zu überqueren. Die Band spielte die ersten Akkorde von *Perfect Love* in durchdringendem Mambo-Rhythmus. *Simply Red* wurde hier gespielt? Gerade jetzt, wo sie auf der Tanzfläche stand? Schon drang der Rhythmus durch ihre Glieder, versetzte ihr Blut in Schwingung. Ein junger Kollege hielt Agnes am Arm fest, rief: »Bleib', Agnes!«, und wirbelte sie herum. Sie konnte nicht widerstehen. Ihre Füße folgten dem Mambo-Rhythmus, ihr Partner führte gut. Die Erotik der Melodie ließ sie für die Dauer des Tanzes ihre Angst vergessen. Bald hatte sich ein kleiner Kreis um das Tanzpaar gebildet. Als der letzte Ton verklungen war, applaudierten die Zuschauer und der Mann, der Agnes noch fest im Arm hielt, sah sie bewundernd an.

»Für unseren ersten gemeinsamen Tanz war das nicht schlecht – du lässt dich super führen. Nicht zu glauben, dass du Juristin bist.« Was Männer alles für Komplimente hielten. Agnes lachte.

»Von irgendwas muss man schließlich leben«, erwiderte sie und ließ ihren Tanzpartner stehen. Mit dem Schritt aus dem Festsaal kam der Ernst ihrer Situation zurück. Es war nicht weit zum Lift, die Kabine wartete bereits, aber mit jedem Meter wuchs die Angst, packte ihre Gedärme, ihren Magen und schließlich ihre Kehle. Als sich endlich die Aufzugtür geschlossen hatte, glaubte sie sich am Ende ihrer Kräfte. Mit letzter Willensanstrengung schaffte sie es, das Hochgefühl des Tanzes abzurufen. Die eisernen Klauen lockerten sich. Bald würde dieser Tag vorüber sein. Die Müdigkeit drohte, ihr Denken zu lähmen. Mit Daumen und Zeigefingern begann sie, ihre Ohren zu akupressieren, bis diese rot glühten. Das wirkte vorerst. Die Türen öffneten sich, der menschenleere dunkle Gang lag vor ihr. Bis zu ihrem Zimmer. Verstohlen blickte sie um sich. Wo Norman war? Er hatte versprochen, zur Stelle zu sein, falls Gefahr drohte, doch hatte sie ihn den ganzen Abend über nicht gesehen. Bestimmt stand er irgendwo im Schatten und wachte über sie, bemühte sie sich, die aufkeimende Panik niederzuringen. Den Weg ins Zimmer bewältigte Agnes im Laufschritt. Drinnen machte sie lediglich die Schreibtischlampe an und aktivierte den Computer, googelte das Bundeskriminalamt. Eine spartanisch gestaltete

Homepage erschien. Ein Geheimdienst hätte wahrscheinlich mehr Informationen preisgegeben. Jedenfalls konnten die Gruppen der Mordkommission nicht direkt kontaktiert werden. Agnes schloss die Augen, lehnte sich zurück und wartete.

»Darf man stören?« Die Stimme aus dem Nichts schreckte Agnes auf. Adrenalin schoss durch ihren Kreislauf und ließ das Herz rasen. Langsam ging die Tür weiter auf und die Gestalt blieb im Schatten verborgen stehen.

»Ja, bitte?« Agnes konnte die Person nicht gleich erkennen.

»Ich habe mir einen Espresso aus der Küche geholt. Dachte, ich schaue mal zu Ihnen herein.« Karin Tolfs Stimme. Sie kam näher, bis der Lichtkegel der Schreibtischlampe ihre Gestalt erfasst hatte. Agnes hatte das Gefühl, von Tolfs Augen gescannt zu werden. »Sie sehen müde aus. Ich habe einen zweiten Espresso dabei, wenn Sie wollen …« Sie hielt Agnes die Tasse hin. Langsam löste sich Agnes' Schreckstarre.

»Ein Espresso?« Ihr Hirn wollte nicht recht auf Touren kommen. »Eigentlich trinke ich keinen Kaffee«, war ihre reflexartige Antwort.

»Dann bekommt ihn Rodler wie geplant«, zuckte die Tolf mit den Schultern, ließ aber die Tasse am Tischrand stehen. Mit einem Nicken deutete sie zum Bildschirm. »Das Bundeskriminalamt? Konnten Sie Ihr Mail verschicken?«, fragte Tolf nach.

»Nein. Unsere Polizei hat eine Homepage wie der russische Geheimdienst.« Tolf lachte leise und machte einen Schritt zurück in den Schatten. »Kein Inspektor Geier zu finden«, versuchte Agnes, das Gespräch in Gang zu halten.

»Dann eben am Montag«, meinte Tolf und blieb abwartend vor ihr stehen. Verunsichert starrte Agnes die Medizinerin an und fragte sich nach dem wahren Grund für diesen Besuch. Es musste einen Grund geben, denn diese Frau war definitiv nicht an ihrer Freundschaft oder ihrem Wohlergehen interessiert. Ihr Blick senkte sich auf den Rand des Schreibtisches. Der Kaffee …, war das der erwartete Anschlag auf ihr Leben? Acrylamid? Narkotika – damit sie beim Autofahren einschlief und verunglückte? Agnes' Gedanken überschlugen sich. Diese bleierne Müdigkeit – vielleicht hatte Michelle zuvor bereits etwas ins Wasser getan? Norman sollte den Kaffee analysieren. Sie massierte ihr Nasenbein. Ja, der Kaffee gehörte überprüft. Kaum war der Entschluss gefasst, schob sich Tolfs Hand in den Lichtkegel der Lampe und griff nach der Tasse. Genau wie Agnes es im gleichen Augenblick tat. Tolf hielt die Tasse am Henkel, Agnes stieß dagegen. Die Wucht der aufeinander zustrebenden Hände brachte die Flüssigkeit zum Überschwappen und dunkle Spritzspuren zeichneten sich auf Tolfs Rock ab.

»Was zum Henker soll das!«, schrie Tolf auf. »Mein Rock!«

»Tut mir leid!«, rief Agnes und griff nach einer Packung Papiertaschentücher, zog eines heraus und hielt es Tolf hin.

»Das ist Wildseide, der Kaffee muss sofort ausgewaschen werden«, knurrte Tolf und ignorierte Agnes' Angebot. »Sie sollten was für Ihre Nerven einnehmen. Ernsthaft.« Brüskiert von dem Anraten, stemmte Agnes eine Hand in die Hüfte und schnappte nach Luft. Wenngleich dies Tolf nicht beeindruckte, denn die war bereits am Weg zur Tür hinaus. Mit beiden Kaffeetassen. Verdammt. »Sehen wir uns noch später?«, fragte sie dabei im Gehen.

»Besser, ich mache mich auf den Heimweg, das war ein langer Tag.«

»Fahren Sie vorsichtig«, wandte sich Tolf noch mal um. Der Diamant in ihrer Halsgrube blitzte auf. »Gute Nacht, Frau Magister Feder.«

Die Absätze ihrer Schuhe hallten auf dem Kopfsteinpflaster. Es hatte geregnet und in den Lacken spiegelten sich die Straßenlaternen. Keine Menschenseele weit und breit, und das hier, in einem der belebtesten Teile der Innenstadt. Hatte der Regen die Nachtschwärmer fortgespült? Unheimlich jedenfalls. Furcht kribbelte Agnes die Wirbelsäule hoch, ließ sie frösteln. Ihre Hände zogen den Mantel enger zusammen und ihre Schritte beschleunigten sich. Vom Portal aus waren es keine hundert Meter über den Friedmann-Platz, durch die Sterngasse am Buchladen der Shakespeare & Company vorbei und dann die Theodor-Herzl-Stiege hinunter zum Eingang der Tiefgarage, doch so weit wie heute Nacht war ihr der Weg noch nie vorgekommen. Bleierne Müdigkeit hielt ihr Denken wie in einem Schraubstock gefangen. Es verlangte ihr alle Kraft ab, nicht über die Unebenheiten des Kopfsteinpflasters zu stolpern. Wo waren die klaren Vorgaben geblieben, was hatte Norman gesagt? Der Kampf gegen den Nebel im Kopf, die Verwirrung ihrer Sinne, die Einsamkeit und Kälte brachten allen Mut zum Sinken. Es ist nichts passiert, sagte sie sich immer wieder. Der Plan ist nicht aufgegangen, es ist nichts passiert. Sie sah sich nach Norman um. Keine Bewegungen in den Hausschatten, kein Geräusch von Schritten, kein Norman. Was hatte das zu bedeuten? Ihr Kopf wollte nicht darüber nachdenken. Endlich war die Tiefgarage erreicht. Die klammen Finger schoben die Magnetkarte durch den Schlitz des Türöffners. Ein Klacken signalisierte das Entriegeln des Tors und ermöglichte den Zutritt. Kahle Betonwände, Neonlicht, durch den Bewegungsmelder aktiviert. Uringestank, gemischt mit Abgasen, schlug ihr entgegen, der Boden war verdreckt. Hinter ihr fiel das Tor mit dumpfem Knall ins Schloss. Rasch weiter, trieb sie sich an, fühlte sich exponiert und schutzlos in diesem menschenfeindlichen Betonbunker. Erst im Auto würde sie aufatmen. Im ersten Untergeschoss musste eine schwere Metalltür aufgestoßen werden und dann war der Weg frei auf das spärlich beleuchtete Parkdeck. Selbst hier war die Luft trüb und dunstig, weit entfernte Geräusche hallten dumpf von den Betonwänden wider. Kurz orientierte sie sich im Raum. Ihr Auto stand in einer der mittleren Reihen, links vom Ausgang. Ein Türschlagen war zu hören. Obwohl es im Untergeschoss wärmer war, fröstelte sie. Der Gedanke, so schnell wie möglich nach Hause zu kommen, trieb sie weiter. Der Asphalt unter ihren Füßen hallte. Es konnte nicht mehr weit sein bis zu ihrem Wagen. Ein paar Meter nur. Die nächsten Sekunden brannten sich in Agnes' Gehirn wie eine Zeitlupensequenz ein.

Ein Motor heulte auf, Reifen quietschten. Beinahe zeitgleich blendeten sie grelle Scheinwerfer, dahinter ein riesenhafter Schatten. In rasender Fahrt kamen die Lichter auf Agnes zu. Es roch nach verbranntem Gummi, Abgasen und Benzin. Jemand schrie ihren Namen. Sie wollte sich umdrehen, doch da traf sie ein wuchtiger Schlag, schleuderte sie gegen das nächste Auto, mit dem Kopf gegen eine Stoßstange. Perlen sprangen vor ihren Augen auf dem Asphalt auf. Dann umfing sie Schwärze.

Ein stechender Schmerz zog sich durch Schädel, Gesicht, Hals. Der Kopf drohte zu bersten unter dem pochenden Hämmern, das in ihm tobte. Vorsichtig öffneten sich die

Lider. Ringsum erschien die Umgebung verschwommen, in fahlen Neonschein getaucht, das Innere einer feuchtkalten Höhle. Die Konturen der Autos und Säulen waren kaum auszunehmen. Es fehlte jede Erinnerung daran, wie sie hierhergekommen war, sie hatte keinen Begriff von Zeit und wusste nicht, wie lang sie sich schon an diesem Ort befand. Stöhnend schloss sie wieder die Augen, dann wollte das bisschen Kraft, das sie erwachen ließ, erneut von ihr weichen. Der harte Boden drückte gegen die Rippen, alles fühlte sich wund an. Ihre Zunge leckte an den Lippen. Der metallische Geschmack von Blut machte ihr den warmen Strom, der über ihre linke Gesichtshälfte sickerte, bewusst. Ihre Finger wollten die Stelle an der Stirn berühren, aus der das Blut trat, doch ein anderer Schmerz, der diesmal vom Arm ausging, hinderte sie daran. Einige Atemzüge lang versuchte sie, die drohende Ohnmacht zu bekämpfen, kalter Schweiß stand auf der Stirn. Regungslos lag sie da, nur die Augen begannen die Umgebung abzusuchen nach Hinweisen, was geschehen war. Schwarze Pfützen, eingetretener Kaugummi, Autoreifen, ein dunkler Wall … ein Körper. Körper? Einige Meter vor ihr lag jemand, absurd verrenkt. Das Gesicht abgewandt; eine dunkle Lacke breitete sich darunter aus. Frau oder Mann? Ihre Wahrnehmung war verschwommen, unwirklich. Der eigene Atem rasselte und dröhnte in den Ohren. Die Gestalt vor ihr rührte sich nicht, kein Stöhnen, kein Heben und Senken des Brustkorbs. Ihr Blick sank verstört ins Nichts. War dies ein Traum? In welche Hölle war sie geraten? Splitter glitzerten auf dem Asphalt und zogen Agnes' Aufmerksamkeit auf sich. Die Schönheit des Lichtspiels an diesem feindseligen Ort tröstete sie. Hellgrün. Die Augen versenkten sich darin. Formen zeigten sich, Puzzleteile – der Verstand kam in Bewegung, analysierte, erkannte wieder.

Jadeelefant, zerschmettert.

Als wäre die Zeit mit ihr erstarrt, blickte Agnes auf die Steinfragmente. Entsetzen breitete sich wie Gift aus. Die Augen brannten in den Höhlen, der Verstand zog seine Schlüsse. Das Herz antwortete, zog sich schmerzhaft zusammen. Ein Schrei erhob sich in ihrer Brust, wollte ausbrechen aus dem hilflosen Körper, der regungslos und stumm dalag, gefangen in einem Albtraum aus Blut, Schmerz und Wahnsinn.

Ein Schatten legte sich über sie. Bedrohlich verdunkelte er ihr klägliches Zerbrochensein. Agnes lag starr, die Augen von Vorahnung geschlossen. Die Sinne wollten entschwinden, sie fühlte es im Erkalten der eigenen Peripherie. Bevor die Gnade der Ohnmacht sie fortriss, dorthin, wo es keinen Schmerz und kein Gefühl gab, hörte sie ein letztes Geräusch.

Klick – Ratsch – Klack

25

Die Sonne schien mit sanften Strahlen in das Zimmer. Zum Weiß der Wände und Möbel bildete der Blumenstrauß einen wohltuenden Kontrast. Rosa Rosen. Die Vase stand auf dem Tisch vor dem Fenster. Keine Gardinen hingen davor, die Sicht war frei auf einen blassblauen Himmel mit seinen dünnen Wolkenfetzen.

Eine Frau in weißem Kittel nahm ein Tablett mit blutigen Verbänden und einer leeren Infusionsflasche darauf vom Nachttisch. Gewissenhaft warf sie einen prüfenden Blick auf den neuangeschlossenen Tropf, aus dem die Flüssigkeit langsam in einen bleichen Handrücken sickerte. Dann verließ die Frau das Zimmer und schloss leise die Tür hinter sich.

Unmittelbar danach öffnete sich die Tür erneut. Ein alter Mann trat ein, das Gesicht sorgenvoll und von Falten durchzogen. Müde ließ er sich auf den Sessel fallen, der neben dem Krankenbett stand. Unentwegt murmelte er vor sich hin.

»Nessi, ich bin wieder bei dir. Mach dir keine Sorgen, ich passe auf dich auf. Du kannst in Ruhe schlafen. Papa ist da und beschützt dich. Ich werde dir wieder etwas vorlesen. Deine Lieblingsgeschichte. Weißt du noch? Als du noch ein kleines Mädchen warst, musste ich dir immer die Geschichten von Puh dem Bären vorlesen. Die richtigen, die von Milne.« Ludwig griff in seine Brusttasche, um seine Lesebrille hervorzuholen. Bedächtig faltete er die Bügel auseinander, schob die Brille auf die Nase und legte die Bügel sorgsam hinter die Ohren. Schließlich griff er nach dem Buch am Nachtkästchen und schlug es auf. »Pass auf, dass du nicht davongeweht wirst, man würde dich vermissen …«, begann er und stutzte. Da, nochmals die Hand – ein Zucken. Sie hatte sich bewegt. Und jetzt öffneten und schlossen sich die Lippen seiner Tochter, als übten sie die Bewegung der Sprache. Hoffnungsvoll starrte Ludwig ihr Gesicht an. Das erste Zeichen von Leben seit dem Unfall. Bislang war sie regungslos im Bett gelegen, unwillig, das Bewusstsein wiederzuerlangen. Die Ärzte hatten das auf die schwere Gehirnerschütterung, den Blutverlust und den Schock, den sie erlebt hatte, zurückgeführt. Liebevoll nahm Ludwig die schmale Hand in seine, streichelte sie und dankte unter Tränen dem barmherzigen Gott, der ihm doch nicht alles nehmen wollte, was er liebte.

»Agnes, mein kleiner Engel. Ich bin bei dir, Papa ist da. Ich weiß, dass du mich hörst. Ich passe auf dich auf, mein Kind … mein Kind …« Tränen erstickten seine Stimme, die Anspannung des Wartens entlud sich in der Hoffnung des Augenblicks.

Agnes war bei Bewusstsein, doch sie konnte sich kaum an die Ereignisse jener verhängnisvollen Nacht erinnern. Ihr Vater hatte erzählt, was die Polizei ihm über den Unfallhergang berichtet hatte. Demnach war sie von einem Auto in der Tiefgarage beinahe überfahren worden, doch jemand hatte sie aus der Gefahrenzone gestoßen und damit gerettet. Dummerweise war sie so unglücklich gegen die Stoßstange eines Autos gefallen, dass sie das Bewusstsein verloren hatte. Die Platzwunde über dem Auge hatte genäht werden müssen, die Gehirnerschütterung würde bald wieder abklingen, genauso wie die geprellten Rippen und der geprellte Arm wieder in Ordnung kommen würden. Jede ihrer Bewegungen erinnerte schmerzhaft an die Fragen, die Ludwig nicht hatte beantworten können. Wer war ihr Retter gewesen und wer der Lenker des Wagens, der sie fast überfahren hatte? Jetzt saß Agnes allein in ihrem Zimmer und starrte aus dem Fenster. Die enge Bandage um den Brustkorb schränkte ihre Atmung empfindlich ein. Nicht allein die Bandage, nein. Theres war bei ihr gewesen, aber auch sie hatte keine Ahnung gehabt, was in der Unfallnacht geschehen war. Immerhin brachte sie die Nachricht, dass Norman vorbeikommen wollte. Das gab Hoffnung auf Aufklärung; Ungewissheit war das Schlimmste.

Die Tür wurde aufgerissen und Norman stand im Krankenzimmer.

»Hey, Kleine, du siehst ja schon viel besser aus. Hier, ich habe dir was zum Naschen mitgebracht.« Er legte eine Schachtel Pralinen auf den Nachttisch, ließ sich auf den Besuchersessel fallen und streckte die Beine von sich. »Wie geht's dir?« Zehntausend Fragen schossen durch ihren Kopf, alle auf einmal. Wie konnte ihr Norman derart gelassen einen Krankenbesuch abstatten, als wäre sie beim Eislaufen hingefallen oder auf einer Bananenschale ausgerutscht? Konnte er sich nicht denken, in welchem Aufruhr sie sich befand? Sprachlos fixierte sie ihn mit einem grimmigen Blick, der ihm ihren Unmut vermitteln sollte. Aus Erfahrung wusste Norman diesen Blick zu deuten und wechselte die Vorgehensweise.

»Ich bin ganz schön erschrocken, als ich dich in der Tiefgarage am Boden liegen sah. Hast ziemlich geblutet.« Sein Gesicht hatte die unbeschwerte Maske verloren und Sorgenfalten zogen sich von den Brauen über die Stirn.

»Ich bin nicht deine Kleine, verstanden?«, sie bemühte sich nicht, den Ärger aus ihrer Stimme zu verbannen. »Erzähle mir, was passiert ist. Sofort. Ich liege hier ans Bett gefesselt und zermartere mir das Hirn, was in dieser Nacht vorgefallen ist. Wo warst du? Hast du mich weggestoßen? Wer hat das Auto gefahren? Was ist mit den Mördern …«, sie wollte weiterreden, doch Norman fiel ihr ins Wort.

»Hey, stopp! Mach mal eine Pause mit den Fragen. Ich erzähle dir, was war, aber eins nach dem anderen.« Agnes konnte sehen, wie schwer ihm dieses Versprechen fiel, und zweifelte im selben Moment an seiner Aufrichtigkeit. In der Haltung des Kriminalbeamten, unantastbar und kompromisslos, begann er seinen Bericht.

»Wie vereinbart habe ich dich ab 18.00 Uhr persönlich observiert, auch während des Frühlingsfestes hatte ich dich stets im Auge. Die Tolf war um 0.14 Uhr in deinem Büro. Die beiden Tassen haben mich nicht allzu beunruhigt, weil ich auf deinen gesunden Menschenverstand vertraut habe. Schließlich ging sie um 0.25 Uhr, spülte die Tassen in der Küche und suchte die Toilette auf. Ich habe mich dann wieder auf dich konzentriert – du bist zehn Minuten später aufgebrochen. Ich blieb so weit zurück, dass weder du noch ein anderer Beobachter merken konnte, dass du observiert wirst, schließlich wollten wir dem Mörder eine Falle stellen. Zu dem Zeitpunkt, als ich das Parkdeck betrat, warst du bereits bei der mittleren Parkreihe, wo dein Fahrzeug abgestellt war. Dann ging alles Schlag auf Schlag – ein Jeep mit aufgeblendeten Scheinwerfern raste an mir vorbei. Ich war zu weit entfernt, um dich in Sicherheit bringen zu können. Ein Mann rief deinen Namen und stieß dich aus dem Weg. Er wurde von dem Jeep hochgeschleudert. Der Wagen raste weiter. Automatisch habe ich mir Fahrzeugnummer, Type und Farbe eingeprägt und über Funk die Alarmfahndung hinausgegeben. Das Fahrzeug wurde ein paar Straßen weiter aufgefunden. Vom Fahrer ordnungsgemäß geparkt.« Atemlos hatte Agnes gelauscht. Eine Welle von Emotionen erfasste sie, die Anspannung in ihr stieg ins Unerträgliche.

»Das heißt, ihr kennt den Fahrer nicht?«

Unwillig fuhr Norman fort. »Das habe ich nicht gesagt. Reg dich nicht auf, du musst dich noch schonen. Leg dich zurück in die Kissen, sonst erzähle ich nicht weiter.« Folgsam lehnte sich Agnes gegen das hochgestellte Kopfteil, bedacht, Norman nicht zu verärgern und die ganze Geschichte dieser Nacht zu erfahren. »Gut. Es war der Jeep von Karin Tolf. Es wurden keine fremden Fingerabdrücke gefunden und sie hat kein Alibi für die Tatzeit. Erstens habe ich sie zu dir gehen sehen, zweitens ist ihr Fehlen auf der Party sehr wohl aufgefallen, allein schon deswegen, weil sie Rodler gesagt hatte, dass sie sich einen Espresso holen wollte, und danach länger nicht auftauchte. Die Angaben Tolfs, wann sie wieder zur Party dazugestoßen war, konnte keiner der Partybesucher bestätigen. Den Anschlag auf dich hat sie geleugnet, behauptete, nach dem Besuch bei dir länger im Waschraum gewesen zu sein, weil sie Flecken aus ihrem Kleid waschen musste. Dann hätte sie angeblich Durchfall gekriegt und einige Zeit gebraucht, bis sie wieder zur Gesellschaft zurückkehren konnte. Dafür gibt es keine Zeugen, weil sie die WC-Anlage im dritten Stock benutzt hat.« Die Erinnerung an Tolfs Besuch entstand vor ihrem inneren Auge, aber Norman fuhr mit seinem Bericht bereits fort. »Ich habe mittlerweile eine Vollanzeige gegen sie verfasst und bereits an die Staatsanwaltschaft geschickt. Darin habe ich ihr den Mord an Wach, Muth und Isabelle zur Last gelegt sowie den zweifachen Mordversuch an dir. Die Tolf hat für keinen der Morde ein Alibi, dafür Zugang zu den Laborgiften, genauso wie zu Cialis und Viagra, zum Jeep, außerdem ein super Motiv, nämlich ihre Forschungsarbeit mit den hauseigenen Embryonen. Es gab keine Mittel mehr für ihr persönliches Steckenpferd, das hat sie unauffällig nebenher weiterlaufen lassen – und hat es geschafft. Die Arbeit ist patentreif. Auch wenn ich nur Indizien gegen sie habe, die Sache schaut für sie schlecht aus – und gut für mich. Ich bekomme die nächste Gruppenleitung. So gesehen ist unser Plan aufgegangen, tut mir leid, dass es dich erwischt hat. Die Ärzte meinen, dass du bald wieder auf den Beinen sein wirst. Hast richtig Glück gehabt.« Agnes schaute Norman nachdenklich an. Da stimmte etwas nicht. Norman war verändert. Distanziert. Etwas fehlte.

»Die Tolf soll die Mörderin in allen Fällen gewesen sein, inklusive der Mordversuche an mir? Das glaube ich nicht«, ging sie argwöhnisch auf seine Geschichte ein. Er zog nur eine Augenbraue hoch.

»Jetzt sei nicht so verbohrt. Alle Indizien weisen auf die Tolf – sie war es. Akzeptiere das!«, wies er sie zurecht, doch Agnes schüttelte vehement den Kopf und bereute sogleich die rasche Bewegung. Kopfschmerzen setzten ein.

»Was ist mit Michelle? Hast du ihr Alibi für die Partynacht überprüft?«, keuchte sie unter dem stechenden Schmerz in der Schläfe. Norman wurde ärgerlich und stand auf.

»Wir haben sie routinemäßig gecheckt. Es gibt zwar keine genauen Zeitangaben, aber sie war immer auf der großen Fete, hat viel getanzt. War nach eigenen Angaben hin und wieder mal am Klo, aber das ist bei euch Frauen ja normal.«

»Die Leute waren um Mitternacht stockbetrunken, ein Kommen und Gehen! Wer soll da mitkriegen, ob Michelle zehn Minuten oder eine halbe Stunde fort war?« In ihrem Kopf schwirrte es, da war doch noch ein Sicherheitsnetz gewesen. »Megan!«, rief sie. »Megan hat darauf geachtet, was Tolf und Michelle treiben. Sie wird wissen, wann Michelle weg war. Befrag sie!« Norman beugte sich zu ihr hinunter, kam mit seinem Gesicht ganz nahe zu ihrem. Da lag keine Zuneigung in seiner Nähe.

»Vergiss es, Agnes, es ist vorbei. Die Schoff hat für die Tatzeit ein Alibi vom Dr. Brum. Frag nicht, was die beiden am Klo getrieben haben …, das würde dir nicht gefallen. Deine Megan war lange Zeit mit dem Rodler auf der Terrasse rauchen und ihre Karriere planen.« Er zwinkerte ihr dreckig zu. Am liebsten hätte sie ihm das Gesicht dafür zerkratzt.

»Aber es muss doch Spuren im Wagen gegeben haben. Ein Haar oder so was – in *CSI Miami* finden sie immer was …«, ließ sie nicht locker.

»Klar. Bloß dass die beiden Weiber gemeinsam am Vormittag zu einem Termin gefahren sind«, vernichtete Norman ihren weiteren Versuch im Ansatz. »Mit eben diesem Jeep. Haare haben kein Ausfalldatum mit Uhrzeit. So weit sind wir noch nicht. Vielleicht die vom Fernsehen, aber nicht im echten Leben.«

»Irgendetwas muss man gefunden haben …«, keuchte sie auf und fiel erschöpft in die Kissen zurück.

»Bloß weil du die Schoff nicht leiden kannst, werde ich ihr nicht mit Gewalt einen Mord anhängen. Ende der Durchsage.« Brüskiert drehte sich Agnes weg. Von wegen Mord anhängen – Norman wollte es sich leicht machen und seine wieder erstarkte Karriere forcieren. Irgendetwas fehlte. Eine Frage kehrte wieder in ihr Gedächtnis zurück. Ihr Herz versäumte einen Schlag.

»Wer hat mich vor dem Auto gerettet?« Norman ging zum Fenster und öffnete es. Verbarg er sein Gesicht vor ihr? »Los, Norman, ich habe ein Recht darauf zu wissen, wer mir das Leben gerettet hat. *Du* warst es nicht. Also – WER?« Keine Antwort. Aus der Innentasche seiner Lederjacke hatte Norman eine Zigarettenpackung geholt und umständlich das Zellophan vom Karton gelöst. Agnes beobachtete ihn, wie er die Taschen nach seinem Feuerzeug durchsuchte. Beiläufig schickte er sich an, ihre Frage zu beantworten.

»Ich wusste, dass du danach fragen wirst. Es war ein Mann – mit dem du zuvor schon zusammen gesehen worden bist. Zur rechten Zeit am rechten Ort, hat deinen Namen gerufen. Zufall? Um diese Zeit? Ich glaube nicht an Zufälle.«

Er zündete sich die Zigarette an. »Kennst du einen Siebert Thal?«

Klick – Ratsch – Klack

Als hätte Norman einen Kübel Eiswasser über sie ausgegossen, krampfte sich alles in Agnes zusammen.

»NEIN!!!« Die Erinnerung war gegenwärtig, kalter Asphalt, ein zerbrochener Jadeelefant, die regungslose Gestalt am Boden, der Schmerz.

»Du warst da und hast ihm nicht geholfen, du hast dir eine angeraucht!« Ihre Stimme versagte unter der Seelenqual, die sie zu ersticken drohte. Messer jagten durch ihre Schläfen, trieben Tränen in ihre Augen. Das Atmen wurde schwer, als bohrten sich die bandagierten Rippen in die Lunge, und der Kehlkopf wurde von einer unsichtbaren Hand in den Hals gedrückt.

»Also ist der Kerl dein Lover.« Es verschlug ihr den Atem. Niemals hatte er sie so angesehen wie jetzt. Kalt. Voll Hass. »Dachte ich's mir doch. Du Schlampe …! Ich wünschte, er wäre verreckt.« Mit diesen Worten warf er die Zigarette aus dem Fenster und ging, ohne sich nochmals nach ihr umzusehen.

»Was ist los, um Gottes willen? Ich komme ja schon.« Die Nachtschwester kam zur Tür hereingestürzt und drückte den rot blinkenden Alarmknopf aus. Dann stapfte sie auf Agnes zu. »Zurück ins Bett, sofort!« Vehement griff sie nach Agnes' Beinen, die über die Bettkante baumelten. Sie war eine ältere, hart gesottene Person, die keine Widerrede duldete.

»Sie dürfen noch nicht aufstehen, Frau Feder. Ihre Gehirnerschütterung verlangt strikte Bettruhe, sonst haben Sie den Rest Ihres Lebens Migräne. Ist es das, was Sie wollen? Außerdem ist Ihr Kreislauf im Eck, Sie knicken sowieso gleich weg.« Agnes ließ sich nicht abhalten und schob ihre Beine wieder über die Kante.

»Ich muss ihn finden, verstehen Sie? Ich *muss* ihn finden! Bestimmt hat man ihn auch hierhergebracht. Er ist am Leben …, sonst hätte Norman nicht gesagt, er wünschte, Siebert wäre verreckt. Lassen Sie mich los!« Verbissen kämpfte Agnes gegen die Schwester an. Kein anderer Gedanke war in ihrem Kopf, als der drängende Wunsch, Siebert zu finden. Die Schwester ließ sich nicht beeindrucken.

»Schluss, hören Sie auf! Sonst hole ich den diensthabenden Arzt und Sie kriegen ein Schlafmittel!« Agnes hielt augenblicklich inne. »Na also, so ist's besser. Beruhigen Sie sich mal.« Die Frau richtete sich auf und stemmte die Hände in die Taille. Über Agnes' Gesicht rannen Tränen. Die bleichen Lippen verrieten der Schwester, dass ihre Patientin in Kürze kollabieren würde. Geübt schob sie Agnes zurück in die Kissen und drückte ihr ein Glas Wasser an den Mund. Als Nächstes fand sie einen Teelöffel und ein Honigpäckchen. Rasch war der kleine Behälter geöffnet, der Löffel darin versenkt und gleich darauf in Agnes' Mund.

»So, das ist für den Blutzuckerspiegel. Und jetzt reden wir mal.« Sie setzte sich zu Agnes auf das Bett. »Was ist denn passiert? Ich weiß, dass Sie Opfer eines Verkehrsunfalls sind und die Kriminalpolizei ein Einzelzimmer für Sie wollte. Ich vermute, dass da noch was Schlimmeres dahintersteckt und es muss für Sie belastend sein. Wir könnten Ihnen eine Psychologin vorbeischicken.« Agnes starrte zur Zimmerdecke. Die Nachtschwester gab nicht auf. »Wen wollen Sie denn so dringend suchen? Vielleicht kann ich Ihnen helfen.« Jetzt kam wieder Leben in Agnes. Sie wandte ihren Kopf und sah sich den rettenden Engel genauer an. *Schwester Gabriele* stand auf ihrem Namenschild. Sie war eine stämmige Frau mit einem freundlichen Gesicht. Ihre ergrauten Haare trug sie sportlich kurz geschnitten. In der Halsgrube lag ein schlichtes Goldkreuz. Daran blieb Agnes' Blick hängen. Diese Frau würde ihr helfen. Sie wusste es.

»Jemand wollte mich mit einem Auto überfahren. Mein Freund hat mich aus der Gefahrenzone gedrängt und wurde dabei selbst angefahren. Er heißt Siebert Thal und es ist doch gut möglich, dass er ebenfalls hierhergebracht wurde – ich muss unbedingt zu ihm, verstehen Sie?« Schwester Gabriele schwieg, aber die dunklen, tränenschweren Augen, die sie flehend anblickten, rührten ihr Herz. »Bitte.«

»Wenn Sie mir versprechen, liegen zu bleiben und zu warten, bis ich wieder zurück bin, werde ich abfragen, wo dieser junge Mann hingebracht wurde. Einverstanden?« Agnes nickte, denn sprechen konnte sie nicht, Tränen und Verzweiflung schnürten ihr die Kehle zu. Sie sah Schwester Gabriele die Tür hinter sich zuziehen und starrte zum Fenster hinaus in den schwarzen Himmel. Eine halbe Stunde später steckte Schwester Gabriele ihren Kopf zur Tür herein, um sich zu vergewissern, dass Agnes wach war. Die lag noch genauso, wie sie sie verlassen hatte, da, das Gesicht zum Fenster gewendet. Als sie die Schritte der Schwester wahrnahm, richtete sie sich wie elektrisiert auf.

»Haben Sie ihn gefunden?«

»Ja, er liegt tatsächlich hier im Haus.«

»Gehen wir!«, rief Agnes aufgeregt und schob die Beine über den Rand des Bettes. Schwester Gabriele baute sich vor ihr auf. Eine unüberwindliche Barriere. »Bitte!«, flehte Agnes, doch die Schwester blieb unnachgiebig und ernst.

»Meine Liebe, das ist nicht so einfach. Er liegt auf der Intensivstation, da können Sie nicht so einfach reinspazieren.« Das saß wie ein Schlag in die Magengrube. Agnes fiel in die Kissen zurück.

»Auf der Intensivstation? So schlecht? Er ist in Lebensgefahr?« Alle Hoffnung, die in ihr gekeimt war, brach in sich zusammen, und ein anderes Gefühl erhob sich. Es war stark, stärker als alles andere, was sich ihr entgegenstellte. Scheißegal, ob man einfach oder schwierig auf die Station kam, sie musste hinein. Und diese Schwester würde ihr dabei helfen. Agnes berührte Schwester Gabrieles Arm. »Helfen Sie mir, in die Intensivstation zu kommen.« Ihre Blicke verschränkten sich, Agnes hielt die Schwester gefangen.

»Er ist nicht bei Bewusstsein«, murmelte diese, »Sie könnten gar nicht mit ihm reden.« Gabriele konnte ihren Blick nicht mehr abwenden, sie war ein offener Kanal, der allen Schmerz und Trauer aufnahm. Agnes ließ die Gefühle zu ihr fließen, teilte ihr Leid mit dieser mitfühlenden Seele. Nicht fair. Ein leichtes Spiel mit dem guten Herzen der Schwester.

»Okay, ich habe eine Idee. Warten Sie fünf Minuten.« Schwester Gabriele durfte jetzt Agnes' Blick entrinnen, wurde freigegeben. Ihre Gummisohlen quietschten auf dem Bodenbelag, Agnes hörte ihre Schritte über den Gang huschen. Und dann kroch die Zeit in ungekannter Langsamkeit. Schon glaubte Agnes, die Krankenschwester würde nie mehr zurückkehren, da öffnete sich die Zimmertür und ein Rollstuhl wurde über die Schwelle geschoben.

»So, da setzen Sie sich rein und ich fahre Sie auf die Intensiv. Meine Freundin macht heute Nachtdienst, die lässt uns rein. Ich muss dann zwar gleich zurück auf die Station, aber meine Freundin kümmert sich um Sie. Alles klar?« Was für eine Frage! Agnes hatte vor Erleichterung Tränen in den Augen, die sich nur mühsam unterdrücken ließen. Mit Gabrieles Hilfe schaffte es Agnes in den Rollstuhl. Gänge, Neonlicht, Fahrstuhl, über allem Desinfektionsgeruch. Schwester Gabriele behielt Sieberts Krankengeschichte beharrlich für sich, schob die Verschwiegenheitspflicht vor. Sie näherten sich einer Glastür, über der in großen Buchstaben *Intensivstation* geschrieben stand. Die Krankenschwester drückte auf den Knopf der Gegensprechanlage. Eine weibliche Stimme meldete sich.

»Schwester Gabriele«, legitimierte sich Agnes' Begleiterin. »Mach schon auf, ich muss gleich wieder hinunter. Wir sind unterbesetzt.« Die Tür öffnete sich mit einem leisen Knacksen. Agnes wurde den Gang entlanggeschoben, bis zu einem Raum, in dem fünf Betten standen. Eine andere Schwester kam ihnen entgegen. Zuerst nickte sie Gabriele zu, dann sah sie auf Agnes herab.

»Sie sind Frau Feder? Gut, Schwester Gabriele hat mir von der Dringlichkeit Ihres Besuchs erzählt.« Sie verzog ihren Mund zu einem Lächeln, das sofort wieder verschwand. »Kommen Sie mit mir. Herr Thal ist leider noch nicht aufgewacht, er ist ins Koma gefallen, da weiß man nicht, ob und wann er wieder aufwacht. Er hat einen offenen Oberschenkelbruch, eine Schädelprellung mit Subduralhämatom und noch ein paar kleinere Verletzungen. Er ist physisch in einer sehr guten Kondition, deshalb ist ihm wahrscheinlich nichts Schlimmeres passiert, als ihn das Auto angefahren hat. Muss sich gut abgerollt haben, aber gegen den Wildfänger von einem Jeep hat ein Oberschenkelknochen keine Chance. Die Arteria femoralis ist gerissen, da hat er eine Menge Blut verloren; hatte Glück, der Junge, wäre fast verblutet. Ein paar Minuten länger ohne medizinische Versorgung und es wäre aus gewesen. Na, schauen Sie nicht so erschrocken. Bis vor einer Stunde wurde er noch künstlich beatmet, darauf konnte man jetzt schon verzichten. Ein gutes Zeichen.« Die Schwester zuckte mit den Schultern. »Vielleicht können Sie den Patienten erreichen, dort wo er jetzt ist.« Während sie sprach, schob sie den Rollstuhl in den Saal hinein. Technische Geräte, Chrom und steriles Weiß dominierten das Zimmer. Die Betten waren voneinander mit weißen Vorhängen abgetrennt. Die Raumluft war drückend heiß und es stank nach Desinfektionsmittel. Schweißperlen glitzerten auf der Stirn der Schwester. Die Patienten, allesamt an die Gerätschaften angeschlossen, waren bis auf die weißen Laken, die ihre regungslosen Leiber bedeckten, nackt. Ängstlich blickte sich Agnes um. Einer von ihnen war Siebert. Die Schwester brachte sie ans Ende des Raumes, wo eine Fensterfront einen schönen Ausblick über die Stadt gewährte. In dem letzten Bett lag Siebert. Selbst hier erkannte sie ihn sofort, wenngleich seine Haut im Neonlicht fahl wirkte. Der Atem ging ruhig und das Gesicht war von einem schwarzroten Hämatom verunstaltet. Das rechte Bein war von einem Verband bedeckt und mit Schienen fixiert. Zwei dünne Schläuche zwängten sich zwischen den Verbandsschichten heraus, führten zu einem Plastiksack, halbvoll mit Wundsekret, der neben dem Bett hing. Regungslos lag Siebert in dem chromglänzenden Bett. Ein Monitor zeichnete seine Herztöne und die Sauerstoffsättigung des Blutes auf. Die regelmäßigen monotonen Geräusche dominierten die Atmosphäre der Station.

Die Stationsschwester beugte sich zu Agnes herunter. »Ich lasse Sie jetzt mit ihm allein. Greifen Sie nichts an. Schwester Gabriele holt Sie in 15 Minuten wieder ab, je nachdem, wie sie auf der Station wegkommt. Wenn Sie etwas brauchen, drücken Sie auf den roten Knopf dort drüben.« Es war Agnes nicht möglich, den Kopf zu wenden oder auch nur einen höflichen Dank zu murmeln. Vor ihr lag alles, was sie liebte – ihr Glück, ihre Hoffnung, die Zukunft – in einem tiefen Schlaf gefangen. Tränennass war ihre Wange, die sich in seine Hand schmiegte. Ein fremder Geruch haftete ihr an. Desinfektionsmittel, überall. Viel zu wenige gemeinsame Stunden, zu wenige Erinnerungen. Seine warme Stimme klang in ihrem

Kopf, die Zärtlichkeit, die in seinen Augen lag, wenn er sie anblickte. Niemals würde sie ihn aufgeben. Agnes richtete sich auf und wischte die Tränen vom Gesicht.

»Siebert, kannst du mich hören? Ich bin hier bei dir, Agnes. Du hast mich vor dem Auto gerettet. Und ich werde dich aufwecken, hörst du? Du sollst zu mir zurückkehren. Du hast es einst geschworen, erinnere dich. Wir werden ans Meer fahren, die Möwen beobachten und uns am Strand lieben. Niemand kann uns daran hindern.« Sanft küsste sie Stirn, Nase und Mund.

»Ich werde jeden Tag hier an deiner Seite sein und irgendwann erreiche ich dich dort, wo du bist«, hauchte sie in sein Ohr. »Ich finde dich, wo immer du bist. Nichts kann Neddal und Sishla Vem trennen.« Das rhythmische Piepsen des Monitors veränderte sich. Einige Zwischentöne schreckten Agnes auf. Die Wellenlinie des Bildschirms zeigte ein paar Haken, die nicht in das Muster passten. Die Tür ging auf und die Krankenschwester lief in den Saal. Vor ihrem Patienten blieb sie stehen und beobachtete die Monitore. »Was war los? Hat er sich bewegt?«, fragte sie, ohne ihre Augen vom Bildschirm zu nehmen.

»Nein. Ich habe ihm etwas erzählt und ich meine, er hat mich gehört und verstanden.« Agnes lächelte. Eine tiefe Gewissheit erfüllte sie, dass Siebert nicht mehr lang in diesem Schlafzustand bleiben würde. Die Verbindung zwischen ihnen bestand immer noch und war stark genug, ihn aus dem Schattenreich zurückzuholen. Die Schwester überprüfte die Elektroden und drückte ein paar Knöpfe. Die ganze Zeit über hielt Agnes Sieberts Hand und beobachtete die geschlossenen Augenlider, unter denen sich die Augäpfel unmerklich bewegt hatten.

Tag für Tag, Stunde um Stunde – Sieberts regungsloses Gesicht auf weißem Leinen, der Geruch von Desinfektionsmittel, das Summen und Piepen elektronischer Geräte – Warten auf ein Zucken der Finger, ein Flackern der Lider. Agnes wachte auch nach ihrer Entlassung aus dem Spital über Sieberts Tiefschlaf, flüsterte ihm ihre Träume zu, erzählte von der Liebe zwischen Sishla Vem und Neddal. Sein Zustand blieb unverändert und die anfängliche Zuversicht wurde fragil.

In ihrer Hilflosigkeit besann sich Agnes auf sich selbst, auf ihre Wurzeln – auf Sishla Vem. Im Kerzenkreis bat sie jede Nacht um eine Vision, die ihr den Weg weisen konnte, Siebert zu retten.

Der Traum, der in der siebenten Nacht folgte, war einer ihrer schönsten. Nathane kam zu ihr, verriet die Mischung ätherischer Öle, mit welcher Neddal in Kindertagen von ihrer geliebten Mutter nach dem Bade gesalbt worden war. Dies würde ein wunderbares Geschenk für die Geliebte werden! Sofort machte sie sich im Traum daran, die Ingredienzien herbeizuschaffen und nach dem Rezept von Nathane zu mischen. Die Überraschung wurde zu einem Fest der Sinne für Neddal und Sishla Vem. Sie badeten, tranken Wein, aßen süße Früchte, salbten einander mit dem betörenden Öl und liebten sich eine ganze Nacht lang.

Der erste Griff am Morgen galt Agnes' Traumtagebuch, wo sie akribisch die Rezeptur rekonstruierte, danach prüfte sie, welche Öle sich im Vorrat fanden. Wildrose, Anis, Koriander, Fenchel und Kardamom; Jojobaöl als Basis, vermischt mit all ihrer Liebe und Zuversicht.

Noch am selben Nachmittag tupfte Agnes sanft den bittersüßen Duft unter Sieberts Nase, massierte Schläfen, Brust und Solarplexus mit kreisenden Bewegungen und vertrieb den scharfen Geruch von Medikamenten und Desinfektionsmittel. Sie erzählte leise von dem letzten Traum, von den gemeinsamen Freuden und Berührungen. Ihre Hände glänzten ölig, als sie sich neuerlich seinem Gesicht zuwandte und liebevoll über Brauen, Schläfen und Wangen strich. Ein Kokon aus Duft, Energie und Liebe lag um das Paar, die Fäden der Zeit wehten lose um sie herum. Agnes senkte ihre Lippen auf die seinen zu einem gestohlenen Kuss und fühlte doch das Leben in ihnen.

»Ich liebe dich«, hauchte sie, ohne die Berührung der Lippen zu lösen.

»Agnes«, formte sein Mund unter dem ihren. Sie hob die Lider und blickte in die braungrün gesprenkelte Iris ihres Geliebten.

26

Im Büro standen zwei große Taschen, randvoll mit juristischer Literatur, Teepäckchen, Kekspackungen, Haarbürste und Blumentöpfen.

»Ich kann gut verstehen, dass du gehst.« Megan und Agnes tranken ihren letzten gemeinsamen Bürotee, blickten auf die gepackten Taschen und das fremd gewordene Zimmer.

»Nach dem Urlaub löse ich meinen Vertrag mit *Baby-Star* einvernehmlich auf. Brum hat es mir zugesagt. Ich passe sowieso nicht ins Unternehmen, hat er gemeint.«

»Netter Kerl«, ätzte Megan. »Die sind froh, dass sie dich loswerden, weil du den Betrieb hier durchschaut hast.« Agnes zuckte mit den Schultern. Warum auch immer. Sie konnte nicht länger mit Mördern unter einem Dach arbeiten.

»Er hat ja recht.«

»Der Rodler hat der Tolf ihre *Privatstudie* gedeckt, weil er im Gegensatz zu den Eigentümern an diese Forschungsarbeit geglaubt hat und sich des Erfolges sicher war«, knallte Megan die Teetasse auf den Tisch. »Der Wach war ihnen im Weg. Aber jetzt macht Rodler einen auf moralisch und lässt Michelle die Lorbeeren ernten. Das ist nicht fair.«

»Michelle ist jetzt Leiterin?«, fragte Agnes ungläubig und Megan nickte nur. Sie konnte Agnes nicht ansehen, wollte nicht das Entsetzen in ihrem Gesicht sehen.

»Du hältst sie für schuldig, stimmt's?«, flüsterte Megan, als stünde Michelle hinter der Tür, um sie zu belauschen. Agnes zögerte und griff unwillkürlich an das silberne Amulett, das unter dem Pulli zwischen ihren Brüsten lag. Seit dem Unfall trug sie es ständig. In unzähligen schlaflosen Stunden waren alle Möglichkeiten und Unmöglichkeiten durch ihren

Kopf gezogen, hatte sie gependelt, meditiert und geträumt. Michelle hatte einen Teil der Geschichte erzählt – aber der Anschlag mit dem Jeep? Wie im Nebel tappte sie blind nach einer Antwort.

»Die Tolf ist für die Morde nicht allein verantwortlich. Das war nur der einfachste Weg für Norman, den Fall abzuschließen.«

»Michelles Plan ist aufgegangen«, ergänzte Megan bitter.

Schuld lastete schwer in den *BabyStar*-Mauern, lag wie ein Stein auf Agnes' Brust, sobald sie die Firma betrat. »Hier kann ich nicht mehr atmen.« Agnes stand auf. Je eher sie ging, umso besser.

»Ich sehe es dir an«, fühlte Megan mit ihr. »Und Norman darf sich über seine Beförderung freuen. Shit. Das ist eine verkehrte Welt.« Müde nickte Agnes. Norman hatte sie seit dem Spital nicht mehr gesehen, aber viel über seine Tat nachgedacht, die Siebert beinahe umgebracht hätte.

»Zuerst habe ich das auch geglaubt. Aber dann hab ich es verstanden …«, begann sie zögernd.

»Was gibt's da zu verstehen? Dass der Mistkerl gut wegkommt?«, fragte Megan. »Wieder mal? So wie schon Wuhvor?«

»Stimmt schon, mit der unterlassenen Hilfeleistung hat er Schuld auf sich geladen.«

»Was … wie kannst du so emotionslos darüber reden?«, echauffierte sich Megan. »Er hat Siebert quasi ins Koma befördert …«

»… und kriegt dafür noch einen Leiterposten. Ich weiß. Aber was wird geschehen? Sein Burn-out muss er mit noch mehr Pillen bekämpfen, um dem Druck standzuhalten. Jetzt kann er nicht mehr in Krankenstand gehen. In ein paar Monaten bricht er zusammen. Es wird die Hölle für ihn sein. Er mit sich allein. Das Schlimmste überhaupt. Keine Fluchtmöglichkeit.« Megan sah in Agnes' Augen Mitgefühl und Trauer. Für Norman.

»Du glaubst, er tut sich was an?« Agnes wich ihrem Blick aus. Das wollte sie nicht wissen, wollte keine Ahnungen und keine innere Stimme dazu hören. Norman hatte Wuhvor zum Teil überwunden, hatte sein Leben dem Schutz wehrloser Menschen gewidmet, versucht, der Gerechtigkeit zu kleinen Siegen zu verhelfen. Das mit ihr allerdings war total und vollkommen schiefgelaufen. Tränen füllten ihre Augen, brannten heiß, weil sie nicht fallen wollten. Man sollte nicht zu viel wissen, nicht zu viel fühlen. Das alles musste man aushalten können. Und das war nicht einfach. Ohne weitere Worte nahm Megan Agnes in die Arme. »Du hast so viel für mich riskiert«, murmelte sie. Alles, was Megan an Dankbarkeit und Mitgefühl empfand, lag in dieser Umarmung. Megan löste sich wieder und legte die Hände auf Agnes' Schultern.

»Du hast eine gute Entscheidung getroffen. Und ich werde auch zurück nach Hause gehen, nach England. Ob ich beim Konzern bleibe oder in ein anderes Unternehmen wechsle, weiß ich erst, wenn ich Antworten auf meine Bewerbungen bekomme. Bis dahin sehe ich Michelle jeden Tag und muss mit ihr zusammenarbeiten. Ein Albtraum. Du kannst dir die Selbstgefälligkeit nicht vorstellen, die mich jeden Tag aus ihrem Gesicht angrinst.« Angewidert schüttelte sich Megan und ließ Agnes los.

»Grundgütiger!«, ächzte Agnes bei dieser Vorstellung und schüttelte die trüben Gedanken an Norman ab. »Du tust mir echt leid. Hoffentlich laufe ich ihr heute nicht über den Weg.« Sie holte einen Zettel aus der Handtasche. »Mir reicht es, bald ohne Job dazustehen, ein altes Haus erhalten zu müssen und körperlich nicht gerade in Bestform zu sein.«

»Personalabteilung?«, fragte Megan und wies auf den Zettel in Agnes' Hand.

»Genau – und dann nichts wie weg.«

»Gib mir deinen Autoschlüssel, ich trage die Taschen hinunter. Es steht in der Kurzparkzone hinter dem Haus, oder?« Sofort zückte Agnes ihren Autoschlüssel und warf ihn Megan grinsend zu. Das würde ihren Aufenthalt in diesem Haus verkürzen. Beim Lift trennten sie sich. Megan fuhr mit dem Gepäck abwärts und Agnes folgte dem Gang weiter zu den Zimmern der Personalabteilung, ihren Urlaubszettel in der einen Hand, Jacke und Handtasche in der anderen. Die Tür stand offen und die für Personalangelegenheiten zuständige Frau Lorenz hatte eben den Telefonhörer aufgelegt.

»Ah, Frau Magister Feder – wie geht es Ihnen? Wir waren alle geschockt über Ihren Unfall!« Agnes grüßte freundlich zurück, ging aber auf den neugierigen Blick nicht ein. Stattdessen überreichte sie Frau Lorenz den Urlaubszettel. »Sie schließen gleich einen Urlaub an? Recht haben Sie. Das waren unerfreuliche Wochen zuletzt, die Frau Muth haben Sie gefunden, das mit der Isabelle …, na, lassen wir das, jetzt wird sich alles wieder normalisieren und irgendwann ist es vergessen.« Sie seufzte und in Agnes kochte Wut hoch. Solche Worte wie die von Frau Lorenz hatte sie allzu oft gehört in der Firma.

»Ja, natürlich. Bald werden wir nicht mehr an Dr. Wach, Frau Muth und an Isabelle denken. Wie nett.« Ratlos zuckte Frau Lorenz mit den Schultern.

»Wer will sich schon an so schlimme Sachen erinnern?«, fragte Frau Lorenz. »Ich glaube das alles sowieso nicht. Die Frau Dr. Tolf war immer so korrekt. Kein herzlicher Mensch, aber immer korrekt. Die tut so was nicht.« Ehe Agnes etwas erwidern konnte, wurde sie unterbrochen. Die

Stimme drang von rückwärts wie ein Messer in ihr Bewusstsein. Mist! Konnte nicht einmal etwas glattlaufen?

»Frau Lorenz, hier mein Urlaubszettel, unterschrieben vom Dr. Rodler persönlich«, fauchte Michelle. »Jetzt sind Sie hoffentlich zufrieden?« Mit zuckenden Mundwinkeln nahm Frau Lorenz den Schein wortlos entgegen. »Manchmal glaube ich, in einem Amt zu arbeiten – die haben sicher auch nicht mehr Formalitäten zu befolgen als wir.« Diese Stimme. Alles in Agnes zog sich zusammen. Ihr Magen krümmte sich, als wollte er den einen Keks, den sie zum Tee geknabbert hatte, wieder loswerden. Das Bild ihrer Großmutter erschien ihr vor Augen. Ihr Rücken straffte sich und erhobenen Hauptes begegnete sie Michelles spöttischem Blick.

»Agnes, du weilst wieder unter den Lebenden – wie erfreulich«, säuselte sie, gab sich aber nicht mal mehr die Mühe, ihre Abneigung zu verbergen. Ungeniert musterte sie die rosarote Narbe über Agnes' Auge. »Wird deine Heiratschancen etwas mindern«, ätzte sie mit falschem Bedauern in der Stimme. »Mit der Karriere bei *BabyStar* wird's ja nichts. Wirfst das Handtuch.«

»Fürs Erste mache ich Urlaub«, erwiderte Agnes und wunderte sich nicht, dass Michelle bestens informiert schien. Dann wandte sie ihrer Widersacherin den Rücken zu und widmete sich ganz Frau Lorenz, die neugierig die Szene beobachtet hatte. »Danke für das Ausrechnen meines Urlaubsanspruches. Ich melde mich, sobald ich zurück bin. Auf Wiedersehen.« Damit marschierte sie aus dem Zimmer, ohne Michelle eines weiteren Blickes zu würdigen. Der Gang war leer, die meisten Kollegen auf Mittagspause. Nur rasch zum Lift und weg. Auf Knopfdruck öffnete sich die Tür und mit zwei Schritten war sie in der leeren Kabine. Die Schiebetür wollte sich eben schließen, als Michelle noch rasch hineinsprang. Sie starrten einander wortlos an. Die Tür schloss sich. Drei Quadratmeter Raum für zwei Frauen. Für Opfer und Täter.

»Du hast gekündigt. Aus Angst?« Der betäubende Geruch von Michelles Parfum verstärkte Agnes' Übelkeit. Nicht schwach werden. Kämpfen.

»Das geht dich absolut nichts an. Kümmer du dich weiterhin um die beiden Dinge, die dir am wichtigsten sind: dich selbst und deine Karriere. Der Wach ist aus dem Weg, die Tolf ist aus dem Weg, Muth und Isabelle können nichts mehr ausplaudern. Mit einem musst du allerdings fertig werden: Mich hast du nicht gekriegt, trotz aller Mühe. Kein vollkommener Triumph.« Die Maske fiel.

»Du …«, grollte es aus Michelles blutrotem Mund und sie stieß Agnes aggressiv mit der Hand gegen das Brustbein. Agnes' Kopf schlug gegen den Spiegel an der Kabinenrückwand und sie fühlte den Druck gegen ihre Brust, der von Michelles Hand ausging. Wütend funkelten sie einander an. Hass quoll aus Michelles Augen. Lackierte Krallen bohrten sich in ihre Halsgrube. Von einer Sekunde auf die andere überkam Agnes Schwindel und Bilder erschienen in ihrem Kopf. Eine Verbindung mit Michelle.

Wie es die Meister von Valun vermochten.

Unerfahren mit diesen Kräften, fand sich Agnes gefangen in Michelles Gedanken, konnte sich weder bewegen noch aus der Verbindung befreien. Unvorbereitet traf sie die volle Wucht der neuen Erfahrung. Als würde eine Stimme aus Michelles Innerem zu ihr sprechen und Bilder aus deren Speicher übermitteln, drang ein steter Strom fremder Gedanken und Emotionen in ihren Kopf. Das erste Bild, das sie bewusst wahrnahm, war Karin Tolf, aus einem Türspalt heraus beobachtet, die ein Pulver auf den Milchschaum von Wachs Kaffeebecher streute. Schon verschwand das

Bild und die Stimme flüsterte weiter von dem Vergnügen, welches Michelle bei dieser Entdeckung empfunden hatte. Immer weiter entfaltete die Stimme die Bilder von Michelles Erlebnissen. Agnes sah Michelle, wie sie den Behälter mit dem Acrylamid in Händen hielt, sah das Gift in Muths Kaffee rieseln, hörte deren letztes Lachen, bevor sie davon trank. Sie sah Muth am Boden liegen, Michelles Hand, die sich die Kaffeetasse griff, beobachtete dieselbe Hand das tödliche Pulver unter den Rohrzucker ihrer Zuckerdose mischen, ertrug den Anblick von Isabelles Leiche und sah Michelles Hände eilig die Zuckerdose ausleeren. Ein Bild vom Frühlingsfest blitzte auf, Gläser wurden herumgereicht und Michelle tropfte etwas in Tolfs Getränk. Agnes' Augen weiteten sich unter dem unerträglichen Druck, dem Hass und der Kälte, die auf sie übertragen wurden, und Angst überkam sie vor der nächsten Schau, von der sie wusste, dass sie schlimmer sein würde als alles zuvor. Unaufhaltsam nahm das Bild in ihrem Kopf Form an und es entstand die düstere Atmosphäre der Tiefgarage. Agnes sah die rasende Fahrt im Jeep, sah das gleißend helle Scheinwerferlicht, in dem sich zwei Gestalten bewegten. Michelles spöttische Stimme brüstete sich mit dem riskanten Manöver, ärgerte sich über den dumpfen Aufprall des falschen Körpers auf der Motorhaube und gab ihre ganze Verachtung zum Besten, die sie für die Dummheit der anderen empfand, die ihrer nicht habhaft werden konnten. Schon lief der Film weiter und sie fand sich mit Brum in einer Klokabine. Er fummelte hektisch zwischen ihren Beinen, während die Stimme immer wieder beteuerte: »Wolfgang, das wird nichts mehr. Es ist halb eins, wir müssen zurück. Hörst du: halb eins!« Der völlig betrunkene Brum grunzte zustimmend und versuchte erneut, seinen gummiweichen Penis einzuführen. Ein gequälter Aufschrei drang dumpf aus Agnes'

Kehle und angewidert stieß sie Michelle von sich. Die Verbindung zerbrach. Erschöpft atmete sie tief durch.

»Du warst es, du Bestie!«, keuchte Agnes. Michelle kam bedrohlich nahe und flüsterte mit heiserer Stimme, die Augen zu schmalen Schlitzen verengt, die Lippen dünne Striche und grausam herabgezogen.

»Und wenn schon, was kannst du tun, du Nichts, du Niemand. Ein falsches Wort und du bist Wurmfutter. Merke dir das – es ist noch nicht vorbei!« Einer der Fingernägel krallte sich für einen Moment noch tiefer in Agnes' Haut, ein letzter hasserfüllter Blick traf sie, und Michelle verließ den Lift in der Sekunde, in der sich die Tür öffnete. Agnes sah ihr nach, bis der Türschließer die Tür vollends zugezogen hatte. Den Rücken an die Wand gelehnt, atmete sie durch. Kein Gedanke war in ihrem Kopf, kein Gefühl in ihren Gliedmaßen. Betäubt stieg sie im Erdgeschoss aus und ging wie eine Marionette, an Fäden geführt, auf die Straße hinaus. Warmer Sonnenschein empfing sie, wärmte, belebte. Mit geschlossenen Augen hielt sie das Gesicht der Sonne entgegen und genoss deren Kraft. Jede Pore der Haut nahm Wärme auf, sie war ein Schwamm, der sich langsam vollsog, um seine ihm zugedachte Form wiederzuerlangen. Dann öffnete sie die Augen. Unendlich weit war der Himmel, alles umschließend und doch offen. Niemand konnte stärker sein als sie selbst.

»Alles in Ordnung, Agnes?« Megan stand neben ihr und beobachtete die Verwandlung. Agnes löste sich aus der Verbindung.

»Alles ist so, wie es sein soll«, lächelte sie Megan zu. Leise hatte sie gesprochen, aber sicher und bestimmt. »Danke für alles. Ich fahre jetzt zu Siebert ins Spital. Wir hören uns am Abend, ja?« Sie küssten einander auf die Wangen und Megan drückte ihr den Autoschlüssel und eine Schokoladentafel in die Hand. Bevor Agnes in ihren Wagen stieg, blickte sie nochmals zum Himmel, leuchtend, jung und frisch, voller Kraft und Leben. In der Tat.

Es ist noch nicht vorbei.

ENDE

REINKARNATIONSTAFEL

Kossar ∞ Melffja Zha

- Nathane
- Sishla Vem ∞ Shenui Tui
- Mesush Phes
- Eshulim

Sishla Vem	Gattin von Shenui Tui	Agnes Feder
Neddal	Geliebte von Sishla Vem	Siebert Thal
Nathane	Bruder von Sishla Vem	Megan Kalth
Kossar	Vater von Sishla Vem	*Hamish Drought*[1]
Havan	Freund der Familie	Annie White
Ellasir	Geliebte von Nathane	Larry Eden
Melffja Zha	Sishla Vems Mutter	Theres Gestern
Mesush Phes	Sishla Vems Schwester	Ludwig Feder
Shenui Tui	König von Guban	Peter Thor
Luva	Priesterin	Michelle Schoff
Wuhvor	Krieger von Guban	Norman Sutel
Vihjgor	Vertrauter des Königs	Karin Tolf
Zuda Sada	Vihjgors Gemahlin	*Deborah Kensing*[2]

[1] Kommt erst im zweiten Teil vor

[2] Kommt erst im zweiten Teil vor

Mephur	Eshulims Freundin	Kurt Thesch
Kuoma	Geliebte des Königs	Mette Galle
Sarih[3]	Hohe Priesterin	Torsten Puger
Yvora[4]	Sishla Vems Schwägerin	Bernd Umtier
Suhwir[5]	Krieger von Guban	Detlev Rodler
Chorim[6]	Priesterin von Guban	Ulrich Zumtobl
Zeyon[7]	Berater des Königs	Wolfgang Brum
Eshulim	Sishla Vems Bruder	*Agnes' ungeborenes Kind*[8]

[3] Sarih war eine der Hohepriesterinnen von Guban. Sie übte sich zwar nicht in Schwarzer Magie, war jedoch auf Luvas Seite im Widerstand gegen die Königin Sishla Vem.

[4] Yvora war die Gattin von Relov, einem weiteren Bruder von Sishla Vem. Beide wurden im Roman nicht erwähnt.

[5] Suhwir war der jüngere Bruder von Vihjgor und Wuhvor, wurde jedoch im Roman nicht erwähnt.

[6] Chorim war eine Freundin von Luva, wurde jedoch im Roman nicht erwähnt.

[7] Zeyon war ein Berater des Königs, der Begierde für Sishla Vem empfand, sie jedoch aus genau diesem Grund hasste. Auch Zeyon wurde im Roman nicht erwähnt.

[8] Kommt erst im dritten Teil vor

QUELLENVERZEICHNIS

Auszug aus *»Holding Back The Years«*; M. Hucknall/Moss; So What Ltd – Worldwide/EMI Songs Ltd – Worldwide © 1985 Warner Music UK Ltd »Picture Book«

Auszug aus *»Infidelity«*; Text und Musik: M. Hucknall/ Dozier; So What Ltd – Worldwide/SBK Songs – Worldwide ©1987 Warner Music UK Ltd taken from the album »Men and Women«

Auszug aus *»For The First Time«* Jud Friedman/Allen Rich/ James Newton-Howard; Big Fig Music ASCAP admin. by Famous Music/Schmoogie Tues. BMI admin. by Peer Music Ltd/Nelana Music BMI admin. by MCA

»They cant't take that away from me« by George Gershwin and Ira Gershwin

»A Song for you« by Leon Russell

»One for my Baby« by Harold Arlen and Johnny Mercer

»Perfect Love« by Mick Hucknall, published by EMI Songs Ltd. *»Simplified«*, Simply Red

Genro Laoshi; »Zen-sucht nach dem Wanderer« ISBN 3-200-00384-7

Rudolf Schwarz, Irmi Novak (Hg.); »Geheimnisvoller Stephansdom« ISBN 3-901892-01-X

Robert Bouchal, Wolfgang Kalachhauser; »Mystischer Wienerwald – Sagen, Geschichten, authentische Fälle« ISBN 3-85431-189-3

ÖSTERREICHISCHE AUSDRÜCKE

Vernaderer	=	Denunziant
Obers	=	Sahne
Kieberer	=	Kriminalbeamter
Pölster	=	Kissen

DANKSAGUNG

In Dankbarkeit verbunden …

… bin ich meiner großartigen Lektorin Claudia Senghaas, die nicht nur mit den Augen sieht, Herrn Armin Gmeiner für das entgegengebrachte Vertrauen und der Autorin Anni Bürkl, deren Feedback mir frischen Mut gemacht hat, als ich diesen dringend brauchte.

Auf spiritueller Ebene war Nurit Sommer gewissermaßen Geburtshelferin auf diesem Weg – danke, meine Königin! Besonders verbunden bin ich Genro Laoshi, väterlicher Freund und Ch'anmeister, von dem ich so viel lernen durfte. Hapchang!

Unvergesslich bleiben die weihnachtlichen Experimente unter ärztlicher Leitung von Dr. Peter Gungl, bester Schwager aller Zeiten, der alle meine Fragen mit stoischer Geduld beantwortete und mordsmäßig gute Ideen hatte.

Danke, Flohan, Freund und Helfer – Amithaba!

Dank gebührt besonders dir, liebe Inge, für die Austreibung des letzten Fehlerteufelchens.

Voller Liebe danke ich meinen wunderbaren steirischen Schwägerinnen, die besten der Welt! Und ganz besonders wichtig waren und sind meine beiden Kinder, die meine Sonne sind. Meiner lieben Mutter ist mehr Dank geschuldet, als Worte ausdrücken können.

Doch ohne dich, Johannes, wäre alles Nichts. Dir bin ich jenseits der Zeit verbunden.